U0092552

郁賢皓　注譯

新譯李白詩全集（上）

三民書局

國家圖書館出版品預行編目資料

新譯李白詩全集／郁賢皓注譯.——初版四刷.——臺北市：三民，2023
面；　公分.——(古籍今注新譯叢書)

ISBN 978-957-14-5470-2 （上冊:平裝）
ISBN 978-957-14-5471-9 （中冊:平裝）
ISBN 978-957-14-5472-6 （下冊:平裝）

851.4415　　100004557

古籍今注新譯叢書

新譯李白詩全集(上)

注譯者　郁賢皓
發行人　劉振強
出版者　三民書局股份有限公司
地址　臺北市復興北路386號(復北門市)
臺北市重慶南路一段61號(重南門市)
電話　(02)25006600
網址　三民網路書店 https://www.sanmin.com.tw

出版日期　初版一刷 2011年4月
初版四刷 2023年3月
書籍編號　S033320
ISBN　978-957-14-5470-2

著作權所有，侵害必究
※ 本書如有缺頁、破損或裝訂錯誤，請寄回敝局更換。

三民書局

圖一　李白畫像

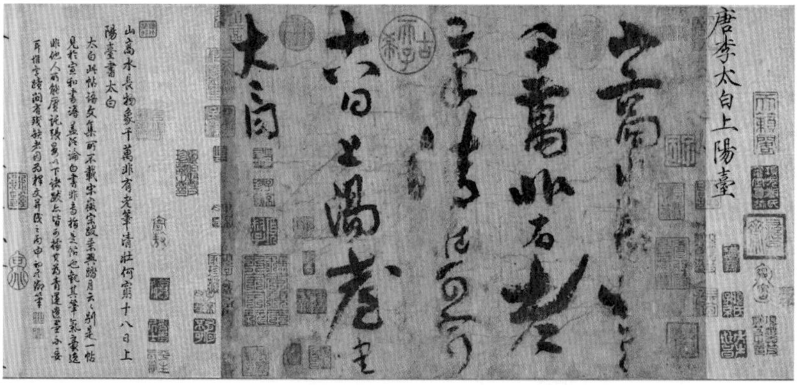

圖二　李白手書真跡〈上陽臺〉帖

帖文為「山高水長　物象千萬　非有老筆　清壯何窮　十八日上陽臺書　太白」，右上「唐李太白上陽臺」七字為宋徽宗趙佶題簽。此帖乃李白傳世唯一書跡，現藏北京故宮博物院。

圖三　李白故里風景區內的李白塑像

李白故里風景區位於四川省江油市北郊昌明河畔，有李白紀念館，主要建築有太白堂、太白書屋、醉仙樓、望月亭、會館陳列室、珍藏室等。李白可能出生於中亞碎葉，五歲才隨家人遷至蜀中，住在綿州昌隆縣，今屬四川省江油市。

圖四　馬鞍山李白紀念館內的太白堂

馬鞍山李白紀念館在安徽省馬鞍山市采石磯風景區內。相傳李白是在采石江上泛舟賞月，酒醉落水而死。館內有李白墓(衣冠塚)和太白樓、李白祠、清風亭、太白堂、碑廊等主要景點。

圖五　馬鞍山李白墓園正門牌樓(左)與李白之墓(右)

李白墓園在今安徽省馬鞍山市當塗縣太白鎮青山腳下，占地九十餘畝，現亦為馬鞍山市重要旅遊景點。李白「一生低首謝宣城」，曾有「宅近青山同謝朓」的宿願。逝世後原葬於龍山之下，唐宣歙池觀察使范傳正根據其生前遺願，將李白墓遷至青山腳下。

刊印古籍今注新譯叢書緣起

劉振強

人類歷史發展，每至偏執一端，往而不返的關頭，總有一股新興的反本運動繼起，要求回顧過往的源頭，從中汲取新生的創造力量。孔子所謂的述而不作，溫故知新，以及西方文藝復興所強調的再生精神，都體現了創造源頭這股日新不竭的力量。古典之所以重要，古籍之所以不可不讀，正在這層尋本與啟示的意義上。處於現代世界而倡言讀古書，並不是迷信傳統，更不是故步自封；而是當我們愈懂得聆聽來自根源的聲音，我們就愈懂得如何向歷史追問，也就愈能夠清醒正對當世的苦厄。要擴大心量，冥契古今心靈，會通宇宙精神，不能不由學會讀古書這一層根本的工夫做起。

基於這樣的想法，本局自草創以來，即懷著注譯傳統重要典籍的理想，由第一部的四書做起，希望藉由文字障礙的掃除，幫助有心的讀者，打開禁錮於古老話語中的豐沛寶藏。我們工作的原則是「兼取諸家，直注明解」。一方面熔鑄眾說，擇善而從；一方面也力求明白可喻，達到學術普及化的要求。叢書自陸續出刊以來，頗受各界的喜愛，使我們得到很大的鼓勵，也有信心繼續推廣這項工作。隨著海峽兩岸的交流，我們注譯的成員，也由臺灣各大學的教授，擴及大陸各有專長的學者。陣容的充實，使我們有更多的資源，整理更多樣化的古籍。兼採經、史、子、集四部的要典，重拾對通才器識的重視，將是我們進一步工作的目標。

古籍的注譯，固然是一件繁難的工作，但其實也只是整個工作的開端而已，最後的完成與意義的賦予，全賴讀者的閱讀與自得自證。我們期望這項工作能有助於為世界文化的未來匯流，注入一股源頭活水；也希望各界博雅君子不吝指正，讓我們的步伐能夠更堅穩地走下去。

新譯李白詩全集 目次

卷二

樂府一

卷三

樂府二

卷四

樂府三

卷五

樂府四

卷 六

卷七

贈一

中冊

卷八

贈二

卷九

贈　三

卷一〇

贈 四

寄 上

卷一一

寄下

卷一二

別

卷一三

送上

卷一四

送中

卷一五

送　下

酬答上

下冊

卷一六

酬答下

遊宴上

卷一七

遊宴下

卷一八

登覽

卷一九

行役

懷古

卷二〇

閑適

懷思

卷二一

感遇

寫懷

卷二二

詠物

題詠

雜詠

卷二三

閨情

哀傷

卷二四

宋本集外詩

附 錄

導讀

李白是最受中國人民喜愛的偉大詩人，是中國古代詩歌史上最璀璨的明星，他以獨特的成就，把中國的詩歌藝術推上了頂峰，作出了偉大的貢獻。他的許多優秀詩篇，不但在中國膾炙人口，而且在世界各國也有很大的影響。現在，我們將他的全部詩歌進行注釋、翻譯，並作一些研析，供讀者閱覽，領悟詩意，欣賞其藝術魅力，顯然是很有意義的。

一、李白的生平事蹟

李白（西元七〇一—七六二年），字太白，號青蓮居士，排行十二。他自稱是西漢飛將軍李廣的後裔，〈贈張相鎬二首〉說：「家本隴西人，先為漢邊將。」又在〈上安州裴長史書〉中說，他的祖先曾「遭沮渠蒙遜難，奔流咸秦，因官寓家」，據《晉書・涼武昭王李玄盛傳》記載，涼武昭王李暠字玄盛，乃李廣十六代孫，東晉安帝隆安四年（西元四〇〇年），李暠在敦煌一帶被部眾推戴為涼公。死後由其子李歆繼位，被沮渠蒙遜打敗而死，諸弟奔逃。李白所說當即指此事。李陽冰〈草堂集序〉、范傳正〈唐左拾遺翰林學士李公新墓碑〉也都說李白是涼武昭王李暠九代孫。而唐朝皇帝也自稱是李暠後代，由此可說李白與唐皇室同宗。可是，《新唐書・宗室世系表》載涼武昭王李暠後代各支甚眾，卻沒有李白這一支家族。他在詩文中稱李唐皇室的人為從祖、從叔、從弟、從姪，也往往不符合他作為李暠九世孫的輩分。李陽冰還說李白先世曾「謫居條支」，范傳正則說隋末「被竄於碎葉」，曾隱姓埋名，中宗神龍初（西元七〇五年）纔逃歸蜀中，李白出生時纔恢復李姓。這些說法也存在一些矛盾。據李白在至德二載（西元七五七年）寫的〈為宋中丞自薦表〉說當時年五十七，李陽冰在李白臨終受囑寫序時為寶應元年（西元七六二年），李華〈故翰林學士李君墓誌〉稱李白卒時年六十二，都可證知李白生於武后長安元年（西元七〇一年），至神龍初歸蜀時已五歲，說明李白並不是生在蜀中。二十世紀三十年代，陳寅恪先生發表〈李白氏族之疑問〉❶，認為李白先世「本為西域胡人」，「隴西李氏」說乃「詭託之辭」。近年日本學者松浦友久亦贊同此說❷。一九九四年，張書城又發表《李白家世之謎》❸，提出李白不是涼武昭王李暠後裔，而是李陵——北周李賢——楊隋李穆一系的後代。看來，李白的種族、籍貫、家世、出生地等問題，至今還不可能取得一致的看法。

關於李白的出生地，目前也有蜀中說、中亞碎葉說、條支說、焉耆碎葉說等，但多數學人認為李白出生於中亞碎葉，今吉爾吉斯共和國托克馬克附近，當時屬唐朝安西都護府管轄。李白五歲時才從碎葉遷居蜀中，住在綿州昌隆縣❹，今屬四川江油。

李白父親的真正名字和生平事蹟均不詳。因從西域到蜀中，蜀人以「客」稱之。范傳正說他「高臥雲林，不求祿仕」，可是他能讓李白長期漫遊，輕財好施，因此不少研究者認為他可能是個大商人。李白家庭的其他成員，現存資料很少。李白晚年在潯陽獄中寫的〈萬憤詞投魏郎中〉詩中提到有一個弟弟在三峽：「兄九江兮弟三峽」。據《彰明逸事》記載，還有一個妹妹名月圓，嫁在本縣。其他情況均無

❶ 《清華學報》第十卷第一期，一九三五年一月。
❷ 參見《李白傳記論・李白的出生地和家系》。
❸ 蘭州大學出版社，一九九四年版。
❹ 後避玄宗諱，改名昌明縣；五代時又因避諱改名彰明縣。

考。

(一)

李白從五歲到二十四歲（西元七〇五—七二四年），是在蜀中讀書和任俠時期。他讀書涉獵很廣：「五歲誦六甲，十歲觀百家。軒轅以來，頗得聞矣。常橫經籍書，制作不倦。」（〈上安州裴長史書〉）從書本中接受了各種思想的影響。很早從事詩賦創作：「十五觀奇書，作賦凌相如。」（〈贈張相鎬二首〉其二）開元九年（西元七二一年）春，他在路中拜見益州（治所在今四川成都）長史蘇頲時，蘇頲就讚賞他的作品「天才英麗」，「若廣之以學，可以相如比肩」（〈上安州裴長史書〉），說明那時他的詩賦已寫得很好。據《彰明逸事》（《唐詩紀事》卷一八引）記載，在拜見蘇頲前，李白曾跟「任俠有氣、善為縱橫學」的趙蕤學習歲餘。趙蕤著有《長短經》（一名《長短要術》）十卷，論述王霸之道、統治之術。後來李白一生喜談王霸之道，以管（管仲）葛（諸葛亮）自許，當是受趙蕤的影響。李白青年時代就仗劍任俠：「十五好劍術，遍干諸侯」（〈與韓荊州書〉），「結髮未識事，所交盡豪雄。……託身白刃裏，殺人紅塵中」（〈贈從兄襄陽少府皓〉）。魏顥〈李翰林集序〉說他「少任俠，手刃數人」；劉全白〈唐故翰林學士李君碣記〉說他「少任俠，不事產業」；范傳正〈唐左拾遺翰林學士李公新墓碑〉說：「少以俠自任，而門多長者車。」當是真實情況。此外，由於時代風尚的影響，在蜀中時已與道士交往，有〈訪戴天山道士不遇〉詩可證。二十歲後遊峨眉山，結識道友元林宗，求仙問道思想已很強烈，〈登峨眉山〉詩中已嚮往「儻逢騎羊子，攜手凌白日」了。

(二)

從二十四歲到四十二歲（西元七二四—七四二年），是李白迫切追求功業的時期。開元十二年（西元七二四年），他認為「大丈夫必有四方之志，乃仗劍去國，辭親遠遊；南窮蒼梧，東涉溟海」。然後到安陸（今屬湖北）被故相許圉師家招親，「妻以孫女」（〈上安州裴長史書〉）。從此「酒隱安陸，蹉跎十年」（〈秋於敬亭送從姪耑遊廬山序〉）。出蜀初期，雖還有任俠舉動，如丐貸營葬友人吳指南的「存交重義」，在揚州不到一年「散金三十萬」接濟落魄公子等事，但通過「黃金散盡交不成」（〈答王十二寒夜獨酌有懷〉）的教訓後，基本上結束了任俠生活。他在〈淮南臥病書懷寄蜀中趙徵君蕤〉詩中第一次提到「功業莫從就，歲光屢奔迫」。他所謂的「功業」，在安陸寫的〈代壽山答孟少府移文書〉中曾申述說：「申管晏之談，謀帝王之術，奮其智能，願為輔弼。使寰區大定，海縣清一，事君之道成，榮親之義畢，然後與陶朱、留侯，浮五湖，戲滄海，不足為難矣。」就是要以范蠡、張良為榜樣，輔佐君王，建功立業，然後功成身退。這實際上是儒家積極用世、兼濟天下的思想與道家「知足」、「知止」思想的結合，並帶有明顯的縱橫家色彩。從此他為實現這一理想目標而奮鬥了一生。要實現輔佐君王的理想，當時有兩條路可走。一是大部分士子走的通過科舉考試，慢慢地從小官升遷到卿相；但李白「不求小官，以當世之務自負」（劉全白〈唐故翰林學士李君碣記〉）；於是選擇了另一條道路——隱逸以待明主徵召，以布衣一舉而為卿相。這條路在唐前期是可行的，唐代皇帝經常下令各地長官推舉隱逸之士，參與政治。武后時的盧藏用，屢試不第，後來隱居終南山，得到武后召見，出山做官，一直做到尚書左丞。當時著名道士司馬承禎說這是「仕宦之捷徑」（《新唐書・盧藏用傳》）。但李白在安陸隱居未能建立聲譽，從〈上安州裴長史書〉中可以看出他在安陸受到譭謗，大約在開元十八年（西元七三〇年），他懷著「西入秦海，一觀國風，何王公大人之門不可曳長裾乎？」（〈上安州裴長史書〉）的目的初入長安，隱居終南山，結識了玄宗寵婿衛尉卿張垍，請求援引，可是張垍沒有幫助他。接著西遊邠州（今陝西彬縣）、坊州（今陝西黃陵）尋覓知己，可是位卑職小的朋友們更無法幫助他找到「一佐明主」的機會。李白終於悲憤地吟唱著「大道如青天，我獨不得出」（〈行路難〉其二），頹喪而歸。應道友元丹丘邀請，隱居嵩山。但當他聽到善於獎掖後進的韓朝宗出任荊州長史兼襄州刺史（治所在今湖北襄陽）時，又立即寫了〈與韓荊州書〉，並前往揖拜，希望得到他的推薦。可是韓朝宗沒有賞識他。他只能借酒澆愁，與好友元演遊洛陽、太原，又到隨州去見道士胡紫陽。後移家山東兗州，與孔巢父等隱於徂徠山，人稱「竹溪六逸」。其間有過遊仙思想，但始終未能忘情功業，時常發出「功業若夢裏，撫琴發長嗟」（〈早秋贈裴十七仲堪〉）的感嘆。這一時期寫了許多樂府詩，深信終有一天能施展自己的抱負。

(三)

從四十二歲到四十四歲（西元七四二—七四四年），是李白供奉翰林時期。天寶元年（西元七四二年），由於好友元丹丘通過玉真公主的推薦，唐玄宗下詔徵召李白進京。李白認為實現理想的機會來了，興高采烈地告別兒女奔赴長安。一開始玄宗確實給李白以殊遇：「降輦步迎，如見綺皓。以七寶牀賜食，御手調羹以飯之。……置於金鑾殿，出入翰林中。問以國政，潛草詔誥，人無知者。」（李陽冰〈草堂集序〉）李白也覺得很光榮，決心「盡節報明主」，酬謝「君王垂拂拭」的知遇之恩（〈駕去溫泉宮後贈楊山人〉），並切盼升遷。但實際上玄宗只把他當作侍從文人，主要讓他寫些〈宮中行樂詞〉、〈清平調詞〉等點綴歌舞昇平的作品，並沒有提拔他做朝廷大臣的打算。據魏顥（原名魏萬）〈李翰林集序〉記載，玄宗本來準備讓李白擔任中書舍人，可是，「以張垍讒逐」，其事未成。李白對此非常氣憤，後來他經常提到此事：「讒惑英主心，恩疏佞人計」（〈答高山人〉）。由於佞人進讒，玄宗就疏遠李白，李白因而浪跡縱酒，並請求還山，玄宗順水推舟，「乃賜金歸之」（〈草堂集序〉）。天寶三載（西元七四四年）暮春，李白終於離開了朝廷。實際只有一年半的翰林供奉生活，使李白對唐王朝的腐敗政治有了深刻的認識，而追求功業的思想卻被消極頹放的思想所代替了。

天寶三載秋天，是中國詩歌史上值得紀念的日子。詩壇兩曜——李白和杜甫終於相遇了。杜甫自結東吳越、齊趙之行，回到洛陽已有兩年。這年五月繼祖母范陽太君（祖父杜審言的繼室）卒於陳留之私第，八月歸葬偃師，杜甫作墓誌，奔走於陳留（今河南開封）、偃師（今屬河南）之間。李白這年暮春被賜金還山出京後，在商州盤桓一些時日，又到南陽與趙悅相處了一段日子，秋天也來到梁（開封）宋（今河南商丘）。「李白與杜甫相遇梁宋間，結交歡甚」（《唐詩紀事》卷一八引《彰明逸事》）。當時李白一心求仙訪道，杜甫對李白非常仰慕，對自己在洛陽二年經歷的機巧生活感到厭惡，所以受李白思想的影響，也和他一起求仙訪道。杜甫在第一首〈贈李白〉詩中就談到「李侯金閨彥，脫身事幽討。亦有梁宋游，方期拾瑤草。」當時詩人高適也正在梁宋一帶漫遊，於是三人同登吹臺，慷慨懷古。又同遊「梁孝王都」的宋州，還到單父孟諸澤縱獵。當時詩人賈至正在單父縣尉任，當參與了共同活動。所以「梁宋游」時有不少詩壇明星圍繞在兩曜周圍。不久，高適離梁宋東行，李白赴齊州紫極宮從高如貴道士受道籙，杜甫赴兗州省父，暫時分手。次年春，李白到兗州家中與兒女團聚，再與杜甫同遊，泗水邊賞春，同訪范居士，同到東蒙山元丹丘處作客。杜甫〈與李十二同尋范十隱居〉詩說：「醉眠秋共被，攜手日同行。」可見友誼之深。這年夏天，他們還曾一起到齊州（今山東濟南），與李邕、高適、盧象等詩人相會。齊州之會也是詩壇兩曜和眾星相聚的盛事❺。這年秋天，杜甫告別李白，李白有〈魯郡東石門送杜二甫〉詩。從此兩人再也沒有見面，但他們都經常思念著對方。杜甫走後不久李白便有〈沙丘城下寄杜甫〉詩，杜甫則有更多憶念、夢見李白的詩。

(四)

從四十四歲離開長安後到五十五歲（西元七四四—七五五年），是漫遊時期，也是思想極為複雜的時期。遊梁宋、齊魯時，道教思想佔上風，加入了道士行列。他說：「我本不棄世，世人自棄我。」（〈贈

❺ 詳見拙著《天上謫仙人的祕密——李白考論集．李杜交遊新考》，臺灣商務印書館一九九七年版。

蔡山人〉）以此表示對現實的反抗。其實李白也明知神仙世界是虛幻的，他在告別東魯南下會稽時寫的〈夢遊天姥吟留別〉中寫道：「海客談瀛洲，煙濤微茫信難求。」所以當他在江南獲悉奸相李林甫在朝中製造冤獄，好友李邕、李適之等橫遭慘死、崔成甫受累被貶時，便立即從棄世思想中驚醒，深深為國事憂慮。特別是朝廷內外盛傳安祿山在北方招兵買馬、陰謀叛亂時，他更不顧安危，深入虎穴探看虛實。目睹安祿山囂張氣焰後，預感到唐王朝將出現災難，譴責「君王棄北海，掃地借長鯨」，奔到黃金臺上哭昭王。回到江南宣城後，他一直注視著事態的發展。當時楊國忠兩次發動對南詔的戰爭都遭全軍覆沒，使國家和人民遭受重大損失，李白寫了〈書懷贈南陵常贊府〉、〈古風〉其三十四「羽檄如流星」等詩篇，譴責將領的無能，表達了詩人對國事的關切以及對人民遭難的同情和沉痛心情。此時李白濟世思想甚切，只恨報國無門。

(五)

五十五歲到六十二歲（西元七五五—七六二年），是安史之亂時期，也是李白報國蒙冤時期。天寶十四載（西元七五五年）冬，安祿山叛亂時，李白正在梁園，匆匆攜夫人宗氏逃難，由梁園經洛陽到函谷關，西上蓮花山。次年春又南下宣城，經溧陽到杭州，後來在廬山屏風疊隱居。當時兩京陷落，玄宗逃往蜀中，永王李璘受命為江陵大都督，經略南方軍事。當永王水師東下到達潯陽（今江西九江市）時，三次徵召李白，在國家危難時刻，李白認為「苟無濟代心，獨善亦無益」（〈贈韋祕書子春〉），抱著平叛志願，參加了永王幕府。他天真地認為這是報效祖國的好機會，正當他自比謝安，高唱著「為君談笑靜胡沙」（〈永王東巡歌〉）時，統治階級內部矛盾激化了。此時太子李亨在靈武（在今寧夏自治區）即位，是為肅宗，尊玄宗為太上皇，並下令永王李璘回蜀中。李璘剛愎自用，不從命，肅宗即派兵討伐。永王部下頃刻之間成鳥獸散。李璘被殺，李白也被繫潯陽獄中。經御史中丞宋若思和宣慰大使崔煥等營救，才得以出獄，但不久又被判流放夜郎。欲報效祖國卻反而獲罪，李白痛心疾首。幸而在乾元二年（西元七五九年）春因天旱而發佈大赦令，李白纔在流放途中的白帝城遇赦獲釋。回到江夏，又盼望朝廷能起用他。認為「今聖朝已捨季布，當徵賈生」（〈江夏送倩公歸漢東序〉），請江夏太守韋良宰回朝時不要忘了推薦自己。經歷大難的李白仍想為祖國出力，可是朝廷不需要他。他在江夏、瀟湘徘徊等了幾個月，毫無消息，便懊喪地回到豫章（今江西南昌），與夫人宗氏團聚。後又重遊宣城等地，但他報效祖國的熱情並未消退。上元二年（西元七六一年），當他聽說太尉李光弼出鎮臨淮時，六十一歲高齡的李白又毅然從軍，希望發揮鉛刀一割之用。不幸因病半途折回，次年冬天病逝於當塗（今屬安徽省）。「大鵬飛兮振八裔，中天摧兮力不濟」（〈臨終歌〉），他為自己的理想未能實現而抱恨終生！

二、李白的思想抱負以及對他的評價

上面我們介紹了李白的生平事蹟，同時也談到了各個時期思想的演變和發展，可以看出，李白的思想是很複雜的，但前賢對李白的主導思想始終未能取得一致的意見。有的認為「李白的主導思想還是任俠」❻；有的認為「李白正是反映道教思想的傑出代表」❼；有的認為李白的主導思想是「法家思想」，是個「尊法非儒的人物」❽；有的認為李白「是一個道教徒，在接受各種思想的影響中，受道教思想的影響最多」，「求仙學道是他追求的一個生活目的」❾等等。其實，這些說法都是片面而不正確的。

❻ 張志岳〈略論李白〉，見《李白研究論文集》，中華書局一九六四年版。
❼ 范文瀾《中國通史簡編》第三編第七章。
❽ 吳汝煜〈論李白的法家思想〉，見《學習與批判》，一九七六年第二期；劉大杰《中國文學發展史》，一九七六年版第二冊第五章。
❾ 李長之《道教徒的詩人李白及其痛苦》，一九四一年重慶商務印書館鉛印本；喬象鍾〈李白的風格、思想特點及其社會

所謂任俠思想，只是李白青少年時代一個階段的思想和行為，與當時的環境有很大關係，至二十七歲後就很少再有這種表現。所謂法家思想和尊法非儒，人們往往以〈嘲魯儒〉一詩為代表，其實，該詩只是嘲笑死守章句、不懂經世濟民、不通時變的腐儒而已，詩中以叔孫通自喻，而叔孫通正是懂得時變的儒家代表人物。此外，李白有些詩以「鳳歌笑孔丘」的楚狂接輿自喻，實際上只是失意後的牢騷，都不能說明是「尊法非儒」。恰恰相反，李白在許多詩中讚頌孔子為「大儒」，敬仰孔子的積極作為。至於道家思想和道教迷信，對李白的影響確實很深。在許多詩歌中，可以看到老、莊思想的表現，乃至嚮往道教神仙、幻想羽化昇天的遊仙詩，則非常多。特別是在天寶三載被賜金還山後，在漫遊梁、宋、齊、魯期間，曾請北海高天師授道籙，正式加入道士籍，真可以說成了一名道教徒。但是，這只是表面現象。試想：如果李白真的只是一個道教徒，一生受道家思想支配，那就應該像司馬承禎、李含光、吳筠等人一樣，安於隱居生活，不會熱衷於追求功名，也就不會有供奉翰林時嚮往「雲漢希騰遷」的思想，更不會有後來參加永王李璘幕府，歌頌永王東巡，落得個繫潯陽獄、又被流放夜郎的下場，所有這些政治悲劇就不會在他身上發生。更不會在遭此劫難後，六十一歲高齡時還暮年從軍，冀鉛刀一割之用。由此可見，李白絕不只是一個道教徒，他一生的主導思想絕不是道家思想。恰恰相反，從他出蜀後一生活動事蹟看，從他詩文中表現出來的思想看，他一生的最大理想就是「安社稷」、「濟蒼生」，希望自己能像歷史上的管仲、張良、諸葛亮、謝安那樣成為王者師，做出一番轟轟烈烈的事業，然後功成身退。可以說，正是這種積極入世追求功業的思想支配了他的一生，也可以說，李白追求功業的思想，比同時代任何人更為強烈。所謂任俠、隱居、干謁、求仙問道、遊說諸侯等等，都只是為了抬高自己的身價，達到他理想目標的一種手段而已。關於這個問題，筆者曾發表過〈論李白思想的形成與發展〉一文⑩，可參讀。

根源〉，《文學評論》一九七九年第四期。

⑩ 見《天上謫仙人的秘密——李白考論集》，臺灣商務印書館一九九七年版。

至於李白的理想和抱負為什麼不能實現？對此應該怎樣評價？我想起安徽馬鞍山采石磯李白紀念館中有吳鼒寫的一副對聯。其上聯曰：「謝宣城，何許人，只憑江上五言詩，教先生低首。」其下聯曰：「韓荊州，差解事，肯讓階前盈尺地，使國士揚眉。」對得非常工整。尤其是上聯用範圍副詞「只」，下聯用反詰副詞「肯」，把作者揶揄調侃李白的神情巧妙地表達出來了。只，僅也；肯，豈也。意思是說：南朝齊代的宣城太守謝朓，是個什麼樣的人，僅靠「澄江淨如練」這樣的五言詩，讓李白低首欽敬；唐朝的荊州長史韓朝宗，頗為明白事理，豈能讓出官場地盤，使不善從政的李白揚眉做官！言外之意是：李白的詩歌藝術成就，早就大大地超過謝朓，所以李白實在不需要一生俯首謝宣城。而李白不善於政治權術，韓朝宗比較理解李白的性格，怎能讓出官位舉薦他，使詩人忘乎所以？關於這副對聯，早在一九八六年八月十五日我應《馬鞍山報・副刊》特約，寫過〈吳鼒對聯乃揶揄李白之作〉一文，可惜當時只有上海古籍出版社老編審朱金城先生撰文贊同拙見，不少年輕的讀者卻不懂古漢語中「肯」字是反詰副詞作「豈」解⑪，他們用現代漢語解釋「肯」作能願動詞，而且還加「如果」二字進行解釋說：韓荊州如果比較懂事，肯讓出階前盈尺地，就能使李白揚眉吐氣。他們認為上聯是讚揚李白的謙虛，下聯是批評韓朝宗的不識人。這種看法至今尚有人在。他們認為：下聯稱李白為「國士」，說明是肯定和讚揚李白，其實，「國士」原是李白〈與韓荊州書〉中恭維韓朝宗的稱呼，這裡移用於李白，與上聯的「先生」相同，都帶有揶揄調侃之意。質言之，這副對聯用調侃的語氣，上聯是對李白文學成就的評價，下聯則是對李白政治識見的評價，雖是揶揄調侃語氣，實際上卻是比較公允的。

關於李白的政治識見，歷史上已有許多人發表過意見。雖然李白有很高的理想與抱負，以「安社稷」、「濟蒼生」為己任，經常以管仲、范蠡、張良、諸葛亮、謝安等歷史上的傑出政治家自比，但實際上他並沒有像上述人物那樣具備「運籌帷幄之內，決勝千里之外」的才能。恰恰相反，當國家政治、軍事發

⑪ 張相《詩詞曲語詞匯釋》已用大量的例證說明。

生重大變化的關鍵時刻，李白不能清醒地認識形勢，往往提出錯誤的主張和做出錯誤的舉動。安史之亂是李白一生經歷中最重大的政治事件。他對安祿山的叛亂給國家和人民造成的災難十分痛恨，在詩中大聲責問：「白骨成丘山，蒼生竟何罪」（〈贈江夏韋太守良宰〉）！他表示要「誓欲斬鯨鯢，澄清洛陽水」！這種愛國愛民的精神是十分可貴的，但他並沒有找到正確的出路。就拿他參加永王李璘幕府一事來說，雖然李白主觀上是想報效祖國，建功立業，但他對李璘的「異志」缺乏認識。《舊唐書·玄宗諸子傳》：「永王璘，玄宗第十六子也。……（天寶）十五載六月，玄宗幸蜀，至漢中郡，下詔以璘為山南東路及嶺南黔中江南西路四道節度採訪等使、江陵大都督，餘如故。七月至襄陽，九月至江陵，召募士將數萬人，恣情補署，江淮租賦，山積於江陵，破用鉅億。以薛鏐、李臺卿、蔡坰為謀主，因有異志。肅宗聞之，詔令歸覲於蜀，璘不從命。十二月，擅領舟師東下。」由此可知，當時肅宗已即位，並已下詔命永王李璘「歸覲於蜀」，「璘不從命」，「擅領舟師東下」，目的是「因有異志」。但李璘「雖有窺江左之心，而未露其事」，所以當時有些將士如季廣琛等跟隨李璘東下，還以為是去抗擊安祿山叛軍。等到李璘東至丹陽郡，肅宗下令討伐李璘時，季廣琛纔「謂諸將曰：『與公等從王，豈欲反邪？上皇播遷，道路不通，而諸子無賢於王者。如總江淮銳兵，長驅雍洛，大功可成。今乃不然，使吾等名絓叛逆，如後世何？』」於是諸將都叛離永王而去。其實在此之前，當時有識之士對於李璘東下多持躲避不合作態度。如《資治通鑑》至德元年十二月記載，肅宗敕永王「歸覲於蜀，璘不從」時，「江陵長史李峴辭疾赴行在。」胡三省注：「璘將稱兵，峴不欲預其禍也。」邵說〈有唐相國贈太傅崔公（祐甫）墓誌銘〉曰：「屬祿山構禍，……尋江西連帥皇甫侁表為廬陵郡司馬，兼倅戎幕。時永王總統荊楚，搜訪俊傑，厚禮邀公，公以王心匪臧，堅臥不起。人聞其事，為之惴栗，公臨大節，處之怡然。」李華〈揚州功曹蕭穎士文集序〉：「辭官避地江左，永王修書請君，君遁逃不與相見。」《舊唐書·孔巢父傳》：「永王璘起兵江淮，聞其賢，以從事辟之，巢父知其必敗，側身潛遁，由是知名。」李白自己寫的〈天長節使鄂州刺史韋公德政碑〉曰：「曩者永王以天人授鉞，東巡無名。利劍承喉以脅從，壯心堅守而不動。」為什麼崔祐甫、蕭穎士、孔巢父、鄂州刺史韋良宰等都知道永王之心「匪臧」，「東巡無名」，早就認識到永王必敗，所以無論怎樣威脅都不從，而李白卻就入其幕呢？這有兩個原因，一是李白的功名心太強，一是李白的政治識見不高。這從他後來參加宋若思幕府時寫的〈為宋中丞請都金陵表〉也可看出。他認為：「今自河以北，為胡所凌；自河之南，孤城四壘。大盜蠶食，割為洪溝；……臣伏見金陵舊都，地稱天險。龍盤虎踞，開局自然。六代皇居，五福斯在。雄圖霸跡，隱軫由存。咽喉控帶，縈錯如繡。天下衣冠士庶，避地東吳，永嘉南遷，未盛於此。……伏惟陛下因萬人之蕩析，乘六合之譸張，去扶風萬有一危之近邦，就金陵太山必安之成策。苟利於物，斷在宸衷。」李白完全不理解肅宗駐行在扶風是為了收復兩京的重要意義，卻認為南北分裂的大局已定，又將出現南北朝局面，所以力主遷都金陵。可見他政治識見極低。李白始終認為永王是奉父皇之命行動，全然不懂何以成為叛逆。他缺乏皇室正統繼承的順逆觀念，認為肅宗和永王只是同室操戈。正因為如此，李白同時還寫下了樂府詩〈上留田行〉，詩中有「昔之弟死兄不葬，他人於此舉銘旌」、「參商胡乃尋天兵？孤竹延陵，讓國揚名」、「尺布之謠，塞耳不能聽」等句，〈樹中草〉有「如何同枝葉，各自有枯榮」等句，顯然都是用比興手法借古諭今，諷刺肅宗兄弟不能相容。李白始終不認為肅宗是以正討逆。羅大經《鶴林玉露》卷六引朱文公曰：「李白見永王反，便從臾之，詩人沒頭腦至於如此。」在這點上，說得是很對的。所以李白只能做個偉大的詩人，卻絕不可能成為傑出的政治家。

三、李白詩歌的主要內容

李白在政治上不得志，未能實現「安社稷」、「濟蒼生」的理想抱負，但在詩歌創作上他充分施展了才華，為後人留下了十分珍貴的文學遺產。李白詩歌今存千首，全面而深刻地反映了那個時代的精神風貌和社會生活。開元時代是帶有浪漫情調、封建社會達到頂峰的時代，李白一生以大鵬自喻，二十四歲出蜀時寫的〈大鵬遇希有鳥賦〉，後來改寫題為〈大鵬賦〉，即以「激三千以崛起，向九萬而迅征」的大鵬形象，表現自己不同凡俗的性格、氣概和抱負。直到臨終時他還自比大鵬，充分顯示出高傲的個性和宏大的氣魄。他相信自己的才能會有施展的機會，「天生我材必有用」（〈將進酒〉），「長風破浪會有時，直挂雲帆濟滄海」（〈行路難〉其一），「東山高臥時起來，欲濟蒼生應未晚」（〈梁園吟〉），經常在詩中以管仲、張良、諸葛亮、謝安自比，深信自己能成為王者師。「余亦南陽子，時為〈梁甫吟〉……願一佐明主，功成還舊林。」（〈留別王司馬嵩〉）一旦機會來到，他興高采烈：「仰天大笑出門去，我輩豈是蓬蒿人！」（〈南陵別兒童入京〉）歌頌朝廷「巨海納百川，麟臺多才賢」（〈金門答蘇秀才〉），決心要「盡節報明主」（〈駕去溫泉宮後贈楊山人〉）。李白〈古風〉其四十六寫唐王朝國勢，〈君子有所思行〉描繪長安形勢，都充分體現了時代精神，也就是人們常說的盛唐氣象。

盛唐時代也有弊政，有許多不合理現象，李白對此都作了深刻的揭露和批判。早在開元年間李白初入長安時，就寫有〈古風〉其二十四「大車揚飛塵」，揭露宦官、鬥雞徒驕橫跋扈的囂張氣焰，〈行路難〉等詩抒發了有志之士找不到出路的苦悶。〈古風〉其十六「天津三月時」揭露貴族官僚驕奢淫逸生活，〈梁甫吟〉描繪了君王被雷公、玉女、閽者等小人所包圍，有才能的人見不到明主的情景。天寶年間，李林甫、楊國忠相繼為宰相，排擠陷害賢能之士，李白寫了許多詩歌揭露「珠玉買歌笑，糟糠養賢才」（〈古風〉其十五）、「梧桐巢燕雀，枳棘棲鴛鸞」（〈古風〉其三十九）、「雞聚族以爭食，鳳孤飛而無鄰；蝘蜓嘲龍，魚目混珍；嫫母衣錦，西施負薪」（〈鳴皐歌送岑徵君〉）的不合理現實。甚至把批判的矛頭直指唐玄宗，把他比作殷紂王、楚懷王，把被李林甫陷害的李適之、崔成甫等比作古代忠良賢臣：「殷后亂天紀，楚懷亦已昏。夷羊滿中野，菉施盈高門。比干諫而死，屈平竄湘源」（〈古風〉其五十一）。

詩人晚年還在〈澤畔吟序〉中為崔成甫的遭遇鳴不平，追敘當年李林甫陷害韋堅案件牽連數十人的恐怖氣氛。

李白所處的時代發生過多種不同性質的戰爭，他的詩歌都作了正確的反映。對於抵禦和抗擊外族入侵的戰爭，就寫詩高歌祝頌，如〈塞下曲六首〉、〈白馬篇〉等描寫「橫行負勇氣，一戰靜妖氛」、「叱咤經百戰，匈奴盡奔逃」的英雄氣概，〈送梁公昌從信安王北征〉、〈送白利從金吾董將軍西征〉等鼓勵友人英勇殺敵，凱旋而歸。對於統治階級發動的黷武戰爭，如天寶年間楊國忠發動對南詔的兩次戰爭，李白寫有〈古風〉其三十四「羽檄如流星」、〈書懷贈南陵常贊府〉等詩予以揭露批判。而對於安史之亂，李白從國家命運和人民安定出發，寫了許多積極支持朝廷平叛戰爭的詩篇，李白在〈古風〉其十九「西上蓮花山」中揭露敵人的兇殘和無恥：「流血塗野草，豺狼盡冠纓。」在〈贈江夏韋太守良宰〉詩中責問：「白骨成丘山，蒼生竟何罪！」〈贈張相鎬二首〉表示：「誓欲斬鯨鯢，澄清洛陽水！」充分表現出同情人民和仇恨敵人的深切感情。

李白對人民的艱苦生活和不幸遭遇都非常關心和同情。〈丁都護歌〉寫縴夫的繁重勞動，〈北風行〉敘幽州思婦在丈夫出征戰死後的劇烈悲痛，〈宿五松山下荀媼家〉描寫農家艱苦生活和殷勤招待，詩人都灑下同情之淚。

李白熱愛祖國山川，寫有許多描繪自然景物的詩。他的筆下有廬山飛瀑，蜀道奇險，〈西岳雲臺歌送丹丘子〉中籠罩著神話氣氛的華山，〈將進酒〉、〈公無渡河〉中奔騰咆哮的黃河，〈關山月〉中的蒼茫天山，〈橫江詞〉中的長江風浪，都寫得驚心動魄。還有寫大自然明媚秀麗的景色，〈渡荊門送別〉的「月下飛天鏡，雲生結海樓」，〈夜下征虜亭〉的「山花如繡頰，江火似流螢」，〈秋登宣城謝朓北樓〉的「兩水夾明鏡，雙橋落彩虹」等等，充滿健康明朗氣息。李白特別愛用具有透明意象的詞寫景，諸如碧山、淥水、白玉、明月等景色，在他的詩中俯拾即是。尤其是對明月，詩中最多。〈古朗月行〉、〈峨眉山月歌〉、〈靜夜思〉等，都是賦明月的。李白一生欽仰六朝詩人謝朓，就因為謝詩有「澄江淨如練」那樣清新明麗的詩句，說明李白秉性就嚮往光明晶瑩的景物。

李白性格疏放倔強，自視極高，不做小官，欲一舉取卿相。生活瀟灑自在，擺脫家庭、環境束縛。自以為在天下大亂時能施展自己的才華。他在許多詩中自抒抱負。同時，他又表現出蔑視權貴、否定功名富貴的思想。如〈夢遊天姥吟留別〉詩說：「安能摧眉折腰事權貴，使我不得開心顏！」〈答王十二寒夜獨酌有懷〉又說：「嚴陵高揖漢天子，何必長劍拄頤事玉階。達亦不足貴，窮亦不足悲。」明確表示對獨立人格和自由生活的追求。功名富貴本是士子的追求目標，李白詩卻說：「鐘鼓饌玉不足貴，但願長醉不復醒。」（〈將進酒〉）「功名富貴若長在，漢水亦應西北流。」（〈江上吟〉）當然，有些詩是失意後的牢騷，但李白對功業的追求確實不是為了牟取富貴，而主要是為了顯示「安社稷」、「濟蒼生」的才能。

以上只是敘述了李白詩歌的主要內容，其實他的詩歌內容是非常豐富的，涉及社會的各個方面乃至日常生活，不可能逐一介紹，只能從略。

四、李白詩歌的藝術特色與成就

李白詩歌藝術的最大特點是融合了屈原和莊周的藝術風格。在他的作品中，經常綜合運用豐富的想像、極度的誇張、生動的比喻、縱橫飛動的文字、充沛的氣勢，形成獨特的雄奇、奔放、飄逸的風格。龔自珍〈最錄李白集〉說：「莊屈實二，不可以并；并之以為心，自白始。」李白的作品既有屈原執著熾熱的感情，又有莊周放達超脫的作風。這在他的樂府詩、歌吟體詩以及絕句中最能體現這個特點。

(一)樂府詩

李白詩歌藝術成就最高的是樂府詩。詩人自己也認為擅長樂府，晚年在江夏還把古樂府之學傳授給好友韋冰的兒子韋渠牟⑫。李白現存樂府詩一百四十九首，多為舊題樂府。這些詩與古辭和前人創作已經形成的傳統題材、主題、氣氛、節奏有緊密聯繫。如〈陌上桑〉、〈陽叛兒〉等內容與古辭相同，〈白頭吟〉寫卓文君故事，與本事緊密相連。〈夜坐吟〉、〈玉階怨〉等明顯是模擬鮑照、謝朓的同題作品。即使像〈丁都護歌〉似乎與原曲主題無關，但詩中仍有「一唱〈都護歌〉，心摧淚如雨」，說明創作時對原樂曲的悲慘意境有深切的聯想。李白樂府包括〈靜夜思〉、〈宮中行樂詞〉等新題樂府在內，幾乎都是寫戰爭、閨怨、宮女、飲酒、思鄉、失意等傳統題材的，而且在表現這些題材時，總是將個別特定的感受轉化為普遍傳統的形象表現出來。例如〈戰城南〉，有漢樂府本辭，經過梁、陳的吳均、張正見以及唐初盧照鄰的創作，已經形成描寫北方戰爭悲慘形象的特定內容。儘管李白的〈戰城南〉可能是對唐代某一戰爭的獨特感受，也寫到一些具體地名，但很難具體考證出寫的是哪一次戰爭，給人的印象並不是某個特定戰役的反映，而是自古以來北方戰爭的集中概括，與古辭主題相同。又如〈將進酒〉的主題也與前人之作類似，但李白詩中充滿樂觀豪邁之情：「黃河之水天上來，奔流到海不復回！」這種合理的極度誇張使黃河具有震撼人心的魅力。他的偉大之處，並不在於擴大題材，改換主題，恰恰相反，他是在繼承前人創作總體性格的基礎上，沿著原來的方向把這題目寫深、寫透、寫徹底，其文筆縱橫馳騁，發揮到淋漓盡致、無以復加的境地，從而使後來的人難以為繼，再也無法在這一舊題內超越他的水準。

李白的樂府詩多表現出渾成氣象，多用比興手法，不顯露表現意圖，這在一些代表作雜言樂府中尤為明顯。同時，他又把瑰麗奇幻的想像注入這些作品，使樂府舊題獲得新的生命。前人對此特點已有評

⑫ 詳見拙著《天上謫仙人的祕密——李白考論集・李白暮年若干交遊考索》。

述。如《河嶽英靈集》論李白詩說：「至如〈蜀道難〉等篇，可謂奇之又奇，然自騷人以還，鮮有此體調也。」李陽冰〈草堂集序〉說：「其言多似天仙之辭，凡所著述，言多諷興。」王世貞《藝苑卮言》卷四：「太白古樂府，窈冥惝恍，縱橫變幻，極才人之致。」這些都是指李白樂府故意不點出主題寓意，多比興寄託而使之有豐富的內涵。這些特點造成李白許多樂府代表作至今存在很大的認識分歧。妙處還在於這些樂府可以允許有的人認為有寄託，有的人認為沒有寄託，所以胡震亨《唐音癸籤》卷三說：「樂府妙在可解可不解之間。」但如果我們掌握了這些特點後，對李白一些有分歧的代表作也可以取得較為一致的認識。如〈蜀道難〉的主旨和寓意是歷來分歧最大的，前人作品中，陰鏗的〈蜀道難〉已有「蜀道難如此，功名詎可要」的思想，唐人姚合〈送李餘及第歸蜀〉詩也認為李白〈蜀道難〉乃因功業無成而作：「李白〈蜀道難〉，羞為無成歸。子今稱意行，蜀道安覺危！」由此可以明白李白在詩中再三用「蜀道之難，難於上青天」的極度誇張，正是寄寓著初入長安追求功業無門而鬱積的強烈苦悶。李白現存的樂府代表作，大都是出蜀以後追求功業時期的作品，尤其是初入長安失意歸來後所作的居多。〈梁甫吟〉原是諸葛亮出山前隱居隆中之作，李白選用此題表明自己亦未出山。作品開頭就說：「長嘯〈梁甫吟〉，何時見陽春？」可知尚未見過明主。詩中用雷公、玉女、閽者等神話中形象以喻張垍等小人，寫出了自己初入長安被小人阻於君門之外的激憤心情。後期的〈北風行〉則一開頭用極度誇張的形象渲染嚴酷氣氛：「燕山雪花大如席，片片吹落軒轅臺。」最後又用「黃河捧土尚可塞，北風雨雪恨難裁」這樣極度誇張的比喻，將思婦失去丈夫後的深切痛苦刻畫得入木三分。由此可見，李白把舊題樂府發展到頂峰，給舊題樂府賦予了新的生命，對舊題樂府作了輝煌、偉大的完成和總結。從此以後，再也沒有人能用樂府舊題寫出超越李白的作品。

㈡歌吟體

李白的歌吟體詩現存約八十餘首，有不少是送別留別詩。如〈白雲歌送劉十六歸山〉、〈鳴皐歌送岑徵君〉、〈夢遊天姥吟留別東魯諸公〉、〈西岳雲臺歌送丹丘子〉、〈宣州謝朓樓餞別校書叔雲〉（應作〈陪侍御叔華登樓歌〉）、〈金陵歌送別范宣〉、〈峨眉山月歌送蜀僧晏入中京〉等等，這類詩與樂府詩不同，不僅因為它沒有舊題的制約，而且因為它不像樂府那樣寄興於客體，相反，它都用第一人稱表現，而且對象明確，創作意圖都在詩中和盤托出，淋漓盡致。如〈夢遊天姥吟留別〉以色彩繽紛、瑰奇壯麗的夢幻和神話相結合的形式，來抒發對現實的感受，但主題卻非常明確：「安能摧眉折腰事權貴，使我不得開心顏！」而並沒有像樂府詩那樣因「迷離惝恍」而使後人對其寓意捉摸不定。歌吟體詩與樂府詩特質的區別，大概就是從李白開始的吧！

(三)古詩

李白五言古詩較多，以〈古風〉五十九首為代表，這是編集者彙編李白數十年間所寫的五言詠懷古詩，並非一時一地之作。這些詩的內容主要是指斥朝政、感傷己遇和抒寫抱負等。這些詩與李白的樂府詩、歌吟體詩不同，寫得比較嚴密，較少誇張跳躍，但也常用比興手法。《唐宋詩醇》說這些詩「遠追嗣宗〈詠懷〉，近比子昂〈感遇〉，其間指事深切，言情篤摯，纏綿往復，每多言外之旨」，基本上說得不錯。但應該說這些作品還是繼承了〈風〉〈雅〉和楚〈騷〉的傳統，如〈古風〉其一「〈大雅〉久不作」就以恢復〈風〉〈雅〉傳統為己任。而五十九首詩中又有不少篇章是學習屈原以香草美人自喻來抒發感慨的。此外，其中有些詠史詩是脫胎於左思，遊仙詩則顯然受到郭璞的影響。這些詩比起前人的作品來，內容更為顯豁，感情更為深摯，意境更為明朗，語言更為流暢。這是李白對〈古詩十九首〉以來一切詠懷詩、感遇詩的重大發展⑬。

⑬ 詳見拙著《天上謫仙人的祕密——李白考論集・論李白古風五十九首》。

㈣律詩

李白的律詩現存一百一十八首，絕大多數為五律，七律僅八首。詩人早年曾花相當功夫攻五律，現存最早詩篇之一〈訪戴天山道士不遇〉，就是一首工穩整飭的五律。開元年間寫的〈渡荊門送別〉、〈送友人入蜀〉、〈江夏別宋之悌〉、〈太原早秋〉、〈贈孟浩然〉等等，平仄對仗都合律，意境也是律詩氣象。天寶初應制立就的〈宮中行樂詞〉，律對非常工切，也可說明李白對五律是有功力的。即使在後期，李白也還有格律嚴整的佳構如〈秋登宣城謝朓北樓〉等作。《唐詩品彙》說：「盛唐五言律句之妙，李翰林氣象雄逸。」沈德潛《唐詩別裁集》也說李白五律「逸氣凌雲，天然秀麗」。從上列諸詩看，李白五律確有一種飛動之勢，英爽之氣，與王維、孟浩然、杜甫不同。尤其是李白還有不少律詩不屑束縛於對偶，往往只用一聯對句，甚或全用散句，有時平仄也不全部協調。如〈夜泊牛渚懷古〉，按平仄協調是一首律詩，但卻沒有一聯對仗，而且最後兩句：「明朝挂帆席，楓葉落紛紛。」含不盡之意於言外，不符合意象應起訖完整的律詩原則。又如〈送友人〉首聯對仗，頷聯卻用「此地一為別，孤蓬萬里征」散句，它和尾聯的「揮手自茲去，蕭蕭班馬鳴」都呈現出詩意的不完結狀態，這是絕句的意境和氣象。七律〈登金陵鳳凰臺〉雖然平仄對仗都符合要求，但首聯反復出現相同的詞語，全詩的氣氛、風格也不像律詩。所以，胡應麟《詩藪》認為「杜（甫）以律為絕，李（白）以絕為律」，是有道理的。

㈤絕句

李白的絕句今存九十多首，歷來一致公認「冠古絕今」。絕句的特點除調韻平仄與律詩相同外，其餘卻相反。即要求散句，不要對仗；要意脈疏放跳躍，突出一點，不要完整嚴密；要含蓄，留有餘地，不要完全說出表現意圖。而這正好符合李白性格，所以李白的絕句寫得最好。王世貞《藝苑卮言》云：

「五七言絕句，李青蓮、王龍標最稱擅場，為有唐絕唱。」胡應麟《詩藪・內編》卷六說：「太白五七言絕，字字神境，篇篇神物。」又說：「太白五言，如〈靜夜思〉、〈玉階怨〉等，妙絕古今。」「太白七言絕，如『楊花落盡子規啼』、『朝辭白帝彩雲間』、『誰家玉笛暗飛聲』、『天門中斷楚江開』等作，讀之真有揮斥八極、凌厲九霄意。賀監謂為謫仙，良不虛也。」李白有些描繪山水和抒發憂憤的絕句，用極度誇張的比喻，充滿超邁奔放的激情。如「飛流直下三千尺，疑是銀河落九天！」寫出雄偉氣勢；「白髮三千丈，緣愁似個長！」顯示深廣憂憤，都富有強烈感染力。李白絕句的特點是：語言明朗，聲調優美，感情深摯，意境含蓄，韻味深長。上列諸詩都有這些特點，所以千百年來膾炙人口，傳誦不絕，確實無人能企及。沈德潛《說詩晬語》卷上說：「七言絕句，以語近情遙、含吐不露為主。只眼前景、口頭語，而有弦外音、味外味，使人神遠，太白有焉。」這些說法都並非過譽。

李白詩歌是他文學主張的實踐。他在〈古風〉其一「〈大雅〉久不作」詩中提出文章貴「清真」，反對「綺麗」，其三十五「醜女來效顰」又提出反對模仿、「雕琢」，主張「天真」、自然。他一生敬仰謝朓詩的「清發」，提出詩歌應當像「清水出芙蓉，天然去雕飾」（〈經亂離後天恩流夜郎憶舊遊書懷贈江夏韋太守良宰〉），這些就是李白的美學理想。李白的詩歌，確實以真率的感情和自然的語言構成「清水芙蓉」之美。方回《雜書》論李白的詩說：「最於贈答篇，肺腑露情愫。何至昌谷生，一一雕麗句？亦焉用玉溪，纂組失天趣？」他認為李白的詩能袒露真情，不像李賀、李商隱那樣雕章琢句，全賴人工。李賀、李商隱的詩，使人總感到如霧裡看花，隔著一層，而李白的詩卻能使人洞見肺腑，這在許多贈送親友的詩歌中特別顯著，他從不掩飾自己的真實情感。追求功業，就給韓朝宗上書說：「而君侯何惜階前盈尺之地，不使白揚眉吐氣、激昂青雲耶！」奉詔進京的喜悅，他就說：「仰天大笑出門去，我輩豈是蓬蒿人！」（〈南陵別兒童入京〉）希望升官，就寫道：「恩光照拙薄，雲漢希騰遷。」（〈金門答蘇秀才〉）得志時人們巴結、失寵後無人理睬的世態炎涼，他寫道：「當時笑我微賤者，卻來請謁為交歡。一朝謝病遊江海，疇昔相知幾人在？前門長揖後門關，今日結交明日改。」（〈贈從弟南平太守之遙〉其一）他被流放遇赦歸來後，認為皇帝又將起用他，就寫道：「聖主還聽〈子虛賦〉，相如卻欲論文章。」（〈自漢陽病酒歸寄王明府〉）即使是些男女治遊言笑，他也不掩飾：「千金駿馬換小妾，笑坐雕鞍歌落梅，車旁側挂一壺酒，鳳笙龍管行相催。」（〈襄陽歌〉）坦率得何等天真可愛。李白詩歌的語言都不假雕琢，自然流暢，明白如話，音節和諧，渾然天成。即王世貞《藝苑卮言》所謂「以自然為宗」。「黃河之水天上來，奔流到海不復回」（〈將進酒〉），「飛流直下三千尺，疑是銀河落九天」（〈望廬山瀑布二首〉），何等雄健！「桃花潭水深千尺，不及汪倫送我情」（〈贈汪倫〉），何等深情！「百年三萬六千日，一日須傾三百杯」（〈襄陽歌〉），何等豪放！「牀前明月光，疑是地上霜，舉頭望明月，低頭思故鄉」（〈靜夜思〉），又是何等清新雋永，通體光華！這些語言，似乎都不假思索，信手寫出，實際上這是李白長期從漢魏六朝樂府民歌和前人優秀作品的語言中吸取養料，加工提煉，終於達到爐火純青的境界。

總之，李白詩歌把中國古代的詩歌藝術推向了頂峰，對後代產生深遠影響。李陽冰〈草堂集序〉稱李白詩「千載獨步，惟公一人」。皮日休〈七愛詩〉稱李白「惜哉千萬年，此俊不可得」。吳融〈禪月集序〉說：「國朝能為歌詩者不少，獨李太白為稱首。」唐代韓愈、李賀、杜牧都從不同方面受過李白詩風的薰陶；宋代蘇軾、陸游的詩，蘇軾、辛棄疾、陳亮的豪放派詞，也顯然受到李白詩歌的影響；而金元時代的元好問、薩都刺、方回、趙孟頫、范德機、王惲等，則多學習李白的飄逸風格；明代的劉基、宋濂、高啟、李東陽、高棅、沈周、楊慎、宗臣、王穉登、李贄，清代的屈大均、黃景仁、龔自珍等，都對李白詩歌非常仰慕，努力學習他的創作經驗。

現在，中國有許多專家學者在認真研究李白詩歌，而且李白詩歌不僅在中國廣泛傳播，還流傳到世界上許多國家，許多國家的學者也在研究李白的詩歌藝術，李白已經不僅是中國而且是全世界的文化名人。美國唐學會會長艾龍（Elling O. Eide）先生、日本早稻田大學松浦友久教授都是著名的李白研究專家。

美國科羅拉多大學柯睿(Paul W. Kroll)教授因崇敬李白，特給自己取個華名叫「慕白」。由此可見李白影響之廣遠。

五、李白詩集版本與本書編寫體例

現存有關李白詩集的主要版本有：一、臺灣學生書局影印的日本靜嘉堂文庫藏宋蜀刻本《李太白文集》（以下全書簡稱「宋本」），這是現存最早的李白全集，價值最高，其收詩也最多，但有不少錯字。二、元至大勤有堂刻本宋楊齊賢集注、元蕭士贇補注《分類補注李太白詩》（以下全書簡稱「蕭本」），這是現存最早的李白詩集注本，但收詩比宋本少十首，多出〈憶秦娥〉、〈菩薩蠻〉兩首詞。其注較蕪雜。三、《四部叢刊》影印明郭雲鵬重刊《分類補注李太白集》（以下全書簡稱「郭本」），此書即刪削蕭注、在〈古風五十九首〉中另增徐禎卿評語而成，錯字亦不少。四、南京圖書館藏清初刻本胡震亨《李詩通》（以下全書簡稱「胡本」），此書分詩體排列，其注少而精。五、清康熙繆曰芑翻刻宋本《李太白文集》（以下全書簡稱「繆本」），此書改正宋本中的錯字有二百三十多處。六、清乾隆刊本王琦《李太白文集輯注》（一作《李太白全集》）（以下全書簡稱「王本」），此書注釋詳簡得當，較為正確，故迄今為最通行的本子。七、清光緒劉世珩玉海堂《景宋咸淳本李翰林集》（以下全書簡稱「咸本」），其實，真的宋代咸淳刊本早已亡佚，今存都是明清兩代的翻刻本，這些翻刻本較好保存了原貌，故仍稱之為「咸本」。

本書正文以宋本前二十四卷詩歌部分作為底本，校以上述各本，並參校唐宋總集《河嶽英靈集》、敦煌寫本《唐人選唐詩》、《又玄集》、《才調集》、《文苑英華》、《樂府詩集》等，擇善而從。

關於各本之間的異文，凡宋本是而別本錯的，本書只用宋本文字，別本錯誤不作說明。凡宋本錯而別本是的，則正文改用別本正確的字，在注釋中說明宋本原作「某」，據某本、某本改；如果宋本有夾注「一作某」，與別本正確的字相同，則在注釋中說明宋本原作「某」，夾注：「一作：某」，某本、某本皆作「某」，據改。凡宋本與別本的異文皆可通，或不能確定誰是誰錯，則用宋本的字，在注釋中說明某本、某本作「某」，不加是或非。

全書的編排基本上按宋蜀刻本《李太白文集》的次序，只是宋本第一卷是唐宋人寫的序和碑誌，本書特將此卷內容移至本書最後，作為附錄；將宋本第二卷移前作為第一卷，依次上推，宋本第二十四卷移前作為本書的第二十三卷。另外採收宋本集外詩作為本書的第二十四卷。除此之外，本書的編排次序完全依宋本。

必須說明的是：宋本中用了較多異體字，為方便讀者閱讀，本書將其常用的異體字徑改為正體字。如「牕」徑改為「窗」，「詶」徑改為「酬」，「飜」徑改為「翻」，「揔」徑改為「總」，「謌」徑改為「歌」，「踈」徑改為「疏」，「鷰」徑改為「燕」，「鴈」徑改為「雁」，「劒」徑改為「劍」，「巗」徑改為「巖」，「𦝫」徑改為「腰」，「胷」徑改為「胸」，「蒐」徑改為「魂」，「軄」徑改為「職」，「蹔」徑改為「暫」，「慙」徑改為「慚」，「懃」徑改為「勤」，「勑」徑改為「敕」，「𧿶」徑改為「跎」，「効」徑改為「效」，「却」徑改為「卻」，「皃」徑改為「貌」等。宋本中「揚州」的「揚」皆誤作「楊」，本書亦一律徑改為「揚」。有的異體字保留，則在注釋中說明：某，「某」的異體字。

本書對李白的全部詩歌逐首進行注釋、語譯和研析。但對已經為學術界考定是他人之詩誤入李白集者則在甄辨中加以說明，不作譯注和研析；對附錄於李白集的他人之詩也不作譯注和研析；至於第二十四卷宋本集外詩則根據不同情況進行不同的處理：基本上可以認定是李白之詩或尚未定論但多數學者認可的則加以譯注和研析；基本上可以認定為非李白之詩者則予以甄辨，不作譯注和研析。

在注釋方面，力求做到翔實、精確和清晰。主要是訓釋難懂的詞語和典故，疏通文字，凡運用典故或化用前人詩文的語句，注明出處，提供書證。對詩中出現的人名、官名、地名，都通過查稽典籍和地下出土資料進行考證，提供切實可靠的根據。凡各版本中出現的重要異文，也都在注釋中出校。

在語譯方面，本書力求做到符合詩人創作的原意。但由於李白詩歌長於抒情，不著事跡，很多詩歌意境含蓄，富有跳躍性，讀者往往見仁見智，理解不同。本書的語譯只是根據本人的理解，對詩意進行直譯，不作言外的推測附會。

關於研析，首先是力求考知每首詩的寫作年代，給予編年。但李白詩歌多為抒情詩，許多詩歌無法考知寫作年代，所以無法編年。為了幫助讀者領悟詩意，本書對一些重要的詩篇作了較詳的品評，當然也只是本人的看法。對許多詩篇都採用有話則長、無話則短的原則，根據本人的粗淺體會，作一些簡單的闡發，限於水準，未必能完全表達準確的意旨，僅供讀者參考。

本書是應臺灣三民書局之約而編寫的。我與臺灣三民書局已有多年的交往。早在本世紀初，我應該局之約，撰寫出版了三大本的《新譯左傳讀本》；接著我又應約撰寫出版了《李杜詩選》，據說此書在臺灣各學校作為教材，很有影響，我感到很欣慰。二〇〇二年三月我應臺灣唐代文學學會的邀請，赴臺灣輔仁大學參加「中國文學史的探索學術研討會」，其間曾應邀赴三民書局參觀，承蒙三民書局董事長劉振強先生盛情款待，並得知劉先生與我同為上海人，於是一見如故，交談甚歡，從此我與三民書局的友誼更加深厚。此次約我撰寫《新譯李白詩全集》，我因為種種原因，拖了很長時間，我覺得很對不起劉振強先生和三民書局的許多先生。另，在本書撰寫過程中，得到三民書局編輯部配合協助，謹在此一併致以衷心的謝忱。

郁賢皓　二〇一〇年十二月於金陵寓所

卷一

古風

古風❶五十九首

其一 大雅久不作

〈大雅〉❷久不作，吾衰竟誰陳❸？王風委蔓草❹，戰國多荊榛❺。龍虎相啖食❻，兵戈逮狂秦❼。正聲何微茫，哀怨起騷人❽。揚馬激頹波❾，開流蕩無垠❿。廢興雖萬變，憲章⓫亦已淪。自從建安來，綺麗不足珍⓬。聖代復元古⓭，垂衣貴清真⓮。群才屬休明⓯，乘運共躍鱗⓰。文質相炳煥，眾星羅秋旻⓱。我志在刪述，垂輝⓲映千春。希聖如有立，絕筆於獲麟⓳。

【注 釋】❶古風　古體詩。李白有〈古風五十九首〉，非一時一地之作，當是編集時因性質都是詠懷而被彙集在一起，仿〈古詩十九首〉、阮籍〈詠懷詩〉、陳子昂〈感遇詩〉的成例。❷大雅　《詩經》的一部分，共三十一篇，多為西周時代的作品。舊說「雅」是正的意思，指與「夷俗邪音」不同的正聲。又謂「雅」指王政所由廢興，而王政有大小，故有〈大雅〉、〈小雅〉。〈大雅〉反映王朝的重大措施或事件。❸吾衰句　此句謂孔子衰老，還有誰能編集〈大雅〉這樣的詩歌向天子陳述。《論語・述而》：「子曰：甚矣，吾衰也！」陳，陳述。傳說古代天子命太師搜集詩歌，獻給天子，以觀民風（見《禮記・王制》）。❹王風句　詩人認為春秋之後王者之風被丟棄於草叢之中，形容「王風」衰頹。〈王風〉，《詩經》十五〈國風〉之一。〈毛詩序〉云：「〈關雎〉、〈麟趾〉之化，王者之風。」此處的「王風」乃概指以《詩經》為代表的正聲。❺戰國句　形容戰國時天下大亂，詩壇荒蕪。❻龍虎句　指戰國七雄相互吞併。班固〈答賓戲〉：「於是七雄虓闞，分裂諸夏，龍戰虎爭。」❼兵戈句　此句謂直到狂暴的秦始皇消滅六國，統一天下，戰爭才得以停息。兵戈，戰爭。逮，及；到。❽正聲二句　句謂自從以〈大雅〉為代表的平和雅正之音衰微後，代之而起的是以〈離騷〉為代表的以哀怨著稱的楚辭。正聲，平和雅正的詩歌。茫，宋本原作芒，據蕭本、郭本、胡本、王本改。騷人，指屈原、宋玉等楚國詩人。屈原創作的〈離騷〉是《楚辭》的代表，後因稱楚辭體為騷體詩，稱詩人為騷人。❾揚馬句　此句謂司馬相如、揚雄的賦激揚頹波。揚，宋本原作楊，據蕭本、郭本、王本、咸本改。揚馬，指西漢著名的辭賦家揚雄、司馬相如。❿開流句　開拓了沒有涯際的洪流。無垠，漫無涯際。⓫憲章　指詩歌的法度。⓬自從二句　宋本在「自從」下夾注：「一作：蹉跎」。建安，東漢末獻帝年號（西元一九六—二一九年）。其時以曹氏父子和建安七子為代表的詩歌，內容充實，格調剛健，詩風為之一變，被後世稱為建安風骨。但建安詩歌在格調剛健的同時，也重視辭藻。後來六朝詩歌則單純追求靡麗的辭藻、講究音律對偶，內容卻很空虛，李白認為不足貴。⓭聖代句　此句謂唐朝詩壇一變六朝淫靡之風，恢復了遠古的淳厚質樸。聖代，指詩人所處的唐代。元古，遠古。⓮垂衣句　垂衣，穿著長大的衣服，形容無為而治。《易經・繫辭下》：「黃帝、堯、舜垂衣裳而天下治。」此用以歌頌唐代政治清明。清真，樸素純真，和上文「綺麗」相對。⓯屬休明　適值政治清明。⓰乘運句　乘運共起，如魚得水，騰躍於文壇。運，氣數；運會。⓱文質二句　謂許多詩人的創作內容和形式相互輝映，猶如群星羅列於秋空。文，指辭藻。質，指內容。旻，秋天。⓲垂輝　宋本原作重輝，據蕭本、郭本、王本、咸本改。⓳希聖二句　希聖，仰慕追蹤孔子。有立，有所成就。《史記・孔子世家》記載：魯哀公十四年（西元前四八一年），魯國人打獵時獲麟，孔子認為麒麟被人捕獲，象徵著自己將要死亡，哀嘆說：「吾道窮矣。」遂擱筆不復述。由其修訂的《春秋》即終於是年。

【語　譯】像《詩經·大雅》那樣反映重大事件的詩歌很久已經無人寫作了，孔子哀嘆自己衰老以後還有誰能編集《大雅》這樣的詩歌向天子陳述？春秋以後以《詩經》為代表的王者之風已被丟棄於草叢之中，戰國時代更是天下大亂而詩壇荒蕪。當時七國諸侯如龍虎相拚，戰爭一直延續到狂暴的秦國統一天下。那時詩歌正聲是多麼微少，只有以屈原的《離騷》為代表的詩歌唱出了哀怨之聲。漢代的揚雄和司馬相如激揚起頹放的波瀾，開拓了沒有涯際的洪流。後來朝代有廢興而詩文變化不同，但《大雅》正聲的法度已經淪沒無聞。自從建安以來重視辭藻，宋齊梁陳隋的詩歌都追求綺麗，實在不足為貴。到了我們唐代方始恢復遠古的淳厚質樸的詩風，垂衣裳而天下治，政治清明，樸素純真。許多英才恰逢政治清明時期，乘運共起，如魚得水而騰躍於文壇。許多詩人創作的內容和形式相互輝映，猶如群星羅列於秋空。我的志向是繼承孔子刪詩述職之志，使其光輝垂映千年。如果我仰慕追蹤孔子有所成就，就像孔子絕筆於獲麟一樣從此可以結束我的事業。

【研　析】此詩作年不詳。詩中對《詩經》以來到唐朝的歷代詩賦作了概括性的總結和評價，並抒寫了自己的文學主張和抱負，實為中國文學史上最早的一首論詩詩。開頭二句為全詩大旨，以下分兩段申述二句之意。詩人概嘆《大雅》正聲久衰不興，接著用孔子的話實為自喻。孟棨《本事詩·高逸》記載：「(李)白才逸氣高，與陳拾遺齊名，先後合德。其論詩云：『梁陳以來，豔薄斯極。沈休文又尚以聲律。將復古道，非我而誰與！』」由此可知詩人顯然以恢復《大雅》正聲為己任的。此為一層意思。可是自己年力將衰，又有誰能陳其詩於朝廷之上？這是又一層意思。二句詩意曲折，但意境明朗，讀者自可體會。

從「王風委蔓草」至「綺麗不足珍」，申第一句「《大雅》久不作」之意。概敘《詩經》以後詩賦發展情況。用「正聲何微茫」一句作為「戰國」至「狂秦」整個詩壇的總結。然後補出一句「哀怨起騷人」，儒家歷來認為《詩經》的正聲是「哀而不傷，怨而不怒」，此稱以屈原為代表的騷體詩為哀怨，隱然表示戰國微茫的詩壇上尚有一些正聲。西漢大賦作家司馬相如和揚雄的作品鋪張揚厲，堆砌辭藻，李白認為這是激起的一股衰頹波瀾，開拓流蕩無邊無際。也就是《文心雕龍·詮賦》所說的「遂使繁華損枝，膏腴害骨，無貴風軌，莫益勸戒」，流毒很大。以下不再逐代羅列，而是概括性地總說：雖然朝代更替，出現種種變化，但正聲的詩歌法度卻總是淪落不振。自從建安以來，詩壇上盛行綺麗之風，李白認為是不足以珍視的。亦即《本事詩》所說「梁陳以來，豔薄斯極。沈休文又尚以聲律」，都包括在「綺麗不足珍」五字中。《文心雕龍・明詩》所謂「晉世群才，稍入輕綺，……采縟於正始，力柔於建安」，亦即此意。以上十二句，是對《詩經》以後直到唐以前這段歷史長河中的詩歌的總結和評價，寫足了「〈大雅〉久不作」之意。

從「聖代復元古」到末尾，申第二句「吾衰竟誰陳」之意，歌頌盛唐詩風並抒發自己的抱負。稱唐朝為聖代，是詩人對所處時代的歌頌。詩人認為唐代恢復了太古時代的淳樸風氣，垂衣裳而天下治，崇尚純真自然的文風。「清真」二字，與上文「綺麗」相對，反映了詩人的詩歌理論主張。接著四句，詩人認為許多人才恰逢政治清明的時代，乘運而起，如魚得水，在詩壇上躍騰，馳騁才華。「文質半取，風騷兩挾」（《河嶽英靈集・集論》），互相閃耀著光輝，就像繁星羅列於秋空。秋夜天氣爽朗，星光特別明亮。這六句是李白對盛唐詩壇的熱情讚美。有人認為此六句是李白說反話，因為唐代是近體律絕詩新興的時代，並未「復元古」；從唐太宗、高宗、中宗、睿宗之間，歷經武后、韋后之變，並未垂衣而治；還認為唐詩文勝於質，並非「文質相炳煥」等等。其實這些說法是不對的。李白在〈明堂賦〉、〈大獵賦〉以及不少詩篇中曾熱烈頌揚自己所處的時代；對同時代的詩人都很傾慕，從未有過貶辭。

末四句抒發自己的志向。就是要追蹤孔子，對盛唐詩歌進行整理和編訂，使它的光輝垂映千秋萬代。他仰慕孔子作《春秋》，期待自己亦能在創作上完成清真自然的一代詩風。如果達到這個目標，他將像孔子那樣「絕筆於獲麟」，擱筆不再著述。孔子是春秋時代的一代偉人，李白期望自己成為唐代的一代偉人，真如胡震亨所說「自負不淺」。詩中「有立」二字與開頭「不作」遙相對照，寫足了「將復古道，非我而誰」之意。

全詩結構嚴密，層次井然。歷評前代詩壇並不平鋪直敘，而是詳略有間，文勢多變。李白詩多豪放飄逸，而此詩卻平和淡雅而渾厚。全詩一韻到底，音節平緩，表明李白詩歌風格是多樣的。《唐宋詩醇》稱此詩「括風雅之源流，明著作之意旨，一起一結，有山立波回之勢」，甚是。

其二　蟾蜍薄太清

蟾蜍薄太清❶，蝕此瑤臺月❷。圓光虧中天❸，金魄❹遂淪沒。螮蝀入紫微❺，大明夷❻朝暉。浮雲隔兩曜❼，萬象昏陰霏❽。蕭蕭長門宮❾，昔是今已非。桂蠹花不實❿，天霜⓫下嚴威。沉歎終永夕⓬，感我涕沾衣。

【注　釋】❶蟾蜍句　蟾蜍，蝦蟆。《淮南子．精神訓》：「日中有踆烏，而月中有蟾蜍。」又曰：「日月失其行，薄蝕無光。」薄太清，侵入天空。《抱朴子．雜應》：「上升四十里，名為太清。太清之中，其氣甚剛。」❷蝕此句　蝕，侵蝕；虧損。瑤臺，神仙居處。❸圓光句　圓光，圓月之光輝。陳子昂〈感遇詩〉其一：「微月生西海，幽陽始化昇。圓光正東滿，陰魄已朝凝。」虧，缺。❹金魄　月亮的別稱。楊齊賢注：「月生於西，實金方，故曰金魄。」王琦注：「金魄者，是言滿月之影，光明燦熳，有似乎金，故曰金魄也。」❺螮蝀句　蝀，宋本原作蜾，據蕭本、郭本、胡本、繆本、王本改。螮蝀，虹。雙聲聯綿詞。亦作「蝃蝀」。《詩經．鄘風．蝃蝀》：「蝃蝀在東，莫之敢指。」毛傳：「蝃蝀，虹也。」紫微，紫微宮，星官名，在北斗以北，古以紫微星垣比喻皇帝居處。❻大明夷　大明，太陽。《禮記．禮器》：「大明生於東，月生於西。」鄭玄注：「大明，日也。」夷，通「痍」。痍，傷失。❼隔兩曜　障蔽太陽和月亮。《初學記》卷一引梁元帝《纂要》：「日月謂之兩曜。」曜，宋本作耀，據蕭本、郭本、胡本、王本改。❽萬象句　謂萬事萬物陰暗紛亂。❾蕭蕭句　蕭蕭，蕭條貌。長門宮，漢宮名。漢武帝時陳皇后曾擅寵驕貴，後被廢謫退居長門宮。後世因借指失寵后妃居住之宮院。❿桂蠹句　謂桂樹被蟲蛀壞，只開花不結果。⓫天霜　喻天子之嚴威。⓬永夕　長夜。

【語　譯】蝦蟆侵入天空，蝕損仙宮明月。圓月在天空中缺損，月亮因此被掩沒。虹霓進入紫微宮，使太陽失去了早晨的光輝。浮雲掩蔽了日月，宇宙間一切都變得昏暗陰霾。當年漢武帝的陳皇后因嫉妒犯罪而謫居蕭條的長門宮，以往被廢是對的，如今因「花而不實」而被廢是不對的。桂樹因為被蟲蛀，則只能開花不能有子，奈何又天加嚴霜之威。為此我整夜哀嘆，眼淚沾濕了我的衣裳。

【研　析】此詩舊說多謂諷刺玄宗寵武惠妃廢王皇后而作。今人則多謂玄宗廢王皇后乃開元十二年（西元七二四年）事，時李白僅二十四歲，尚在蜀中，未必知宮闈之事。故以為此詩當是託宮怨以喻己之被讒見逐，亦見朝廷之昏暗。但今人之說未有根據，且與詩意不太契合。故竊以為仍以舊說為是。

首四句以月蝕喻武惠妃逼王皇后被廢致死，猶如圓月在中天缺損而終於淪沒。接著四句以長虹進入紫微帝座，喻武惠妃蠱惑皇帝，使之昏庸不明，猶如太陽失去光輝；浮雲把日月阻隔，天下萬物都為之遮蔽。後半首則以漢武帝陳皇后被閉長門宮事與王皇后被廢作對比，認為「昔是今已非」。桂樹被蟲蛀壞，而玄宗卻下詔責王皇后「花而不實」，「不可承宗廟」，天子下嚴威而廢之。其實是不公平的。末二句寫自己為此而哀嘆悲傷。此詩當是出蜀途中之作。

其三　秦皇掃六合

秦皇掃六合❶，虎視❷何雄哉！揮劍決浮雲，諸侯盡西來❸。明斷自天啟❹，大略駕群才❺。收兵鑄金人❻，函谷正東開❼。銘功會稽嶺❽，騁望琅邪臺❾。刑徒七十萬，起土驪山隈❿。尚採不死藥⓫，茫然使心⓬哀。連弩射海魚，長鯨正崔嵬。額鼻象五嶽，揚波噴雲雷。鬐鬣蔽青天，何由覩蓬萊？徐氏載秦女，樓船幾時回⓭？但見三泉⓮下，金棺葬寒灰⓯。

【注　釋】❶秦皇句　指秦始皇統一中國。皇，一作「王」。掃六合，即統一中國。六合，天地四方。賈誼〈過秦論〉：「及至秦王，奮六世之餘烈，振長策而御宇內，吞二周而亡諸侯，履至尊而制六合。」❷虎視　《後漢書・班固傳》引〈西都賦〉：

「周以龍興，秦以虎視。」李賢注：「龍興虎視，喻強盛也。」❸揮劍二句　謂秦始皇橫掃天下，六國諸侯皆西向臣服。《莊子・說劍》：「此劍直之無前，舉之無上，案之無下，運之無旁。上決浮雲，下絕地紀。此劍一用，匡諸侯，天下服矣。此天子之劍也。」決，斷。西來，六國諸侯皆在關東，而秦在關西。❹明斷句　謂英明決斷來自上天的啟發。《左傳》僖公三十三年：「天之所啟，人弗及也。」宋本於本句下夾注：「一作：雄圖發英斷」。❺大略句　略，才略。駕，駕馭；控制；驅使。❻收兵句　收兵，聚集兵器。鑄，鎔鑄。《史記・秦始皇本紀》：「二十六年……收天下兵，聚之咸陽，銷以為鍾鐻，金人十二，重各千石，置廷宮中。」❼函谷句　謂秦始皇消滅六國，天下一統，函谷關不再需要禁閉，可向東打開。函谷，關名。古關在今河南靈寶東北，戰國時秦置，乃秦國的東關。因關在谷中，深險如函，故名。東自崤山，西至潼津，號稱天險。❽銘功句　《史記・秦始皇本紀》：「三十七年……上會稽，祭大禹，望于南海，而立石刻頌秦德。」銘，刻；記載。會稽，山名，在今浙江紹興南。相傳夏禹至苗山，大會諸侯，計功封爵，始名會稽。❾騁望句　《史記・秦始皇本紀》：「二十八年……南登琅邪，大樂之，留三月。乃徙黔首三萬戶琅邪臺下，復（免除徭役）十二歲。作琅邪臺，立石刻，頌秦德，明得意。」琅邪臺，在今山東諸城東南琅邪山上。❿刑徒二句　謂秦始皇役使囚犯七十萬人在驪山下修築陵墓。《史記・秦始皇本紀》：「隱宮（宮刑）徒刑者七十餘萬人，乃分作阿房宮，或作麗（驪）山。」驪山，在今陝西臨潼東南。隈，彎曲處。⓫不死藥　《史記・秦始皇本紀》：「三十二年……因使韓終、侯公、石生求仙人不死之藥。」⓬心　宋本於「心」字下夾注：「一作：人」。⓭連弩八句　詠始皇之枉費入海求仙藥。《史記・秦始皇本紀》：「三十七年……方士徐市等入海求神藥，數歲不得，費多，恐譴，乃詐曰：『蓬萊藥可得，然常為大鮫魚所苦，故不得至，願請善射與俱，見則以連弩射之。』始皇……乃令入海者齎捕巨魚具，而自以連弩候大魚出射之。……至之罘，見巨魚，射殺一魚。遂並海西。」連弩，裝有機栝、可以連續發射的弓。長鯨，巨魚。崔嵬，高大貌。五嶽，本指泰山、華山、衡山、恆山、嵩山，此泛指大山。鬐鬣，魚脊和魚頷旁之鰭鬚。此用晉代木華〈海賦〉：「魚則橫海之鯨……巨鱗插雲，鬐鬣刺天，顱骨成嶽，流膏為淵。」⓮三泉　三重之泉，形容地下很深。《史記・秦始皇本紀》：「穿三泉，下銅而致槨。」張守節《正義》引顏師古云：「三重之泉，言至水也。」⓯金棺句　金棺，銅鑄的棺材。寒灰，指化為灰土的屍骨。

【語　譯】秦始皇掃滅六國而統一天下，如虎之雄視多麼壯偉！他揮劍上斷浮雲，所向披靡，六國諸侯皆西向臣服於秦。他英明善斷出自上天的啟悟，具備雄才大略駕馭眾多的人才。他收盡天下兵器冶鑄成十二個銅人，自此函谷關正式向東敞開。他南巡會稽山立石頌秦德，東上琅邪臺騁目望大海。他驅使七十萬刑徒，在驪山邊大興土木為他造陵墓。他還派人去採長生不死之藥，其愚昧迷茫真使人心悲。他拿著連弩大弓去射海魚，那條鯨魚非常龐大。牠的額和鼻像五嶽那樣高，游動時揚起波濤如噴雲響雷。牠的脊背和鰭鬣遮蔽了青天，從何處能看到蓬萊山？徐福的樓船載著秦國的童男女，何時才能回來？我們只見到裝著秦始皇寒骨的金棺，埋葬在三層黃泉之下。

【研　析】此詩作年不詳。全詩可分前後兩段，前段頌揚秦始皇的功業，後段諷刺其求長生的荒唐。首四句渲染平定六國的赫赫聲威，用「掃六合」、「決浮雲」來形容，在秦皇「虎視」下，諸侯「盡西來」，把秦皇寫得雄姿英發，咄咄逼人，讚揚之意溢於言表。「明斷」以下六句寫秦皇統治術。他有天啟之英明決斷，有駕馭群臣的雄才大略，他採取了鞏固統治的兩大措施：一是將天下兵器全部收集起來鎔鑄為十二金人，消除反抗力量，於是秦與關東交通的咽喉函谷關就可敞開。二是在會稽山和琅邪臺南北相距數千里的地方刻石歌頌秦德，作輿論宣傳。「騁望」二字生動地寫出秦皇志得意滿的神態。這裡「銘功」和「騁望」是互文見義，在會稽嶺也「騁望」，在琅邪臺也「銘功」。秦皇統一措施很多，且並非發生於同年，詩人擇其要者，集中概括，寫得非常簡勁豪邁。後段十四句由褒入貶，根據史實寫造墳和求長生兩事。此兩事本身非常矛盾：既造墳則證明無法長生，信長生則無需造墳，這反映出秦皇既有雄才而又怯懦的心理。造墳只用二句十個字，諷刺秦皇奢靡。「採不死藥」則用十句詳寫，詩人用大量史事入詩，既敘徐福率童男女數千坐樓船入海求仙藥，又敘秦皇親自在之罘用連弩射魚。但結果是「茫然使心哀」，不但未求得仙藥，秦皇不久就死了。末二句是最強的反跌之筆，使不可一世的秦始皇跌入地下，與普通人一樣逃不脫化為「寒灰」的結局。此詩雖屬詠史，但有現實針對性。唐玄宗在歷史上開創了開元盛世，但他在開元末以後也好神仙求長生之術。詩人顯然有託古諷今之意。

其四　鳳飛九千仞

鳳飛九千仞❶，五章備綵珍❷。銜書且虛歸❸，空入周與秦。橫絕❹歷四海，所居未得鄰。吾營紫河車❺，千載落❻風塵。藥物祕海嶽❼，採鉛青溪濱❽。時登大樓山❾，舉首❿望仙真。羽駕⓫滅去影，飆車絕回輪⓬。尚恐丹液⓭遲，志願不及申。徒霜鏡中髮，羞彼鶴上人。桃李何處開，此花非我春。唯應清都⓮境，長與韓眾⓯親。

【注釋】❶九千仞　極言其高。賈誼〈弔屈原文〉：「鳳凰翔於千仞兮，覽德輝而下之。」仞，古代長度單位，周制為八尺，漢制為七尺。❷五章句　五章，謂五彩羽毛。備綵珍，謂珍貴綵色齊備。❸銜書句　據《宋書・符瑞志上》記載：「有鳳皇銜書，游文王之都。書又曰：『殷帝無道，虐亂天下，皇命已移，不得復久。靈祇遠離，百神吹去，五星聚房，昭理四海。』」❹橫絕　橫渡。❺紫河車　道教指修煉而成的仙液。河車指水，朱雀是火，取水一斗置鐺中，以火煮之令沸，放聖石其中，初成姹女（道教稱所煉的丹汞，即水銀），次謂之玉液，後成紫色，謂之紫河車。❻落　脫離。❼祕海嶽　五嶽四海所產靈藥祕而難採。❽採鉛句　鉛，道教用以製藥。青溪，即清溪，在今安徽貴池市。❾大樓山　在貴池市南。❿首　一作「手」。⓫羽駕　駕鸞鶴飛去。⓬飆車句　飆車，御風雲之車。絕，滅；消失。⓭丹液　道教稱長生不老之藥，即所謂九丹金液。⓮清都　古指天帝之所居。《列子・周穆王》：「王實以為清都紫微，鈞天廣樂，帝之所居。」⓯韓眾　神仙中人。《楚辭・遠遊》：「羨韓眾之得一。」王逸注：「眾，一作『終』。」洪興祖補注：「《列仙傳》：『齊人韓終為王採藥，王不肯服，終自服之，遂得仙也。』」

【語譯】鳳凰飛於千丈高空，五彩羽毛極為珍美。口中銜書欲呈君王，入京無成只得空歸。橫渡四海周遊天下，所至之處未得知音。我為求修煉之術，千年流落風塵。藥物藏於海角山顛祕而難採，只得採鉛於清溪之濱。經常登上大樓山，抬頭仰望神仙。神仙駕鶴飛去不見蹤影，御風之車消失不見回輪。我怕丹液遲遲未就，求仙志願不及實現。徒然看著鏡中霜髮，羞見那騎鶴上天之仙人。豔麗之桃李不知開於何人之家，此類花都不是我理想的春天。我只應進入天帝所居之境，長期與仙人韓眾相親。

【研　析】此詩前六句託鳳以自比，謂天寶初入京，結果被逐而歸，後到處漫遊，又未遇知音。中段寫自己採藥煉丹，但丹液未就，仙人已去，只見白髮滿頭，人生易老。末四句希望長與仙人相親。反映李白此一時期思想較為消沉。詩中提到清溪、大樓山等地，當是天寶十四載（西元七五五年）遊秋浦、宣城時所作。

其五　太白何蒼蒼

太白何蒼蒼❶，星辰上森列❷。去天三百里，邈爾❸與世絕。中有綠髮翁❹，
披雲❺臥松雪。不笑亦不語，冥棲❻在巖穴。我來逢真人❼，長跪問寶訣。粲然啟
玉齒❽，授以鍊藥說。銘骨❾傳其語，竦身已電滅❿。仰望不可及，蒼然五情熱⓫。
吾將營丹砂⓬，永與世人別。

【注　釋】❶太白句　太白，山名，在今陝西寶雞東南，即終南山之最高峰。蒼蒼，青翠貌。❷森列　整齊排列。❸邈爾　遙遠貌。❹綠髮翁　頭髮烏黑的老人，指仙人。古時形容頭髮烏黑為綠雲。如杜牧〈阿房宮賦〉：「綠雲擾擾，梳曉鬟也。」❺披雲　以雲披身。宋本在二字下夾注：「一作：千春」。❻冥棲　幽居。❼真人　道家稱「修真得道」或「成仙」之人。❽粲然句　粲然，露齒大笑貌。郭璞〈遊仙詩〉二：「靈妃顧我笑，粲然啟玉齒。」啟玉齒，宋本原作「忽自哂」，夾注：「一作：啟玉齒」。蕭本、郭本、湖本、王本皆作「啟玉齒」，據改。❾銘骨　銘心刻骨，比喻感受之深，永遠牢記。❿竦身句　竦身，猶「聳身」，縱身上跳。《淮南子．道應訓》：「若士舉臂而竦身，遂入雲中。」電滅，如閃電般迅即消失。⓫蒼然句　蒼然，茫然。五情，指喜、怒、哀、樂、怨。曹植〈上責躬應詔詩表〉：「形影相弔，五情愧赧。」⓬丹砂　即朱砂，古代道教煉藥所用。

【語　譯】太白山多麼青翠，群星在上面整齊排列。離天三百里，高遠而與世隔絕。山中有位頭髮烏黑的老人，

披雲獨睡在松雪之中。既不笑也不說話，幽居在山谷間。我來此處遇到這位仙人，向他長跪求問長生成仙的祕訣。他啟露玉齒而粲然微笑，授我煉藥的祕方。我深記著他傳授的話，他已聳身一跳像閃電般消失。我仰望而不可得見，心中茫然而五情交熾。我將從事煉丹，永遠與世人告別。

【研　析】此詩為遊仙詩。首四句寫太白山之高，為下文只有神仙才能在此居住作鋪墊。接著四句便寫山中有一位年老而黑髮的仙人披雲臥雪居住在此山中。後半首則寫自己向神仙求授長生不老之術，表示要煉藥成仙，告別人世。作年不詳。或謂開元年間首次入京西遊太白山時所作，可從。蓋初入長安追求功業未成，幻想成仙也。

其六　代馬不思越

代馬不思越❶，越禽不戀燕❷。情性有所習，土風❸固其然。昔別雁門關❹，今戍龍庭❺前。驚沙亂海日，飛雪迷胡天。蟣蝨生虎鶡❻，心魂逐旌旃❼。苦戰功不賞，忠誠難可宣。誰憐李飛將❽，白首沒三邊❾。

【注　釋】❶代馬句　代馬，代地所產之馬。代，古郡國名，此處泛指北方地區。越，在今浙江紹興一帶，此處泛指南方地區。❷越禽句　越禽，越地之鳥。燕，古國名，此處泛指北方。❸土風　當地風俗習慣。❹雁門關　亦名西陘關，唐置，故址在今山西雁門關西雁門山上。東西峻峭，中路崎嶇，長城要口之一。❺龍庭　古代匈奴祭天之所。《文選》班固〈封燕然山銘〉：「躡冒頓之區落，焚老上之龍庭。」張銑注：「龍庭，單于祭天所也。」❻虎鶡　武將皆冠鶡冠虎衣，故稱。❼旌旃　古代用以指揮的旗。綴旄牛尾於竿頭，下有五彩析羽，謂之旌。純赤色的通帛曲柄旗，謂之旃。❽李飛將　漢將李廣善戰，匈奴稱之為飛將軍。李廣與匈奴大小七十餘戰，屢立戰功，然晚年從大將軍衛青擊匈奴，失道，不願面對刀筆吏，遂自剄。見《史記・李將軍列傳》。❾三邊　一般指東、西、北邊陲，此處泛指邊境、邊疆。王應麟《小學紺珠》：「三邊，幽、并、涼三州也。」

【語　譯】北方的馬不會思念南方，南方的鳥不會愛戀北方。這是性情習慣所養成的，當地的風俗使牠們本來如此。可是我們戍邊的士卒過去離別家鄉守衛雁門關，如今又別雁門關而到更遠的匈奴龍庭去戍守。驚沙掩蔽海日，飛雪迷漫胡天。盔甲裡長滿蟣蝨，心靈隨著旌旗飄蕩。雖經苦戰立功，卻得不到賞賜，戰士忠誠之心，難以向人宣泄。有誰會愛惜像當年飛將軍李廣那樣功高而不得封侯的將士，只得白頭戰死邊疆。

【研　析】首四句以「代馬」、「越禽」起興，比喻將士思戀故鄉。中六句寫將士離鄉戍守邊疆之苦。這裡包含著四層意思：當初離鄉赴雁門關戍守，已飽受思鄉之苦，此其一；本以為戍守雁門關期滿可以回家，想不到卻又被派往匈奴龍庭周圍去戍守，離家鄉就更遠了，思鄉之苦更甚，此其二；如今戍守之地驚沙掩日，飛雪蔽天，環境惡劣，生活艱苦，此其三；再加上蟣蝨滿身，心情更為痛苦，此其四。這四層苦痛都在此六句之內。末四句嘆立功而不得賞，白首還得戍守邊疆。此詩作年不詳，顯然是為守邊將士鳴不平之作。

其七❶　客有鶴上仙

客有鶴上仙❷，飛飛凌太清❸。揚言碧雲裏，自道安期❹名。兩兩白玉童❺，雙吹紫鸞笙❻。去影忽不見，回風❼送天聲❽。舉首遠望之❾，飄然若流星❿。願飡金光草⓫，壽與天齊傾。

【注　釋】❶其七　宋本全詩之下夾注：「一作：五鶴西北來，飛飛淩太清。仙人綠雲上，自道安期名。兩兩白玉童，雙吹紫鸞笙。飄然下倒景，倏忽無留行。遺我金光草，服之四體輕。將隨赤松去，對博坐蓬瀛。」❷鶴上仙　駕鶴上天之仙人。❸淩太清　昇天空。《楚辭・九歎》：「譬若王僑之乘雲兮，載赤霄而淩太清。」王逸注：「譬若仙人王僑乘浮雲，載赤霄，上淩太清，遊天庭也。」❹安期　仙人名。《史記・封禪書》引李少君言於上曰：「臣嘗游海上，見安期生，安期生食巨棗，大如瓜。安期生，仙者，通蓬萊中。合則見人，不合則隱。」❺白玉童　仙童。蕭士贇注：「言童之顏如玉之白也。」❻紫鸞笙　形容仙人所吹之笙。❼回風　旋轉之風。❽天聲　形容笙聲嘹亮繚繞天際。❾舉首句　宋本在本句下夾注：「一作：我欲一問之」。❿流星　太空中的塵粒和碎片闖入地球時，與大氣摩擦燃燒而產生的如箭掠過的光跡。⓫願飡句　飡，同「餐」。金光草，道教謂仙人服食之草。

【語　譯】有位騎著仙鶴的客人，飛著飛著升上了天空。他在碧雲中揚言，自稱名字叫安期生。有兩位顏如白玉的仙童，共同吹著紫色的鸞笙。忽然之間不見了蹤影，只有飄風回送來天上嘹亮的鸞笙之音。我舉頭遙望天空，只見他們如流星般飄然消失。我也希望能服食金光草，使壽命與天齊終。

【研　析】此首亦為遊仙詩，作年不詳。前八句寫一位駕鶴的仙人飛上天空，自稱姓名是安期生。還有兩個仙童吹笙以相從。他們的身影突然消失，只有天上隨風飄來鸞笙之音。後四句寫自己遙望仙人如流星遠逝，於是詩人也想服食仙草而成仙。從結構上看，前八句實為後四句作鋪墊。

其八　莊周夢蝴蝶

莊周夢蝴蝶，蝴蝶為莊周❶。一體更變易❷，萬事良悠悠❸。乃知蓬萊水，復作清淺流❹。青門種瓜人，舊日東陵侯❺。富貴固❻如此，營營❼何所求？

【注　釋】❶莊周二句　《莊子．齊物論》：「昔者莊周夢為蝴蝶，栩栩然蝴蝶也。自喻適志與，不知周也。俄然覺，則蘧蘧然周也。不知周之夢為蝴蝶與？蝴蝶之夢為周與？周與蝴蝶，則必有分矣，此之謂物化。」❷一體句　一體，指人身。更變易，還能會變化，指莊周變蝴蝶。❸悠悠　眾多貌。❹乃知二句　葛洪《神仙傳》卷三：「麻姑自說云：接待以來，已見東海三為桑田。向到蓬萊，水又淺於往昔。會時略半也，豈將復還為陵陸乎？」二句用此典故。宋本於「乃」字下夾注：「一作：那」。❺青門二句　用召（邵）平典故。《史記．蕭相國世家》：「召平者，故秦東陵侯。秦破，為布衣，貧，種瓜於長安城東。瓜美，故世俗謂之東陵瓜，從召平以為名也。」❻固　宋本於此字下夾注：「一作：苟」。❼營營　奔波貌。

【語譯】當年莊周曾夢見自己變成了蝴蝶，醒來時蝴蝶又變成了莊周。一個人尚且有如此變易，世上萬事的變化真是太多了。於是我懂得了蓬萊大水，又會變成清淺小流，再變而為陸地。在東門外種瓜的平民召平，原來是秦朝的大臣東陵侯。富貴本來就是如此不可恃，奔波鑽營又求什麼呢？

【研析】唐人殷璠《河嶽英靈集》收此詩題作〈詠懷〉，該集收詩止天寶十二載（西元七五三年），則此詩當為天寶十二載前之作。詩中以莊周夢為蝴蝶而蝴蝶又變為莊周，說明人生尚且如夢幻般的變化，更何況自然界滄海桑田的變化和人的富貴貧賤的變化都是不可避免的，於是領悟到奔波鑽營富貴實沒有意義。按：庾信〈擬詠懷〉二十七首其十八：「尋思萬戶侯，中夜忽然愁。琴聲遍屋裡，書卷滿牀頭。雖言夢蝴蝶，定自非莊周。……樂天乃知命，何時能不憂？」又其二十四：「無悶無不悶，有待何可待？昏昏如坐霧，漫漫疑行海。千年水未清，一代人先改。昔日東陵侯，唯見瓜園在。」本詩顯然受其影響。

其九　齊有倜儻生

齊有倜儻生❶，魯連❷特高妙。明月❸出海底，一朝開光曜。卻秦振英聲，後世仰末照❹。意輕千金贈，顧向平原笑。吾亦澹蕩❺人，拂衣可同調❻。

【注釋】❶倜儻生　瀟灑超拔之人。生，古時對士人的通稱。❷魯連　即魯仲連。戰國時齊國人。魯仲連喜為人排難解紛。秦軍圍困趙都邯鄲，趙向魏求救，魏不敢出兵，卻派將軍辛垣衍去說服趙尊秦為帝，諫秦罷兵。魯仲連知此事後，立即去見辛垣衍，指出尊秦為帝的禍患。辛聽後心悅誠服，不敢再提此事。秦將聞之，為之退軍五十里。趙平原君趙勝封魯仲連以官爵，被他謝絕。又置酒以千金為魯仲連壽。魯仲連說：「所貴於天下之士者，為人排患釋難解紛亂而無取也。即有取者，是商賈之事也，而連不忍為也。」於是辭別而去，終身不復見。見《史記・魯仲連鄒陽列傳》。❸明月　夜光珠名。因珠光晶瑩似明月，故名。古時常以明月珠喻傑出人物。如李白〈哭晁卿衡〉：「明月不歸沉碧海。」❹卻秦二句　謂魯仲連退秦軍而不肯受賞的行動為後人所仰慕。末照，餘輝。❺澹蕩　淡泊名利不受檢束。❻拂衣句　拂衣，借指歸隱。與〈玉真公主別館苦雨贈衛尉張卿二首〉其二「功成拂衣去，搖裔滄洲旁」、〈游溧陽北湖亭望瓦屋山懷古贈同旅〉「與君拂衣去，萬里同翱翔」意同。同調，指志趣相投。謝靈運〈七里瀨〉詩：「誰謂古今殊，異代可同調。」

【語　譯】戰國時齊國有些瀟灑超拔的士人，魯仲連最為高尚突出。他就像明月珠那樣出自海底，一旦問世便光照人間。他說服趙國義不帝秦使秦軍退卻而大振英名，後世之人都仰慕他這種行動的餘輝。他的內心輕視千金的贈送，只回頭望著平原君笑談為人排難而無所取。我李白也是個淡泊名利不受檢束的人，可拂衣相從與他志趣相投。

【研　析】本篇前八句讚揚魯仲連為趙國排難解紛、卻強秦之圍、功成不受賞賜的高風亮節。首先點明他是戰國時代最突出之人，其次以明月珠形容他的光輝，再次敘寫「卻秦」事跡的影響，第四描述其拒絕平原君賞賜的形象，生動如畫。末二句表示自己與魯仲連志趣相投，引為同調，寄寓了詩人的志向及抱負，李白在許多詩中把魯仲連作為自己的榜樣，實際上都是表達詩人要求做一番事業後功成身退的思想。

其十　黃河走東溟

黃河走東溟❶，白日落西海❷。逝川與流光❸，飄忽❹不相待。春容❺捨我去，
秋髮❻已衰改。人生非寒松，年貌❼豈長在。吾當乘雲螭，吸景駐光彩❽。

【注　釋】❶走東溟　奔東海。按：黃河源出青海巴顏喀拉山脈各姿各雅山麓，東流經四川、甘肅、寧夏、內蒙古、陝西、山西、河南等省區，在山東省北部入渤海。❷西海　與「東溟」對舉，泛指西方。❸逝川句　逝川，流走之水。流光，消失的時光。❹飄忽　猶須臾，形容迅速。❺春容　王琦注：「謂少年之容。」❻秋髮　白髮。❼年貌　宋本在二字下夾注：「一作：顏色」。❽吾當二句　乘雲螭，乘螭上雲天。螭，無角之龍。吸景，吸取日月之光。駐光彩，留住好容顏。宋本在二句下

夾注：「一作：誰能學天飛，三秀與君採」。

【語　譯】黃河奔流東海，太陽暮落西山。流走的水和消失的時光，都是非常迅速而不會等待的。我的少年容貌已捨我而去，頭髮也因衰老而變白。人畢竟不是寒冬青松，青春容顏豈能長存。我應當乘螭龍上雲天，吸收日月之光，使我的容顏留住美好的光彩。

【研　析】此詩作年不詳。詩中以黃河東流、太陽西落起興，感嘆時不我待、人生易老。李白〈惜餘春賦〉曰：「恨不得掛長繩於青天，繫此西飛之白日。」與此詩意同。此詩末四句又感嘆人不如松，於是又想上天成仙而長壽，顯然受郭璞〈遊仙詩〉影響。

其十一　松柏本孤直

松柏本孤直，難為桃李顏❶。昭昭嚴子陵❷，垂釣滄波間。身將客星隱❸，心與浮雲閑。長揖萬乘君❹，還歸富春山❺。清風灑六合❻，邈然不可攀❼。使我長歎息，冥棲❽巖石間。

【注　釋】❶桃李顏　桃李色豔，詩人借喻賣弄風騷、投人所好的品行。❷昭昭句　昭昭，光明磊落貌。嚴子陵，《後漢書・嚴光傳》：「嚴光，字子陵，會稽餘姚人也。少有高名，與光武同遊學。及光武即位，乃變名姓，隱身不見。帝思其賢，乃令以物色訪之。……除為諫議大夫，不屈，乃耕於富春山，後人名其釣處為嚴陵瀨焉。」❸身將句　自身與天上客星一樣隱遁。將，與。《後漢書・嚴光傳》記載：光武帝與嚴光同牀共臥，嚴光將足擱在皇帝腹上，次日，太史奏客星犯御坐。❹長揖句　長揖，古時不分尊卑的相見禮。拱手高舉，自上而下。萬乘君，指皇帝。❺富春山　在今浙江桐廬西，又名嚴陵山。❻六合　指天地四方。❼邈然句　邈然，高遠貌。不可攀，謂不能企及。❽冥棲　深居。

【語　譯】松柏的本性是孤高正直的，難以出現桃李那樣嬌豔的顏色媚人。光明磊落的嚴子陵，隱居垂釣於滄波之間。自身與天上客星一樣隱遁，內心世界就像浮雲一樣飄然悠閒。他用長揖之禮辭別皇帝，回歸到富春山隱居。他的行為就像清風吹灑天下，邈然高遠而不可仰攀。使我只能喟然長嘆，也想高蹈遠引棲居於深山巖穴之間。

【研　析】此詩開頭二句以松柏的孤高不群、正直不屈，不為桃李嬌豔之顏色起興，比喻君子的志向高尚，不做小人的嬌媚之態。接著便歌頌嚴子陵的為人光明磊落，不求聞達，寧願垂釣於滄波之間。作為天子的友人，上應天上星宿，他就像一顆客星，隱逸而不屈，內心如飄雲一樣悠閒。揖別天子，回歸故山。這種高尚的志向，就像孤直的松柏，歲寒不凋，不像浮豔的桃李，嬌媚爭春。這八句可看作是第一節，前後呼應。末四句可看作第二節，承接上節謂嚴子陵之高潔，如清風飄灑於整個天下，高遠而不可仰攀，於是詩人發出長長的嘆息，自己也想學習嚴子陵隱居於深山之中。也要做孤直的松柏，不做嬌媚的桃李。全詩以首二句為中心線索，貫串全詩。結構嚴密。從此詩用嚴光事以自況來看，疑是天寶三載（西元七四四年）離長安時所作。

其十二　君平既棄世

君平既棄世❶，世亦棄君平❷。觀變窮太易❸，探元化群生❹。寂寞綴道論❺，空簾閉幽情❻。騶虞❼不虛❽來，鸑鷟❾有時鳴。安知天漢上，白日懸高名❿。海客⓫去已久，誰人⓬測沉冥⓭？

【注　釋】❶君平句　謂君平抱濟世之才，而無用世之意。君平，指漢代隱居於成都，以卜筮謀生而研究《老》《莊》之旨著書十餘萬言的嚴君平。見《漢書・王貢兩龔鮑傳》。棄世，摒絕世務。❷世亦句　謂世人不知君平之賢，亦不用他。❸觀變句　觀變，此處指觀察自然界之變化。太易，古代謂天地形成之前的混沌狀態。《列子・天瑞》：「夫有形者生於無形，則天地安從生？故曰：有太易，有太初，有太始，有太素。太易者，未見氣也。」❹探元句　宋本在「元」字下夾注：「一作：

玄」。探玄，探討奧妙之道。化群生，誘導眾人。《漢書・王貢兩龔鮑傳》記載：君平以為「卜筮者賤業，而可以惠眾人。有邪惡非正之問，則依蓍龜為言利害。與人子言依於孝，……各因勢導之以善。」❺綴道論　即所謂君平依老子之指，著書十餘萬言。宋本在「道論」二字下夾注：「一作：真道」。❻空簾句　《漢書・王貢兩龔鮑傳》：「君平卜筮於成都市，……裁日閱數人，得百錢足自養，則閉肆下簾而授《老子》。」此句用其意。幽情，深遠幽雅之情。宋本在「情」字下夾注：「一作：清」。❼騶虞　傳說中不食生物的義獸。《詩經・召南・騶虞》：「于嗟乎騶虞。」毛傳：「騶虞，義獸也。白虎黑文，不食生物，有至信之德則應之。」❽虛　宋本於「虛」字下夾注：「一作：復」。❾鸑鷟　鳳的別名。❿安知二句　舊題張華撰《博物志》卷一〇引舊說云：天河與海相通，有一人乘木筏浮海漂流十多天，看到城郭，見宮中多織女，又見一個牽牛人，就問他此是何處？牽牛人說：你回到蜀郡問嚴君平就知道。此人後來到蜀郡，訪嚴君平。嚴君平說：某年某月某日，有客星犯牽牛宿。計算時間，正是此人到天河之時。此處即用此典故，謂天河之上亦知君平之高名。天漢，天上之銀河。《詩經・小雅・大東》：「維天有漢，監亦有光。」《晉書・天文志》：「天津九星，橫河中，一曰天漢。」高名，盛名。⓫海客　泛海者。⓬人　宋本在「人」字下夾注：「一作：能」。⓭沉冥　泯滅無跡貌。

【語　譯】嚴君平棄世隱居，世人亦不知君平之賢。君平一生深入研究宇宙變化，窮究自然界之原始狀態，探討奧妙之道誘導眾人。孤獨地閉門闡述道家理論，空簾掩蔽著幽雅心情。義獸騶虞不會無緣無故地到來，神鳥鸑鷟也只在聖主出現時才鳴叫。怎能知道在白日天河上，就高懸著嚴君平的大名。只是現在那位親訪君平的泛海客離去已久，如今又有誰能測知嚴君平學問之深沉呢？

【研　析】此詩作年不詳。前八句謂嚴君平棄世隱居，不求人知；而世人亦不知其賢，所以其亦為世人所棄。但嚴君平能窮究自然界變化的意義，探索玄妙的道理，以此誘導化育眾人，實際上並不想棄世。只是他自己甘於寂寞，以便撰寫道家理論，在空簾之下關閉著自己的幽雅之情，說明他淡泊名利，操守高潔。後六句以騶虞、鸑鷟為喻，說明聖賢之人如義獸、神鳥一樣，不會虛出。並用嚴君平能探測出海客犯牽牛星宿時間的典故，說明嚴君平不僅為人世之賢，而且在天上亦懸高名。最後兩句感嘆親見嚴君平智慧的海客離去已久，如今無人能知道嚴君平知識的深博。實際上全詩都是以嚴君平自喻，感嘆世人對自己的隱居和對自己的才能都不理解。

其十三　胡關饒風沙

胡關饒風沙❶，蕭索竟終古❷。木落❸秋草黃，登高望戎虜。荒城空大漠❹，邊邑無遺堵❺。白骨橫千霜❻，嵯峨蔽榛莽❼。借問誰陵虐❽？天驕毒威武❾。赫怒我聖皇❿，勞師事鼙鼓⓫。陽和⓬變殺氣，發卒騷中土⓭。三十六萬人⓮，哀哀淚如雨。且悲就行役⓯，安得營農圃⓰？不見征戍兒，豈知關山苦⓱？李牧今不在⓲，邊人飼豺虎⓳。

【注釋】❶胡關句　胡關，中原與胡地相界之關，胡人出入之門。饒，多。❷蕭索句　蕭索，聯綿詞，音義與「蕭颯」同，蕭條冷落之意。竟，盡。終古，自古以來。宋本在「索」字下夾注：「一作：颯」。❸木落　宋本原作「歲落」，據蕭本、郭本、咸本、王本改。❹荒城句　此句謂荒僻的城垣徒然屹立在大沙漠中。❺邊邑句　堵，土牆。張載〈七哀詩〉：「周墉無遺堵。」❻千霜　猶千秋、千年。❼嵯峨句　嵯峨，高峻貌。榛莽，蕪雜叢生的草木。❽陵虐　欺凌殘虐。❾天驕句　此句謂胡人以威武肆意殘害人民。天驕，「天之驕子」的略語。漢時匈奴自稱天之驕子，意謂為天所驕寵，故極強盛。後以「天驕」泛指強盛的邊地胡族。毒，動詞。毒害；肆意殘害。❿赫怒句　赫怒，勃然震怒。《詩經・大雅・皇矣》：「王赫斯怒。」鄭玄箋：「赫，怒意。」聖皇，指玄宗。⓫勞師句　此句謂煩勞軍隊去從事戰爭。勞師，興師。鼙鼓，古代軍中所用之騎鼓，此指戰爭。⓬陽和　指溫暖和平的氣氛。⓭發卒句　發卒，發兵。騷，騷擾。中土，指唐王朝境內。⓮三十六句　泛指發兵數量之多。⓯行役　因服軍役而在外跋涉。⓰營農圃　從事農業生產。古稱種五穀為農，種蔬菜為圃。⓱豈知句　宋本此句之下夾注：「一本此下添：爭鋒徒死節，秉鉞皆庸豎。戰士塗蒿萊，將軍獲圭組。四句」。⓲李牧句　李牧，戰國末趙國良將。長期防守趙國北部邊境，厚待戰士，多智謀，曾大敗匈奴十餘萬，其後匈奴不敢近趙邊境。見《史記・廉頗藺相如列傳》。宋本於本句下夾注：「一作：衛霍今不在」。⑲邊人句　邊境人民經常被豺虎般的敵人吞噬。

【語　譯】邊關胡地歷來多風沙，自古以來盡是蕭條荒涼之地。在木葉凋落秋草枯黃的季節，登高遠望胡人的活動。只見荒蕪的城垣屹立在空曠的大沙漠中，邊邑民居沒有遺存土牆。戰士的屍骨橫陳了千年，被長得高高的叢生草莽遮蔽著。借問此為何人侵凌殘虐？實乃自稱「天驕」威武的胡人肆意殘害人民。我聖明的天子勃然大怒，不得不興師勞眾去從事戰爭。溫暖和平的氣氛一下變成殺氣騰騰，發兵征討使中原也受到騷擾。三十六萬人應徵赴戰，告別親人個個悲哀淚如雨下。姑且從事悲苦的行役打仗，怎麼還有可能經營農田生產？你若不見征戍戰士的悲慘傷心，怎知守衛關山的艱苦？如今愛護士卒且善戰的李牧將軍已不在，將帥不能禦敵，使邊疆的軍民都被敵人殘殺蹂躪，白白地以血肉之軀去餵豺狼虎豹。

【研　析】此詩可分三個層次。首十句寫北方邊塞地區白骨沒草莽的蕭瑟景象和胡人軍兵的驕橫肆虐；中八句寫朝廷徵兵討伐胡軍，以致騷動中原，三十六萬良民哀哭著離家出征，不得再營耕農田；末四句寫征戍戰士之苦，不僅是邊關的寒冷，戰事之殘酷，而且在於如今沒有像李牧那樣愛兵的將帥，使邊民和戰士白白地以血肉之軀被豺狼虎豹似的敵人所吞噬。按：此詩蕭士贇注以為是為哥舒翰攻吐蕃石堡城之事而作，時在天寶八載（西元七四九年）；胡震亨注謂哥舒翰攻石堡城只用兵十萬，與此詩所說「三十六萬」不合，故謂「此亦約略言開（元）、天（寶）數十年間用兵吐蕃之概，歎中外之騷敝耳。指石堡一役言則非也」，其說誠是。則此詩作年不詳。陳沆《詩比興箋》卷三：「『李牧今不在』，思王忠嗣也。忠嗣嘗言：平世為將，以安邊為務，不肯疲中國以邀功。見可勝乃興師，故出必有成。自忠嗣讒死，而邊人塗炭矣。」此亦可備一說。

其十四　燕昭延郭隗

燕昭延郭隗❶，遂築黃金臺❷。劇辛方趙至❸，鄒衍❹復齊來。奈何青雲士❺，棄我如塵埃？珠玉買歌笑，糟糠養賢才❻。方知黃鶴舉，千里獨徘徊❼。

【注　釋】❶燕昭句　燕昭，宋本原作「燕趙」，據蕭本、郭本、王本、咸本、繆本改。燕昭王，戰國時燕國國君，名職。燕王噲的庶子。原來流亡在韓國。子之三年，燕國內亂，齊國乘機攻佔燕國，噲和子之被殺。趙國派樂池護送他回燕國，西元前三一一年即位。改革政治，招聘人才，後來聯合各國攻打齊國，佔領齊國七十多城。成為燕國最強盛的時期。延，聘請。郭隗，燕昭王的謀臣。據《戰國策・燕策一》與《史記・燕召公世家》等記載，燕昭王即位，欲招致天下賢士，雪先王之恥，向郭隗問計，他說：「請先自隗始。」燕昭王就先為郭隗築宮而師事之。結果，樂毅從魏國、鄒衍從齊國、劇辛從趙國，賢士都爭著往燕國。❷黃金臺　先秦典籍和《史記・燕召公世家》皆未記黃金臺之名。孔融〈論盛孝章書〉：「昭王築臺，以尊郭隗。隗雖小才，而逢大遇。」亦未有「黃金臺」之名。《文選》卷二八鮑照〈放歌行〉：「豈伊白璧賜，將起黃金臺。」李善注：「王隱《晉書》曰：『段匹磾討石勒，進屯故安縣故燕太子丹金臺。』《上谷郡圖經》曰：『黃金臺，易水東南十八里，燕昭王置千金於臺上，以延天下之士。』二說既異，故具引之。」則晉以後始有此名。❸劇辛句　劇辛，燕昭王招徠賢者，劇辛從趙國入燕國為將軍。宋本在「至」字下夾注：「一作：往」。❹鄒衍　燕昭王招徠賢者，他從齊國入燕國為將軍。❺青雲士　比喻高官顯爵之人。《史記・伯夷列傳》：「閭巷之人，欲砥行立名者，非附青雲之士，惡能施于後世哉！」張守節《正義》：「礪行脩德在鄉閭者，若不託貴大之士，何得封侯爵賞而名留後代也。」❻珠玉二句　蕭士贇《分類補注李太白詩》引楊齊賢注：「太白意謂吳姬越女資其一歌笑，則不惜珠玉之費，至於賢人才士，則待之以糟糠，其好色而不好德如此。」瞿蛻園、朱金城《李白集校注》云：「『珠玉買歌笑』不過比喻讒諂面諛之近倖。楊說似失之淺。」❼方知二句　意謂有了被朝廷遺棄的親身經歷，才懂得黃鶴為什麼一舉千里，獨自徘徊自適的道理。黃鶴舉，《韓詩外傳》卷二：「田饒事魯哀公而不見察，田饒謂魯哀公曰：『臣將去君，黃鵠舉矣！』」「黃鵠」即「黃鶴」。

【語　譯】當年燕昭王聘請郭隗為師，就修築了黃金臺廣招天下賢士。於是劇辛從趙國投奔到燕國，鄒衍也從齊國來到燕國。為什麼現在那些高高在上的掌權者，把我當作像塵埃一樣拋棄？他們用珠玉買美女的歡笑歌舞，卻用廢棄的糟糠餵養賢能的人才。我現在才懂得黃鶴為什麼要遠飛千里，獨自徘徊了。

【研　析】此詩當是天寶三載（西元七四四年）離長安後作。首四句寫戰國時燕昭王招賢納士的故事，說明君王禮賢下士就會使有才能的人從各地奔來。接著四句寫當今處高位的掌權者只顧自己揮霍珠玉，追求淫樂，糟蹋和拋棄賢能之士，與當年燕昭王完全不同。與前四句恰成鮮明對照。末二句暗用春秋時魯國田饒的故事，感嘆賢士遠離君王，不能施展才華。全詩借古諷今，抒發懷才不遇的深切感慨。

其十五　金華牧羊兒

金華牧羊兒❶，乃是紫煙客❷。我願從之遊，未去髮已白。不知繁華子❸，擾擾❹何所迫？崑山採瓊蘂❺，可以鍊精魄❻。

【注　釋】❶金華句　金華，山名，在今浙江金華北。牧羊兒，指黃初平，即仙人赤松子。葛洪《神仙傳》卷二：「黃初平者，丹溪人也。年十五，家使牧羊。有道士見其良謹，便將至金華山石室中，四十餘年，不復念家。其兄初起行山尋索初平，歷年不得。」後一道士助其找到初平，初平已得仙道，乃「就初平學。共服松脂茯苓，至五百歲能坐在立亡，行於日中無影，而有童子之色。後乃俱還鄉里，親族死終略盡。乃復還去。初平改字為赤松子，初起改字為魯班。」❷紫煙客　指神仙。❸繁華子　富貴子弟。宋本在「繁華」二字下夾注：「一作：朱顏」。❹擾擾　紛亂貌。❺崑山句　崑山，崑崙山。瓊蘂，玉英。宋本在「蘂」字下夾注：「一作：蕤」。❻精魄　人的精神靈氣。

【語　譯】黃初平原是金華山的牧羊兒，後來卻變為一位仙人。我願意隨從他雲遊，但未及去而頭髮已白。不知那些富貴子弟，紛亂繁擾有何急迫之事？不如到崑崙山去採玉英，可以鍛鍊我的精神魂魄。

【研　析】此詩前四句抒寫仰慕遊仙，表示願意隨從赤松子而去。可是時光流逝，尚未實現理想而頭髮已白。後四句諷刺富貴子弟追逐名利繁華，作為反襯，指出他們的繁擾實不如遊仙之快樂。作年不詳。

其十六　天津三月時

天津❶三月時，千門桃與李。朝為斷腸花❷，暮逐東流水。前水復❸後水，古今相續流。新❹人非舊人，年年橋上遊。

雞鳴海色動❺，謁帝羅公侯❻。月落西上陽❼，餘輝半城樓。衣冠照雲日，朝下散皇州❽。鞍馬如飛龍，黃金絡馬頭❾。行人皆闢易❿，志氣橫嵩丘⓫。

入門上高堂，列鼎錯珍羞⓬。香風引趙舞，清管隨齊謳⓭。七十紫鴛鴦⓮，雙雙戲庭幽。行樂爭晝夜，自言度千秋。

功成身不退，自古多愆尤⓯。黃犬空歎息⓰，綠珠成釁讎⓱。何如鴟夷子⓲，散髮棹扁舟⓳！

【注釋】❶天津　古浮橋名。故址在今河南洛陽舊城西南、隋唐皇城正南的洛水上。此借指洛陽。❷斷腸花　楊齊賢注：「言三月之朝，人見桃李爛熳，春心搖蕩，感物傷情，腸為之斷。至於日暮，花已零落，隨逐東流之水。」劉希夷〈公子行〉：「可憐楊柳傷心樹，可憐桃李斷腸花。」「傷心」與「斷腸」互文見義，詩人即用其意。❸復　宋本在此字下夾注：「一作：非」。❹新　宋本在此字下夾注：「一作：今」。❺雞鳴句　楊齊賢注：「海色，曉色也。雞鳴之時，天色昧明，如海氣朦朧然。」一說海色動謂日出時海水沸騰，疑非是。❻謁帝句　此句意謂公侯列隊拜見皇帝。謁，拜見。羅，排列。按：唐沿漢制，稱洛陽為東都，從高宗到玄宗，皇帝經常東幸，文武百官隨從，在東都上朝。其時長安則設西京留守。❼西上陽　宮名。《舊唐書・地理志一》河南道東都：「上陽宮，在宮城之西南隅。南臨洛水，西拒穀水，東即宮城，北連禁苑。宮內正門正殿皆東向，正門曰提象，正殿曰觀風。其內別殿、亭觀九所。上陽之西，隔穀水有西上陽宮，虹梁跨穀，行幸往來。皆高宗龍朔後置。」宋本在此三字下夾注：「一作：上陽西」。❽朝下句　意謂下朝後各官員散往東都各處。皇州，《文選》卷三〇謝朓〈和徐都曹〉詩：「春色滿皇州。」張銑注：「皇州，帝都也。」❾鞍馬二句　形容官僚臣屬下朝後在路上的神氣。飛龍，《晉書・食貨志》：「車如流水，馬若飛龍。」黃金絡馬頭，古樂府〈雞鳴〉、〈相逢行〉、〈陌上桑〉中的成句。❿闢易　驚退躲避。《史記・項羽本紀》：「項王瞋目而叱之，赤泉侯人馬俱驚，辟易數里。」《史記》中之「辟」，同「闢」。⓫橫嵩丘　此句謂朝官得志，盛氣橫溢嵩山。橫，橫暴；強橫。嵩丘，嵩山。古稱中嶽，在今河南登封北。⓬列鼎句　此句謂桌上雜陳各種佳餚。列，布陳。鼎，古食器，多用青銅製成。錯，錯雜。珍羞，名貴珍奇的食物。羞，同「饈」。⓭香風二句　香風，指脂粉香味隨風飛散。清管，清澈的管樂之聲。謳，古代齊國稱唱歌曰謳。春秋戰國時代，趙舞、齊謳皆負盛名。⓮七十句　古樂府〈雞鳴〉、〈相逢行〉皆云：「鴛鴦七十二，羅列自成行。」此「七十」即舉成數，指鴛鴦之多，非實數。鴛鴦，鳥名。雌雄偶居不離，古稱「匹鳥」，常用以比喻夫婦。⓯愆尤　罪過；災禍。⓰黃犬句　用秦相李斯被殺典故。《史記・李斯列傳》：「二世二年七月，具斯五刑，論腰斬咸陽市。斯出獄，與其中子俱執，顧謂其中子曰：『吾欲與若復牽黃犬俱出上蔡東門逐狡兔，豈可得乎！』遂父子相哭而夷三族。」李白詩賦屢用此事。其〈擬恨賦〉：「及夫李斯受戮，神氣黯然。左右垂泣，精魂動天。執愛子以長別，歎黃犬之無緣。」與此同意。⓱綠珠句　《晉書・石崇傳》載：「崇有妓曰綠珠，美而豔，善吹笛。孫秀使人求之。……崇勃然曰：『綠珠吾所愛，不可得也！』……秀怒，乃勸（趙王）倫誅崇。……崇正宴於樓上，介士到門，崇謂綠珠曰：『我今為爾得罪！』綠珠泣曰：『當效死於官前。』因自投于樓下而死。……崇母兄妻子無少長皆被害。」釁，事端。讎，怨仇。⓲鴟夷子　指春秋時越國大夫范蠡。《史記・越王句踐世家》：「范蠡事越王句踐，既苦身勠力，與句踐深謀二十餘年，竟滅吳，報會稽之恥，……范蠡浮海出齊，變姓名，自謂鴟夷子皮。」司馬貞《索隱》：「韋昭曰：『鴟夷，革囊也。』」⓳散髮句　謂棄冠簪，不束髮而隱居。棹扁舟，指泛遊江湖。宋本在「棹」字下夾注：「一作：弄」。

【語　譯】陽春三月洛陽天津橋邊，千家萬戶都在欣賞桃花和李花。早上花朵都鮮豔奪目，令人心中蕩漾斷腸，但到傍晚花就凋謝了，零落在水中漂流東去。天津橋下的水，無論過去和現在，自古到今不斷地流淌著。但年年在天津橋上來往遊覽的，現在的人卻不是過去的人了。

雞鳴天色將明之時，公侯高官都排列站立在朝廷上拜謁皇帝。月亮下落到西上陽宮時，餘光照映著半個城樓。文武百官散朝出來，身上的衣冠在雲日照耀下熠熠生光。他們騎的馬像飛龍一樣，馬頭上用黃金籠絡著鞍轡。路上的行人都驚退躲避，他們驕橫的氣勢遠遠超出了嵩山。

進了家門坐在高堂之上，列鼎而食，美味珍羞，交錯滿席。趙女起舞傳來陣陣香風，清亮的管樂伴隨著齊童的歌聲。七十對紫色鴛鴦，雙雙對對在庭院中戲耍幽會。權貴們日夜行樂，自以為就此可以度過千年。

做官的人在成就功業後應當身退，自古以來功成不退的人多遭到不測之禍。秦朝宰相李斯在被殺時徒然嘆息不能再牽黃犬逐兔，晉代權貴石崇為寵妾綠珠而結仇遭禍。何不像春秋時的越國大夫范蠡，功成身退，自稱鴟夷子皮，自由散髮泛舟於太湖之中呢！

【研　析】此詩當為開元二十二年（西元七三四年）春遊洛陽時所作。據《舊唐書・玄宗紀》記載，開元二十二年正月己丑，玄宗幸東都，由此可知是年春天百官在東都上朝全為寫實。第一段，寫陽春三月，天津橋邊千家萬戶桃李盛開，鮮花豔麗動人心魄，但不能耐久，朝榮暮落，隨流水而去。由此感嘆流水古今相續，而遊人則今人非舊人，深嘆人生短暫。第二段，寫在洛陽的大臣上朝和下朝的情景。公侯們在雞鳴時即上朝，此時月在西上陽宮落下去，餘光射在城樓上。而百官在雲日照耀下散朝時，馬若飛龍，行人嚇得惟恐躲避不及，充分顯示出權貴們氣勢驕橫。第三段，寫權貴們在家中奢侈享樂的生活。吃的是山珍海味，玩的是趙舞齊謳，香風陣陣，管樂清奏，就像許多鴛鴦在幽庭戲遊。權貴們自以為這種晝夜行樂生活可以千年享受。第四段，以李斯、石崇的悲劇與范蠡功成身退逍遙自在相對照，諷刺權貴們不知足。全詩描寫、敘述、用典、議論融會一體，自然流暢，諷刺深刻。

其十七　西上蓮花山

西上❶蓮花山❷，迢迢見明星❸。素手把芙蓉❹，虛步躡太清❺。霓裳曳廣帶❻，

飄拂昇天行。邀我登雲臺❼，高揖衛叔卿❽。恍恍❾與之去，駕鴻凌紫冥❿。俯視

洛陽川，茫茫走胡兵⓫。流血塗野草，豺狼盡冠纓⓬。

【注釋】❶上　宋本在「上」字下夾注：「一作：嶽」。❷蓮花山　即西嶽華山。《太平御覽》卷三九引《華山記》曰：「山頂有池，生千葉蓮花，服之羽化，因曰華山。」❸迢迢句　迢迢，遙遠貌。明星，神仙故事中華山上的仙女。《太平廣記》卷五九引《集仙錄》：「明星玉女者，居華山，服玉漿，白日昇天。」❹素手句　素手，女子潔白的手。〈古詩十九首〉：「纖纖出素手。」芙蓉，蓮花。❺虛步句　虛步，淩空而行。躡，踩；踏。太清，天空。❻霓裳句　此句謂仙女穿著霓裳，拖著寬廣的長帶。霓裳，以虹霓為衣裳。曳，牽引；拖。❼雲臺　華山東北部的高峰。因上冠景雲，下通地脈，嶷然獨秀，有若靈臺，故名。❽衛叔卿　神仙名。據《神仙傳》卷八記載，中山人，服雲母得仙。曾乘雲車、駕白鹿從天而降，見漢武帝。因武帝不加優禮而去。帝甚悔恨，遣使者至中山，與叔卿之子度世共之華山，求尋其父。未到其嶺，於絕巖之下，望見其與數人博戲於石上，紫雲鬱鬱於其上，又有數仙童執幢節立其後。❾恍恍　猶恍惚，模模糊糊。❿紫冥　天空仙府。⓫俯視二句　謂從華山上空俯看洛陽一帶平原，只見茫茫一片都是來往的胡兵。按：天寶十四載十二月，安祿山率叛軍攻破東都洛陽。⓬流血二句　謂洛陽人民慘遭屠殺，安祿山大封偽官。按：安祿山佔領洛陽後，屠殺百姓，並於次年正月僭位稱帝，大封叛臣偽官。豺狼，指屠殺人民的叛軍官兵。冠纓，官員的代稱。

【語譯】西上華山的蓮花峰，遠遠地看到了明星玉女這位神仙。她潔白的手裡拿著蓮花，在天空中輕步走來。穿著虹霓般的衣裳，拖著長長的衣帶，在天空中飄拂著行走。她邀請我一起登上雲臺，拜揖神仙衛叔卿。我恍恍惚惚地與她一起去，駕著鴻鳥飛上了紫色的雲空。我在高空俯視洛陽的山河，只見茫茫一片都是來往的胡虜之兵。人民慘遭屠殺，鮮血染汙了野草，豺狼卻都戴冠簪纓做起大官了。

【研析】此詩作於天寶十五載（西元七五六年）初春。是一首遊仙體的紀實之作。據詩人〈奔亡道中五首〉，安史之亂初起時，他在洛陽一帶目睹叛軍暴行，乃西奔入函谷關，上華山避亂，至次年春又南奔宣城。過去學界認為此詩作於宣城，未諦（詳見拙作〈安史之亂初期李白行蹤新探索〉，《文史》二〇〇一年第二期）。詩的前十句寫在華山遊仙情景，虛幻飄忽。詩人登上華山，似乎遠遠地看到了明星玉女，仙女潔白素手拈著芙蓉凌空飛行，穿著霓裳拖著長長的廣帶，飄然昇天。詩人描繪了一幅優美縹緲的仙女飛天圖。接著寫仙女邀請詩人到雲臺峰，與仙人衛叔卿長揖見禮，恍惚之間與神仙同駕鴻雁去遊仙府。後四句寫現實生活。正當詩人飛仙而去時，驀然回首，從高空低頭瞥見人間的血腥世界：茫茫洛陽大地到處是燒殺搶掠的安祿山叛軍，人民的鮮血塗滿草野，逆臣賊子卻坐朝廷，封官晉爵、衣冠簪纓。字裡行間充滿沉痛憤怒之情。全詩通過美妙仙境和血腥現實對照描寫，表現出詩人出世和用世思想的矛盾。前十句的遊仙正是為了反襯末四句的寫實，詩人念念不忘人民遭難的現實，反映出詩人對祖國的忠貞和對人民的關切。

其十八　昔我遊齊都

昔我遊齊都❶，登華不注峰❷。茲山何峻秀，綠翠如芙蓉❸。蕭颯❹古仙人，
了知是赤松❺。借予一白鹿❻，自挾兩青龍❼。含笑凌倒景❽，欣然願相從。

【注釋】❶齊都　指唐代齊州治所，今山東濟南。❷華不注峰　古山名。又名華山、金輿山。在今山東濟南東北。孤峰特拔，下有華泉。《左傳》成公二年鞌之戰：「齊師敗績，(晉)逐之，三周華不注」，即此。不，即「柎」，花蒂。❸綠翠句　《水經注・濟水》稱華不注山「青崖翠發，望同點黛」，故此詩以芙蓉比之。❹蕭颯　猶蕭灑、瀟灑，自由自在的樣子。❺赤松　赤松子，古代神話中的仙人。見其十五注❶。又一說，為神農時雨師。《列仙傳》卷上：「赤松子者，神農時雨師也。服冰玉以教神農，能入火自燒。往往至崑崙山上，常止西王母石室中，隨風雨上下。炎帝少女追之，亦得仙俱去。至高辛時，復為雨師。」後為道教所信奉。❻白鹿　傳說鹿與鶴、龜一樣，至千歲而色皆變白，能通靈性。故仙人皆乘鶴、騎鹿。❼青龍　亦仙人所騎乘。《列仙傳》卷下：「呼子先者，漢中關下卜師也。老壽百餘歲。臨去，呼酒家老嫗曰：『急裝，當與嫗共應中陵王。』夜有仙人持二茅狗來。至呼子先，子先持一與酒家，嫗得而騎之，乃龍也。上華陰山，常於山上大呼言：『子先、酒家母在此』云。」此處用其意。❽倒景　指天的最高處。景，同「影」。《漢書・郊祀志下》：「登遐倒影。」顏師古注引如淳曰：「在日月之上，反從下照，故其影倒。」

【語　譯】往年我遊齊都濟南，上登華不注山。此山何等高峻而秀發，其翠綠之色宛如芙蓉。在那裡遇到一位古樸瀟灑的仙人，了然知道就是赤松子。他借給我一頭白鹿，而自己挾持著兩條青龍。含笑著飛登上天而凌視倒影，我也欣然乘白鹿而願相跟從。

【研　析】蕭本將此詩與下「泣與親友別」、「在世復幾時」合為一首，《唐宋詩醇》從之，王本從之而又疑之。胡本將此詩與「泣與親友別」合為一首，朱諫《李詩選注》將此詩與「在世復幾時」合為一首。恐皆有誤。今從宋本，仍作三首。其作年不詳。此詩亦寫遊仙，詩人登上華不注山，在芙蓉般的山色中似乎遇見了仙人赤松子，於是和他一起上天了。

其十九　泣與親友別

泣與親友別，欲語再三咽❶。勗君青松心❷，努力保霜雪。世路多險艱，白日欺紅顏❸。分手❹各千里，去去❺何時還？

【注　釋】❶咽　聲音阻塞，形容悲切。❷勗君句　勗，勉勵。青松心，如青松般堅定不改之心。《禮記・禮器》：「其在人也，……如松柏之有心也，……故貫四時而不改柯易葉。」❸白日句　少年的紅顏為時光所欺而變衰。❹分手　宋本作「分首」，據《才調集》及咸本、王本等改。❺去去　越去越遠。《文選》卷二九蘇武詩：「參辰皆已沒，去去從此辭。」

【語　譯】哭泣著與親友告別，想說話卻又再三哽咽。勉勵你長保青松般堅定不變的心，努力保持霜雪般的純潔。人世道路有很多艱險，不要為時光所欺而虛度年華。從此分手各奔千里，越去越遠何日能歸來？

【研　析】此詩乃與親友分別之詩。首二句描寫臨別時的悲傷情景；次二句勉勵親友保持青松般的堅定貞潔之心；再次二句希望對方不畏艱險，努力奮鬥；末二句又回到當前的分手，表現出依依不捨之情。作年不詳。

其二十　在世復幾時

在世復幾時？倏❶如飄風度。空聞紫金經❷，白首愁相誤。撫己忽自笑，沉吟為誰故？名利徒煎熬，安得閑余步❸？終留赤玉舄❹，東上蓬山❺路。秦帝如我求，蒼蒼但煙霧。

【注釋】❶倏　疾速。❷紫金經　煉丹之書。❸閑余步　使我緩步。閑，緩。❹赤玉舄　神仙之鞋。《列仙傳》卷上：「安期先生者，瑯琊阜鄉人也。賣藥於東海邊，時人皆言『千歲翁』。秦始皇東遊，請見，與語三日三夜。賜金璧，度數千萬，出於阜鄉亭，皆置去。留書，以赤玉舄一雙為報，曰：『後數年，求我於蓬萊山。』」❺山　宋本在「山」字下夾注：「一作：萊」。

【語譯】人生在世又能有多少時間？疾速得就像飄風一吹而過。我雖想修道，但空聞有煉丹之書，卻不傳妙訣，故白首無成而恐終於耽誤。捫心問己，忽然自笑，沉吟思考，究竟是什麼緣故？乃我自己徒然為名利所煎熬，哪裡能使我得到空閒去從容修煉？不過我雖因名利所誤而暫留人間，終有一天如安期生那樣留下赤玉舄而飛昇東上蓬萊山去。皇帝對我如有所求，則只能見蒼蒼的煙霧了。

【研析】此詩作年不詳。李白寫過許多感嘆時光飛逝的詩，多數是與功業無成的自責相結合的；此詩卻完全相反，詩中也寫光陰迅速，人生短暫，但不是耽心功業無成，而是懊悔和嘲笑自己因追求名利而耽誤遊仙，並表示今後一定要學道成仙。反映出對追求功業的絕望。

其二十一　郢客吟白雪

郢客吟〈白雪〉，遺響飛青天。徒勞歌此曲，舉世誰為傳？試為〈巴人〉唱，和者乃數千❶。吞聲❷何足道，歎息空悽然。

【注　釋】❶郢客六句　用《文選》卷四五宋玉〈對楚王問〉故事，借「曲高和寡」以抒懷才不遇之情。郢，古都邑名。在今湖北江陵西北。春秋戰國時楚國都城皆稱郢。〈白雪〉，古代楚國高雅的歌曲名，當時能跟著唱和的人很少。遺響，留下的聲響。陸機〈擬今日良宴會〉詩：「遺響入雲漢。」〈巴人〉，楚國通俗的歌曲名，當時的人都能跟著唱和。❷吞聲　不敢出聲。

【語　譯】郢中的客人唱了一曲高雅的〈白雪〉，留下的聲響飛上青天。但他只是白白地唱了此曲，整個楚國有誰為他傳唱？試著唱一支通俗的〈巴人〉曲，跟著唱和的就有數千人。於是他吞聲不敢說話，只能淒然地嘆息。

【研　析】此詩顯然以「郢客」自喻，以「曲高和寡」比喻知遇之難。高雅歌曲儘管遺響悠揚上天，卻少有傳唱，猶高才之士無人重視；而粗俗歌曲則群而和之，猶無才之人卻容易受到重用。詩人只能吞聲而嘆息。此詩作年不詳，從詩意看，當是開元年間「名未甚振」時之作。

其二十二　秦水別隴首

秦水別隴首❶，幽咽多悲聲❷。胡馬顧朔雪❸，躞蹀長嘶鳴❹。感物動我心，緬然❺含歸情。昔視秋蛾❻飛，今見春蠶生。嫋嫋❼桑結❽葉，萋萋柳垂榮❾。急節謝流水❿，羇心搖懸旌⓫。揮涕⓬且復去，惻愴⓭何時平？

【注釋】❶隴首　指隴山之巔。隴山，六盤山南段別稱。古稱隴阪。在陝西隴縣西南，延伸於陝、甘邊境，綿延約一百公里，山勢陡峻。為渭河平原與隴西高原的分界。❷幽咽句　〈隴頭歌辭〉：「隴頭流水，鳴聲幽咽。遙望秦川，心肝斷絕。」此處用其意。❸朔雪　北方的雪。❹躞蹀句　躞蹀，亦作「蹀躞」，疊韻聯綿詞，小步貌。嘶鳴，馬鳴聲。❺緬然　遙遠貌。❻秋蛾　秋天的蛾。蛾，形似蝴蝶的昆蟲。❼嫋嫋　搖曳貌。❽結　宋本作「枯」，夾注：「一作：結」。今據王本改。❾萋萋句　萋萋，茂盛貌。垂榮，柳條下垂開花。榮，開花。❿急節句　急節，急速的節奏，指時間之速。謝流水，如流水般逝去。⓫羇心句　羇心，旅人的思緒。懸旌，掛在空中隨風飄蕩的旌旗，比喻心神不定。⓬涕　眼淚。⓭惻愴　淒傷；悲痛。

【語譯】秦地的水告別隴山之巔流下，多有嗚咽悲苦之聲。胡馬回看北方的雪，小步踏地而發出長鳴。我被物情所感而觸動心緒，邈然亦起懷歸之情。前年秋天來長安時看到蠶蛾飛舞，現在見到春蠶已生成。搖曳的柔枝上已結滿桑葉，茂盛的柳條已下垂而開花。急速而去的時光如流水般地逝去，我這個羇旅之人的心就像掛在空中隨風飄蕩的旌旗一樣心神不定。揮掉眼淚暫且回去，內心的悲傷何時能平？

【研析】此詩當是天寶三載（西元七四四年）春在長安所作。前六句以秦水不忍別隴首、胡馬眷戀北方故鄉以興自己懷歸之情。中四句點明物時節候，表明在長安的時間已久。末四句謂時光飛逝，羈旅之心搖動，只得揮淚而歸，但內心悲痛不能平。反映出詩人離開長安時的淒苦之情。

其二十三　秋露白如玉

秋露白如玉，團團下庭綠❶。我行忽見之，寒早悲歲促❷。生猶鳥過目❸，胡乃自結束❹？景公一何愚❺，牛山淚相續❻。物苦不知足，登隴又望蜀❼。人心若波瀾，世路有屈曲❽。三萬六千日❾，夜夜當秉燭❿。

【注釋】❶團團句　團團，宋本作「團圓」，據蕭本、郭本、咸本、王本改。團團，圓貌，形容露珠之狀。庭綠，庭中的草木。❷歲促　歲月短促。❸生猶句　生猶，蕭本、郭本、咸本、王本皆作「人生」，意同。鳥過目，鳥在眼前飛過，形容快速。《文選》卷二九張協〈雜詩十首〉二：「人生瀛海內，忽如鳥過目。」呂延濟注：「言人居於此中，死生之疾如鳥飛於目前也。」❹胡乃句　胡乃，何為；為何。結束，拘結約束。❺景公句　景公，春秋時齊國諸侯，名杵臼。一何，多麼，副詞。❻牛山句　牛山，在今山東淄博南。淚相續，指齊景公登牛山感嘆人生短促而落淚，其隨從艾孔、梁丘據亦隨之而泣。見《晏子春秋·內篇諫上第十七》。❼登隴句　此用東漢光武帝給岑彭敕書中語：「人苦不知足，既平隴，復望蜀。」見《後漢書·岑彭傳》。宋本在「登」字下夾注：「一作：得」。❽有屈曲　屈曲，曲折多變。宋本在「有」字下夾注：「一作：多」。❾三萬六千日　一百年。人生以百歲為期。❿秉燭　「秉燭夜遊」的略語。拿著火燭夜遊，謂及時行樂。秉，執持。

【語　譯】秋天的露水潔白如玉，圓圓地落在庭中草木的綠葉上。我在庭中行走忽然見到這個景象，知道寒氣早臨而悲感歲月短促。人生在世之速就像飛鳥在眼前閃過，為何還要自己束縛自己不去逍遙行樂呢？當年齊景公及其隨從多麼愚蠢，竟會登牛山感嘆人生短促而相繼落淚。人生最苦的事物是不知滿足，得到了隴地又想望得到蜀地。人的心就像波瀾一樣不能安定，世間的道路曲折多變。人生百年總共三萬六千日，應當夜夜執持火把遊玩，及時行樂。

【研　析】此詩作年不詳。全詩意謂人生在世有限，當知足而行樂。前四句從見物候而感歲月短促，接著四句從歲月短促想到人生短促，何必自己束縛於名利而不得行樂？用齊景公登牛山感嘆人生短促不能永久享國而落淚的典故，嘲諷世人不達死生之理的愚蠢。末六句嘲諷人心追逐名利而不知足，然人生不過百年，理應及時行樂而已。

其二十四　大車揚飛塵

大車揚飛塵，亭午暗阡陌❶。中貴多黃金，連雲開甲宅❷。路逢鬬雞者❸，冠蓋何輝赫❹！鼻息干虹蜺❺，行人皆怵惕❻。世無洗耳翁，誰知堯與跖❼？

【注　釋】❶大車二句　謂大車馳過，灰塵揚起，使正午時的道路為之昏暗。亭午，中午。亭，正；當。阡陌，田間小路。《史記・秦本紀》：「為田開阡陌。」司馬貞《索隱》引《風俗通》：「南北曰阡，東西曰陌。河東以東西為阡，南北為陌。」❷中貴二句　謂宦官得到皇帝的重賞，構築的高等住宅連雲接霄。中貴，即中貴人，內臣之貴幸者，亦即有權勢的宦官。甲宅，甲等住宅。《舊唐書・宦官傳》：「玄宗尊重宮闈，中官稍稱旨，即授三品將軍，門施棨戟，……故帝城中甲第，畿甸上田、果園池沼，中官參半於其間矣。」❸鬥雞者　據陳鴻〈東城老父傳〉記載，唐玄宗喜歡鬥雞遊戲，治雞坊於兩宮間。開元間諸王、外戚、公主等養雞成風。童子賈昌因善鬥雞，深受玄宗寵幸，「金帛之賜，日至其家」。開元十三年，籠雞三百從封東嶽，父忠死泰山下，縣官為葬器喪車，乘傳洛陽道，歸葬雍州。十四年三月，衣鬥雞服會玄宗溫泉。當時天下號為「神雞童」。時人為之語曰：「生兒不用識文字，鬥雞走狗勝讀書。賈家小兒年十三，富貴榮華代不如。」❹冠蓋句　冠蓋，指鬥雞者的衣冠和車蓋。輝赫，顯赫；氣勢熏灼。❺鼻息句　形容鬥雞者氣焰囂張，不可一世。鼻息，呼吸。干，犯；上衝。虹蜺，雲霞。按：李白〈答王十二寒夜獨酌有懷〉云：「君不能貍膏金距學鬥雞，坐令鼻息吹虹霓。」可互參。❻怵惕　害怕；恐懼。❼世無二句　意謂如今沒有像許由那樣清白的人，怎能分清好人與惡人？洗耳翁，指堯時隱士許由。《高士傳》卷上：「堯又召為九州長，由不欲聞之，洗耳于潁水濱。時其友巢父牽犢欲飲之，見由洗耳，問其故。對曰：『堯欲召我為九州長，惡聞其聲，是故洗耳。』」後因稱之為洗耳翁。堯，傳說中的上古賢君。跖，大盜名。《史記・伯夷列傳》張守節《正義》曰：「蹠（同「跖」）者，黃帝時大盜之名。」據《莊子・盜跖》記載，跖曾率「從卒九千人，橫行天下，侵暴諸侯」。

【語　譯】一隊大車馳過，飛揚起沙塵蔽天，使正午時的道路都昏暗了。宮中的宦官得到皇帝很多的黃金賞賜，構築了許多連雲接霄的高級住宅。路上遇到鬥雞的人，他們穿戴的衣冠和乘坐的馬車多麼顯赫！鼻子中呼出的氣也能上衝雲霄干犯虹霓，行人見到他們都非常恐懼。現在世上沒有像許由那樣的洗耳翁，又有誰能分清堯那樣的賢君和跖那樣的大盜呢？

【研　析】此詩當是開元年間初次入長安時，目睹宦官窮奢極侈、鬥雞之徒氣焰囂張，深為憤怒而作。前八句分兩個場面描寫：第一場面是首四句，一隊大車馳過，飛塵迷漫，使正午的道路昏暗不清，正午是陽光最明亮之時，但飛塵卻能「暗阡陌」，可見飛塵之盛，同時也可知車輛之多、車速之快，而行車人飛揚跋扈的神態也寓於其中。開頭兩句寫景烘托氣氛，為宦官出場作鋪墊。接著二句寫宦官的顯赫，但不作詳細描繪，只選擇最有代表性的「多黃金」和「甲宅」，顯示他們的豐厚財富和豪華氣勢，第二個場面是接著四句，寫鬥雞者的恃寵驕恣。先寫服飾、車飾何等光彩奪目，然後用誇張手法來形容他們的神態：呼吸上衝直犯天上虹霓，這是正面描繪；接著又寫行人避之猶恐不及的畏懼心理，這是從反面襯托，這些傳神寫照，把鬥雞者的氣焰寫得淋漓盡致。末二句運用典故，感慨當今沒有像許由那樣不慕榮華富貴之人。在盛唐治世，李白最早敢於直言諷刺統治者不辨善與惡，表現自己的憤慨情緒，體現出敏銳的眼光和超人的膽識。

其二十五　世道日交喪

世道日交喪❶，澆風散淳源❷。不采芳桂枝❸，反棲惡木根❹。所以桃李樹，
吐花竟不言❺。大運❻有興沒，群動❼爭飛奔。歸來廣成子❽，去入無窮門❾。

【注　釋】❶世道句　世道，社會風氣；時世與道德。交喪，交相喪失。《莊子・繕性》：「由是觀之，世喪道矣，道喪世矣，世與道交相喪也。」成玄英疏：「喪，棄也。……時世澆薄，廢棄無為之道；亦由無為之道，廢棄淳和之世；是知世之與道交相喪之也。」後以「交喪」比喻世道衰亂。❷澆風句　澆風，輕薄的社會風尚。淳源，淳樸之源。《莊子・繕性》：「澆淳散樸。」此處用其意。❸桂枝　《楚辭・招隱士》：「攀援桂枝兮聊淹留。」王逸注：「桂枝芬芳以興屈原之忠良也。」此處用其意，以芬芳桂枝比喻君子。❹惡木根　劣樹的根，比喻小人。❺所以二句　《史記・李將軍列傳》：「諺曰『桃李不言，下自成蹊』。此言雖小，可以諭大也。」此處桃李亦比喻君子。《唐詩品彙》卷四引劉辰翁批曰：「(所以桃李樹，吐花竟不言)十字不知所從出，不辨其說。謂出於『成蹊』，又淺淺知言者也。」❻大運　命運；天數。❼群動　眾動物；諸鳥獸。❽廣成子　葛洪《神仙傳・廣成子》：「廣成子者，古之仙人也。居崆峒之山石室之中。黃帝聞而造焉。」❾無窮門　古代道家稱通往至道境界的門徑。《莊子・在宥》記載廣成子回答黃帝之問時說：「彼其物無窮，而人皆以為有終；彼其物無測，而人皆以為有極。得吾道者，上為皇而下為王；失吾道者，上見光而下為土。今夫百昌皆生於土而反於土，故余將去女，入

無窮之門，以遊無極之野。」

【語　譯】時世與道德一天天交相淪喪，澆薄的社會風尚正在消散淳樸之源。不採取美好芬芳的桂樹之枝，反而棲息在壞樹根上。所以桃樹和李樹，只開花而始終不說話。人們的命運有興盛衰亡，眾多的鳥獸只知爭食飛奔。只得歸來學習有道之人廣成子，進入至道境界的無窮之門。

【研　析】此詩首二句是說：時世不知應該尊重有道者，是世喪道；而有道者見世如此，就無心用世，這是道喪世；所以說「世道日交喪」。這樣的結果就使淳樸的古道風氣被輕薄的社會風尚所消散了。接著便用比興手法，所謂「不采芳桂枝，反棲惡木根」，比喻忠良的君子不被見用，奸佞小人反受重用。所以詩人只能像桃李那樣默默開花而不說話。詩人認為命運有盛衰之時，既然現在世道不好，就歸來學習廣成子，去遊無窮之門。

其二十六　碧荷生幽泉

碧荷生幽泉，朝日豔且鮮。秋花冒❶綠水，密葉羅青煙。秀色空絕世❷，馨香誰為❸傳？坐❹看飛霜滿，凋此紅芳年。結根未得所，願託華池❺邊。

【注　釋】❶冒　覆蓋之意。咸淳本作「置」。曹植〈公讌詩〉：「朱華冒綠池。」❷秀色句　秀色，美色。絕世，冠絕當代。❸誰為　蕭本、郭本、胡本作「竟誰」。❹坐　空；徒然。❺華池　《楚辭・七諫》：「黿鼉游乎華池。」王逸注：「華池，芳華之池也。」

【語　譯】碧荷生長在隱蔽而僻遠的泉水中，早上的太陽把它照耀得格外豔麗而清新。秋天的鮮花從綠水中冒出來，茂密的荷葉上籠罩著青青的煙霧。它空有冠絕當代的美色，散發出來芳香又有誰人傳賞？徒然看著她被飛霜侵滿，使這般年輕美麗的紅花飄零凋落。因為這荷花生於幽泉，結根未得其所。如願託生於都市華貴的池塘中，色香當有傳聞而欣賞者就多了。

【研　析】此詩前四句寫生在幽泉中的碧荷美麗鮮豔，接著四句寫雖然有冠絕當代的美色和誘人的芳香，卻無人欣賞，徒然被飛霜打得零落。末二句一結，原因是它生長的地方不得其所。如果生長在都市華貴的池塘中，它的色香一定會引起轟動。全詩借物喻人，實為詩人以碧荷自比。意謂賢者身雖在偏僻荒野，但品格自高，才藝自美，只是無人知道而不能用世，徒然虛度年華而浪費青春。如果託付得人，致身朝廷，定當有所作為。

此詩作年不詳，當為未遇時之作。

其二十七　燕趙有秀色

燕趙有秀色❶，綺樓❷青雲端。眉目豔皎月，一笑傾城❸歡。常恐碧草晚，坐泣秋風寒❹。纖手怨玉琴❺，清晨起長歎。焉得偶君子❻，共乘雙飛鸞❼？

【注　釋】❶燕趙句　燕趙，指戰國時燕國、趙國一帶地方，即今河北地區。秀色，秀麗的姿容；美女。〈古詩十九首〉：「燕趙多佳人，美者顏如玉。」❷綺樓　華美的樓閣。宋本作「綺樹」，據蕭本、郭本、咸本、王本改。❸傾城　全城。❹常恐二句　用班婕妤〈怨歌行〉：「常恐秋節至，涼飆奪炎熱」詩意。坐，徒然。❺怨玉琴　鳴琴以自怨。❻偶君子　與賢能君子為佳偶。❼共乘句　用弄玉和蕭史故事。《列仙傳》卷上：「蕭史者，秦穆公時人也。善吹簫，……。穆公有女，字弄玉，好之。公遂以女妻焉。日教弄玉作鳳鳴。居數年，吹似鳳聲，鳳凰來止其屋。公為作鳳臺，夫婦止其上，不下數年。一旦，皆隨鳳凰飛去。」

【語　譯】燕趙一帶地方有一位美女，她住在高聳雲霄的綺樓之上。她的眉目像皎潔的明月一樣豔麗，一笑就使全城之人都傾倒。但她常恐青春遲暮如碧草衰，徒然在寒冷的秋風中悲泣。纖纖的手指彈著玉琴而哀怨，清晨起身就長嘆。多麼想得到一位賢德君子做伴侶，能像當年弄玉和蕭史那樣一同乘著鸞鳳高飛上天？

【研　析】此詩全用比興手法。以燕趙美女哀傷青春易衰、思得佳偶，比喻自己懷才不遇，唯恐未及用世而老之將至。希望能得到知己的賞識，能夠早日施展自己遠大的抱負。當作於開元年間未見君王之時。

其二十八　容顏若飛電

容顏若飛電❶，時景❷如飄風。草綠霜已白，日西月復東❸。華鬢❹不耐秋，颯然❺成衰蓬。古來賢聖人，一一誰成功？君子變猿鶴，小人為沙蟲❻。不及廣成子❼，乘雲駕輕鴻。

【注　釋】❶飛電　閃電。❷時景　時間；光陰。❸草綠二句　謂春天的綠草一下就經霜而變白，太陽才向西月亮又從東邊升起。即從春到秋，從晝到夜，極為迅速。❹華鬢　花白的鬢髮。鬢，胡本作「髮」。❺颯然　衰老貌。❻君子二句　《藝文類聚》卷九〇引《抱朴子》：「周穆王南征，一軍盡化。君子為猿為鶴，小人為蟲為沙。」此用其意。❼廣成子　古之神仙。見其二十五〈世道日交喪〉注❽。

【語　譯】容顏變衰老像閃電一樣飛快，時光消逝像飄風一樣迅速。綠草不久就被霜打而變成灰白，太陽剛向西沉月亮又從東方升起。花白的頭髮經不起秋愁，忽然之際就變得像衰敗的蓬草一樣稀少散亂。自古以來的賢人聖人，有哪一個能成功逃脫衰老的命運？只有如古人所說的君子化為猿鶴，小人化成沙蟲而已。都不能達到像仙人廣成子那樣，駕著輕鴻而乘雲上天。

【研　析】此詩前六句詩人感慨時間飛快，人生易老。後六句則進一步感嘆古今的所謂賢人、聖人都會衰老而死，不及神仙能長生不老，永遠自由自在。詩的主旨是仰慕成仙。作年不詳。

其二十九　三季分戰國

三季❶分戰國，七雄❷成亂麻。〈王風〉❸何怨怒，世道終紛拏❹。至人洞元象❺，高舉凌紫霞❻。仲尼亦浮海❼，吾祖之流沙❽。聖賢共淪沒❾，臨歧胡咄嗟❿？

【注　釋】❶三季　三代之末，指夏、商、周之末。❷七雄　指戰國時的秦、楚、齊、韓、趙、魏、燕七國。❸王風　《詩經》中十五〈國風〉之一，為周王朝東遷雒邑後的民歌。其中有〈黍離〉等十首詩，多為感傷周王朝衰微而發的怨怒情緒。❹紛拏　亦作「紛挐」，混亂牽連。❺至人句　聖人洞察微妙的天象。至人，道德智慧最高的人，即所謂聖人。洞，用作動詞。洞察；看得透徹。元象，一作「玄象」。天象；細微幽深而顯示萌芽的現象。❻高舉句　高飛遠走而上天。淩，上登。紫霞，雲霄；天空。❼仲尼句　孔子，名丘，字仲尼。宋本「亦」字下夾注：「一作：欲」。浮海，《論語・公治長》：「子曰：『道不行，乘桴浮於海。』」桴，小船。此處指隱遁不出。❽吾祖句　吾祖，指老子李耳。唐朝王室自稱是李耳的後代，以老子為祖；李白也自稱是唐王室同宗，故稱為吾祖。流沙，古代指中國西北的沙漠地區。《列仙傳》卷上〈關令尹〉記載：老子西遊，遇關令尹喜，尹喜後與老子一同遊流沙，莫知其所終。❾淪沒　沉淪消失。❿臨歧句　面臨路窮為什麼還要嘆息。胡，何；為什麼。咄嗟，嘆息聲。

【語　譯】夏商周三代之後到了春秋戰國時代，最後七個諸侯強國不斷的戰爭變成像亂麻一樣。《詩經・王風》中的詩歌聲音多麼哀怨憤怒，都是因為世道混亂人民受到牽連而遭受苦難。只有道德智慧最高的聖人洞察細微幽深而顯示萌芽的現象，能夠高飛遠走乃至登上天空。孔子在當時也曾想乘小船浮遊海上隱遁不出，我的祖先老子曾西遊到沙漠地區。現在聖賢之人都已經消亡，面臨路窮又何必還要嘆息呢？

【研　析】此詩可能作於安史之亂初期。首四句以戰國時代世道紛亂，人民怨怒，比喻當時的情景；接著四句寫聖賢都能洞察幽微，深知亂世不可為而遠走高飛。末二句表示自己面臨混亂局面，在歧路不必嘆息，只能遠走避世。

其三十　玄風變太古

玄風變太古❶，道喪❷無時還。擾擾季葉人❸，雞鳴趨四關❹。但識金馬門❺，詎知蓬萊山❻！白首死羅綺❼，笑歌無休❽閑。淥酒哂丹液，青娥凋素顏❾。大儒揮金椎，琢之《詩》、《禮》間❿。蒼蒼三珠樹⓫，冥目⓬焉能攀？

【注　釋】❶玄風句　上古時代淳樸風尚現在已經大變。玄風，淳樸風尚。太古，上古。❷道喪　道德淪喪。❸擾擾句　擾擾，紛亂貌。季葉，末世。宋本「季葉」二字下夾注：「一作：市井」。❹四關　泛指京城四面的城關。❺金馬門　原為漢代宮門名，因門傍有銅馬，故名。漢代徵召來的人中有才能特別優異者則令待詔金馬門。此處泛指朝廷。❻詎知句　詎，宋本、胡本、王本原作「誰」，夾注：「一作：詎。」按：作「詎」是。詎，豈也。蓬萊山，古代傳說東海中神山之一，為神仙所居。❼羅綺　指穿著綾羅綢緞衣服的舞女。❽休　宋本在「休」字下夾注：「一作：時」。❾淥酒二句　淥酒句意謂：飲酒作樂而嘲笑煉丹求仙。淥酒，清酒。淥，清澈。青娥句意謂：美麗的少女很快會失去細嫩潔白的容顏。青娥，少女。娥，美女。凋，凋落；失去。宋本在此二句下夾注：「一作：萋萋千金骨，風塵凋素顏。」❿大儒二句　用《莊子・外物》「儒以《詩》、《禮》發冢」的話，諷刺儒者的虛偽，口頭上講《詩》、《禮》文明，行動上卻做盜墓竊珠的勾當。宋本在「琢之」二字下夾注：「一作：發塚」。⓫三珠樹　古代傳說中的樹名。《山海經・海外南經》：「三珠樹在厭火北，生赤水上。其為樹如柏，葉皆為珠。」後稱三珠樹。⓬冥目　瞑目；閉著眼睛。

【語　譯】上古時代的淳樸風尚現在已大變，道德淪喪已無法挽救。紛紛擾擾的末世之人，雞鳴時刻就奔赴朝廷。他們只認識宮廷的金馬門，哪裡會知道東海中的蓬萊神山呢！他們在舞女歌妓中歡笑作樂，一直到白首都不得休閒。他們只知道飲酒享福而嘲笑煉丹養生，不懂得少女的紅顏也會很快衰老。有些所謂「大儒」欺世盜名，口頭上在講《詩》、《禮》文明，行動上卻做盜墓竊珠的勾當。即使神仙世界的三珠樹鬱鬱蔥蔥就在眼前，但是他們卻閉著眼睛怎麼能攀登呢？

【研　析】此詩作年不詳。乃詩人憤時憂世之作。感嘆淳樸古風已經改變，造成道德淪喪。世人只知到官場中追逐名利，在歌舞淥酒中醉生夢死，嘲笑煉丹求長生，不知蓬萊仙山上可居神仙。諷刺那些「大儒」只知雕琢《詩》、《禮》之術，實際上幹的是盜墓竊珠的勾當。仙境的三珠樹就在前面，他們卻閉著眼睛看不到而不去攀登。

其三十一　鄭客西入關

鄭客西入關❶，行行未能已。白馬華山君❷，相逢平原里❸。璧遺鎬池公，明年祖龍死。秦人相謂曰：吾屬❹可去矣！一往桃花源❺，千春隔流水。

【注釋】❶鄭客句　鄭客，當作「鄭容」。《史記‧秦始皇本紀》：「三十六年……秋，使者從關東夜過華陰平舒道。有人持璧遮使者曰：『為吾遺滈池君。』因言曰：『今（一作：明）年祖龍死。』」裴駰《集解》引服虔曰：「滈池君，水神也。」又引蘇林曰：「祖，始也。龍，人君象，謂始皇也。」按：滈池，即鎬池，在長安西南。❷白馬句　《搜神記》卷四：「秦始皇三十六年，使者鄭容從關東來，將入函關，西至華陰，望見素車白馬從華山上下。……車上人曰：『吾華山使也，願託一牘書致鎬池君所。子至咸陽，道過鎬池，見一大梓，有文石，取款梓，當有應者，即以書與之。』容如其言，以石款梓樹。果有人來取書，云：『明年祖龍死。』」按：由此證知，《史記》之「鄭客」當為「鄭容」之訛。❸平原里　當即《史記‧秦始皇本紀》之「華陰平舒道」，「原」為「舒」之誤。❹吾屬　我輩；我等。❺桃花源　用陶淵明〈桃花源記〉故事，謂晉太元中，武陵有一漁夫沿溪行，忽逢桃花林。欲窮其林，林盡水源處有一座山，山有小口，漁夫進去，裡邊極大。「土地平曠，屋舍儼然。有良田、美池、桑竹之屬。阡陌交通，雞犬相聞。其中往來種作，男女衣著悉如外人。黃髮垂髫，並怡然自樂。……自云先世避秦時亂，率妻子邑人來此絕境，不復出焉，遂與外人間隔。問今是何世，乃不知有漢，無論魏晉。」漁夫臨走時，洞中人說：「不足為外人道也。」漁夫出洞回來時，一路上都留下標記。到郡府對太守說了這個處所，太守派人跟漁夫前往，卻再也找不到這個地方了。

【語譯】鄭容從關東向西進入函谷關，一路上不停地走著。在華陰平舒道上，遇到一位乘著白馬素車自稱華山君的人。拿出玉璧請鄭容送給鎬池君，還說明年始皇帝將死。秦人聽此消息互相傳告說：我們應該去避難了！從此一到桃花源，就像流水般一去不還，與外人千年間隔。

【研　析】此詩寓意，前人或謂「太白亦深羨夫避秦之人，見幾而作，卒能全身遠害者乎」（蕭士贇）；或謂「白惡世而思隱，故自託於秦人之言也」（徐禎卿）；或謂「此白遭亂罹憂，而自嘆之辭也」（朱諫）；或謂「皆遯世避亂之詞，託之遊仙也」（陳沆）；都未能深得其旨。其實，此詩借「白馬華山君」預言秦始皇將死的傳說，以及秦人避亂逃難到桃花源的故事，預言唐朝將亂。當是天寶十一載（西元七五二年）李白到幽州探悉安祿山招兵買馬伺機謀叛之跡以後有感所作。

其三十二　蓐收肅金氣

蓐收肅金氣❶，西陸弦海月❷。秋蟬號階軒❸，感物憂不歇。良辰竟何許❹？
大運有淪忽❺。天寒悲風生，夜久眾星沒。惻惻不忍言，哀歌達明發❻。

【注　釋】❶蓐收句　秋氣肅殺。蓐收，西方司秋之神。《禮記．月令》：孟秋之月，「其帝少皞，其神蓐收。」金氣，秋氣。金為五行之一，其位在西，其時為秋。❷西陸句　西陸，秋天。《文選》卷二一郭璞〈遊仙詩〉其七「蓐收清西陸。」李善注引司馬彪《續漢書》曰：「日行北陸謂之冬，西陸謂之秋。」弦海月，海月成弦，即半個月亮。其形一旁曲，一旁直，像張弓弛弦。❸號階軒　在臺階窗軒外大聲鳴啼。號，鳴聲很大。❹良辰句　良辰，美好的時光。此處指建功立業之時。何許，何處。❺大運句　天運有淪落消滅之時。大運，天運；時運。❻明發　清晨；天亮之時。

【語　譯】秋神蓐收向人間散發著肅殺的秋氣，海上升起了半輪秋月。秋蟬在臺階窗軒外大聲地悲鳴，使我感物而產生許多的憂愁。我那建功立業的美好時光究竟在何時何地？命運也有淪落不振之時。天寒又悲風怒號，夜深而眾星消失。我心情淒惻卻不忍說話，只能唱著哀歌直到天明。

【研　析】此詩作年不詳。首四句描寫秋天的景色：秋氣肅殺，弦月初升，秋蟬大鳴，感物憂悲。接著二句自問自答：我那建功立業的良辰究竟在何處？命運使自己淪落絕滅。末四句又寫天寒風悲，夜久星沒，使自己淒惻而不忍言，只能哀歌到天明。蕭士贇注曰：「此詩悲秋者之詩也。自古志士感秋而悲者何？蓋天道一歲之運，猶人生一世之期也。時至於秋，歲功成矣。老之將至，功業未建，名聲不昭，能不感此而興悲耶！」其說甚是。

其三十三　北溟有巨魚

北溟有巨魚，身長數千里❶。仰噴三山❷雪，橫吞百川水。憑凌隨海運❸，烜赫❹因風起。吾觀摩天飛，九萬方未已。

【注　釋】❶北溟二句　《莊子・逍遙遊》：「北溟有魚，其名為鯤。鯤之大不知其幾千里也。化而為鳥，其名為鵬。鵬之背不知其幾千里也。怒而飛，其翼若垂天之雲。」北溟，亦作「北冥」，即北海。❷三山　指傳說中的海上三神山：蓬萊、方丈、瀛洲。❸憑凌句　憑凌，一作「馮陵」。侵凌進逼。海運，海中行走。❹烜赫　一作「煇赫」。聲勢盛大貌。

【語　譯】北海有一條大魚，身體有幾千里長。牠仰天噴飛三神山上的雪，橫吸吞盡百川之水。牠侵凌進逼在海中運動，聲勢盛大隨風化為大鵬而起飛。我觀看這大鵬摩天而高飛，直上九萬里還沒有停止。

【研　析】此詩作年不詳，或謂天寶初供奉翰林時所作。全詩以《莊子・逍遙遊》巨魚化鵬高飛九萬里的故事，比喻自己欲上青天的宏偉志向。按李白一生經常以大鵬鳥自喻，出蜀初遇見司馬承禎時就寫有〈大鵬遇希有鳥賦〉，後改寫為〈大鵬賦〉。直到臨終時寫的〈臨終歌〉，仍自比大鵬。

其三十四　羽檄如流星

羽檄❶如流星，虎符合專城❷。喧呼救邊急，群鳥皆夜鳴。白日曜紫微，三公運權衡❸。天地皆得一，澹然四海清❹。借問此何為？答言楚徵兵❺。渡瀘及五月，將赴雲南征❻。怯卒非戰士，炎方❼難遠行。長號別嚴親，日月慘光晶。泣盡繼以血，心摧兩無聲❽。困獸當猛虎，窮魚餌奔鯨❾。千去不一回，投軀豈全生？如何舞干戚，一使有苗平❿。

【注　釋】❶羽檄　徵兵的文書，以鳥羽插檄書，表示緊急。《史記・韓信盧綰列傳》：「吾以羽檄徵天下兵。」裴駰《集解》：「魏武帝〈奏事〉曰：『今邊有小警，輒露檄插羽，飛羽檄之意也。』駰案：推其言：則以鳥羽插檄書，謂之羽檄，取其急速若飛鳥也。」❷虎符句　虎符，兵符；古代徵調軍隊的憑證。以銅刻作虎形，中剖為兩半，半留京都，半付將帥或州郡長官。國家當發兵，遣使者至郡合符，符合乃聽受之。按：唐代已無合符調兵之制，此處只是用典。專城，指州郡地方長官。《文選》卷五七潘岳〈馬汧督誄〉：「剖符專城。」張銑注：「專，擅也，擅一城也，謂守宰之屬」。❸白日二句　形容朝廷政治清明。紫微，星座名，即紫微垣。位於北斗東北，有星十五顆。古以紫微垣喻皇帝居處。《晉書・天文志上》：「紫宮垣十五星，……一曰紫微，大帝之坐也，天子之常居也，主命主度也。」三公，周代三公有二說：一說指司空、司徒、司馬；一說指太師、太傅、太保。西漢以丞相（大司徒）、太尉（大司馬）、御史大夫（大司空）合稱三公；東漢以太尉、司徒、司空合稱三公；為共同負責軍政的最高長官。唐代雖也以太尉、司徒、司空為三公，但已無實際職權，只是最高榮譽銜。此處指朝廷的軍政長官。權衡，古星座名。《史記・天官書》：「南宮，朱鳥權衡。」裴駰《集解》引孟康曰：「軒轅為權，太微為衡。」此處指權力。❹天地二句　意謂君主賢明，無為而治；臣輔得力，天地和合。《老子》：「昔之得一者，天得一以清，地得一以寧。」河上公《章句》：「一，無為道之子也。天得一，故能垂象清明；地得一，故能安靜不動搖。」澹然，安定貌。❺借問二句　沈德潛《唐詩別裁集》注：「言天下清平，不應有用兵之事，故因問之。」楚徵兵，指天寶年間征南詔而徵兵事。《資治通鑑》天寶十載四月，「劍南節度使鮮于仲通討南詔，大敗于瀘南。……制大募兩京及河南、北兵以擊南詔，……於是行者愁怨，父母妻子送之，所在哭聲振野。」宋本在「楚徵兵」三字下夾注：「一作：徵楚兵」。❻渡瀘二句 瀘，古水名，指今雅礱江下游和金沙江會合雅礱江以後的一段江流。相傳江邊多瘴氣，三、四月間最甚，人遇之易亡。五月後稍好，故古代常擇五月發兵。諸葛亮〈出師表〉：「五月渡瀘，深入不毛。」即此意。及，趁。❼炎方 南方炎熱之地。❽長號四句 形容徵兵時的悲慘情景，大哭著告別父母，日月黯然，淚盡繼血，心肝欲裂，相對無言。長號，大哭。嚴親，指父母。摧，悲傷。慘光晶，日月為之感動而慘澹無光。晶，光。❾困獸二句 謂怯卒前去與兇敵作戰，必死無疑。困獸、窮魚，喻怯卒。猛虎、奔鯨，喻強敵。當，通「擋」。抵擋。餌，餵食。❿如何二句 干，盾牌。戚，大斧。古代武舞時執之。有苗，古代民族名。《帝王世紀》：「有苗氏負固不服，禹請征之。舜曰：『我德不厚而行武，非道也。吾前教由未也。』乃修教三年，執干戚而舞之，有苗請服。」

【語譯】徵兵的文書插著羽毛如流星般飛傳而來，朝廷派人帶來調兵的信物與州郡驗合。救邊的喧呼聲非常急迫，驚擾得夜鳥都為之亂鳴。當今天子英明如同白日光照天下，三公宰臣掌權盡職管理國家大事。天得一以清，地得一以寧，天地和合清明，四海安定。那麼請問為什麼現在緊急調兵？回答說是因為要征南詔而徵調楚地的兵。必須趕在五月渡過瀘水，將要到雲南去參加征戰。所徵的兵卒都很怯懦而不善於戰爭，何況炎熱的南方難以遠行。征人大哭向父母告別，日月都為之慘暗無光。泣盡繼之以血，心中悲痛欲絕，父母與征人都嗚咽得出不了聲。讓這些征人與南詔兵作戰，就像驅困獸去抵擋猛虎，以窮魚去餵大鯨。即使去千人也是一個都回不來，把身軀投去難道還能全生？何不像上古賢聖舜那樣舞干戚修德教以服遠人，就能平定有苗而天下太平。

【研 析】此詩敘「楚徵兵」、「雲南征」，與史籍所記天寶十載（西元七五一年）四月征南詔事合，當為是年作。南詔在今雲南大理一帶，是唐代西南民族建立的一個政權，附屬唐朝。後因與唐戰爭，改附吐蕃。據史載，天寶九載，宰相楊國忠薦鮮于仲通為劍南節度使，仲通殘暴欺壓西南民族，引起南詔反抗。次年夏，仲通發兵八萬征討，戰於瀘南，結果慘敗。而楊國忠卻為他隱瞞敗績，仍大肆徵兵以圖報復。此詩即敘寫此次戰爭給人民造成的災難，抨擊當權者窮兵黷武之罪。首四句渲染出征前氣氛，一落筆就有聲勢。羽檄飛傳說明軍情緊急，調兵遣將非常忙亂，救邊急的喧呼聲驚得夜鳥亂鳴，騷擾之甚可以想見。而詩人對此次戰爭持否定態度已暗含其中。接著四句宕開一筆，勾勒出君明臣能、國泰民安的景象，與首四句的戰爭氣氛不諧調，形成鮮明對照。在這太平盛世為何爆發戰爭？於是再四句用問答方式補敘此次戰爭的本事。「借問」實為明知故問，譴責之意甚明。「怯卒」以下六句寫士卒與親人別離之慘狀，濃墨重彩，將離別場面寫得聲情並茂，撼人心魄。杜甫〈兵車行〉所描繪被徵者與親人離別時情景，與此詩同出一轍，可參讀。「困獸」以下四句寫驅民於虎口的結果。詩人用形象的比喻，揭示出疲弱的「怯卒」面對桀悍之強敵，「千去不一回」也就是必然的結果。末二句用典故襯托，批評當權者不能以文德來遠人。當時唐軍大舉南下，南詔王曾表示謝罪，願歸還掠奪的人口和財物，修復雲南城。如果唐朝廷能審時度勢，有利有節，可能有好結果。但楊國忠等拒絕南詔請求，迷信武力，結果慘敗。詩中含有此意。此詩在謀篇佈局上頗具匠心，迂迴盤旋，跌宕起伏，錯落有致，使人有迴腸盪氣之感。詩中表達了憂國憂民、反對統治者不恤民力而窮兵黷武，這與同時代詩人高適等人為南詔戰爭大唱讚歌形成鮮明對比，可以看出李白高尚的政治品格。

其三十五　醜女來效嚬

醜女來效嚬，還家驚四鄰❶。壽陵失本步，笑殺邯鄲人❷。一曲斐然子，雕蟲喪天真❸。棘刺造沐猴，三年費精神。功成無所用，楚楚且華身❹。〈大雅〉思〈文王〉，〈頌〉聲久崩淪❺。安得郢中質，一揮成斧斤❻？

【注釋】❶醜女二句　《莊子・天運》：「故西施病心而矉其里，其里之醜人見而美之，歸亦捧心而矉其里。其里之富人見之，堅閉門而不出；貧人見之，挈妻子而去走。」效，模仿。嚬、矉，同「顰」。蹙額皺眉。❷壽陵二句　此與前二句用意同。謂寫作詩文，無獨特見解而只是模仿他人，又未得精髓，只能弄巧成拙，徒留笑柄而已。《莊子・秋水》：「且子獨不聞夫壽陵餘子之學行於邯鄲與？未得國能，又失其故行矣。直匍匐而歸耳。」成玄英疏：「壽陵，燕之邑；邯鄲，趙之都。弱齡未壯謂之『餘子』。趙都之地，其俗能行，故燕國少年遠來學步。既乖本性，未得趙國之能；舍己效人，更失壽陵之故；是以用手據地，匍匐而還也。」❸一曲二句　謂當時風行之曲雖然文彩華麗，但屬雕蟲小技，喪失了作品天然真率的本色。一曲，一端。《莊子・天下》：「猶百家之眾技也，皆有所長，時有所用。雖然，不該不徧，一曲之士也。」斐然，文彩貌。雕蟲，喻小技。揚雄《法言》卷二：「或問：『吾子少而好賦？』曰『然。童子雕蟲篆刻。』俄而曰：『壯夫不為也。』」宋本「一曲」二字下夾注：「一作：東西」。❹棘刺四句　謂寫作詩文，雕琢文彩猶如在棘刺上雕刻獼猴，徒然化費精神，卻不切實用。又像穿著華麗，只能自炫其身，卻無益於社會。棘刺，酸棗樹的刺。沐猴，獼猴。《韓非子・外儲說》記載：有個衛國人欺騙燕王說：能在棘刺的尖端雕刻母猴。楚楚，鮮明貌。《詩經・曹風・蜉蝣》：「衣裳楚楚。」宋本在「華」字下夾注：「一作：榮。」❺大雅二句　〈大雅〉、〈頌〉是《詩經》的兩個組成部分，〈大雅〉首篇即為〈文王〉，〈大雅〉之詩，多詠文王之德。詩人推崇〈雅〉、〈頌〉，由此想到西周的詩風，從而感嘆當代詩風的衰落。❻安得二句　《莊子・徐無鬼》記載一個故事：郢地人用白色土塗在自己鼻尖上像蒼蠅的翅膀一樣薄，讓石匠削掉。石匠操起斧如風吹一樣削去，很快將白色土削盡而不傷鼻子。宋元君聽說這件事後，將石匠召來對他說：『請你嘗試為我做一下。』石匠說：「我曾經能這樣削。即使如此，我的對象郢人已死很久，從他死後，我就沒有削的對象了。」此謂自己有改變當時文風、恢復古道的才能，可是沒有像理解石匠那樣的郢人，致使自己無法施展抱負。宋本「一揮」句下夾注：「一作：承風一運斤」。

【語　譯】醜女學美女西施蹙額皺眉以為美，鄰居見了都驚怕而逃走。壽陵的一位少年到邯鄲去學習邯鄲人走路的優美姿態，結果不但沒有學到，反而連原來的走路也不會了，只能伏地爬行而歸，使邯鄲人大笑。文彩斐然的曲子，雕琢過甚卻喪失了自然天真。在棘刺的尖端上雕刻一個母猴，徒然浪費了三年精神，功成後卻毫無用處，只是有一點鮮明華美而已。寫詩歌要想到《詩經・大雅》以及其中的〈文王〉那樣高雅的篇章，可惜〈大雅〉和〈頌〉那樣的詩歌已經很久見不到了。怎樣才能得到「郢中人」那樣的對象，讓我可以像郢中石匠那樣揮斤成風，施展才能？

【研　析】此詩前十句引用「醜女效嚬」、「邯鄲學步」、「棘刺造猴」等寓言故事，諷刺和嘲笑當時詩壇上流行的模仿、雕琢、華而不實的風氣。比喻生動形象，諷刺辛辣深刻。後四句正面抒寫自己的詩歌理想，主張恢復《詩經》中〈大雅〉和〈頌〉那樣高雅和樸實的詩風，同時又用《莊子·徐無鬼》中匠石「運斤成風」的寓言，表示自己只要有機會，一定能施展絕技，非常巧妙地創作出天真自然的詩篇來。這篇又是李白著名的論詩詩之一。作年不詳。詩中主張恢復《詩經》中〈大雅〉和〈頌〉的詩風，與〈古風〉其一「〈大雅〉久不作」篇的思想相同。可參讀。

其三十六　抱玉入楚國

抱玉入楚國，見疑古所聞。良寶終見棄，徒勞三獻君❶。直木忌先伐❷，芳蘭哀自焚❸。盈滿天所損❹，沉冥道為群❺。東海汎碧水❻，西關乘紫雲❼。魯連及柱史❽，可以躡清芬❾。

【注　釋】❶抱玉四句　用《韓非子·和氏》記載楚人卞和三次獻玉璞給三位楚王的故事。卞和在山中得一玉璞，先獻給楚厲王。厲王使玉匠看，玉匠說是石頭。楚厲王認為卞和欺騙而斫掉了他的左足。厲王死後，武王即位，卞和又奉其璞玉獻給武王。武王讓玉匠看，也說是石頭。武王也認為卞和是欺騙而斫掉了他的右足。武王死後，文王即位，卞和抱著玉璞哭於楚山之下，三日三夜，淚盡而繼之以血。楚文王聞之，使人問其故，卞和說：「吾非悲刖也，悲夫寶玉而題之以石，貞士而名之以誑，此吾所以悲也。」文王派玉匠處理這塊璞，結果得到了寶玉，於是命其名曰和氏之璧。❷直木句　《莊子·山木》：「直木先伐，甘井先竭。」謂美好者總是先遭災殃。❸芳蘭句　蘭，香草名。又名蕙草、薰草。梁元帝《金樓子》卷四：「蚌懷珠而致剖，蘭含香而遭焚。」❹盈滿句　《易經·謙卦》：「天道虧盈而益謙。」孔穎達疏：「虧謂減損，減損盈滿而增益謙退。若日中則昃，月盈則食。是虧減其盈，盈者虧減，則謙者受益也。」❺沉冥句　沉晦者當與道為群。❻東海句　用魯仲連典故。《史記·魯仲連鄒陽列傳》記載：魯仲連為趙、燕兩國解圍後，不接受封賞，逃隱於海上。汎，同「泛」。宋本

「水」字下夾注：「一作：流」。❼西關句　用老子李耳典故。西關，指函谷關。《列仙傳》卷上：「老子姓李，名耳，字伯陽，陳人也。生於殷時，為周柱下史。……後周德衰，乃乘青牛車去，入大秦，過西關。關令尹喜待而迎之，知真人也。」按：蕭士贇注引《關尹內傳》：「關令尹喜，關大夫也，善於天文。登樓四望，見東極有紫氣，喜曰：『應有聖人過。』果見老子。」❽魯連句　魯連，即指魯仲連。柱史，指老子李耳，因曾為周柱下史官員，即周秦時侍立殿下的御史。❾躡清芬　追繼高尚的美德。躡，追蹤。

【語　譯】戰國時的卞和抱著璞玉入城獻給楚王，被疑為以石欺君而刖足的事古有所聞。美好的寶玉終被拋棄，三次獻君徒然勞苦。挺直的樹木因可大用而遭忌總是先被砍伐，芬芳的蘭蕙因香氣美好而悲哀地被焚。盈滿者必然要減損，沉晦者當與道為群。魯仲連功成後隱於東海，老子李耳因周衰而乘紫雲出函關。魯仲連和李耳兩人高尚的美德，是我可以追蹤學習的。

【研　析】此詩首四句以卞和三次向楚王獻璞玉的典故，比喻自己懷抱才德去見君，結果終被棄置，說明君王不以賢才之士為寶。接著四句以直木先伐、芳蘭自焚為比喻，說明天道惡盈而好謙，盈滿者天必損之，只有隱晦者為道之所聚而不為所傷。末四句以魯仲連欲避世而蹈海、老子欲棄世而入關，認為他們二人有高世之心，先見之智，與道為群，自己願意向他們學習，繼其芳躅而躡其清芬。從詩中反映的懷才見棄的思想看，此詩當是天寶年間被賜金還山後所作。又按：此詩與卷二一〈感興〉其七略同，只有數語不同。蕭士贇於〈感興〉其七下注曰：「是亦當時初本傳寫之殊，編詩者不忍棄，兩存之耳。」

其三十七　燕臣昔慟哭

燕臣昔慟哭，五月飛秋霜❶。庶女號蒼天，震風擊齊堂❷。精誠有所感，造化為悲傷❸。而我竟何辜？遠身金殿旁❹。浮雲蔽紫闥，白日難回光❺。群沙穢明珠，眾草凌孤芳❻。古來共歎息，流淚空沾裳。

【注釋】❶燕臣二句　燕臣，指鄒衍，亦稱騶衍，戰國末陰陽家代表人物。《論衡・感虛》：「鄒衍無罪，見拘於燕。當夏五月，仰天而嘆，天為隕霜。」此處即用此典故。❷庶女二句　《淮南子・覽冥訓》：「庶女叫天，雷電下擊。景公台隕，支體傷折，海水大出。」高誘注：「庶賤之女，齊之寡婦。無子不嫁，事姑謹敬。姑無男有女，女利母財，令母嫁婦，婦益不肯。女殺母以誣寡婦。婦不能自明，冤結叫天。天為作雷電，下擊景公之臺，隕壞也；毀景公之支體，海水為之大溢出也。」此兩則故事又多見於漢魏六朝人詩文。江淹〈詣建平王書〉：「昔者，賤臣叩心，飛霜於燕地；庶女告天，振風襲於齊堂。」❸精誠二句　蕭士贇注：「此言風霜雷電，皆造化之所為也。精誠之所感，造化者亦為悲傷，故示警焉。」❹而我二句　宋本原無此二句，於前二句下夾注：「一本此下添：『而我竟何辜？遠身金殿旁』二句」。據改。❺浮雲二句　浮雲，比喻小人。紫闥，宮殿，比指朝廷。白日，比喻君王。❻群沙二句　群沙、眾草，比喻小人。明珠、孤芳，比喻君子。

【語譯】從前，燕臣鄒衍無罪而被拘押，仰天嘆冤慟哭，感動上蒼，五月為之飛霜。齊國有個寡婦被誣陷殺人，向天號哭喊冤，風雷為之下擊齊景公的宮殿。這是因為上天被他們的精誠所感動，天地都為之悲傷。而我現在究竟有什麼罪？卻被驅逐而遠離皇帝的金殿。浮雲遮蔽了朝廷的宮殿，太陽的光輝難以照臨。猶如群沙埋沒玷汙了光輝的明珠，眾多的惡草欺凌孤獨的香花。這樣的情況自古以來人所共嘆，只能空流眼淚，沾濕衣裳。

【研析】此詩前四句用鄒衍和齊女蒙冤感動上天的故事，接著二句說明天地也能為人的精誠所感動。詩的下半則抒發自己的無辜而被逐的悲憤心情。認為皇帝被小人所蒙蔽，小人的眾口讒毀欺凌詩人的芳潔品格。最後二句以「古來共歎息」開脫，但還是禁不住熱淚沾衣裳。從詩意可以看出，此詩當是天寶三載（西元七四四年）被放還山時所作。

其三十八　孤蘭生幽園

孤蘭生幽園，眾草共蕪沒❶。雖照陽春暉，復悲高秋❷月。飛霜早淅瀝❸，綠豔恐休歇。若無清風吹，香氣為誰發❹？

【注釋】❶孤蘭二句　芳香的蘭草，孤獨地生長在幽僻的園中，被雜草所埋沒。蔡邕《琴操》卷上〈倚蘭操〉：「（孔子）自衛反魯，過隱谷之中，見薌蘭獨茂，喟然嘆曰：『夫蘭當為王者香，今乃獨茂，與眾草為伍，譬猶賢者不逢時，與鄙夫為倫也。』……自傷不逢時，託辭於薌蘭云。」❷高秋　天高氣爽的秋天。亦稱深秋、暮秋。❸淅瀝　形容霜雪細下的樣子。《文選》卷一三謝惠連〈雪賦〉：「霰淅瀝而先集。」❹若無二句　如果沒有清風吹拂，香氣為誰而發？《抱朴子・交際》：「芳蘭之芬烈者，清風之功也；屈士起於丘園者，知己之助也。」

【語譯】孤香的蘭草生長在幽僻的園子中，眾多的雜草共同將它掩沒了。雖然有春天陽光的照耀，但不久又為高秋的到來而悲哀。秋天的飛霜很早就細細地飄下來，綠葉鮮花恐怕都要凋零衰敗了。如果沒有清風的吹拂，孤蘭的香氣是為誰而散發呢？

【研析】此詩全用比興手法。首二句以孤蘭被雜草所蕪沒，比喻有志之士流落在野，不能自拔於眾人之中。中四句意謂雖蒙君王垂顧，但小人的讒害像秋霜那樣嚴酷，孤芳之士就被驅逐了。末二句意謂如果沒有在高位而愛才之人舉薦，那麼自己雖有才華，又怎樣能施展呢？從詩意推測，此詩似亦天寶三載（西元七四四年）被放還山後所作。

其三十九　登高望四海

登高望四海，天地何漫漫❶！霜被群物秋❷，風飄大荒寒❸。榮華東流水，萬事皆波瀾❹。白日掩徂暉，浮雲無定端❺。梧桐巢燕雀，枳棘棲鴛鸞❻。且復歸去來，劍歌〈行路難〉❼。

【注釋】❶漫漫　亦作「曼曼」，無涯際貌。❷霜被句　謂秋霜覆蓋萬物。被，動詞。披；覆蓋。❸風飄句　大荒，廣野，極言其地曠遠。宋本於全詩末夾注：「一本自第四句（即本句）後云：『殺氣落喬木，浮雲蔽層巒。孤鳳鳴天霓，遺聲何辛酸！遊人悲舊國，撫心亦盤桓。倚劍歌所思，曲終涕泗瀾。』」❹榮華二句　謂榮華易逝如東流之水，一去不返，萬事盛衰都像波瀾一樣起伏無常。❺白日二句　暗喻朝政腐敗。白日，喻指君王。徂暉，落日之餘暉。浮雲，喻指小人。無定端，沒有一定方向。❻梧桐二句　意謂本來只配棲息在多刺樹木上的燕雀，現在卻巢息於梧桐。本應止宿於梧桐的鸞鳳，如今卻反而棲於惡樹。《莊子・秋水》：「夫鵷鶵，發於南海，而飛於北海，非梧桐不止，非練實（竹實）不食，非醴泉不飲。」枳棘，多刺之樹。鴛，通「鵷」。與傳說中鸞鳳同類。❼且復二句　歸去來，即歸去，回家。來，語氣助詞，無義。晉陶淵明有〈歸去來辭〉，此用其意。劍歌，彈劍而歌。暗用《史記・孟嘗君列傳》馮驩彈鋏而歌「食無魚」、「出無輿」、「無以為家」的典故。行路難，樂府〈雜曲歌辭〉篇名。《樂府解題》曰：「〈行路難〉，備言世路艱難及離別悲傷之意。」本為民間歌謠。南朝宋鮑照有〈擬行路難〉十九首，以雜言歌行體抒寫懷抱，為樂府詩名作。李白也有三首，更著名。宋本在「行」字下夾注：「一作：悲」。

【語譯】登上高樓瞭望四海，天地是多麼廣大而無際無涯！秋霜已覆蓋萬物，寒風正猛吹曠遠的荒野。紅顏榮華如東流之水一去不還，萬事盛衰也像波瀾一樣起伏無常。太陽已西落只剩下餘輝，浮雲飄忽不定地遮蔽著日光。本來只配棲息在多刺樹木上的燕雀，現在卻巢息於梧桐。本應止宿於梧桐的鸞鳳，如今卻反而棲於惡樹。我將又如當年陶淵明那樣唱著〈歸去來辭〉回家而去，還要像當年馮驩那樣彈劍高歌，悲唱〈行路難〉。

【研析】此詩首四句寫登高所見，宇宙廣大，萬物蕭瑟，由此起興，感嘆榮華如東流之水一去不還，萬事盛衰也像波瀾一樣起伏無常。接著便以白日喻指君王，以浮雲喻指小人，暗指君王為小人所蒙蔽。又以鸞鳳棲息枳棘、燕雀反巢梧桐，喻指小人得志、君子失所。上述景象皆為現實所見而寓感嘆於其間，故末二句說只得彈劍高歌〈行路難〉而歸去。從詩意看，此詩亦當為天寶三載（西元七四四年）被讒去朝時所作。

其四十　鳳飢不啄粟

鳳飢不啄粟，所食唯琅玕❶。焉能與群雞，蹙促爭一飡❷？朝鳴崑丘樹，夕飲砥柱湍❸。歸飛海路遠，獨宿天霜寒。幸遇王子晉❹，結交青雲端。懷恩未得報，感別空長歎。

【注釋】❶琅玕　瓊樹（又稱珠樹）的果實。《藝文類聚》卷九〇「鳥部」：「《莊子》曰：老子見孔子，……老子嘆曰：『吾聞南方有鳥，其名為鳳。所居積石千里，天為生食，其樹名瓊樹，高百仞，以璆琳琅玕為實。』」❷蹙促句　蹙促，迫促。形容群雞爭食的樣子。飡，同「餐」。宋本在「蹙」字下夾注：「一作：刺」。❸朝鳴二句　崑丘，傳說中的山名。《山海經》卷一六〈大荒西經〉：「西海之南，流沙之濱，赤水之後，黑水之前，有大山，名曰崑崙之丘。」砥柱，山名。亦名三門山，原在今河南三門峽東北黃河中。故稱中流砥柱。今已不存，已建三門峽大壩。《淮南子・覽冥訓》：「鳳凰之翔至德也。……翱翔四海之外，過崑崙之疏圃，飲砥柱之湍瀨。」形容其自由生活。❹王子晉　傳說中的仙人名。又稱王喬、王子喬。《列仙傳・王子喬》：「王子喬者，周靈王太子晉也。好吹笙作鳳凰鳴，遊伊洛之間，道士浮丘公接以上嵩高山。」

【語譯】鳳凰飢餓不吃粟粒，牠所吃的只有玉樹的果實。怎麼能與群雞在一起，急匆匆地去搶著爭食？鳳凰早晨在崑崙山上鳴叫，晚上就已飛到了砥柱山下飲黃河之水。回飛時海路遙遠，在寒冷的霜露中獨宿。幸好遇到仙人王子晉，在青雲之上結交為知己。我懷著您的恩情未能報答，現在又要分別只感到傷心而長嘆。

【研析】此詩前六句以鳳凰自比，表示自己的理想與抱負與眾不同。後六句把友人比喻為仙人王子晉，感謝他與自己結為知己，並為離別而嘆息。詩中的「王子晉」顯然是指友人知己，前人或認為指賀知章，或認為指汝陽王李璡。如蕭士贇注曰：「此詩似太白自比之作。太白雖帝族，非凡輩可儕，然孤寒疏遠。知章薦之，方能致身金鑾，蒙帝知遇，可謂結交青雲端矣。此恩未報，臨別之時，安能不感嘆哉！」胡震亨注則曰：「王子晉，指長安中知己。史稱：白自知不為親近所容，與賀知章、李適之、汝陽王璡等八人縱飲，為酒中八仙。璡為讓皇帝之子，『子晉』豈指璡也歟？」從詩意看，此詩當為天寶三載（西元七四四年）告別長安友人時所作。

其四十一　朝弄紫泥海

朝弄紫泥海❶，夕披丹霞裳❷。揮手折若木，拂此西日光❸。雲臥遊八極❹，玉顏已千霜❺。飄飄入無倪❻，稽首祈上皇❼。呼我遊太素❽，玉杯賜瓊漿❾。一飡歷萬歲❿，何用還故鄉？永隨長風⓫去，天外恣飄揚。

【注　釋】❶朝弄句　紫泥海，神話傳說中地名。《洞冥記》卷一：「東方朔……（謂其母）曰：『兒至紫泥海，有紫水汙衣，仍過虞淵湔浣，朝發中返，何云經年乎？』」宋本在本句下夾注：「一作：朝駕碧鸞車」。❷丹霞裳　神仙所穿之衣裳，以紅霞為之。謝朓〈七夕賦〉：「厭白玉而為飾，霏丹霞而為裳。」❸揮手二句　若木，神話中的仙樹。屈原〈離騷〉：「折若木以拂日兮，聊逍遙以相羊。」王逸注：「若木，在崑崙西極，其華照下地。拂，擊也，一云蔽也。」洪興祖補注引《山海經》曰：「灰野之山，有樹青葉赤華，名曰若木，日所入處，生崑崙西，附西極也。」❹雲臥句　雲臥，臥於雲，猶言乘雲。八極，八方極遠之地。宋本在「臥」字下夾注：「一作：舉」。❺千霜　千年。❻無倪　無邊無際。指天空。❼稽首句　稽首，古時叩頭到地的跪拜禮。祈，向神求禱。上皇，天帝。❽太素　古代謂形成天地的素質。《列子・天瑞》：「太素者，質之始也。」《白虎通義・天地》：「始起先有太初，後有太始，形兆既成，名曰太素。」此處指太空仙境。❾瓊漿　古稱神仙用的飲料。❿一飡句　一餐就可過萬年。飡，同「餐」。⓫長風　遠風；經久的風。

【語　譯】早上在紫泥海玩耍，晚上身披紅霞衣裳。揮手折下神樹若木的一枝，拂弄著這西落的太陽。乘雲暢遊八方極遠之地，紅顏玉貌已經千年。飄飄然進入無邊無際的太空，叩頭跪拜向天帝求禱。天帝呼我同遊太空仙境，還賞賜我一杯玉液瓊漿。一餐就可長壽萬歲，何必還要回到故鄉去？我將永遠隨著長風翱遊，在天外任意盡情地飄蕩玩樂。

【研　析】此為遊仙詩，作年不詳。詩的前四句謂神仙蹤跡飄忽不定，接著寫雲遊八極已過千年而仍然紅顏玉貌，然後寫天帝賜飲玉漿而可享萬壽，所以自己只想永遠翱遊天外，任意飄蕩玩樂。由此可看出李白嚮往自由，同時也反映出李白追求長生的思想。

其四十二　搖裔雙白鷗

搖裔雙白鷗❶，鳴飛滄江流。宜與海人狎❷，豈伊雲鶴儔❸？寄影宿沙月，沿芳戲春洲。吾亦洗心❹者，忘機❺從爾遊。

【注　釋】❶搖裔句　搖裔，搖盪；飄飛搖擺貌。白鷗，水鳥名。翼尖長，善於飛翔；趾間具蹼，能游水。體羽多灰白色。❷宜與句　適合與海上之人親近。指自由快樂。《列子．黃帝》：「海上之人有好漚（通『鷗』）鳥者，每旦之海上，從漚鳥遊。漚鳥之至者，百往而不止。其父曰：『吾聞漚鳥皆從汝遊，汝取來吾翫之。』明日之海上，漚鳥舞而不下也。」❸豈伊句　豈，難道；怎能。反詰副詞。伊，語氣助詞。雲鶴，仙人騎鶴上青雲。儔，伴侶；作伴。蕭士贇注「雲鶴儔」以為比喻在位之人。❹洗心　滌除心中的雜念。❺忘機　泯除機心；忘卻巧詐虛偽之心。指自甘淡泊、寧靜無為的心境。

【語　譯】一對白鷗搖盪著雙翅，鳴叫著飛過滄江。牠們適合與隱於海上之人親近，怎能與官居高位如雲中鶴那樣的人為伴？白鷗在沙月之下映影寄宿，春天在洲渚上沿著芳草戲耍。我也是個滌除了心中雜念的人，已經泯除機心而跟隨你們同遊。

【研　析】此詩用比興手法，前六句全寫白鷗的自由自在的生活。只在末二句實寫自己是個洗心者，已經泯除機心而希望與白鷗相伴同遊。顯示出詩人對自由生活的嚮往。蕭士贇注：「此太白託興之詩也。……雲中之鶴，乃供仙官控御者，以喻在位之人也。海上之鷗，乃與野人狎翫者，以喻閒散之人也。太白少有放逸之志，此詩豈供奉翰林之時，忽動江海之興而作乎？」可備一說。

其四十三　周穆八荒意

周穆八荒意❶，漢皇萬乘尊❷。淫樂心不極❸，雄豪安足論！西海宴王母❹，北宮邀上元❺。瑤水聞遺歌❻，玉杯❼竟空言。靈跡❽成蔓草，徒悲千載魂。

【注　釋】❶周穆句　周穆，周穆王，西周國王，姓姬，名滿。周昭王之子。後世傳說他曾周遊天下，《穆天子傳》即寫他西遊故事。八荒，八方荒遠之地。❷漢皇句　漢皇，指漢武帝。史載漢武帝好神仙，迷信方士長生之術。萬乘，周制，王畿方千里，能出兵車萬乘，後因以「萬乘」指帝位。❸不極　沒有止境。❹西海句　指周穆王見西王母事。《穆天子傳》卷三：「吉日甲子，天子賓于西王母。……乙丑，天子觴西王母于瑤池之上。西王母為天子謠曰：『白雲在天，山陵自出。道里悠遠，山川間之。將子無死，尚能復來。』天子答之曰：『予歸東土，和治諸夏。萬民平均，吾顧見汝。』」❺北宮句　漢武帝見上元夫人事。見《太平廣記》卷三引《漢武內傳》。王琦注按：「《漢武內傳》、《外傳》諸書載王母及上元夫人來降漢庭，俱不言所在宮名。北宮，則禮神君之地也。此云『北宮邀上元』，當有所本。」❻瑤水句　瑤水，即瑤池。遺歌，即《穆天子傳》所載西王母與周穆王在瑤池宴會上唱和的歌。❼玉杯　當指漢武帝所造金銅仙人的承露盤。《三輔黃圖》卷三「建章宮」：「《廟記》曰：神明臺，武帝造，祭仙人處。上有承露盤，銅人舒掌捧銅盤玉杯以承雲表之露，以露和玉屑服之，以求仙道。」❽靈跡　指周穆王和漢武帝會見西王母的遺跡。

【語　譯】周穆王馳八駿周遊八方極遠之地的意氣，漢武帝以萬乘之君的威風。他們過分尋樂的心沒有止境，即使有雄豪之材又何足論哉！周穆王曾遠遊西海宴請西王母，漢武帝曾在北宮邀請上元夫人一同宴飲。如今所謂瑤池之會只傳下西王母與周穆王的唱和之歌，漢武帝造金銅仙人承露盤所謂飲玉杯甘露可長生竟是一句空言。他們的遺跡已成為長滿野草的荒丘，徒然使千載之後的人們悲嘆。

【研　析】此詩作年不詳。前六句借周穆王遠遊西海宴請西王母、漢武帝在北宮邀請上元夫人一同宴飲的傳說，意在諷刺帝王的求仙和淫樂。後四句謂周穆王的風流故事空留下他們的詩歌，漢武帝求長生而造承露盤竟是一句空言，他們都免不了死去，遺跡長滿野草，徒然使人傷悲。按：唐明皇在天寶年間也有好色和求仙之病，前人多謂此詩刺明皇之荒淫，並斥其求仙之愚謬，近是。

其四十四　綠蘿紛葳蕤

綠蘿紛葳蕤❶，繚繞松柏枝。草木有所託，歲寒尚不移❷。奈何夭桃❸色，坐歎葑菲詩❹？玉顏豔紅彩❺，雲髮非素絲❻。君子恩已畢❼，賤妾❽將何為？

【注　釋】❶綠蘿句　綠蘿，指女蘿，又名松蘿。一種攀緣於松柏上的植物。紛葳蕤，盛美貌。葳蕤，草木茂盛枝下垂貌。❷草木二句　草木，指女蘿和松柏，女蘿繚繞攀緣於松柏，是「有所託」。歲寒尚不移，用《論語・子罕》「歲寒，然後知松柏之後凋也」意。❸夭桃　豔麗的桃花。《詩經・周南・桃夭》：「桃之夭夭，灼灼其華。」毛傳：「夭夭，其少壯也。」後因以「夭桃」比喻少年美貌。❹葑菲詩　指《詩經・邶風・谷風》：「采葑采菲，無以下體。」朱熹《詩集傳》：「婦人為夫所棄，故作此詩。……言采葑采菲者，不可以其根之惡，而棄其莖之美。如為夫婦者，不可以其顏色之衰，而棄其德音之善。」按：葑菲，據鄭玄箋：是蕪菁和蔓草之類植物。❺紅彩　紅花。❻雲髮句　雲髮，黑色如雲長而美之髮。素絲，指白髮。❼君子句　君子，指丈夫。恩，恩愛之情。畢，盡；完結。❽賤妾　婦女自稱。

【語　譯】女蘿生長得非常茂盛而美麗，它繚繞攀緣於松柏樹上。女蘿那樣的草木都有所依託，松柏還有歲寒不凋的堅定性。為什麼美麗鮮豔像桃花一樣的女子，卻會發出《詩經・谷風》中「采葑采菲」的感嘆呢？我的玉顏如紅花一樣美麗，我正當盛年，有如雲的頭髮而還未有白髮。只是丈夫的恩愛之情已經完結，我還將有什麼辦法呢？

【研　析】此詩以夫婦比喻君臣。首四句以綠蘿繚繞攀緣於松柏有所依託，象徵自己得到皇帝的庇護。接著二句以女子紅顏如花卻感嘆「葑菲詩」，比喻自己盛年而失寵。後四句以被丈夫所棄的婦女自述的口吻，寫自己正當盛年美麗而被棄的悲哀，比喻自己正為朝廷效勞而卻被皇帝賜金還山。可知此詩當作於天寶三載（西元七四四年）。

其四十五　八荒馳驚飆

八荒馳驚飆❶，萬物盡凋落。浮雲蔽頹陽❷，洪波振大壑❸。龍鳳脫罔罟❹，飄颻將安託？去去乘白駒，空山詠場藿❺。

【注　釋】❶八荒句　八荒，八方廣大地區。驚飆，暴風，比喻暴亂。❷浮雲句　浮雲，比喻小人、逆臣。頹陽，落日，比喻暮年之君。❸大壑　深谷。❹龍鳳句　龍鳳，比喻君子。罔罟，同「網罟」。用繩線結成的捕魚或鳥獸的工具。❺去去二句　《詩經・小雅・白駒》：「皎皎白駒，食我場苗。……皎皎白駒，食我場藿。」毛傳：「宣王之末，不能用賢，賢者有乘白駒而去者。……藿，猶苗也。」去去，催人速去之詞。

【語　譯】八方廣大地區捲起了暴風，世間萬物都凋弊零落。浮雲遮蔽了夕陽，洪水震動了巨大的深谷。君子解脫了牢獄之災，飄蕩著將往何處去託身？趕快乘白駒離去，只能在空山中吟詠場藿的詩句。

【研　析】此詩前四句以狂飆席捲大地、萬物凋零喻指安祿山之亂，唐明皇逃往成都，廣大人民遭受巨大的災難。後四句寫李白自己因參加永王李璘幕府而被捕入獄，經御史中丞宋若思的營救而出獄並參加其幕府。但後因朝廷追查，李白又離開宋若思幕府逃難到宿松一帶。由於無處可以託身，所以思想苦悶，只能用避世自慰。由此可知，此詩當作於肅宗至德二載（西元七五七年）秋冬之際。

其四十六　一百四十年

一百四十年❶，國容何赫然❷！隱隱五鳳樓，峨峨橫三川❸。王侯象星月，賓客如雲煙❹。鬬雞金宮裏❺，蹴踘瑤臺邊❻。舉動搖白日，指揮回青天❼。當塗何翕忽，失路長棄捐❽。獨有揚執戟，閉關草《太玄》❾。

【注　釋】❶一百句　此句當指唐開國至李白寫此詩時的年數。按：唐建國在西元六一八年，開國一百四十年則當在西元七五七年，該年為肅宗至德二載，正是安史之亂時期，所以前人都疑此句「四」字有誤。疑為「二」或「三」字之誤。開國一百二十年則當在西元七三七年，即開元二十五年，開國一百三十年則當在西元七四七年，即天寶六載，此時期正是唐王朝全盛時期。詹鍈《李白詩文繫年》則曰：「太白〈為宋中丞請都金陵表〉云：『皇朝百五十年，金革不作，逆胡竊號，剝亂中原』，謂至天寶十五載唐有天下已百五十年，則此詩當是天寶四載左右，太白被讒去朝後作。或者太白別有演算法，『四』字不當有誤。」❷國容句　國容，國家的氣象容儀。赫然，強盛顯耀貌。❸隱隱二句　二句謂遠望隱約不清的皇宮殿樓，高高地橫聳在關中長安。隱隱，形容宮殿高大深邃、遠望隱約不明貌。五鳳樓，泛指宮中建築。一說五鳳樓在東都洛陽，《新唐書・元德秀傳》：「玄宗在東都，酺五鳳樓下，命三百里縣令、刺史各以聲樂集。」峨峨，高聳貌。三川，古稱涇水、渭水、洛水為關中三川，此借指長安。一說三川指洛陽的黃河、洛水、伊水，此借指洛陽。❹王侯二句　形容王侯和賓客之眾多。宋本於本句下夾注：「一本首六句云：帝京信佳麗，國容何赫然！劍戟擁九關，歌鍾沸三川。蓬萊象天構，珠翠誇雲仙。」❺鬬雞句　鬬雞，見〈古風〉其二十四「大車揚飛塵」注❸。金宮，帝王宮殿的美稱。宋本「宮」字下夾注：「一作：城」。❻蹴踘句　蹴踘，踢球，中國古代的一種足球運動。亦作「蹴鞠」、「蹵鞠」、「蹋鞠」等。《漢書・枚乘傳》：「蹴鞠刻鏤。」顏師古注：「蹴，足蹴之也；鞠，以韋為之，中實以物，蹴蹋為戲樂也。」可知「踘」當從「革」作「鞠」。瑤臺，此指雕飾華麗、結構精巧的樓臺。宋本於本句下夾注：「一作：走馬蘭臺邊」。❼舉動二句　以「搖日」、「回天」形容鬬雞蹋球之徒因皇帝寵幸而氣焰囂張。❽當塗二句　二句意謂政治上得志者升官疾速，而失意者卻長期被棄置。一說謂此輩倖臣當其得志，不過翕忽之頃；一朝失寵，卻被長期棄捐不用，蓋言寵恩不足恃也。當塗，亦作「當途」。指當時掌權者。翕忽，疾速貌。揚雄〈解嘲〉：「當塗者升青雲，失路者委溝渠。」❾獨有二句　揚執戟，指揚雄。秦漢時代郎官有中郎、侍郎、郎中，職掌執戟侍從、宿衛殿門，故亦稱執戟。揚雄曾任郎官，故稱揚執戟。揚：宋本作「楊」，據《漢書・揚雄傳》改。閉關，閉門。草太玄，撰寫《太玄經》。按：《太玄經》是揚雄撰寫的一部哲學著作。《漢書・揚雄傳》：「哀帝時，丁、傅、董賢用事，諸附離之者，或起家至二千石。時揚雄方草《太玄》，有以自守，泊如也。」《文選》卷四二曹植〈與楊德祖書〉：「昔揚子雲，先朝執戟之臣耳。」李善注：「《漢書》曰：『揚雄奏〈羽獵賦〉，為郎。然郎皆執戟而侍也。』」

【語　譯】我唐朝自開國一百四十年來，國家的氣勢實力是多麼強盛顯耀！遠望隱約不清的皇宮殿樓，高高地橫聳在關中三川之間。王侯貴族像星月繞日似地列於朝廷，賓客眾多如雲煙般地往來。宮殿中盛行著鬥雞遊戲，樓臺外還在進行蹴球玩樂。貴族們的一舉一動能震搖白日，將軍們的指揮能使青天變色。掌權者多麼迅速地得志顯赫，而失路之人卻長期被棄置而不能用。只有漢朝執戟侍從之臣揚雄，專心致志地閉門撰寫他的傳世著作《太玄經》。

【研　析】此詩作年眾說不一。胡震亨謂自武德元年至天寶十四載得一百三十八年，此詩約是天寶初年太白在翰林時所作，「四」字疑誤；詹鍈謂李白〈為宋中丞請都金陵表〉云「皇朝百五十年，金革不作」，至天寶十四載，唐有天下已百五十年，則此詩當是天寶四載左右太白被讒去朝後作；安旗〈李白三入長安別考〉（《人文雜誌》一九八四年第四期）謂此詩乃天寶十二載第三次入長安時所作，武德初年至天寶十二載為一百三十六年，詩舉成數，故云「一百四十年」。今按：此詩當作於天寶二、三載（西元七四三—七四四年）李白供奉翰林時。首句當從一本作「帝京信佳麗」為是。詩中描寫當時唐朝極盛的繁榮景象，同時也揭露隱藏在繁榮後面的如當權者氣焰囂張，失意者無路可走等等矛盾和危機。顯示李白目光的敏銳。末二句以揚雄自喻，表示自己有以自守，對權勢富貴冷眼旁觀。

其四十七　桃花開東園

桃花開東園，含笑誇白日。偶蒙春風榮❶，生❷此豔陽質❸。豈無佳人色？但恐花不實。宛轉龍火飛❹，零落早相失。詎❺知南山松，獨立自蕭颾❻！

【注釋】❶榮 開花。❷生 宋本在「生」字下夾注：「一作：矜」。❸豔陽質 豔麗的風光姿態。❹宛轉句 宛轉，迅速；不久。龍火飛，猶言七月流火。火，大火，古代天文學十二次之一，其代表即東方蒼龍七宿之一的心宿。此宿夏六月黃昏時出現在中天正南方，至七月則西移而下，故稱七月流火。飛，即流的意思。《文選》卷三五張協〈七命〉其二：「若乃龍火西頹，暄氣初秋。」李善注：「《漢書・天文志》曰：『東宮，蒼龍房、心，心為火，故曰龍火也。』」❺詎 豈；怎。❻蕭颾 形容樹木被風勁吹所發出的聲音。

【語譯】桃花在東園盛開，含笑著似乎在向太陽炫耀自己。其實它只是偶然承蒙春風的吹拂而開花，就矜持其豔麗的姿態。難道它沒有佳人那樣的美麗容貌？只是恐怕這花不能等到結成果實。很快心宿西移而秋風起，它就會零落而早早地飄失無存了。豈知南山的松樹，在蕭瑟的秋風中仍自巍然獨立不凋！

【研析】此詩作年不詳。詩中前八句都寫桃花，它在春天開出豔麗花朵而自矜，但秋風一起就零落殆盡。末二句寫松樹作對比，儘管秋風勁吹，它自屹然獨立，顯示出歲寒不凋的堅定品格。這顯然是以桃花與松樹比喻兩種不同的人。以桃花喻一時得志之小人，以松樹自比而自勵。蕭士贇注：「此興詩也。謂士無實行，偶然榮遇者，其寵衰則易至於棄捐。孰若君子之有特操者，獨立而不改其節哉！」按：此詩與卷二一〈感興八首〉其四「芙蓉嬌綠波」文字略同，只是頭尾有些不同。蕭士贇謂必是當時傳寫之殊，編詩者不能別，故兩存之。

其四十八　秦皇按寶劍

秦皇按寶劍，赫怒震威神❶。逐日巡海右，驅石架滄津❷。徵卒空九寓❸，作橋傷萬人。但求蓬島藥，豈思農鳸春❹？力盡功不贍❺，千載為悲辛。

【注　釋】❶秦皇二句　謂秦始皇以武力統一中國，其威怒叱咤之姿，震動兇威的神靈。江淹〈恨賦〉：「秦帝按劍，諸侯西馳。削平天下，同文共規。」按，撫。震，宋本作「振」，據蕭本、郭本、王本改。❷逐日二句　巡海右，巡遊海邊。滄津，海上橋梁。據《藝文類聚》卷七九引《三齊略記》載：「始皇作石橋，欲過海觀日出處。於時有神人能驅石下海，城陽一山，石盡起立，嶷嶷東傾，狀似相隨而去。雲石去不速，神人輒鞭之，盡流血，石莫不悉赤，至今亦爾。」江淹〈恨賦〉：「方架黿鼉以為梁，巡海右以送日。」❸九寓　即九州，指全國。寓，「宇」的異體字。❹但求二句　《史記・秦始皇本紀》記載，秦始皇曾派方士入海求不死之神藥。見其三注⓭。鳸，通「扈」。鳥名。相傳古帝少皞氏以鳥名官，置九農之官，稱農扈，變號「九農」。春扈氏農正督民耕種。此謂秦王又想到蓬萊山求仙藥長生，哪裡還想到農民的耕種。陳子昂〈奉和皇帝上禮撫事述懷應制〉：「願罷瑤池宴，來觀農扈春。」❺力盡句　此句謂雖窮盡人力而不見功效。

【語　譯】秦始皇撫弄寶劍，赫然威怒震動神靈。為觀日出處而巡遊海邊，海神為之鞭石驅使滄海架橋。他徵發九州大量士卒使天下一空，為造海橋死傷萬人。只是為了求取蓬萊仙島的長生之藥，哪裡還會想到農民的春耕勞動和生活狀況？結果是耗盡國力卻不見功效，使千年後的人們還為之悲哀辛酸。

【研　析】此詩以秦始皇為喻而諷時。前六句寫秦始皇為觀日出而巡遊海邊，徵發天下士卒造海橋，死傷萬人，不恤人民的生命。接著二句指出其目的只是為他自己求取長生不老的仙藥，根本不勤恤民隱。末二句諷刺他的作為是勞民傷財，徒勞無功，空使後人悲嘆。詩中雖未寫到時事，但唐明皇晚年也好神仙求長生，恐此詩之作亦有諷喻之意。作年不詳。

其四十九　美人出南國

美人出南國，灼灼芙蓉姿❶。皓齒終不發❷，芳心空自持❸。由來紫宮女❹，共妒青蛾眉❺。歸去瀟湘沚❻，沉吟何足悲！

【注　釋】❶美人二句　化用曹植〈雜詩七首〉之四：「南國有佳人，容華若桃李」之意。灼灼，鮮明貌。《詩經・周南・桃夭》：「桃之夭夭，灼灼其華。」南國，南方。芙蓉，即荷花。❷皓齒句　皓齒，猶玉齒，潔白的牙齒。不發，不啟齒；不笑。❸自持　自矜；控制自己。❹由來句　紫宮，指天子所居之處。《文選》卷二一左思〈詠史〉詩其五：「列宅紫宮裡。」李周翰注：「紫宮，天子所居處。」紫宮女，喻指皇帝周圍的小人。❺共妒句　用屈原〈離騷〉「眾女嫉予之蛾眉兮，謠諑謂余以善淫」之意。青蛾眉，指美人。李白自喻。❻瀟湘沚　曹植〈雜詩七首〉其四：「夕宿瀟湘沚。」此用其意。瀟湘，今湖南境內的二水名，此處泛指南方之水。沚，水中小洲。

【語　譯】有位美人出身在南方，容貌豔麗如桃花，姿態玉立像芙蓉。她不啟齒發笑，只是自持純潔的芳心。從來皇宮中的女子，都是忌妒傾國美人的。那就回到南方瀟湘去吧，沉吟悲嘆何足用呢！

【研　析】此詩乃擬曹植〈雜詩七首〉其四：「南國有佳人，容華若桃李。朝遊江北岸，夕宿瀟湘沚。時俗薄朱顏，誰為發皓齒？俛仰歲將暮，榮耀難久持。」詩中以南國瀟湘的美人自喻，前四句寫容貌的美麗和內心的貞潔自持，比喻絕世才華和堅定的理想抱負。接著二句寫宮中女子共同忌妒美人，比喻自己遭受眾多小人的讒害。末二句寫只能歸去。可知此詩乃天寶三載（西元七四四年）春被讒去朝以後所作。

其五十　宋國梧臺東

宋國梧臺東，野人得燕石❶。誇作天下珍，卻哂趙王璧❷。趙璧無緇磷❸，燕石非貞真❹。流俗多錯誤，豈知玉與珉❺？

【注　釋】❶宋國二句　謂宋國愚人得似玉之石而自以為寶。梧臺，戰國時齊國梧宮之臺，故址在今山東淄博境內。明朱諫

《李詩選注》：「燕石，燕山之石似玉者也。今保定府滿城出石，色堅白，可作環珮杯盞等用，人亦謂之保定玉，即此類也。」宋本在二句下夾注：「一作：宋人枉千金，去國買燕石」。《後漢書・應劭傳》：「宋愚夫亦寶燕石。」李賢注引《闕子》曰：「宋之愚人得燕石梧臺之東，歸而藏之，以為大寶。周客聞而觀之，主人父齋七日，端冕之衣，釁之以特牲，革匱十重，緹巾十襲。客見之，俛而掩口盧胡而笑曰：『此燕石也，與瓦甓不殊。』主人父怒曰：『商賈之言，豎匠之心。』藏之愈固，守之彌謹。」❷趙王璧　即春秋時楚人卞和所獻之和氏璧。《史記・廉頗藺相如列傳》：「趙惠文王時，得楚和氏璧。」❸緇磷　緇，染黑。磷，磨損。《論語・陽貨》：「不曰堅乎？磨而不磷；不曰白乎？涅而不緇。」❹貞真　真正。貞，通「正」。❺珉　似玉之石。

【語　譯】在宋國梧臺的東邊，有一位草野之民拾到一塊燕石。他逢人就誇耀說這是天下的珍寶，反而嘲笑趙王的和氏璧遠不如它。其實趙王的和氏璧是磨而不損、染而不黑的真寶物，燕石卻決不是真正的玉。但如今世俗流行的眼光多有錯誤，哪能分辨得出是玉還是石頭？

【研　析】此詩作年不詳。詩中以宋國草民拾到燕石誇作天下之珍而嘲笑和氏璧不如它的故事，諷刺世俗之人分不清真假玉石。比喻當時掌權者分不清君子與小人，君子失意，小人反而得志。詩人表現出無限的感慨。蕭士贇注曰：「此詩譏世之人不識真儒，而假儒之人反得用世，而非笑真儒焉。」

其五十一　殷后亂天紀

殷后亂天紀❶，楚懷亦已昏❷。夷羊滿中野❸，綠葹盈高門❹。比干諫而死❺，
屈平竄湘源❻。虎口何婉孌❼？女媭空嬋媛❽。彭咸久淪沒❾，此意與誰論？

【注　釋】❶殷后句　殷后，指殷紂王。殷（商）代最後一個帝王，即亡國之君。古代帝王亦稱「后」。天紀，天之紀綱，指國之法制。❷楚懷句　楚懷，即楚懷王，戰國時楚國國君。他因聽信讒言，放逐屈原。後被秦王所騙，死於秦國。昏，昏憒。❸夷羊句　夷羊，古代傳說中的神獸。此喻賢者。《國語・周語上》：「商之興也，檮杌次於丕山；其亡也，夷羊在牧。」

韋昭注：「夷羊，神獸；牧，商郊牧野也。」❹綠葹句　綠葹，一作「菉施」。兩種惡草。《楚辭・離騷》：「薋菉葹以盈室兮。」王逸注：「薋，蒺藜也；菉，王芻也；葹，枲耳也。……三者皆惡草，以喻讒佞盈滿於側者也。」高門，比喻朝廷。❺比干句　比干，殷代貴族，紂王的叔父，官少師。因屢諫紂王，被剖心而死。《史記・殷本紀》：「紂愈淫亂不止。……比干曰：『為人臣者，不得不以死爭。』乃強諫紂。紂曰：『吾聞聖人心有七竅。』剖比干，觀其心。」❻屈平句　屈平，指戰國時楚國愛國詩人屈原。屈原被流放到湘江之南乃楚頃襄王時事，非楚懷王。此乃交錯言之。湘源，湘江上游。❼虎口句　此句謂比干、屈原處在黑暗時代，已陷於虎口，何以對君主還如此眷戀。虎口，喻危險的境地。婉孌，依戀；眷念。❽女嬃句　此句謂屈原不聽其姊勸告，女嬃徒然情思牽縈。女嬃，宋本作「女顏」，據蕭本、郭本、王本改。嬋媛，宋本作「嬋娟」，據蕭本、郭本改。《楚辭・離騷》：「女嬃之嬋媛兮。」王逸注：「女嬃，屈原姊也。嬋媛，猶牽引也。」❾彭咸句　此句謂彭咸已投水死了很久。彭咸，宋本作「彭城」，據蕭本、郭本、胡本、繆本、王本改。《楚辭・離騷》：「雖不周於今之人兮，願依彭咸之遺則。」王逸注：「彭咸，殷賢大夫，諫其君不聽，自投水而死。」淪沒，淹沒。

【語　譯】殷紂王淫亂破壞了國家法紀，楚懷王晚年也已經昏憒不明。像神獸夷羊般的賢人全都在荒野，像菉葹等惡草那樣的小人卻佈滿在朝廷。殷紂王的叔父比干因強諫而死，屈原忠於楚國卻被楚頃襄王流放到湘南。比干和屈原已陷於虎口，為什麼對君主還如此眷戀？屈原不聽其姊勸告，女嬃徒然情思牽縈。殷賢大夫彭咸那樣的忠臣早就投水死了，現在我的這種想法與誰說呢？

【研　析】此詩約作於天寶六載（西元七四七年）。當時玄宗寵愛貴妃楊玉環，不理國事，朝政被奸相李林甫霸持，製造了許多冤獄，名士李邕、裴敦復都無辜被殺。李林甫又奏分遣御史，在貶所將皇甫惟明、韋堅等殺害。當時左相李適之被貶為宜春太守，聽到消息，也服毒自殺。李白的好友崔成甫，也因受韋堅案牽連，被貶為湘陰縣尉。李適之是唐王朝宗室（他於玄宗是從祖兄弟行），也是李白好友，是杜甫歌詠的「飲中八仙」之一。此詩顯然是借用殷、楚的宗室比干、屈原的歷史題材來諷刺現實。首二句以「亂天紀」的殷紂王和昏庸的楚懷王影射唐玄宗，筆鋒非常辛辣。三、四兩句實際上描繪當時的政治環境：神獸在野，惡草盈門。即賢能的人都貶逐在外，而高門之內卻都是讒佞小人。五、六兩句表面上寫殷朝時比干強諫而死，楚懷王時屈原被人讒害而放逐湘源，實際上暗指當時李適之冤死和崔成甫被貶湘陰。有很強的現實針對性。七、八兩句揭示賢人在危險境地仍對朝廷和國家非常眷戀，使關心他們的人徒然牽掛擔心。末二句詩人感嘆如今已無彭咸那樣的賢人，又能與誰去談論心事呢！全詩洋溢著痛恨權奸和哀挽賢人的強烈感情。蕭士贇曰：「此詩比興之詩也。……太白此詩哀思怨怒，有感於時事而作，諷刺議諫之道，兼盡之矣。」這是李白〈古風〉中指斥玄宗最激烈的一首詩。

其五十二　青春流驚湍

青春流驚湍❶，朱明驟回薄❷。不忍看秋蓬❸，飄揚竟何託！光風滅蘭蕙❹，
白露灑葵藿❺。美人❻不我期，草木日零落。

【注　釋】❶青春句　此句謂春天如急流逝去。青春，指春季。驚湍，急速的激流。❷朱明句　朱明，夏季。《爾雅・釋天》：「夏為朱明。」郭璞注：「氣赤而光明也。」回薄，迴旋輾轉。《文選》賈誼〈鵩鳥賦〉：「萬物回薄兮，振盪相轉。」李周翰注：「回薄震盪，相轉無常。」宋本在「明」字下夾注：「一作：火」。❸蓬　草名。至秋而飄飛零落。故又稱飛蓬。❹光風句　《楚辭・招魂》：「光風轉蕙，氾崇蘭些。」王逸注：「言天雨霽日明，微風奮發，動搖草木，皆令有光。充實蘭蕙，使之芬芳而益暢茂也。」按：此處反用其意，謂秋天雨霽日明而和風，反使蘭蕙等香草枯萎。❺白露句　白露，秋露。《詩經・秦風・蒹葭》：「蒹葭蒼蒼，白露為霜。」葵藿，偏義複詞，指向日葵。向陽之植物。曹植〈求通親親表〉：「若葵藿之傾葉，太陽雖不為之回光，然終向之者，誠也。」宋本在「灑葵藿」三字下夾注：「一作：委蕭藿」。❻美人　比喻君王。

【語　譯】春天像急流那樣逝去，夏天驟然輾轉而無常。最不能忍受的是眼看被秋風吹飛的蓬草，在空中飄揚竟無所依託！秋風吹枯了蘭蕙香草，白露灑落在向日葵之上。美人沒有答應我的期望，我就要像草木一樣日漸零落了。

【研　析】此詩作年不詳。從詩中抒發時不我待、懷才不遇的感情看，當作於開元年間。蕭士贇注引屈原〈離騷〉曰：「『日月忽其不淹兮，春與秋其代序。惟草木之零落兮，恐美人之遲暮。』此篇詩意全出於此。美人，況時君也。時不我用，老將至矣，懷才而見棄於世，能不悲夫！」其說甚是。

其五十三　戰國何紛紛

戰國何紛紛，兵戈亂浮雲❶。趙倚兩虎鬪❷，晉為六卿分❸。姦臣欲竊位，樹黨自相群❹。果然田成子，一旦弒齊君❺。

【注　釋】❶戰國二句　謂戰國時代戰爭頻繁，兵戈成陣，似浮雲之紛亂。❷趙倚句　此句謂趙國所依靠的廉頗和藺相如二人如果像老虎般相鬥，則非國家之福。趙，戰國時的趙國。倚，依靠。兩虎，指廉頗與藺相如。廉頗以功大而位在相如之下，心生不滿，相如對他說：「強秦所以不敢加兵於趙者，徒以吾兩人在也。今兩虎共鬥，其勢不俱生……。」見《史記・廉頗藺相如列傳》。❸晉為句　此句謂晉國為家大夫所瓜分。晉六卿，指晉國范、中行、智、趙、韓、魏六家大夫，世為晉卿，故有此稱。後范、中行、智三家敗，趙、魏、韓日盛，三家終於分晉。❹姦臣二句　姦臣，指當時掌權陰謀篡位之臣。樹黨，結黨謀亂。❺果然二句　田成子，即陳成子。春秋時齊國大臣，名恆，一作「常」。後殺死齊簡公，擁立平公，自任相國，從此齊國由陳氏專權。其子孫終於篡位為齊國之君。其事詳見《史記・齊太公世家》。

【語　譯】戰國時代的局勢多麼紛亂，刀槍相鬥如浮雲蔽天。趙國依靠的廉頗與藺相如兩位將領如老虎般相鬥，晉國結果被六位大卿所瓜分。姦臣們想竊取皇位，各自結黨成群。最後田成子果然有一天殺了齊國的國君，篡奪了君位。

【研　析】蕭士贇注以為此詩作於天寶年間。按：《資治通鑑》天寶三載：「上從容謂高力士曰：『朕不出長安近十年，天下無事，朕欲高居無為，悉以政事委林甫，何如？』對曰：『天子巡狩，古之制也。且天下大柄，不可假人；彼威勢既成，誰敢復議之者！』上不悅。」陳沆《詩比興箋》卷三：「此即〈遠別離〉篇『權歸臣兮鼠變虎』之意。內倚權相，外寵驕將，卒之國忠、祿山兩虎相鬬，遂致漁陽之禍。」此說近是。則此詩乃借古諷今，勸告唐明皇警惕朝廷有姦臣，不可以權假於人。

其五十四　倚劍登高臺

倚劍登高臺，悠悠送春目❶。蒼榛蔽層丘，瓊草隱深谷❷。鳳皇鳴西海，欲集無珍木❸。鸒斯得所棲，蒿下盈萬族❹。晉風日已頹，窮途方慟哭❺。

【注　釋】❶倚劍二句　謂腰佩寶劍，春日登高臺而遠眺。《文選》卷三一江淹〈雜體詩三十首・鮑參軍照戎行〉：「倚劍臨八荒。」李周翰注：「倚，佩也。」❷蒼榛二句　謂層層丘陵，雜草叢生，珍貴的靈芝卻隱蔽在深谷之中。以此喻小人得志，賢人在野。蒼榛，青色的叢生雜樹，比喻小人。瓊草，此指珍貴的靈芝草，比喻君子。庾闡〈遊仙詩〉：「瓊草被神丘。」此反用其意。宋本在全詩末夾注：「一本首四句（即「瓊草」句）以下云：翩翩眾鳥飛，翺翔在珍木。群花亦便娟，榮耀非一族。歸來愴途窮，日暮還慟哭。」❸鳳皇二句　謂賢才四海漂流，難覓珍樹棲身。鳳皇，一作「鳳鳥」。比喻君子。西海，指西方之海。珍木，珍貴之樹。❹鸒斯二句　謂小人掌權，勾結成勢。鸒斯，一名鴉烏，雀類，小而多群，腹下白，江東亦呼為鵯烏。比喻小人。《文選》卷三一江淹〈雜體詩三十首・阮步兵籍詠懷〉：「青鳥海上游，鸒斯蒿下飛。」所棲，宋本原作「匹居」，在「匹」字下夾注：「一作：所」。在「居」字下夾注：「一作：棲」。匹居，當據一作「所棲」為是。❺晉風二句　謂世風日下，只能像當年阮籍那樣窮途慟哭而歸。《晉書・阮籍傳》：「籍有濟世志。屬魏晉之際，天下多故，名士少有全者。籍由是不與世事，遂酣飲為常。……時率意獨駕，不由徑路，車跡所窮，輒慟哭而反。」

【語　譯】腰佩寶劍登高臺而遠眺，春日之景入目而悠悠傷情。只見層層山丘都被蒼茫的雜草所遮蓋，珍貴的靈芝草卻埋沒在深谷之中。鳳凰飄流在西海上悲鳴，想棲息卻難覓梧桐珍樹。小鳥鸒斯卻能得其所居，在蒿草下聚滿了牠們萬族。現在的風氣就像當年魏晉之際一樣日益衰頹，君子如不急起解救，那只能像當年阮籍那樣窮途慟哭了。

【研　析】此詩首二句寫登高望遠，三、四二句比喻小人滿朝，賢人在野。五至八句謂賢人悲鳴於西海，懷才而不得用；小人卻得高位結朋引類至於萬族。末二句以晉為喻，謂當前國勢日頹，世風日下，君子如不急起解救，乃至途窮，只能效當年阮籍那樣慟哭。從詩意看，似當作於天寶末期。

其五十五　齊瑟彈東吟

齊瑟彈東吟❶，秦絃弄西音❷。慷慨動顏魄❸，使人成荒淫❹。彼女佞邪子❺，婉孌❻來相尋。一笑雙白璧，再歌千黃金❼。珍色不貴道❽，詎惜飛光沉❾？安識紫霞客❿，瑤臺鳴素琴⓫！

【注　釋】❶齊瑟句　齊瑟，與下句「秦絃」互文見義，指齊秦兩國的樂器。東吟，《文選》卷二四曹植〈贈丁翼〉：「秦箏發西氣，齊瑟揚東謳。」呂延濟注：「齊女善鼓瑟，齊在東，故云『東謳』。」宋本在「彈」字下夾注：「一作：揮」。❷西音　秦在西，故秦之音曰「西音」。曹丕〈善哉行〉：「齊倡發東舞，秦箏奏西音。」❸慷慨句　慷慨，謂樂聲美妙動人。〈大子夜歌〉：「慷慨吐清音。」顏魄，面容和心神。❹荒淫　沉湎迷戀。❺彼女句　佞邪子，諂媚而不正派的人。❻婉孌　姿態美好貌。阮籍〈詠懷詩〉其五六：「婉孌佞邪子，隨利來相欺。」❼一笑二句　〈古詩〉：「一笑雙白璧，再顧千黃金。」此處沿用。❽珍色句　珍色，以聲色為珍貴。不貴道，不重視道的修養。❾詎惜句　詎，豈。飛光，日月；光陰。沉，落下；消逝。❿紫霞客　指神仙。⓫瑤臺句　瑤臺，神仙居住之處。素琴，指不用金玉珍寶為飾的素樸之琴。宋本原作「玉琴」，在「玉」字下夾注：「一作：素」。蕭本、郭本、王本皆作「素琴」，據改。

【語　譯】齊瑟彈東方的樂曲，秦絃奏西方的樂曲。兩種音樂都美妙而動人心神，使人沉湎迷戀而忘返。那些善於諂媚的美女，利用她們美好的姿態來討好相就。她們一笑就能得到一對白璧，再唱一曲就可得到千兩黃金。

那些人只重聲色而不重視道的修養，哪會珍惜光陰的流逝？他們怎麼會知道世外的神仙，正在瑤臺上彈著素琴自由自在地生活著呢！

【研析】此詩作年不詳。詩中諷刺世人迷戀聲色，只知享樂，浪費光陰，而不知重道而求仙，過逍遙自在的生活。李白一生中迷戀道教神仙的時間較長，故單看此詩的內容難以正確編年。

其五十六　越客採明珠

越客❶採明珠，提攜出南隅❷。清輝照海月，美價傾鴻都❸。獻君君按劍❹，懷寶空長吁。魚目復相哂❺，寸心增煩紆❻。

【注釋】❶越客　越，通「粵」。指今廣東、廣西一帶。其地臨南海，日南、合浦等地以盛產明珠出名。❷南隅　粵地在南方，故曰南隅。❸清輝二句　清輝，指明珠的光輝。傾鴻都，傾蓋皇都，整個皇都之內，無出其上者。鴻都，大都，即皇都。宋本在「鴻」字下夾注：「一作：皇」。❹按劍　按劍大怒貌。❺魚目句　此謂魚目見明珠得不到重視而嘲笑明珠。魚目形圓似珠，可相混。哂，嘲笑。❻煩紆　憂鬱愁悶。

【語譯】粵人採到一顆難得的大明珠，帶著它離開了南方。明珠的光輝比海上明月還要明亮，它美好而高昂的價值傾蓋皇都，沒有任何東西可以與之相比。粵人想將它獻給君王，君王卻按劍大怒，粵人只能懷寶而長嘆。魚目見狀又來嘲笑明珠，使粵人的內心更增憂鬱愁悶。

【研析】此詩以粵客自比，以明珠比喻自己的才華，以魚目比喻小人。前四句謂自己身懷絕世才華來到京都。後四句寫不但未得到君王的重用，反而使君王大怒，而那些無用的魚目小人卻反而嘲笑真正的明珠——有才華之士。從詩意看，此詩似作於開元年間初入長安無成而歸之時。

其五十七　羽族稟萬化

羽族稟萬化❶，小大❷各有依。周周亦何辜❸？六翮掩不揮❹。願銜眾禽翼，一向黃河飛❺。飛者莫我顧，歎息將安歸❻？

【注釋】❶羽族句　謂鳥類各稟造化，多種多樣。羽族，指鳥類。稟，稟賦；承受。萬化，各種化育。❷小大　指鳥的大和小。❸周周句　周周，宋本作啁啁，據蕭本、郭本、咸本、王本改。周周，鳥名。《韓非子・說林下》：「鳥有翢翢者，重首而屈尾。將欲飲於河，則必顛，乃銜其羽而飲之。」按《文選》卷二三阮籍〈詠懷詩〉其一四：「周周尚銜羽。」李善注引《韓非子》亦作「周周」。何辜，何罪。❹六翮句　六翮，鳥翼上的六根大羽毛。此泛指鳥的翅膀。《韓詩外傳》卷六：「夫鴻鵠一舉千里，所恃者六翮爾。」掩，收斂。不揮，不揚。❺願銜二句　意謂周周小鳥，不能自飛，希望銜眾鳥之羽一同飛向黃河飲水。❻飛者二句　意謂眾鳥只管自己高飛，不肯照顧周周，周周無法飲到黃河之水，嘆息而不知歸向何處。

【語譯】鳥類各承造化有多種多樣，小的大的都各有依託。小鳥周周又有什麼罪？牠的翅膀卻收斂著飛揚不起來。牠希望能銜著眾鳥之羽翼，一同飛向黃河飲水。可是眾鳥只管自己高飛不肯照顧周周，周周只能嘆息何處可依歸？

【研　析】此詩借《韓非子》中的寓言故事，以鳥為喻，謂萬物無論大小都各有所依，如周周小鳥無力者亦須依有力者，銜著眾鳥之羽翼而飲黃河之水。比喻在野的賢者希望在位的有力者汲引。但現在高位有力者卻只顧自己飛黃騰達，不肯救助別人。有志的賢人只能嘆息而無所依歸。從詩意看，似作於初入長安歷抵卿相無成而歸時所作。

其五十八　我行巫山渚

我行巫山渚❶，尋古登陽臺❷。天空綵雲滅，地遠清風來❸。神女去已久，襄王安在哉❹？荒淫❺竟淪沒，樵牧徒悲哀！

【注　釋】❶巫山渚　巫山，在今重慶市與湖北省邊境。東北西南走向。長江穿流其中，成為三峽。渚，水邊。❷陽臺　傳說中的臺名。宋玉〈高唐賦序〉：「昔者先王嘗遊高唐，怠而晝寢。夢見一婦人，曰：『妾巫山之女也，為高唐之客。聞君遊高唐，願薦枕席。』王因幸之。去而辭曰：『妾在巫山之陽，高丘之岨，旦為朝雲，暮為行雨，朝朝暮暮，陽臺之下。』」後因稱男女合歡的處所為「陽臺」。❸天空二句　蕭士贇注：「謂無神女薦寢事也。」❹神女二句　神女，即指宋玉〈高唐賦〉中的「巫山之女」。襄王，楚襄王，即宋玉〈高唐賦〉中的主人，亦與巫山之女合歡者。❺荒淫　指楚襄王與巫山神女幽歡之事。

【語　譯】我舟行來到巫山之下的水邊，為覓古跡登上了傳說中的陽臺。看到天空的彩雲已經消失，遙遠的地方有陣陣清風吹來。巫山神女早已逝去了，楚襄王又在何處呢？荒淫的事蹟終究淪落埋沒了，只有樵夫和牧童在此徒然興發悲嘆！

【研　析】此詩當是乾元二年（西元七五九年）春李白流放到達巫山時有感而作。詩中諷刺楚襄王的荒淫難能長久，反而誤國，可能含有對唐明皇晚年荒淫造成安史之亂的譴責之意。

其五十九　惻惻泣路歧

惻惻泣路歧，哀哀悲素絲。路歧有南北，素絲易變移❶。〈谷風〉刺輕薄❷，交道方嶮巇❸。斗酒強然諾❹，寸心終自疑。張陳竟火滅，蕭朱亦星離❺。眾鳥集榮柯，窮魚守空池❻。嗟嗟失懽客，勤問何所規❼？

【注釋】❶惻惻四句　意謂見到歧路而痛苦，看到白絲而悲泣，因為歧路有南北，白絲容易染成不同顏色。《淮南子・說林訓》：「楊子（朱）見逵路而哭之，為其可以南、可以北。墨子（翟）見練絲而泣之，為其可以黃、可以黑。」惻惻、哀哀，哀傷貌。易，宋本原作「無」，據蕭本、郭本、咸本、繆本、王本改。宋本在「素絲」句下夾注：「一本下添：萬事固如此，人生無定期。田竇相傾奪，賓客互盈虧。世塗多翻覆，交道方嶮巇。」「斗酒」以下同。」所增句中，田、竇，指西漢兩個大臣田蚡、竇嬰，兩人相傾奪事，見《史記・魏其武安侯列傳》。此諷刺天下人趨炎附勢。❷谷風句　谷風，《詩經・小雅》篇名。〈毛詩序〉曰：「〈谷風〉，刺幽王也，天下俗薄，朋友道絕焉。」❸嶮巇　同「險巇」。艱險崎嶇貌。《文選》卷五五劉峻〈廣絕交論〉：「世路險巇，一至於此。」李善注引王逸曰：「嶮巇，猶顛危也。」❹然諾　許諾。❺張陳二句　張陳，指張耳、陳餘，兩人原為刎頸交，最後卻自相殘殺。事見《史記・張耳陳餘列傳》；蕭朱，指蕭育、朱博，兩人為友，聞於當代，最後卻有隙而不終。事見《漢書・蕭育傳》。火滅、星離，指有隙不終。❻眾鳥二句　謂世人都喜歡聚集於榮耀之地，只有窮困者方孤守陋巷。眾鳥，比喻趨炎附勢之人。榮柯，茂樹，比喻權貴之門。窮魚，比喻貧賤之士。空池。比喻窮困之地。宋本在「空」字下夾注：「一作：枯」。❼嗟嗟二句　嗟嗟，悲嘆聲。失懽客，失去歡樂的人。指同為淪落而勤問李白的朋友。規，營求。宋本在「勤問」句下夾注：「一作：悲。又作：勤問何所窺」。

【語譯】當年楊朱面臨歧路而傷心哭泣，墨翟看到白絲而悲哀痛苦。因為岔路可以往南，也可以往北，素絲容易變成黃色或黑色。世上萬事本來就是這樣，人生也沒有固定的交情。漢朝的兩個權臣田蚡和竇嬰互相傾軋爭奪，他們的賓客各有盈虧。因為世途經常多有反覆，所以交友之道非常險惡。即使賭酒發誓堅定許諾，但在內心始終產生自疑。張耳與陳餘原是刎頸之交，後來卻發生嫌隙互相殘殺；蕭育與朱博原是好友，後來也終於因間隙分手而不終。世人都喜歡聚集於榮耀之地，只有窮困者方孤守陋巷。可嘆您也是一個失去了歡樂的人，不斷地向我勤問有什麼營求呢？

【研析】此詩列舉歷史上的許多事例，說明人生多變，交友之道險惡，當是詩人有感而作。李白一生喜歡交友，結果卻屢屢碰壁。尤其是在晚年因參加永王幕府而被捕入獄，出獄後又被流放夜郎，在此期間，以往的好友多避之唯恐不及，袖手旁觀，有的甚至還落井下石。只有個別的好友為之營救或慰問。故此詩當是肅宗至德、乾元年間根據自己的親身體驗所作。

卷二

樂府一

遠別離❶

遠別離，古有皇英之二女❷。乃在洞庭之南，瀟湘之浦❸。海水直下萬里深，誰人不言此離苦❹！

日慘慘兮雲冥冥❺，猩猩啼煙兮鬼嘯雨❻。我縱言之將何補？皇穹竊恐不照余之忠誠❼，雷憑憑❽兮欲吼怒。

堯舜當之亦禪禹❾。君失臣兮龍為魚，權歸臣兮鼠變虎❿。或云堯幽囚⓫，舜野死⓬。九疑⓭聯綿皆相似，重瞳⓮孤墳竟何是？

帝子泣兮綠雲間⓯，隨風波兮去無還。慟哭兮遠望，見蒼梧之深山。蒼梧山崩湘水絕，竹上之淚乃可滅！

【注釋】❶遠別離　樂府舊題。蕭士贇注：「樂府〈遠別離〉者，別離十九曲之一也。」按：《樂府詩集》卷七二列入〈雜曲歌辭〉。又卷七一於江淹〈古別離〉題下云：「《楚辭》曰：『悲莫悲兮生別離。』〈古詩〉曰：『行行重行行，與君生別離。相去萬餘里，各在天一涯。』後蘇武使匈奴，李陵與之詩曰：『良時不可再，離別在須臾。』故後人擬之為〈古別離〉。梁簡文帝又為〈生別離〉，宋吳邁遠有〈長別離〉，唐李白有〈遠別離〉，亦皆類此。」❷皇英之二女　皇英，宋本原作「黃英」，據蕭本、郭本、咸本、王本、英靈、英華等改。指傳說中唐堯的兩個女兒，即虞舜的兩個妃子娥皇、女英。❸乃在二句　相傳舜巡狩南方，二妃從行，淹死於湘水，為神。《水經注・湘水》：「大舜之涉方也，二妃從征，溺於湘江。神遊洞庭之淵，出入瀟湘之浦。瀟者，水清深也。」❹海水二句　王琦注：「二句是倒裝句法，謂生死之別，永無見期，其苦如海水之深，無有底止也。」「誰人」句，一作「人言不深此離苦」。❺日慘慘句　慘慘，無光貌。冥冥，陰晦貌。❻猩猩句　此句謂煙雨中只聞猩猩哀啼，鬼怪嘷叫。❼皇穹句　《文選》卷一六潘岳〈寡婦賦〉：「仰皇穹兮嘆息。」李善注：「皇穹，天也。」此喻指皇帝，句意與屈原〈離騷〉：「荃不察余之中情」同。按：從押韻看，此句似與上句倒裝。❽憑憑　象聲詞，同「馮馮」。形容雷聲轟響之大。❾堯舜句　此句為省略句，謂在這種情況下，即使是堯亦會禪舜，舜亦會禪禹。之，指下「君失臣」、「權歸臣」的情況。按：古代關於堯舜禪讓的說法不一。其中一說謂禪讓乃失權後不得已所用的一種辦法，下述「堯幽囚，舜野死」即指此。❿君失二句　謂國君失去賢臣的輔佐，則神龍也會變魚；大權落到奸臣手中，則老鼠也會變成虎。《說苑・正諫》：「吳王欲從民飲酒，伍子胥諫曰：『不可。昔白龍下清泠之淵，化為魚，漁者豫且射中其目。』」東方朔〈答客難〉：「用之則為虎，不用則為鼠。」⓫堯幽囚　《史記・五帝本紀》：「堯崩，三年之喪畢，舜讓辟丹朱於南河之南。」張守節《正義》引《括地志》：「《竹書》云：昔堯德衰，為舜所囚也。……舜囚堯，復偃塞丹朱，使不與父相見也。」此謂堯失權。⓬舜野死　《國語・魯語上》：「舜勤民事而野死。」韋昭注：「野死，謂征有苗，死於蒼梧之野。」此似謂舜野死亦與失權有關。⓭九疑　山名，即蒼梧山，在今湖南寧遠南。因山有九峰連綿皆相似，故名九疑山。相傳舜葬於此。《史記・五帝本紀》：「(舜)踐帝位三十九年，南巡狩，崩於蒼梧之野。葬於江南九疑，是為零陵。」裴駰《集解》：「《皇覽》曰：『舜冢在零陵營浦縣，其山九谿皆相似，故曰九疑。』」⓮重瞳　眼中有兩個瞳子。此指舜。《史記・項羽本紀》：「吾聞之周生曰，舜目蓋重瞳子。」⑮帝子句　帝子，指娥皇、女英。《楚辭・湘夫人》：「帝子降兮北渚。」王逸注：「帝子，謂堯女也。」綠雲，狀青竹之茂盛。相傳舜死於蒼梧之野，娥皇、女英追之不及，相與慟哭，淚下霑竹，竹上紋斑斑然，人稱斑竹，又稱湘妃竹。見任昉《述異記》卷上。

【語譯】永遠離別，古代有帝堯的兩個女兒娥皇、女英。在洞庭湖之南、瀟湘的水邊與舜帝死別。有誰能不說這種生死離別的痛苦，比直下萬里的海水還要深！

她們的慟哭使太陽無光而烏雲密佈，猩猩在煙霧中啼叫而山鬼在雨中呼嘯。我即使說了這個故事又有何用？皇天恐怕也不能察照我的忠誠和深意，反而會招來轟隆隆的雷霆之怒。

國君失去了賢臣的輔佐則神龍也會變成魚，奸臣手中掌了大權則老鼠也會變成虎。當出現這種情況堯亦會讓位給舜，舜亦會讓位給禹。傳說帝堯是被幽囚後才讓位的，舜死在蒼梧之野也原因不明。九疑山九峰連綿都很相像，如今竟不知何處是舜的孤墳？

堯帝的兩個女兒只得在竹林中為舜哭泣，她們的淚水落在竹子上，竹子染上了點點斑紋。她們終於投洞庭而死，隨風波遠去而不回了。在慟哭中遠望，可以遙見蒼梧山。若問那竹子上的淚斑何時可滅，只有等到蒼梧山崩塌和湘水斷絕才有可能吧！

【研析】玄宗後期，怠於政事，曾對高力士說：「我不出長安且十年，海內無事，朕將吐納導引，以天下事付林甫，若何？」高力士回答說：「天下柄不可假人，威權既振，孰敢議者！」玄宗不悅。可能李白風聞此事，心有憂慮，而自己又已見疏而還山，不能面諫，因作此詩。詩中第一段，形容別離之苦比海水還深，為下文伏筆。第二段，用比興手法，渲染君王不察余之忠誠的氣氛。第三段，以堯舜被迫禪位的傳說告戒君王失權之禍。第四段，回應首段，寫斑竹淚跡之不滅說明娥皇、女英與舜的生死離別遺恨千古。則此詩當作於天寶中。

公無渡河❶

黃河西來決崑崙❷，咆哮萬里觸龍門❸。
波滔天，堯咨嗟❹。大禹理百川❺，兒啼不窺家。殺湍堙洪水，九州始蠶麻❻。
其害乃去，茫然風沙。
被髮之叟❼狂而癡，清晨徑流欲奚為❽？旁人不惜妻止之，公無渡河苦渡之。
虎可搏，河難憑❾。公果溺死流海湄❿。有長鯨白齒⓫若雪山，公乎公乎掛罥⓬於其間。箜篌⓭所悲竟不還。

【注釋】❶公無渡河　樂府舊題，又名〈箜篌引〉。《樂府詩集》卷二六列於〈相和歌辭〉，並引崔豹《古今注》曰：「〈箜篌引〉者，朝鮮津卒霍里子高妻麗玉所作也。子高晨起刺船，有一白首狂夫，被髮提壺，亂流而渡，其妻隨而止之，不及，遂墮河而死。於是援箜篌而歌曰：『公無渡河，公竟渡河！墮河而死，將奈公何！』聲甚悽愴，曲終亦投河而死。子高還，以語麗玉。麗玉傷之，乃引箜篌而寫其聲，聞者莫不墮淚飲泣。麗玉以其曲傳鄰女麗容，名曰〈箜篌引〉。」李白之前今存梁代劉孝威和陳代張正見〈公無渡河〉各一首。❷崑崙　山名，在新疆西藏之間，西接帕米爾高原，東入青海省。古代相傳黃河發源於崑崙山。《爾雅・釋水》：「河出崑崙墟。」❸咆哮句　咆哮，形容河水的奔騰怒嘯。龍門，山名，在山西河津、陝西韓城之間，黃河兩岸峭壁對峙，形如闕門，故名。《尚書・禹貢》：「導河積石，至於龍門。」《太平御覽》卷四〇引辛氏《三秦記》：「河津一名龍門，……江海大魚洎集門下數千，不得上，上則為龍，故云曝鰓龍門。」❹波滔天二句　《尚書・堯典》：「帝曰：咨！四嶽。湯湯洪水方割，蕩蕩懷山襄陵，浩浩滔天。」孔傳：「滔，漫也。……浩浩，盛大若漫天。」

❺大禹句　大禹，傳說中古代帝王，姓姒，名文命，史稱禹、夏禹、戎禹。鯀之子，古史相傳禹奉舜命治理洪水，採用疏導的方法，歷十三年，三過家門而不入，水患皆平。《孟子・滕文公》：「禹八年於外，三過其門而不入。」理，治。因避高宗李治諱改。❻殺湍二句　二句謂大禹減少湍流，堵塞洪水，洪水治理好了，全國各地才得以養蠶種桑。殺，減少。湍，急流之水。堙，堵塞。九州，傳說中古代中國的行政區劃，後常泛指中國。❼被髮之叟　見前引崔豹《古今注》，此為作者自喻。被，通「披」。❽清晨句　徑流，徑渡；直接渡河。奚為，為何。宋本在「徑」字下夾注：「一作：臨」。❾虎可搏二句　《詩經・小雅・小旻》：「不敢暴虎，不敢馮河。」毛傳：「徒涉曰馮河。徒搏曰暴虎。」馮，古「憑」字。❿流海湄　漂流到海邊。⓫長鯨白齒　喻當時惡毒兇狠的讒言，即杜甫詩所云「世人皆欲殺」。⓬挂罥　宋本作「挂骨」。誤。據蕭本、郭本、咸本、王本改。掛罥，掛纏。罥，纏繞；掛礙。《文選》卷一二木華〈海賦〉：「或挂罥於岑列坳之峰。」李善注：「《聲類》曰：罥，係也。」⓭箜篌　古撥絃樂器，有臥、豎式兩種。

【語　譯】黃河之水從西瀉來決開了崑崙山，奔騰萬里怒嘯著直衝龍門。

波浪滔天，堯帝長吁短嘆。大禹忙著治理疏導千百條河流，顧不了兒子的啼哭三過家門而不入。他一心治水使湍流減少，堵塞洪水，把洪水治理好了，全國各地才得以養蠶種麻。那洪水的災害終於過去了，卻出現了茫茫的風沙。

有位披頭散髮的老漢狂而發癡，清晨就要直接徒步渡河不知想做什麼？旁人圍觀不替他惋惜，只有妻子阻止他，大叫著你不要渡河，但他苦苦掙扎要渡河。猛虎雖兇有力者可以與牠徒手搏鬥，黃河水深渡河難有依靠。老漢果然被淹死漂流到海邊。海中有白齒如雪山的長鯨，可憐那老漢的血肉之軀就掛纏於長鯨的齒牙。他的妻子彈著箜篌悲歌呼喊，但那老漢終究回不來了。

【研　析】前人多謂此詩乃李白擬作，詠其本事。後人亦有多種解釋，皆未得其旨。唯郭沫若《李白與杜甫・李白的家室索隱》所析甚為精闢：首二句喻安祿山之亂為害極大。詩中以堯比擬玄宗，以大禹比擬玄宗之孫、肅宗之子——天下兵馬元帥廣平王李俶。肅宗至德二載（西元七五六年）十月廣平王率主力軍收復兩京。「被髮之叟」是李白自喻。「旁人不惜妻止之」的「妻」即指〈別內赴徵〉中的妻子宗氏夫人。李白在安史之亂時與宗氏夫人隱居廬山，永王率水師東下，徵召李白入幕，宗夫人苦苦勸阻，不聽。結果肅宗討伐永王，永王兵敗被殺，李白因此入潯陽獄，出獄後又長流夜郎。此詩中「長鯨白齒」比喻當時對李白的讒言囂張，即杜甫〈不見〉詩中的「世人皆欲殺」。「挂罥於其間」即比喻入潯陽獄和長流夜郎。此詩當是在流放夜郎告別宗夫人時所作，其時未料到一年多以後會中途遇赦，所以此詩最後有「笙篌所悲竟不還」之語。

蜀道難❶

諷章仇兼瓊❷也

噫吁嚱❸！危乎高哉！蜀道之難，難於上青天❹！

蠶叢及魚鳧❺，開國何茫然❻！爾來四萬八千歲❼，不與秦塞通人煙❽。西當太白有鳥道，可以橫絕峨眉巔❾。地崩山摧壯士死❿，然後天梯石棧方鉤連⓫。上有六龍回日之高標⓬，下有衝波逆折之回川⓭。黃鶴之飛尚不得過⓮，猿猱欲度愁攀緣⓯。青泥何盤盤，百步九折縈巖巒⓰。捫參歷井仰脅息，以手撫膺坐長歎⓱。

問君西遊何時還？畏途巉巖不可攀⓲！但見悲鳥號古木，雄飛雌從遶林間⓳。又聞子規啼夜月，愁空山⓴。蜀道之難，難於上青天！使人聽此凋朱顏㉑。連峰去天不盈尺㉒，枯松倒挂倚絕壁。飛湍瀑流爭喧豗，砯崖轉石萬壑雷㉓。其險也若此，嗟爾遠道之人胡為乎來哉㉔？

劍閣崢嶸而崔嵬㉕，一夫當關，萬人莫開。所守或匪親，化為狼與豺㉖。朝避猛虎，夕避長蛇。磨牙吮血，殺人如麻㉗。錦城雖云樂，不如早還家㉘。蜀道之難難於上青天！側身西望長咨嗟㉙！

【注釋】❶蜀道難　南朝樂府舊題。《樂府詩集》卷四〇列於〈相和歌辭・瑟調曲〉，並引《古今樂錄》曰：「王僧虔《技錄》有〈蜀道難行〉，今不歌。」又引《樂府解題》曰：「〈蜀道難〉，備言銅梁、玉壘之阻，與〈蜀國絃〉頗同。」今存梁簡文帝〈蜀道難〉二首、劉孝威二首、陳陰鏗一首、唐張文琮一首。❷諷章仇兼瓊　此乃宋人編集時所加的注。認為李白寫此詩是諷刺章仇兼瓊。其實，章仇兼瓊天寶初為劍南節度使兼益州大都督府長史，並無據險跋扈之事；且李白有〈答杜秀才五松山見贈〉詩曰：「聞君往年遊錦城，章仇尚書倒屣迎。飛牋絡繹奏明主，天書降問迴恩榮。」「章仇尚書」即指章仇兼瓊，說明李白對此人很有好感。故「諷章仇兼瓊」說不可信。❸噫吁嚱　一作「噫嚱吁」，嘆詞。宋庠《宋景文公筆記》：「蜀人見物異，輒曰『噫吁嚱』，李白作〈蜀道難〉，因用之。」❹難於上青天　比上青天還要難。❺蠶叢句　蠶叢、魚鳧，傳說中古蜀國的兩個君主名。揚雄〈蜀王本紀〉：「蜀王之先，名蠶叢、柏濩、魚鳧、蒲澤、開明，……從開明上至蠶叢，積三萬四千歲。」❻何茫然　多麼模糊。茫然，混沌不清貌。❼爾來句　爾來，從那時以來。四萬八千歲，極言歲月悠久，非實際數字。❽不與句　此句表明詩中所謂蜀道，是指蜀至秦的道路。古蜀國本與中原不相交通，戰國時秦惠王滅蜀，蜀地始與秦地交通。宋本在「不」字下夾注：「一作：乃」，不與，《又玄集》作「乃不與」。秦塞，猶秦地，指今陝西西安一帶。塞，山川險阻處。通人煙，指互相交往。❾西當二句　謂只有鳥可以從太白山間的鳥道橫飛到峨眉山頂。太白，山名，又名太乙，秦嶺主峰，在今陝西眉縣南。冬夏積雪，望之皓然，故名太白。因在長安之西，詩人立足於長安，故云「西當」。鳥道，僅能容鳥飛過的通道，形容山峰極其高峻。可，宋本作「何」，據蕭本、郭本、王本、咸本改。橫絕，橫渡；跨越。峨眉，山名，在今四川峨眉西南，有山峰相對如蛾眉，故名。❿地崩句　《華陽國志・蜀志》記載，秦惠王許嫁五女於蜀。蜀遣五位壯士迎之。回到梓潼，見一大蛇入穴中。五位壯士大呼拽蛇，結果山崩，壓死五人和秦五女以及隨從，而山分為五嶺。此句用其事。⓫然後句　天梯，喻高險的山路。石棧，在峭壁上鑿石架木築成的通道，即棧道。宋本在「方」字下夾注：「一作：相」。

蕭本、郭本、咸本、王本、《河嶽英靈集》皆作「相」。鉤連，銜接。⑫上有句　此句為仰視，極言山高，六龍也只能拖著日神的車由此轉回。六龍回日，古代神話：日神御者羲和每天趕著六龍所駕之車，載著日神在天空從東往西。高標，指蜀道上成為標誌的最高峰。宋本在本句下夾注：「一作：橫河斷海之浮雲」。⑬下有句　此句為俯視，寫谷深水急。衝波逆折，指激浪衝撞巖石而逆流。回川，迴旋的川流。⑭黃鶴句　黃鶴，善於高飛之鳥，即黃鵠，古書中鶴、鵠二字通用。此句宋本作：「黃鶴之飛尚不得（一作：過）」，據蕭本、郭本、咸本、王本、《河嶽英靈集》改。《又玄集》作「黃鶴之飛兮上不得」。⑮猿猱句　猿猱，指身體便捷、善於攀援的猿類動物。猱，宋本作「猨」，猿的異體字。宋本在「緣」字下夾注：「一作：牽」。攀緣，或作「攀援」、「攀牽」。⑯青泥二句　青泥，嶺名。《元和郡縣志》卷二二興州長舉縣：「青泥嶺在縣西北五十三里（今甘肅徽縣南，陝西略陽北），接溪山東，即今通路也。懸崖萬仞，山多雲雨，行者屢逢泥淖，故號青泥嶺。」盤盤，盤旋曲折貌。百步九折，形容山路曲折盤旋，轉彎極多。縈巖巒，環繞著山峰巖巒。⑰捫參二句　捫，摸。歷，越過。參、井，兩星宿名。古代天文學者把天空中星宿的位置和地理區劃相對應，並以天象卜地區吉凶，叫做分野。參宿是蜀分野，井宿是秦分野。撫膺，撫摸胸脯。膺，胸脯。一作「心」。⑱問君二句　問君，一作「征人」。西遊，成都在長安西南，故自秦入蜀，可稱西遊。何時，一作「何當」。意同。畏途，令人害怕的險路。巉巖，崢嶸高峻的山石。⑲但見二句　號古木，在枯樹上悲鳴。古木，一作「枯木」。雌從，一作「從雌」，又作「呼雌」。林間，一作「花間」。⑳又聞二句　子規，鳥名，即杜鵑。蜀中最多，相傳古蜀國王杜宇，號望帝，死後魂魄化為子規。春暮即鳴，夜啼達旦，啼聲悲淒，似說「不如歸去」。夜月，一本無「夜」字，一作「月落」。瞿蛻園、朱金城《李白集校注》以此二句十字斷為五言二句。㉑凋朱顏　青春的容顏為之變老。凋，凋謝。朱顏，紅顏，指年輕人的容顏。㉒連峰句　宋本於此句下夾注：「一作：入煙幾千尺」。連峰，連綿的山峰。㉓飛湍二句　後句謂激流衝擊山崖發出的轟響在千山萬壑間迴盪，聲如雷鳴。飛湍，飛濺的激流，指瀑布。暴流，瀑布，與「飛湍」同義。喧豗，喧鬧聲。砯，水擊巖石之聲，此用作動詞，撞擊。宋本原作「冰」，據蕭本、郭本、咸本、王本、《河嶽英靈集》、敦煌《唐人選唐詩》改。又作「峻」。㉔其險二句　險，宋本作「嶮」，據蕭本、郭本、王本、咸本改。一本無「也」字。若此，一作「如此」。嗟，感嘆聲。胡為，何為；為何。㉕劍閣句　劍閣，今四川劍閣東北大劍山、小劍山之間的棧道，為三國時諸葛亮率眾所開。後成為秦蜀間的一條主要通道，為歷代戍守要地。唐代於此設劍門關。崢嶸、崔嵬，皆高峻貌。㉖一夫四句　意謂劍閣形勢險要，若非親信防守，一旦叛變，將會發生像豺狼吃人那樣的禍患。語本晉張載〈劍閣銘〉：「一夫荷戟，萬夫趑趄。形勝之地，非親勿居。」匪，同「非」。宋本在「人」字下夾注：「一作：夫」。「親」字下夾注：「一作：人」。㉗朝

避四句　懸想叛亂發生後的情況。猛虎、長蛇，喻據險叛亂者。吮，吸。㉘錦城二句　錦城，成都。錦官城的簡稱。故址在今四川成都南。三國蜀漢時管理織錦之官駐此，故名。後人即用作成都的別稱。云，一作「言」。按：敦煌《唐人選唐詩》無此二句。㉙長咨嗟　長長地嘆息。宋本在「長咨嗟」三字下夾注：「一作：令人嗟」。

【語　譯】哎呀啊！高啊高呀！攀越蜀中道路的艱難，真正是比登上青天還要難！

蜀國最早的君王蠶叢和魚鳧，他們開國時的情況現在多麼渺茫！從那時以來大約有四萬八千年，不與秦地互相來往。秦地往西的太白山上只有一條鳥道，僅能容鳥可以橫飛穿越太白山到峨眉山頂。直到五位壯士因拔蛇引起地崩山裂使五女和壯士都死亡，然後有了天梯似的山路，後來人們在峭壁上鑿石架木築成棧道，才使天梯和石棧相連起來算是有了道路。

可是這條蜀道上有使六龍所駕之日神車都不能越過而只得回轉的最高峰，下有激浪衝撞巖石而逆流迴旋的河川。善於高飛的黃鶴尚且飛不過去，善於攀緣的猿猴也發愁無法攀緣。青泥嶺多麼曲折盤旋，百步九轉彎環繞著山峰巖巒。在這高山上伸手可以摸到天上的參宿，腳下已越過秦地的分野井宿，仰天連呼吸都感到困難，只得用手撫摸胸脯而坐下來長長地嘆息。

請問你這次西遊何時能回來？這條蜀道上令人害怕的險路和高峻的山石實在不可攀登啊！在這荒山中只能看到鳥兒在枯樹上悲鳴，雌鳥跟隨著雄鳥環繞在林間盤旋。月夜還能聽到子規鳥的哀鳴，在空山中發愁。攀越蜀中道路的艱難，真正是比登上青天還要難！使人聽了這話都要紅顏凋落變得蒼老了。

連綿的山峰高得離天不滿一尺，枯萎的松樹倒掛在懸崖絕壁上。飛濺的瀑布衝擊山崖捲轉巨石飛下，發出雷鳴般的轟響在千山萬壑間迴盪。那危險啊就是這樣，可嘆您這位遠道之人為什麼還要來啊？

劍門關更是高峻而險要，在此只要一人守關，千萬人都打不開。守關的人如果不是朝廷的忠臣親信，就可能會變為豺狼一樣的叛徒據險作亂。磨牙吸血，殺人如麻。人們只得朝避猛虎、夕避長蛇。成都雖然說是個好玩的地方，但有那麼多危險，所以還不如早日回家。攀越蜀中道路的艱難，真正是比登上青天還要難！側著身子向西望去就只能發出長長的感嘆！

【研　析】此詩開頭連用三個口語感嘆詞，驚呼蜀道的高危奇險，用「難於上青天」這一極度誇張比喻作為全詩主旋律，為全詩奠定雄放基調。第二段宕開筆墨，借神話傳說追敘秦蜀開闢道路的艱難，充滿神祕色彩，反映出蜀道乃傳說中壯士拔蛇山崩與現實生活構築棧道共同開闢的。第三段具體描寫秦蜀道路的難，先總寫：「上有六龍回日之高標，下有衝波逆折之回川。」一上一下，一山一水，一高一險，用驚人的想像和誇張形容山高水險，非常形象而得當。善飛的黃鶴飛不過去，善攀援的猿猱攀不過去，可見蜀道何等艱險！接著又用最曲折高險的青泥嶺作為特寫，使人真切感受到百步九折、手摸星辰、山高缺氧而呼吸困難的奇幻境界。第四段警告友人「畏途巉巖不可攀」，從古木悲鳥生發渲染氣氛，又響起主旋律，用「凋朱顏」加深旅愁描寫效果。第五段從峭峰飛瀑生發渲染蜀道的險惡。最後一段從自然界之險寫到據險作亂的社會人事之險。「朝避猛虎」四句極寫險象的驚心動魄，勸告友人「不如早還家」。又一次響起主旋律，與開頭、中間呼應，真可謂一唱三嘆，迴腸盪氣。結句「側身西望長咨嗟」，凝聚著詩人無限感慨，「收得住，有無限遙情」（《唐宋詩醇》）。全詩七言為主，又有三言、四言、五言、九言、十一言，隨著感情起伏變化而長短錯落。詩中將豐富的想像，奇特的比喻，驚人的誇張，奔放的語言，磅礴的氣勢融匯一體，形成雄奇飄逸的風格，使舊題樂府獲得了嶄新的生命，表現出詩人傑出的藝術才能。

此詩寓意歷來眾說紛紜。宋本題下注：「諷章仇兼瓊」，前已辨明不可信。唐范攄《雲溪友議》卷上、《新唐書・嚴武傳》皆謂：嚴武鎮蜀，時杜甫在蜀中，房琯亦為屬下刺史，李白寫此詩為房、杜危之。蕭士贇《分類補注李太白詩》則謂諷玄宗於安祿山亂時幸蜀之非計。今按：嚴武鎮蜀在肅宗上元二年（西元七六一年），玄宗幸蜀在天寶十五載（西元七五六年），而李白此詩早收入天寶十二載（西元七五三年）結集之《河嶽英靈集》，可證以上二說之非。胡震亨《李詩通》、顧炎武《日知錄》謂「即事成篇，別無寓意」；近人詹鍈謂送友人入蜀。然此數說又未盡達此詩之意。無寓意，送友人入蜀，何以將蜀道寫得如此艱險？今按：陳陰鏗〈蜀道難〉末二句曰：「蜀道難如此，功名詎可要！」可知〈蜀道難〉此題原來就有功業難求之意。中晚唐之際的詩人姚合〈送李餘及第歸蜀〉詩曰：「李白〈蜀道難〉，羞為無成歸。子今稱意行，蜀道安覺危？」可知唐人認為李白寫〈蜀道難〉，是寓有功業無成之意的。正如〈行路難〉寓有仕途艱難之意一樣。孟棨《本事詩》和王定保《唐摭言》記載〈蜀道難〉被賀知章讚賞，皆稱：「李白初自蜀至京師，舍於逆旅」，「名未甚振」，當即指出蜀未幾、初入長安之時。李白初入長安，為的是追求功業，結果卻無成而歸。由此證知，此詩當是開元年間初入長安無成而歸時，送友人而寄意之作。（詳見拙著《李白叢考・李白兩入長安及有關交遊考辨》

梁甫吟❶

長嘯〈梁甫吟〉，何時見陽春❷？

君不見朝歌屠叟辭棘津，八十西來釣渭濱。寧羞白髮照淥水？逢時吐氣思經綸。廣張三千六百鈞，風期暗與文王親❸。大賢虎變愚不測，當年頗似尋常人❹。

君不見高陽酒徒起草中，長揖山東隆準公。入門開說騁雄辯，兩女輟洗來趨風❺。東下齊城七十二，指麾楚漢如旋蓬❻。狂客落拓尚如此，何況壯士當群雄❼！

我欲攀龍見明主，雷公砰訇震天鼓❽。帝旁投壺多玉女，三時大笑開電光，倏爍晦冥起風雨❾。閶闔九門不可通，以額叩關閽者怒❿。

白日不照吾精誠⓫，杞國無事憂天傾⓬。猰貐磨牙競人肉，騶虞不折生草莖⓭。手接飛猱搏彫虎，側足焦原未言苦⓮。智者可卷愚者豪，世人見我輕鴻毛⓯。力排南山三壯士，齊相殺之費二桃⓰。吳楚弄兵無劇孟，亞夫咍爾為徒勞⓱。

〈梁甫吟〉，聲正悲！張公兩龍劍，神物合有時⑱。風雲感會起屠釣，大人嵲屼當安之⑲。

【注釋】❶梁甫吟　又作〈梁父吟〉，樂府舊題。《樂府詩集》卷四一列於〈相和歌辭‧楚調曲〉，並引《古今樂錄》曰：「王僧虔《技錄》有〈梁甫吟行〉，今不歌。……李勉《琴說》曰：〈梁甫吟〉，曾子撰。《琴操》曰：曾子耕泰山之下，天雨雪凍，旬月不得歸，思其父母，作〈梁山歌〉。蔡邕《琴頌》曰：梁甫悲吟，周公越裳。」按：梁父乃泰山下小山名。郭茂倩謂「〈梁甫吟〉，蓋言人死葬此山，亦葬歌也。」今存古辭乃題名為諸葛亮所作，主題是傷被齊相晏嬰用二桃所殺三士之事。《三國志‧蜀書‧諸葛亮傳》：「亮躬耕隴畝，好為〈梁父吟〉。」按：《文選》卷二九張衡〈四愁詩〉：「我所思兮在太山，欲往從之梁父艱。」劉良注：「太山，東嶽也。願輔佐君王致於有德而為小人讒邪之所阻難也。」此詩即取此義。❷陽春　溫暖的春天。此喻知遇明主以施展抱負。詩人於天寶初供奉翰林時曾作〈陽春歌〉以頌得意，可知此詩作於未遇明主之時。蕭士贇注：「喻有志之士何時而遇主也」。是。❸君不見六句　朝歌，殷代京城，在今河南淇縣。屠叟，屠夫，此指呂望（姜太公呂尚）。棘津，在今河南延津東北。《韓詩外傳》卷七：「呂望行年五十，賣食棘津，年七十屠於朝歌，九十乃為天子師，則遇文王也。」又卷八：「太公望少為人壻，老而見去，屠牛朝歌，賃於棘津，釣於磻溪（在今陝西寶雞東南），文王舉而用之，封於齊。」渭濱，渭水邊。《史記‧范雎蔡澤列傳》：「臣聞昔者呂尚之遇文王也，身為漁父而釣於渭濱耳。」淥水，蕭本、郭本、咸本、王本皆作「清水」。吐氣，宋本原作「壯氣」，在「壯」字下夾注：「一作：吐。」蕭本、郭本、咸本、王本皆作「吐氣」。是。經綸，治國安邦之術。釣，宋本作「鈞」，其下夾注：「一作：釣。」，蕭本、郭本、胡本、咸本皆作「釣」。是。三千六百釣，謂呂望八十釣於渭濱，至九十遇文王，則垂釣十年，共三千六百日，故云。風期，一作「風雅」，猶風度。《晉書‧習鑿齒傳》：「其風期俊邁如此。」❹大賢二句　此句謂大賢不會永久窮困而有得志之日，此非愚者所能預測。虎變，如虎皮花紋的更新變化。《易經‧革卦》：「大人虎變。象曰：其文炳也。」孔穎達疏：「損益前王，創制立法，有文章之美，煥然可觀，有似虎變，其文彪炳。」後因以虎變喻傑出人物的經歷變化莫測。❺君不見四句　高陽酒徒，指秦末漢初名士酈食其。《史記‧酈生陸賈列傳》：「酈生食其者，陳留高陽人也。好讀書，家貧落魄，無以為衣食業，為里監門吏。然縣中賢豪不敢役，縣中皆謂之狂生。……沛公（劉邦）至高陽傳舍，使人召酈生。酈生至，入謁，沛公方踞牀使兩女子洗足而見酈生。酈生入，則長揖不拜，……於是沛公輟洗，起攝衣，延酈生上坐，謝之。」又曰：「酈生嗔目案劍叱使者曰：『走！復入言沛公，吾高陽酒徒也，非儒人也。』」山東隆準公，指劉邦。《史記・高祖本紀》：「高祖，沛豐邑中陽里人。……高祖為人，隆準而龍顏。」山東，因沛地處太行山東，故稱。隆準，高鼻。趨風，疾行至下風，表示向對方致敬。一說疾趨如風。宋本在「入門開說」四字下夾注：「一作：一開游說」，又一作「入門不拜」。❻東下二句　據《史記・酈生陸賈列傳》，酈食其在楚漢戰爭中常為劉邦出謀劃策，後又遊說齊王田廣，不費一兵一卒而使齊七十餘城歸漢。麾，蕭本、郭本、王本皆作「揮」。旋蓬，如隨風旋轉的蓬草，形容輕而易舉。❼狂客二句　宋本在「客」字下夾注：「一作：生」，酈食其曾被人稱為狂生。落拓，蕭本、郭本、咸本、王本皆作「落魄」，同「落泊」。窮困失意。壯士，李白自指。蕭士贇注：「兩段聊自慰解，謂太公之老，食其之狂，當時視為尋常落魄之人，猶遇合如此，則為士者終有遇合之時也。」❽我欲二句　攀龍，喻依附帝王以建功立業。陶潛〈命子詩〉：「於赫湣侯，運當攀龍。」雷公，雷神。砰訇，宏大的響聲。天鼓，《史記・天官書》：「天鼓，有音如雷非雷，音在地而下及地。」本謂天神所擊之鼓發聲如雷，後即以天鼓喻雷聲。《初學記》卷一引《抱朴子》：「雷，天之鼓也。」❾帝旁三句　《神異經・東荒經》：「東天公……恆與一玉女投壺，每投千二百矯，……矯出而脫誤不接者，天為之笑。」注：「今天上不雨而有電光，是天笑也。」按：投壺為古代宴樂遊戲，設特製之壺，賓主以次向壺中投箭，中多者為勝，負者罰飲。玉女，仙女，此喻被皇帝寵幸的小人。三時，指早、中、晚一整天。開電光，一作「生電光」，指閃電。倏爍，電光閃動貌。《楚辭・九思・憫上》：「雲濛濛兮電倏爍。」晦冥，《漢書・高帝紀》：「雷電晦冥。」顏師古注：「晦冥，皆謂暗也。」此喻政治昏暗。蕭士贇注：「喻權奸女謁用事政令無常也。」❿閶闔二句　《楚辭・離騷》：「吾令帝閽開關兮，倚閶闔而望予。」王逸注：「閽，主門者也。閶闔，天門也。」二句即用其意。九門，神話中的九道天門。⓫白日句　此句意謂皇帝不可能知道自己對國事的真誠關切。白日，喻皇帝。精誠，至誠；忠心。⓬杞國句　《列子・天瑞》：「杞國有人，憂天地崩墜，身亡(無)所寄，廢寢食者。」此謂己對朝廷的憂慮被人認為是杞人憂天。⓭猰貐二句　二句謂朝廷權幸，為政害人，就像猰貐磨牙，競食人肉；而忠良之臣，總像騶虞那樣仁愛，連草莖都不肯踐踏。猰貐，古代傳說中食人的兇獸。《爾雅・釋獸》：「猰貐，類貙，虎爪，食人，迅走。」騶虞，古代傳說中不吃生物、不踏生草的仁獸。《詩經・召南・騶虞》：「于嗟乎騶虞。」毛傳：「騶虞，義獸也。白虎，黑文，不食生物，有至信之德則應之。」⓮手接二句　意謂自己雖處於貧窮疏賤之地，卻仍有勇氣和才能去接猱、搏虎、履焦原，克服艱難險阻。飛猱，攀援輕捷的獼猴。猱，猿類動物。彫虎，毛色斑駁之虎。焦原，險峻的巨石名，在今山東莒縣南，亦名橫山、崢嶸谷，俗稱青泥弄。《尸子》卷下：「莒國有石焦原，廣尋長五百步，臨萬仞之谿。莒國莫敢近也。」沈德潛《唐詩別裁》云：「見君子小人並列，而人主不知。我欲起而除去邪惡，猶『接飛猱，搏雕虎』，不自言苦也。以愚自謂。」⑮智者二句 此謂聰明人往往在政治昏暗時把本領掩藏起來，而愚笨者卻偏要逞強鬥勝；而己不被世俗所瞭解，因此被看得輕如鴻毛。鴻毛，喻份量極輕。《漢書・司馬遷傳》：「死有重於泰山，或輕於鴻毛。」⑯力排二句 據《晏子春秋・內篇諫下第二》記載：春秋時齊國公孫接、田開疆、古冶子並以勇力聞名，因對齊相晏子不恭敬，晏子陰謀除之，請齊景公以二桃賜贈三人，讓三人論功食桃。公孫接和田開疆先敘己功而取。古冶子敘述己功最大，要求他們把桃退出；兩人羞愧自殺，古冶子亦感到自己不義而自殺。後常以「二桃殺三士」喻用陰謀借刀殺人。諸葛亮〈梁甫吟〉：「力能排南山，文能絕地紀。一朝被讒言，二桃殺三士。誰能為此謀？相國齊晏子。」李白詩中亦常用此典。如〈懼讒〉詩：「二桃殺三士，詎假劍如霜！」⑰吳楚二句 此以劇孟自比，意謂朝廷如用己，就會像周亞夫得劇孟那樣發揮作用，否則就將無所作為。《史記・游俠列傳》：「吳楚反時，條侯（周亞夫）為太尉，乘傳車將至河南，得劇孟，喜曰：『吳楚舉大事而不求孟，吾知其無能為已矣。天下騷動，宰相得之，若得一敵國云。』」吳楚弄兵，指漢景帝三年吳王劉濞、楚王劉戊等七國叛亂。一本無「弄兵」二字。咍，譏笑。⑱張公二句 用張華說干將莫邪兩劍終將會合的典故，謂才士與明主終有遇合之時。《晉書・張華傳》記載：豐城縣令雷煥掘得二劍，送一劍給張華，留一劍自佩。張華很愛寶劍，寫信復雷煥說：「詳觀劍文，乃干將也，莫邪何復不至？雖然，天生神物，終當合耳。」後張華被殺，寶劍不知去向。雷煥死後，其子雷華佩劍延平津，劍突然從腰間躍入水中。急覓之，只見兩龍各長數丈，蟠在一起，光彩照水，波浪驚沸。雷華嘆曰：「先君化去之言，張公終合之論，此其驗乎？」⑲風雲二句 《後漢書・馬武傳論》：「咸能感會風雲，奮其智勇。」風雲，喻際遇。屠釣，呂望曾屠牛、釣魚，因借指。大人，一作「天人」。非。嵲屼，同「嵲屼」、「臲卼」。不安貌。蕭士贇注：「申言有志之士終當感會風雲，如神劍之會合有時。則夫大人君子遭時屯否，嵲屼不安，且當安時以俟命可也。」沈德潛《唐詩別裁》云：「言己安於困厄以俟時。」

【語 譯】撮口發出長而清越的〈梁甫吟〉歌曲聲，什麼時候能見到溫暖的春天？

您沒有聽說麼，呂望年五十賣食棘津，年七十屠肉於朝歌，八十歲來到西方的渭水邊垂釣。難道不以綠水映照著白髮為羞恥？只是為了尋找機遇一吐壯氣想施展治國安邦的才能。他在渭水邊釣了十年，他的風度期望暗中卻是與周文王親近的，終於成了帝王之師。大賢之人的發達就像虎皮花紋的更新，愚者是無法預測的，因為他當年也很像平常人一樣。

您沒有聽說麼，當年自稱高陽酒徒的酈食其出於草莽，見了高鼻龍顏有天子之相的山東劉邦只是長揖而不拜。一進門就雄辯騁說天下形勢，使一向傲慢無禮的劉邦連忙叫兩個女子停止給他洗腳疾趨如風般地急忙接待他。後來酈食其在楚漢戰爭中為劉邦出謀劃策，不費一兵一卒說服齊王田廣獻出七十二城而降漢，其指揮如同隨風旋轉的蓬草那樣輕而易舉。這個落拓的狂客尚且能夠這樣，何況我的文武之才都能力當群雄的壯士呢！

我也想能像他們那樣攀龍附鳳遇見明主，可是雷神發出了宏大的響聲。天帝身旁投壺得寵的玉女非常多，從早到晚大笑而閃著電光，倏忽之間天地昏暗風雨大作。天宮的九個大門都緊閉不通，我用頭叩門卻招惹了守門人的大怒。

太陽照不到我對國家的忠誠，人們以為我對朝廷的憂慮是杞人憂天。我聽說有一種兇獸猰貐專門磨牙爭食人肉，也聽說有一種仁獸騶虞不吃生物甚至不踏生草的草莖。我自己也像古代勇士有接飛猱、搏雕虎的本領，也敢於在焦原危石上行走而不怕苦。只是智者都把本領掩藏起來，愚者才偏要逞強鬥勝，而自己不被世俗所瞭解，把我看得輕如毛。古代齊國有三位勇士力能排南山，可是齊國宰相只用兩個桃子就把這三人都殺了。當年吳楚七國叛亂卻沒有起用劇孟那樣的人才，就被周亞夫嘲笑他們是徒勞的。

〈梁甫吟〉，聲正悲啊！我想到當年張華說過兩把龍劍雖然一時分散，但神物終究會有遇合的一天。呂尚也從屠夫、釣徒最終能與周文王風雲際會，所以有志的大丈夫遭時困頓應當安心等待。

【研　析】首段兩句抒發未見明主、不能施展抱負的感嘆，點明主旨，為全詩定下基調。二、三兩段以類似句式，寫呂望和酈食其兩個歷史人物的遭際，說明大賢雖然長期落難，但最終遇見文王，做出一番大事業；狂生雖然一時落拓，最後也能成為建立大功的風雲人物；表示相信自己日後也能遇見明主，施展抱負。第四段筆鋒一轉，借幻設的神話境界，形象地抒寫自己欲見明主而不得的情景：雷神擊天鼓，天帝只顧與玉女戲耍，電光閃爍，風雨交加。詩人求見明主，卻被守門小人怒阻於門外。此段借鑒屈原〈離騷〉的表現手法，奇幻迷離，曲折地反映出詩人對現實生活的感受。第五段運用多種典故，抨擊不合理現象：詩人對朝廷無限精誠，天子卻無從體察，人們還笑他是杞人憂天。奸佞為政害人，忠臣義士嚮往仁愛治世，詩人身處困境，仍相信有接猱搏虎、履焦原的才能和勇氣。沒有機遇時才智之士只能把本領掩藏，卻被人看輕。齊國力能推山的三壯士被宰相害死；吳楚叛亂卻不用劇孟而被周亞夫譏為徒勞無功。這些典故，深刻表現出詩人懷才不遇的心情。末段六句，正面回答主旨，與篇首呼應。強烈自信終有一天君臣遇合，風雲際會，目前應安守困境，以待時機。回答了開篇「何時」的設問。

前人多因詩中有「雷公」、「玉女」、「閽者」等形象喻奸佞，以為被讒去朝後所作。殊不知李白開元年間初入長安求取功業，就是因為被張垍等奸佞所阻礙，而未能見到明主，此詩正切合當時情事。〈梁甫吟〉現存古曲相傳為諸葛亮出山前所吟，本詩入手即問「何時見陽春」，「陽春」即喻明主，證知其時未遇君主。所用呂望、酈食其事亦為渴望君臣遇合，末以張公神劍遇合為喻，深信君臣際遇必有時日。則此詩必作於未見君主之前，與天寶年間待詔翰林和被放還山時事完全不同。按：開元二十一年秋冬李白在洛陽，有〈秋夜宿龍門香山寺奉寄王方城十七丈奉國瑩上人從弟幼成令問〉、〈冬夜醉宿龍門覺起言志〉等詩。詹鍈《李白詩文繫年》謂此詩與〈冬夜醉宿龍門覺起言志〉詩同時作，甚是。然繫於天寶九載則非。詩當作於開元二十一年（西元七三三年）即初入長安被張垍所阻而未見明主之後。其通篇用典，列舉歷史人物遭際，襯托自己懷才不遇，於揭露朝政昏暗的同時深信終有風雲感會之時。通篇一氣呵成，意脈清楚，氣勢磅礴。

烏夜啼❶

黃雲城邊烏欲棲❷，歸飛啞啞❸枝上啼。機中織錦秦川女❹，碧紗如煙❺隔窗語。停梭悵然憶遠人，獨宿孤房淚如雨❻。

【注　釋】❶烏夜啼　六朝樂府〈西曲歌〉舊題。《樂府詩集》卷四七列於〈清商曲辭〉。《舊唐書・音樂志二》：「〈烏夜啼〉，宋臨川王義慶所作也。元嘉十七年，徙彭城王義康於豫章。義慶時為江州，至鎮，相見而哭。為帝所怪，徵還宅，大懼。妓妾夜聞烏啼聲，扣齋閣云：『明日應有赦。』其年更為南兗州刺史，作此歌。故其和云：『籠窗窗不開，烏夜啼，夜夜望郎來。』今所傳歌似非義慶本旨。」按：今存〈烏夜啼〉本辭八首，多寫男女離別思念之情。❷黃雲句　邊，一作「南」。欲，一作「夜」。❸啞啞　烏鴉叫聲。《淮南子・原道訓》：「烏之啞啞，鵲之唶唶。」❹機中句　秦川女，指蘇蕙。《晉書・列女傳》：「竇滔妻蘇氏，始平人也，名蕙，字若蘭。善屬文。滔，苻堅時為秦州刺史，被徙流沙。蘇氏思之，織錦為〈迴文旋圖詩〉以贈滔，宛轉迴圈以讀之，詞甚悽惋，凡八百四十字。」此泛指織錦女子。秦川，古地區名。泛指今陝西、甘肅秦嶺以北平原地帶，因春秋、戰國時地屬秦國而得名。宋本於本句下夾注：「一作：閨中織婦秦家女」。❺碧紗如煙　謂黃昏時碧綠的窗紗朦朧如煙。❻停梭二句　梭，織錦用的梭子，即引導緯絲使之與經絲交織的器件。悵然，失意懊惱貌。遠人，指在外地很遠處的丈夫。宋本在「然」字下夾注：「一作：望」。「遠人」二字下夾注：「一作：問人憶故夫」。「孤房」二字下夾注：「一作：獨宿寒堂。一作：知在流沙」。「淚如雨」三字下夾注：「一作：停梭向人問故夫，知在關西淚如雨」。

【語　譯】黃雲城邊的烏鴉將要回巢棲息了，歸來飛到樹枝上啞啞地啼叫著。在機房中織錦的秦川女子，隔著碧綠如煙的窗紗向外自言自語地說著話。她停下了織錦的梭子懊惱地思念著遠方的丈夫，每天孤房獨宿的苦味使她淚流如雨。

【研　析】此詩疑作於開元年間初次到長安時。其主題與古辭同，寫秦地婦女對遠戍親人的思念和孤獨生活的痛苦。一、二兩句寫景，描繪出一幅秋晚鴉歸圖。烏鴉尚知回巢，遠在外地的丈夫何時能歸來？這兩句描繪了環境，渲染了氣氛，也牽出了愁緒。三、四兩句描繪秦川女的形象，但未寫她的容貌服飾，只是寫出隔著煙霧般的碧紗窗，依稀可見她在機中織錦，隱約聽到她的細聲低語，使讀者可體會到她有心事。末二句點明秦川女的愁思及其原因。因為丈夫遠在外地，長期不歸，使她夜夜「獨宿孤房」，想到這些，悲痛湧上心頭，於是錦也織不下去，只得「停梭」，惱恨之極，終於「淚如雨」了。短短六句，既寫景色烘托環境氣氛，又描繪人物形象和心態，繪形繪聲；語淺意深，含蓄蘊藉。最後既點明主題，又給讀者留下想像空間，意味深長。

烏棲曲❶

姑蘇臺上烏棲時，吳王宮裏醉西施❷。吳歌楚舞❸歡未畢，青山猶銜半邊日❹。

銀箭金壺❺漏水多，起看秋月墜江波❻，東方漸高奈樂何❼！

【注釋】❶烏棲曲　六朝樂府〈西曲歌〉舊題。《樂府詩集》卷四八列於〈清商曲辭〉。梁簡文帝、梁元帝、蕭子顯、徐陵、岑之敬等均有此題之作，內容多寫男女歡愛。按：《文苑英華》卷二〇六收李白此詩題為〈烏夜啼〉。誤。❷姑蘇臺二句　姑蘇臺，故址在今江蘇蘇州西南姑蘇山上，春秋時吳王闔閭興建、其子夫差增修的遊樂之地。後為吳太子友所焚。烏棲時，指黃昏時。吳王，此指春秋時的吳王夫差。西元前四九四年，夫差打敗越王句踐，句踐獻美女西施求和。從此夫差驕奢淫逸，與西施晝夜飲酒作樂。據《述異記》卷上記載，吳王在姑蘇臺上「別立春宵宮，為長夜之飲，造千石酒鍾。夫差作天池，池中造青龍舟，舟中盛陳妓樂，日與西施為水嬉。」二十年後，句踐舉兵復仇，吳國遂亡。❸吳歌楚舞　春秋時吳國與楚國疆域相接，都在南方，故此泛指南方樂舞。❹青山句　形容太陽下山時的情景，意謂整天作樂，不覺又到了黃昏。王夫之《古詩評選》卷一評蕭子顯〈烏棲曲〉「芳樹歸飛聚儔匹，猶有殘光半山日」曰：「第二句為太白奄有，遂成絕唱。」又《唐詩評選》卷一評李白此句：「『青山』句天授，非人力。」❺銀箭金壺　中國古代的計時器。以銅壺盛水，水從壺底孔中緩緩滴漏。水中立一有刻度的箭，度數隨著水平面逐漸下降而變化，藉以標誌時間。又稱「銅壺滴漏」。宋本於「銀箭金壺」四字下夾注：「一作：金壺丁丁」。❻起看句　謂一夜又到了盡頭。秋月墜江波，黎明前的景色。起，一作「遨」。墜，一作「墮」。❼東方句　此句意謂吳王日夜尋歡作樂，即使天亮，又能對他怎樣呢。東方漸高，東方漸曉。高，通「皜」，白；明；曉色。按：漢樂府〈有所思〉「東方須臾高知之」，與此同意。宋本在「樂何」二字下夾注：「一作：爾何」。

【語　譯】姑蘇臺上烏鴉回巢棲息的時候，吳王宮中的美女西施已經飲酒歌舞醉倒了。宮廷中吳歌楚舞的歡樂尚未完畢，青山又已經把半個太陽銜下去了。金壺中的漏水滴了一夜，吳王起來看了一下秋天的月亮墜入江水波中，東方漸漸發白，天將明亮，但吳王興致仍高，天亮又能對他怎樣呢！

【研　析】相傳李白初入長安賀知章吟讀此詩後，大為讚賞說：「此詩可以泣鬼神矣。」則此詩當是李白出蜀後遊蘇州登姑蘇臺遺址有感而作。當是與〈蘇臺覽古〉同期作品。首二句渲染日落烏棲時吳宮幽暗氛圍和美人西施的朦朧醉態，而昏暗的氛圍與縱情享樂的情景構成鮮明對照，暗伏樂極生悲的象外之意。接著二句對「吳歌楚舞」只簡單一提，重點卻寫時間在宴樂過程中的流逝，「歡未畢」、「欲銜日」，微妙地反映出吳王夫差的縱淫不止，又與首句的「烏棲時」呼應，使「歡未畢」而日已暮帶上了享樂難及的不祥徵兆。又接著二句是寫從日暮以後繼續作長夜之歡的荒淫活動，但作者不作正面描寫，卻巧妙地從側面著筆，以銅壺滴水之多來暗示漫長的秋夜即將消逝，秋月已將墜入江波，時間已近黎明。整夜狂歡場面都留給讀者去想像。詩中入「起看」二字，點醒景物所組成的環境後面有人的活動，暗示宮內隱藏著淫蕩場面。同時，「秋月墜江波」與首句日落烏棲相呼應，使昏暗悲涼的氛圍更為濃重。最後又突破〈烏棲曲〉舊題都以偶句結束的傳統格式，加上一個單句結尾，而且結尾意味深長，發人深省。

全詩構思的特點是以時間為線索，寫出吳宮淫蕩生活自暮達旦、又自旦達暮不斷進行的過程。通過日暮棲烏、落日銜山、秋月墜江等富於象徵色彩的物象，暗示荒淫君王不可避免的樂極生悲的下場。全篇純用客觀敘寫，不入一句貶辭，但諷刺卻很尖銳而冷峻深刻。李白的樂府詩和七言古詩，多雄奇奔放，縱橫淋漓，而此詩卻收斂含蓄，深婉隱微，成為李白樂府詩中的別調。

戰城南❶

去年戰，桑乾❷源；今年戰，蔥河❸道。洗兵條支❹海上波，放馬天山❺雪中草。萬里長征戰，三軍盡衰老。

匈奴以殺戮為耕作，古來唯見白骨黃沙田❻。秦家築城備胡處❼，漢家還有烽火燃❽。

烽火燃不息，征戰❾無已時。野戰格鬭死，敗馬號鳴向天悲。烏鳶❿啄人腸，銜飛上挂枯樹枝⓫。士卒塗草莽⓬，將軍空爾為。

乃知兵者是凶器，聖人不得已而用之⓭。

【注釋】❶戰城南　樂府舊題。《樂府詩集》卷一六收此詩，列於〈鼓吹曲辭〉。古辭為哀悼戰死將士之作。梁吳均、陳張正見、唐盧照鄰有〈戰城南〉，都是五言八句，皆為描寫戰爭之作。唯李白此篇為雜言體，與古辭同，內容亦與古辭接近，蓋諷刺天寶年間朝廷在西北窮兵黷武而作。❷桑乾　河名，即今永定河上游。在河北西北部和山西北部。源出山西北部管涔山，在河北西北部入官廳水庫。唐時與奚、契丹部落常於此發生戰事。❸葱河　即葱嶺河，今有南北兩河，南名葉爾羌河，北名喀什噶爾河，發源於帕米爾高原，為塔里木河支流之一。唐時常與吐蕃於此發生戰事。❹洗兵條支　洗兵，洗淨兵器備用，謂出兵。條支，漢西域國名，在今伊拉克底格里斯河、幼發拉底河之間，濱臨波斯灣。唐代在西域訶達羅支鶻悉那城（今阿富汗的加茲尼）設置條支都督府。此泛指遙遠的西域。❺天山　即今新疆境內之天山。《元和郡縣志》卷四〇隴右道伊州伊吾縣：「天山，一名白山，一名折羅漫山，在州北一百二十里。春夏有雪。出好木及金鐵。匈奴謂之天山，過之皆下馬拜。」❻匈奴二句　謂胡人以殺人為業，不事耕作，所以田野只見黃沙白骨而不見莊稼。匈奴，古代對北方少數民族的稱呼。王褒〈四子講德論〉：「匈奴，百蠻之強者也。……其耒耜則弓矢鞍馬，播種則扞弦掌拊，收秋則奔狐馳兔，獲刈則顛倒殪仆。」詩句本此，而鍾鍊更見精彩。❼秦家句　秦家，秦朝。城，指長城。《史記・蒙恬列傳》載：秦始皇統一六國後，使大將蒙恬北築長城以防禦匈奴。❽烽火燃　古時在邊境上每隔若干里，高築一土臺，上置薪，發現敵情即燃火報警。❾征戰　宋本在二字下夾注：「一作：長征」。❿烏鳶　鳶，猛禽名，鷹類，主食動物和腐屍。⓫枯樹枝　宋本在三字下夾注：「一作：上枯枝」。⓬塗草莽　指戰死後血塗草莽。⓭乃知二句　《六韜．兵略》：「聖人號兵為兇器，不得已而用之。」此即用其意。宋本在「人」字下夾注：「一作：君」。

【語　譯】去年的戰爭，在北部桑乾河上；今年的戰爭，在西部的蔥河一帶。在條支海的波浪中洗刷兵器再出戰，在天山的雪中放馬餵草。連年來萬里長征不斷的戰爭，使三軍將士都在戰場上衰老了。

匈奴是以殺戮作為職業的，就像我們漢族以耕作種田作為職業一樣。所以自古以來在他們的田地中只能見到白骨和黃沙。秦朝修築長城防備胡人侵略的地方，到漢朝的時候仍然還有烽火在燃燒。

邊境的烽火燃燒不息，出征戰爭就沒有停止的時候。戰士們在野戰的格鬥中死去，失去了主人的敗馬在戰場上向天悲鳴。烏鴉鷹鳥啄食死者的肝腸，還銜叼著飛掛在枯樹枝上。士兵的鮮血塗紅了草莽，將軍也徒然如此「萬里長征戰」。

於是懂得了刀槍等戰爭用的東西是兇器，聖賢之人只有在不得已的情況下才使用它。

【研　析】用樂府舊題寫傳統題材往往不限於某一特定戰役，此詩中雖有具體地名，然不可確指，只是為了表示詩歌的形象性，故不能編年。首段八句寫朝廷連年征戰。前四句用兩組複沓重疊的對稱句式，不僅音韻鏗鏘，且給人以東征西討頻繁戰爭的鮮明形象。「洗兵」二句更寫戰線綿延之長和戰地之廣，戰爭規模可以想見。「萬里長征戰」是對前面描寫的概括，「三軍盡衰老」是結果，遙遠邊地的長期戰爭，使三軍將士耗盡了青壯年華和精力。第二段從敵人角度縱向寫歷代邊地戰爭的原因。詩人將王褒的一段話鎔鑄為兩句詩，意味深長。秦代築長城防禦匈奴，到漢代仍有匈奴不斷入侵的烽火警報。在唐代前期，北方的奚、契丹、突厥，以及西部的吐蕃也不斷侵擾，因此邊地戰爭就不可避免。這類戰爭的責任並不在朝廷，但戰爭給人民帶來犧牲和災難，所以詩人不希望發生戰爭。第三段寫戰爭的殘酷。「烽火」二句承上啟下。「野戰」四句是從古辭「野死不葬烏可食」、「梟騎戰鬬死，駑馬徘徊鳴」化出，交織成色彩強烈的畫面：人死了，敗馬向天悲鳴哀悼其主，氣氛悲涼；烏鳶啄人腸銜掛枯枝，景象殘酷。詩人得出結論：士卒無辜死亡，棄屍荒野，而將軍也白白地跋涉遙遠之地，一無所得。末段用古兵書的名言作結，警告統治者不要輕啟戰爭，有畫龍點睛之妙。

此詩句式靈活多變，三、五、七、八、九言交錯運用，顯示出散文化傾向，為議論開了方便之門。但全詩散漫中有整飭，且多排偶句，增添了抒情性。

將進酒❶

一作〈惜空樽酒〉

君不見黃河之水天上來❷，奔流到海不復回❸！君不見高堂明鏡悲白髮，朝如青絲暮成雪❹！人生得意須盡歡，莫使金樽空對月。

天生我材必有用❺，千金散盡❻還復來。烹羊宰牛❼且為樂，會須一飲三百杯❽。岑夫子❾、丹丘生❿，將進酒杯莫停⓫。與君⓬歌一曲，請君為我傾耳⓭聽。鐘鼓饌玉不足貴⓮，但願長醉不用醒⓯。古來聖賢皆寂寞⓰，唯有飲者留其名。

陳王昔時宴平樂，斗酒十千恣歡謔⓱。主人何為言少錢，徑須沽取對君酌⓲！五花馬⓳，千金裘⓴，呼兒將出㉑換美酒，與爾同銷萬古愁！

【注釋】❶將進酒　樂府舊題。《樂府詩集》卷一六〈鼓吹曲辭・漢鐃歌〉載〈將進酒〉古辭，內容言飲酒放歌。卷一七載梁昭明太子同題之作，亦只及遊樂飲酒。蕭士贇云：「〈將進酒〉者，漢短簫鐃歌二十二曲之一也。……唐時遺音尚存，太白填之，以申己之意耳。」按：此詩兩見《文苑英華》，題一作〈惜空罇酒〉，一作〈將進酒〉；敦煌《唐人選唐詩》作〈惜罇空〉。❷君不見句　黃河源出青海省巴顏喀喇山脈雅拉達澤山東麓約古宗列盆地西南緣。古代統稱其左右之山為崑崙墟，故有河出崑崙之說。以其地勢極高，故詩人以「天上來」形容之。❸奔流句　古樂府〈長歌行〉：「百川東到海，何時復西歸？」❹君不見二句　高堂，一作「牀頭」。青絲，一作「青雲」，喻柔軟的黑髮。宋本在「成」字下夾注：「一作：如」。❺天生句　宋本在此句下夾注：「一作：開。又云：天生我身必有財。又作：天生吾徒有俊材」。❻千金散盡　李白〈上安州裴長史書〉云：「曩昔東遊維揚，不逾一年，散金三十餘萬，有落魄公子，悉皆濟之。」又〈答王十二寒夜獨酌有懷〉：「黃金散盡交不成。」說明李白在出蜀後「東涉溟海」時確曾散盡黃金。宋本在「千」字下夾注：「一作：黃」。❼烹羊宰牛　形容奢豪的飲食。曹植〈野田黃雀行〉：「中廚辦豐膳，烹羊宰肥牛。」❽會須句　會須，該當。一飲三百杯，用鄭玄典故。《世說新語・文學》：「鄭玄在馬融門下……業成辭歸。」劉孝標注引《鄭玄別傳》：「袁紹辟玄，及去，餞之城東，欲去必醉。會者三百餘人，皆離席奉觴。自旦及莫，度玄飲三百餘杯，而溫克之容終日無怠。」陳暄〈與兄子秀書〉：「鄭康成一飲三百杯，吾不以為多。」❾岑夫子　當即岑勛。李白另有〈酬岑勛見尋就元丹丘對酒相待以詩見招〉詩。❿丹丘生　即元丹丘，李白好友。詩人〈上安州裴長史書〉提及前受安州馬都督和李長史接見時曰：「故交元丹，親接斯議。」知早在青年時代已與元丹丘訂交。〈冬夜於隨州紫陽先生餐霞樓送煙子元演隱仙人山序〉曰：「吾與霞子元丹、煙子元演氣激道合，結神仙交。」魏顥〈李翰林集序〉：「與丹丘因持盈法師達，白亦因之入翰林。」知元丹丘曾與李白同為玉真公主所推薦。據李白〈漢東紫陽先生碑銘〉，元丹丘於天寶初受道籙於胡紫陽。李白一生與元丹丘過從甚密，酬贈元丹丘詩甚多，如〈元丹丘歌〉、〈題元丹丘山居〉、〈題元丹丘潁陽山居〉等（詳拙著《李白叢考・李白與元丹丘交遊考》）。⓫將進酒二句　宋本原作「進酒君莫停」，於本句下夾注：「一作：將進酒，杯莫停」。⓬與君　為君。敦煌《唐人選唐詩》即作「為君」。⓭傾耳　蕭本、郭本、胡本、《全唐詩》本皆作「側耳」。⓮鐘鼓句　瞿蛻園、朱金城《李白集校注》：「按鐘鼓饌玉不成對文，疑當作鼓鐘饌玉，即鐘鳴鼎食之意。」按：古時富貴家用膳時鳴鐘列鼎。饌，食飲。饌玉，形容食物如玉一般精美。梁戴皓〈煌煌京洛行〉：「揮金留客坐，饌玉待鐘鳴。」宋本於本句下夾注：「一作：玉帛豈足貴」。鐘，宋本作「鍾」，據王本、咸本改。⓯不用醒　蕭本、郭本、咸本、胡本、《全唐詩》本皆作「不願醒」。宋本在「用」字下夾注：「一作：復」。⓰古來句　聖賢，一作「賢聖」。宋本在「寂寞」二字下夾注：「一作：死盡」。⓱陳王二句　陳王，三國時魏國詩人曹植。《三國志・魏書・曹植傳》：「陳思王植，字子建。太和六年，封植為陳王。」平樂，觀名。漢明帝時造，在洛陽西門外。曹植〈名都篇〉：「歸來宴平樂，美酒斗十千。」斗酒十千，形容酒美價貴。斗，古代盛酒容器，亦用作賣酒的計量單位。恣歡謔，縱情尋歡作樂。宋本在「時」字下夾注：「一作：日」。⑱徑須句　徑須，只管。沽取，買取。宋本在本句下夾注：「一作：且須沽酒共君酌」。⑲五花馬　毛為五色花紋的好馬。《圖畫見聞志》引韓幹〈貴戚閱馬圖〉及張萱〈虢國出行圖〉，謂五花乃剪馬鬣（頸上長毛）為五瓣花。⑳千金裘　形容狐裘價值之高。《史記・孟嘗君列傳》：「此時孟嘗君有一狐白裘，直（值）千金，天下無雙。」㉑將出　拿出。

【語　譯】您不是見過黃河之水從天而降滾滾而來，東流到海一去不再回！您不是在高堂明鏡中見過白髮而悲傷，早晨還是青絲般黑的頭髮到晚上就變成雪一樣的白了！人生短暫，所以在得意的時候必須盡情地歡樂，不要使酒杯空空地對著月亮。

老天生下我這個有才能的人一定會有大用，千金花盡了還會再來的。烹羊宰牛暫且享受作樂吧，該當一下子痛快地飲酒三百杯。岑夫子、丹丘兄，請喝酒，不要停杯。我給您們唱一曲歌，請您們為我傾耳靜聽。富貴人家的鐘鳴鼎食不值得稱道，我只希望長醉不醒。自古以來的聖賢都不為所用而感到寂寞，只有飲酒的人能夠留名後世。

從前陳思王曹植在平樂觀舉辦宴會，十千一斗的美酒讓大家縱情盡歡作樂。主人哪裡會說錢少不能盡飲，只管買取酒來喝！我的五花馬、千金裘，叫侍兒將它們取出來都換成美酒，與您們一同借酒消除胸中所積的萬古憂愁！

【研　析】此詩約作於開元二十四年（西元七三六年）前後。岑勛因仰慕李白，尋訪到嵩山元丹丘處，請丹丘再邀李白到嵩山。三人置酒高會，李白在席間寫成此詩。將進酒，即請飲酒，就是勸酒歌。前人寫此題的作品都是短篇小詩，李白衍為大幅長句，並灌輸強烈的浪漫主義激情，使舊題樂府獲得新的生命，達到頂峰，使後人難以為繼。發端以狂飆突起之勢，用驚心動魄的兩個排比長句，唱出深沉的人生感慨。前一句以河水入海的壯偉景象比喻光陰一去不回，後一句用極度的誇張描寫人生短暫。氣勢豪縱，相互襯托，奠定了全詩豪放的主旋律。既然人生短促，就自然地落到主題：何不及時行樂？這裡的「人生得意」，並非世俗所指的富貴榮華，而是指適性快意。也就是「莫使金樽空對月」的歡情。但詩人並非真的願意遁入醉鄉、遊戲人生，只是想擺脫現實中的痛苦而不得已為之，內心深處仍嚮往著功名和理想，所以第二段就高唱「天生我材必有用，千金散盡還復來」表達樂觀信念，肯定自我價值，這與同一時期的〈梁甫吟〉等詩一樣，對前途充滿信心。於是詩人沉浸到酣暢淋漓的縱情宴飲中，詩至此變為三言句，短促的音節，畢肖聲口；吟詩放歌，畫出酒酣耳熱的自我形象。接著詩意又起波瀾，轉為激憤，蔑視豪門貴族的豪華生活為「不足貴」，自己只願長醉，表達出詩人對黑暗現實的不滿情緒。自古志士仁人難酬壯志，空耗壯心；只有狂歌醉酒的高士留下不朽名聲。這裡隱含著詩人心頭的痛苦和憤怒。第三段借古人曹植歡宴平樂之事，抒發自己的豪情，於是酒興詩情都進入高潮，竟放言無忌，反客為主。「主人何為言少錢」，既與前「千金散盡還復來」相呼應，又引出後面的不惜將名馬貴裘換取美酒，只求銷卻無窮的愁緒。這最後點出的詩旨，既深沉而有氣勢，又流暢而耐人尋味。

全詩以明快的節奏、參差的句式、跳躍的韻律，抒發洶湧奔騰的悲憤感情，表面看豪放痛快，實際上苦悶無奈，深沉的悲痛寓於豪語之中，乃此詩主要特徵。

行行且遊獵篇❶

邊城兒，生年❷不讀一字書，但知遊獵誇輕趫❸。胡馬秋肥宜白草❹，騎來躡影何矜驕❺。金鞭拂雪揮鳴鞘❻，半酣呼鷹出遠郊。弓彎滿月❼不虛發，雙鶬迸落連飛髇❽。

海邊觀者皆辟易❾，猛氣英風振沙磧❿。儒生不及遊俠人，白首垂帷⓫復何益？

【注　釋】❶行行且遊獵篇　此詩敦煌《唐人選唐詩》作〈行行遊獵篇〉。樂府舊題。《樂府詩集》卷六七列為〈雜曲歌辭〉，題作〈行行遊且獵篇〉。又有張華〈遊獵篇〉，引《樂府解題》曰：「梁劉孝威〈遊獵篇〉云……備言遊行射獵之事；亦謂之〈行行遊且獵篇〉。」蕭士贇注：「〈行行且遊獵篇〉即征戍十五曲中之〈校獵曲〉也。」胡震亨注：「始梁劉孝威，其辭詠天子遊獵事，此詠邊城兒遊獵，為不同。」❷生年　平生。❸但知句　知，一作「將」。輕趫，行動敏捷。❹胡馬句　謂胡地至秋天草熟而馬肥。梁簡文帝〈隴西行〉：「邊秋胡馬肥。」白草，《漢書・西域傳》：「鄯善國多白草。」顏師古注：「白草似莠而細，無芒，其乾熟時正白色，牛馬所嗜也。」❺騎來句　躡影，追蹤日影。《文選》卷三四曹植〈七啟〉：「忽躡景而輕騖。」李善注：「景，日景（影）也。躡之言疾也。」何矜驕，多麼自大驕傲。宋本在三字下夾注：「一作：可憐驕」。非。❻金鞭句　金鞭，馬鞭的美稱。鞘，通「梢」。鞭梢。❼弓彎滿月　蕭士贇注：「滿月者，彎弓圓滿之狀。」宋本在「弓彎」二字下夾注：「一作：彎弧」。❽雙鶬句　鶬，鶬鴰，鳥名。即白頂鶴。迸，通「並」。髇，響箭。宋本原作「髆」，據蕭本、郭本、胡本、咸本、王本改。《列子・湯問》：「蒲且子之弋也，弱弓纖繳，乘風振之，連雙鶬於青雲之際。」❾海邊句　海，指瀚海、沙漠。辟易，驚退。❿沙磧　沙漠。⓫白首垂帷　用董仲舒故事。《漢書・董仲舒傳》：少事《春秋》，「下帷講誦，弟子傳以久次相授業，或莫見其面。蓋三年不窺園，其精如此。」垂，蕭本、郭本、咸本、王本皆作「下」。

【語　譯】邊城的少年，平生不讀書不識字，只知遊獵爭誇行動敏捷。胡地秋天正是草白馬肥之時，騎馬疾馳追蹤日影何等自大驕橫。揮鞭揚雪發出響亮的聲音，他們半醉乘興呼著蒼鷹到遠郊去打獵。彎弓如滿月從不虛發一箭，飛箭響處就有雙鳥連穿從天空落了下來。

在沙漠周圍觀看的人都驚退躲避，少年們的豪氣威風震動大沙漠。看來書生不及遊俠少年，那一輩子垂帷讀書又有什麼益處？

【研　析】此詩可能是天寶十一載（西元七五二年）李白北上幽燕看到邊地少年遊獵情況有感而作。前段寫邊地少年不識一字，只知遊獵以敏捷自誇。每當秋草馬肥之時，揮鞭呼鷹出郊縱獵，彎弓滿月，射而必中，而且往往一箭射落二鳥，說明這些邊地少年射藝極精。後段寫遊俠少年的射藝威震沙漠，使旁觀者都驚退躲避；從而感嘆書生不及遊俠人，白首窮經仍不免貧困潦倒。這顯然是對當時朝廷重武輕文的一種抗議。

飛龍引二首❶

其一

黃帝鑄鼎於荊山❷，鍊丹砂。丹砂成黃金❸，騎龍飛去太上家❹。雲愁海思令人嗟❺。宮中綵女❻顏如花，飄然揮手凌紫霞，從風縱體登鑾車❼。登鑾車，侍軒轅，遨遊❽青天中，其樂不可言。

【注釋】❶飛龍引　樂府舊題。《樂府詩集》卷六〇列於〈琴曲歌辭〉。蕭士贇注：「〈飛龍引〉者，古樂府魚龍六曲之一。此詞專言黃帝鼎湖丹成騎龍上昇之事。」王琦注：「太白二篇，皆借黃帝上昇事為言，乃遊仙詩也。」按：此題古辭無考。胡震亨《李詩通》注：「曹植有〈飛龍篇〉，言求仙者乘飛龍昇天，豈白祖此歟？」❷黃帝句　黃帝，古帝名。傳說為華夏各族的始祖。姓公孫，號軒轅氏。《易經・繫辭下》：「神農氏沒，黃帝、堯、舜氏作，通其變，使民不倦。」鑄鼎，《史記・封禪書》記載，黃帝采首山銅，鑄鼎於荊山下。鼎既成，有龍垂胡髯下迎黃帝，黃帝上騎，群臣後宮從上者七十餘人，龍乃上去。荊山，山名。在今河南靈寶閿鄉南。❸丹砂句　古代道教徒用朱砂化汞煉丹，認為可以成為黃金，食之可以長生不死。《史記・封禪書》：「李少君言上曰：『祠灶則致物，致物而丹砂可化為黃金，黃金成以為飲食器，則益壽，益壽而海中蓬萊仙者乃可見，見之以封禪則不死，黃帝是也。』」❹太上家　道教亦稱道德天尊所居的最高仙境。《漢武帝內傳》：「上元夫人歌步玄之曲，曰：『負笈造天關，借問太上家。』」太上，即太清，天庭。《楚辭・遠遊》：「載赤霄而凌太清。」王逸

注：「上淩太清，遊天庭也。」❺雲愁句　雲愁海思，形容愁思飄渺浩大。顧炎武《日知錄》卷二七：「李太白〈飛龍引〉：『雲愁海思令人嗟』，是用梁豫章王綜〈聽雞鳴〉辭：『雲悲海思徒掩抑』。」令人嗟，宋本作「今人嗟」，據蕭本、郭本、咸本、王本改。❻宮中綵女　指後宮美麗的宮女。❼從風句　謂宮女們也隨風縱身攀登上黃帝的鑾車。宋本在「鑾」字下夾注：「一作：鸞」。❽遨遊　暢遊。

【語譯】古來傳說黃帝在荊山鑄造了鼎，然後煉丹砂。丹砂化成了黃金，黃帝服用後就騎龍飛上天庭。黃帝成仙上天的故事使人們的愁思縈繞雲海而感嘆。後宮美麗的宮女容顏像花一般，她們也飄然飛上高空而向人們揮手告別，隨風縱身攀登上黃帝的鑾車。她們登上鑾車，侍奉軒轅黃帝，在天空中暢遊，那種快樂真是妙不可言。

【研析】此詩作年不詳。首言黃帝鑄鼎煉丹砂，丹砂成黃金變為不死之藥，黃帝服用而成仙，騎龍上天，人們仰望而不可及，但見雲愁海思而感嘆。然後言黃帝後宮之女美麗如花，隨黃帝飄然攀登鑾車，揮手向人們告別。她們侍奉黃帝，在青天暢遊的快樂妙不可言！全詩主題就是借黃帝上天之事表達遊仙之樂。

其二

鼎湖流水清且閑❶，軒轅去時有弓劍❷，古人傳道留其間❸。後宮嬋娟❹多花顏，乘鸞飛煙亦不還❺，騎龍攀天造天關❻。造天關，聞天語，屯雲河車載玉女❼。載玉女，過紫皇❽，紫皇乃賜白兔所擣之藥方❾。後天而老凋三光❿，下視瑤池見王母⓫，蛾眉蕭颯如秋霜⓬。

【注釋】❶鼎湖句　鼎湖，湖名。古代傳說黃帝乘龍昇天之處。《通典》卷一七七：「弘農郡湖城，故曰胡，漢武更為湖縣。有荊山，出美玉。黃帝鑄鼎於荊山，其下曰鼎湖，即此也。」流水，敦煌《唐人選唐詩》無「流」字。閑，靜貌。❷弓劍　《史記・封禪書》稱黃帝上天時「墮黃帝之弓。百姓仰望黃帝既上天，乃抱其弓與胡髯號」。《水經注》卷三〈河水〉：「帝崩，惟弓劍存焉，故世稱黃帝仙矣。」❸古人句　古人，指黃帝。傳道，指黃帝煉丹砂成黃金，傳仙道。留其間，謂至今仍傳其事。《拾遺記》卷一「軒轅黃帝」：「薰風至，真人集，乃厭世於昆臺之上，留其冠、劍、佩、舄焉。昆臺者，鼎湖之極峻處也，立館於其下。帝乘雲龍西遊殊鄉絕域，至今望西而祭焉。」❹嬋娟　美好貌。此處則指美女。❺乘鸞句　乘著鑾車像飛走的煙一樣也不回來了。鸞，鸞車。同「鑾車」。❻造天關　到達天門。造，抵達。❼屯雲句　屯雲河車，王琦注：「言車之多若屯雲也。」按：蕭本、郭本、咸本、《文苑英華》、《全唐詩》皆作「長雲河車」。疑非。又按：敦煌《唐人選唐詩》作「屯雲車」，無「河」字。竊以為敦煌寫本是，「河」字當為衍文。此句當作「屯雲車，載玉女」，則「屯」當為動詞，停駐；「雲車」則謂神仙所乘之車也。玉女，美女。王琦注：「仙傳多稱侍女為玉女，亦是此義，謂其美如玉也。」❽紫皇　道教稱最高天神之一。《太平御覽》卷六五九引《祕要經》：「太清九宮皆有僚屬，其最高者稱太皇、紫皇、玉皇。」❾白兔所擣之藥方　《宋書・樂志三》引古樂府〈董桃行〉：「白兔長跪擣藥蝦蟆丸，奉上殿下一玉柈，服此藥可得即仙。」傅玄〈擬天問〉：「月中何有？白兔擣藥。」❿後天句　後天而老，在天老以後才老，即長生不老。《拾遺記》卷一「炎帝神農」：「服之得道，後天而老。」凋三光，蕭士贇注：「凋三光者，言三光有時凋落，而此之真身則長存也。」按：三光，指日、月、星。《白虎通義・封公侯》：「天有三光，日、月、星。」⓫下視句　瑤池，傳說中崑崙山上的池名，西王母所居的地方。王母，即指西王母。《穆天子傳》卷三：「天子觴西王母於瑤池之上，西王母為天子謠。」⓬蛾眉句　王琦注：「所謂『蛾眉蕭颯如秋霜』者，即白首之意，嫌王母已有衰老之容，以反明軒轅之後天而老也。」

【語　譯】鼎湖的水清澈而安靜，黃帝成仙上天去的時候留有弓劍等遺物，黃帝煉丹成金服食成仙之道至今仍傳其事。後宮美女多有花一樣的容貌，她們也乘著鑾車像飛走的煙一樣一去不回來，隨著黃帝騎龍到了天門。到了天門，聽天上人的話，停下雲車，載上美女。載著美女，拜見紫皇，紫皇即將月宮中白兔所擣之藥方賞賜給黃帝。黃帝服食後就壽越日、月、星比天還要晚老，往下看瑤池的西王母，她已經眉毛蕭條髮白如秋霜。

【研　析】此詩與上首意思略同。前半仍詠黃帝成仙上天留下弓劍，後宮美女也隨著上天之事。後半則謂黃帝上天後，得到紫皇所賜月宮中白兔所擣之藥方，服食後就壽越日、月、星比天還要後老；還用西王母的蒼老來反襯黃帝永遠年輕，長生不老。全詩稱頌神仙不死，嚮往神仙生活。當作於遊仙思想正濃的青壯年時期。前人謂作於唐明皇死後，不可信。唐明皇死於寶應元年，李白亦於是年十一月在當塗去世，不可能遠離京師且在病中寫明皇之死。

天馬歌❶

天馬來出月支窟❷，背為虎文龍翼骨❸。嘶青雲❹，振綠髮❺，蘭筋權奇走滅沒❻。騰崑崙，歷西極❼，四足無一蹶❽。雞鳴刷燕晡秣越❾，神行電邁躡恍惚❿。天馬呼，飛龍⓫趨。目明長庚臆雙鳧⓬，尾如流星首渴烏⓭，口噴紅光汗溝朱⓮。曾陪時龍躍天衢，羈金絡月照皇都⓯。逸氣稜稜凌九區，白璧如山誰敢沽⓰？回頭笑紫燕⓱，但覺爾輩愚。

天馬奔，戀君軒⓲，駷躍驚矯浮雲翻⓳。萬里足躑躅，遙瞻閶闔門⓴。不逢寒風子㉑，誰採逸景㉒孫？

白雲在青天，丘陵遠㉓。崔嵬鹽車上峻坂㉔，倒行逆施畏日晚㉕。伯樂剪拂㉖中道遺，少盡其力老棄之。願逢田子方㉗，惻然為我悲㉘。雖有玉山禾㉙，不能療苦飢㉚。嚴霜五月凋桂枝㉛，伏櫪㉜銜冤摧兩眉。請君贖獻穆天子，猶堪弄影舞瑤池㉝。

【注釋】❶天馬歌　樂府舊題。《樂府詩集》卷一列於〈郊廟歌辭〉。引《漢書・武帝紀》：「元鼎四年秋，馬生渥洼水中，作〈寶鼎〉、〈天馬之歌〉。」蕭士贇注：「〈天馬歌〉者，古樂府車馬六曲之一。漢郊祀樂歌亦有〈天馬之歌〉，乃元狩三年馬生渥洼水中作。及太初四年，誅宛王獲宛馬作。太白此辭，其製恐不出此。」❷天馬句　《史記・大宛列傳》：「初，天子發書易，云『神馬當從西北來』。得烏孫馬，好，名曰『天馬』。及得大宛汗血馬，益壯，更名烏孫馬曰『西極』，名大宛馬曰『天馬』云。」月氏，古族名。秦漢之際，遊牧於敦煌、祁連間，漢文帝時為匈奴所敗，大部分西遷至今新疆伊犁河流域及以西地區，稱大月氏，少數人在祁連山與羌人雜居，稱小月氏。此處月氏當乃泛指西域大宛國（在今中亞費爾干納盆地，治所在今烏茲別克的卡散賽，一說在今塔吉克的苦盞）等地。❸背為句　背脊的毛色如虎紋而骨架如龍翼。《漢書・禮樂志》引〈天馬歌〉：「虎脊兩，化若鬼。」顏師古注引應劭曰：「馬毛色如虎脊者有兩也。」❹嘶青雲　嘶，馬叫聲。青雲，形容嘶聲響徹雲霄。❺綠髮　指馬鬃。《文選》卷一四顏延年〈赭白馬賦〉：「垂梢植髮。」李善注：「髮，額上毛也。」❻蘭筋句　蘭筋，馬額上的筋。《文選》卷四一陳琳〈為曹洪與魏文帝書〉：「整蘭筋。」李善注：「《相馬經》云：一筋從玄中出，謂之蘭筋。玄中者，目上陷如井字。蘭筋堅者千里。」權奇，奇譎非常。《漢書・禮樂志》引〈天馬歌〉：「志俶儻，精權奇。」王先謙補注：「權奇者，奇譎非常之意。」《文選》卷一四顏延年〈赭白馬賦〉：「精權奇兮。」張銑注：「權奇，善行貌。」走滅沒，疾走如飛，如無如失。《列子》卷八〈說符〉：「伯樂曰：良馬可形容筋骨相也。天下之馬者，若滅若沒，若亡若失，若此者，皆絕塵弭轍。」❼西極　西方極遠之地。古樂府〈天馬歌〉：「天馬徠，從西極。」❽無一蹶　沒有一次失蹄。蹶，顛仆。❾雞鳴句　形容天馬行走極快。清晨尚在燕地刷洗鬃毛，傍晚已到越地吃草。雞鳴，丑時，凌晨兩點鐘。晡，申時，傍晚四點鐘。秣，草料。❿神行句　形容馬行之速如神行如電閃，恍惚之間無影無蹤。躡，超越。⓫飛龍　指駿馬。《文選》卷一四顏延年〈赭白馬賦序〉：「馬以龍名。」李善注：「《周禮》曰：凡馬，八尺以上稱龍。」宋本在「龍」字下夾注：「一作：黃」。⓬目明句　長庚，太白星。臆，胸。鳧，野鴨。⓭尾如句　王琦注：「《埤雅》：舊說相馬，擎頭如鷹，垂尾如彗。此言馬尾流轉有似奔星，馬首昂矯，狀類渴烏，即如彗如鷹之意。」按：流星，指彗星。渴烏，古代漏刻器中之部件，銅為之，其狀如曲頸之烏。《初學記》卷二五引李蘭《漏刻法》：「以銅為渴烏，以引器中水，於銀龍口中吐之。」⓮口噴句　口噴紅光，口中噴出之氣有紅色如火。《齊民要術》卷六：「相馬，……口中色欲得紅白如火為善材，多氣，良且壽。」汗溝朱，汗從前肩髆出，如血之紅色。溝，指馬的前肩髆。《漢書・西域傳》：「大宛國多善馬，馬汗血，言其先天馬子也。」顏師古注引應劭曰：「大宛有天馬種，……汗血。……汗血者，謂汗從前肩髆出，如血。」⓯曾陪二句　喻指自己供奉翰林時事。時龍，比喻唐明皇。躍，馳騁騰躍。蕭本、郭本、咸本作「躡」。天衢，京都大道，代指京都。羈金絡月，謂用黃金及圓月狀飾物羈絡馬頭。古樂府〈陌上桑〉：「黃金絡馬頭。」皇，宋本作「星」，夾注：「一作：皇」。蕭本、郭本、胡本、王本、咸本皆作「皇」。⓰逸氣二句　稜稜，威嚴貌。《世說新語・容止》：「孫興公（綽）見林公（支遁），稜稜露其爽。」九區，猶九州。白璧如山，形容白璧之多。沽，買。⓱紫燕　駿馬名。《文選》卷三〇沈約〈三月三日率爾成篇〉：「紫燕光陸離。」呂延濟注：「紫燕，良馬也。」⓲君軒　皇帝之車。⓳騋躍句　謂馬被掣銜而昂首騰躍奔跑如浮雲翻滾。騋，掣動馬銜令馬行走。《公羊傳》定公八年：「臨南騋馬。」何休注：「捶馬銜走。」陳立義疏謂「捶」亦作「搖」。矯，通「撟」。昂舉。⓴萬里二句　躑躅，徘徊不進貌。閶闔門，天門。《漢書・禮樂志》引古樂府〈天馬歌〉：「天馬徠，龍之媒；遊閶闔，觀玉臺。」顏師古注引應劭曰：「閶闔，天門也。」後常用以指帝都宮廷之門。㉑寒風子　古代善相馬者。《呂氏春秋・恃君覽・觀表》：「古之善相馬者，寒風是相口齒，麻朝相頰，子女厲相目，衛忌相髭，……凡此十人者，皆天下之良工也。」㉒逸景　良馬名。㉓白雲二句　用《穆天子傳》卷三西王母為天子謠：「白雲在天，山陵自出。道里悠遠，山川間之。」㉔崔嵬句　崔嵬，高峻貌。謂鹽車裝載貨物之高。峻坂，高坡。《戰國策・楚策四》：「夫驥之齒至矣，服鹽車而上太行。……中阪遷移，負轅不能上。伯樂遭之，下車攀而哭之，解紵衣以冪之。」㉕倒行句　謂天馬遭遇違反正常生活而苦衰老死。《史記・伍子胥列傳》：「吾日暮途窮遠，吾故倒行而逆施之。」㉖伯樂剪拂　伯樂，古代善相馬者。《莊子・馬蹄》：「及至伯樂曰：我善治馬。」陸德明《音義》：「伯樂，姓孫，名陽，善馭馬。《石氏星經》曰：『伯樂，天星名，主典天馬。孫陽善馭，故以為名。』」剪拂，謂修剪毛鬣，洗拭塵垢。㉗田子方　名無擇，戰國時魏人，魏文侯曾師事之。《韓詩外傳》卷八：「田子方出，見老馬於道，喟然有志焉，以問於御者曰：『此何馬也？』曰：『故公家畜也，罷而不能用，故出放也。』田子方曰：『少盡其力而老棄其身，仁者不為也。』束帛而贖之。窮士聞之，知所歸心焉。」㉘悲　宋本作「思」，於本字下夾注：「一作：悲」。按：蕭本、郭本、王本、《全唐詩》皆作「悲」。是。㉙玉山禾　崑崙山上之木禾。《文選》卷三五張協〈七命〉：「瓊山之禾。」李善注：「瓊山禾，即崑崙之山木禾。《山海經》曰：『崑崙之上有木禾，長五尋，大五圍。』」鮑照〈空城雀〉：「誠不如青鳥，遠食玉山禾。」㉚苦飢　宋本在「苦」字下夾注：「一作：我」。飢，宋本原作「肌」，據蕭本、郭本、咸本、王本改。

㉛嚴霜句　暗用鄒衍典故。參見卷一〈古風〉其三十七〈燕臣昔慟哭〉注❶。㉜伏櫪　謂關在欄中飼養。櫪，馬槽。亦作「伏歷」。《漢書・李尋傳》：「馬不伏歷，不可以趨道；士不素養，不可以重國。」顏師古注：「伏歷，謂伏槽歷而秣之也。」曹操〈步出夏門行〉：「老驥伏櫪，志在千里；烈士暮年，壯心不已。」㉝請君二句　穆天子，即周穆王。瑤池，西王母居住之處。《列子・周穆王》：「命八駕八駿之乘，……遂賓於西王母，觴於瑤池之上。」

【語　譯】天馬出自遙遠的月支窟之地，牠脊背的毛色如虎紋般美麗而骨如龍翼般張開。嘶鳴響徹青雲，振動鬃毛如綠髮明亮，額筋奇特而奔走絕塵。牠曾騰躍崑崙山，奔越西方極遠之地，四蹄生風，從未有過一次失足。雞鳴時分尚在北方燕地洗刷鬃毛，傍晚晡時已到南方越地吃草休息了，牠的神行之速真像閃電一般倏忽之間就越過了。

天馬呼嘯，像飛龍那樣疾走。眼睛明亮如太白金星而胸膛如一對野鴨，尾如彗星而頭像漏刻器中曲頸之烏，口噴紅氣如火光而肩膀邊流著紅汗。這匹天馬曾陪著當時的天子騰躍在京都的大街上，羈絡馬頭用黃金及圓月狀飾物光照皇城。豪逸之氣威風凜凜地超越九州，即使有堆積如山的白璧又有誰能買到牠？回頭再看所謂紫燕之類的名馬真是可笑，只覺得牠們非常愚蠢。

天馬奔騰，始終依戀著當年天子的車駕，被掣銜而昂首騰躍奔跑仍如浮雲翻滾。但馳騁萬里後便徘徊不進了，遠遠地瞻仰著帝都宮廷之門。遇不到識馬如寒風子那樣的人，誰還會採納逸景這樣的名馬子孫？

從前周穆王乘八駿之馬會王母於瑤池，如今徒然聞西王母所唱的白雲在天，而丘陵遙遠。天馬駕著高高裝滿貨物之鹽車上高坡，遭遇倒行逆施的生活而害怕日暮途窮。只有遇到伯樂才能得到照顧而在半途上停留，年輕時竭盡全力到老年時卻被拋棄。希望能遇到田子方那樣的仁人，只有他能動惻隱之心為老馬悲傷。雖然崑崙山上有木禾，但不能療救天馬的苦飢。五月的嚴霜摧凋了桂枝，天馬無草可食只得伏槽含冤低下兩眉。敬請君子能把天馬贖出獻給穆天子，尚可在瑤池邊作一匹弄影的舞馬。

【研　析】此詩顯然以天馬自況。第一段敘天馬之神奇，切合身世。產於月氏，脊背骨架異相，鳴響鬃亮，額筋奇特而奔走絕塵，著重描寫其神行之速，顯示才能出眾。第二段寫天馬之駿，並暗寫自己供奉翰林時情景。呼趨如飛龍，目如金星，胸如雙鳧，尾如彗星，首如漏刻器中曲頸之烏。口噴紅光，肩膀汗朱。「曾陪時龍躍天衢，羈金絡月照皇都。逸氣稜稜凌九區，白璧如山誰敢沽？回頭笑紫燕，但覺爾輩愚。」當時的得意情態躍然紙上。第三段寫天馬始終依戀著當年天子的車駕，希望繼續昂首騰躍奔跑如浮雲翻滾。但在馳騁萬里後便徘徊不進，只能遠遠地瞻仰著帝都宮門。遇不到識馬的寒風子，無人接納逸景這樣的名馬。第四段寫天馬之際遇：「伯樂剪拂中道遺，少盡其力老棄之。」當指當年曾效力朝廷，後來卻被讒害出宮。「嚴霜五月凋桂枝，伏櫪銜冤摧兩眉。」顯然指因入永王幕而蒙冤入獄及長流夜郎。「請君贖獻穆天子，猶堪弄影舞瑤池。」明為求人汲引，能再為天子效力。由此可見，此詩當是晚年所作。

行路難三首　第三首一作〈古興〉❶

其一

金樽清酒斗十千❷，玉盤珍羞直萬錢❸。停盃投筯不能食，拔劍四顧心茫然❹。
欲渡黃河冰塞川，將登太行雪滿山❺。閑來垂釣坐溪上，忽復乘舟夢日邊❻。行
路難，行路難！多岐路，今安在❼？長風破浪會有時❽，直挂雲帆濟滄海❾。

【注釋】❶行路難題　行路難，樂府舊題。《樂府詩集》卷七〇列於〈雜曲歌辭〉，並引《樂府解題》云：「〈行路難〉，備言世路艱難及離別悲傷之意，多以『君不見』為首。」今存最早的是鮑照的〈行路難〉十八首。此外，在李白之前還有齊僧寶月、梁吳均、費昶、王筠，唐盧照鄰、張紘、賀蘭進明、崔顥等人的同題之作。詩人這三首詩非同時所作。❷金樽句　金

樽，精美華貴的酒杯。樽，酒杯。宋本原作「罇」，據蕭本、郭本、咸本、王本改。清酒，一作「美酒」。斗十千，萬錢。形容酒美價貴。斗，古代盛酒容器，亦用作賣酒的計量單位。❸玉盤句　珍羞，珍貴的菜肴。羞，「饈」的本字。直，通「值」。價值。❹停盃二句　鮑照〈擬行路難〉：「對案不能食，拔劍擊柱長歎息。」筯，同「箸」。筷子。顧，顧望。❺欲渡二句　鮑照〈舞鶴賦〉：「冰塞長河，雪滿群山。」太行，山名。綿延山西與河北平原。雪，一作「雲」。滿山，宋本作「暗天」，夾注：「一作：滿山」。蕭本、郭本、胡本、王本皆作「滿山」。據改。❻閑來二句　傳說呂尚未遇周文王前，曾在磻溪（在今陝西寶雞東南）垂釣。伊尹未得商湯聘請之前，曾夢見自己乘船經過日月旁邊。《宋書・符瑞志上》：「伊摯將應湯命，夢乘船過日月之傍。」二句意謂人生遇合多出於偶然。坐溪上，蕭本、郭本、王本、《全唐詩》皆作「碧溪上」。宋本在「坐」字下夾注：「一作：碧」。忽復，一作「忽然」。夢日邊，《河嶽英靈集》作「落日邊」。❼今安在　一作「路安在」，又作「道安在」。一無「今」字。❽長風句　此句謂施展抱負當有時機。《宋書・宗慤傳》：「慤年少時，（叔父）炳問其志，慤曰：『願乘長風，破萬里浪。』」會，當。浪，一作「波」。❾直挂句　直，就；當即。雲帆，高帆。濟，渡。滄海，大海。

【語　譯】金樽中的美酒每斗價值十千，玉盤中的美味佳餚價值萬錢。但我停下酒杯丟掉筷子不想吃，拔出寶劍回顧四方心中覺得茫然。我想渡過黃河去，卻偏遇冰凍封川；我想登上太行山，卻又遇大雪滿山。悠閒地坐在碧溪邊垂釣，忽然又夢見自己乘船到了太陽邊。行路難，行路真難啊！交叉可走的道路很多，現在我要走的路在什麼地方呢？但我相信總有時機會乘長風破萬里浪，直接張挂雲帆去渡大海的。

【研　析】此詩當是開元年間初入長安之作。首二句極言筵席的豐盛：「金樽」、「玉盤」，器皿貴重；「清酒」、「珍羞」，酒餚佳美；「斗十千」、「直萬錢」，價格高昂。面對如此美好的飲食，按理應暢飲狂歡。可是接著二句卻陡轉出特寫鏡頭：端起的酒杯停放下來，拿起的筷子丟開去，拔劍四顧，心緒茫然。「停」、「投」、「拔」、「顧」四個動作，形象而深刻地寫出了詩人內心的痛苦和憤懣。開元十八年（西元七三〇年），詩人抱著「何王公大人之門不可以彈長劍乎」的自信來到長安，結果是「冷落金張館，苦雨終南山」。從此深知世道艱險，功業難求，詩中的「冰塞黃河」、「雪滿太行」正是這種遭遇的形象比喻。但詩人並不因此而消沉，忽然想起當年呂尚年過八十還垂釣渭濱，伊尹未得商湯任用前曾夢舟過日，相信自己也總會像他們那樣有一天時來運轉。但這幻想的自慰，只能喚起對現實的更加憤懣，詩人悲號行路難，可走的道路很多，但自己要走的路何在？詩從七言轉為連續四句三言，高亢激越，節奏急促，充分表現出詩人的激憤之情。但結句卻又使詩境豁然開朗，詩人仍相信將來會有一天像宗慤所說的那樣乘長風破萬里浪，挂起雲帆，橫渡大海，實現自己的抱負。這與同期作品如〈梁園吟〉、〈梁甫吟〉等結尾思想相同。因為第一次入長安，雖未找到出路，但對前程仍充滿幻想。

全詩波瀾起伏，感情激盪多變，使這首短篇樂府詩具有長篇歌行反復迴旋的氣勢和格局。

其二

大道如青天，我獨不得出❶。羞逐長安社中兒，赤雞白狗賭梨栗❷。彈劍作歌❸奏苦聲，曳裾王門不稱情❹。淮陰市井笑韓信❺，漢朝公卿忌賈生❻。君不見昔時燕家重郭隗，擁篲折節無嫌猜。劇辛樂毅感恩分，輸肝剖膽效英才❼。昭王白骨縈蔓草，誰人更掃黃金臺❽！行路難，歸去來！

【注釋】❶大道二句　謂仕宦的大路像青天一樣寬廣，可唯獨我卻找不到出路。大，宋本原作「天」，據蕭本、郭本、咸本、繆本、王本改。❷羞逐二句　二句謂自己羞於追隨長安里巷中的市井小人，去幹鬥雞走狗、以梨栗作賭品的遊戲。社中兒，市井少年。社，古代基層單位，二十五家為一社，此泛指里巷。赤雞白狗，指當時鬥雞走狗的博戲。梨栗，賭勝負的物品。社，一作「吐」，非。宋本「狗」字下夾注：「一作：雉」。❸彈劍作歌　用戰國時馮驩在孟嘗君門下為食客事，《史記・孟嘗君列傳》記載，戰國時齊國孟嘗君門客馮驩曾多次彈劍而歌，感嘆生活不如意：「長鋏歸來乎，食無魚。」「長鋏歸來乎，出無車。」「長鋏歸來乎，無以為家。」後因以彈劍作歌比喻生活困窘，求助於人。❹曳裾句　鄒陽〈上吳王書〉：「飾固陋之心，則何王之門不可曳長裾乎？」後以「曳裾王門」喻在王公貴族門下作食客。曳裾，牽起衣服的前襟。不稱情，不稱心；

不如意。❺淮陰句　《史記・淮陰侯列傳》記載，淮陰侯韓信少時，被屠中少年欺侮。韓信不願與他爭吵，就伏下身體從他的胯下爬行過去。眾人都以為他怯懦。淮陰，今江蘇淮安。市井，古代群聚買賣之地；小城鎮。《史記・聶政列傳》：「政乃市井之人。」張守節《正義》：「古者相聚汲水，有物便賣，因成市，故云市井。」❻漢朝句　賈生，指賈誼。賈誼年少為公卿，當時一些元老大臣都妒忌而讒害他，於是漢文帝疏遠他，讓他去當長沙王太傅。見《史記・屈原賈生列傳》。❼君不見四句　燕昭王拜郭隗為師以招賢，見卷一〈古風〉其十四〈燕昭延郭隗〉注❶。此四句即用其意。擁篲，古人迎候尊貴的人，常拿著掃帚在前掃地領路，以示敬意。《史記・孟子荀卿列傳》：「(騶衍)如燕，昭王擁彗先驅，請列弟子之座而受業。」司馬貞《索隱》：「謂為之掃地，以衣袂擁帚而卻行，恐塵埃之及長者，所以為敬也。」篲，掃帚。折節，屈己下人。一作「折腰」。嫌猜，猜疑；疑忌。劇辛，趙人，入燕為謀士。樂毅，魏人，使於燕，燕王待以禮，遂委質為臣。昭王以為上將軍，伐齊，下七十餘城。《史記》有傳。輸肝剖膽，獻出肝膽，喻竭誠盡力。效英才，以英才相報效。宋本在「英」字下夾注：「一作：後」。❽昭王二句　意謂燕昭王已死很久，如今無人能再像他那樣重用賢才。蔓草，蕭本、郭本、《全唐詩》作「爛草」。黃金臺，相傳為燕昭王所築，因曾置千金延請天下之士，故名。《文選》卷二八鮑照〈放歌行〉：「將起黃金臺。」李善注引《上谷郡圖經》：「黃金臺，易水東南十八里。」

【語　譯】仕宦的大路像青天一樣寬廣，可唯獨我卻找不到出路。我恥於追隨長安的市井少年，去幹鬥雞走狗、以梨栗作賭品的遊戲。在王公貴族門下彈劍作歌做食客，也不能稱我的心。韓信未發跡前曾被淮陰的市井小人所嘲弄，賈誼年少得志曾被漢朝的公卿所忌恨。您不見戰國時的燕昭王重用郭隗，給予清道屈節的禮遇而君臣間沒有疑忌。於是劇辛、樂毅等人也感受到燕昭王的恩德和情分，都獻出肝膽竭誠盡力以英才相報效。如今燕昭王的白骨早已被雜草所縈繞，還有誰會去打掃燕昭王招賢的黃金臺呢！行路艱難啊，回去吧！

【研　析】此詩亦當作於開元年間第一次入長安時期。當時他干謁權貴，渴望能入朝做一番事業，卻到處碰壁，找不到出路，於是寫下不少詩篇宣洩憤慨。此詩開頭二句陡起壁立，讓鬱積於內心的感受噴發出來。開元盛世，大道寬廣，許多人得到朝廷重用，飛黃騰達，只有自己窘困失路。這就是詩人內心的不平。接著六句每兩句一意。一是不願與長安浮浪青年為伍，做鬥雞走狗、遊戲賭博的勾當；二是奔走權貴之門干謁求援，卻遭到冷落飽受艱辛；三是詩人感到自己遭遇就像當年韓信受辱、賈誼遭忌一樣。不過詩人雖感到孤立無援，但字裡行間仍流露出鶴立雞群的傲氣。「君不見」以下六句，嚮往而深情地歌頌戰國時代燕昭王謙虛求賢、禮賢下士的態度和取得的功業，沉痛感嘆當今沒有這樣的賢君，流露出對唐玄宗的失望。以上十二句從正反兩個方面具體描寫「行路難」。最後兩句表示在上述情況下無可奈何，只有「歸去」！一聲浩嘆，留下多少悵惘！

此詩運用許多典故，以古襯今，將古今之情打成一片作對比，使人感慨萬千，悵恨不已。

其三❶

有耳莫洗潁川水❷，有口莫食首陽蕨❸。含光混世貴無名❹，何用孤高比雲月❺？吾觀自古賢達人，功成不退皆殞身。子胥既棄吳江上❻，屈原終投湘水濱❼。陸機雄才豈自保❽？李斯稅駕苦不早❾。華亭鶴唳詎可聞❿，上蔡蒼鷹何足道⓫！君不見吳中張翰稱達生，秋風忽憶江東行。且樂生前一杯酒，何須身後千載名⓬！

【注釋】❶其三　王琦注：「此首一作〈古興〉。」❷有耳句　此句反用許由洗耳事，見卷一〈古風〉其二十四注。❸有口句　此句反用伯夷、叔齊事。《史記・伯夷列傳》：「武王已平殷亂，天下宗周，而伯夷、叔齊恥之，義不食周粟，隱於首陽山，采薇而食之。」司馬貞《索隱》：「薇，蕨也。」首陽，山名。一說在河南偃師西北十五里；一說在山西永濟南；一說在甘肅隴西西南一百里。蕨，多年生草本植物，嫩葉可食，俗稱「蕨菜」。根含澱粉，可食用或藥用。❹含光句　含光混世，猶和光同塵，藏光而不露鋒芒，與世俗混和而不標新立異。貴無名，以無名為貴。❺雲月　一作「明月」。❻子胥句　子胥，伍子胥，春秋時吳國大臣，助吳敗楚、越稱霸，後受伯嚭所讒，吳王夫差不納其滅越之諫。《吳越春秋・夫差內傳》：「吳王聞子胥之怨恨也，乃使人賜屬鏤之劍，子胥……遂伏劍而死。吳王乃取子胥屍，盛以鴟夷（皮製口袋）之器，投之於江中。」❼屈原句　屈原，戰國時楚國大夫，主張聯齊抗秦，遭靳尚等人誣陷，被放逐，作〈離騷〉。頃襄王時再遭讒毀，謫於江南，後投汨羅江而死。湘水濱，指汨羅江，因其在湖南境內，接近湘江，為洞庭湖支流，故稱。❽陸機句　陸機，字士衡，西晉文學家。吳郡吳縣華亭（今上海市松江區）人。太康末，與弟雲同至洛陽，文才傾動一時。成都王司馬穎討長沙王司馬乂，任陸機為後將軍、河北大都督，兵敗被讒，為穎所殺。雄才，一作「英才」，又一作「多才」。❾李斯句　李斯，秦代政治家，上蔡（今河南上蔡西南）人。秦統一六國後，任丞相。秦始皇死後，追隨趙高，合謀偽造遺詔，迫令秦始皇長子扶蘇自殺，立少子胡亥為二世皇帝。後為趙高所忌，被殺。稅駕，停車，此指休息。《史記・李斯列傳》記載，有一次李斯自己說，「當今人臣之位，無居臣上者，可謂富貴極矣；物極則衰，吾未知所稅駕也。」司馬貞《索隱》：「稅駕，猶解駕，言休息也。李斯言己今日富貴已極，然未知向後吉凶止泊在何處也。」❿華亭句　《晉書・陸機傳》載陸機臨刑時，曾嘆曰：「華亭鶴唳，豈可復聞乎？」華亭，今上海市松江區。唳，鶴鳴。詎，豈。⓫上蔡句　敘李斯被殺時事。《史記・李斯列傳》：「二世二年七月，具斯五刑，論腰斬咸陽市。斯出獄，與其中子俱執，顧謂其中子曰：『吾欲與若復牽黃犬俱出上蔡東門逐狡兔，豈可得乎！』遂父子相哭而夷三族。」按：今本《史記》無「蒼鷹」字。王琦注引《太平御覽》引《史記》「出上蔡東門」上有「臂蒼鷹」三字。李白詩賦屢用此事。其〈擬恨賦〉：「及夫李斯受戮，神氣黯然。左右垂泣，精魂動天。執愛子以長別，歎黃犬之無緣。」與此同意。⓬君不見四句　張翰字季鷹，西晉吳人。《晉書・張翰傳》：「齊王冏辟為大司馬東曹掾，冏時執權……翰因見秋風起，乃思吳中菰菜、蓴羹、鱸魚膾，曰：『人生貴得適志，何能羈宦數千里以要名爵乎？』遂命駕而歸。……或謂之曰：『卿乃可縱適一時，獨不為身後名邪？』答曰：『使我有身後名，不如即時一盃酒。』時人貴其曠達。」不久齊王冏在政治鬥爭中失敗，張翰因早已離開，故未受株連。宋本「稱」字下夾注：「一作：真」。

【語　譯】不要學高士許由到潁川水中去洗耳，不要學以不食周粟為高潔的伯夷到首陽山採薇為食。真正的曠達之士是藏光混俗以無名為貴，何必孤傲而去與雲月比高？我看自古以來的賢達之人，功成名就以後還不退的都遭殺身之禍。伍子胥功成不退的結果是被投屍於吳江中，屈原最終是投汨羅江而死。陸機雄才又豈能保住自己的性命？李斯既知物極則衰卻苦於不能早日解駕休息而終被腰斬。陸機臨死時才嘆息「華亭鶴唳，豈可復聞乎」，李斯臨斬前才想到出上蔡東門臂蒼鷹、牽黃犬逐狡兔的日子不可得了！您看那晉朝吳中的張翰可以稱得上是真正的曠達之人，秋風起就突然憶起故鄉美食而辭官回江東家鄉。他所說的「使我有身後名，不如即時一盃酒」，才真正是聰明的思想啊！

【研　析】此詩作年不詳。詩的首四句否定被歷代人崇敬的許由洗耳和伯夷不食周粟餓死首陽山的行為，認為人生在世只須藏光混俗不要留什麼名，不必孤傲求什麼高潔而做出古怪行為去與雲月比高。接著提出一個結論：自古以來賢能的人，功成不退都不得善終。然後列舉伍子胥、屈原、陸機、李斯四人的遭遇來證明。最後四句認為只有像張翰那樣在當時混亂政治中借秋風思鄉為名辭官回家，才是真正的曠達之人，避免了殺身之禍。這是李白一生中經常表達的所謂功成身退的思想，所以難以編年。

長相思❶

長相思，在長安。絡緯秋啼金井欄❷，微霜淒淒簟色寒❸。孤燈不明❹思欲絕，
卷帷望月空長歎。美人如花隔雲端❺，上有青冥之高天❻，下有淥水❼之波瀾。天
長路遠魂飛苦，夢魂不到關山難❽。長相思，摧❾心肝！

【注　釋】❶長相思　樂府舊題。《樂府詩集》卷六九收此詩，列於〈雜曲歌辭〉。「長相思」本漢人詩中語。〈古詩十九首〉：「客從遠方來，遺我一書札。上言長相思，下言久別離。」六朝宋吳邁遠、梁蕭統、張率、陳後主、徐陵、蕭淳、陸瓊、王瑳、江總等均有此題，皆寫纏綿相思之情。李白此篇表面寫美人難見，承舊題之意，實乃寄寓追求理想不能實現之苦。❷絡緯句　絡緯，蟲名，即莎雞，俗稱紡織娘。金井欄，精美的井上欄杆。❸微霜句　淒淒，寒冷貌。簟，竹席。宋本在「微」字下夾注：「一作：凝」。色，敦煌《唐人選唐詩》作「上」。❹明　宋本在此字下夾注：「一作：寐，又作：眠」。❺美人句　此句用比興手法，謂詩人所追求的理想高在雲際。《古詩・蘭若生春陽》：「美人在雲端，天路隔無期。」宋本在「美人如花」四字下夾注：「一作：佳期迢迢」。❻上有句　青冥，青天。高天，蕭本、郭本、咸本、《全唐詩》皆作「長天」。❼淥水　清澈的水。❽夢魂句　謂與理想中人相隔遙遠，關山重重，夢魂難到。❾摧　傷心。

【語　譯】我那長期相思的人，住在長安。秋天晚上紡織娘在精美的井欄邊不斷地啼叫著，如霜月色照在竹席上而更感到淒涼清冷。孤燈暗淡不明而相思之情淒苦欲絕，捲起窗簾只能遙望明月而徒然長嘆。我那相思的美人如花一樣豔麗卻隔著雲頭，上面有青青而高遠的天空，下面有清澈而波瀾起伏的河流。天長路遠難以相見，使我的靈魂飛得好苦，可是夢魂也受到關山阻隔而飛不到他的身邊。長期的相思啊，使人傷心悲痛！

【研　析】此詩開頭就點明相思對象在長安，這就引導讀者聯想到與政治理想的關係。「絡緯」二句寫相思者住處的環境：深秋夜晚井欄邊蟲聲唧唧，如霜月色照在竹席上發出寒光。造成了淒清悲涼的氛圍。接著寫人物思想活動：在搖曳欲滅的孤燈前坐著一位思戀很久的人，痛苦欲絕，走到窗前，捲起窗帷，望著明月，更引起無限相思，徒然使人長長地嘆息。現實中思念美人不可見，於是就到夢魂中求索。可是這位美人在夢中也很難見到：上有高高的青天，下有曲折艱險的淥水波瀾，天長路遠，關山重阻，夢魂中也難以見到！這使相思者何等絕望和痛苦！所以末二句以極度傷心乃至心肝欲碎的悲嘆作結。

此詩深刻地寫出痛苦絕望的相思之情，表面看是一首情詩。但考慮到自屈原〈離騷〉以來，詩人們常用比興手法，將自己的政治理想比作美女，或把君王比作美人，此詩顯然繼承了這一傳統。以「長安」作為美人所在地，此美人顯然是指君王。以「青冥高天」、「淥水波瀾」、「天長路遠」、「關山不到」比喻君王難見；以「長相思」表示對理想的執著追求，以「摧心肝」形容追求理想失敗的深沉痛苦。正因此詩是詩人用血淚寫成，故千餘年來一直撼動人心。讀此詩，必然聯想到詩人的遭遇，絕不可看作是首單純的情詩。

上留田❶

行至上留田，孤墳何崢嶸！積此萬古恨，春草不復生。悲風四邊來，腸斷白楊聲❷。借問誰家地，埋沒蒿里塋❸。古老❹向余言，言是上留田。蓬科馬鬣今已平❺，昔之弟死兄不葬，他人於此舉銘旌❻。

一鳥死，百鳥鳴；一獸走，百獸驚❼。桓山之禽別離苦，欲去回翔不能征❽。

田氏倉卒骨肉分，青天白日摧紫荊❾。交讓之木本同形，東枝顦顇西枝榮❿。

無心之物尚如此，參商胡乃尋天兵⓫？孤竹、延陵，讓國揚名⓬，高風緬邈，頹波激清⓭。尺布之謠，塞耳不能聽⓮。

【注釋】❶上留田　郭本、王本、《全唐詩》皆作〈上留田行〉。樂府舊題。《樂府詩集》卷三八〈相和歌辭・瑟調曲〉收魏文帝〈上留田行〉，並收陸機、謝靈運、梁簡文帝、李白、貫休等人同題詩。引《古今樂錄》曰：「王僧虔《技錄》有〈上留田〉，今不歌。」又引崔豹《古今注》曰：「上留田，地名也。其地人有父母死，兄不字其孤弟者，鄰人為其弟作悲歌以諷其兄，故曰〈上留田〉。」《樂府廣題》曰：「蓋漢世人也。云『里中有啼兒，似類親父子。回車問啼兒，慷慨不可止。』」❷行至六句　敘墳之荒涼。〈古詩十九首〉：「出郭門直視，但見丘與墳。……白楊多悲風，蕭蕭愁殺人。」此即用其意。❸借問二句　張載〈七哀詩〉：「借問誰家墳？」蒿里，本山名，在泰山之南，為死人之葬地。《漢書・劉胥傳》：「蒿里召兮郭門閱。」顏師古注：「蒿里，死人里。」塋，墓地。❹古老　老年人。❺蓬科句　蓬科，通「蓬顆」。墳上長著蓬草的土塊。《漢書・賈山傳》：「使其後世曾不得蓬顆蔽冢而託葬矣。」顏師古注：「顆，謂土塊；蓬顆，言塊上生蓬者耳。」馬鬣，墳墓上封土的一種形狀。❻銘旌　即明旌。舊時豎在柩前以表識死者姓名的旗幡。❼一鳥四句　謂禽獸尚且有感情，何況是人。❽桓山二句　《孔子家語》卷五〈顏回篇〉：「孔子在衛，昧旦晨興，顏回侍側，聞哭者之聲甚哀。子曰：『回！汝知此何所哭乎？』對曰：『回以此哭聲非但為死者而已，又將有生別離者也。』子曰：『何以知之？』對曰：『回聞桓山之鳥生四子焉，羽翼既成，將分於四海，其母悲鳴而送之，哀聲有似於此，謂其往而不返也。回竊以音類知之。』孔子使人問哭者，果曰：『父死家貧，賣子以葬，與之長訣。』子曰：『回也，善於識音矣。』」詩即用此典。宋本在「桓」字下夾注：「一作：常」。❾田氏二句　倉卒，通「倉猝」。急遽。骨肉，喻兄弟。《續齊諧記》：「京兆田真兄弟三人共議分財，生貲皆平均，惟堂前一株紫荊樹，共議欲破三片。明日就截之，其樹即枯死，狀如火然。真往見之，大驚，謂諸弟曰：『樹木同株，聞將分斫，所以憔悴，是人不如木也。』因悲不自勝，不復解樹，樹應聲榮茂。兄弟相感，更合財寶，遂為孝門。」二句即用此典。❿交讓二句　交讓木，楠木別名。《述異記》卷上：「黃金山有楠樹，一年東邊榮，西邊枯；後年西邊榮，東邊枯；年年如此。張華云：交讓樹也。」《文選》卷四〈蜀都賦〉：「交讓所植，蹲鴟所伏。」劉淵林注：「兩樹對生，一樹枯則一樹生，如是歲更，終不俱生俱枯也。」二句用此事。⓫參商句　參、商，二星座名。參在東，商在西，此出彼沒，互不相見。此處比喻反目成仇的兄弟。《左傳》昭公元年：「子產曰：昔高辛氏有二子，伯曰閼伯，季曰實沈，居于曠林，不相能也。日尋干戈，以相征討。后帝不臧，遷閼伯于商丘，主辰，商人是因，故辰為商星。遷實沈于大夏，主參，唐人是因，以服事夏、商。」杜預注：「尋，用也。」此處用以喻肅宗與永王兄弟間用兵。高步瀛《唐宋詩舉要》：「此言兄弟相逼，非獨鳥獸之不若，並有愧無知之草木，意極沉痛。」胡乃，為何。⓬孤竹二句　孤竹，古國名。《史記・伯夷列傳》載伯夷、叔齊為孤竹君之二子，因父欲立弟叔齊，二人謙讓，均逃去。此以孤竹指伯夷、叔齊兄弟事。延陵，古邑名。春秋時吳季札之封邑。故址即今江蘇常州。《史記・吳太伯世家》記吳公子季札多次讓位事。季札封於延陵，故號曰延陵季子。此即以延陵指季札。伯夷、叔齊與季札，都是歷史上以讓國揚名者。⓭高風二句　謂伯夷、叔齊與季札的高尚品格流傳千古，使衰頹的風尚也能因此激揚清波。緬邈，遙遠貌。⓮尺布二句　據《史記・淮南衡山列傳》記載，淮南王劉長謀反，事被發覺，當斬，文帝赦其死，處蜀郡嚴道邛郵。劉長不食而死。「孝文十二年，民有作歌，歌淮南厲王曰：『一尺布，尚可縫；一斗粟，尚可舂。兄弟二人，不能相容。』」此處即藉以言肅宗與永王兄弟不能相容。《藝文類聚》人部十三引李陵〈贈蘇武〉詩：「遊子暮思歸，塞耳不能聽。」高步瀛《唐宋詩舉要》：「末舉兄弟讓國以愧兄弟不相容者。」

【語譯】走到上留田這個地方，看到一座孤墳多麼高大！大概因為累積了萬古的仇恨，此墳在春天都是寸草不生。悲風從四邊吹來，白楊發出蕭瑟聲催人腸斷。向人問訊這是誰家的墳地，竟然埋沒在死人里的墓地。一位老人告訴我，說這就是上留田。原來墳上長著蓬草的土塊和形狀如馬鬣的封土現在都已沒有了，從前有家弟死而兄不為他埋葬，是別人在此為他安葬並在墳前樹立明旌旗幡。

一隻鳥死了，百鳥都為之哀鳴；一頭獸走失了，百獸都為之擔驚受怕。桓山之鳥長大後母子分離時，飛翔徘徊不忍離去。

田氏兄弟匆忙分家時，紫荊樹因不願被分裂而在白日下突然枯死。交讓木一年東邊榮、西邊枯，後年西邊榮、東邊枯，終不俱生俱枯。無情之物尚且如此，兄弟之間為什麼要用干戈以相征討？從前孤竹君之二子伯夷、叔齊兄弟和吳國的延陵季子，都是因謙讓不肯當國君而揚名後世，他們的高尚節操久遠流傳，激濁揚清。而漢代流傳的所謂「一尺布，尚可縫；一斗粟，尚可舂。兄弟二人，不能相容」的民謠，實在是應該把耳朵塞起來不能聽的。

【研　析】 此詩蕭士贇注、胡震亨注及《唐宋詩醇》均謂諷肅宗不容其弟永王李璘。是。此詩當為至德二載（西元七五七年）永王兵敗被殺以後所作。第一段寫上留田孤墳荒毀引出弟死兄不葬，「他人於此舉銘旌」的故事，為下文兄弟不和而殘殺之事作鋪墊。第二段寫鳥獸在母子兄弟間尚知生離死別之苦，悲哀眷戀，徘徊而不忍去，以反襯作為萬物之靈的人，竟有不及鳥獸之相親者。第三段列舉多個故事，田氏兄弟分家而紫荊枯死，物有感應而使兄弟相和不分家；交讓之木東枯西榮，終不俱生俱枯，說明同根者要互相依靠；物尚如此，骨肉至親的兄弟，就沒有理由要兵戎相見，乃至殘殺。還用古代伯夷、叔齊和延陵季子以國相讓而流芳百世，而漢代「尺布」的民謠應當塞耳而不能聽。反復申說兄弟應當相親而不應殘殺。李白在此以兄指肅宗，以弟指永王，肅宗在至德二載二月下令討伐不聽命令擅自引兵東下的永王，最後永王兵敗被殺。李白因參加永王幕府，故也被捕入獄，又被長流夜郎。所以李白此詩完全站在永王的立場上，指責肅宗不應對其親弟永王用兵。

春日行❶

深宮高樓入紫清❷，金作蛟龍盤繡楹❸。佳人當窗弄白日❹，絃將手語彈鳴箏❺。春風吹落君王耳，此曲乃是〈昇天行〉❻。因出天池泛蓬瀛❼，樓船蹙沓波浪驚❽。三千雙蛾❾獻歌笑，撾鐘考鼓❿宮殿傾。萬姓⓫聚舞歌太平。我無為，人自寧⓬。

三十六帝⓭欲相迎，仙人飄颻下雲軿⓮。帝不去，留鎬京⓯。安能為軒轅，獨往入窅冥⓰？小臣拜獻南山壽⓱，陛下萬古垂鴻名⓲。

【注　釋】❶春日行　樂府舊題。《樂府詩集》卷六五列於〈雜曲歌辭〉。南朝宋鮑照有此題詩。蕭士贇注：「〈春日行〉者，時景二十五曲之一也。」胡震亨注：「鮑照〈春日行〉詠春遊，白則擬為君王遊樂之辭。」❷紫清　天帝所居之紫宮清都。此處指天空、雲霄。❸金作句　宮殿中大柱上都雕刻著用金製作的盤龍。宋本於「盤繡楹」三字下夾注：「一作：繡作楹」。❹佳人句　佳人，此處指宮女。何子郎〈和虞記室騫古意〉詩：「美人弄白日，灼灼當窗牖。」❺絃將句　絃將手語，王琦注：「謂絃與手相戛而成聲也。」即手彈樂器，樂器發聲為語。箏，一種撥絃樂器。❻昇天行　樂府舊題。《樂府詩集》卷六三列於〈雜曲歌辭〉，於曹植此題詩下引《樂府解題》曰：「〈升天行〉，曹植云：『日月何時留。』鮑照云：『家世宅關輔。』曹植又有〈上仙籙〉與〈神遊〉、〈五遊〉、〈龍欲升天〉等篇，皆傷人世不永，俗情險艱，當求神仙，翱翔六合之外。與〈飛龍〉、〈仙人〉、〈遠遊篇〉、〈前緩聲歌〉同意。」❼因出句　天池，指宮中御苑池沼。汎蓬瀛，在池中仿造的仙山周圍泛遊。汎，同「泛」。蓬瀛，傳說中的海中仙山蓬萊、瀛洲，此處指宮中御苑池沼中的小島上仿造的仙山。《史記・孝武本紀》：「其〈建章宮〉北治大池，漸臺高二十餘丈，名曰泰液池，中有蓬萊、方丈、瀛洲、壺梁，象海中神仙龜魚之屬。」❽樓船句　樓船，有樓的大船。蹙沓，密集擁擠貌。❾三千雙蛾　三千宮女。蛾，蛾眉。一女有雙眉，故稱雙蛾。❿撾鐘考鼓　擊鐘敲鼓。撾，擊打。考，通「敲」。亦為擊打。⓫萬姓　猶言百姓。極言人眾之多。⓬我無為二句　古代道家的哲學思想，主張無為而天下治，人民自然安寧。《老子》五十七章：「我無為而民自化。」⓭三十六帝　王琦注：「按道書有三十六上帝。」⓮雲軿　神仙所乘之車，有雲繚繞，故稱。一說，車之有屏者。⓯鎬京　西周的都城。故址在今陝西西安西。此處即指唐代都城。⓰安能二句　軒轅，黃帝之氏。入窅冥，昇仙上天。黃帝昇仙上天事，詳見本卷〈飛龍引二首〉注。⓱小臣句　小臣，李白自稱。南山壽，即壽比南山之意。《詩經・小雅・天保》：「如南山之壽，不騫不崩。」⓲陛下句　陛下，對帝王的尊稱。萬古，極言時代之長。鴻名，大名。鴻，通「洪」。大。

【語譯】皇宮深邃的大樓高聳雲霄，殿中的楹柱上都雕飾著盤旋的金色蛟龍。美麗的宮女靠著窗戶在陽光下彈箏，她用手扣絃發出悅耳的箏音。樂聲隨著春風飄進了皇帝的耳中，這個曲子原本是歌詠神仙的樂府古曲名叫〈昇天行〉。於是出門到御池中仿造的仙山周圍泛遊，高大的樓船密集擁擠著在水中行進掀起陣陣波浪。船上有三千宮女在皇帝面前獻演歌舞，敲鐘擊鼓的聲響震動得好像宮殿都要傾倒。百姓都聚集起來歌舞太平。君王無為而治，人民自在安寧。

天上的三十六帝都想來迎接當今皇上上天登仙，許多仙人駕著雲車飄然而下。但皇上不肯去，還是留在都城長安。怎能像軒轅黃帝那樣拋下百姓，獨自一人登天成仙呢？我小臣謹拜祝皇上壽比南山，陛下的大名永垂後世萬古流芳。

【研析】此詩當是天寶初在長安供奉翰林時所作。詩人用〈春日行〉這一樂府舊題顯然寓有深意，在此之前，他曾用〈梁甫吟〉這一樂府舊題悲嘆過「何時見陽春」，如今能得到君王的欣賞，自以為已見到春天了。詩中描寫百姓歌舞太平，神仙要迎接皇帝上天，可是「帝不去，留鎬京」，不想學軒轅皇帝那樣獨自上天。這都是對唐朝盛世和唐玄宗的熱情歌頌。

前有樽酒行❶二首

其一

春風東來忽相過，金樽淥酒❷生微波。落花紛紛稍覺多，美人欲醉朱顏酡❸。

青軒桃李❹能幾何？流光欺人忽蹉跎❺。君起舞，日西夕❻。當年意氣不肯傾❼，
白髮如絲❽歎何益？

【注　釋】❶前有樽酒行　樂府舊題，即〈前有一樽酒行〉。《樂府詩集》卷六五收此詩，列於〈雜曲歌辭〉。晉傅玄、陳後主及張正見諸作皆言置酒以祝賓主長壽之意。李白此篇則變而為嘆息光陰虛度之辭。❷淥酒　水清曰淥，淥酒即清酒。❸朱顏酡　《楚辭・招魂》：「美人既醉，朱顏酡些。」王逸注：「朱，赤也。酡，著也。言美女飲啖醉飽，則面著赤色而鮮好也。」酡，飲酒而臉紅。❹青軒桃李　用王適〈古別離〉「青軒桃李落紛紛」之意。青軒，豪華的車子。謂富貴榮華如桃李開花能有多長時間？❺流光句　流光，指日月光陰。蹉跎，光陰虛度。❻西夕　西下；將夕。宋本在「西」字下夾注：「一作：將」。❼當年句　意氣，意志與氣概。傾，倒。一作「惜」。❽白髮如絲　宋本在此四字下夾注：「一作：白首垂絲」。

【語　譯】春風突然從東方吹過，金色酒杯中的清酒泛起微波。紛紛的落花漸漸地多起來，美人飲酒將醉而面色發紅。青軒旁的桃花李花能有幾天鮮豔？光陰倏忽過去而人生虛度。您快起來盡情歌舞吧，太陽就要西下了。當青春年華時意志與氣概不能傾倒，等到白髮如絲的時候再嘆息又有什麼用呢？

【研　析】此詩作年不詳。詩意謂時光過得極快，春風剛吹過，就進入落花的暮春季節，桃李花的鮮豔實在太短暫了。美人惜春而醉酒，感到自己虛度年華。於是起舞，當年的意志和氣概不能盡情發揮，等到白髮如絲時再嘆息就沒有用了。詩中顯然以美人自喻，感嘆時光虛度。

其二

琴奏龍門❶之綠桐，玉壺美酒清若空❷。催絃拂柱與君飲，看朱成碧顏始紅❸。
胡姬貌如花，當壚笑春風❹。笑春風，舞羅衣。君今不醉欲安歸？

【注　釋】❶龍門　在山西河津、陝西韓城之間。其地產桐，可製琴。《文選》卷三四枚乘〈七發〉：「龍門之桐，高百尺而無枝，……使琴摯斫斬以為琴。」❷清若空　謂清澈透明的美酒盛在玉壺裡，壺酒一色，宛如空壺。❸看朱句　看朱成碧，形容醉眼迷離，把紅的看成綠的。宋本於此句下夾注：「一作：眼白看杯顏色紅」。❹胡姬二句　辛延年〈羽林郎〉：「胡姬年十五，春日獨當壚。」此即用其意。當壚，意即賣酒。古代賣酒積土為壚，放置酒甕。因其四邊隆起，一面略高，形如鍛爐，故名。

【語　譯】彈奏的琴是用龍門之桐木製作的，喝飲玉壺中盛的美酒清澈如空。在琴絃聲中與您開懷暢飲，醉眼朦朧把紅色看成了青色。酒家的胡姬美貌如花，她滿面春風地站在酒壚前微笑著。滿面春風地微笑，又牽起羅衣跳起舞。在這種氛圍中，您今天不醉還想到哪兒去呢？

【研　析】前四句寫鳴琴飲酒，醉眼昏花。後半則寫當壚賣酒的美貌胡姬，微笑著在春風中羅衣起舞。如此美好環境，不醉何歸？其情緒似與上首不同。

夜坐吟❶

冬夜夜寒覺夜長❷，沉吟久坐坐北堂❸。冰合井泉月入閨❹，金缸青凝照悲啼❺。金缸滅，啼轉多。掩妾淚，聽君歌。歌有聲，妾有情。情聲合❻，兩無違。一語不入意，從君萬曲梁塵飛❼。

【注　釋】❶夜坐吟　樂府舊題。《樂府詩集》卷七六收此詩，列於〈雜曲歌辭〉。今存鮑照此題詩，其辭云：「冬夜沉沉夜坐吟，含情未發已知心。霜入幕，風度林。朱燈滅，朱顏尋。體君歌，逐君音。不貴聲，貴意深。」本篇擬之。謂人貴兩情相合。❷冬夜句　冬夜寒冷，更覺夜特別長。〈古詩十九首〉有「愁多知夜長」句，知此句暗含「愁多」之意。❸北堂　古代居室東房的後部，為婦女盥洗之所。《儀禮・士昏禮》：「婦洗在北堂。」後即以指婦女居處。❹冰合句　冰合井泉，謂井水凍成冰。閨，女子居室。❺金釭句　釭，燈盞。《文選》卷一班固〈西都賦〉：「金釭銜璧。」呂延濟注：「金釭，燈盞也。」青凝，謂青色的火焰似凝住一般。金釭青凝，一作「青釭凝明」。❻情聲合　謂歌聲與感情相投合。❼一語二句　謂如有一語不合意，縱然萬曲歌聲再動人，也無濟於事。從，通「縱」。儘管；任憑。梁塵飛，《太平御覽》卷五七引劉向《別錄》：「漢興以來善歌者，魯人虞公，發聲清哀，蓋動梁塵。」陸機〈擬東城高且長〉：「一唱萬夫歎，再唱梁塵飛。」指歌聲激越，清韻繞梁，振動飛塵。

【語　譯】極冷冬夜更覺得夜晚特別長，憂愁滿懷的女子久坐在北堂之中沉吟不已。井泉之水結成了冰，冷月之光射入居室，而此時銅紫燈盞上的一點青色火光似凝住不動地照著女子悲啼。燈火熄滅，眼淚卻流得更多。拭掉眼淚，聽到了情人的歌聲。歌聲中有深意，女子的心中有深情。歌聲與感情兩相投合，兩人就沒有隔閡。如有一語不合我的意，即使您唱盡萬首繞梁餘音的歌曲，也不會打動我的心。

【研　析】此詩作年不詳。詩中以女子口吻，前半寫寒夜愁坐的環境與心情，後半則寫聽情人之歌而引出「不貴聲，貴意深」的要求。《唐宋詩醇》卷二評此詩曰：「空谷幽泉，琴聲斷續，恩怨爾汝，昵昵如聞，景細情真。結語從鮑照詩翻案而出。」應時《李詩緯》卷一丁谷雲曰：「鮑明遠篇中男解女意，此篇是女察男情，然是喻意。」說得都很中肯。

野田黃雀行❶

遊莫逐炎洲翠❷，棲莫近吳宮燕❸。炎洲逐翠遭網羅，吳宮火起焚巢窠❹。蕭條❺兩翅蓬蒿下，縱有鷹鸇❻奈若❼何！

【注釋】❶野田黃雀行　樂府舊題。《樂府詩集》卷三九收此詩，列入〈相和歌辭・瑟調曲〉。蕭士贇注：「王僧虔《技錄》相和歌瑟調三十八曲內有〈野田黃雀行〉，乃晉樂奏也。」胡震亨注：「曹子建本辭，言雀避鷂，自投羅，為少年所救。白辭言雀不逐他鳥同禍，寧處蓬蒿自全，皆借雀寓意也。」❷遊莫句　逐，追隨。炎洲，指南方之地。翠，翡翠，鳥名，嘴長而直，羽毛有藍、綠、赤、棕等色。嘴和足呈珊瑚紅色。《文選》卷五左思〈吳都賦〉：「翡翠列巢以重行。」陳子昂〈感遇詩〉其二十三：「翡翠巢南海，雌雄珠樹林。……殺身炎州裡，委羽玉堂陰。」❸吳宮燕　《越絕書》卷二〈外傳記吳地傳〉：「東宮，周一里二百七十步路。西宮在長秋，周一里二十六步。秦始皇十一年，守宮者照燕，失火燒之。」鮑照〈代空城雀〉詩：「猶勝吳宮燕，無罪得焚窠。」❹炎洲二句　宋本此二句原顛倒，據《河嶽英靈集》改。巢窠，宋本作「爾窠」，據蕭本、郭本、王本、《全唐詩》改。❺蕭條　冷落。❻鸇　鳥名，即「晨風」。性兇猛。《左傳》文公十八年：「如鷹鸇之逐鳥雀也。」❼若　宋本在本字下夾注：「一作：爾」。

【語譯】遊玩必須自安，不要追隨南方美麗的翡翠鳥同遊；棲息必須穩妥，不要靠近吳宮的燕巢同棲。追隨南方的翡翠鳥就會被網羅所捕，棲宿吳宮一旦火起就會焚毀你的巢窠。只有讓自己的翅膀自甘冷落在野田的蓬蒿小草之間，隨己所適，才能自安，即使有兇猛的鷹鸇，又能拿我怎樣呢！

【研析】此詩最早見於天寶十二載（西元七五三年）結集之《河嶽英靈集》，當是此前之作。詩中以田野中的小動物黃雀自比，表明自己地位低下，以美麗的翡翠鳥象徵榮華富貴之人，詩人告誡自己不要與他們同遊，因為這種人經常會被網羅消滅；以吳宮燕比喻攀附權要之人，詩人告誡自己不要與他們同棲，因為這種人常會被意外之災所殃及。詩人認為自己應該像黃雀那樣收斂雙翅，在野田蓬蒿之間低低地飛翔，這樣，即使是最兇猛的鷹鸇也不會傷害自己，這才是保全自己的好辦法。可能是在天寶五載（西元七四六年）有感於許多正直之士被李林甫陷害而作。

箜篌謠❶　續古詞，亦曰引

攀天莫登龍，走山莫騎虎。貴賤結交心不移，唯有嚴陵及光武❷。周公稱大聖，管蔡寧相容❸？漢謠一斗粟，不與淮南舂❹。兄弟尚路人❺，吾心安所從？他人方寸間，山海幾千重❻。輕言託朋友，對面九疑峰❼。多花必早落，桃李不如松。管鮑❽久已死，何人繼其蹤？

【注　釋】❶箜篌謠　樂府舊題。《樂府詩集》卷八七收此詩，列於〈雜歌謠辭〉。（宋）葛立方《韻語陽秋》卷一〇謂李白此詩「慮朋友之義不篤也」。王琦注：「《樂府詩集》：『〈箜篌謠〉，不詳所起。大略言結交當有終始，與〈箜篌引〉異。』舊注以為即〈箜篌引〉，誤矣。」按：宋本此詩題下注：「續古詞，亦曰引」，蕭本、郭本、王本、咸本及《樂府詩集》皆無此六字。❷唯有句　嚴光，字子陵，會稽餘姚（今浙江餘姚市）人，少有高名，與東漢光武帝同遊學。後光武帝即位，嚴光改姓換名，隱釣而不見。光武帝派人尋找，終於請到京師。光武帝親自前往探視。後請他議事，共臥一榻。但不肯為官，耕於富春山，後人名其釣處為嚴陵瀨。《後漢書》卷八三有傳。詳見卷一〈古風〉其十一注。❸周公二句　周公、管叔、蔡叔，都是周武王之弟，周成王之叔。《史記・周本紀》：「成王少，周初定天下，周公恐諸侯畔（叛）周，公乃攝行政當國。管叔、蔡叔群弟疑周公，與武庚作亂，畔周。周公奉成王命，伐誅武庚、管叔，放蔡叔。」周公輔佐成王治理天下，後世稱他為繼周文王、周武王之後的大聖人。寧，豈；怎能。❹漢謠二句　淮南，指漢高祖劉邦之子、漢文帝劉恆之弟淮南王劉長。淮南王劉長因謀反事泄被廢而死，民間有歌謠諷之，見本卷〈上留田〉注⑭。❺路人　喻指彼此無關之人。宋本在二字下夾注：「一作：行路」。❻他人二句　謂非親故之人的心如隔千重山海，更難相通。他人，別人；非親族之人。方寸，指心，心處胸中方寸之間，故稱。❼對面句　謂人雖對面而心相隔甚遠。九疑峰，即九疑山，在今湖南寧遠南。❽管鮑　春秋時齊國大臣管仲和鮑叔牙。兩人相知最深，後常用以比喻交誼深厚的朋友。詳見《說苑》卷六〈復恩〉。

【語　譯】攀天不要乘龍，跑山不要騎虎。古來高貴的人能與低賤的平民結交而心不變的，只有東漢時候的嚴子陵和光武帝。

周公被人們稱為大聖人，但他對兩位親弟弟管叔和蔡叔的反叛豈能容忍？漢代有一首「一斗粟」的歌謠，就是說漢文帝不能容忍其弟淮南王謀反。親兄弟尚且如同陌路之人，我的心還能相從誰呢？非親非故的人心之間，真像隔著千重山萬里水，更難相通。

輕易地對朋友以知心相託，雖對面之近而雙方的心卻如隔九疑山之遠。譬如桃李雖鮮豔多花卻必很快零落，遠不如松柏能經寒不凋。像管仲和鮑叔那樣的知己早已不存在，如今有誰能繼承他們的遺蹤呢？

【研析】此詩首言交友不可高攀，因為自古以來貧賤相交以至富貴而不相忘者，只有漢光武帝與嚴子陵。次以周公對管蔡，漢文帝對淮南王為例，證明親兄弟尚且不能相容，則他人之心必如山海相隔。末言相知之友唯有管鮑，如今則無人繼蹤，所以不能輕易以心託友。從詩中用管蔡和淮南王事，可能喻指肅宗與永王李璘的關係，則此詩當是至德二載（西元七五七年）永王李璘敗亡後有感而作。

雉朝飛❶ 一有絃

麥隴青青三月時，白雉朝飛挾兩雌❷。錦衣綺翼何離褷❸，犢牧❹採薪感之悲。

春天和，白日暖，啄食飲泉勇氣滿，爭雄鬬死繡頸斷❺。〈雉子班〉❻奏急管絃，心傾美酒盡玉椀❼。

枯楊枯楊爾生荑❽，我獨七十而孤棲❾。彈絃寫恨意不盡，瞑目歸黃泥❿。

【注釋】❶雉朝飛 樂府舊題。《樂府詩集》卷五七列於〈琴曲歌辭〉，題作〈雉朝飛操〉。並引崔豹《古今注》曰：「〈雉朝飛〉者，犢沐子所作也。齊宣王時，處士泯宣，年五十無妻。出薪於野，見雉雄雌相隨而飛，意動心悲，乃仰天歎大聖在上，恩及草木鳥獸，而我獨不獲。因援琴而歌，以明自傷，其聲中絕。」又引伯牙〈琴歌〉曰：「麥秀蘄兮雉朝飛，向虛壑兮背喬槐，依絕區兮臨回池。」按：犢沐子古辭曰：「雉朝飛兮鳴相和，雌雄群遊於山阿。我獨何命兮未有家。時將暮兮可奈何，嗟嗟暮兮可奈何。」李白此詩當是擬古辭而作。❷麥隴二句　麥，宋本原作「來」。誤。據蕭本、郭本、王本、咸本改。白雉，鳥名，雉之一種。二句從伯牙〈琴歌〉和犢沐子古辭化出。潘岳〈射雉賦〉：「逸群之儁，擅場挾兩。」吳均〈雉朝飛操〉：「二月雉朝飛，橫行傍壟歸。」❸錦衣句　錦衣綺翼，形容雉毛之文采。綺，蕭本、郭本、王本作「繡」。離褷，亦作「離纚」，羽毛美麗貌。❹犢牧　宋本原作「瀆沐」。誤。據蕭本、郭本、胡本、王本、咸淳本改。即犢牧子，又作「犢沐子」。〈雉朝飛操〉古辭的作者。❺爭雄句　按：雉性好鬥，兩雉相鬥，必至一死而後已。故取其羽以插武弁，曰鶡冠。鶡，即羽毛黃黑色的雉鳥。繡頸，頸毛如繡。鮑照〈雉朝飛操〉：「刎繡頸，碎錦臆，絕命君前無怨色。」❻雉子班　古樂府曲名。《樂府詩集》卷一六列於〈鼓吹曲辭〉。又引《樂府解題》曰：「古詞云：『雉子高飛止，黃鵠飛之以千里。雄來飛，從雌視。』」❼心傾句　心傾美酒，咸本作「心傾酒美」。蕭本、郭本、胡本作「傾心酒美」。椀，碗的異體字。❽枯楊句　《易經‧大過卦》：「枯楊生稊，老夫得其女妻，無不利。」稊，通「荑」。植物的嫩芽。❾我獨句　化用古辭「我獨何命兮未有家，時將暮兮可奈何」句。七十，極言其老。❿黃泥　猶黃泉。

【語　譯】正當三月麥苗青青之時，一隻白雉挾帶著兩隻雌雉在早晨飛過田野。身上錦繡般的羽毛和翅膀多麼美麗，犢牧子打柴時見到這景象竟感動而心悲。

春和日暖，雉鳥啄食飲水後勇氣飽滿，牠們為了爭雄決鬥直至折斷美麗的頭頸而死。〈雉子班〉演奏急切的管絃曲就是表現這鬥爭的場面，人們盡情喝著玉杯中的美酒欣賞著。

我卻玩味著「枯楊生荑，老夫得妻」和「七十孤棲，何命未家」的兩種境遇。絃上彈寫犢牧子的無盡恨意，直到瞑目歸黃泉。

【研　析】首寫白雉挾帶兩雌雉，羽翼鮮明，甚為得意，犢牧子見之而悲，自傷無偶，不如白雉。次寫雄雉飲啄得時，爭雄角勝，直至死而後已，後人製〈雉子班〉樂曲，人們傾心侑觴而欣賞。末寫詩人為犢牧子彈絃寫恨而感傷。

上雲樂[1]

老胡文康詞，或云范雲及周捨所作，今擬之

金天[2]之西，白日所沒。康老胡鶵[3]，生彼月窟[4]。巉巖容儀，戌削風骨[5]。
碧玉炅炅雙目瞳[6]，黃金拳拳兩鬢紅[7]。華蓋[8]垂下睫，嵩岳[9]臨上脣。不覩詭譎
貌[10]，豈知造化神[11]！
大道[12]是文康之嚴父，元氣[13]乃文康之老親。撫頂弄盤古[14]，推車轉天輪[15]。
云見日月初生時，鑄冶火精與水銀[16]。陽烏未出谷[17]，顧兔[18]半藏身。女媧戲黃土，
團作愚下人[19]，散在六合[20]間，濛濛若沙塵。生死了不盡，誰明此胡是仙真[21]？西
海栽若木[22]，東溟植扶桑[23]，別來幾多時，枝葉萬里長。
中國有七聖[24]，半路頹鴻荒[25]。陛下應運起，龍飛入咸陽[26]。赤眉立盆子[27]，
白水興漢光[28]。叱咤四海動，洪濤為簸揚[29]。舉足蹋紫微[30]，天關[31]自開張。
老胡感至德，東來進仙倡[32]。五色師子[33]，九苞鳳皇[34]，是老胡雞犬[35]，鳴舞
飛帝鄉[36]。淋漓颯沓[37]，進退成行。能胡歌，獻漢酒，跪雙膝，並兩肘，散花指
天舉素手。拜龍顏，獻聖壽，北斗戾，南山摧[38]，天子九九八十一萬歲，長傾萬

歲❸❾杯。

【注釋】❶上雲樂　樂府舊題。《樂府詩集》卷五一列於〈清商曲辭〉，引《古今樂錄》曰：「〈上雲樂〉七曲，梁武帝製，以代西曲。」胡震亨注：「梁武帝製〈上雲樂〉，設西方老胡文康，生自上古者，青眼高鼻白髮，導弄孔雀、鳳凰、白鹿，慕梁朝來遊，伏拜祝千歲壽。周捨為之辭。太白擬作，視捨本辭加肆，而『龍飛咸陽』數語，似又謂此胡遊肅宗朝者。亦各從其時，備一代俳樂耳。」按：「上雲樂」意謂登天之歡樂。❷金天　西天。按：五行之說，西方屬金，故稱金天。❸康老句　即周捨本辭中的「西方老胡，厥名文康」的簡稱。胡鶵，猶言胡兒。謂康國老人文康，是胡人後代。❹月窟　泛指西域極遠之地。王琦注：「謂近西月沒之處，蓋指西域極遠之地而言。」梁簡文帝〈大法頌〉：「西踰月窟，東漸扶桑。」❺巉巖二句　謂康老容顏清瘦，骨骼高聳。楊齊賢注：「巉巖，高聳貌。戍削，清臞貌。」❻碧玉句　謂雙目的瞳珠為碧綠的顏色而光亮有神。炅炅，明亮貌。宋本在二字下夾注：「一作：皎皎」。❼黃金句　黃金拳拳，形容頭髮是黃顏色而捲曲。拳拳，捲曲貌。宋本在「鬢」字下夾注：「一作：髮」。❽華蓋　指眉毛。《雲笈七籤》卷一一〈黃庭內景經・天中〉：「眉號華蓋覆明珠。」❾嵩岳　指鼻。《雲笈七籤》卷一一〈黃庭內景經・肺部〉：「外應中嶽鼻齊位。」梁丘子注：「中嶽者，鼻也。」❿譎詭貌　怪異的面貌。⓫造化神　大自然創造的神奇。⓬大道　宇宙萬物的本原、本體，即《老子》所稱之「道」：「有物混成，先天地生。……可以為天下母。吾不知其名，字之曰道。」⓭元氣　指陰陽二氣混沌未分的實體。⓮盤古　神話中開天闢地之神。任昉《述異記》卷上：「盤古氏，天地萬物之祖也。」⓯天輪　指旋轉的天地。《文選》卷一二木華〈海賦〉：「狀如天輪，膠戾而激轉。」李善注：「《呂氏春秋》曰：天地如車輪，終則復始。」⓰火精與水銀　日與月。《淮南子・天文訓》：「積陽之熱氣生火，火氣之精者為日；積陰之寒氣為水，水氣之精者為月。」⓱陽烏句　此句謂太陽未升起。陽烏，指太陽。古代傳說日中有三足烏，烏為陽精。谷，指暘谷。《淮南子・天文訓》：「日出於暘谷。」⓲顧兔　指月亮。古代傳說月中有玉兔和蟾蜍，為陰精。⓳女媧二句　女媧，神話中的女神。傳說天地開闢，未有人民，女媧摶黃土作人。⓴六合　指天地和東、南、西、北四方。㉑仙真　神仙。㉒西海句　西海，指西方極遠之地。若木，傳說中日入處的樹木名。《楚辭・離騷》：「折若木以拂日兮，聊逍遙以相羊。」王逸注：「若木在昆侖西極，其華照下地。」㉓東溟句　東溟，即東海。扶桑，傳說中日出處的樹木名。《淮南子・天文訓》：「日出於暘谷，浴于咸池，拂於扶桑，是謂晨明。」㉔七聖　指唐高祖、太宗、高宗、武后、中宗、睿宗、玄宗七位皇帝。㉕半路句　謂中衰。王琦注：「喻祿出倡亂，兩京覆沒，有似鴻荒之世也。」㉖陛下二句　王琦注：「陛下應運起，謂肅宗即位于靈武；『龍飛入咸陽』，謂西京克復，大駕還都也。」咸陽，代指長安。㉗赤眉句　東漢光武帝建武元年六月，赤眉軍立劉盆子為帝，號建世元年。盆子乃漢高祖孫朱虛侯劉章之後，時年十五，惶恐啼泣。事見《後漢書・光武帝紀》及〈劉盆子傳〉。㉘白水句　《文選》卷三張衡〈東京賦〉：「龍飛白水，鳳翔參墟。」薛綜注：「龍飛、鳳翔，以喻聖人之興也。白水，謂南陽白水縣也，世祖所起之處也。」按：世祖即東漢光武帝劉秀。㉙叱咤二句　王琦注：「喻天下震動，寰宇洗清也。」㉚舉足句　王琦注：「喻踐天子之位也。」紫微，古代星座名，天帝之座。㉛天關　星座名，即北辰。《文選》卷九揚雄〈長楊賦〉：「於是上帝眷顧高祖，高祖奉命，順斗極，運天關。」李善注：「《天官星占》曰：北辰一名天關。」㉜仙倡　扮演神仙的歌舞伎。《文選》卷二張衡〈西京賦〉：「總會仙倡，戲豹舞羆。」薛綜注：「仙倡，偽作假形，謂如神也。」㉝五色師子　表演五色獅子舞。師子，同「獅子」。㉞九苞鳳皇　表演九色鳳凰歌舞。皇，通「凰」。㉟老胡雞犬　周捨〈上雲樂〉：「鳳皇是老胡家雞，師子是老胡家狗。」㊱帝鄉　指唐朝都城長安。㊲淋漓颯沓　形容舞姿酣暢盤旋。淋漓，酣暢貌。颯沓，盤旋貌。㊳北斗二句　極言祈禱帝祚之長久。戾，通「捩」。扭曲變形。摧，崩塌。㊴歲　宋本在此字下夾注：「一作：年」。

【語　譯】天空西方，是太陽沒入處。那胡人文康，就出生在那「月窟」的地方。他長得額骨高聳，面容清瘦。一雙碧綠的眼睛炯炯有神，鬈鬈的金色頭髮兩鬢紅潤。兩眉濃垂到睫毛，鼻梁高隆如嵩山般靠著上唇。不是親眼目睹這樣怪異的面貌，怎會知道大自然創造的神奇！

大道是文康的嚴父，元氣是文康的慈母。據說他曾經撫摸戲弄過盤古的頭頂，推動過天地旋轉的車輪。他自己說親眼看見用火精和水精鑄冶而使太陽和月亮初生時的情景。至於太陽之精陽烏未出暘谷，月亮之精顧兔出現半個身影。女媧團黃土造愚人，把他們拋散到天地四方，像濛濛的沙塵一樣。人生了又死，死了又生，無窮無盡的情景，他說都見過，誰能證明這胡人真的是神仙？他在西海栽過若木，在東海種過扶桑，自從分別以來有多少時間，那些神樹的枝葉大概已有萬里之長了。

唐朝建立以來已經有七代英明的君主，在半途中遭遇過災難。陛下應運而起，龍飛入京繼承帝位。就像當年赤眉立劉盆子時，南陽白水興起了英明的東漢光武帝。叱咤四海，天下震動。陛下踐天子之位，北辰星為此開張。

老胡文康為陛下的至德所感動，特地東來進獻神仙般的伎藝。其中包括五色獅子舞，九苞鳳凰舞，那獅子和鳳凰猶如老胡的雞狗一般，飛到帝都長安來鳴舞。舞姿淋漓酣暢，盤旋自如，進退成行。老胡唱著胡歌，向皇帝獻漢酒，他雙膝跪地，兩肘並齊，然後高舉雙手向天空散花。敬拜皇上，向皇上祝壽，即使北斗扭曲變形，南山崩塌，天子還是要活到九九八十一萬歲，長傾萬歲杯。

【研析】此詩是擬梁代周捨之作。但其中「中國有七聖」及「龍飛入咸陽」等語，似謂此胡人肅宗朝來長安者。則此詩當作於肅宗上元年間。

首段描寫胡人的出生地及其容貌，極力形容其怪異。次段則極端誇張地敘寫胡人自言見日月之初生，女媧造人等故事，點出其為神仙類人物。第三段敘唐代七聖以後遭遇中衰，歌頌肅宗應運中興，末段則寫胡人來華獻演歌舞及祝壽的情景。任半塘《唐戲弄》增訂本《補說》第二節「蕭衍李白〈上雲樂〉之體和用」曰：「梁武帝七首〈上雲樂〉辭，……都是戲曲。周捨與李白各一篇〈上雲樂〉，都是奏伎前所誦之致語；又〈上雲樂〉是我國第六世紀所形成之一齣歌舞戲，演王母與穆天子故事，在梁天監、陳太建、唐上元時都曾演過，且都在建業或金陵一地。……尤其李白一篇，道家思想濃厚，與蕭謝八曲神仙故事統一，並可能暗示一些幻術表演。」此說可供參考。

夷則格上白鳩拂舞辭❶

鏗❷鳴鐘，考❸朗鼓。歌白鳩❹，引拂舞。白鳩之白誰與鄰？霜衣雪襟誠可珍，
含哺七子能平均❺。食不噎❻，性安❼馴。首農政，鳴陽春❽。天子刻玉杖，鏤形

賜耆人❾。
白鷺亦白非純真❿，外潔其色心匪仁。闕五德，無司晨⓫，胡為啄我葭下之紫鱗⓬？鷹鸇鵰鶚⓭，貪而好殺。鳳皇雖大聖，不願以為臣⓮。

【注釋】❶夷則格上白鳩拂舞辭　樂府舊題。《樂府詩集》卷五五列於〈舞曲歌辭〉，收李白此詩題作〈白鳩辭〉。引《古今樂錄》曰：「鞞、鐸、巾、拂四舞，梁並夷則格，鐘磬鳩拂和，故白擬之為〈夷則格上白鳩拂舞辭〉云。」夷則，古十二律之第九律。《史記・律書》：「夷則，言陰氣之賊萬物也。」按：晉拂舞有〈白鳩〉曲。王琦注：「拂舞者，樂人執拂而舞，以為容節也。」❷鏗　撞。❸考　擊。《詩經・唐風・山有樞》：「子有鐘鼓，弗鼓弗考。」毛傳：「考，擊也。」❹白鳩　白色的鳩鳥。王琦注：「鳩類甚多，毛色各異，白者不常有，有則以為異。故《瑞應圖》曰：『白鳩成湯時至。王者養耆老、尊道德，不以新失舊，則至。』」❺含哺句　含哺，餵養。《詩經・曹風・鳲鳩》：「鳲鳩在桑，其子七兮。」毛傳：「鳲鳩之養其子，朝從上下，莫（暮）從下上，平均如一。」❻噎　食物堵住喉嚨。宋本原作「咽」，蕭本、郭本、王本皆作「噎」。是。據改。《後漢書・禮儀志中》：「年始七十者，授之以玉杖，餔之以糜粥。八十九十，禮有加賜。玉杖長九尺，端以鳩鳥為飾。鳩者，不噎之鳥也。欲老人不噎。」❼安　宋本在此字下夾注：「一作：可」。❽首農政二句　《爾雅・釋鳥》郭璞注：「鳲鳩，今之布穀也。」張華《禽經注》：「鳲鳩，此鳥鳴時，耕事方作，農人以為候。」鳴，宋本原作「為」，據蕭本、郭本、王本、咸本改。❾鏤形句　鏤形，玉杖上刻鳩鳥之形。耆人，老人。《禮記・曲禮上》：「六十曰耆。」❿白鷺句　白鷺，水鳥名，喜食魚。此處比喻朝中奸佞之臣。亦，蕭本、郭本、王本皆作「之」。鷺，宋本在此字下夾注：「一作：鷹」。⓫闕五德二句　《韓詩外傳》卷二：「田饒謂哀公曰：『……君獨不見夫雞乎？首戴冠者，文也；足搏距者，武也；敵在前敢鬭者，勇也；得食相告，仁也；守夜不失時，信也。雞有此五德。』」司晨，報曉。此謂雞有五德，雄雞還有報曉之功，而白鷺無德無功，故不如雞。⓬胡為句　胡為，為何。葭，蘆葦。紫鱗，指魚。⓭鷹鸇鵰鶚　四種兇猛的禽鳥。王琦注：「四鳥皆禽中之鷙者，形狀亦相似，曲喙，金睛，劍翮，利爪，盤旋空中，俟物而擊之。」⓮鳳皇二句　鳳凰，古代傳說中的鳥王。雄者曰鳳；雌者為凰，古書中常寫作「皇」。常用以象徵祥瑞。此處比喻聖明的君王。謂即使是聖明的天子都不當以貪而好殺之輩為臣。不願，委婉言之。

【語　譯】撞起嘹亮的鐘聲，擊著朗朗的鼓音。唱起白鳩歌，執拂而跳舞。白鳩的潔白有誰能與牠相比？霜雪般的羽毛真正是非常珍奇可愛，牠餵養一群小鳩能公平均等。不使牠們食噎，性情平和馴順。春天降臨牠首先提醒農民耕作播種，鳴叫著布穀布穀。天子賜老人玉杖時，總是把牠的形象鏤刻在玉杖上端，表示敬老崇德。

白鷺鳥的白色羽毛則不純不真，外表的顏色雖然潔白而內心卻不仁不義。牠既缺乏雞的五德，又無雄雞報曉之功，這樣連雞都不如的白鷺為什麼還要啄食我蘆葦下的紫魚？鷹、鸇、鵰、鶚這四種兇禽，都是貪而好殺。即使像鳳凰那樣聖明的鳥王，也不願讓牠們做自己的大臣的。

【研　析】此詩歌頌白鳩之美德與功勞，似有比喻賢臣之意。而以白鷺雖白實無德無功不如雞，還要啄食紫魚，顯然比喻朝中之奸佞之臣。末以鳳凰不願以四種貪而好殺的兇禽為臣以諷諭天子，顯然希冀任賢去奸整頓朝政。則此詩似當作於天寶年間奸相李林甫當政之時。

日出入行❶

日出東方隈❷，似從地底來。歷天又復入西海❸，六龍所舍安在哉❹？其始與終古不息❺，人非元氣❻安得與之久徘徊？

草不謝榮於春風，木不怨落於秋天❼。誰揮鞭策驅四運❽？萬物興歇皆自然❾。

羲和⑩，羲和，汝奚汨沒於荒淫之波⑪？魯陽何德，駐景揮戈⑫？逆道違天，矯誣實多⑬。吾將囊括大塊，浩然與溟涬同科⑭。

【注釋】❶日出入行　樂府舊題。《文苑英華》作〈日出行〉。《樂府詩集》卷二八收此詩，列於〈相和歌辭〉。又卷一〈郊廟歌辭〉有〈日出入〉，古辭云：「日出入安窮？時世不與人同。故春非我春，夏非我夏，秋非我秋，冬非我冬。泊如四海之池，遍觀是邪謂何？吾知所樂，獨樂六龍，六龍之調，使我心若。訾黃其何不徠下！」意謂日出入無窮而人命極短，所以希望乘龍昇天。此詩則反用其意，認為四時變化乃自然規律，並不由神仙主宰；人們只能順其自然，而不可能像日月那樣永恆存在。❷隈　角落。❸歷天句　一作「歷天又入海」。❹六龍句　六龍，見本卷〈蜀道難〉注⑫。舍，住宿之地。❺其始句　宋本在此句下夾注：「一作：其行終古不休息」。終古，久恆。《莊子・大宗師》：「日月得之，終古不息。」❻元氣　古代哲學名詞，多指天地未分前混一之氣。古人認為元氣無形，渾渾沌沌，天地和萬物均由其所生。❼草不二句　《莊子・大宗師》郭象注：「暖焉若陽春之自和，故蒙澤者不謝；淒乎若秋霜之自降，故凋落者不怨也。」詩即本此，謂四季氣候變化，草木自榮自落，既不感謝，也不怨恨。❽四運　即春夏秋冬四時。《文選》卷二三殷仲文〈南州桓公九井作〉：「四運雖鱗次。」呂向注：「四運，四時也。」❾萬物句　謂一切事物的興亡都是自然規律決定的。❿羲和　古代神話中駕馭太陽的神。《廣雅・釋天》：「日御謂之羲和。」⓫汝奚句　此句謂日何以沉埋於浩瀚的波濤之中。奚，何。汨沒，沉淪；埋沒。荒淫，浩瀚廣闊。⓬魯陽二句　魯陽，神話中的大力士。《淮南子・覽冥訓》：「魯陽公與韓構難，戰酣，日暮，援戈而撝之，日為之反三舍。」駐景，留住太陽。⓭逆道二句　謂以前關於太陽的傳說違背自然規律，多為欺詐之論。⓮吾將二句　謂詩人要與天地和整個自然合一。囊括，包羅。大塊，大自然。溟涬，混沌貌，此代指元氣。同科，同等。

【語譯】太陽從東方角落出現，好像從地底出來。它經歷周天後又落入西海，那麼載著太陽駕車的六龍的住宿之處在哪裡呢？它自始至終從古到今不會停息，人不是元氣，怎能與太陽一樣長久不死呢？

花草不因為春風吹拂使之盛開而感謝它，樹木不因為秋天使之落葉而怨恨它。誰說有神在鞭策驅使四時運轉變化？萬物的興衰榮枯都是自然規律決定的。

羲和，羲和，你為什麼埋沒在浩瀚廣闊的波濤之中呢？魯陽有什麼才德，竟能揮戈使太陽停住返回？這些神話傳說違背天道自然規律，實在多是虛妄欺人之談。吾將包羅天地大自然，以浩然之氣與混沌元氣自然合為一體。

【研　析】首段六句，提出兩個問題：古代神話說，太陽每天東升西落，是羲和趕著六條龍載著太陽在天空中從東到西運行。詩人第一個問題是：那麼六龍住宿在哪裡？第二個問題是，太陽在空中運行終古不息，人不是元氣，怎麼能和太陽一起升落？「安在哉」，「安得與之久徘徊」，否定了神話的真實性。因反詰提問，語氣更有力，更能發人深省。實際上詩人在反詰中已表達了自己的觀點，太陽的運行是正常的規律，不是「神」在指揮。第二段四句，草木榮落四季變化並不是有人或神在鞭策驅使，萬物興衰都是自然規律，所以草榮不感謝春天，木落不怨恨秋天。用堅決肯定語氣作正面回答，使詩人的觀點顯得非常鮮明突出，這也是全詩的核心。第三段九句有三層意思：先是對羲和御日和魯陽揮退太陽的神話用反詰語氣予以嘲諷；接著便指出過去關於太陽的神話傳說都是違背自然規律，多為虛妄欺人之談，最後指出自己將包羅大自然與天地元氣自然合一。

全詩以說理、述事、抒情相結合，詩中對神話傳說的批駁、否定和嘲諷，都用生動的形象描述，避免抽象說教，而將自己「順從」自然的觀點寓於其中。詩中繼承屈原〈天問〉的浪漫主義表現手法，探索宇宙的奧祕。但屈原只是「問」，李白可貴之處是指出問題而又回答了問題，表達了自己的觀點。

胡無人❶

嚴風❷吹霜海草凋，筋幹精堅胡馬驕❸。漢家戰士三十萬，將軍兼領霍嫖姚❹。

流星白羽腰間插，劍花秋蓮光出匣❺。天兵照雪下玉關❻，虜箭如沙射金甲❼。雲龍風虎晝交回❽，太白入月敵可摧❾。

敵可摧，旄頭滅❿，履胡之腸涉胡血，懸胡青天上，埋胡紫塞⓫旁。胡無人，

漢道昌，陛下之壽三千霜，但歌大風雲飛揚，安用猛士兮守四方⓬。

【注　釋】❶胡無人　樂府舊題，即〈胡無人行〉。《樂府詩集》卷四〇收此詩，列於〈相和歌辭・瑟調曲〉。梁徐摛、吳均、唐徐彥伯等均有〈胡無人行〉之作，言胡地寒苦及兵士奮勇殺敵。李白此詩擬其意。❷嚴風　猶寒風。❸筋幹句　幹，一作「簳」，弓的代稱。《周禮・考工記・弓人》：「凡為弓，冬析幹而春液角，夏治筋，秋合三材。」驕，馬強壯貌。❹將軍句　兼領，宋本在此二字下夾注：「一作：誰者」。霍嫖姚，即霍去病，漢武帝時名將。嫖姚，勇健輕捷貌。霍去病曾為嫖姚校尉，後為驃騎將軍。❺流星二句　形容裝束精幹威武。流星，古寶劍名。晉崔豹《古今注・輿服》：「吳大帝有寶刀三，寶劍六，……四曰流星。」白羽，即箭翎。秋蓮，寶劍上刻有蓮花形的花紋。❻天兵句　天兵，形容兵威強盛。玉關，即玉門關，在今甘肅敦煌西北。❼金甲　金屬製的鎧甲。❽雲龍句　雲龍、風虎，皆兵陣名。古時以天、地、風、雲、龍、虎、鳥、蛇為八陣。晝，宋本原作「盡」，在此字下夾注：「一作：晝」敦煌《唐人選唐詩》、《文苑英華》皆作「晝」。是。據改。意謂白晝八陣交戰非常激烈。❾太白句　太白，即金星，又名啟明星。傳說太白星主殺伐，太白星進入月亮，是大將被殺戮的徵兆。此用為敵人被消滅的徵兆。❿旄頭滅　即胡人被消滅之意。《史記・天官書》：「昴曰旄頭，胡星也。」⓫紫塞　指長城。崔豹《古今注・都邑》：「秦築長城，土色皆紫。漢塞亦然，故稱『紫塞』焉。」⓬陛下三句　漢高祖劉邦〈大風歌〉：「大風起兮雲飛揚，威加海內兮歸故鄉，安得猛士兮守四方。」一本無此三句。

【語　譯】寒風勁吹霜打草凋之時，胡人又背著精良堅固的弓箭、騎著強壯的戰馬入侵唐朝邊疆。唐朝委派像當年霍嫖姚那樣的將軍，率領三十萬大軍出征。將士們腰間插著流星般的白羽箭，手執出匣而閃著寒光的蓮花寶劍。朝廷的天兵在雪光照耀下奔赴玉門關，胡人的箭矢像飛沙般地射向戰士的金甲。白晝經過許多回合的八陣交戰，晚上有太白星入月預兆著胡人必敗。

敵人必敗，胡星旄頭顯示胡人終於被消滅，戰士們踐踏著敵人屍體的腸和血，將胡人的腦袋懸掛在空中，埋葬胡人的屍體在長城旁的邊疆上。入侵的胡人沒有了，唐朝國運更加昌盛，陛下之壽三千歲，只須高歌當年漢高祖的〈大風歌〉：「大風起兮雲飛揚，安得猛士兮守四方！」

【研析】此詩前段描寫胡人在秋高馬肥時入侵，而唐朝派出大將，兼領諸將之兵出玉門關迎敵，雙方激戰的情景，寫得有聲有色。後段描寫敵人的失敗和被消滅，屍橫遍野。最後歌頌天子的聖明。前後段之間用「敵可摧」重複，顯示天兵必勝的信心。前人或謂此詩作於安祿山叛亂之時，然詩中僅言胡人入侵，漢兵下玉關殺敵之事，與安史之亂無關。且「太白入月敵可摧」、「旄頭」主胡星乃天官占驗之法，故此詩當是開元、天寶間為征討西北胡人入侵而作。

北風行❶

燭龍棲寒門，光耀猶旦開❷。日月照之何不及此❸？唯有北風號怒❹天上來。

燕山雪花大如席，片片吹落軒轅臺❺。

幽州思婦十二月，停歌罷笑雙蛾摧❻。倚門望行人，念君長城苦寒良可哀。

別時提劍救邊去，遺此虎文金鞞靫❼。中有一雙白羽箭❽，蜘蛛結網生塵埃。箭空在，人今戰死不復回。不忍見此物，焚之已成❾灰。黃河捧土尚可塞，北風雨雪恨難裁❿！

【注 釋】❶北風行 樂府舊題。《樂府詩集》卷六五列入〈雜曲歌辭〉，云：「〈北風〉，本衛詩也。〈北風〉詩曰：『北風其涼，雨雪其雱。』傳云：『北風寒涼，病害萬物，以喻君政暴虐，百姓不親也。』若鮑照〈北風涼〉、李白『燭龍棲寒門』，皆傷北風雨雪，而行人不歸，與衛詩異矣。」❷燭龍二句 用古代神話。《淮南子・墜形訓》：「燭龍在雁門北，蔽於委羽之山，不見日，其神人面龍身而無足。」高誘注：「龍銜燭以照太陰，蓋長千里，視（瞬眼）為晝，瞑（閉眼）為夜，吹為冬，呼為夏。」又：「北方北極之山，曰寒門。」高誘注：「積寒所在，故曰寒門。」因神龍開眼為晝，閉眼為夜，故云「光耀猶旦開」。❸日月句 宋本在句下夾注：「一作：日月之賜不及此」。此，指唐代幽州，天寶初改稱范陽郡。治所在今北京市。❹號怒 呼嘯狂暴。❺燕山二句 燕山，在今河北平原北側，由潮白河河谷直至山海關。大致成東西走向。此處乃概指燕地之山，猶秦山、楚山之類，非專指一山。大如席，極言雪片之大。軒轅臺，乃黃帝軒轅氏與蚩尤戰於涿鹿之處。遺址在今河北懷來喬山上。❻雙蛾摧 雙眉低垂。蛾，蛾眉，女子細長娟秀的眉毛。❼遺此句 謂留下了飾有虎紋的金色箭囊。鞞釵，當作「鞴靫」，亦作「步叉」，裝箭的器具。❽白羽箭 以白色羽毛裝飾的箭。❾已成 宋本在二字下夾注：「一作：以為」。❿黃河二句 極言苦痛之深、怨恨之廣。《後漢書・朱浮傳》：「此猶河濱之人捧土以塞孟津，多見其不知量也。」此處反用其意，謂黃河之水不足道，可用捧土加以阻塞，而思婦之恨，卻如北風雨雪，難以遏制。裁，宋本在此字下夾注：「一作：哉」。

【語 譯】傳說有條龍棲息在寒冷的雁門關以北，牠銜燭照太陰，張眼為白天，閉目為黑夜，光耀只在睜眼時才有。日月之光為何照不到這裡呢？只有狂暴的北風呼嘯著從天上吹來。燕山一帶的雪花大如席，片片飛落在軒轅臺上。

幽州的一位思婦在這冰天雪地的十二月裡，緊皺雙眉不笑不歌。她靠著門望著行人，思念著丈夫在苦寒的長城邊真可哀痛。臨別時丈夫提著寶劍去打仗，只留下這個飾有虎紋的金色箭袋。其中有一雙白羽箭，如今這箭袋在牆上已結滿蜘蛛網並已沾滿灰塵。箭徒然還在，但現在人已戰死不可能再回來了。我不忍再見這個舊物，把它焚燒成灰。黃河雖深廣，還可以捧土來填塞，而我失去丈夫的悲苦痛恨，如同北風雨雪那樣鋪天蓋地，綿綿不絕，永難遏制啊！

【研析】此詩當是天寶十一載（西元七五二年）在幽州作。首起六句照應題目，寫北方苦寒。運用神話怪誕的魔力，突出幽州嚴寒形象。日月不臨，「唯有北風」，互相襯托，強調氣候之冷。「號怒」寫風聲，「天上來」寫風勢，意境已很壯闊；而對雪的描寫則更是氣象雄偉，想像奇特，極盡誇張之能事，成為千古傳誦的名句。詩中點出「燕山」和「軒轅臺」，從泛指的北方引入幽燕地區。環境氣氛已造足，「幽州思婦」就登場了。詩人用「停歌」、「罷笑」、「雙蛾摧」、「倚門望行人」等一連串的動作，刻畫人物的心理神情，使一位愁腸百結、憂心忡忡的思婦形象站在讀者面前。思婦從幽州的苦寒，想到遠在長城的丈夫定當更為苦寒，所以格外思念和擔心。接著便寫思婦回想丈夫別時情景，「提劍救邊」，說明丈夫是慷慨從軍去，當時只留下裝箭的袋子，如今只有以此寄託思念之情。由於離別已久，白羽箭已結蛛網塵埃。睹物思人，已是黯然神傷，而如今卻是「箭空在」，人則「不復回」了。這是思婦希望失落的悲哀，是絕望的悲哀。她有極度的悲憤，但沒有高聲嚎哭，而是把痛苦埋在心底。人亡物在，更覺傷心，不忍再見遺物，於是把羽箭和箭袋焚燒成灰。這一動作深刻揭示出思婦悲痛欲絕的心境。最後詩人用驚心動魄的誇張比喻，表達思婦的極度悲痛：即使廣闊無邊的滔滔黃河還可捧土來塞住，而思婦之恨卻難以裁止，反襯出思婦之恨該有多深廣！這結尾具有震撼人心的藝術感染力。以「北風雨雪」的具體藝術形象比擬思婦之恨綿綿不盡，韻味雋永。且全詩以景起，以景結，首尾呼應，結構完整。

俠客行❶

趙客縵胡纓❷，吳鉤❸霜雪明。銀鞍照白馬，颯沓❹如流星。十步殺一人，千里不留行❺。事了拂衣去，深藏身與名。

閑過信陵❻飲，脫劍膝前橫❼。將炙啖朱亥，持觴勸侯嬴。三杯吐然諾，五嶽倒為輕。眼花耳熱後，意氣素霓生。救趙揮金槌，邯鄲先震驚。千秋二壯士，烜赫大梁城❽。縱死俠骨香❾，不慚世上英。誰能書閤下，白首《太玄經》❿！

【注　釋】❶俠客行　樂府舊題。《樂府詩集》卷六七收此詩，列於〈雜曲歌辭〉。蕭士贇注：「樂府俠遊二十五曲中有〈俠客行〉。」按：張華有〈遊俠篇〉，李白此詩擬之，表現對行俠生活的嚮往。❷趙客句　趙客，戰國時燕趙一帶多出俠客，後人因稱俠客為燕趙之士。縵胡纓，即縵胡之纓，一種武士佩帶的粗而無文理的冠帶。《莊子・說劍》：「吾王所見劍士，皆蓬頭、突鬢、垂冠、縵胡之纓。」司馬彪注云：「謂粗纓無文理也。」《文選》卷六左思〈魏都賦〉：「三屬之甲，縵胡之纓。」張銑注：「縵胡，武士纓名。」❸吳鉤　古代吳地所產的一種彎形刀。❹颯沓　群飛貌。此形容馬行迅疾。❺十步二句　《莊子・說劍》：「臣之劍十步一人，千里不留行。」意謂行十步殺一人，行千里殺人不停。❻信陵　即信陵君，名無忌，戰國時魏安釐王異母弟。曾封信陵君，招致賢士，有食客三千。見《史記・魏公子列傳》。❼膝前橫　橫放在膝上。宋本在「前」字下夾注：「一作：上」。❽將炙十句　用戰國時信陵君救趙事。朱亥、侯嬴，乃魏國兩俠士。據《史記・魏公子列傳》載，魏安釐王二十年，秦昭王出兵圍攻趙國都城邯鄲（今河北邯鄲），趙求救於魏。魏王受秦王威脅，命大將晉鄙領兵駐鄴城，按兵不動，名為救趙，實持兩端以觀望。信陵君姊乃趙國平原君夫人，信陵君數次勸魏王救趙，魏王不聽。後來魏都大梁（今河南開封）夷門監侯嬴為其策劃，由魏王愛妾如姬竊得兵符，又薦屠者朱亥隨信陵君同去。晉鄙對兵符懷疑而拒交兵權，朱亥乃用鐵錘擊殺晉鄙。信陵君得以率軍進攻秦軍，終於解救了邯鄲。眼花耳熱，形容酒酣時情狀。張華〈輕薄篇〉：「三雅來何遲，耳熱眼中花。」素霓，即白虹。此形容意氣慷慨激昂，如長虹貫日。張華〈壯士篇〉：「慷慨成素霓，嘯咤起清風。」二壯士，指侯嬴、朱亥。烜赫，形容聲名盛大。大梁城，魏國都城，即今河南開封。❾縱死句　本張華〈博陵王宮俠曲〉：「生從命子遊，死聞俠骨香。」❿誰能二句　用漢揚雄模仿《周易》作《太玄》事，見前〈古風〉其八注。此謂誰願如揚雄般閒於閣中，長期從事寫書。

【語　譯】燕趙的俠客冠帶粗而無文理，佩帶的吳鉤霜雪般明亮。騎著銀鞍白馬，像流星一樣飛速馳騁。十步殺一人，行千里而無人能阻擋。他們行俠完成任務後就拂衣而去，隱姓埋名深藏其身。

當年的俠客瀟灑地與信陵君交遊，把寶劍橫放在膝上。信陵君用烤肉款待屠夫朱亥，舉起酒杯勸監門吏侯嬴喝酒。三杯酒後就慨然許諾為信陵君效力，這許諾比五嶽還要重。眼花耳熱後，意氣就像白虹貫日般發生了。為救趙國朱亥揮起金錘殺了大將晉鄙，使信陵君奪得兵權而解了趙國之圍，此事使趙都邯鄲首先為之震驚。兩位壯士的舉動，千年之後仍然在大梁城內聲名盛傳。他們縱然死去而俠骨猶香，不愧為當世的英雄。誰願像揚雄那樣白首在閣中寫《太玄經》，終老一生呢！

【研　析】前八句描繪趙地俠客的形象和行為。亂髮突鬢，身佩彎刀，白馬銀鞍，揚鞭疾騁，這是一幅粗獷英武的俠客肖像畫。「十步殺一人，千里不留行」用《莊子》典故，誇劍之鋒利，詩未言殺何等樣人，不過所謂俠客，總是殺不義之人，為人報仇之類。「事了拂衣去，深藏身與名」是俠客解人之難不求回報的節操。在渲染俠客精神後，「閑過」兩句是承上啟下的過渡。接著十句寫戰國時信陵君救趙用兩位俠客的故事。寫信陵君款待侯嬴和朱亥，兩位俠客為信陵君的大義和感情所感動，意氣慷慨激昂如白虹貫日，許下比五嶽還重的諾言。讚揚朱亥揮錘擊殺晉鄙而震驚趙國，雖然侯嬴和朱亥都死去，但在魏都留下盛大聲名，俠骨傳香，不愧為當世英雄。末二句以「誰能」像揚雄那樣「白首《太玄經》」反襯俠客精神的崇高和偉大。

李白青年時代曾「託身白刃裏，殺人紅塵中」（〈贈從兄襄陽少府皓〉），「少任俠，手刃數人」（魏顥〈李翰林集序〉），任俠是李白的重要性格，詩人一生的理想就是想幹一番驚天動地的事業，然後功成身退。所以此詩禮讚俠客精神，也是詩人的自我寫照。

關山月❶

明月出天山❷，蒼茫雲海間。長風幾萬里，吹度玉門關❸。

漢下白登❹道，胡窺青海灣❺。由來征戰地，不見有人還。

戍客望邊邑❻，思歸多苦顏。高樓當此夜，歎息未應閑❼。

【注釋】❶關山月　樂府舊題。《樂府詩集》卷二三收此詩，列於〈橫吹曲辭〉，並引《樂府解題》曰：「〈關山月〉，傷離別也。古〈木蘭詩〉曰：『萬里赴戎機，關山度若飛。朔氣傳金柝，寒光照鐵衣。』」按：梁元帝、陳後主、陸瓊、張正見、徐陵等人諸作皆寫征人遠戍，離別相思之苦。此篇意同。❷天山　即今甘肅青海間的祁連山。匈奴人稱天為祁連，又祁連山與今新疆境內的天山相連，故稱。❸玉門關　在今甘肅敦煌西北。❹白登　山名，在今山西大同東北，山上有白登臺。據《漢書・匈奴傳》載：匈奴冒頓曾圍困漢高祖於白登，七日乃解。即此處。❺胡窺句　窺，窺探。青海，湖名。在今青海東北部。隋時屬吐谷渾，唐高宗龍朔三年，吐蕃滅吐谷渾。儀鳳年間李敬玄、玄宗開元年間王君㚟、張景順、皇甫惟明、王忠嗣皆先後與吐蕃攻戰，即在青海附近。❻邑　宋本原作「色」，於此字下夾注：「一作：邑」。是。❼高樓二句　徐陵〈關山月〉：「思婦高樓上，當窗未應眠。」此即用其意。閑，宋本於此字下夾注：「一作：還」。

【語譯】一輪明月從天山上升起，在曠遠無際的雲海中閃光。幾萬里的長風，吹過了玉門關。

當年漢高祖曾被匈奴圍困在白登山，至今胡人的兵馬仍在窺視青海灣，伺機入侵。自古以來漢族與外族戰爭的地方，幾乎沒有人能夠生還。

守邊的將士們望著這月光下的邊塞小邑，遙想家中的妻子一定因思念丈夫而哀苦憔悴。當此月夜，她必然在高樓上嘆息，盼望著丈夫的歸來。

【研　析】首四句描繪征人眼中所見的邊塞景色。以明月開頭，啟示征夫的思念之情。中四句寫邊塞征戰之艱苦激烈，從漢到唐，帝王被圍困，戰士無生還，不著哀字而哀痛極深。末四句寫征夫懸想思婦在高樓月夜相念盼望丈夫歸來之情景，意境深遠。

卷三

樂府二

獨漉篇❶

獨漉水中泥，水濁不見月。不見月尚可，水深行人沒❷。

越鳥從南來，胡雁亦北度。我欲彎弓向天射，惜其中道失歸路❸。

落葉別樹，飄零隨風。客無所託，悲與此同❹。

羅帷舒卷，似有人開。明月直入，無心可猜❺。

雄劍挂壁，時時龍鳴❻。不斷犀象，羞澀苔生❼。國恥未雪，何由成名？

神鷹夢澤，不顧鴟鳶。為君一擊，摶鵬九天❽。

【注　釋】❶獨漉篇　樂府舊題。《樂府詩集》卷五四列於〈舞曲歌辭〉。漉，一作「祿」，又作「鹿」。蕭士贇注：「〈獨漉篇〉即拂舞歌五曲之〈獨祿篇〉也。特《太白集》中『祿』作『漉』字，其間命意造辭亦模仿規擬，特古詞為父報仇，太白則為國雪恥耳。」晉〈獨鹿歌〉古辭曰：「獨祿獨祿，水深泥濁。泥濁尚可，水深殺我。噰噰雙雁，遊戲田畔。我欲射雁，念子孤散。翩翩浮萍，得風遙輕。我心何合？與之同並。空牀低幃，誰知無人。夜衣錦繡，誰別偽真？刀鳴削（鞘）中，倚牀無施。父冤不報，欲活何為？」按：《漢書・武帝紀》：「(元封) 四年冬十月，行幸雍，祠五時，通回中道，遂北出蕭關，歷獨鹿、鳴澤，自代而還。」服虔注：「獨漉，山名也。鳴澤，澤名也。皆在涿郡遒縣北界也。」今獨鹿山在河北涿鹿西。❷獨漉四句　意謂獨漉水多泥漿，泥水混濁不見月影。不見月影尚可，水深淹沒夜行人。今人或謂李白以涿鹿代指幽州，喻安祿山統治下人民處於水深火熱之中。❸越鳥四句　以同情飛鳥哀嘆自己失去歸路。胡雁，蕭本、郭本、咸本作「胡鷹」。❹落葉四句　悲嘆自己無所依託，就像落葉離開樹枝隨風飄零一樣。❺羅帷四句　以風捲羅帷、明月入照襯托自己處境孤寂。❻雄劍二句　以良劍龍鳴喻自己的才能不為時用。王琦注引《拾遺記》：「帝顓頊有曳影之劍，騰空而舒。若四方有兵，此劍則飛起，指其方則克伐。未用之時，常於匣裡如龍虎之吟。」❼不斷二句　《文選》卷三四曹植〈七啟〉：「步光之劍，華藻繁縟……陸斷犀象，未足稱儁。」李周翰注：「言劍之利也。犀象之獸，其皮堅。」此言「不斷」，乃反用其意。羞澀，蕭本、郭本、王本、咸本皆作「繡澀」，疑當作「鏽澀」。蓋劍既不能「斷犀」，又已「苔生」，則劍已鏽矣。宋本作「羞」恐為音近而誤，其他各本恐為形似而誤。❽神鷹四句　謂神鷹在雲夢澤不顧凡鳥，只與九天之鵬搏擊。《太平廣記》卷四六〇引《幽明錄》：「楚文王好獵，有人獻一鷹，王見其殊常，故為獵于雲夢。毛群羽族，爭噬共搏。此鷹瞪目，遠瞻雲際。俄有一物鮮白，不辨其形，鷹便竦羽而升，矗若飛電。須臾，羽墮如雪，血下如雨。有大鳥墮地。度其羽翅，廣數十里。時有博物君子曰：『此大鵬雛也。』」蕭士贇注：「此比興之意，謂士之用世，當為國雪恥，立大功以成名，如神鷹之不顧凡鳥而但擊九天之鵬也。」九天，指天之中央和八方。

【語　譯】獨漉水中多為泥漿，泥水混濁得看不見月亮的倒影。看不見月影還可以，但它卻水深常使夜行之人淹死。

越鳥從南而來，胡雁也向北飛去。我想拉弓向天射鳥，但憫惜牠半途迷失歸路而不忍。

落葉離了樹枝，隨風飄零。我作客他鄉而無所依託，悲痛與落葉飄零完全相同。

羅帷被風吹得舒捲起來，好像被人打開。明月直接照入室內，光鑒我心，無疑可猜。

雄劍掛在壁上，時時發出龍鳴。此劍長期閒置已不能斷犀象，而且已生鏽長滿斑苔。國恥未雪，從哪裡能立功成名？

神鷹在雲夢放獵時，對鴟鳶之類的小鳥不屑一顧。為君王一擊，直飛九天與鵬拚搏。

【研析】此詩命意造辭基本上模擬晉〈獨鹿歌〉古辭。詩分六章。首章哀水深淹死人；二章憫飛鳥失歸路；三章嘆無依靠；四章以風月有情襯托孤寂情懷；五章喻有才不為時用，不能為國雪恥；六章以神鷹喻志士當為君上九天擊鵬，以雪國恥。論者多謂安祿山叛亂兩京淪陷時所作，似可從。

登高丘而望遠海❶

登高丘，望遠海。六鼇骨已霜，三山流安在❷？扶桑❸半摧折，白日沉光彩。

銀臺金闕如夢中❹，秦皇漢武空相待❺。

精衛費木石，黿鼉無所憑❻。君不見驪山茂陵盡灰滅❼，牧羊之子來攀登❽。

盜賊劫寶玉，精靈竟何能❾？窮兵黷武今如此❿，鼎湖飛龍安可乘⓫？

【注釋】❶登高丘而望遠海　樂府舊題。《樂府詩集》卷二七收此詩，列於〈相和歌辭〉魏文帝〈登山而望遠〉篇之後。此詩諷刺秦皇、漢武的求仙行為，唐玄宗亦好神仙之術，殆有託古諷今之意。❷六鼇二句　此謂六鼇已骨白如霜，餘下三山又漂到何處。據《列子・湯問》載：渤海東面極遠的大海裡，有五山：岱輿、員嶠、方壺、瀛洲、蓬萊。上居神仙。因五山之根無所繫，常隨潮波上下往還。天帝怕山流失，因命海神禺疆使巨鼇十五舉首戴之。後龍伯國巨人釣走六鼇，燒灼其骨用來占卜。於是岱輿、員嶠二山無所依憑，漂流到北極，沉沒海中。❸扶桑　神話中的樹名。《山海經・海外東經》：「湯谷上有扶桑，十日所浴。」郭璞注：「扶桑，木也。」《十洲記》：「扶桑在大海中，樹長數千丈，一千餘圍，兩幹同根，更相依倚，日所出處。」❹銀臺句　謂神仙境界虛無飄渺，如同夢幻。銀臺、金闕，均為神仙所居之處。❺秦皇句　秦始皇、漢武帝都迷信神仙。秦始皇事見前〈古風〉其三注。據《史記・封禪書》記載：漢武帝也曾遣方士入海求蓬萊神仙安期生，找了很久仍未找到，故云「空相待」。❻精衛二句　謂大海之深非精衛用木石所能填；黿鼉為梁說亦虛說無據。精衛，神話傳說中的鳥名。《山海經・北山經》卷八載，炎帝女溺死於東海，化為精衛鳥，常銜西山之木石填於東海。黿鼉，水中動物名。《竹書紀年》卷八載：周穆王在九江以黿鼉為橋梁，渡過長江，南伐越國。❼君不見句　謂秦始皇、漢武帝的屍體都已化為灰塵。驪山，在今陝西臨潼東南，秦始皇死後葬此。茂陵，漢武帝陵名，在今陝西興平東北。❽牧羊句　《漢書・劉向傳》載，有一羊逃入驪山秦始皇墓中，牧童持火入內尋找，不慎失火，秦始皇的棺槨被燒。❾盜賊二句　謂秦始皇、漢武帝死時厚葬，結果墳墓中寶玉都被盜，鬼魂對此亦毫無辦法。❿窮兵句　謂秦始皇、漢武帝生前竭盡兵力，好戰無厭，如今死後卻如此無能為力。⓫鼎湖句　此句謂乘龍上天成仙是不可能的。《抱朴子・微旨》：「黃帝於荊山之下，鼎湖之上，飛九丹成，乃乘龍登天。」

【語　譯】登上高山，遙望遠海。神話傳說中的六鼇早已化為如霜的白骨，餘下的三座神山又漂流到何處去了？東方大海中的神樹扶桑大概已半折，太陽升起時光彩已隱沉。神話中所說的銀臺金闕就像在夢中出現，秦始皇、漢武帝求長生的種種努力只是徒然等待。

神話中精衛鳥填海只是白白地浪費木石，黿鼉架江橋伐越也是虛無沒有根據。君不見驪山秦始皇和茂陵漢武帝的屍體早已成了灰土，他們的陵墓被牧童攀登失火焚燒。還有盜賊來劫掠墓中的珍寶玉石，他們的靈魂究竟有什麼能力？他們生前窮兵黷武現在卻如此下場，怎麼還可能像黃帝那樣在鼎湖乘飛龍上天成仙呢？

【研　析】此詩作年不詳。此詩對神話傳說多予否定，對秦皇漢武的求仙亦加批判，認為神仙之事虛無飄渺，不可實跡以求，海上求仙，徒勞無益。秦皇墓被焚於牧童，茂陵財被劫於赤眉，生前威風，死後無能。前人多謂此詩是託古諷今之作，近是。

陽春歌❶

長安白日照春空，綠楊結煙桑裊風❷。披香殿❸前花始紅，流芳發色繡戶中❹。
繡戶中，相經過。飛燕皇后❺輕身舞，紫宮夫人絕世歌❻。聖君❼三萬六千日，
歲歲年年奈樂何！

【注釋】❶陽春歌　樂府舊題。《樂府詩集》卷五一列入〈清商曲辭〉，收有宋吳邁遠、梁吳均、陳顧野王、隋柳顧言等人詩作。❷長安二句　意謂長安春日碧空萬里太陽普照，綠楊如煙桑枝在春風中搖曳。桑，宋本夾注：「一作：垂」。裊，同「嫋」。嫋嫋，搖曳貌。❸披香殿　漢代宮殿名，故址在今陝西西安西北長安故城。❹流芳句　謂華美的繡戶中散發出香氣，顯露出色彩。流芳，散佈香氣。發色，顯露顏色。繡戶，指雕繪華美的女子居室。❺飛燕皇后　指漢成帝皇后趙飛燕。據《漢書・孝成趙皇后傳》載，飛燕乃成陽侯趙臨之女，初學歌舞，以體輕號飛燕。成帝時由婕妤立為皇后，與其妹昭儀專寵十餘年。《西京雜記》卷一：「趙飛燕為皇后，趙后體輕腰弱，善行步進退。」❻紫宮句　紫宮，漢宮殿名。《文選》卷二張衡〈西京賦〉：「正紫宮於未央。」李善注：「辛氏《三秦記》曰：『未央宮一名紫微宮。』然未央為總稱，紫宮，其中別名。」夫人，指漢武帝李夫人。絕世歌，《漢書・外戚傳》：「孝武李夫人本以倡進。初，夫人兄延年性知音，善歌舞，武帝愛之。延年侍上起舞，歌曰：『北方有佳人，絕世而獨立。一顧傾人城，再顧傾人國。寧不知傾城與傾國，佳人難再得。』上嘆息曰：『世豈有此人乎？』平陽主因言延年有女弟，上乃召見之，實妙麗善舞，由是得幸。」絕世，一作「絕代」。❼聖君　一作「聖皇」。

【語譯】長安城內春日當空普照，綠楊如煙，桑枝在春風中搖曳。披香殿前百花開始吐豔，華美的繡戶中散發出香氣和顯露出色彩。

繡戶中，宮女們魚貫而過。美妙的舞姿猶如當年飛燕皇后的輕身掌上舞，婉轉的歌聲勝過當年李夫人在未央宮中唱的絕代歌。聖明的皇上百年三萬六千日，年年歲歲都是如此的歡樂吧！

【研　析】此詩當是天寶二載（西元七四三年）李白供奉翰林時所作。前段寫長安城內美好的春日景色，後段寫宮殿中嬪妃宮女們的美妙歌舞，得到天子的欣賞。或謂末句頗有微詞。

陽叛兒❶

君歌〈陽叛兒〉，妾勸新豐酒❷。何許最關人❸？烏啼白門❹柳。烏啼隱楊花，

君醉留妾家。博山鑪中沉香火，雙煙一氣凌紫霞❺。

【注　釋】❶陽叛兒　一作〈楊叛兒〉，一作〈楊伴兒〉，六朝樂府〈西曲歌〉曲調名。《樂府詩集》卷四九列為〈清商曲辭〉，題作〈楊叛兒〉。《舊唐書・音樂志二》：「〈楊伴〉，本童謠歌也。齊隆昌時，女巫之子曰楊旻，旻隨母入內，及長，為后所寵。童謠云：『楊婆兒，共戲來。』而歌語訛，遂成『楊伴兒』。」後來演變為〈西曲歌〉的樂曲之一。現存古辭八首，皆為情歌。其二云：「暫出白門前，楊柳可藏烏。歡作沉水香，儂作博山爐。」李白即以此意改寫成此詩。❷新豐酒　指美酒。新豐，一是漢代縣名，在今陝西臨潼東北。漢高祖定都長安，因其父思歸故鄉，乃於故秦驪邑仿照豐、沛街築城，遷豐、沛部分居民於此，以樂其父。名之曰新豐。六朝以來即以多出美酒聞名。王維〈少年行〉有「新豐美酒斗十千」句。二是在今江蘇丹徒。錢大昕《十駕齋養新錄》卷一一：「丹徒縣有新豐鎮。陸游《入蜀記》：六月十六日，早發雲陽，過夾岡，過新豐小憩。李太白詩云：『南國新豐酒，東山小妓歌。』又唐人詩云：『再入新豐市，猶聞舊酒香。』皆謂此，非長安之新豐也。然長安之新豐亦有名酒，見王摩詰詩。」❸何許句　何許，何處。關人，牽動人的情思。❹白門　六朝時都城建康（今南京）的正南門即宣陽門，民間謂之白門。後來用為金陵（南京）的別稱。一說為「建康城西門也，西方色白，故以為稱」（見胡三省《通鑑注》）。❺博山二句　用古歌意，女子以博山鑪自喻，以沉香喻對方，象徵男女愛情生活融洽歡樂。博山鑪，

古香爐名，在香爐表面雕有重疊山形的裝飾，香爐像海中的博山，下有盤，貯湯，使潤氣蒸香，以像海之回環（王琦注）。《西京雜記》卷一：「長安巧工丁緩者，……又作九層博山香爐，鏤為奇禽怪獸，窮諸靈異，皆自然運動。」沉香，又名沉水香，南方瑞香科植物，產於臺灣、越南、印度、泰國等地，木材心為著名的薰香料。紫霞，指天空雲霞。煙：宋本原作「咽」，誤。據蕭本、郭本、胡本、繆本、王本、咸本改。

【語　譯】哥為我唱一曲動情的〈陽叛兒〉，妹勸哥飲一杯甜蜜的新豐美酒。哪裡是最牽動兩人情思的好地方？是日暮烏啼時金陵白門的柳樹底下。烏鳥隱在楊花叢中歡鳴，哥醉就留在妹家住。我倆的愛情就像博山鑪中投入兩支沉香木，立刻燃燒成雙煙繚繞化為一氣升騰入高空紫霞中。

【研　析】此詩亦當為青年時代遊金陵時作。是繼承古樂府〈陽叛兒〉而進行藝術再創造的一首情歌。樂府古辭原來只有四句，此詩衍化為八句，使男女形象更為豐滿，生活氣息更為濃厚。首二句寫一對青年男女相愛的場面：男的唱歌，女的勸酒，感情非常融洽。一開頭就將籠罩全篇的歡愉氣氛展開了。接著又加了一句古辭沒有的設問：「何許最關人？」使詩意產生了變化，引起讀者的注意。然後點出時間、地點和環境：是在日暮烏啼時金陵白門的柳樹底下最牽動人的情思。「烏啼隱楊花」從古辭「藏烏」一語引出，但意境更美，烏鴉歸巢後停止啼鳴，在楊花間甜蜜地憩息，這既是寫景，又顯得情趣盎然。「君醉留妾家」意思更清楚，這「醉」可能是酒醉，但也包含著男女間柔情的陶醉。末二句則將愛情推向高潮，形象地將男女幽會比喻為沉香投入火爐中，熾烈的愛情之火立刻燃燒雙煙化成一氣升騰入雲霞。前句檃括了古辭的後半部分又生發出最後一句的絕妙象徵，使全詩的意趣得到完美的體現。

雙燕離❶

雙燕復雙燕，雙飛令人羨❷。玉樓珠閣❸不獨棲，金窗繡戶長相見。柏梁❹失火去，因入吳王宮。吳宮又焚蕩❺，鶵盡巢亦空。憔悴一身在，孀雌憶故雄。雙飛難再得，傷我寸心中。

【注釋】❶雙燕離　樂府舊題。《樂府詩集》卷五八列入〈琴曲歌辭〉。梁簡文帝、沈君攸等有同題詩。蕭士贇注：「琴操三十六雜曲中有〈雙燕離〉。」胡震亨注：「古辭無考，白因題擬辭。」❷雙燕二句　沈君攸〈雙燕離〉：「雙燕雙飛，雙情相思。」❸玉樓珠閣　華麗的高樓臺閣。❹柏梁　漢長安宮中臺名。《三輔黃圖》卷五：「柏梁臺，武帝元鼎二年春起，此臺在長安城中北闕內。《三輔舊事》云：以香柏為梁也。帝嘗置酒其上，詔群臣和詩，能七言者乃得上，太初中臺災。」《漢武故事》載，太初元年十一月己酉，天火燒柏梁臺。❺吳宮句　《越絕書》卷二〈外傳記吳地傳〉：「東宮，周一里二百七十步路。西宮在長秋，周一里二十六步。秦始皇十一年，守宮者照燕，失火燒之。」

【語譯】雙燕雙飛，令人羨慕。在華美的高臺樓閣裡共同棲住，金窗繡戶邊形影不離。柏梁臺失火燒了巢，只得離去到吳王宮築巢。可是吳王宮又失火焚燒，雛燕燒盡巢也空。如今只剩下憔悴一身，孤孀雌燕思念雄燕，比翼雙飛的日子已難再有了，使人悲傷寸心欲碎。

【研析】此詩多用比興手法。所謂「柏梁失火去」，喻指天寶年間詩人供奉翰林被讒離京；「因入吳王宮」喻指至德年間入永王李璘幕；「吳宮又焚蕩」二句喻指潯陽繫獄和流放夜郎。最後哀嘆自己孤身一人思君而不得再見。疑流放夜郎告別宗夫人後所作。

山人勸酒❶

蒼蒼雲松❷，落落綺皓❸。春風爾來為阿誰❹？胡蝶忽然滿芳草。秀眉霜雪桃花貌，青髓綠髮長美好❺。稱是秦時避世人，勸酒相歡不知老。
各守麋鹿志❻，恥隨龍虎爭❼。欻起佐太子，漢皇乃復驚。顧謂戚夫人，彼翁羽翼成❽。
歸來商山下，泛若雲無情❾。舉觴酹巢由，洗耳何獨清❿。浩歌望嵩嶽⓫，意氣還相傾⓬。

【注　釋】❶山人勸酒　樂府舊題。《樂府詩集》卷六〇收此詩，列於〈琴曲歌辭〉。蕭士贇注：「樂府觴酌七曲，其一曰〈山人勸酒〉。」❷蒼蒼句　蒼蒼，深青色。雲松，形容松樹高聳入雲。❸落落句　落落，豁達開朗貌。綺皓，指商山四皓：東園公、甪里先生、綺里季、夏黃公。秦末隱於商山（今陝西商縣東南），都年過八十，鬚眉皓白。《文選》卷三一江淹〈雜體詩三十首・孫廷尉〉：「南山有綺皓。」張銑注：「綺，綺里季。皓，老人貌。」❹阿誰　誰人。❺秀眉二句　形容四皓容顏秀美。桃花貌，蕭本、郭本、王本、咸本作「顏桃花」，一作「顏桃李」。青髓綠髮，蕭本、郭本、咸本作「骨青髓綠」。長美好，長久保持美好的容顏和體魄。阮籍〈詠懷詩〉其四：「自非王子晉，誰能長美好。」❻麋鹿志　麋，宋本作「兔」，在此字下夾注：「一作：麋」。蕭本、郭本、王本、咸本皆作「麋」。是。據改。麋鹿志，指隱居的志向。麋是鹿的一種，古時常以麋鹿志為隱士代稱。❼龍虎爭　見〈古風〉其一注❻。❽欻起四句　欻，忽然。佐太子，據《史記・留侯世家》記載，漢高祖欲廢太子劉盈而立戚夫人之子趙王如意，呂后恐懼，留侯張良為她設計，使人奉太子書札，卑辭厚禮，迎請商山四皓。漢高祖設宴，太子侍酒，四人從，年皆八十有餘，鬚眉皓白，衣冠甚偉。高祖驚問之，四皓盛稱太子仁孝愛士，天下賢士均願效死，故來輔佐。高祖遂放棄改易太子的想法。對戚夫人說：「我欲易之，彼四人輔之，羽翼已成，難動矣。」四句即指此事。宋本在「佐」字下夾注：「一作：安」。❾歸來二句　謂事畢後四皓回到商山，飄然如無情之雲。❿舉觴二句　酹，用酒灑在地上表示祭奠。巢由，巢父與許由。相傳為堯時隱士。堯要讓位給許由，許由認為弄髒了自己的耳朵，於是到潁水去洗耳。許由將此事告訴巢父，巢父斥責許由。事見《高士傳》。二句即用此意。宋本在「獨」字下夾注：「一作：太」。⓫嵩

嶽　即嵩山。嵩山之南有許由山，高大四絕。北有潁水，傳即有許由洗耳處。⓬意氣句　謂志趣相慕。鮑照〈代雉朝飛〉：「握君手，執杯酒，意氣相傾死何有？」宋本在「還」字下夾注：「一作：遙」。

【語　譯】青青入雲的松樹，猶如豁達開朗的商山四皓。春風您為誰而來？四皓墓地芳草叢中忽然蝴蝶飛舞。當年他們四人秀眉如霜雪，面貌如桃花，骨髓青綠，長久保持美好的容貌和體魄。自稱是秦末避世亂的人，互相勸酒歡樂竟然不知自己已老。

他們各守與麋鹿為友的隱居志向，以追隨龍爭虎鬥為恥。但後來突然出山起來輔佐太子劉盈，這就使漢高祖劉邦大為吃驚。漢高祖回顧對戚夫人說：那太子已由四皓輔佐，羽翼已成，不可動搖了。

四皓完成使命後回到商山，就像天上雲彩一樣飄逸毫無世俗之情。我舉杯灑酒祭奠巢父和許由，你們聽了堯將讓位給你即到潁水洗耳，是否徒然清高。我望著嵩山浩然高歌，覺得商山四皓的志趣與你們相投而更有意義。

【研　析】首段讚美商山四皓品格高尚，容顏和身體美好，樂於隱居。次段謂四皓本以參與龍爭虎鬥為恥，但天下需要時也能出山輔佐太子，使國家安定。末段寫四皓功成身退又回商山隱居，沒有眷戀功名富貴的世俗之情。最後詩人以上古隱士巢父、許由作對比，認為四皓志趣高出純粹的隱士，隱則有道，出則有為，非尋常之隱士可比。

于闐採花❶

于闐採花人，自言花相似❷。明妃一朝西入胡❸，胡中美女多羞死。乃知漢地多名姝❹，胡中無花可方比。

丹青能令醜者妍❺，無鹽❻翻在深宮裏。自古妒蛾眉，胡沙埋皓齒❼。

【注　釋】❶于闐採花　樂府舊題。《樂府詩集》卷七三列於〈雜曲歌辭〉。胡震亨注：「〈于闐採花〉，陳隋時曲名。本辭云：『山川雖異所，草木尚同春。亦如溱洧地，自有採花人。』太白則借明妃陷虜，傷君子不逢明時，為讒妒所蔽，賢不肖易置，無可辨，蓋亦以自寓意焉。」按：于闐，西域國名。《舊唐書·西戎傳》：「于闐國，西南帶葱嶺，與龜茲接，在京師西九千七百里。」❷于闐二句　即古辭四句之意。謂于闐山川雖異，但草木同春，美女亦相似。採花人，指為君王選美女之人。❸明妃句　明妃，即漢元帝宮人王昭君。晉代避司馬昭諱，改稱明君，後人又改稱明妃。《西京雜記》卷二：「元帝後宮既多，不得常見，乃使畫工圖形，按圖召幸之。諸宮人皆賂畫工，多者十萬，少者亦不減五萬。獨王嬙（即王昭君）不肯，遂不得見。匈奴人朝求美人為閼氏，於是上按圖以昭君行。及去，召見，貌為後宮第一。善應對，舉止閑雅。帝悔之，而名籍已定，帝重信於外國，故不復更人，乃窮案其事，畫工皆棄市。籍其家資皆巨萬。」西入胡，指王昭君北上匈奴嫁給單于為閼氏。❹名姝　有名的美女。姝，美女。❺丹青句　丹青，丹和青是中國古代繪畫中常用之顏色，故以丹青代稱圖畫。妍，美。❻無鹽　古代有名的醜女。《新序》卷二：「齊有婦人極醜無雙，號曰無鹽女。其為人也，臼頭深目，長壯大節，昂鼻結喉，肥項少髮，折腰出胸，皮膚若漆。行年三十無所容人。」王琦注：「昭君事，本是畫工醜圖其形，以致不得召見。太白則謂『丹青能令醜者妍，無鹽翻在深宮裏。』熟事化新，精彩一變，真所謂聖於詩者也。」❼自古二句　蛾眉，宋本原作「娥眉」，據蕭本、郭本、王本、咸本改。枚乘〈七發〉：「皓齒蛾眉。」皓齒、蛾眉，皆形容女子美貌。

【語　譯】于闐國為君王選美女的人，自以為胡人中的美女與漢族美女都是相似的。可是當王昭君一旦北入匈奴，胡人中的美女都自己覺得遠遠不如而羞愧得要死。於是懂得漢地是以美女眾多出名的，胡地實在沒有美人可以與之相比的。

可悲的是圖畫能使美女變醜而使醜女變美，於是美女王昭君遠嫁匈奴，而醜女無鹽反而得居深宮。自古以來美女都遭受妒忌，像王昭君這樣明眉皓齒的美女最終卻埋骨在胡沙中。

【研　析】前段以王昭君出塞嫁匈奴，使胡女自愧不如，反襯于闐採花人的無知，並得出「胡中無花可比漢地名姝」的結論。後段議論畫工之惡，將美醜顛倒，使美女遠嫁而醜女進宮，並由此得出自古以來奸佞都忌妒美女，致使美女埋胡沙的結論。喻指奸臣當道，賢臣被逐。《唐宋詩醇》卷三曰：「沉淪不偶之士如明君者自古不乏，若林甫當國而云野無遺賢，則賢不肖之易置者眾矣。即白之受讒於張垍，所謂入宮見妬，固其宜也。」

鞠歌行❶

玉不自言如桃李❷，魚目笑之卞和恥❸。楚國青蠅❹何太多，連城白璧❺遭讒毀。荊山長號泣血人，忠臣死為刖足鬼❻。

聽曲知甯戚，夷吾因小妻❼。秦穆五羊皮，買死百里奚❽。洗拂青雲上，當時賤如泥❾。朝歌鼓刀叟，虎變磻溪中❿。一舉釣六合⓫，遂荒營丘東⓬。平生渭水曲⓭，誰識⓮此老翁？奈何今之人，雙目送飛鴻⓯！

【注釋】❶鞠歌行　樂府舊題。《樂府詩集》卷三三列入〈相和歌辭・平調曲〉。陸機〈鞠歌行序〉：「按漢宮閣有含章鞠室、靈芝鞠室。後漢馬防第宅卜臨道，連閣通池，鞠城彌於街路。鞠歌將謂此也。又東阿王詩『連騎擊壤』，或謂蹙鞠乎！三言七言，雖奇寶名器，不遇知己，終不見重，願逢知己，以託意焉。」按：謝靈運、謝惠連亦有〈鞠歌行〉詩，嘆知音難求。❷桃李　《史記・李將軍列傳》：「諺曰：『桃李不言，下自成蹊。』此言雖小，可以論大也。」司馬貞《索隱》：「姚氏曰：桃李本不能言，但以華實感物，故人不期而往，其下自成蹊徑也。」❸魚目句　魚目可以混珠。《文選》卷四〇任彥申〈致大司馬記室箋〉：「惟此魚目，唐突璵璠。」李善注：「魚目似珠，璵璠，魯玉也。」卞和，春秋時楚國人。獻璞玉給楚王，玉匠誤認為是石，楚王以為卞和欺騙而削其足，見卷一〈古風〉其三十六注❶。❹青蠅　喻指奸佞之臣。《詩經・小雅・青蠅》：「營營青蠅，止於樊。豈弟君子，無信讒言。」鄭玄箋：「蠅之為蟲，汙白使黑，喻佞人變亂善惡也。」❺連城白璧　即指和氏璧。《史記・廉頗藺相如列傳》：「趙惠文王時得和氏之璧。秦昭王聞之，使人遺趙王書，願以十五城請易璧。」後人稱價值連城，即指此。❻荊山二句　即指卞和獻璞被刖足事。荊山，即楚山。古代楚國別稱為「荊」，因其原來建國於荊山（今湖北南漳西）一帶。一說秦稱楚為荊，因避莊襄王之諱子楚。❼聽曲二句　甯戚，春秋時齊國賢士。夷吾，春秋時齊相管仲之名。小妻，妾也。《列女傳・辯通傳・齊管妾婧》：「甯戚欲見桓公，道無從。乃為人僕。將車宿齊東門之外。桓公因出，甯戚擊牛角而商歌，甚悲。桓公異之，使管仲迎之，甯戚稱曰：『浩浩乎白水。』管仲不知所謂，不朝五日而有憂色。其妾婧進曰：『今君不朝五日，而有憂色，敢問國家之事耶，君之謀耶？』管仲曰：『……昔日公使我迎甯戚，甯戚曰：浩浩乎白水。吾不知其所謂，是故憂之。』其妾笑曰：『人已語君也矣，君不知識耶？古有〈白水〉之詩，詩不云乎：浩浩白水，鰷鰷之魚。君來召我，我將安居？國家未定，從我焉如？此甯戚之欲得仕於國家也。』管仲大悅，以報桓公。桓公乃修官府，齋戒五日，見甯子，因以為佐，齊國以治。」❽秦穆二句　百里奚，曾為虞國大夫，虞國亡，為秦穆公夫人之媵。逃亡途中被楚人所執而為奴，秦穆公用五張羊皮將他贖回，為秦國宰相。見《史記・秦本紀》。❾洗拂二句　謂甯戚、百里奚當時地位低賤如泥，被君主洗刷拂去塵垢而擢拔到青雲之上。❿朝歌二句　指姜太公呂望曾在朝歌當屠夫，在磻溪垂釣，後遇周文王而用以為師。《楚辭・離騷》：「呂望之鼓刀兮，遭周文而得舉。」王逸注：「言太公避紂，居東海之濱，聞文王作興，盍往歸之。至於朝歌，道窮困，自鼓刀而屠，遂西釣於渭濱。文王夢得聖人，於是出獵而遇之，遂載以歸，用以為師。」詳見卷二〈梁甫吟〉注❸。虎變，如虎身花紋的變化。《易經・革卦》：「大人虎變。象曰：其文炳也。」後常用以比喻非常之人的出處變化莫測。⓫釣六合　比喻為周武王取得天下。六合，天地四方。⓬遂荒句　於是有了東部齊國營丘之地的封賞。荒，有。《詩經・魯頌・閟宮》：「遂荒大東。」毛傳：「荒，有也。」《史記・齊太公世家》：「於是武王已平商而王天下，封師尚父於齊營丘。」張守節《正義》：「《括地志》云：『營丘，在青州臨淄北百步外城中。』」⓭渭水曲　渭水邊。曲，曲折隱蔽的地方。⓮識　宋本在此字下夾注：「一作：數」。⓯雙目句　謂心不在焉。《史記・孔子世家》：「（衛靈公）與孔子語，見蜚（飛）雁，仰視之，色不在孔子。孔子遂行。」王琦注云：「『雙目送飛鴻』，正用其事，以喻不好賢之意。」

【語　譯】美玉就像桃李那樣不會自己說話卻被人們欣賞讚美，魚目則冒充珍珠而嘲笑美玉使卞和蒙受恥辱。楚國像蒼蠅般的小人為何太多，他們使價值連城的和氏璧遭受讒毀。楚山下長期哭泣流血的獻寶之人，一心盡忠卻屢遭刖足幾乎成死鬼。

春秋時代管仲聽了小妾的一番話，才知曉甯戚所唱〈白水〉之曲的用意，於是齊桓公用甯戚為國相。秦穆公用五張羊皮贖回百里奚，使他死命為秦國治理好國政。他們當時都是地位低賤如泥的人，但一朝被君王洗刷拂去塵垢後就直上青雲。過去在朝歌當屠夫的姜太公，後在磻溪垂釣遇見周文王而一變為帝王師。一舉為周武王釣得了天下，就被封齊國而有東部營丘之地。當年在渭水邊釣魚時，有誰知道這位老翁有這樣的本領？歷史上的明君都能賞識大賢之人，可是如今的當權者，面對賢士卻只表面敷衍而目送飛鴻，心中根本看不起賢士呢！

【研　析】此詩前段寫卞和獻璞反被刖足，感傷士之被讒廢棄，後段以齊桓公重用甯戚、秦穆公重用百里奚、周文王以呂望為師的故事，羨慕昔賢之遇合有時。末二句又重嘆今之掌權者不能像古代君王那樣識賢，借此以自況。

幽澗泉❶

拂彼白石，彈吾素琴❷。幽澗愀❸兮流泉深，善手明徽高張清❹。心寂歷❺似千古，松颼飀兮萬尋❻。中見愁猿吊影❼而危處兮，叫秋木而長吟。客有哀時失志❽而聽者，淚淋浪❾以沾襟。乃緝商綴羽❿，潺湲⓫成音。吾但寫聲發情於妙指⓬，殊不知此曲之古今。幽澗泉，鳴深林。

【注　釋】❶幽澗泉　蕭士贇注：「樂府〈幽澗泉〉者，山水二十四曲之一。」胡震亨注則謂此乃李白自製的琴曲名。《樂府詩集》卷六〇列此詩於〈琴曲歌辭〉。❷素琴　未加修飾的琴。❸愀　憂戚悲慘貌。❹善手句　善手，高手；好手。徽，琴徽；繫絃之繩。《漢書・揚雄傳下》：「高張急徽。」顏師古注：「徽，琴徽也，所以表發、撫抑之處。」後以為琴面識點之稱，此代指彈琴。高張清，琴絃高張，其聲清揚。《文選》卷二一顏延年〈秋胡〉詩：「高張生絕絃，聲急由調起。」李善注：「〈物理論〉曰：『琴欲高張，瑟欲下聲。』」❺寂歷　猶寂寞、冷清。❻松颼飀句　颼飀，風聲。江淹〈山中楚辭〉：「風颼飀兮木道寒。」萬尋，極言其高。八尺為尋。❼吊影　形影相弔；孤影自憐。形容孤獨或處境的孤苦可憐。江淹〈恨賦〉：「拔劍擊柱，吊影慚魂。」❽失志　失意；有志難酬。❾淋浪　流淚不止貌。陶潛〈感士不遇賦〉：「淚淋浪以灑袂。」❿緝商綴羽　指彈琴。緝、綴謂演奏，商、羽皆為古代五音（宮、商、角、徵、羽）之一。謂演奏琴曲音調以商、羽二音組成。⓫潺湲　水徐流貌，流淚貌，又指水流聲。《楚辭・九歌・湘夫人》：「觀流水兮潺湲。」⓬吾但句　寫聲發情，宣洩抒發心聲和感情。寫，宣洩；抒發。《詩經・邶風・泉水》：「駕言出遊，以寫我憂。」鄭玄箋：「我心寫者，舒其情意，無留恨也。」朱熹注：「形於言者謂之聲，發於心者謂之情。」發情，宋本原作「發憤」，據蕭本、郭本、王本、咸本改。

【語　譯】拂去那白石上的灰塵，坐在上面我彈著素琴。深深的幽澗中流泉悲咽，我是彈琴好手高張清音。心中寂靜像回到千年前的上古時代，萬丈峭壁傳來颼飀的松濤聲。琴音中彷彿見到猿在高危懸崖上孤影自憐，在秋天的樹林中長啼哀鳴。在聽眾中有哀時而失意的人，都感動得淚滿衣襟。於是我奏著商音和羽音，琴音如潺潺流水。我只知用手指巧妙地在琴絃上抒寫我心中的感情，卻不知道這樂曲是古曲還是今曲。幽澗泉旁，琴聲在幽深樹林中回鳴激盪。

【研　析】首四句寫自己彈琴的情景，表明要以曲中之意反映自己之情。接著四句形容琴中之趣，心靜如回上古，松風勁吹峭壁。似乎見到孤猿處危境而自憐，在秋天樹林中哀鳴。後半則寫哀時失意之人聽此曲而感傷流淚，於是詩人彈奏商音、羽音，如潺潺流水，寫心聲於指下，今之曲猶古之曲。琴聲在幽澗泉旁深林中激蕩迴響，說明知音者而有感於琴曲之意者多矣。

王昭君❶二首　一作〈昭君怨〉

其一

漢家秦地月，流影照❷明妃。一上玉關道❸，天涯去不歸。漢月還從東海❹出，明妃西嫁無來日。燕支❺長寒雪作花，蛾眉❻憔悴沒胡沙。生乏黃金枉圖畫❼，死留青塚❽使人嗟。

【注釋】❶王昭君　樂府舊題。《樂府詩集》卷二九收此詩，列於〈相和歌辭・吟歎曲〉。並引《古今樂錄》曰：「張永《元嘉技錄》有吟嘆四曲，……二曰〈王明君〉，……石崇辭。」按：王昭君事蹟，見本卷〈于闐採花〉注❸。《舊唐書・音樂志》：「明君，漢元帝時，匈奴單于入朝，詔王嬙配之，即昭君也。及將去，入辭，光彩照人，聳動左右，天子悔焉。漢人憐其遠嫁，為作此歌。晉石崇妓綠珠善舞，以此曲教之，而自製新歌曰：『我本漢家子，將適單于庭。昔為匣中玉，今為糞上英。』晉文帝諱昭，故晉人謂之明君。」又按：《全唐詩》注：「此本中朝舊曲，唐為吳聲，蓋吳人傳授訛變使然也。」❷照　宋本在此字下夾注：「一作：送」。❸玉關道　玉關即玉門關，在今甘肅玉門西北。顧炎武《日知錄》卷二一〈李太白詩誤〉：「……乃知漢與匈奴往來之道大抵從雲中、五原、朔方，明妃之行亦必出此。……而玉關與西域相通，自是公主嫁烏孫所經，太白……誤矣。」按：顧說是。王昭君嫁匈奴，不經玉門關。❹海　宋本在此字下夾注：「一作：方」。❺燕支　燕支山，又作「焉支山」。《元和郡縣志》卷四〇隴右道甘州刪丹縣：「按焉支山，一名刪丹山，故以名縣。山在縣南五十里，東西一百餘里，南北二十里，水草茂美，與祁連山同。匈奴失祁連、焉支二山，乃歌曰：『亡我祁連山，使我六畜不蕃息。失我焉支山，使我婦女無顏色。』」❻蛾眉　宋本原作「娥眉」，據蕭本、郭本、王本、咸本改。❼枉圖畫　指王昭君不肯賂畫工，被畫工故意畫得醜，見前〈于闐採花〉注。❽青塚　在今內蒙古呼和浩特南。《太平寰宇記》卷三八關西道振武軍金河縣：「青塚在縣西北，漢王昭君葬於此，其上草色常青，故曰青塚。」

【語譯】漢家秦地的明月，光影長照著明妃流動。可是明妃上了往匈奴的大道，從此就遠隔天涯，再也回不來了。漢宮的月亮還是照常從東海升起，而明妃自從西嫁匈奴之後，就永無東歸之日了。燕支山長年寒冷，只有以雪作花，美女王昭君憔悴而死埋骨胡沙。只因生前沒有黃金賄賂畫工，圖畫枉被醜化，死後只留下青塚在胡地，使人們慨嘆不已。

【研　析】前段寫王昭君遠嫁匈奴，永無東歸之日，而漢宮明月則長照著她，暗示思念之情。後段則寫胡地之寒，哀嘆明妃埋骨胡沙，只因無錢賄賂畫工而起，表現出對奸佞小人深切的痛恨。

其二

昭君拂玉鞍❶，上馬啼紅頰❷。今日漢宮人，明朝胡地妾❸。

【注　釋】❶玉鞍　白玉製作的馬鞍。❷頰　面頰；臉的兩側。❸妾　此處泛指婦人。

【語　譯】王昭君拂去白玉馬鞍的灰塵，上馬時兩側臉面掛滿著淚痕。今天她還是漢宮的人，可是明天她就成為胡地的婦女了。

【研　析】此詩寫王昭君臨行時情景。尤其是後二句，寫旦暮之間巨大變化，不著議論，而意味無窮。黃星周《唐詩快》認為：「古今弔明妃者多矣，此十字可當千百首。」

中山孺子妾歌❶

漢賜中山靖王噲孺子妾及未央才人已下歌四篇

中山孺子妾，特以色見珍。雖不如延年妹❷，亦是當時絕世人。桃李出深井❸，
花豔驚上春❹。一貴復一賤，關天豈由身？
芙蓉老秋霜，團扇羞網塵。戚姬髡翦入春市❺，萬古共悲辛。

【注釋】❶中山孺子妾歌　樂府舊題。《樂府詩集》卷八四收此詩列於〈雜曲歌辭〉，云：「《漢書》曰：『詔賜中山靖王噲及孺子妾冰、未央才人歌詩四篇。』如淳曰：『孺子，幼少稱孺子。妾，宮人也。』顏師古曰：『孺子，王妾之有品號者。妾，王之眾妾也。冰，其名。才人，天子內官。』按：此謂以歌詩賜中山王及孺子妾、未央才人等爾，累言之，故云『及』也。而陸厥作歌，乃謂中山孺子妾，失之遠矣。」王琦注：「太白是題，蓋仍陸氏之誤也。」瞿蛻園、朱金城校注：「王先謙《漢書補注》卷三十：『孺子妾疑即中山王宮人，特不當牽及未央才人耳。』據此，則題為『中山孺子妾』似不誤。」按：宋本題下注中「未央才人」作「英才」，據咸淳本及繆本改。❷延年妹　李延年之妹，即漢武帝李夫人。妹，宋本原作「姝」，據蕭本、郭本、王本、咸本改。❸深井　深院天井。❹上春　孟春，夏曆春天的第一個月，即正月。❺戚姬句　戚姬，漢高祖劉邦之寵妃戚夫人。《漢書．外戚傳》：「漢王得定陶戚姬，愛幸，生趙隱王如意。……高祖崩，惠帝立，呂后為皇太后，乃令永巷囚夫人。髡鉗，衣赭衣，令舂。戚夫人舂且歌曰：『子為王，母為虜。終日舂薄暮，常與死為伍。相離三千里，當誰使告汝？』」

【語譯】中山王的孺子妾名冰，當時只是以美色被中山王寵愛的。她雖然不如李延年之妹李夫人那麼漂亮，但也算是當時的絕代佳人。猶如桃李樹生長在深院，初春花開，有著驚人的美豔。與李夫人相比雖有貴賤之別，但人生命運都是由天命所定，豈能自身掌握？

芙蓉花被秋霜打老，團扇生滿蛛網和灰塵而蒙羞。當年被漢高祖寵愛的戚夫人，後來被呂后剪去頭髮，處以髡鉗之刑，被罰舂米，這真是千萬年後都令人共同悲嘆的啊。

【研析】前段寫中山王之孺子妾以美色得寵於王，她雖不如李夫人之傾國傾城，但也算是絕代佳人。至於李夫人地位之尊貴與孺子妾地位之低賤，那是命運不同所致，非自身所能為。後段則用比興手法，以芙蓉被秋霜打老，團扇過時而生網塵，寫女子色衰被棄的遭遇，又以漢高祖寵妃戚夫人因高祖崩而受刑為例，說明以色受寵者失寵後都是悲慘的結局，詩人認為這是千萬年後都會令人同情悲嘆的。

荊州歌❶

白帝城邊足風波❷，瞿塘❸五月誰敢過？荊州麥熟繭成蛾。繰絲憶君頭緒多❹，撥穀❺飛鳴奈妾何！

【注　釋】❶荊州歌　樂府舊題。《樂府詩集》卷七二收此詩，列於〈雜曲歌辭〉。梁宗夬有〈荊州樂〉。《樂府詩集》云：「〈荊州樂〉蓋出於清商曲〈江陵樂〉。荊州即江陵也。有紀南城，在江陵縣東。梁簡文帝〈荊州歌〉云：『紀城南里望朝雲，雉飛麥熟妾思君』是也。又有〈紀南歌〉，亦出於此。」本篇寫荊州女子在麥熟時思念在外的丈夫，與梁簡文帝之作同意。荊州，今湖北江陵。❷白帝句　白帝城在今重慶市奉節，唐代屬夔州。東漢初公孫述築城。述自號白帝，故以為名。足，多；充滿。❸瞿塘　即瞿塘峽，在奉節東，與巫峽、西陵峽合稱長江三峽。瞿塘峽中水流險急，中多礁石，有灩澦堆，行舟過此常遇險，夏曆五月漲水時更險。《水經注．江水》：「江水又東，經廣溪峽，三峽之首也。中有瞿塘、黃龍二灘。夏水洄復，沿溯所忌。」❹繰絲句　繰，同「繅」。抽繭出絲。絲，六朝樂府民歌中常用以諧「思」字。頭緒多也有雙關之意。此句謂思念丈夫的頭緒如繰絲一樣紛繁。❺撥穀　即布穀鳥。《本草綱目》卷四九引陳藏器曰：「布穀，鳲鳩也。江東呼為獲穀，亦曰郭公。北人名撥穀。」

【語　譯】白帝城邊的大江中風浪太險惡，五月時的瞿塘峽有誰敢經過？荊州麥熟時節蠶繭已出了蛾。蠶家都在抽繭出絲，見「絲」我就「思」念你，思念就像亂絲的頭緒那樣多，布穀鳥飛鳴，使我的思念更切，妾該如何是好呢！

【研　析】此詩寫荊州商人之婦想念客於白帝城的丈夫。前二句謂蜀客還荊，白帝瞿塘乃必經之路，可是白帝城邊的大江風波太險，五月的瞿塘峽更是無人敢過。思婦為丈夫擔憂。後二句寫荊州麥熟季節蠶繭已出蛾，家家在抽繭出絲，思婦從「絲」想到「思」夫，以致頭緒紛繁，加上布穀鳥此時又飛鳴，思婦更是神思恍惚了。此詩有民歌風韻，楊慎《李詩選》謂「唐人詩可入漢魏樂府者，惟太白此首。」很有見地。

設辟邪伎鼓吹雉子班曲辭❶

辟邪伎作鼓吹驚，〈雉子班〉之奏曲成❷。喔咿振迅欲飛鳴❸。扇錦翼，雄風生。雙雌同飲啄，趫悍❹誰能爭？乍向草中耿介死❺，不求黃金籠下生。天地至廣大，何惜遂物情❻？

善卷讓天子❼，務光亦逃名❽。所貴曠士❾懷，朗然合太清❿。

【注釋】❶設辟邪伎鼓吹雉子班曲辭　樂府舊題。《樂府詩集》卷一八收此詩，列於〈鼓吹曲辭〉。又卷一六有〈雉子斑〉。引《樂府解題》曰：「古詞云：『雉子高飛止，黃鵠飛之以千里，雄來飛，從雌視。』若梁簡文帝『妒場時向隴』，但詠雉而已。」按：《樂府詩集》卷一九有〈雉子遊原澤篇〉（何承天作），言避世之士，抗志清霄，視卿相功名猶冰炭之不相入。李白此篇表現耿介拔俗，不向權貴屈服的精神，與何氏意同。設，扮演。辟邪伎，辟邪之形的舞蹈藝伎。辟邪，古代傳說中的神獸名，形似獅而帶翼。南朝陵墓前常有辟邪石雕像。鼓吹，樂名，主要樂器有鼓、鉦、簫、笳，出自北方民族，本為軍中之樂。雉子班，曲名。謂雉子的排列。班，《樂府詩集》作「斑」，取意於雉子的羽毛色彩斑斕。❷辟邪二句　謂辟邪伎和鼓吹曲〈雉子班〉的演出，都使人震驚。作，演出。鼓吹驚，軍樂鼓吹曲，聲音響亮，驚動觀眾。❸喔咿句　喔咿，鳥鳴聲。振迅，振翅迅飛。❹趫悍　健捷強悍貌。❺乍向句　乍，乍可；寧可。耿介，光明正直。《文選》卷九潘岳〈射雉賦〉：「厲耿介專心兮。」李善注引薛君《韓詩章句》曰：「雉，耿介之鳥也。」❻物情　人心；人情。《後漢書‧爰延傳》：「所以事多放濫，物情生怨。」❼善卷句　善卷，傳說中的上古隱士。《莊子‧讓王》：「舜以天下讓善卷。善卷曰：『予立於宇宙之中，冬日衣皮毛，夏日衣葛絺……日出而作，日入而息，逍遙於天地之間，而心意自得。吾何以天下為哉？』」❽務光句　務光，亦作「瞀光」，上古隱士。《莊子‧讓王》：「湯又讓瞀光，……瞀光辭。……乃負石而自沉於廬水。」❾曠士　曠達之士。鮑照〈放歌行〉：「小人自齷齪，安知曠士懷！」❿朗然句　朗然，光明貌。太清，天空。

【語　譯】扮演辟邪舞的伎人演出時鼓吹樂響聲驚人，〈雉子班〉的樂曲也演奏起來。演雉雞舞的演員口中學著雉鳥喔喔咿咿地叫著，並跳著舞蹈像振翅迅飛而鳴。扇動著錦繡的翅膀，產生強勁的雄風。與一雙雌雉鳥一起飲啄，那驕悍英勇之態有誰敢與之鬥爭？牠寧願在草中正直不屈而死，也不願在黃金籠子裡不自由地活著。天地最廣大，何必吝惜而不順遂人們的心情。

昔日的大賢善卷和務光，都辭讓天子不做，逃避大名。他們所尊重的是曠達之士的情懷，光明正大的胸懷可與高高的天空相合。

【研　析】此詩借觀賞〈雉子班〉歌舞以寄慨。前段寫歌舞演奏的情景，並發出了寧可在草中正直不屈而死，不願被關在黃金籠子中偷生的議論，顯然是詩人自述志向。後段則以善卷、務光讓位逃名的典實，進一步表示自己所貴曠達正直，嚮往自由生活。今人安旗注以為此詩作於待詔翰林晚期，似可從。

相逢行❶

相逢紅塵內❷，高揖黃金鞭❸。萬戶垂楊裏，君家阿那邊❹？

【注　釋】❶相逢行　樂府舊題。《樂府詩集》卷三四列於〈相和歌辭・清調曲〉。注云：「一曰〈相逢狹路間行〉」，亦曰〈長安有狹斜行〉。《樂府解題》曰：『古詞文意與〈雞鳴曲〉同。』」按：李白此詩為擬古之作。❷紅塵內　繁華熱鬧的市井之中。❸黃金鞭　飾有黃金的馬鞭，極言其華貴。❹阿那邊　猶言在何處。唐時口語。

【語　譯】我與你在鬧市中相遇，手提著飾有黃金的馬鞭相互作揖問好。在那垂楊下的千萬人家之中，請問你的家院在哪處？

【研　析】此詩只寫在鬧市中相遇友人的情景，手提馬鞭，作揖問候，如見如聞，十分傳神。後二句只是一個問訊，卻是意味深長，耐人尋味。

古有所思❶

我思仙人乃在碧海之東隅❷，海寒多天風，白波連山❸倒蓬壺❹。長鯨噴湧不可涉，撫心茫茫淚如珠。西來青鳥❺東飛去，願寄一書謝麻姑❻。

【注　釋】❶古有所思　樂府舊題。《樂府詩集》卷一七列於〈鼓吹曲辭〉。並引《樂府解題》曰：「古詞言：『有所思，乃在大海南。何用問遺君？雙珠玳瑁簪。聞君有他心，燒之當風揚起灰。從今已往，勿復相思而與君絕』也。按《古今樂錄》有漢大樂食舉第七曲亦用之，不知與此同否？若齊王融『如何有所思』，梁劉繪『別離安可再』，但言離思而已。宋何承天〈有所思篇〉曰：『有所思，思昔人，曾閔二子善養親。』則言生罹荼苦，哀慈親之不得見也。」按：蕭本、郭本、胡本題作〈古有所思行〉。太白此詩為遊仙體，以寄君國之思。❷我思句　東方朔《海內十洲記》：「扶桑在東海之東岸，岸直陸行，登岸一萬里，東復有碧海。海廣狹浩瀚與東海等。水既不鹹苦，正作碧色，甘香味美。扶桑在碧海之中。」仙，宋本在此字下夾注：「一作：佳」。❸山　宋本在此字下夾注：「一作：天」。❹蓬壺　山名，即神話傳說中東海之蓬萊仙山。《拾遺記》卷一〈高辛〉：「三壺則海中三山也。一曰方壺，則方丈也；二曰蓬壺，則蓬萊也；三曰瀛壺，則瀛洲也，形如壺器。」❺青鳥　神話中西王母的信使。《漢武故事》：「七月七日，上於承華殿齋，日正中，忽見有青鳥從西方來。上問東方朔，朔對曰：『西王母暮必降。』……有頃，王母至，……有二青鳥如鸞，夾侍西王母旁。」❻麻姑　女仙名。葛洪《神仙傳》卷三：「(王遠)因遣人召麻姑，……麻姑至，蔡經亦舉家見之，是好女子，年可十八九許。於頂上作髻，餘髮散垂至腰，其衣有文章而非錦綺，光彩耀目，不可名狀。」

【語　譯】我所想念的仙人在碧海之東，那裡海水寒冷而又多天風，海中掀起的白色波浪像一座座山峰，可以衝倒蓬萊神山。巨大的鯨魚噴湧而來使人無法渡海，撫摸心胸茫茫然地流下淚珠。看來只有西王母的青鳥從西飛來向東飛去，希望寄一封書信，託青鳥捎給碧海之東的麻姑仙女。

【研　析】前人對此詩的理解頗分歧，或謂思遊仙；或謂不是遊仙，另有學識，大約在君臣之間；又有人認為乃借題以自陶寫，其意蓋在遊仙，與君臣無關。其實，詩人既用「古有所思」為題，自是擬古之作。所思仙人或佳人，可以理解為有寄託。但仙人或佳人喻指君王，抑或理想，似難斷定。然以長鯨阻攔，使詩人不得見所思之人，理解為被兇惡小人所阻而不得見君王，似亦無不可。

久別離❶

別來幾春未還家，玉窗五見櫻桃花❷。況有錦字書，開緘使人嗟❸。此腸斷，彼心絕❹，雲鬟綠鬢罷攬結，愁如回飆亂白雪❺。

去年寄書報陽臺❻，今年寄書重相催。胡為乎東風❼，為我吹行雲使西來。待來竟不來❽，落花寂寂委青苔❾。

【注　釋】❶久別離　樂府舊題。《樂府詩集》卷七二收此詩，列於〈雜曲歌辭〉。〈古詩十九首〉有「行行重行行，與君生別離」之句。後遂有〈長別離〉、〈生別離〉、〈古別離〉曲。皆寫離別相思之苦。李白〈久別離〉及〈遠別離〉皆自為之名，源出〈古別離〉。❷別來二句　上句自述已離家數年，下句想像妻子在家中已五見窗下櫻桃花開。❸況有二句　此寫接到妻子書信，為自己不能回家而嘆息。《晉書・竇滔妻蘇氏傳》記載：十六國時，前秦秦州刺史竇滔被徙流沙，其妻蘇蕙織錦為〈回文璿璣圖詩〉寄贈，其詩迴旋往還都成義可讀，以示思念之深。緘，封。宋本在「使」字下夾注：「一作：令」。❹此腸斷二句　蕭本、郭本、王本、咸本皆作「至此腸斷」，多一「至」字。「此」指自己，「彼」指妻子。❺雲鬟二句　寫想像中妻子的愁苦情狀。雲鬟綠鬢，形容女子頭髮濃密如雲，且有光澤。鬟，髮髻。鬢，兩頰邊的頭髮。回飈，旋風。飈，通飆。攬結，蕭本、郭本、王本、咸本皆作「梳結」。❻去年句　報，告知。陽臺，山名，在今重慶巫山縣境。一說在今湖北漢川縣南。宋玉〈高唐賦〉言楚襄王曾遊高唐，夢一女子來會，自云巫山之女，在「陽臺」之下。後因以陽臺代指男女歡會之所。此指妻子所居之地。❼胡為句　蕭本、郭本、王本、咸本皆作「東風兮東風」。❽為我句　行雲，用宋玉〈高唐賦〉巫山神女自謂「旦為朝雲，暮為行雨」之典，意謂盼望遊子西來。❾落花句　寂寂，孤獨無聲貌。委，丟棄。

【語　譯】我離家已有幾年沒有回去，她在家中窗下已五次見到櫻桃花開。況且有妻子的書信寄來，打開一看更是令人嘆息。我想她而腸斷，她則更是思我而心痛欲絕，她那濃密而有光澤的頭髮懶得梳洗挽結，內心愁苦煩亂如旋風飛雪。

去年曾有信寄去希望陽臺相會，今年又寫信去催他回家。為什麼東風不為我像吹行雲那樣使遊子西歸。等待他歸來，竟然至今仍不回來，只見暮春的落花，孤寂地委棄在青苔之上。

【研　析】此詩寫兩地相思之苦。前段自敘離家日久，想像妻子在家相思愁苦而懶於梳妝。後段則純從想像妻子生發，連年書信相催，卻久待不歸，如今落花又飄委青苔，今年春天又過去了，不知丈夫何時能還家。極寫思婦之焦急，反襯遊子思家情切。

採蓮曲❶

若耶溪❷傍採蓮女，笑隔荷花共人語。日照新粧水底明，風飄香袖空中舉。
岸上誰家遊冶郎❸，三三五五映垂楊。紫騮嘶入落花去❹，見此踟躕❺空斷腸。

【注　釋】❶採蓮曲　樂府舊題。《樂府詩集》卷五〇列此詩於〈清商曲辭・江南曲〉。引《古今樂錄》曰：「梁天監十一年冬，武帝改西曲，製……〈江南弄〉七曲……三曰〈採蓮曲〉。」❷若耶溪　在今浙江紹興南，源出若耶山，北入鑑湖。❸遊冶郎　出遊尋樂的青年人。❹紫騮句　紫騮，古駿馬名。《詩經・秦風・小戎》：「騏騮是中。」鄭玄箋：「赤身黑鬣曰騮。」《南史・羊侃傳》：「帝因賜侃河南國紫騮，令試之。侃執矟上馬，左右擊刺，特盡其妙。」嘶，馬鳴聲。❺踟躕　徘徊。古樂府詩〈陌上桑〉：「五馬立踟躕。」

【語譯】若耶溪中的採蓮姑娘，隔著荷花互相說笑。太陽光照著透明的水底映出少女們的新衣裳，香飄衣袖，不停地上下舉動採蓮。岸上來了一些浪遊的青年，他們三五成群地在垂楊樹蔭下偷看著。紫騮駿馬鳴叫著進入落花叢中去，青年們為採蓮姑娘的風采迷住了，徘徊而不想離去。

【研析】此詩當是李白出蜀後「東入溟海」遊會稽時記述所見之作。前四句描寫採蓮女愉悅採蓮的情景，逼肖如畫。後四句寫浪遊青年三五成群騎馬而來，見採蓮女嬌媚美麗而徘徊不去，只是徒然銷魂而已。

白頭吟❶　又一篇與此異，今兩存

其一

錦水東北流❷，波蕩雙鴛鴦❸。雄巢漢宮樹，雌弄秦草芳❹。寧同萬死碎綺翼，不忍雲間兩分張❺。

此時阿嬌正嬌妒，獨坐長門愁日暮。但願君恩顧妾深，豈惜黃金買詞賦❻？

相如作賦得黃金，丈夫好新多異心❼。一朝將聘茂陵❽女，文君因贈❾〈白頭吟〉。

東流不作西歸水，落花辭條羞故林⑩。兔絲故無情，隨風任傾倒。誰使女蘿枝，而來強縈抱。兩草猶一心，人心不如草⑪。莫卷龍鬚席，從他生網絲。且留琥珀枕，或有夢來時⑫。覆水再收豈滿杯？棄妾已去難重回⑬。古時得意不相負，秖今惟見青陵臺⑭。

【注釋】❶白頭吟　樂府舊題。《樂府詩集》卷四一列於〈相和歌辭‧楚調曲〉。《西京雜記》卷三云：「司馬相如將聘茂陵人女為妾，卓文君作〈白頭吟〉以自絕，相如乃止。」今《樂府詩集》載本辭曰：「皚如山上雪，皎若雲間月。聞君有兩意，故來相決絕。今日斗酒會，明旦溝水頭。躞蹀御溝上，溝水東西流。淒淒復淒淒，嫁娶不須啼。願得一心人，白頭不相離。竹竿何嫋嫋，魚尾何簁簁。男兒重意氣，何用錢刀為！」另有晉樂所奏一首，文字較多，內容與本辭略同。南朝宋鮑照、陳張正見以及唐代劉希夷，均有〈白頭吟〉之作。❷錦水句　錦水即錦江，又名流江、汶江，在今四川成都平原。為岷江分支之一，自郫縣西岷江分出，到成都南與岷江分支郫江合流。據《華陽國志》記載，蜀人織錦，於此水中濯則錦鮮明，故名錦江。北，一作「碧」。❸鴛鴦　偶居不離的水禽，故古稱匹鳥，常喻夫婦。❹雄巢二句　漢宮、秦草，互文見義，均指長安（今陝西西安）地區。二句以一對鴛鴦棲居在長安一帶，隱襯下文相如與卓文君。樹，一作「月」。秦，一作「春」。❺寧同二句　意謂寧願砸碎美麗的翅膀而同死，不願在天空中兩相分離。綺翼，一作「錦翼」，猶言美麗的翅膀。分張，分離。《顏氏家訓‧風操》：「梁武帝弟出為東郡，與武帝別，帝曰：『我年已老，與汝分張，甚以惻愴。』」❻此時四句　阿嬌，漢武帝皇后陳氏小字。相傳陳皇后本得漢武帝寵幸，頗嬌妒。後失寵，居長門宮。聞說司馬相如善作賦，深得武帝賞識，故以黃金百斤請相如作〈長門賦〉，武帝讀後很感動，於是陳皇后又得到寵幸（見《文選》卷一六司馬相如〈長門賦序〉）。詞賦，同「辭賦」。辭賦同體，屈原楚辭亦可稱「楚賦」或「屈賦」，漢賦亦由楚辭發展而來，故可並稱。❼丈夫句　丈夫，古時對成年男子的通稱。傅玄〈苦相篇〉：「玉顏隨年變，丈夫皆好新。」❽茂陵　古縣名、陵墓名。漢武帝建元二年，在槐里縣（今陝西興平東南）茂鄉築茂陵，漢武帝死後葬此。並因此置茂陵縣，治所在今興平縣東北。❾贈　宋本在此字下夾注：「一作：賦」。❿東流二句　南朝民歌〈子夜歌〉：「不見東流水，何時復西歸。」落花羞返故林喻夫妻分離後難以重合。⓫兔絲六句

《詩經・小雅・頍弁》：「蔦與女蘿。」毛傳：「女蘿，菟絲也。」按：今植物學家認為菟絲乃旋花科植物，松蘿為地衣門松蘿科植物，兩者絕不相類。明李時珍《本草綱目》認為女蘿即松蘿。由於兔絲蔓有時纏繞在女蘿上，所以古人常用兔絲、女蘿比喻男女愛情。如古樂府：「南山冪冪菟絲花，北陵青青女蘿樹。由來花葉同一根，今日枝條分兩處。」此處以兔絲、女蘿兩草的「一心」、「縈抱」，反襯男子對愛情不堅貞，「人心不如草」。⓬莫卷四句　此四句表示女子對以往愛情生活的追念和留戀。龍鬚席，以龍鬚草編織的席子。《玉臺新詠》卷十〈長樂佳〉：「玉枕龍鬚席，郎眠何處牀。」琥珀枕，用琥珀（名貴的樹脂化石）製成的枕頭。《西京雜記》卷一謂漢成帝皇后趙飛燕曾接受她妹妹送的琥珀枕。又南朝宋武帝時，寧州曾獻琥珀枕，光色很美，價值百金。徐陵〈雜曲〉：「只應私將琥珀枕，暝暝來上珊瑚牀。」詩中所寫龍鬚席和琥珀枕，往往指愛情生活而言。⓭覆水二句　傳說姜太公呂望初娶馬氏，馬氏厭其不事產業，因離而去之。後太公輔佐周武王取得天下，封侯齊國，馬氏要求再合。太公取水傾覆於地，令馬氏收水，結果只取得泥土。太公因謂覆水不能收，人離難再合。見胡侍《真珠船》卷一。按：此乃小說家語，未必可據。⓮青陵臺　春秋時宋康王所築，故址在今河南商丘。《搜神記》卷一一載春秋時宋康王見韓憑（一作「朋」）妻何氏很美，奪為己有，並將韓憑囚禁，處以「城旦」之刑（輸邊築長城的勞役）。後夫婦相約自殺。宋康王大怒，使分葬兩墓。不久便有梓樹從墓旁長出，樹根在地下交錯，樹枝在空中交錯。又有一對鴛鴦在樹上交頸悲鳴，宋人因名此樹為相思樹，謂鴛鴦是韓憑夫婦的精魂所化。這一傳說後來在唐代《嶺表錄異》、《法苑珠林》，以及宋代《太平御覽》中均有記載。敦煌石窟遺書中亦有唐寫本〈韓朋賦〉發現。然各書記載內容不盡相同。〈韓朋賦〉謂韓朋在宋國做官，六年不歸。其妻貞夫思夫寫信，宋王派人誘騙貞夫到宋國做王后。貞夫鬱悶不樂。宋王又將韓朋抓去築青陵臺。韓朋自殺，貞夫請求禮葬，乘機躍入墓中而死。後來墓上長出一株桂樹，一株梧桐，枝葉相連。宋王將它砍掉，樹落入水中，又變為一對鴛鴦。

【語　譯】錦水向東北流去，水中的一對鴛鴦在隨波蕩漾。牠們在漢宮的樹上築巢，又在秦地的芳草中玩耍。寧可折碎美麗翅膀死在一起，絕不願在空中兩相分飛。

此時的陳皇后阿嬌因嬌妒而被幽閉在長門宮，黃昏時獨坐在宮中發愁。只希望君王能夠垂顧自己的深情，哪會吝惜用黃金買人寫詞賦？司馬相如因為替阿嬌寫〈長門賦〉而得了黃金，但男人多喜新厭舊、見異思遷。司馬相如一度想聘茂陵之女為妾，卓文君聽此消息，便作了一首〈白頭吟〉送給他。東流之水不能再西歸，落花離開樹枝也羞於重返舊林。

兔絲本是無情之物，它可隨風而任意傾倒。可是，女蘿的枝條卻與它纏抱在一起，不可分離。這兩種草木，尚且能一心相抱，與此相比，人心卻不如草木。不必捲那床上的龍鬚席，讓它落滿灰塵掛滿蛛絲吧。那琥珀枕可暫且留著，枕著它或許能見舊夢。覆地之水，即使再收又豈能滿杯？棄婦已去也難以重回。古時得意而不相負的人，大概只有殉情於青陵臺的韓憑夫婦吧。

【研　析】首段寫一對鴛鴦相親相愛，寧願死在一起而絕不分飛，託物起興。次段從陳皇后失寵用黃金請司馬相如寫〈長門賦〉，引出司馬相如得黃金後喜新厭舊，欲娶茂陵女子為妾，卓文君寫〈白頭吟〉贈他。又以東流水不再西歸、落花羞返故木比喻夫妻分離後難以復合。第三段以女蘿與兔絲兩種草尚且能相抱纏綿，反襯人心不如草。最後點出古來得意不相負的人，只有韓憑夫婦殉情於青陵臺，抒發詩人的感慨。

詹鍈《李白詩文繫年》據首句「錦水東北流」，謂此詩乃開元八年（西元七二〇年）遊成都時有感於卓文君事而擬作。其實首六句乃樂府詩常用之託物起興，未必實指寫作地點。日本學者松浦友久（早稻田大學教授）認為此詩首句只是作為引出司馬相如和卓文君故事的一種修辭手段，不能作為此詩寫於成都的根據（〈李白的蜀中生活〉，見早稻田大學中國文學會編《中國文學研究》一九七九年第五期）。但目前尚未能考定寫作年代。李白此詩主題與古辭最相近；表現被棄女子的悲哀及其對負心男子的譴責。李白另有〈怨情〉詩，主題亦為譴責喜新棄舊之人，可參讀。《樂府解題》謂鮑照、張正見的〈白頭吟〉「皆自傷清直芬馥，而遭鑠金鑽玉之謗，君恩以薄」。蕭士贇以為此詩「為明皇寵武妃廢王后而作」，即亦含有「君恩以薄」之意。而沈德潛《唐詩別裁》又以「支離」駁之。古題樂府主題的寓意往往難解，於此可見一斑。

其二[1]

錦水東流碧，波蕩雙鴛鴦。雄巢漢宮樹，雌弄秦草芳。相如去蜀謁武帝，赤車駟馬❷生輝光。一朝再覽〈大人〉作❸，萬乘忽欲凌雲翔。聞道阿嬌失恩寵，千金買賦要❹君王。相如不憶貧賤日❺，官高金多聘私室❻。茂陵姝子❼皆見求，文君歡愛從此畢。

淚如雙泉水，行墮紫羅襟。五起❽雞三唱，清晨〈白頭吟〉。長吁不整綠雲鬢，仰訴青天哀怨深。城崩杞梁妻，誰道土無心❾？東流不作西歸水，落花辭枝羞故林。

頭上玉燕釵❿，是妾嫁時物。贈君表相思，羅袖幸時拂。莫卷龍鬚席，從他生網絲。且留琥珀枕，還有夢來時。鷫鸘裘⓫在錦屏上，自君一挂無由⓬披。妾有秦樓鏡，照心勝照井⓭。願持照新人，雙對可憐⓮影。

覆水卻收⓯不滿杯，相如還謝文君回。古來得意不相負，秖今唯有青陵臺。

【注釋】❶其二　宋本無標題。蕭本下注：「按此篇出入前篇，語意多同。」❷赤車駟馬　古代顯貴乘坐的由四匹馬駕的紅色車輛。《華陽國志》卷三〈蜀志〉：「城北十里有昇仙橋，有送客觀。司馬相如初入長安，題市門曰：『不乘赤車駟馬，不過汝下也。』」❸大人作　指司馬相如〈大人賦〉之作。《史記・司馬相如列傳》：「相如見上好仙道，因曰：『上林之事未足美也，尚有靡者。臣嘗為〈大人賦〉，未就，請具而奏之。』……乃遂就〈大人賦〉……相如既奏〈大人〉之頌，天子大悅，飄飄有淩雲之氣，似遊天地之間意。」❹要　通「邀」。求；邀寵。❺貧賤日　指司馬相如與卓文君共過貧困的日子。《漢書・司馬相如傳》：「（卓）文君夜亡奔相如，相如與馳歸成都。家徒四壁立。……文君久之不樂，謂長卿曰：『弟俱如臨邛，從昆弟假貸猶足以為生。何至自苦如此！」相如與俱之臨邛，盡賣車騎，買酒舍，乃令文君當盧，相如身自著犢鼻褌，與庸保雜作，滌器於市中。」❻官高句　官高，蕭本、郭本、王本皆作「位高」。《史記・蘇秦列傳》：「蘇秦笑謂其嫂曰：『何前倨而後恭也？』嫂曰：『見季子位高金多也。』」私室，指小妾。❼姝子　美女。❽五起　蕭士贇注：「五起者，五更而起也。」王琦注：「《太平御覽》：尸子曰：『孝己一夕五起，視親衣之厚薄，枕之高下。』此用其字，以言寢不安席之意。舊注解作五更而起者，恐非是。」按：王說是。❾城崩二句　《古今注》卷中：「杞植（梁）戰死，妻嘆曰：『上則無父，中則無夫，下則無子，生人之若至矣。』乃抗聲長哭，杞都城感之而頹。」二句謂土且有心，反襯人之無心。❿玉燕釵　《述異志》卷下：「漢武帝元鼎元年，起招靈閣，有一神女留一玉釵與帝，帝以賜趙婕妤。至昭帝元鳳中，宮人見此釵光瑩甚異，共謀欲碎之。明視釵匣，惟見白燕直升天去，後宮人常作玉釵，因名玉燕釵。」⓫鸕鷀裘　《西京雜記》卷二：「司馬相如初與卓文君還成都，居貧愁懣，以所著鸕鷀裘就市人楊昌貰酒，與文君為歡。」⓬由　宋本在此字下夾注：「一作：人」。⓭妾有二句　秦樓鏡，《西京雜記》卷三：「高祖初入咸陽宮……有方鏡，廣四尺，高五尺九寸，表裡有明。人直來照之，影則倒見。以手捫心而來，則見腸胃五臟，歷然無礙。人有疾病在內，則掩心而照之，則知病之所在。又，女子有邪心，則膽張心動。秦始皇常以照宮人，膽張心動者則殺之。」照井，古代貧民以井為鏡而照影。⓮可憐　可愛。⓯卻收　再收。與前首「再收」同義。

【語　譯】碧綠的錦水由西向東流去，一對鴛鴦在水中隨波蕩漾。牠們在漢宮的樹上築巢，又在秦地的芳草中玩耍。司馬相如離開蜀中到長安去謁見漢武帝，乘坐赤車駟馬顯示無限風光。漢武帝有一天再看司馬相如的〈大人賦〉，萬乘之君忽然想凌雲飛翔了。聽說陳皇后阿嬌失去了漢武帝的恩寵，用千金請司馬相如寫了〈長門賦〉，以求君王重新眷顧。而相如卻不記當年夫妻貧賤的日子，官位高金錢多了就想聘娶小妾。茂陵的美女都來求婚，相如與文君的歡愛恩情從此結束。

文君雙目流淚如泉水，行行滴落在紫色羅衣的衣襟上。一夜之中五次起來不能安眠，直到雞鳴三次，清晨就吟〈白頭吟〉樂曲。她長吁短嘆不整雲鬢，仰天傾訴心中深深的哀怨。當年杞梁妻的痛哭能使城牆崩塌，誰說城土是無心的？東流之水不能再西歸，落花離開了樹枝也羞於重返舊林。

頭上的玉燕釵，是我出嫁時的妝飾。現在贈送給你以表相思，希望你時時用羅袖拂拭。床上的龍鬚席不要捲掉，任憑它落灰塵生網絲吧。琥珀枕暫且留著，可能還有做夢的時候。你的鷫鸘裘一直掛在錦屏上，自從你一掛就沒有再穿過。我有一座秦樓鏡，用來照心勝過照井。希望你拿著照新人，成雙作對的影子多麼可愛。

覆水再收不可能滿杯，相如還是辭別文君不能回心轉意，古來得意而不相負的，只有共葬青陵臺的韓憑夫婦吧。

【研　析】此首與上首語意文字多有相同處，可能是一詩而兩種傳寫本。《千一錄》：「太白〈白頭吟〉二首，頗有優劣，其一蓋初本也。」所謂「其一」，指其中之一。實際上第二首當為初稿，第一首醒快飄逸，當為定本。嚴羽評點曰：「此為草創，前為改作乃佳。」

臨江王節士歌❶

洞庭白波木葉稀❷，燕雁❸始入吳雲飛。吳雲寒，燕雁苦。風號沙宿瀟湘❹浦。
節士感秋淚如雨❺。
白日當天心，照之可以事明主❻。壯士❼憤，雄❽風生。安得倚天劍❾，跨海
斬長鯨❿！

【注　釋】❶臨江王節士歌　樂府舊題。《樂府詩集》卷八四列於〈雜歌謠辭〉。王琦注：「《漢書・藝文志》有〈臨江王〉及〈愁思節士歌〉四篇，宋陸厥作〈臨江王節士歌〉，蓋誤合而為一也。太白此題，殆仍其失者歟？」按：《漢書・藝文志》

作〈臨江王及愁思節士歌〉。似並未視作兩篇。南朝齊陸厥〈臨江王節士歌〉云：「木葉下，江波連，秋月照浦雲歇山。秋思不可裁，復帶秋風來。秋風來已寒，白露驚羅紈。節士慷慨髮衝冠，彎弓掛若木，長劍竦雲端。」李白此詩有擬陸厥處，但只是自賦，未嘗賦節士之本事。❷洞庭句　《楚辭・九歌・湘夫人》：「嫋嫋兮秋風，洞庭波兮木葉下。」此句用其意。❸瀟湘　在今湖南境內二水名，詳見前〈遠別離〉注。❹節士句　節士，有節操之士。感秋，蕭本、郭本、胡本、王本皆作「悲秋」。❺白日二句　謂白日正當天之中，可以照見自己事君報國之心。按：敦煌《唐人選唐詩》無此二句。❻士　宋本在此字下夾注：「一作：氣」。❼雄　宋本在此字下夾注：「一作：寒」。❽倚天劍　極言劍之長。宋玉〈大言賦〉：「長劍耿耿倚天外。」❾長鯨　大鯨，喻指強敵、惡人。《左傳》宣公十二年：「古者明王伐不敬，取其鯨鯢而封之，以為大戮。於是乎有京觀以懲淫慝。」梁元帝〈玄覽賦〉：「戮滔天之封豕，斬橫海之長鯨。」

【語譯】洞庭湖白波滔滔樹木落葉的季節，燕地的大雁開始飛向吳地的雲天。吳地天空寒冷，燕雁飛得很苦。牠們在秋風勁吹的瀟湘水邊的沙灘上棲宿。節士見此有感於悲秋而淚下如雨。

白日高懸在天中，可以照見我對事君報國的忠誠。壯士激憤，雄風頓生。怎樣得到倚天長劍，跨海去斬除危害黎民的惡鯨！

【研析】此詩前段擬陸厥詩意，寫秋風落葉，燕雁南飛，以興節士悲秋之嘆。後段抒寫自己對君王的一片忠誠，願持倚天劍斬長鯨，為國為民除害。或謂此詩作於「竄謫之後」；或謂「長鯨」指荊州叛將康楚元、張嘉延。恐難以確指。

司馬將軍歌❶

代隴上健兒陳安

狂風吹古月，竊弄章華臺❷。北落明星動光彩❸，南征猛將如雲雷❹。手中電曳倚天劍，直斬長鯨海水開❺。我見樓船壯心目，頗似龍驤下三蜀❻。揚兵習戰張虎旗❼，江中白浪如銀屋。

身居玉帳臨河魁❽，紫髯若戟冠崔嵬❾。細柳開營揖天子，始知灞上為嬰孩❿。羌笛橫吹〈阿嚲迴〉，向月樓中吹〈落梅〉⓫。將軍自起舞長劍，壯士呼聲動九垓⓬。功成獻凱⓭見明主，丹青畫像麒麟臺⓮。

【注 釋】❶司馬將軍歌　樂府舊題。《樂府詩集》卷八五收此詩，列於〈雜歌謠辭三〉。司馬將軍，即指陳安，晉王司馬寶將，與前趙劉曜戰，晉元帝建武二年兵敗戰死。《晉書・劉曜載記》：「（陳）安善於撫接，吉凶夷險與眾同之。及其死，隴上歌之曰：『隴上壯士有陳安，軀幹雖小腹中寬。愛養將士同心肝，騾驄父馬鐵瑕鞍。七尺大刀奮如湍，丈八蛇矛左右盤。十蕩十決無當前，戰始三交失蛇矛，十騎俱盪九騎留。棄我騾驄竄巖幽，為我外援而懸頭。西流之水東流河，東流河，一去不還奈子何！』曜聞而嘉傷，命樂府歌之。」《樂府詩集》收此謠，題作〈隴上歌〉。李白此詩題下原注：「代隴上健兒陳安」，即模仿〈隴上歌〉作。❷狂風二句　謂胡人颳起狂風，在荊州一帶叛亂。按：唐肅宗乾元二年九月，襄州亂將張嘉延破荊州據之。此詩當即是時所作。嘉延疑亦番將，或則原安史部下之降兵。其時鄰州多發兵為備，故李白又有〈九日登巴陵置酒望洞庭水軍〉詩。古月，合成胡字，為胡的隱語。《晉書・苻堅載記》：「古月之末亂中州。」即其所本。竊弄，非法用兵，即叛亂。章華臺，春秋時楚靈王所建，故址在今湖北潛江市西南古華容縣城內。❸北落句　北落，星名，即北落師門。色橙黃，為南天之大星。《晉書・天文志上》：「北落師門一星，在羽林西南。北者，宿在北方也；落，天之藩落也；師，眾也，師門猶軍門也。」❹南征句　南征，唐都長安在北方，出兵南擊荊襄叛軍，故云。如雲雷，形容軍隊威武迅疾。宋本在本句下夾注：「一作：南方有事將軍來」。❺手中二句　形容平亂將士英勇善戰。電曳，一作「曳電」。如閃電般迅疾揮動。蕭本、郭本、胡本皆作「電擊」。倚天劍，極言劍之長。宋玉〈大言賦〉：「長劍耿耿倚天外。」長鯨，喻叛軍。❻我見二句　樓船，古代水軍常用的有樓大船。龍驤，指晉朝益州刺史王濬。《晉書・王濬傳》載：晉武帝伐吳，造大船連舫，拜王濬為龍驤將軍，自蜀出發，兵不血刃，攻無堅城，很快佔領夏口、武昌等地，直逼吳都建業（今南京）。二句以王濬水軍喻唐朝平亂之軍。漢代以蜀郡、廣漢、犍為為「三蜀」，此泛指蜀地。❼虎旗　繪有虎形標誌的旗幟。❽身居句　玉帳，軍帳。征戰時主將所居之帳。古代認為主將按一定方位設置軍帳，則堅不可犯。宋張淏《雲谷雜記》謂：「戌為河魁，謂主將之帳宜在戌也。」根據古代干支方位，戌在西方偏北。❾紫髯句　此句描繪主將相貌威武。紫髯若戟，形容鬍鬚堅硬如戟。戟為古兵器名。《南史・褚彥回傳》：「君紫髯如戟。」崔嵬，高貌。❿細柳二句　《史記・絳侯周勃世家》記載，漢文帝時，匈奴為邊患，乃派劉禮、徐厲、周亞夫諸將分別駐軍灞上（在今陝西西安市東壩水西高原上）、棘門（今陝西咸陽東北）、細柳（今陝西咸陽西南）。一次，文帝親自勞軍，至灞上及棘門二軍，文帝車駕直馳而入。到細柳則被阻，文帝親自下詔給周亞夫，方被迎入，還得按照軍中規定，車駕不得驅馳，文帝只得按轡慢行。亞夫見到文帝時，不拜，只行軍禮。文帝為之感動。對群臣云：「此真將軍矣。曩者霸上、棘門軍，若兒戲耳，其將固可襲而虜也。至於亞夫，可得而犯耶！」此藉以讚頌平叛將領治軍嚴謹。⓫羌笛二句　羌笛，樂器名，原出古羌族。阿嚲迴，笛曲名，即〈阿濫堆〉，據說原為驪宮小禽名，唐玄宗採其聲翻為笛曲。落梅，指〈梅花落〉，亦笛曲名。⓬九垓　猶九重，天空極高處。垓，重。⓭獻凱　謂軍隊得勝還朝獻功而奏之樂曲。⓮丹青句　丹青，圖畫。麒麟臺，即麒麟閣。漢代閣名。在未央宮中。《三輔黃圖》：「麒麟閣，蕭何造，以藏祕書，處賢才也。」漢宣帝時曾圖霍光等十一功臣像於閣上，以表揚其功績。後多以之表示卓越功勳或最高榮譽。此謂平叛將軍為有功之臣。

【語　譯】狂風勁吹古月，胡人殘部又在章華臺一帶作亂。北落明星大放光彩，南征荊襄的猛將威武疾速如雲雷般轟擊叛軍。他們手舞倚天長劍如閃電般迅捷，直斬長鯨使海水奔騰。看到宏偉的樓船我眼張膽壯，很像當年龍驤將軍王濬下蜀伐吳那樣壯觀。船上虎旗飛揚下兵士操戈備戰，江中白浪滾滾如銀屋。

將軍身居河魁星方位的玉帳之中，他頭戴高冠而紫髯如戟。治軍紀律嚴明，像當年細柳營中周亞夫開營迎天子長揖不拜，由此始知守灞上的將軍劉禮等人就像小孩一樣把治軍視作兒戲。軍隊中的羌笛橫吹著〈阿嚲迴〉，向月樓中也正在演奏〈梅花落〉笛曲。將軍親自起來揮舞長劍，壯士們的呼聲震動九天。功成之後凱旋回朝向君主獻捷，功臣的畫像將掛在麒麟閣上名垂千秋。

【研　析】此詩當作於乾元二年（西元七五九年）秋，正值康楚元、張嘉延叛軍襲破荊州之時。此詩反映了唐肅宗乾元二年九月張嘉延在荊襄叛亂、朝廷派兵平定的史實。前段點明胡人在荊州一帶叛亂，朝廷派猛將率軍出征。詩中生動地描繪了出征隊伍威武雄壯的情景。後段則描寫將軍的形象，紀律的嚴明，戰士們的樂觀情緒，將軍與戰士的融洽。最後歌頌得勝回朝，立功將軍的畫像掛上麒麟閣。

君道曲❶

梁之雅歌有五篇，今作一章

大君若天覆❷，廣運❸無不至。軒后爪牙常先太山稽❹，如心之使臂❺。小白鴻翼於夷吾❻，劉葛魚水本無二❼。土扶可成牆❽，積德為厚地❾。

【注釋】❶君道曲　《樂府詩集》卷五一列此詩於〈清商曲辭・梁雅歌〉。王琦注曰：「按《樂府詩集》：『《古今樂錄》曰：梁有雅歌五曲：一曰〈應王受圖曲〉，二曰〈臣道曲〉，三曰〈積惡篇〉，四曰〈積善篇〉，五曰〈宴酒篇〉，無〈君道曲〉。疑太白擬作者即〈應王受圖曲〉。』琦謂非也，蓋後人訛『臣』為『君』字耳。」按：王琦說非。李白此詩美君臣相助，重在言君，詩題固應作〈君道曲〉，當為自擬樂府題。❷大君句　大君，天子。天覆，普蓋天下。❸廣運　廣遠；遍及東西南北。《尚書・大禹謨》：「帝德廣運。」孔傳：「廣謂所覆者大，運謂所及者遠。」《國語・越語》：「句踐之地……廣運百里。」韋昭注：「東西為廣，南北為運。」❹軒后句　軒后，黃帝軒轅氏。爪牙，指輔佐之臣。《詩經・小雅・祈父》：「祈父，予王之爪牙。」常先太山稽，黃帝之臣。《史記・五帝本紀》：「黃帝……舉風后、力牧、常先、大鴻以治民。」《淮南子・覽冥訓》：「昔者黃帝治天下，而力牧、太山稽輔之。」高誘注：「力牧、太山稽，黃帝師。」太山稽，太，宋本原作「大」，據蕭本、郭本、王本、咸本改。❺如心句　謂得心應手。《漢書・賈誼傳》：「令海內之勢如身之使臂，臂之使指，莫不制從，諸侯之君不敢有異心。」❻小白句　小白，春秋時齊桓公之名。夷吾，齊桓公之宰相管仲之名，桓公尊稱其曰仲父。《管子・霸行》：「桓公在位，管仲、隰朋見。立有間，有二鴻飛而過之。……桓公曰：『……寡人之有仲父也，猶飛鴻之有羽翼也。』」❼劉葛句　劉葛，劉備和諸葛亮。魚水，喻君臣關係親密無間。《三國志・蜀書・諸葛亮傳》：「關羽、張飛等不悅，先主解之曰：『孤之有孔明，猶魚之有水也。願諸君勿復言。』」❽土扶句　謂有臣輔君，君方能成事。《北齊書・魏景傳》：「土相扶為牆，人相扶為王。」❾積德句　此句謂地有厚德，以生萬物，喻指君應積德，以養臣民。《淮南子・墬形訓》：「山為積德。」高誘注：「山仁萬物生焉，故為積德。」

【語　譯】天子之道就像天之覆蓋大地，四方廣遠之地無所不至。黃帝使他的大臣常先、太山稽等，如心之使臂一樣的得心應手，渾如一體。齊桓公把自己比作鴻雁，而把管仲比作是鴻雁的羽翼；劉備把自己比作魚，而把諸葛亮比作是水，兩者親密無間，魚水歡洽。泥土須有眾人扶助方可成牆，大地須積好生之德而始厚。

【研　析】此詩主要寫為君之道。先以君道如天之覆蓋大地喻必須心胸廣闊，恩澤萬民。接著用黃帝與常先、太山稽的關係，齊桓公與管仲的關係，劉備與諸葛亮的關係，說明君臣必須親密無間。最後用土須眾人扶方可成牆，地須積德方能厚的道理告誡君王，要關心民眾，要仁厚積德。陳沆《詩比興箋》謂李白此詩陳古以風（諷）明皇疏張九齡，黜王忠嗣，可參考。

結襪子❶

燕南壯士吳門豪，筑中置鉛魚隱刀❷。感君恩重許君命，太山一擲輕鴻毛❸。

【注　釋】❶結襪子　樂府舊題。《樂府詩集》卷七四列於〈雜曲歌辭〉。曰：「唐李白辭，大抵言感恩之重，而以命相許也。」王琦注：「北魏溫子昇有〈結襪子〉詩，疑是當時曲名。《樂府詩集》引文王、張釋之結襪事為解，非也。然李白之作與子昇原作，辭旨又復不同。」❷燕南二句　燕南壯士，指戰國時燕國俠士高漸離。吳門豪，指春秋時吳國俠士專諸。筑，古代擊絃樂器。形似箏，頸細而肩圓。置鉛，謂高漸離以筑擊秦始皇事。《史記・刺客列傳》：「高漸離乃以鉛置筑中，復過得近，舉筑撲秦皇帝，不中。於是遂誅高漸離。」魚隱刀，謂專諸刺殺吳王僚事。《史記・刺客列傳》：「伍子胥知公子光欲殺吳王僚，……乃進專諸於公子光。……光伏甲士於窟室中，而具酒請王僚。王僚使兵陳自宮至光之家，門戶階陛左右，皆王僚之親戚也。夾立侍，皆持長鈹。酒既酣，公子光詳（佯）為足疾，入窟室中，使專諸置匕首魚炙之腹中而進之。既至王前，專諸擘魚，因以匕首刺王僚，王僚立死，左右亦殺專諸。」❸太山句　此句謂為知己不惜捨命相報。太山，即泰山。喻性命。

司馬遷〈報任安書〉：「人固有一死，死有重於泰山，或輕於鴻毛，用之所趨異也。」此化用其語。

【語　譯】燕南的壯士高漸離和吳國的豪俠專諸，一個用灌了鉛的筑去搏擊秦始皇，一個用藏在魚腹中的刀去刺殺吳王僚。他們都是為報君恩而以命相許，以泰山之重的生命毅然一擲，如鴻毛之輕。

【研　析】此詩讚揚古之俠客感恩圖報、捨生忘死的精神。燕之高漸離置鉛於筑擊秦始皇，為報燕太子丹之恩；吳之專諸藏匕首於炙魚刺吳王僚，為報公子光之恩。感君之恩，許君以死，命雖重於泰山，但慷慨一擲，輕如鴻毛，毫無顧惜。之所以這樣做，因君恩重於己之生命，非捨生不足以為報。這是古代遊俠的一個特點。

結客少年場行❶

紫燕黃金瞳❷，啾啾搖綠鬉❸。平明❹相馳逐，結客洛門東。少年學劍術，凌轢白猿公❺。珠袍❻曳錦帶，匕首插吳鴻❼。由來萬夫勇，挾此英雄風❽。託交從劇孟❾，買醉入新豐❿。笑盡一杯酒，殺人都市中⓫。羞道易水寒，徒令日貫虹。燕丹事不立，虛沒秦帝宮。武陽死灰人，安可與成功⓬？

【注　釋】❶結客少年場行　樂府舊題。《樂府詩集》卷六六收此詩，列於〈雜曲歌辭〉。取曹植〈結客篇〉：「結客少年場，報怨洛北邙」句為題，始於鮑照。《樂府詩集》引《樂府解題》曰：「〈結客少年場行〉，言輕生重義，慷慨以立功名也。」又引《廣題》曰：「漢長安少年殺吏，受財報仇，相與探丸為彈，探得赤丸斫武吏，探得黑丸殺文吏。尹賞為長安令，盡捕之。長安中為之歌曰：『何處求子死，桓東少年場。生時諒不謹，枯骨復何葬。』」結客少年場行，即少年時結任俠之客，為遊樂之場，終而無成之意。宋鮑照等有此題詩，李白此詩亦祖此意。❷紫燕句　紫燕，古駿馬名。一作「紫騮」。黃金瞳，形容目光如黃金般的光彩。❸啾啾句　啾啾，馬鳴聲。《楚辭．離騷》：「鳴玉鸞之啾啾。」王逸注：「啾啾，鳴聲也。」宋本在「啾啾」二字下夾注：「一作：稜稜」。鬉，即鬃，馬頸上的長毛。❹平明　寅時，凌晨四點鐘，天將亮之時。❺凌轢句　凌轢，傾軋；欺壓。白猿公，《吳越春秋．句踐歸國外傳》：「越有處女，出於南林，……越王仍使使聘之，問以劍戟之術。處女將北見於王，道逢一翁，自稱曰袁公。問於處女：『吾聞子善劍，願一見之。』女曰：『妾不敢有所隱，唯公試之。』於是袁公即杖箖箊竹，竹枝上頡橋，末墮地，女即接末，袁公則飛上樹，變為白猿。」此處用其事。❻珠袍　綴珠之袍。❼吳鴻　吳鉤的代稱。《吳越春秋．闔閭內傳》記載：吳王闔閭命國中作金鉤，並下令善作鉤者，賞之百金。有人殺其二子吳鴻、扈稽，以血塗鉤，獻於吳王。吳王問其金鉤有何特殊之處，並令其於眾鉤中挑出自己的兩把。於是鉤師呼二子之名：「吳鴻、扈稽，我在於此，王不知汝之神也。」聲剛絕，兩鉤飛出，吳王大驚，乃賞百金。遂佩不離身。此處用其事。❽挾此句　此，指匕首，吳鴻。英雄，一作「生雄」。❾劇孟　漢初俠士。見卷二〈梁甫吟〉注⓱。❿新豐　漢縣名。故城在今陝西臨潼東北。以產酒聞名。⓫殺人句　用魏左延年〈秦女休行〉成句。⓬羞道六句　《戰國策．燕策》記載：燕太子丹派荊軻謀刺秦王，令燕國武士秦武陽為副手。臨行，太子丹及賓客知事者餞於易水之上，高漸離擊筑，荊軻慷慨悲歌曰：「風蕭蕭兮易水寒，壯士一去兮不復還！」荊軻就車至秦。秦王在咸陽宮接見，秦武陽驚駭失態，面如死灰。荊軻顧笑武陽，取武陽所持圖奉上，秦王發圖，圖窮匕首見。荊軻持匕首刺秦皇，不中。荊軻被殺。相傳荊軻離開燕國時，精誠感天，曾出現白虹貫日的天象。《燕丹子》卷下：「（荊軻）西入秦，至咸陽……秦王使百官陪位，陛戟數百見燕使者。軻奉（樊）於期首，武陽奉地圖，鐘鼓並發，群臣皆呼萬歲，武陽大恐，兩足不能相過，面如死灰色。」詩即寫此事。徒，宋本原作「從」，在字下夾注：「一作：徒」。是。

【語　譯】紫燕駿馬目光如黃金般的光彩，搖著綠頸毛啾啾地嘶鳴。俠士們天剛亮時便競相馳逐，在洛陽東門結客聚會。少年俠士都學會並精通劍術，可與傳說中的白猿公相頡頏。他們穿著珠袍飄著錦帶，腰間插著吳鴻那樣的匕首，更增添了勇當萬夫的英姿。

他們結交劇孟般的英雄，在新豐的酒樓中買醉痛飲。狂笑喝盡一杯酒，就在都市中殺人逞雄。他們羞於談論當年高歌「易水寒」的荊軻，因為他徒令白虹貫日。他沒有完成燕太子丹刺秦王的使命，便白白地命喪秦宮。當時選秦武陽這樣一見秦王便嚇得面如死灰的武士作為助手，怎能與他共成大事呢？

【研　析】此詩描寫少年俠客們的形象。清晨便騎著駿馬競相馳逐，在洛東聚會。身穿珠袍，飄著錦帶，腰插匕首，精通劍術。酒樓買醉，都市殺人。他們還嘲笑當年荊軻未能完成燕太子丹的使命。全詩都是寫俠客的勇氣，當與詩人少年時代任俠行為有關。

長干行❶二首

其一

妾髮初覆額❷，折花門前劇❸。郎騎竹馬來，遶牀弄青梅❹。同居長干里，兩小無嫌猜❺。

十四為君婦，羞顏未嘗開❻。低頭向暗壁，千喚不一回。十五始展眉❼，願同塵與灰❽。常存抱柱信❾，豈上望夫臺❿？

十六君遠行，瞿塘灩澦堆⓫。五月不可觸，猿聲天上哀⓬。門前遲行跡，一一生綠苔⓭。苔深不能掃，落葉秋風早。八月蝴蝶來⓮，雙飛西園草。感此⓯傷妾心，坐⓰愁紅顏老。

早晚下三巴⓱？預將書報家。相迎不道⓲遠，直至長風沙⓳。

【注　釋】❶長干行　樂府舊題。《樂府詩集》卷七二〈雜曲歌辭〉有〈長干曲〉，原為長江下游一帶民歌。古辭云：「逆浪故相邀，菱舟不怕搖。妾家揚子住，便弄廣陵潮。」唐崔顥亦有擬作四首，內容多寫船家女生活。行，古詩的一種體裁。按：《李太白文集》中〈長干行〉有二首，此其一。另一首實非李白作，前人已屢言之。長干，地名，即長干里、長干巷，在今江蘇南京。六朝時建康（今南京）城南秦淮河兩岸有山岡，其間平地為吏民雜居之所。江東稱山隴之間平地為「干」，故名。左思〈吳都賦〉：「長干延屬，飛甍舛互。」有大、小長干巷相連，大長干巷在今南京市中華門外；小長干巷在今南京市鳳凰臺南，巷西達古長江。❷妾髮句　妾，古代婦女自稱的謙詞。初覆額，纔遮額，指髮尚短。❸劇　遊戲。❹郎騎二句　寫兒童時兩小無猜相伴嬉戲之狀。竹馬，古代兒童玩耍，常把竹竿騎在胯下當馬騎。牀，古代坐臥用具。亦指井上的欄杆。弄，玩。❺兩小句　此句謂當時兩人都很年幼，天真爛漫，所以不避嫌疑。嫌猜，嫌疑；猜忌。依古代禮教規定：男女七歲以上，授受不親，以別嫌疑。❻羞顏句　羞顏，臉上顯示怕羞的神情。未嘗，一作「未曾」，又作「尚不」。❼展眉　開眉，謂略懂世事，感情展露於眉間。❽塵與灰　塵、灰原是同類，本易凝合；此喻夫妻倆願永遠和合不分，亦即古詩「以膠投漆中」之意。❾抱柱信　典出《莊子・盜跖》：「尾生與女子期於梁（橋）下，女子不來。水至，不去。抱梁柱而死。」後人即以此稱堅守信約。❿豈上句　望夫臺，即望夫山。古代傳說，夫久出不歸，妻每天上山眺望，化為石頭，因稱之為望夫石，山亦被稱為望夫山或望夫臺。此蓋以石形想像成說。典籍中記載的望夫山有多處。如劉義慶《幽明錄》謂在武昌山北，劉澄之《鄱陽記》謂在鄱陽西，《水經注・江水》及《輿地紀勝・江州》謂在今江西德安西北一十五里。《太平寰宇記》卷一〇五謂在今安徽當塗北四十七里，王琦注引蘇轍說在今四川忠州南數十里等等。宋本在「豈」字下夾注：「一作：恥」。⓫瞿塘句　瞿塘，為長江三峽之一，指今重慶奉節以下一段較窄的長江。灩澦堆，亦作「淫預堆」，為長江江心突起的大巖石，在奉節東五公里瞿塘峽口。附近水流湍急，乃舊時長江三峽的著名險灘。古樂府〈淫預歌〉：「灩澦大如襆，瞿塘不可觸。」陰曆五月，江水上漲，灩澦堆被水淹沒，船隻不易辨識，容易觸礁致禍，故下曰「五月不可觸」。⓬猿聲句　猿聲，一作「猿鳴」。古時三峽多猿，啼聲哀切。《水經注・江水》引古歌謠說：「巴東三峽巫峽長，猿鳴三聲淚沾裳。」天上，形容峽中山高，猿聲如在天上。以上四句寫丈夫西去巴蜀，江行艱險，表現女子對丈夫安危的深切關懷。⓭門前二句　謂久盼丈夫不歸，門前小徑長滿了青苔。李白〈自代內贈〉詩：「別來門前草，秋巷春轉碧。掃盡更還生，萋萋滿行跡。」遲，等待，動詞。宋本在此字下夾注：「一作：舊」。行跡，足跡。宋本在「綠」字下夾注：「一作：蒼」。⓮蝴蝶來　宋本在「來」字下夾注：「一作：黃」。明代楊慎《升庵詩話》卷一〇謂秋天黃色蝴蝶最多，並引李白此句以為深中物理。認為今本改「黃」為「來」，「何其淺也」。但王琦注云：「以文義論之，終以來字為長。」按：六朝至唐代詩中寫黃蝶者甚多，如梁簡文帝〈春情〉詩：「蝶黃花紫燕相追，楊低柳合露塵飛。」李白好友張謂〈別韋郎中〉詩：「崢嶸洲上飛黃蝶，灩澦堆邊起白波。」可見無論春或秋季都有黃蝶。⑮感此　指因蝴蝶雙飛而引起感觸。⑯坐　由於。一作「見」。⑰早晚句　早晚，疑問詞，猶今言多早晚、什麼時候。三巴，即巴郡、巴東、巴西，相當於今重慶及奉節、合川等縣地。⑱不道　不管；不顧。⑲長風沙　地名，在今安徽安慶長江邊。陸游《入蜀記》卷三謂自金陵（今南京市）至長風沙有七百里。唐宋時屬舒州。

【語　譯】我的頭髮剛能覆蓋前額的時候，就和你在門前做折花的遊戲。你騎著竹馬走來，我們圍繞井欄互相拋著青梅玩耍。我倆同在長干里居住，年幼而不避嫌疑猜忌。

十四歲時我成了你的妻子，臉上常覺害羞，不敢見人。總是低著頭躲在暗處，你千呼萬喚我都一聲不回。十五歲纔略懂世事而展開笑眉，希望與你同生共死。當時我與你誓守信約不分離，怎會想到今天要上望夫臺呢？

十六歲那年你遠行經商，要過長江瞿塘峽的灩澦堆那最危險的地方，五月水漲變成暗礁千萬不可觸礁，那險境使猿猱都在高峰上哀鳴。我在家中久盼你不歸，門前的舊行跡也都長滿了青苔。秋風吹落葉，青苔被深蓋也不去掃。八月蝴蝶來，在西園草叢中雙雙飛翔。見此情景使我感到傷心，由於憂愁使我紅顏憔悴變老。

你何時能從三巴下行回來？請你預先捎個信給家裡。我要去迎接你絕不嫌遠，一直可到長風沙。

【研　析】此詩當是開元十三、四年（西元七二五、七二六年）初遊金陵時所作。詩中以商婦自述的口吻，敘述了一個生動的愛情故事。第一節六句回憶童年時代，兩人同住長干里，從小在一起遊戲玩耍，「青梅」、「竹馬」，童心天真從未有什麼男女之嫌。第二節從「十四為君婦」至「豈上望夫臺」八句，用細膩的筆觸描寫初婚時少女的羞澀情態。當時新婚燕爾，恩愛甜蜜，誓同生死。常懷著守約而抱柱死的癡情，哪會想到要上望夫臺的今日分離呢！第三節從「十六君遠行」到「坐愁紅顏老」十二句，描寫丈夫遠行後少婦的深切擔心和刻骨思念，首先想到丈夫前往的地方要經過險惡的灩澦堆，經歷哀猿長啼的環境，不由得為丈夫的安危擔驚受怕。其次是自己天天在門前盼望丈夫的歸來，可是一次次地失望使她連門口也怕去了，以前等待的足跡也長滿青苔，又蓋上層層落葉。從五月到八月，她天天受著相思的煎熬。看到西園的蝴蝶尚且能雙飛，更使自己感到孤獨而傷心，由於長期的憂愁使少婦的容顏憔悴了。第四節是最後四句，寄語在遠方的丈夫：不論何時歸來，都要預先來個信兒，告知具體日期，少婦準備著到七百里外的長風沙去迎接丈夫，絕不嫌遠。

全詩通過具有典型意義的生活片段和心理活動的描寫，展示了少婦的心理成長史和性格發展史。將這位南方女子溫柔細膩的感情、心理，寫得纏綿婉轉，步步深入，充分顯示出她單純、嬌柔、深情、脆弱等性格特點，塑造了一個美麗的商婦形象。全詩情、景、理三者交融，抒情和敘事完美結合，對後來白居易〈琵琶行〉等詩的創作有重要影響。

其二

憶妾深閨裏，煙塵不曾識。嫁與長干人，沙頭候風色。五月南風興，思君下巴陵。八月西風起，想君發揚子。去來悲如何，見少別離多。

湘潭幾日到？妾夢越風波。昨夜狂風度，吹折江頭樹。淼淼暗無邊，行人在何處？北客至王公，朱衣滿汀中。日暮來投宿，數朝不肯東。自憐十五餘，顏色桃李紅。那作商人婦，愁水復愁風。

【甄　辨】《文苑英華》卷二一一收此詩，題作〈小長干行〉，作者下注：「《類詩》作張潮。」按：《全唐詩》卷一一四作張潮詩，又卷二八三作李益詩。《唐詩紀事》卷二七作張朝詩（「朝」當為「潮」之訛）。又按：宋曾季貍《艇齋詩話》謂顧陶《唐詩選》以及《玉臺新詠》（當指李康成《玉臺後集》）皆作張潮。則此詩當非李白作，乃張潮詩，誤入李集。

古朗月行❶

小時不識月，呼作白玉盤。又疑瑤臺❷鏡，飛在青雲端。仙人垂兩足，桂樹作團圓❸。白兔擣藥成❹，問言與誰飡？

蟾蜍蝕圓影❺，大明❻夜已殘。羿昔落九烏❼，天人清且安。陰精此淪惑❽，去去❾不足觀。憂來其如何？惻愴❿摧心肝。

【注　釋】❶朗月行　樂府舊題。《樂府詩集》卷六五收此詩，列於〈雜曲歌辭〉。今存六朝宋鮑照此題詩，寫佳人對月絃歌。此詩題前加「古」字，主旨與鮑詩迥異，僅為用古題而已。❷瑤臺　神仙所居之地。《太平御覽》卷六六〇引《登真隱訣》：「崑崙瑤臺，是西王母之宮。」❸仙人二句　古傳說月亮中有仙人和桂樹，月初生時只見仙人兩足，變圓以後才見仙人和桂樹全形。見《太平御覽》卷四引虞喜《安天論》。宋本在「作」字下夾注：「一作：何」。團圓，一作「團團」。圓貌。❹白兔句　傳說月亮中有白兔擣藥。晉傅玄〈擬天問〉：「月中何有？白兔擣藥。」❺蟾蜍句　傳說月中蟾蜍食月造成月蝕。《淮南子・精神訓》：「月中有蟾蜍。」高誘注：「蟾蜍，蝦蟆也。」又〈說林訓〉：「月照天下，蝕于詹諸。」高誘注：「詹諸，月中蝦蟆；食月，故曰『蝕于詹諸。』」❻大明　宋本原作「天明」。「天」字下夾注：「一作：大」。是。據改。大明，月亮。《文選》卷一二木華〈海賦〉：「大明鑣轡於金樞之穴。」李善注：「言月將夕也。大明，月也。」❼羿昔句　傳說堯時十日並出，草木焦枯，堯命羿仰射十日，中其九日，日中九烏皆死，故後來只留一日。❽陰精句　陰精，指月亮。張衡〈靈憲〉：「月者，陰精之宗，積而成獸，象兔蛤焉。」淪惑，沉淪迷惑。❾去去　催人速去之詞。❿惻愴　傷感；悲痛。一作「悽愴」。

【語　譯】小時候不懂得月亮，呼它叫白玉盤。又懷疑是瑤臺神仙的鏡子，飛到了天上。有時看到月芽中仙人垂下兩足，月亮圓時才看到了桂樹和仙人的全形。聽說月亮中有白兔搗藥，請問這藥是給誰吃的？

傳說月中的蟾蜍吃圓月，以至於圓月變成殘月。從前后羿射落了九個太陽，才使天上人間都得清平而安寧。如今月亮遭到沉淪使人迷惑，已經不值得觀看，還是快些走吧。對此我非常擔憂，傷心悲痛摧人心肝。

【研　析】此詩作年不詳。詩人一生愛月，寫下許多詠月佳作，此為其中之一。首四句寫孩提時代對月亮的記憶，充滿天真爛漫之情和豐富的想像。以「白玉盤」、「瑤臺鏡」形容圓月的形狀、皎潔明亮的顏色和光感，非常貼切傳神。「呼」、「疑」二字逼肖地表達出兒童初見月亮時的新奇感和美好感，令人神往。接著四句借神話傳說暗寫初月的月芽到滿月的圓月之過程，以及對神話傳說的詰疑：白兔搗成之藥，給誰服用？神奇的月亮有多少令人難解的疑問！上半首詩人抒發了兒童時代對月亮的喜愛之情，充滿天真浪漫的想像。下半首轉入另一層意思：清輝難久，圓月變殘，傳說月亮被蟾蜍齧而變缺，造成月蝕，天地為之昏暗。詩人突然想到上古時代射落九日的英雄，使天上人間得到清明和安寧，可是現實生活中卻難以找到這樣的英雄。面對月亮淪沒而迷惑不清，已經不值得觀看，還是快些走吧！然而月亮在詩人心中的印象畢竟是美好的，所以末二句憂上心來，為月亮的「淪惑」而感到非常傷心痛苦。前人和今人多謂此詩非一般的詠月之作，而是寄寓著政治局勢。今人又謂此詩前半喻開元之治，在詩人心目中如朗月在兒童心目中然；後半喻天寶後期，蟾蜍指安祿山、楊國忠輩，昏蔽其君，紊亂朝政。諸說可供參資。

上之回❶

三十六離宮❷，樓臺與天通❸。閣道步行月❹，美人愁煙空。恩疏寵不及，桃李傷春風。

淫樂意何極？金輿向回中❺。萬乘出黃道❻，千旗揚彩虹❼。前軍細柳❽北，後騎甘泉❾東。

豈問渭川老❿，寧邀襄野童⓫？但慕瑤池宴⓬，歸來樂未窮！

【注釋】❶上之回　樂府舊題。《樂府詩集》卷一六列於〈鼓吹曲辭・漢鐃歌〉。《樂府古題要解》卷上：「〈上之回〉，漢武帝元封初因至雍，遂通回中道，後數出遊幸焉。其歌稱帝『遊石關，望諸國，月支臣，匈奴服。』皆美當時事也。」蕭士贇注：「此詩言秦皇、漢武之幸回中者，不過溺志於神仙之事而已，豈知求賢哉！時明皇亦好神仙，其諷諫之作歟？」按：此詩作意與〈宮中行樂詞〉之三「君王多樂事，何必向回中」命意略同，當作於待詔翰林時。❷三十六句　《後漢書・班固傳》載〈西都賦〉：「離宮別館，三十六所。」李賢注：「《三輔黃圖》曰：『上林有建章、承光等一十一宮，平樂、繭觀等二十五，凡三十六所。』」離宮，皇帝出外遊幸時的臨時宮室。此處指在長安附近正宮以外的宮室。❸樓臺句　王琦注：「『與天通』者，極言其高，與天相近也。」❹閣道句　閣道，即複道，架木於樓閣之間作往來通道。步行月，狀閣道之高。❺回中　宮名。《史記・秦始皇本紀》：「秦始皇巡隴西、北地，出雞頭山，過回中。」《漢書・武帝紀》：「(元封)四年冬十月，行幸雍，祠五時，通回中道。」應劭曰：「回中在安定高平，有險阻。蕭關在其北。」按：《括地志》卷一：「秦回中宮在岐州雍縣西四十里。漢武帝郊雍五時，遂通西回中道，往處回中宮。」故址在今陝西隴縣西北。❻黃道　《漢書・天文志》：「日有中道，月有九行。中道者，黃道也。」蕭士贇注：「日，君象，故天子所行之道亦曰黃道。」❼彩虹　虹，宋本作「紅」，誤，據蕭本、郭本、繆本、王本、咸本改。❽細柳　古地名。在今陝西咸陽西南渭河北岸。《史記・絳侯周勃世家》載漢文帝後六年，以周亞夫「為將軍，軍細柳以備胡」。又一處在今陝西西安西南古昆明池南。漢時在上林苑中，築有細柳觀。司馬相如〈上林賦〉「登龍臺，掩細柳」，指此。《漢書・文帝紀》注引張揖以為即周亞夫駐軍處。《元和郡縣志》作細柳原，認為是別一細柳，非亞夫屯軍之所。❾甘泉　漢宮名。《三輔黃圖》卷二：「《關輔記》曰：林光宮，一曰甘泉宮，秦所造……宮周匝十餘里。漢武帝建元中增廣之，周十九里，去長安三百里，望見長安城。」又，漢苑名。《三輔黃圖》卷四：「甘泉苑，武帝置……凡周迴五百四十里，苑中起宮殿臺閣百餘所。」❿渭川老　指姜太公呂尚，其未遇文王前曾在渭水釣魚。⓫襄野童　襄城之野的小童。《莊子・徐无鬼》：「黃帝將見大隗乎具茨之山……至於襄城之野，七聖皆迷，无所問塗。適遇牧馬童子，問塗焉，曰：『若知具茨之山乎？』曰：『然。』『若知大隗之所存乎？』曰：『然。』黃帝曰：『異哉，小童非徒知具茨之山，又知大隗之所存，請問為天下。』……小童曰：『夫為天下者，亦奚以異乎牧馬者哉？亦去其害馬者而已矣。』黃帝再拜稽首，稱天師而退。」⑫但慕句　瑤池宴，《列子．周穆王》：「（穆王）升於崑崙之丘……遂賓於西王母，觴於瑤池之上。」宋本在「但慕」二字下夾注：「一作：秋暮」。

【語　譯】皇帝在長安附近就有三十六離宮，那樓臺高聳上通於天。在閣道上行走似步入月宮，美人望幸不得而愁如空中煙霧。皇帝的恩寵疏遠不能及，宮女怕色衰如桃李落花怨春風。

皇帝淫樂之意怎會窮盡，又駕金輿遠至回中宮遊樂。萬乘車駕奔馳於黃道，千旗飄揚猶如彩虹。前軍已至細柳營之北，後騎則還在甘泉宮之東。

皇帝此行難道是向渭川老人呂望問計謀，還是請教襄野牧童治天下之道？其實只是嚮慕當年周穆王與西王母的瑤池之宴那樣的玩樂而已，如今歸來正感到其樂無窮呢！

【研　析】此詩諷刺天子之行樂無極。首段言諸離宮中之望幸者不得恩寵而愁傷。次段言天子往回中宮遊樂，千騎萬乘好不威風。末段質問天子遊回中宮是像周文王拜呂望為師，還是像黃帝向牧童問道，回答當然是否定的。天子遊回中只是像穆天子與西王母在瑤池宴樂而已。言外有譴責不思治國大計之意。

獨不見❶

白馬誰家子？黃龍邊塞兒❷。天山❸三丈雪，豈是遠行時？春蕙忽秋草❹，莎雞❺鳴曲池。風催寒梭❻響，月入霜閨❼悲。憶與君別年，種桃齊蛾眉❽。桃今百餘尺，花落成枯枝。終然獨不見，流淚空自知。

【注　釋】❶獨不見　樂府舊題。《樂府詩集》卷七五收此詩，列於〈雜曲歌辭〉，並引《樂府解題》曰：「〈獨不見〉，傷思而不得見也。」梁柳惲、唐沈佺期等有此題詩。此詩寫女子思念遠戍丈夫，與沈佺期之作意同。按：此詩與卷五〈塞下曲〉其四意旨略同。敦煌《唐人選唐詩》即以該詩題作〈獨不見〉。❷白馬二句　曹植〈白馬篇〉：「白馬飾金羈，連翩西北馳。借問誰家子，幽并遊俠兒。」黃龍，古城名，即龍城。又名和龍城、龍都。古址在今遼寧朝陽。此泛指邊塞地區。❸天山　即今新疆境內之天山。《元和郡縣志》卷四〇隴右道伊州伊吾縣：「天山，一名白山，一名折羅漫山，在州北一百二十里。春夏有雪。出好木及金鐵。匈奴謂之天山，過之皆下馬拜。」❹春蕙句　此句謂時間迅速，春蕙凋謝不久，倏忽之間又見秋草。蕙，蘭的一種。春天開花。❺莎雞　宋本原作「沙雞」，據蕭本、郭本、王本、咸本改。莎雞，俗稱紡織娘，又稱「絡緯」。見卷二〈長相思〉注❷。❻梭　織布的梭子。❼霜閨　秋閨，此指秋天深居內室的女子。❽蛾眉　宋本原作「蛾眉」，據蕭本、郭本、王本、咸本改。

【語　譯】騎著白馬遠行的是誰家之子？原來他是往黃龍塞守邊的戰士。如今天氣寒冷，天山的雪有三丈深，難道這還是遠行的時候？春天的蕙草花謝不久忽然又見到了秋草，紡織娘在曲池邊不斷地鳴叫。秋風吹寒傳來梭子織布的聲響，月亮照入深閨中的女子黯然傷悲。回想與丈夫分別的那年，我種的桃樹纔到我的眉毛那麼高。如今桃樹已長成百餘尺的大樹，花已落盡成為枯枝。然而始終不見丈夫歸來，我獨自流淚徒然只有自己知道。

【研　析】首四句點明丈夫是騎白馬遠赴黃龍塞的守邊者，那裡是雪深三丈的苦寒之地。接著四句寫時間飛速，春去秋來，獨處家室的思婦感時而傷悲。末六句寫離別之久，別時種的桃樹現在已長成百尺大樹，花落成為枯枝，卻獨不見丈夫歸來，悲傷流淚只有自知其苦。

白紵辭❶三首

其一

揚清歌❷，發皓齒，北方佳人東鄰子❸。且吟〈白紵〉停〈綠水〉❹，長袖拂面為君起❺。寒雲夜卷霜海空，胡風吹天飄塞鴻❻。玉顏❼滿堂樂未終。

【注釋】❶白紵辭　樂府舊題。《樂府詩集》卷五五收此三首，列於〈舞曲歌辭〉。並引《宋書．樂志》曰：「〈白紵舞〉，按舞辭有巾袍之言，紵本吳地所出，宜是吳舞也。」又引《樂府解題》曰：「古詞盛稱舞者之美，宜及芳時行樂，其譽白紵曰：『質如輕雲色如銀，製以為袍餘作巾，袍以光軀巾拂塵。』」白紵，用紵麻纖維織成的布，出吳地。〈白紵歌〉配〈白紵舞〉，為吳地民間歌舞。後為朝廷樂府採用。梁武帝令沈約改其辭為四時之歌。❷歌　宋本在此字下夾注：「一作：音」。❸北方句　北方佳人，《漢書．孝武李夫人傳》：「(李)延年侍上起舞，歌曰：『北方有佳人，絕世而獨立，一顧傾人城，再顧傾人國。寧不知傾城與傾國，佳人難再得！』」東鄰子，《文選》卷一九宋玉〈登徒子好色賦〉：「天下之佳人莫若楚國，楚國之麗者莫若臣里，臣里之美者莫若臣東家之子。……嫣然一笑，惑陽城，迷下蔡。」❹綠水　樂曲名。綠，通「淥」。《淮南子．俶真訓》：「手會〈綠水〉之趨。」高誘注：「〈綠水〉，舞曲也。」❺長袖句　此句用沈約〈冬白紵歌〉：「長袖拂面為君施」句意。❻胡風句　鮑照〈代陳思王京洛篇〉：「霜高落塞鴻。」此用其意。❼玉顏　此指美女。

【語譯】啟露潔白的牙齒，揚聲唱起清朗的舞曲，那是一群像漢武帝之李夫人和宋玉的東鄰子一樣的絕代佳人。在跳完〈綠水〉舞蹈後又唱〈白紵〉之歌，長袖拂面都是為您起舞。寒夜雲捲海空飛霜，北風吹天塞雁南飛。滿堂的玉顏美女仍在歌舞歡樂，沒有終止歇息。

【研析】此詩主要是描繪吳地的女子在寒夜歌舞的情景。其結構句法和內容基本上都是模擬鮑照的〈白紵辭〉：「朱唇動，素袖舉。洛陽少年邯鄲女。古稱〈綠水〉今〈白紵〉，催絃急管為君舞。窮秋九月荷葉黃，北風驅雁天雨霜，夜長酒多樂未央。」可以參讀。

其二

館娃日落歌吹深❶，月寒江清❷夜沉沉。美人一笑千黃金❸，垂羅舞縠揚哀音❹。郢中〈白雪〉❺且莫吟，〈子夜吳歌〉❻動君心。動君心，冀❼君賞。願作天池雙鴛鴦，一朝飛去青雲上❽。

【注　釋】❶館娃句　館娃，春秋時吳宮名，相傳吳王夫差為西施所造。今蘇州西南靈巖山上有靈巖寺，即其故址。揚雄《方言》：「吳有館娃宮，今靈巖寺即其地也。山有琴臺、西施洞、硯池、玩花池，山前有采香徑，皆宮之故跡。」歌吹深，一作「歌吹濛」。蕭本、郭本、王本、咸本皆將此句屬前首末。誤。此首如無此句，則不能統領全篇。❷江清　一作「天清」。❸美人句　崔駰〈七依〉：「回眸百萬，一笑千金。」鮑照〈白紵歌六首〉其六：「千金顧笑買芳年。」❹垂羅句　下垂輕薄絲綢的舞裙。羅，質地柔薄手感滑爽透氣性強的絲織品。縠，縐紗類絲織品。鮑照〈白紵歌六首〉其一：「纖羅霧縠垂羽衣。」❺郢中白雪　楚國高雅的歌曲。見卷一〈古風〉其二十一注❶。❻子夜吳歌　晉曲名。相傳為晉女子子夜所作，孝武帝太元中已流行。後人更為四時行樂之詞，謂之〈子夜四時歌〉。因出吳地，故稱吳歌。❼冀　希望。❽願作二句　沈約〈春白紵歌〉：「願在雲間長比翼。」二句化用其意。

【語　譯】太陽已經落山而館娃宮中歌吹之聲卻更加熱烈，寒月在沉沉夜色之中照耀著清江之水。美人一笑價值千金，她們為吳王揚羅袖垂舞裙唱著哀婉的歌曲。郢中的〈白雪〉歌太高雅暫且不唱，還是俗曲〈子夜吳歌〉能打動君王之心，打動君心，希望能夠得到君王的賞識。希望和君王作一對天池的鴛鴦，有朝一日就可以飛上青雲一步登天。

【研　析】此詩描敘館娃宮中的美女為吳王夜以繼日歌舞的情景。首二句點明時間是從「日落」到「深夜」，次二句描寫美人一笑值千金，羅裙下垂飄揚歌聲婉轉。再次二句謂高雅歌曲暫且不唱，因為君王不愛聽，只有吳歌俗曲能打動君王之心。接著用兩個三字句，點明歌舞的目的是希望得到君王的賞識。末二句更希望能與君王成一對鴛鴦形影不離，有朝一日直上青雲。

其三

吳刀剪綵縫舞衣❶，明粧麗服奪春輝❷。揚眉轉袖若雪飛，傾城獨立❸世所稀。

〈激楚〉、〈結風〉❹醉忘歸。高堂月落燭已微，玉釵挂纓❺君莫違。

【注　釋】❶吳刀句　吳刀，吳地出產的剪刀。綵，彩色絲織品。鮑照〈白紵歌六首〉其一：「吳刀楚製為佩褘」。宋本在「綵」字下夾注：「一作：綺」。❷明粧句　謂明亮的面容和華麗的服裝勝過春天太陽的光輝。❸傾城獨立　用李延年詩句，見本詩其一注❸。❹激楚結風　皆歌曲名。司馬相如〈上林賦〉：「鄢郢繽紛，〈激楚〉〈結風〉。」《史記・司馬相如列傳》司馬貞《索隱》謂「激楚」、「結風」都是急風之意，楚地風氣輕快，歌者又用急風為節拍，使樂曲急促哀切。❺玉釵挂纓　司馬相如〈美人賦〉：「玉釵挂臣冠，羅袖拂臣衣。」江總〈和衡陽殿下高樓看妓〉詩：「挂纓銀燭下，莫笑玉釵長。」此謂男女歡情。

【語　譯】用吳地出產的剪刀所裁製的彩色舞衣，其明麗可與春光比美。美人穿上它揚眉轉袖像飛雪般歌舞，傾國傾城世上少有。〈激楚〉、〈結風〉的歌曲急促哀切使人陶醉忘歸。高堂月落燭已將盡，我的玉釵挂在您的冠纓上，您莫要錯過好機會呀。

【研　析】此詩寫美女穿著用吳地剪刀裁製的彩色絲綢舞衣，顯得格外豔麗，揚眉轉袖，載歌載舞，使人陶醉忘歸。末句暗寫男女幽歡，大膽而又含蓄。蕭士贇注：「按此三篇句意字面皆與明遠（鮑照）者相出入，豈此曲體制當如是邪？抑擬之而作也？會有知言者矣。」

鳴雁行❶

胡雁鳴，辭燕山❷。昨發委羽❸朝度關。一一銜蘆枝❹，南飛散落天地間。連行接翼往復還。

客居煙波寄湘吳❺，凌霜觸雪毛體枯。畏逢矰繳❻驚相呼。聞弦虛墜❼良可吁，君更彈射何為乎？

【注　釋】❶鳴雁行　樂府舊題。《樂府詩集》卷六八列於〈雜曲歌辭〉。並云：「衛〈匏有苦葉〉詩云：『雝雝鳴雁，旭日始旦。』鄭康成云：『雁者隨陽而處，似婦人從夫，故昏（婚）禮用焉。雝雝，聲和也。』〈鳴雁行〉，蓋出於此。」蕭士贇注：「《樂府遺聲》鳥獸二十一曲有〈鳴雁行〉。」胡震亨注：「鮑照本辭嘆雁之辛苦霜雪，太白更嘆其遭彈射，似為己之逢難寓感，觀『湘吳』一語可見。」此詩太白以雁之散落流離以寄己身世之悲也，似晚年流離湘吳之作。❷燕山　在今河北平原北側，由潮白河河谷直至山海關，大致成東西走向。❸委羽　傳說中的北方山名。《淮南子．墬形訓》：「燭龍在雁門北，蔽於委羽之山，不見日。」又曰：「北方曰積冰，曰委羽。」高誘注：「委羽，山名也。在北極之陰，不見日也。」❹銜蘆枝　《淮南子．脩務訓》：「夫雁順風以愛氣力，銜蘆而翔以備矰弋。」高誘注：「未秀曰蘆，已秀曰葦。矰，矢。弋，繳。銜蘆所以令繳不得截其翼也。」王琦注：「一說代山高峻，鳥飛不越，惟有一缺門，雁往來向此缺中過，人號曰『雁門』。山出鷹，雁過，鷹多捉而食之。雁欲過，皆相待，兩兩相隨，口中銜蘆一枝，然後過缺中。鷹見蘆，懼之，不敢捉。」❺湘吳　湘即湖南地區，吳指江蘇南部。此處泛指南方。❻矰繳　獵取飛鳥的射具。矰，古代射鳥用的拴著絲繩的短箭。繳，拴在箭上的絲繩。《淮南子．說山訓》：「好弋者先具繳與矰。」❼聞弦虛墜　鳥聞弓弦響未射而先墜落。《戰國策．楚策四》：「更羸與魏王處京臺之下，仰見飛鳥。更羸謂魏王曰：『臣為王引弓虛發而下鳥。』……有間，雁從東方來，更羸以虛發而下之。魏王曰：『然則射可至此乎？』……對曰：『其飛徐而鳴悲。飛徐者，故瘡痛也；鳴悲者，久失群也。故瘡未息而驚心未去也。聞弦音，引而高飛，故瘡隕也。』」

【語　譯】胡雁飛鳴著辭別燕山。昨天從委羽山出發，今日早晨就飛度雁門關。牠們一個個都口銜蘆枝，向南飛翔分別散落在各地洲渚之間。牠們連行接翼，往而復還，不斷地沿著這條路線秋來春歸。

胡雁客居在湘吳煙波之間，由於凌霜觸雪而體衰羽枯，害怕弓箭聲而驚相叫呼。有時聽到弓弦的虛響也會從天上掉下來，實在是太令人嘆惜了。胡雁如此可憐，你們為什麼還要射獵牠們呢？

【研　析】此詩前段寫胡雁從燕山飛度雁門關，害怕鷹捉而銜蘆飛翔。後段寫胡雁客居江南，體衰羽枯，驚怕弓箭，甚至聽到虛弦聲也會墜下，可見非常可憐。前人皆謂此詩乃李白遭難寓感所作，並以為是長流夜郎遇赦後避居湘吳畏讒之時。今按此詩為擬古之作，中間當然可能寄寓己遭，但必求其事之實，恐失之鑿。

妾薄命❶

漢帝重阿嬌，貯之黃金屋❷。咳唾落九天，隨風生珠玉❸。寵極愛還歇，妒深情卻疏❹。長門一步地，不肯暫回車❺。

雨落不上天，水覆重難收❻。君情與妾意，各自東西流❼。昔日芙蓉花，今成斷根草❽。以色事他人，能得幾時好？

【注　釋】❶妾薄命　樂府舊題。《樂府詩集》卷六二收此詩，列於〈雜曲歌辭〉，並引《樂府解題》曰：「〈妾薄命〉，曹植云：『日月既逝西藏。』蓋恨燕私之歡不久。梁簡文帝云：『名都多麗質。』傷良人不返，王嬙遠聘，虞姬嫁遲也。」此篇則詠漢武帝廢陳皇后之事，反映婦女被遺棄的痛苦。❷漢帝二句　漢帝，即漢武帝。阿嬌，漢武帝陳皇后小名。《漢武故事》謂武帝數歲，長公主抱置膝上，問是否願得阿嬌為婦，武帝曰：「若得阿嬌作婦，當作金屋貯之。」成語「金屋藏嬌」即由此而來。宋本在「重」字下夾注：「一作：寵」。❸咳唾二句　形容阿嬌得寵時之高貴，咳唾飛沫似從九天落下，隨風化為珠玉。《莊子・秋水》：「子不見夫唾者乎？噴則大者如珠，小者如霧，雜而下者不可勝數也。」句意本此。❹寵極二句　據《漢武故事》記載：武帝即位，立阿嬌為后，長公主求欲無厭，皇后寵愛衰退。阿嬌想再獲寵，命女巫作術。事為武帝發覺，終於被廢退居長門宮。❺長門二句　謂長門宮雖只有一步之遙，但武帝卻不肯回車去看阿嬌。長門，即長門宮。❻雨落二句　謂漢武帝廢陳皇后已成事實，不可能再有所改變，就像落下的雨不能再上天，傾覆的水不能再收回一樣。宋長白《柳亭詩話》云：「太白詩『雨落不上天，水覆難再收。』出《後漢書・光武紀》『反水不收』，又〈何進傳〉『覆水不收』。」宋本在「重難收」三字下夾注：「一作：難重收」。❼君情二句　君，指漢武帝。妾，指陳皇后阿嬌。東西流，古樂府〈白頭吟〉：「溝水東西流。」以水東西分流喻夫妻分離。宋本在「情」字下夾注：「一作：恩」。❽昔日二句　芙蓉花，即荷花。斷根草，喻失寵。宋本在「斷根草」下夾注：「一作：素秋草」。

【語　譯】漢武帝寵愛阿嬌，曾說要將她貯之於黃金屋。阿嬌位高勢大時，吐一口唾沫就像從九天飛落，隨風化為珠玉。但是寵極就愛衰，她嫉妒太深而被漢武帝所疏遠。長門宮雖然只有一步之遙，皇帝卻不肯回車一顧。

雨落下後不能再回到天上，水倒在地上就難再回杯中。君王與阿嬌之間的情意，如同流水一樣各自東西流。昔日的阿嬌如同芙蓉花一樣的美麗，如今卻成了斷根草一樣的廢物。以色事人的婦女，能夠得到多少時間的寵愛呢？

【研　析】首四句寫陳阿嬌的受寵，「金屋藏嬌」是個著名的故事，詩人還用極誇張的手法，形象地描繪出陳皇后受寵後的威風和氣勢：飛沫從九天落下，隨風化為珠玉。此乃欲抑先揚，為後來的冷落作反襯。接著四句筆鋒一轉，寫陳皇后的失寵，點出失寵的原因是「妬深」，含蓄的字眼裡蘊含著豐富的內容，包括所謂女巫作術等等。結果是被打入冷宮。這長門宮雖然離皇帝的宮殿僅有一步之遙，可是漢武帝的宮車從此再也不肯暫回。這四句與前四句恰成鮮明的對照。後半首則用各種比喻展開議論。先用「雨落不上天，水覆重難收」比喻皇帝不可能再回心轉意。然後用比興手法點出原因：「昔日芙蓉花，今成斷根草」，年老色衰。最後的結論是：「以色事他人，能得幾時好？」全詩通過陳皇后從受寵到失寵的描寫，揭示出古代女子以色事人，色衰必然被棄的悲劇命運。語言自然流暢，比喻貼切鮮明，議論深刻奇整。

幽州胡馬客歌❶

幽州胡馬客，綠眼❷虎皮冠。笑拂❸兩隻箭，萬人不可干❹。彎弓若轉月，白雁❺落雲端。雙雙掉鞭❻行，遊獵向樓蘭❼。出門不顧後，報國死何難？

天驕五單于❽，狼戾❾好兇殘。牛馬散北海❿，割鮮⓫若虎湌。雖居燕支山⓬，不道朔雪寒⓭。婦女馬上笑，顏如赬⓮玉盤。翻飛射鳥獸，花月醉雕鞍。旋頭⓯四光芒，爭戰如蜂攢⓰。白刃灑赤血，流沙⓱為之丹。

名將古誰是？疲兵良可歎。何時天狼⓲滅，父子得閑安？

【注釋】❶幽州胡馬客歌　樂府舊題。《樂府詩集》卷二五列於〈橫吹曲辭·梁鼓角橫吹曲〉。胡震亨注：「〈梁鼓角橫吹曲〉本詞言剿兒苦貧，又言男女燕遊。太白依題立義，敘邊塞逐虜之事。」幽州，唐代州名，治所在今北京市。轄境在河北北部及遼寧西部一帶。❷綠眼　指胡人的眼珠是綠色，不同於漢人的眼珠是黑色的。❸拂　拔。❹干　冒犯。❺白雁　《爾雅翼》卷一七：「今北方有白雁，似鴻而小，色白，秋深乃來，來則霜降。河北謂之霜信。」❻掉鞭　搖鞭；揮鞭。❼樓蘭　古西域國名。漢元封三年內附。王居扜泥城，遺址在今新疆若羌境，羅布泊西，處漢通西域南道上。因居漢與匈奴之間，常持兩端，或殺漢使，阻通道。元鳳四年，漢遣傅介子斬其王安歸，另立尉屠耆為王，更名為鄯善國。傅介子以立功封侯。事見《漢書·西域傳上》及〈傅介子傳〉。❽天驕句　天驕，「天之驕子」的略語。漢時匈奴自稱為天之驕子，意謂為天所驕寵，故極強盛。《漢書·匈奴傳上》：「單于遣使遺漢書云：『南有大漢，北有強胡。胡者，天之驕子也。』」五單于，《漢書·宣帝紀》：「（匈奴）虛閭權渠單于請求和親，病死，右賢王屠耆堂代立。骨肉大臣立虛閭權渠單于子為呼韓邪單于，擊殺屠耆堂，諸王並自立，分為五單于，更相攻擊，死者以萬數。」按：據《漢書．匈奴傳》，五單于為：呼韓邪單于、屠耆單于、呼揭單于、車犁單于、烏藉單于。❾狼戾　兇狠。《漢書．嚴助傳》：「閩越王狼戾不仁，殺其骨肉，離其親戚，所為甚多不義。」顏師古注：「狼性貪戾，凡言狼戾者，謂貪而戾。」❿北海　匈奴中地名。《漢書．蘇武傳》：「乃徙武北海上無人處，使牧羝。」按：此北海即指今貝加爾湖。⓫割鮮　《文選》卷一左思〈西都賦〉：「割鮮野食。」李善注：「孔安國《尚書傳》：『鳥獸新殺曰鮮。』」⓬燕支山　又作「焉支山」，見本卷〈王昭君〉詩其一注❺。⓭不道句　不道，不覺；不知。朔雪，北方的雪。⓮赬　紅色。謝朓〈望三湖〉詩：「積水照赬霞。」⓯旄頭　又作「髦頭」，星宿名，即昴宿。《史記．天官書》：「昴曰髦頭，胡星也。」古人以為旄頭星特別亮的時候，預兆有戰事發生。⓰蜂攢　如蜂似地聚集。⓱流沙　《水經注》卷四〇：「流沙地在張掖居延縣東北。」按：古代常泛指我國西北的沙漠地區，或稱今新疆境內白龍堆沙漠一帶為流沙。⓲天狼　星名。《史記．天官書》：「其東有大星曰狼，狼角變色，多盜賊。」張守節《正義》：「狼一星，參東南，狼為野將，主侵掠，占非其處，則人相食；色黃白而明，吉。角，兵起；金、木、火守，亦如之。」古星象家以為此星主侵掠，後常用以比喻入侵的胡人。

【語譯】幽州有個騎馬的胡人，長著碧綠的眼珠戴著虎皮冠。笑著拔出兩支箭發射，萬人都不能阻擋。他彎弓如轉動的圓月，一箭就使白雁從雲端落下來。他和同伴雙雙揚鞭策馬而行，前往樓蘭古地去遊獵。他們義無反顧地出門去，為了報國死有何難？

自稱天之驕子的匈奴曾有五個單于爭鬥，他們生性兇狠好殺。牛馬散佈在北海，殺鮮生吃像狼吞虎嚥。他們雖然居住在漠北的燕支山，卻不覺得北方風雪的嚴寒。婦女騎在馬上笑，臉面像紅玉盤一樣豔麗。她們也能在馬上翻飛射獵鳥獸，喝酒後面如花月醉倒在雕鞍上。胡星旄頭四處放射光芒，預示匈奴發動侵略戰爭了，大漢與匈奴的戰爭如同蜂聚。雙方的刀槍都灑滿了鮮紅的血，大漠流沙都被血染紅了。

誰能像古代的名將？如今都是疲乏的士兵實在是可悲可嘆。何時能將天狼星射滅，使天下父子得到安寧呢？

【研析】此詩前十句寫胡人的形象以及他們的勇武精神。後十四句先寫匈奴兇殘的本性、生活習慣乃至婦女亦能騎射，然後寫匈奴發動戰爭，雙方血染流沙。最後四句詩人慨嘆如今漢無良將，疲兵徒然犧牲。詩人切盼早日消滅入侵的胡兵，使天下父子安寧。前人及今賢多謂此詩作於天寶十載（西元七五一年）至十一載（西元七五二年）李白北上幽燕之時，可從。

門有車馬客行❶

門有車馬賓❷，金鞍曜朱輪❸。謂從丹霄❹落，乃是故鄉親。呼兒掃中堂，坐客論悲辛。對酒兩不飲，停觴淚盈巾。

歎我萬里遊，飄颻❺三十春。空談霸王略，紫綬不挂身❻。雄劍藏玉匣，《陰符》生素塵❼。廓落❽無所合，流離湘水濱。

借問宗黨間❾，多為泉下人❿。生苦百戰役，死託萬鬼鄰。北風揚胡沙，埋翳周與秦⓫。大運且如此，蒼穹寧匪仁⓬？惻愴⓭竟何道？存亡任大鈞⓮。

【注　釋】❶門有車馬客行　樂府舊題。《樂府詩集》卷四〇收此詩，列於〈相和歌辭・瑟調曲〉，引《古今樂錄》曰：「王僧虔《技錄》云：『〈門有車馬客行〉歌東阿王置酒一篇。』」又引《樂府解題》曰：「曹植等〈門有車馬客行〉皆言問訊其客，或得故舊鄉里，或駕自京師，備敘市朝遷謝，親友凋喪之意也。」按：曹植詩題作〈門有萬里客行〉，晉陸機、宋鮑照、陳張正見、隋何妥、唐虞世南等作〈門有車馬客行〉。❷賓　宋本在本字下夾注：「一作：客」。❸朱輪　古代王侯貴族所乘紅色車駕。《文選》卷四一楊惲〈報孫會宗書〉：「惲家方隆盛時，乘朱輪者十人，位在列卿，爵為通侯。」李善注：「二千石皆得乘朱輪。」❹丹霄　天空。《北堂書鈔》卷一五一引漢賈誼詩：「青青雲塞，上拂丹霄。」宋本在「丹」字下夾注：「一作：雲」。❺飄飖　飄蕩；飄泊不定。一作「飄飄」。❻空談二句　謂己雖有輔佐帝王的抱負，卻一直未曾做高官。霸王略，指君主統治的謀略。蕭本、郭本、王本作「帝王略」。紫綬，古代大官繫金印的紫色絲帶。《漢書・百官公卿表》：「相國、丞相，皆秦官，金印紫綬。」❼雄劍二句　此以寶劍藏在匣中，兵書堆滿灰塵喻己之才能不得使用。據《搜神記》記載，春秋時，干將、莫邪夫婦鑄成二劍，一雄一雌。雌劍進於吳王，雄劍留給兒子，為父報仇。此泛指寶劍。鮑照〈贈故人馬子喬〉詩：「雙劍將別離，先在匣中鳴。」陰符，兵書名。《戰國策・秦策》：「（蘇秦）乃夜發書，陳篋數十，得太公《陰符》之謀。」歷代史志皆以《周書陰符》著錄兵家，《黃帝陰符》入道家。❽廓落　同「瓠落」、「濩落」。空虛貌。❾宗黨間　同宗親族之中。❿泉下人　黃泉下人，謂死去。⓫北風二句　指安史之亂，洛陽與長安淪陷。埋翳，隱沒遮蔽。周與秦，此指洛陽與長安。⓬大運二句　謂朝廷天運尚且如此，上天難道是不仁的。大運，天運。蒼穹，蒼天。匪，通「非」。⓭惻愴　淒慘；悲傷。⓮大鈞　大自然；造化。宋本原作「天鈞」，據蕭本、郭本、王本、咸本改。

【語　譯】我家門前來了許多車馬賓客，金鞍寶馬和朱漆的車輪閃著光芒。好像都是從天上落下來，原來都是家鄉的故友和親戚呀。呼兒把中堂打掃乾淨，讓客人坐下來敘論這些年來的悲歡離合。主客對坐飲酒，說到悲傷處，酒都喝不下了，停下杯來用毛巾擦眼淚。

悲嘆的是我萬里漫遊，飄泊了三十個春秋。向帝王空談霸王之略，卻一直沒有當上一官半職。寶劍空藏在玉匣裡，兵書上落滿了灰塵。我一生空寂無所投合，如今流落在湘水之濱。

問起宗族鄉黨的親人們，得知如今多已成黃泉之鬼了。活著的時候嘗夠了戰亂之苦，死後便託身鬼域與萬鬼為鄰了。如今仍是北風揚著胡沙，將我唐朝兩京周、秦故地颳得天昏地暗。國運尚且頹敗如此，蒼天難道真是如此的不仁嗎？我心中悲傷但還有什麼可說？存亡死活也只得聽任天命了。

【研　析】此詩有「北風揚胡沙，埋翳周與秦」之句，當是安史之亂兩京淪陷以後所作。詩中還有「廓落無所合，流離湘水濱」之句，證知作於長沙、瀟湘一帶。按李白於乾元二年（西元七五九年）流放遇赦歸來曾於是年秋天漫遊洞庭瀟湘一帶，故可定為是年之作。首段敘家中來了故鄉的親友，設宴暢敘悲歡離合。驚喜之情洋溢於字裡行間。次段敘自己三十年來不偶於時，遭斥流離的悲哀身世，令人感慨萬千。末段寫詢問鄉曲之事，獲知宗黨之人「多為泉下人」，詩人感嘆生遭戰爭，死為鬼鄰，並由此想到如今安史之亂尚未平息，國難如此，個人更是聽天由命了。俯仰慨嘆，義遠情深。

君子有所思行❶

紫閣連終南❷，青冥天倪色❸。憑崖望咸陽❹，宮闕羅北極❺。萬井❻驚畫出，九衢如絃直❼。渭水❽清銀河，橫天流不息。

朝野盛文物，衣冠何翕赩❾！廄馬散連山❿，軍容威絕域⓫。伊皋運元化⓬，衛霍輸筋力⓭。

歌鐘⓮樂未休，榮去老還逼。圓光⓯過滿缺，太陽移中昃⓰。不散東海金⓱，何爭西輝匿⓲？無作牛山悲⓳，惻愴淚沾臆⓴。

【注釋】❶君子有所思行　樂府舊題。《樂府詩集》卷六一列於〈雜曲歌辭〉。引《樂府解題》曰：「〈君子有所思行〉，晉陸機云：『命駕登北山。』宋鮑照云：『西上登雀臺。』梁沈約云：『晨策終南首。』其旨言雕室麗色不足為久歡；宴安鴆毒，滿盈所宜敬忌，與〈君子行〉異也。」胡震亨注：「白（此篇）尤似學鮑者。」按：太白此篇自抒所感。❷紫閣句　紫閣，終南山山峰名。在今陝西戶縣東南三十里。終南，山名。即今西安市南的秦嶺山脈。❸青冥句　青冥，青天；青雲。狀山之色。天倪，天際。《莊子．齊物論》：「何謂和之以天倪。」《釋文》：「倪，分也。或作霓，際也。」❹咸陽　地名，今陝西咸陽。此處代指唐朝京城長安。❺宮闕句　《爾雅．釋天》：「北極謂之北辰。」王琦注：「此以喻天子之居，而言宮闕羅列於其中也。」❻萬井　王琦注：「鄭玄《周禮注》：『方百里為一同，積萬井九萬夫。』此借用其字，作里巷解。」

按：京城長安街道縱橫交錯亦如井字。❼九衢句　謂長安街道如琴絃一樣直。楊炯〈驄馬詩〉：「帝畿平若水，官路直如絃。」九衢，四通八達的大道。❽渭水　在今陝西西安城北。❾翕艴　盛貌；光輝貌。❿廄馬句　形容馬之盛多。《新唐書．兵志》：「開元初……（王）毛仲領閑廄，馬稍稍復，始二十四萬，至三十年，乃四十三萬。……天寶後，諸軍戰馬動以萬計。……議者謂秦漢以來，唐馬最盛。天子又銳志武事，遂弱西北蕃。」⓫絕域　《文選》卷一一孫綽〈遊天台山賦〉：「邈彼絕域。」李善注：「絕，遠也。」⓬伊皋句　伊皋，指商湯宰相伊尹和舜時賢臣皋陶。元化，德政教化。王琦注：「伊尹、皋陶，以喻美宰臣。」⓭衛霍句　衛霍，指漢武帝時名將衛青和霍去病。輸筋力，獻出武藝和精力。王琦注：「衛青、霍去病，以喻美將帥。」⓮歌鐘　《國語．晉語》：「女樂二八，歌鐘二肆。」韋昭注：「歌鐘，歌時所奏。」⓯圓光　農曆十五夜的月亮。王琦注：「圓光，謂望日之月。」⓰移中昃　過了中午向西傾斜。昃，日西斜。宋本原作「昊」，據蕭本、郭本、繆本、王本改。《易經．豐卦》：「日中則昃，月盈則食（蝕）。」⓱不散句　用漢東海人疏廣散金故事。《漢書．疏廣傳》：「疏廣，字仲翁，東海蘭陵人也。……廣徙為太傅，……在位五歲……上疏乞骸骨。上以其年篤老，皆許之。加賜黃金二十斤。……廣既歸鄉里，日令家共具設酒食，請族人故舊賓客，與相娛樂。數問其家，金餘尚有幾所？趣賣以共具。……曰：『此金者，聖主所以惠養老臣也，故樂與鄉黨宗族共享其賜，以盡吾餘日，不亦可乎？』」⓲西輝匿　夕陽餘光落沒。⓳牛山悲　指春秋時齊景公登牛山而感嘆年華不再之事。《晏子春秋．諫上第十七》：「景公遊于牛山，北臨其國城而流涕曰：『若何滂滂去此而死乎？』艾孔、梁丘據皆從而泣，晏子獨笑於旁。公刷涕而顧晏子曰：『寡人今日遊悲，孔與據皆從寡人而涕泣，子之獨笑，何也？』晏子對曰：『使賢者常守之，則太公、桓公常守之矣；使勇者常守之，則莊公、靈公將常守之矣。數君者將守之，則吾君安得此位而立焉？』」⓴淚沾臆　眼淚沾濕胸前衣襟。沈約〈夢見美人〉詩：「那知神傷者，潺湲淚霑臆。」

【語譯】紫閣峰連著終南山，遠在天際呈現青冥之色。站在山崖北望長安城，只見所有宮闕羅列在北辰之中。城中萬條里巷如畫，四通八達的大街像絃一樣的直。渭水清清像銀河一樣橫天而流，永不止息。

朝野文物制度繁盛，衣冠人物是多麼眾多！廄中之馬連山遍野，軍隊聲威遠及絕域。朝廷有伊尹、皋陶那樣的大臣執掌德政教化，有衛青、霍去病那樣的大將保衛邊疆。

歌鐘之樂尚未停止，榮光已逝而老之將至。月亮圓了就一定要缺，太陽過了中午就要西斜。何不學東海疏廣那樣散金鄉里，怎與夕陽西下相爭時光？不要像齊景公那樣作牛山之悲，徒然悽愴而流涕。

【研析】此詩首段描繪長安城的環境、形勝，雄偉高聳之宮闕，秀麗如畫的里巷，筆直如絃的通衢大道，像天河那樣流而不息的渭水，將京城的氣勢寫足。次段寫朝野文物之盛，衣冠之眾，畜馬滿郊，軍威四夷，而朝廷有伊皋之相、衛霍之將。顯示出一片繁榮昇平的盛唐氣象。末段則以自然規律提出告誡：月圓變缺，日中則斜。主張學疏廣散金，不學齊景公作牛山悲。當是天寶二載（七四三）李白在長安供奉翰林時所作。

東海有勇婦[1]

代關中有貞女，又作賢

梁山感杞妻，慟哭為之傾[2]。金石忽暫開，都由激深情[3]。

東海有勇婦，何慚蘇子卿[4]。學劍越處子，超騰若流星[5]。捐軀報夫讎，萬死不顧生[6]。白刃耀素雪[7]，蒼天感精誠[8]。十步兩躩躍[9]，三呼一交兵[10]。斬首掉國門[11]，蹴踏五藏行[12]。豁此伉儷憤[13]，粲然[14]大義明。

北海李使君[15]，飛章奏天庭[16]。捨罪警風俗[17]，流芳播滄瀛[18]。志在列女籍[19]，竹帛[20]已光榮。

淳于免詔獄，漢主為緹縈[21]。津妾一棹歌，脫父於嚴刑[22]。十子若不肖[23]，不如一女英。

豫讓斬空衣，有心竟無成[24]。要離殺慶忌，壯夫素所輕。妻子亦何辜？焚之買虛聲[25]。豈如東海婦，事立獨揚名！

【注　釋】❶東海有勇婦　宋本原注：「代閨中有貞女，又作賢」。按「閨」字誤，據胡本、繆本、王本改為「關」字。《樂府詩集》卷五三收此篇，列為〈舞曲歌辭・鞞舞歌〉，並云：「魏〈鞞舞〉五曲，李白作此篇代〈關中有賢女〉。」王琦注：「按《晉書》：〈關東有賢女〉乃〈鞞舞〉舊曲五篇之一，其辭已亡。『關中有貞女』當是『關東有賢女』之訛。」❷梁山二句　據《列女傳》記載：春秋時齊杞梁殖戰死於莒，其妻枕屍而哭於城下，路人莫不為之揮涕，連哭十天，城牆為之崩坍。然曹植〈精微篇〉云：「杞妻哭死夫，梁山為之傾。」與《列女傳》所載異。此乃用曹植詩。❸金石二句　《新序・雜事》：「熊渠子見其誠心，而金石為之開，況人心乎！」此即用其意。❹東海二句　勇婦，胡震亨注：「勇婦者，似即白同時人，史傳失載。」子卿，漢蘇武字，史傳並無殺人報讎事。曹植〈精微篇〉：「關東有賢女，自字蘇來卿。壯年報父仇，身沒垂功名。」知此「蘇子卿」實「蘇來卿」之誤。❺學劍二句　《吳越春秋・句踐陰謀外傳》記載：「越有處女，出於南林，……越王乃使使聘之，問以劍戟之術。」詳見本卷〈結客少年場行〉注。超騰，跳躍。❻萬死句　司馬遷〈報任安書〉：「夫人臣出萬死不顧一生之計，赴國家之難，斯以奇矣。」❼耀素雪　形容劍刃鋒利，如雪光霜氣。耀，宋本作「曜」，據王本改。❽蒼天句　此句謂蒼天也為其至誠所動。精誠，至誠。❾躩躍　跳躍。宋本在「躩」字下夾注：「一作：跳」。❿交兵　謂交戰。兵，兵器。⓫斬首句　謂將仇人的頭砍下掛在城門上。掉，猶「吊」，懸掛。國門，城門。⓬蹴踏句　謂腳踏仇人的屍體。蹴，踢。五藏，即五臟。藏，宋本作「臧」，誤；據蕭本、郭本、胡本、繆本、王本、咸本改。⓭豁此句　此句謂勇婦報了仇，雪了憤。豁，開釋；清雪。伉儷，夫妻。⓮粲然　鮮明貌。⓯北海句　北海，即青州，天寶元年改為北海郡，治所在今山東益都。使君，對州、郡長官刺史、太守的尊稱。宋本作「史君」。誤。據王本改。李使君即李邕，天寶四載在北海太守任。⓰飛章句　飛，形容傳遞迅速。章，臣屬寫給皇帝的報告。天庭，朝廷。⓱捨罪句　謂赦免勇婦殺人之罪以垂誡風俗。⓲流芳句　此句謂播芳名於旁郡。滄瀛，大海，此猶言四海、天下。一說指滄州（今河北滄州一帶）、瀛州（今河北河間一帶），都靠近北海郡。⓳志在句　志，蕭本、郭本、王本、咸本皆作「名」。都可通。列女籍，指專記女子品行的史籍。西漢劉向撰《列女傳》，記載古代婦女事蹟一百零四則。後各紀傳體正史中都有「列女傳」。籍，書冊。⓴竹帛　竹簡和白絹。古代無紙，於文字或刻竹簡，或書於白絹。後因以代指史冊。㉑淳于二句　《史記・扁鵲倉公列傳》記載：漢文帝四年，齊太倉令淳于意以罪當刑，「西之長安。意有五女，隨而泣。意怒，罵曰：『生子不生男，緩急無可使者！』於是少女緹縈傷父之言，乃隨父西。上書曰……願入身為官婢，以贖父刑罪。……，上悲其意，此歲中亦除肉刑法。」詔獄，奉詔審理案件。㉒津妾二句　《列女傳・辯通傳》記載：春秋時晉將趙簡子南擊楚國，事先以渡河日期通知津吏。屆時津吏卻醉臥不能渡。簡子要殺他。

津吏女名娟，向簡子說明父醉是為其禱告九江三淮之神，被巫祝所灌，並自願代父去死。簡子不准。娟又請俟父酒醒後再殺，簡子同意。渡河時，缺一搖櫓人，娟又自動捲袖搖櫓，並再次向簡子請求赦免父罪。船至河心，為簡子唱〈河激〉之歌陳情和祝福，使簡子大為高興，赦其父罪，還娶她為妻。㉓不肖　不賢。㉔豫讓二句　《戰國策・趙策一》記載：豫讓曾在晉國大夫知（智）伯門下，受知伯寵信。後知伯被趙襄子擒殺，豫讓改姓換名，毀容自刑，兩次行刺趙襄子未成，被趙襄子擒獲。豫讓表示要實現「士為知己者死」的義氣，請得趙襄子之衣而擊之，以示報仇之意。趙襄子認為其有義氣，就把衣服交給豫讓。「豫讓拔劍三躍，呼天擊之，曰：『吾可以報知伯矣！』遂伏劍而死。」㉕要離四句　《吳越春秋・闔閭內傳》記載：吳國闔閭派人刺殺吳王僚，奪取了王位。又憂慮僚子慶忌逃亡在衛，是有名的勇士，怕他回來報仇。要離自願行苦肉計謀刺慶忌，讓闔閭砍掉右手，假裝負罪出奔，闔閭又把他的妻、子焚死，棄於市中。要離至衛，騙取了慶忌的信任。慶忌帶兵回吳時，船到江心，被要離刺死。行至江陵，要離已認識到殺自己的妻兒是不仁，為新君殺故君之子是不義，貪生棄行是不勇，有此三惡，無面目再活在世上，遂「自斷手足，伏劍而死」。

【語　譯】梁山因被杞梁妻的慟哭所感動，所以傾倒了。這真是精誠所至，金石為開。

東海郡有一位勇婦，她的英勇事蹟一點也不比關東為父報仇的賢女蘇來卿差。她曾向越國處子一樣的擊劍名家學劍，如今超騰跳躍快若流星。她為了替夫報仇，慷慨捐軀萬死不顧。她手執鋒利寶劍，蒼天都為其精誠感動。她十步兩躍，三呼一擊地與仇人交戰。結果斬下仇人之頭，高懸於城門之上，用腳踐踏仇人之五臟而行。為夫報了仇盡了夫妻伉儷之情，此舉大義粲然而為人稱頌。

北海郡太守李使君，將此事迅速上奏朝廷。朝廷下旨免她之罪以警風俗，她的事蹟在東海之畔的諸郡廣為傳頌。她的芳名和事蹟都記載在《列女傳》之中，在史冊上萬古流芳。

漢文帝因緹縈上書，免了其父淳于公的牢獄之災。戰國時越國的津吏之女一曲棹歌，使其父脫了嚴刑之苦。由此可見，如果十個兒子都是不肖之子，那就不如有一個女子的精英。

戰國時的刺客豫讓空斬趙襄子之衣，雖有替人報仇之心而其事不成。春秋時刺殺慶忌的刺客要離，更是為壯士所不齒。其妻子兒女又有何罪？竟被他焚死以邀買虛名。他們哪裡能比得上這位東海的勇婦，報仇事成而且在青史上獨揚美名！

【研　析】此詩歌頌東海郡一位勇婦為夫報仇的故事。詩中提到「北海李使君」當即指李邕，據兩《唐書・李邕傳》記載，天寶四載（西元七四五年）李邕在北海郡太守任，則此詩當即作於是年。首段以杞梁妻哭倒梁山事說明「精誠所至，金石為開」以起興，次段詳細描繪東海勇婦為夫報仇的具體行動，寫得極為細緻生動，如親臨其境目擊其事。第三段寫北海太守李邕將此事上奏朝廷，天子免其殺人之罪以警風俗，使其事廣為流播，並載於史冊傳之後世。末段以兩位刺客之事作反襯，進一步突出東海勇婦為夫報仇的正義性。《唐宋詩醇》卷四評此詩「辭氣甚古，寫出義烈之情，凜凜有生氣」，甚有見地。

黃葛篇❶

黃葛生洛溪❷，黃花自綿冪❸。青煙❹蔓長條，繚繞幾百尺。閨人費素手，採緝作絺綌❺。

縫為絕國衣❻，遠寄日南❼客。蒼梧大火落❽，暑服莫輕擲。此物雖過時，是妾手中跡。

【注　釋】❶黃葛篇　李白自創的樂府新題。《樂府詩集》卷九〇列於〈新樂府辭・樂府雜題〉。胡震亨注：「清商吳曲〈前溪歌〉：『黃葛結蒙籠，生在洛溪邊。』白取黃葛命篇據此。本曲以葛花逐流不還，喻歡情不終。此言織葛寄遠，欲其無輕擲，似另出一意而實合。」❷黃葛句　王琦注：「葛草，延蔓而生，引長二三丈。……莖青色。取其皮漚練作絲，以為絺綌。謂之黃葛者，是取既成絺綌之色而名之，以別於蔓草中之白葛、紫葛、赤葛諸名，不致相混耳。」❸黃花句　王琦注：「葛花紅紫，而此云『黃花』，恐誤。綿冪，密而相覆之意。」❹青煙　形容黃葛枝葉茂盛。❺絺綌　用葛絲織成之布。綌，同「綌」。《詩經・周南・葛覃》：「為絺為綌。」毛傳：「精曰絺，粗曰綌。」❻絕國句　絕國，極遠之地。《漢書・武帝紀》：「其令州郡察吏民有茂材異等，可為將相及使絕國者。」顏師古注：「遠絕之國，謂聲教之外。」謝惠連〈擣衣〉詩：「裁用笥中刀，縫為萬里衣。」❼日南　郡名，即驩州。唐代屬嶺南道。在今越南義安省榮市。❽蒼梧句　蒼梧，郡名，即梧州。唐代屬嶺南道。今廣西梧州。大火，指二十八宿之一的心宿，有星三顆，現代天文學稱天蠍座。每年夏曆五月黃昏時心宿在中天，六月以後漸漸偏西，暑熱開始減退。古代天文學把周天劃分為十二個等分的「次」，因心宿在大火星次內，故以「火」或「大火」稱之，大火落即指心宿西下，時令已入秋。

【語　譯】洛水邊生滿了黃葛，黃色的葛花開得綿密而互相覆蓋著。長長的蔓條被青色煙霧所籠罩，它彎彎曲曲地繚繞有幾百尺長。閨中的少婦用潔白的雙手，採集葛藤製成絲而織成葛布。

少婦為遠在絕國的征夫縫製葛衣。做好衣服遠寄給在日南守邊的丈夫。等葛衣寄到時恐怕蒼梧地區已是秋天了，但是這件暑衣請您千萬不要輕易丟掉。因為這件暑衣雖然已經過了盛夏季節，但它是為妻親手所縫製，上面寄有一片深情和愛意啊。

【研　析】此詩作年不詳。前段寫洛水邊黃葛花開茂盛，枝條蔓延綿長，閨中少婦素手採集來抽絲織布。後段寫少婦用葛布縫織衣服寄給遠在日南的丈夫，但路途遙遠，等丈夫收到時怕已進入秋令季節。少婦請丈夫不要丟掉這件過了季節的暑衣，因為這是她親手採集縫織的含有深情的衣服。陳沆《詩比興箋》卷三謂末二句寄寓著詩人「雖處放逐，不忘匡君」之意，恐失之鑿。

卷四

樂府三

白馬篇❶

龍馬花雪毛❷，金鞍五陵❸豪，秋霜切玉劍❹，落日明珠袍❺。鬬雞事萬乘❻，軒蓋❼一何高！弓摧南山虎❽，手接太行猱❾。酒後競風彩，三杯弄寶刀。殺人如剪草，劇孟❿同遊遨。發憤去函谷⓫，從軍向臨洮⓬。叱咤經百戰⓭，匈奴盡奔逃⓮。歸來使酒氣⓯，未肯拜蕭曹⓰。羞入原憲室⓱，荒徑隱蓬蒿⓲。

【注釋】❶白馬篇　樂府舊題。《樂府詩集》卷六三收此詩，列於〈雜曲歌辭〉。並云：「白馬者，見乘白馬而為此曲。言人當立功立事，盡力為國，不可念私也。」又引《樂府解題》曰：「鮑照云：『白馬騂角弓。』沈約云：『白馬紫金鞍。』皆言邊塞征戰之事。」胡震亨注：「曹植〈齊瑟行〉：『白馬飾金羈。』言人當立功邊塞，白擬為〈白馬篇〉。」詩義同。❷龍馬句　龍馬，《周禮・夏官・庾人》：「馬八尺以上為龍。」花雪毛，一作「花雪白」。❸五陵　西漢五個皇帝的陵墓。即高祖長陵、惠帝安陵、景帝陽陵、武帝茂陵、昭帝平陵。皆置縣，在渭水北岸今咸陽附近，合稱「五陵」。因地近長安，漢初徙齊楚大族於長陵，後世又徙二千石富人及豪傑名家於諸陵，故五陵為豪門貴族聚居之地。詩文中常以五陵指長安。❹切玉劍　喻劍之鋒利。❺落日句　謂落日映照著鑲珠的衣袍。王僧孺〈古意詩〉：「落日映珠袍。」此即用其意。❻鬭雞句　見卷一〈古風〉其二十四注❸。❼軒蓋　車蓋。❽南山虎　南山，宋本原作「宜山」，據蕭本、郭本、王本、咸本改。南山虎，《晉書・周處傳》：「南山白額猛獸……為患。……處乃入山中射殺猛獸。」按：「猛獸」即「猛虎」，唐朝人修《晉書》，避「虎」字諱而改為「獸」字。❾手接句　太行，宋本原作「太山」。非。據蕭本、郭本、王本、咸本改。太行，山名，在山西高原和河北平原之間。猱，獸名，屬猿類。《文選》卷一五張衡〈思玄賦〉李善注引《尸子》：「中黃伯曰：余左執太行之猱而右搏雕虎。」❿劇孟　漢遊俠名。見卷二〈梁甫吟〉注⓱。⓫函谷　關名。古函谷關在今河南靈寶市東北。戰國秦置。因關在谷中，深險如函得名。東自崤山，西至潼津，通名函谷，號稱天險。新函谷關在今河南新安東。漢元鼎三年移此，去古關三百里，故名新關。⓬臨洮　古縣名。在今甘肅岷縣一帶，以地臨洮水，故名。是長城的起點。⓭叱咤句　叱咤，形容戰鬥時的威風。宋本在「經百戰」三字下夾注：「一作：萬戰場」。⓮奔逃　宋本原作「波濤」。並在「濤」字下夾注：「一作：逃」。今據蕭本、郭本、王本、咸本改。⓯使酒氣　因酒使氣。《史記・魏其武安侯列傳》：「灌夫為人剛直使酒。」⓰拜蕭曹　蕭曹，西漢初期宰相蕭何及曹參。《漢書・魏相丙吉傳贊》：「近觀漢相，高祖開基，蕭曹為冠。」宋本在「拜」字下夾注：「一作：下」。⓱原憲室　喻貧士之室。原憲，春秋時魯國人，或謂宋人，字子思，亦稱原思。孔子弟子，清靜守節，貧而樂道。《史記・仲尼弟子列傳》記載：孔子卒，原憲退隱草澤。子貢相衛，訪原憲。憲穿戴破衣冠見子貢。子貢恥之，問其是否有病。原憲說：「無財者謂之貧，學道而不能行者謂之病。若憲，貧也，非病也。」子貢羞慚而去。又《韓詩外傳》卷一：「原憲居魯，環堵之室，茨以蒿萊，蓬戶甕牖，揉桑而為樞，上漏下濕，匡坐而絃歌。」⓲荒徑句　荒徑，宋本、蕭本原作「荒淫」，據王本、《樂府詩集》改。蓬蒿，即草莽。謝朓〈和沈祭酒行園〉詩：「荒徑隱蒿蓬。」

【語譯】長安五陵的豪族子弟，騎著配有金鞍、毛如雪花般的高頭大馬，身佩如秋霜般閃光、鋒利可切玉的寶劍，穿著可與落日爭輝的鑲綴著明珠之袍。他們有時陪著皇帝去鬥雞，軒車駟馬，車蓋多麼高啊！他們有時到郊外行獵，弓摧南山之虎，手射太行之猱。在酒酣之後競比風彩，手舞寶刀。他們殺人如同剪草，常與漢朝大俠劇孟那樣的人一同遨遊。他們發憤從軍立功，或東去函谷關，或西向臨洮軍。在戰場上叱吒風雲，身經百戰，將匈奴打敗趕出國門之外。凱旋歸來時仗著酒氣，傲視公侯，不肯向宰相下拜。他們也不甘貧賤，羞於進入像原憲那樣隱於荒徑蒿萊之下的貧士之室。

【研　析】此詩寫長安五陵貴族子弟的氣概，當作於開元年間李白初入長安之時。李白〈敘舊贈江陽宰陸調〉詩曾回憶：「風流少年時，京洛事遊遨。腰間延陵劍，玉帶明珠袍。我昔鬭雞徒，連延五陵豪。邀遮相組織，呵嚇來煎熬。君開萬叢人，鞍馬皆辟易。告急清憲臺，脫余北門厄。」所言即當時事，說明李白初入長安時曾與五陵豪交遊，後為其所厄。安旗注認為所謂「五陵豪」，「乃長安之豪門子弟而供職羽林軍者。此輩為朝廷所寵，故驕橫跋扈，不可一世。……此詩蓋作於初交之時，雖頗有羨慕之情，然亦不無貶刺之意。」其說可從。

鳳笙篇❶

仙人十五愛吹笙，學得崑丘彩鳳鳴❷。始聞鍊氣飡金液❸，復道朝天赴玉京❹。玉京迢迢幾千里，鳳笙去去無窮已❺。欲歎離聲發絳脣，更嗟別調流纖指❻。此時惜別詎堪聞？此地相看未忍分。重吟真曲和清吹，卻奏仙歌響綠雲❼。綠雲紫氣向函關❽，訪道應尋緱氏山❾。莫學吹笙王子晉，一遇浮丘斷不還❿。

【注　釋】❶鳳笙篇　樂府舊題。《樂府詩集》卷五〇列於〈清商曲辭〉，題作〈鳳吹笙曲〉。蕭士贇注：「《樂府遺聲》歌舞二十一曲中有〈鳳笙篇〉。」❷仙人二句　用王子喬事。《列仙傳》卷上：「王子喬者，周靈王太子晉也。好吹笙作鳳鳴。遊伊、洛之間，道士浮丘公接上嵩高山。……三十餘年後，……乘白鶴駐山巔，望之不到，舉手謝時人，數日而去。」崑丘，即崑崙山。《爾雅・釋丘》：「三成為崑崙丘。」邢昺疏：「《崑崙山記》云：『崑崙山，一名崑丘。』」❸始聞句　鍊氣，道教求長生之術。金液，道教用黃金或丹砂煉成的金丹一類的藥。認為服食後能使人長生不老。因汞可以燒煉成二氣化汞，二氣化汞又可還原成汞，故云「金液」。鮑照〈代淮南王樂府〉：「淮南王，好長生，服食煉氣讀仙經。」《抱朴子・金丹》：「金液，太乙所服而仙者也。」❹復道句　玉京，道教稱天帝所居之處。按：李白詩中常以玉京指天上仙都。如〈經亂離後天恩流夜郎憶舊遊書懷贈江夏韋太守良宰〉：「天上白玉京，十二樓五城。」〈廬山謠寄盧侍御虛舟〉：「遙見仙人綵雲裏，手把芙蓉朝玉京。」❺鳳笙句　調吹笙之人離去越走越遠。❻欲歎二句　調紅唇吹出和纖指彈出的都是嗟嘆離別的聲調。絳，大紅色。纖指，柔細的手指。陸機〈日出東南隅行〉：「泠泠纖指彈。」❼重吟二句　調重新吟奏神仙真曲響徹雲霄。❽綠雲句　用老子典故。《史記・老子韓非列傳》：「於是老子迺著書上下篇，言道德之意五千餘言而去，莫知其所終。」司馬貞《索隱》引劉向《列仙傳》：「老子西遊，關令尹喜望見有紫氣浮關，而老子果乘青牛而過也。」後遂以「紫氣東來」表示祥瑞。函關，即函谷關。❾緱氏山　山名。《元和郡縣志》卷五河南府緱氏縣：「緱氏山，在縣東南二十九里。王子晉得仙處。」❿莫學二句　調不要學王子晉遇浮丘公成仙去後就不回來了。

【語　譯】你在十五歲左右就喜愛吹笙，學到吹笙的好功夫，吹出的聲音像崑崙山上鳳凰鳴聲一樣動聽。剛開始聽說你在學道煉氣飲丹液，後又知道你要赴玉京去朝見天帝。往玉京可有迢迢幾千里路程，你吹著鳳笙越走越遠地離去了。你那紅唇所吹出的和纖指下所流出的都是嗟嘆別離的曲調。此時此地對此惜別之聲，我怎堪聽聞？我們目光相對而戀戀不捨，不忍分手。再吹一曲清快的神仙之曲，讓歌聲響徹雲霄。綠雲間的紫氣像當年老子過關那樣飄向函谷關，求仙訪道應該到緱氏山去，那裡是王子晉成仙之地。但是你不要學王子晉那樣，遇到浮丘公後成仙就一去不還了。

【研　析】前人對此詩理解不同。蕭士贇注：「此篇遊仙詩也。」王琦注則曰：「此詩是送一道流應詔入京之作。所謂『仙人十五愛吹笙』，正實指其人，非泛用古事。所謂『朝天赴玉京』者，言其入京朝見，非謂其超昇輕舉。舊注以遊仙詩擬之，失其旨矣。」今人多用王琦說，唯猜測此道流謂吳筠、元丹丘、胡紫陽不同而已。然李白詩中稱「玉京」者皆指天上神仙所居之地，如「天上白玉京，十二樓五城」；「入洞過天地，登真朝玉皇」；「樓疑出蓬海，鶴似飛玉京」等等。未有以「玉京」指京城長安者。故王琦之說似未必正確。從全篇詩旨看，可能是送一道流至嵩山或別地去拜師求道。

怨歌行❶

一作長安見內人出嫁，令予代為怨歌行

十五入漢宮❷，花顏笑❸春紅。君王選玉色❹，侍寢金❺屏中。薦枕嬌夕月❻，卷衣戀春風❼。寧知趙飛燕，奪寵恨無窮❽。沉憂能傷人❾，綠鬢成霜蓬❿。一朝不得意，世事徒⓫為空。鷫鸘換美酒⓬，舞衣罷雕龍⓭。寒苦不忍言，為君奏絲桐⓮。腸斷絃亦絕，悲心夜忡忡⓯。

【注　釋】❶怨歌行　樂府舊題。《樂府詩集》卷四二列於〈相和歌辭・楚調曲〉。引《樂府解題》：「梁簡文『十五頗有餘』自言姝豔，以讒見毀。又曰：『持此傾城貌，翻為不肖軀。』與古辭意同而體異。」王琦注：「《文選》有班婕妤〈怨歌行〉，即『新裂齊紈素』一首也。李善注：《歌錄》曰〈怨歌行〉古辭，言古有此曲，班婕妤擬之。」按：班婕妤此題詩抒寫宮女常恐寵愛被奪、君恩中絕之怨，後代所作多沿襲其意。❷十五句　傅玄〈怨歌行〉（一作〈朝時篇〉）：「十五入君門，一別終華髮。」唐吳少微〈怨歌行〉：「自謂二八時，歌舞入漢宮。」漢宮，喻指唐宮。此處用其意。❸笑　宋本在此字下夾注：「一作：如」。❹玉色　比喻貌美，此指美女。《楚辭・遠遊》：「玉色頩以脕顏兮。」王逸注：「面目光澤，以鮮好也。」❺金　一作「錦」。❻薦枕句　薦枕，猶侍寢。《文選》卷一九宋玉〈高唐賦〉：「願薦枕席。」李善注：「薦，進也。欲親進於枕席，求親昵之意也。」夕月，猶夜間。❼卷衣句　古樂府有〈秦王卷衣曲〉，《樂府解題》曰：「〈秦王卷衣〉，言咸陽春景及宮闕之美。秦王卷衣，以贈所歡也。」庾信〈燈賦〉：「卷衣秦后之牀，送枕荊臺之上。」李白亦有〈秦王卷衣〉：「天子居未央，妾侍卷衣裳。」春風，比喻君王之恩澤。宋本在「春」字下夾注：「一作：香」。❽寧知二句　《漢書・外戚・孝成班婕妤傳》：「帝初即位選入後宮。始為少使，俄而大幸。……其後趙飛燕姊弟亦自微賤興，逾越禮制，寖盛於前。班婕妤及許皇后皆失寵，稀復進見。……趙氏姊弟驕妒，婕妤恐久見危，求共養太后長信宮，上許焉。婕妤退處東宮，作賦自傷悼。」此處以趙飛燕喻指受皇帝寵幸而擅權之人。❾沉憂句　《文選》卷二八陸機〈擬行行重行行〉：「沉憂萃我心。」張銑注：「沉，深也。」孔融〈論盛孝章書〉：「若使憂能傷人，此子不得復永年矣。」❿綠鬢句　綠鬢，黑髮。霜蓬，比喻白髮。吳均〈閨怨詩〉：「綠鬢愁中改，紅顏啼裡滅。」⓫徒　宋本在此字下夾注：「一作：信」。⓬鷫鸘句　用司馬相如事，謂生活困迫。《西京雜記》卷二：「司馬相如初與文君還成都，居貧愁懣，以所著鷫鸘裘就市人陽昌貰酒，與文君為歡。」鷫鸘裘，用鷫鸘鳥羽之絨毛製的裘衣，輕暖而名貴。⓭雕龍　蕭士贇注：「謂舞衣上之雕畫龍文也。」瞿蛻園、朱金城注：「此說似鑿，疑龍當作櫳，較合唐人習慣。」按：雕櫳指雕花的窗子，恐亦非。胡本、敦煌《唐詩選》、《樂府詩集》皆作「雕籠」，是指雕花的箱籠。⓮絲桐　指琴。絲為琴絃，桐為琴身。王粲〈七哀詩〉其二：「絲桐感人情，為我發悲音。」⓯忡忡　憂慮不安貌。《詩經・召南・草蟲》：「未見君子，憂心忡忡。」

【語　譯】她十五歲就進宮當了宮女，容顏比春花還要紅豔。君王選美女，讓她在宮中侍寢。月夜在君王枕邊撒嬌，深受君王的愛寵。

怎知後來有個「趙飛燕」那樣的美女寵奪後宮，使人含恨無窮。沉重的憂傷催人衰老，滿頭青絲愁成霜草一樣的白髮。一朝失寵，頓覺萬事皆空。

將價值千金的鷫鸘裘去換作銷愁的美酒，將舞衣脫下藏進箱籠。從此過著苦寒不堪的日子，為君彈奏一曲〈怨歌行〉訴說心中之苦吧。曲未終而已腸斷絃絕，寒夜心中悲憂不安。

【研　析】蕭士贇認為「此詩雖宮怨之體，然寄興深遠」，今人則多謂此詩「借宮人以自傷，必遭讒被疏後所作」。此詩首段寫得到君王寵愛；次段寫君王另有新寵而自己失寵；末段寫憂愁痛苦。如謂「借宮人以自傷」，似有可能。然與題下原注「一作『長安見內人出嫁』」，似無關係。

塞下曲❶六首

其一

五月天山❷雪，無花祇有寒。笛中聞〈折柳〉❸，春色未曾看。曉戰隨金鼓❹，宵眠抱玉鞍。願將腰下劍，直為斬樓蘭❺。

【注　釋】❶塞下曲　《樂府詩集》卷九二收此詩，列為〈新樂府辭〉。又卷二一〈出塞〉引《晉書・樂志》曰：「〈出塞〉、〈入塞〉曲，李延年造。」按：《西京雜記》曰：「戚夫人善歌〈出塞〉、〈入塞〉、〈望歸〉之曲。」則似高帝時已有之。然《西京雜記》多小說家語，不可盡信。唐代〈塞上〉、〈塞下〉曲，蓋出於〈出塞〉、〈入塞〉曲。❷天山　《元和郡縣志》卷四〇隴右道伊州伊吾縣：「天山，一名白山，一名折羅漫山，在州北一百二十里。春夏有雪。出好木及金鐵。匈奴謂之天山，過之皆下馬拜。」按：伊州在今新疆哈密，西州在今新疆吐魯番一帶。天山即指伊州、西州以北一帶山脈。❸折柳　即〈折楊柳〉，漢樂府曲名，屬〈橫吹曲辭〉。古辭已亡。後人擬作，多為五言八句，為傷春悲離之辭。梁〈鼓角橫吹曲〉亦有〈折楊柳歌辭〉，源出於北國。此外，〈相和歌・瑟調曲〉有〈折楊柳行〉，〈清商曲・西曲歌〉有〈月折楊柳歌〉，皆與此不同。❹金鼓　金屬樂器，即鉦。《漢書・司馬相如傳上》：「摐金鼓，吹鳴籟。」顏師古注：「金鼓，謂鉦也。」王先謙補注：「鉦，鐃也。其形似鼓，故名金鼓。」❺樓蘭　漢代西域國名，在今新疆羅布泊西，地處西域通道上。此指樓蘭國王。據《漢書・傅介子傳》記載，西漢昭帝時，樓蘭國王屢次遮殺通西域的漢使，大將軍霍光派平樂監傅介子前往樓蘭，用計刺殺樓蘭國王安歸（一作「嘗歸」），立尉屠耆為王，改其國名為鄯善。

【語　譯】五月的天山仍蓋滿大雪，沒有花草只有凜冽的寒氣。只有在〈折楊柳〉笛曲中想像柳色，而現實中從來沒有見過春天。戰士們白天在金鼓聲中與敵人進行殊死的戰鬥，晚上還抱著馬鞍睡覺。但願腰間的寶劍，能夠早日斬除敵人而平定邊疆。

【研　析】此組詩疑於天寶二年（西元七四三年）在長安作。第一首是一首五言律詩，但在結構上完全打破律詩四聯為起、承、轉、合的格式。首四句一氣呵成，極力渲染邊塞的嚴寒景象，突出環境的艱苦。夏曆五月，內地早已是暑氣炎炎的仲夏，但塞外的天山卻仍是白雪皚皚。雖然不是飛舞雪花，卻只覺得寒氣逼人。詩人寫「五月」天山之寒，春秋兩季尤其是冬季之寒也就不言自明，筆致蘊藉。「無花」兩字有雙關意義，既指沒有雪花，也指不見花草，並暗逗將士盼春之切，引啟下兩句。〈折楊柳〉只能在笛聲中聽到，現實生活中根本看不到楊柳。楊柳是春色的標誌，不見楊柳也就是不見春色。五、六兩句緊承前意，寫戰鬥生活的艱辛緊張。上句寫戰士們白天奮不顧身、衝鋒陷陣的情景，氣氛英勇而壯烈。下句寫夜晚仍抱鞍而眠，表現出時刻準備作戰的高度警惕。此聯以嚴整的對仗，形象地揭示出戰鬥的頻繁和嚴酷。尾聯急轉而合，用傅介子的典故，表達將士們甘願拚死疆場、為國立功的悲壯情懷。「願將」、「直為」，語氣堅定，加深了慨當以慷的愛國激情。前六句寫環境之苦，戰鬥之烈，暗含怨情，實為反襯烘托。末二句雄快有力，是畫龍點睛之筆。全詩蒼涼雄壯，意境渾成，真實感人。

其二

天兵下北荒❶，胡馬欲南飲❷。橫戈從百戰，直為銜恩甚❸。握雪海上飡，拂沙隴頭寢❹。何當破月氏❺，然後方高枕❻。

【注　釋】❶天兵句　天兵，指唐軍。北荒，北方荒遠之地。❷胡馬句　謂胡人覬覦唐朝疆域，準備南侵。胡馬，宋本原作「胡為」。非。據蕭本、郭本、王本、咸本改。南飲，南下飲水，喻南侵。❸直為句　謂只因承受朝廷之恩甚多。❹握雪二句此形容士兵生活艱苦：日以雪為餐，夜露宿隴沙。飡，同「餐」。隴頭，即隴山，此處泛指西北邊塞地區。《漢書．蘇武傳》：「單于欲降之，乃幽武置大窖中，絕不飲食，天雨雪，乃臥齧雪，與旃毛並咽之，數日不死。匈奴以為神，乃徙武北海上無人處。」海上，指瀚海沙漠。《後漢書．段熲傳》載：段熲追羌人，「且鬥且行，晝夜相攻，割肉、食雪四十餘日，遂至河首積石山，出塞二千餘里。」❺何當句　何當，何時。月氏，亦作「月支」，漢代西域國名。據《漢書．西域傳》載：其族原居今甘肅敦煌與青海祁連之間。漢文帝時被匈奴攻破，西遷至今伊犂河上游，又擊敗大夏，都媯水北為王庭，稱大月氏；其餘小眾不能去者，入祁連山區，稱小月氏。❻高枕　「高枕而臥」的略語，表示無所顧慮。《漢書．匈奴傳》：「故北狄不服，中國未得高枕安寢也。」

【語　譯】唐朝的大軍開往北方荒遠邊塞，因為胡人的兵馬準備南侵。戰士們橫戈走馬縱橫百戰，只是為了報效朝廷的厚恩。他們生活艱苦，在瀚海握雪而餐，在隴頭拂沙而寢。他們只有一個心願：何時才能打敗敵人，平定邊疆，然後方可使朝廷和百姓高枕無憂，安居樂業。

【研　析】前四句寫北方胡兵南侵，朝廷派兵出征。將士身經百戰，只是因為承恩很多。表現唐軍抗敵報國的思想和行為。五六兩句描寫士兵生活的艱苦，日以雪為餐，夜露宿隴沙。末二句寫將士的願望：何時消滅敵人，然後可以高枕無憂。實際上這也是詩人希望和平的思想。全詩敘事、描寫、議論相結合，層次分明。

其三

駿馬如風飆❶，鳴鞭出渭橋❷。彎弓辭漢月❸，插羽破天驕❹。陣解星芒盡，
營空海霧銷❺。功成畫麟閣，獨有霍嫖姚❻。

【注　釋】❶駿馬句　如，蕭本、郭本、胡本、王本、咸本作「似」。飆，旋風；暴風。❷渭橋　即中渭橋，本名橫橋，在今西安北渭水上。秦都咸陽，渭南有興樂宮，渭北有咸陽宮，因建此橋以通二宮。❸彎弓句　謂拿著武器離開京城。❹插羽句　插羽，腰間插著箭。箭桿上端有羽毛，叫箭翎，又叫箭羽。此以羽代指箭。天驕，指匈奴。《漢書．匈奴傳》：「南有大

漢，北有強胡。胡者，天之驕子也。」簡稱天驕。後常用以泛稱強盛的邊地民族。❺陣解二句　陣解，解散陣列，指戰爭結束。星芒盡，謂兵氣已解除。星芒，客星之光芒。《後漢書・天文志》：「客星芒氣白為兵。」營空，兵營已空，指士兵皆已離開戰地回歸家鄉。楊素〈出塞二首〉：「兵寢星芒落，戰解月輪空。」為此二句所本。❻功成二句　麟閣，麒麟閣。漢高祖時蕭何造。漢宣帝時曾畫霍光等十一功臣像於閣上，以表彰其功績，見《漢書・蘇武傳》。後多以「麒麟閣」或「麟閣」喻指褒獎最高功績之處。霍嫖姚，漢武帝時破匈奴的名將霍去病，曾為嫖姚校尉。按：漢代畫圖像於麒麟閣者是霍光，不是霍去病。詩於此用一「獨」字，感嘆功勞只歸上將一人，不能遍及血戰之士。因霍去病乃漢代外戚，故又似有功歸外戚之意。

【語　譯】駿馬奔馳像旋風，戰士們鳴鞭縱馬出了渭橋。背著彎弓辭別了漢地的明月，在戰場上射箭殺敵打敗了胡人。戰爭結束天上客星也為之暗淡，軍營漸空海霧已消。功成回朝在麒麟閣的功臣像中，卻只有一個大將軍的畫像。

【研　析】首聯描寫駿馬飛奔圖，以「風颷喻駿馬飛馳之疾」，以「鳴鞭渲壯士策馬之威」。繪聲繪色，「高唱入雲。」頷聯點明離京出征，一舉擊敗敵人，「壯麗雄激」。頸聯描寫戰爭結束，陣散星盡，營空霧消。王夫之《唐詩評選》曰：「直爾赫奕，正以激昂見意。」王琦注曰：「『彎弓』以上三句，狀出師之景，『插羽』以下三句，狀戰勝之景。末言功成奏凱，圖形麟閣者，止上將一人，不能遍及血戰之士，太白用一『獨』字，蓋有感乎其中歟？然其言又何婉而多風也。」

其四❶

白馬黃金塞，雲砂繞夢思❷。那堪愁苦節，遠憶邊城兒❸。螢飛秋窗滿，月度霜閨遲。摧殘梧桐葉，蕭颯沙棠枝❹。無時獨不見，淚流空自知❺。

【注　釋】❶其四　一本無此首。敦煌《唐人選唐詩》題作〈獨不見〉。按：其他五首皆律體，唯此首不是，本集卷三〈獨不見〉與此詩有相近之詞句，疑作〈獨不見〉是。❷白馬二句　黃金塞，似為邊境地名。或因邊塞多黃沙，故稱。雲砂，指高聳入雲的沙漠。❸那堪二句　從思婦角度寫已到愁苦的秋節，更想念遠戍的親人。愁苦節，令人愁苦的季節，此指秋天。❹蕭颯句　蕭颯，凋零衰落。沙棠，樹木名。幹與葉似棠梨，果紅如李，木材可造船。《山海經・西山經》：「崑崙之丘……有木焉。其狀如棠，黃華赤實，其味如李而無核，名曰沙棠。」❺無時二句　無時，猶時時。淚流，蕭本、郭本、《全唐詩》作「流淚」。

【語譯】白馬在黃沙邊塞奔馳，高聳入雲的沙漠縈繞在思婦夢中。怎堪忍受這愁苦的秋天季節，閨中少婦思念遠在邊城的征夫。秋窗前滿是螢火蟲在飛來飛去，邊城之月飛度閨房門前慢慢徘徊，秋霜凋落了梧桐的殘葉，西風在沙棠樹枝間瑟瑟作響。時時思念的人兒怎麼總是不得見，相思的淚水暗自空流只有自己知道。

【研析】此詩與卷三〈獨不見〉有較多相同的詞句，都是寫閨中少婦思念遠戍邊地的丈夫。敦煌《唐人選唐詩》收此詩，即題作〈獨不見〉。此詩以閨思見塞下，「螢飛秋窗滿，月度霜閨遲」二句，景中見情，意味深長。

其五

塞虜乘秋下❶，天兵出漢家❷。將軍分虎竹❸，戰士臥龍沙❹。邊月隨弓影，
胡霜拂劍花❺。玉關殊未入❻，少婦莫長嗟❼。

【注釋】❶塞虜句　塞虜，邊塞上的胡兵。乘秋下，秋天乘馬肥弓勁時南下入侵。❷天兵句　謂唐朝調遣軍隊出征。漢家，指唐朝。唐詩中常以漢喻唐。❸虎竹　兵符。古代朝廷徵調兵將，朝廷與領軍人各執兵符一半，合之以驗真假。漢代有銅虎符和竹使符，古代詩文中常以「虎竹」連稱代指兵符。鮑照〈擬古〉詩：「留我一白羽，將以分虎竹。」❹臥龍沙　一作「泣龍沙」。《後漢書・班超傳贊》：「坦步葱、雪，咫尺龍沙。」李賢注：「葱嶺、雪山。白龍堆，沙漠也。」《漢書・西域傳》：「樓蘭國最在東垂，近漢，當白龍堆。」❺邊月二句　描寫夜晚行軍情狀。意謂邊月如彎弓影，嚴霜拂拭劍成花。❻玉關句

此句謂戰士尚未入關，戰事仍未已。玉關，玉門關，在今甘肅敦煌西北小方盤城。和西南的陽關同為當時通往西域各地的交通門戶。殊，副詞。還；尚。❼長嗟　長嘆。

【語　譯】胡兵乘著秋高馬肥之時舉兵南侵，唐朝出動天兵前往迎敵。將軍帶著朝廷給的一半虎符出征，戰士在龍沙堅守禦敵。夜晚的月亮彎如弓影，胡地的霜雪凝劍成花。大軍尚未回歸玉門關，閨中的少婦不要著急長嘆。

【研　析】前四句與第二首意思相同，高步瀛《唐宋詩舉要》引吳汝綸曰：「前四句，有氣骨，有采澤，太白才華過人處。」頸聯二句描寫夜晚行軍情狀，「筆端點染，遂成奇彩」（沈德潛《唐詩別裁》）。前六句一氣直下，尾聯則反轉作結，謂戰爭尚未結束，尚未回到關內，家屬不要長嘆。含意深婉。

其六

烽火動沙漠，連照甘泉❶雲。漢皇按劍起❷，還召李將軍❸。兵氣天上合❹，
鼓聲隴底❺聞。橫行❻負勇氣，一戰靜妖氛❼。

【注　釋】❶甘泉　秦漢宮名，秦始皇二十七年建。漢武帝建元中增廣。一名雲陽宮。在今陝西淳化西北甘泉山。《史記・匈奴列傳》：「胡騎入代句注邊，烽火通於甘泉、長安。」❷漢皇句　漢皇，漢武帝。此處以漢喻唐，指唐玄宗。按劍起，形容發怒時的舉動。鮑照〈出自薊北門行〉：「天子按劍怒。」❸李將軍　指屢敗匈奴的西漢名將李廣。《史記・李將軍列傳》：「廣居右北平，匈奴聞之，號曰『漢之飛將軍』，避之數歲，不敢入右北平。」❹兵氣句　意謂戰爭氣氛彌漫天空。宋本在「兵」字下夾注：「一作：殺」。❺隴底　山岡之下。❻橫行　縱橫馳騁。❼靜妖氛　指平定禍亂。

【語　譯】沙漠中燃起烽火，接連映紅了甘泉宮上的雲霄。天子大怒，按劍而起，命召大將軍率領戰士前往迎敵。殺氣直沖雲霄，鼓聲震天動地。戰士縱橫馳騁英勇殺敵，一戰而掃清胡兵，平定天下。

【研　析】首聯寫沙漠中的烽火照到甘泉宮，形容敵人來勢兇猛，軍情危急。頷聯緊承前二句，形象地描寫君王對敵情的態度，按劍而起，立即行動，召見將軍，派兵出征。頸聯正面描繪戰鬥場面：殺氣沖天，鼓聲隴底，字裡行間都是刀光劍影。尾聯寫戰爭勝利結束。經過將士們縱橫馳騁英勇殺敵，一舉而把敵人徹底消滅。全詩充分表現出英雄主義的光輝。

這組詩作年莫考。從詩中多寫朝廷出兵情況推測，疑為天寶初在長安所作。其主題是要求平定邊患。詩中描寫戰士的艱苦生活以及婦女對征夫的思念，都統攝於「願將腰下劍，直為斬樓蘭」、「何當破月氏，然後方高枕」、「橫行負勇氣，一戰靜妖氛」的主題思想之下，格調昂揚。

來日大難❶

來日一身，攜糧負薪❷。道長❸食盡，苦口焦脣❹。今日醉飽，樂過千春❺。

仙人相存❻，誘我遠學。海凌三山❼，陸憩五嶽❽。乘龍上三天，飛目瞻兩角❾。

授以神藥，金丹滿握❿。蟪蛄⓫蒙恩，深愧短促。思填東海，強銜一木⓬。

道重天地，軒師廣成⓭。蟬翼九五⓮，以求長生。下士大笑⓯，如蒼蠅聲。

【注　釋】❶來日大難　樂府舊題。《樂府詩集》卷三六列於〈相和歌辭．瑟調曲〉。《樂府古題要解》卷上：「〈善哉行〉古辭：『來日大難，口燥脣乾。』言人命不可保，當樂見親友，且求長生術，與王喬、八公遊焉。」王琦注：「〈來日大難〉，即古〈善哉行〉也，蓋摘首句以命題耳。」來日，謂已來之日，猶往日也。❷負薪　背柴。❸道長　蕭本、郭本、咸本作「長鳴」。❹苦口句　化用〈善哉行〉古辭：「口燥脣乾。」❺今日二句　化用〈善哉行〉古辭：「今日相樂，皆當喜歡。」❻存　恤問。❼海凌句　凌，宋本原作「陵」，據蕭本、郭本、王本、咸本改。凌，逾越。❽五嶽　指東嶽泰山，南嶽衡山，西嶽華山，北嶽恆山，中嶽嵩山。❾乘龍二句　蕭本、郭本、王本、咸本皆作「乘龍天飛，目瞻兩角」。《雲笈七籤》卷八：「三天者，清微天、禹餘天、大亦天是也。」唐戴孚《廣異記》：「興元南山絕頂，謂之孤雲兩角。諺云：孤雲兩角，去天一握。」按：乘龍上天用黃帝軒轅昇天事，見卷二〈飛龍引〉注。❿授以二句　〈善哉行〉古辭：「仙人王喬，奉藥一丸。」滿握，手中滿把。⓫蟪蛄二句　蟪蛄，昆蟲名。一種較小的蟬。青紫色，有黑紋。生命短促。《莊子・逍遙遊》：「蟪蛄不知春秋。」陸德明《釋文》：「司馬云：『蟪蛄，寒蟬也，春生夏死，夏生秋死。』」⓬思填二句　用精衛填海故事。《山海經・北山經》：「發鳩之山……有鳥焉，……名曰精衛，其鳴自詨。是炎帝之少女，名曰女娃。女娃遊於東海，溺而不返，故為精衛。常銜西山木石，以堙於東海。」⓭軒師句　軒，指黃帝軒轅氏。廣成，即仙人廣成子。《神仙傳》卷一：「廣成子者，古仙人也。居崆峒之山石室之中。黃帝聞而造焉。」⓮蟬翼句　九五，九五之尊，指皇帝之位。《易經・乾卦》：「九五，飛龍在天，利見大人。」王琦注：「蟬翼九五，視九五天子之位如蟬翼之輕也。」⓯下士句　下士，下愚之士。《老子》四十一章：「上士聞道而勤行之，中士聞道若存若亡，下士聞道而大笑之。」

【語　譯】往日一身艱苦，攜帶糧食背負柴草。只因路遠食盡，經常口乾唇焦。今日一旦醉飽，就快樂得如過了千年。

有位仙人對我非常關心，勸引我遠遊學仙。渡海飛越三山，陸地歇息於五嶽。乘著飛龍登上三天，雙目可以看到兩隻龍角。他授我神藥，給我滿把金丹。人生蒙受造化之恩，但生命短促如蟪蛄，雖思圖報，卻如精衛銜一木以填東海，深愧無用。

大道比天地還重，所以軒轅黃帝還要師事廣成子。將九五之尊的皇位看得像蟬翼那樣輕，以此捨棄天下而求長生。只有下愚之士聞道而大笑，就像蒼蠅之聲。

【研　析】此詩擬古辭而發揮。首六句謂人生經歷艱難困苦。接著八句便寫遊仙思想。再四句慨嘆人生雖蒙造化之恩，然生命短促，雖欲圖報，猶如精衛銜一木填海之無功。末段謂道重於天地，故九五之尊的黃帝師事廣成子，以求長生。只有下愚之士才聞道而大笑，如蒼蠅之聲。今人多謂詩中寓政治失意後希求遊仙之意，當作於天寶三載（西元七四四年）即將去朝之時。

塞上曲❶

大漢無中策❷，匈奴犯渭橋❸。五原秋草綠，胡馬一何驕❹。
命將征西極，橫行陰山側❺。燕支落漢家，婦女無花色❻。
轉戰渡黃河，休兵樂事多。蕭條清萬里，瀚海寂無波❼。

【注釋】❶塞上曲　《樂府詩集》卷九二收〈塞上曲〉，列為〈新樂府辭．樂府雜題〉，以此詩為首。又卷二一〈出塞〉引《晉書．樂志》：「〈出塞〉、〈入塞〉曲，李延年造。……唐又有〈塞上〉、〈塞下〉曲，蓋出於此。」❷中策　中等謀略。《漢書．匈奴傳》：「匈奴為害，所從來久矣。……周、秦、漢征之，然皆未得上策者也。周得中策，漢得下策，秦無策焉。」❸匈奴句　匈奴，此借指突厥。渭橋，指西渭橋，在今陝西咸陽西南渭水之上，漢武帝造，亦名便橋。據兩《唐書．突厥傳》記載：武德九年七月，頡利可汗自率十萬餘騎進寇武功，京師戒嚴。癸未，頡利至於渭水便橋之北，太宗與侍中高士廉、中書令房玄齡馳六騎幸渭水之上，與頡利隔津而語，責以負約。其酋帥大驚，皆下馬羅拜。俄而眾軍繼至，軍威大盛。太宗獨與頡利臨水交言，麾諸軍卻而陣焉。頡利請和。乙酉，幸城西，刑白馬，與頡利同盟於便橋之上，頡利引兵而退。此句所寫當即指此事。❹五原二句　五原，在今陝西定邊一帶。《舊唐書．突厥傳上》稱：頡利建牙直五原之北，「承父兄之資，兵馬強盛，有憑陵中國之志。」❺命將二句　陰山，在今內蒙古自治區，東西走向。西起狼山、烏拉山，中為大青山、灰騰梁山，南為涼城山、樺山，東為大馬群山。全長約一千二百公里。據《舊唐書．李靖傳》記載：貞觀三年，突厥諸部離叛，朝廷將圖進取，以靖為代州道行軍總官，率驍騎三千，自馬邑出其不意，直趨惡陽嶺以逼之。四年，李靖進擊定襄，破之，可汗僅以身遁。太宗曰：「足報往年渭水之役。」自破定襄後，頡利大懼，請舉國內附，但潛懷猶豫。李靖督軍疾進，師至陰山，遇其斥候千餘帳，皆俘以隨軍。逼其牙帳十五里，頡利逃走，部眾潰散，李靖斬萬餘級，俘男女十餘萬。頡利逃投吐谷渾，西道行軍總管張寶相擒之以獻。俄而突利可汗來奔，遂復定襄、常安之地，斥土界自陰山北至於大漠。二句即敘此事。❻燕

支二句　燕支，山名，一作「焉支」。在今甘肅永昌西、山丹東南。綿延祁連山和龍首山間。《史記・匈奴列傳》：「攻祁連山。」司馬貞《索隱》：「《西河舊事》云……匈奴失二山，乃歌曰：『亡我祁連山，使我六畜不蕃息；失我燕支山，使我嫁婦無顏色。』」二句用此事。王琦注引〈北邊備對〉：「說者曰：焉支，閼氏也，今之燕脂也。此山產紅藍，可為燕脂，而閼氏資以為飾，故失之則婦女無顏色。」其說可從。❼蕭條二句　謂肅清入侵之敵，沙漠寂靜無波。班固〈封燕然山銘〉：「蕭條萬里，野無遺寇。」瀚海，唐詩中泛指蒙古高原大沙漠及其迤西今準噶爾盆地一帶地區。

【語譯】就像大漢沒有消滅匈奴的中等謀略一樣，大唐初期致使突厥進犯至渭橋。離長安不遠的五原地區秋草還綠，那裡就駐紮著胡人驕悍的兵馬。

朝廷派將士們西征，大軍縱橫馳騁於陰山之側。攻下了盛產胭脂的燕支山，使胡人怨嘆他們的婦女無顏色。

天兵轉戰全勝而回渡黃河，凱旋休兵使天下人民都太平安樂。肅清入侵之敵，使萬里瀚海寂靜無波。

【研析】按此詩疑亦作於天寶二年（西元七四三年）供奉翰林時期。詩中借漢喻唐，以匈奴喻突厥，歌頌唐太宗擊破突厥侵擾的武功。全詩分三小節。前四句寫唐初未得禦敵之策，致使突厥入侵，而有便橋之盟。中四句寫朝廷命將出師，大獲全勝。後四句寫休兵，而天下安寧。

玉階怨❶

玉階生白露，夜久侵羅襪❷。卻下水精簾❸，玲瓏❹望秋月。

【注釋】❶玉階怨　樂府舊題。《樂府詩集》卷四三收此詩，列入〈相和歌辭・楚調曲〉。漢班婕妤失寵後退居長信宮，作〈自悼賦〉，有「華殿塵兮玉階苔」之句，南朝齊謝朓取之作〈玉階怨〉詩云：「夕殿下珠簾，流螢飛復息。長夜縫羅衣，思君此何極。」此詩即為擬謝之作。❷羅襪　曹植〈洛神賦〉：「淩波微步，羅襪生塵。」此處暗用其意。❸卻下句　卻，還。

水精簾，胡本、《全唐詩》作「水晶簾」，精、晶音近通用。用水晶編織成的簾子。❹朎朧　月光明亮澄澈貌。蕭本、郭本、王本作「玲瓏」。王琦注：「《韻會》：玲瓏，明貌。毛氏《增韻》云：朎朧，月光也。然用『朎朧』不如『玲瓏』為勝。」按：朎朧、玲瓏皆為雙聲聯綿詞，可通用，意同。

【語　譯】玉階上漸漸產生了潔白的露水，深夜在階前站得很久，所以輕薄光滑的絲襪也被浸濕了。回身進屋放下了水晶串織的簾子，但她仍然隔簾凝望著明亮的秋月。

【研　析】此詩題稱〈玉階怨〉，但詩中不見「怨」字。首二句寫無言獨立白玉砌成的臺階上，此時夜已深，露正濃，以致冰涼的露水浸濕了羅襪。「夜久」可見站立之久，露冷襯托心境之涼。「羅襪」二字實用曹植〈洛神賦〉「淩波微步，羅襪生塵」意，可以想見人的姿容、儀態。二句雖未直接寫人，但字裡行間可見人的影子，而且可以體會其若有所待、若有所思、若有所訴、若有所怨之狀。後二句寫因天涼而入室，為怕秋月擾愁眠，便輕輕下簾。但寂寞幽怨何能入眠？於是徘徊不定，終乃隔簾望月，只有月與人相伴。似月伴人，又似人伴月。人心中有話而不語，月解此心中話又不語，只是望月，怨在言外。如此千轉百折的情思，詩人卻不著一語，只寫物狀，絲毫不涉人的內心。比謝脁原作，更為含蓄生動，耐人尋味。

襄陽曲❶四首

其一

襄陽行樂處❷，歌舞〈白銅鞮〉❸。江城回淥水，花月使人迷。

【注　釋】❶襄陽曲　樂府舊題。《樂府詩集》卷四八〈清商曲辭・西曲歌〉，與〈襄陽樂〉同列。而李白此四首詩則列於卷八五〈雜歌謠辭〉。《舊唐書・音樂志》曰：「〈襄陽樂〉者，宋隨王誕所作也。誕始為襄陽郡，元嘉二十六年仍為雍州。夜聞諸女歌謠，因而作之。……其歌曰：『朝發襄陽來，暮至大堤宿。大堤諸女兒，花豔驚郎目。』」胡震亨注：「西曲〈襄陽樂〉詠大堤女郎，此詠襄陽土風，兼及羊祜、山簡事。四解相承，意總歸於行樂，如貫珠然。」王琦注：「〈襄陽曲〉，即〈襄陽樂〉也。……裴子野《宋略》稱：晉安侯劉道產為雍州刺史，有惠化，百姓歌之，號〈襄陽樂〉。其辭非也。」❷襄陽句　襄陽，今湖北襄樊市南部。在襄水之陽，故以為名。〈襄陽樂〉古辭：「人言襄陽樂。」孟浩然〈大堤行〉：「大堤行樂處。」❸白銅鞮　即〈白銅蹄〉。樂府曲名。後人改「蹄」為「鞮」。《隋書・樂志上》：「初，（梁）武帝之在雍鎮，有童謠云：『襄陽白銅蹄，反縛揚州兒。』……及義師之興，實以鐵騎，揚州之士皆面縛，如謠言。故即位之後，更造新聲，帝自為之詞三曲，……以被管絃。」

【語　譯】襄陽是行樂的好地方，人們都喜歡〈白銅鞮〉的歌舞。漢江清清的流水在江城回環，襄陽的花香月光真正使人陶醉。

【研　析】此首詠襄陽的風光和環境的優美。謂襄陽行樂之處，有〈白銅鞮〉之歌舞。襄陽城臨漢水，清澈之水縈迴於城邊，鮮花明月使人迷戀忘返。嚴羽評點曰：「自然景，不須造作，卻又非熟境，所以佳。」

其二

山公醉酒時，酩酊高陽下❶。頭上白接䍦❷，倒著還騎馬。

【注　釋】❶山公二句　用晉朝山簡事典。《世說新語・任誕》：「山季倫（山簡，字季倫）為荊州，時出酣暢，人為之歌曰：『山公時一醉，徑造高陽池。日莫（暮）倒載歸，茗艼（酩酊）無所知。復能乘駿馬，倒著白接䍦。舉手問葛強，何如并州兒？』」按：高陽池在襄陽，強是其愛將，并州人也。」酩酊，大醉貌。高陽，宋本作「襄陽」。在「襄」字下夾注：「一作：高」。蕭本、郭本、王本、咸本皆作「高陽」。是。據改。❷白接䍦　古代一種白色頭巾。〈襄陽童兒歌〉：「時時能騎馬，倒著白接䍦。」

【語譯】當年山簡經常喝酒，酩酊大醉在高陽池邊。他頭上倒戴著白色頭巾，還騎在馬上東倒西歪。

【研析】此首描寫晉朝山簡鎮襄陽時醉酒高陽池，倒戴白頭巾，還能騎馬而回的情狀。嚴羽評點曰：「寫醉態如畫。」其實，描寫山簡醉酒的形象，也是詩人的自畫像。李白一生只有在醉酒中感到是最舒暢適意之時。

其三

峴山臨漢江❶，水淥沙如雪❷。上有墮淚碑❸，青苔久磨滅。

【注釋】❶峴山句　峴山，在今湖北襄陽南。東臨漢水，為襄陽南面要塞。沈約〈襄陽蹋銅蹄〉：「望別峴山頭，……漢水向東流。」❷水淥句　宋本在此句下夾注：「一作：水色如霜雪」。❸墮淚碑　《水經注・沔水》：「又逕峴山東，……羊祜之鎮襄陽也，與鄒潤甫嘗登之。及祜薨，後人立碑於故處，望者悲感。杜元凱謂之墮淚碑。」

【語譯】峴山臨近漢水，漢水清澈沙白似雪。山上建有懷念羊祜的墮淚碑，如今長滿青苔碑上字跡已長期被磨滅看不清了。

【研析】此首亦言襄陽舊事。謂峴山臨漢水，水清沙白。當年人們因懷念羊祜而立墮淚碑，歲久而生蒼苔，文字已磨滅不清。不免令人感慨。興慨古今，言簡意深。

其四

且醉習家池❶，莫看墮淚碑。山公欲上馬❷，笑殺襄陽兒❸！

【注釋】❶習家池　在襄陽峴山南。《世說新語・任誕》：「山季倫為荊州時。」劉孝標注引《襄陽記》：「漢侍中習郁，於峴山南依范蠡養魚法作魚池。池邊有高隄，種竹及長楸，芙蓉、菱芡覆水，是遊燕名處也。山簡每臨此池，未嘗不大醉而還。曰：『此是我高陽池也！』襄陽小兒歌之。」❷欲上馬　胡本作「上馬飲」。❸襄陽兒　襄陽兒童。梁武帝〈襄陽蹋銅蹄〉：「知是襄陽兒。」

【語　譯】姑且在習家池醉酒，不要去峴山看墮淚碑。我想學當年山簡上馬倒戴白巾的醉態，也讓襄陽小兒歌而大笑，其樂何如！

【研　析】山簡與羊祜都曾鎮襄陽，此首以山簡醉酒與羊祜墮淚碑作對比。詩人寧願學山簡醉酒之態而不去看墮淚碑。李白說此話，顯然有弦外之音，所以嚴羽評點曰：「不須哭，但好笑。合上二首作判。」

大堤曲❶

漢水臨❷襄陽，花開大堤暖。佳期大堤下，淚向南雲❸滿。春風復無情，吹我夢魂散❹。不見眼中人❺，天長音信斷。

【注　釋】❶大堤曲　南朝樂府舊題。與〈雍州曲〉皆出〈襄陽樂〉。梁簡文帝〈雍州曲〉有〈大堤〉，為此題之本。按：雍州指襄陽，宋文帝割荊州僑置雍州，號南雍。齊、梁因之。《樂府詩集》卷四八〈清商曲辭〉還收有唐代張柬之、楊巨源等人的〈大堤曲〉。據《一統志》、《湖廣志》等記載，大堤在襄陽府城外，東臨漢江，西自萬山，經澶溪、土門、白龍池、東津渡，繞城北老龍堤，復至萬山之麓，周圍四十餘里。❷臨　宋本在此字下夾注：「一作：橫」。❸南雲　陸機〈思親賦〉：「指南雲以寄款，望歸風而效誠。」江總〈於長安歸還揚州九月九日行微山亭賦韻〉：「心逐南雲逝，形隨北雁來。」後以「南雲」用作思親和懷念家鄉之詞。❹春風二句　春風無情吹散夢魂，使己失去了夢中會見的親人。古樂府〈子夜春歌〉：「春風復多情，吹我羅裳開。」此即反用其意。散，一作「斷」。❺不見句　何遜〈從主移西州寓直齋內霖雨不晴懷郡中遊聚〉詩：「不見眼中人，空想南山寺。」

【語　譯】漢水臨靠襄陽城，春花盛開使大堤上暖洋洋。想起與佳人在大堤下相會的日子，不禁望著南天白雲而熱淚滾滾。多情的春風，如今又變得無情，將我的好夢吹散。不見夢中想念的眼中人，天長地遠連音信都中斷了。

【研　析】此詩當是開元二十二年（西元七三四年）前後在襄陽思歸之作。由春暖花開想起與佳人相聚的日子，望南天之雲而揮淚。欲托夢以相通，又被春風吹散。不見所思之人，音問又斷，心情惆悵可知。〈寄遠十二首〉其五的後五句與本詩全同，唯前三句異，作「遠憶巫山陽，花明淥江暖。躊躇未得往」，疑為重出詩。

宮中行樂詞八首❶　奉詔作五言

其一

小小生金屋❷，盈盈在紫微❸。山花插寶髻，石竹❹繡羅衣。每出深宮裏，常隨步輦❺歸。只愁歌舞散，化作綵雲飛❻。

【注　釋】❶宮中行樂詞八首　各本題下並注：「奉詔作五言。」《樂府詩集》卷八二列為〈近代曲辭〉。《才調集》以今本一、二、四、五、六題作〈紫宮樂五首〉，三、七、八題作〈宮中行樂三首〉。《文苑英華》題作〈醉中侍宴應制〉。《本事詩・高逸》：「（玄宗）嘗因宮人行樂，謂高力士曰：『對此良辰美景，豈可獨以聲伎為娛？倘時得逸才詞人吟詠之，可以誇耀於後。』遂命召白。時寧王邀白飲酒，已醉。既至，拜舞頹然。上知其薄聲律，謂非所長，命為宮中行樂五言律詩十首，白頓首曰：『寧王賜臣酒，今已醉。倘陛下賜臣無畏，始可盡臣薄技。』上曰：『可。』即遣二內臣掖扶之，命研墨濡筆以授之，又令二人張朱絲欄於其前。白取筆抒思，略不停輟，十篇立就，更無加點。筆跡遒利，鳳跱龍拏。律度對屬，無不精絕。」

據此知〈宮中行樂詞〉乃奉詔而作，原有十首，今存八首，當已逸二首。按：寧王即玄宗兄李憲。據《舊唐書・李憲傳》，李憲卒於開元二十九年十一月。李白於天寶元年秋入京供奉翰林，李憲已卒，怎能與之飲酒？故《本事詩》所記未可盡信。❷小小句　小小，幼小時。金屋，華美的宮室。《漢武故事》載：「(漢武帝劉徹)為膠東王，數歲，長公主抱置膝上，問曰：『兒欲得婦不?』……笑對曰：『好。若得阿嬌作婦，當作金屋貯之。』」❸盈盈句　盈盈，儀態美好貌。〈古詩十九首〉：「盈盈樓上女。」在紫微，敦煌《唐人選唐詩》作「入紫微」。紫微，以紫微星垣比喻皇帝的居處。《文選》卷二四陸機〈答賈長淵并序〉：「來步紫微。」李善注：「紫微，至尊所居。」呂向注：「紫微，天子宮也。」❹石竹　亦名石竹子。葉似竹而細窄，開紅白小花如錢，可植於庭院供觀賞。六朝至唐，常用作服飾刺繡圖案。❺步輦　皇帝或皇后乘坐的用人抬的代步工具，類似轎子。❻只愁二句　意謂只憂歌舞結束，人將像彩雲一樣不知飄流何處。宋本在「散」字下夾注：「一作：罷」。

【語　譯】幼小的時候就生長在華美的金屋之中，長成之後以輕盈美好的姿態入宮表演歌舞。髮髻上插戴鮮豔的山花，身穿繡著石竹花圖案的羅衣。經常出入深宮大殿之中，侍從於皇帝的步輦之後。只怕有朝一日歌舞一散，化作天上的彩雲隨風飛走了。

【研　析】這是一首五律，寫一個年幼的宮女。首聯用「小小」、「盈盈」形容宮女年輕而風姿綽約、引人憐愛的儀態，用「金屋」、「紫微」寫她長期居住在帝王的深宮中。頷聯寫她的服飾和打扮：髮髻上插的是野花，羅衣上繡的是石竹圖案，說明她喜歡樸素淡雅，帶有民間氣息，不像一般宮女打扮得大紅大紫，滿身富貴氣。由此暗示她的內心是一片天真爛漫。頸聯寫她的活動：經常步行出宮，侍從帝后步輦，這已是難得的恩寵了。隋煬帝曾命虞世南寫〈應詔嘲司花女〉的詩：「學畫鴉黃半未成，垂肩嚲袖太憨生。緣憨卻得君王惜，長把花枝傍輦行。」據說當時洛陽人獻合蒂迎輦花，隋煬帝命令御車女袁寶兒持之，號司花女。寶兒多憨態，注目於虞世南，故煬帝命世南嘲之。此處暗用虞世南詩意，寫宮女的憨態。尾聯從側面寫宮女的神采，暗示她能歌善舞，擔心歌舞散後，她也化作彩雲飛走了。前六句寫姿態儀容服飾，寫出她的憨嬌天真，反映詩人的憐惜之意。末二句以彩雲的飄逸比喻人物之輕盈，乃畫龍點睛的傳神之筆，並以「愁」字暗示詩人的眷念之情，這寫法對後人影響很大。宋代晏幾道的〈臨江仙〉詞「當時明月在，曾照彩雲歸」，顯然受此啟發。

其二

柳色黃金嫩，梨花白雪香❶。玉樓巢翡翠❷，珠殿鎖鴛鴦❸。選妓隨雕輦❹，徵歌出洞房❺。宮中誰第一？飛燕在昭陽❻。

【注　釋】❶柳色二句　王琦注：「本陰鏗詩，太白全用之。」按：今本陰鏗詩無此二句。❷玉樓句　玉樓，華美的高樓。宋本在「巢」字下夾注：「一作：關」。敦煌《唐人選唐詩》作「開」。翡翠，鳥名。羽毛有藍、綠、赤、棕等色，嘴和足呈珊瑚紅色。嘴長而直，捕食魚、蝦、蟹和昆蟲，棲息平原或山麓多樹的溪旁。其羽可為飾品。❸珠殿句　宋本在「珠」字下夾注：「一作：金」。珠殿，華美的宮殿。鎖，敦煌《唐人選唐詩》作「入」。鴛鴦，雌雄偶居不離的水禽，故古稱匹鳥，常用作比喻形影不離的夫婦。❹雕輦　雕飾彩畫的帝后坐車。宋本在「雕」字下夾注：「一作：朝」。❺洞房　深邃的內室。❻飛燕句　飛燕，指漢成帝皇后趙飛燕。《西京雜記》卷上：「趙后體輕腰弱，善行步進退，女弟昭儀不能及也。但昭儀弱骨豐肌，尤工笑語，二人並色如紅玉，為當時第一，皆擅寵後宮。」昭陽，漢殿名。《三輔黃圖》：「成帝皇后居昭陽殿，有女弟俱為婕妤。」（按：《漢書．外戚傳》謂飛燕妹昭儀，居昭陽舍）沈佺期〈鳳簫曲〉：「飛燕侍寢昭陽殿，班姬飲恨長信宮。」此以趙飛燕喻楊貴妃。

【語　譯】初春楊柳嫩芽色彩金黃，梨花雪白散發著芳香。宮中玉樓中住著翡翠鳥般的美女，珠殿中深藏著如鴛鴦般恩愛的帝妃。選出歌妓隨著雕畫的帝妃輦車，從深宮中徵求出能歌善舞之人。宮中善歌能舞的人誰為第一？就是像當年昭陽宮中趙飛燕那樣的一個美女。

【研　析】首聯寫良辰美景：柳色金黃，梨花雪白，真是初春季節的景色，其實這又嫩又香的柳條和梨花，又何嘗不是象徵美女的身腰和皮膚呢！頷聯寫美女的居處，玉樓、珠殿，形容其極為豪華富麗。翡翠、鴛鴦，象徵美女與君王如同匹鳥，恩愛異常。頸聯寫選取歌妓，排練歌舞，美女陪同君王坐著輦車出洞房。尾聯點出美女的身份：是宮中第一尊貴的人，猶如當年漢成帝的皇后趙飛燕在昭陽宮中的地位。詩人未明說楊貴妃，而是用含蓄的手法，但讀者完全可以自明。「此首純用濃筆，而風韻天然，無繁縟排疊之跡」（高步瀛《唐宋詩舉要》引紀昀語）。

其三

盧橘為秦樹，蒲桃出漢宮❶。煙花宜落日，絲管醉春風❷。笛奏龍鳴水❸，簫吟鳳下空❹。君王多樂事，何必向回中❺？

【注　釋】❶盧橘二句　寫宮庭中有各種珍異果木。一說盧橘、蒲桃皆喻異地女子。「為秦樹」者，作了長安人；「出漢宮」者，此女已為唐宮人。盧橘，九月結實，赤色皮厚多酢的水果。蒲桃，又作「蒲萄」，即葡萄。宋本在「出」字下夾注：「一作：是」。敦煌《唐人選唐詩》亦作「是」。❷煙花二句　謂春日麗景與落日的壯闊氣象相稱，春風中蕩漾著令人陶醉的樂聲。❸笛奏句　謂笛聲如龍鳴水中。馬融〈長笛賦〉：「近世雙笛從羌起，羌人伐竹未及已。龍鳴水中不見己，截竹吹之聲相似。」宋本在「鳴」字下夾注：「一作：吟」。❹簫吟句　謂簫聲如鳳鳴，使鳳凰紛紛從空中飛下。吟，一作「鳴」。《列仙傳》：「蕭史者，秦穆公時人也。善吹簫，……穆公有女，字弄玉，好之。公遂以女妻焉。日教弄玉作鳳鳴。居數年，吹似鳳聲，鳳凰來止其屋。」❺君王二句　謂君王行樂之事極多，何必要到回中去。回中，地名，見卷三〈上之回〉詩注❺。宋本在「向」字下夾注：「一作：在」。且在全句下夾注：「一作：還與萬方同」。萬方，指庶民百姓。意謂還當與百姓同樂。

【語　譯】京城苑林中的樹上長著盧橘，唐朝宮廷周圍還種著蒲桃。春天的煙花美景正與落日時壯闊氣象相宜，春風中蕩漾著令人陶醉的管絃樂聲。笛聲如龍鳴水中，簫聲如鳳鳴從天空飛下。君王遊樂之事有許多，何必要到回中去呢？

【研　析】首聯寫桌上擺滿盧橘和蒲桃，這本是外地特產，現已成為是秦地產品，宮中取來的。頷聯點明時間：

煙光飄香落日時，人們都陶醉在春風傳來的絲竹音樂聲中了。一個「醉」字，寫盡了樂聲的動人心魄，春風煙花，本已使人賞心悅目，在此美景中又有美妙樂曲，怎不令人如癡似醉！頸聯進一步點出音樂的美妙：笛聲就像龍鳴水中，簫聲就像鳳從空下。這裡暗用《列仙傳》蕭史與弄玉的故事。尾聯筆鋒犀利，先說「君王多樂事」，總括以上六句，末句陡轉：「何必向回中」或「還與萬方同」，希望君王與民同樂。前人多謂「中有規諷」（沈德潛《唐詩別裁》），「託諷微婉」（高步瀛《唐宋詩舉要》）。周珽《唐詩選脈會通》曰：「苑囿聲樂，足稱巨麗，君王豈可獨享其樂？末句託諷昭然。一篇得此結，振起幾多聲調！」

其四

玉樹❶春歸日❷，金宮❸樂事多。後庭❹朝未入，輕輦夜相過。笑出花間語，
嬌來燭下❺歌。莫教明月去，留著醉姮娥❻。

【注釋】❶玉樹 《漢武故事》：「上起神屋，前庭植玉樹，以珊瑚為枝，碧玉為葉。」王琦注：「詩人用玉樹，多是言樹美好，如琪樹、珍樹之類，不關漢武事也。」宋本在「樹」字下夾注：「一作：殿」。❷日 宋本在此字下夾注：「一作：好」。❸金宮 金殿。形容宮殿之輝煌美麗。宮，宋本作「官」，誤。據蕭本、郭本、王本、咸本改。❹後庭 後宮。皇后妃嬪所居之殿庭。《戰國策・秦策》：「君之駿馬盈外廄，美女充後庭。」❺燭下 蕭本、郭本、咸本、《全唐詩》作「竹下」。❻姮娥 蕭本、胡本、咸本作「嫦娥」。《淮南子・覽冥訓》：「羿請不死之藥於西王母，姮娥竊以奔月。」按：古代神話中后羿之妻本作姮娥，漢代避文帝劉恆諱，改稱嫦娥。

【語譯】春天到來玉樹更美，宮殿中可樂之事更多。君王早朝忙於政事未能到後室，至夜晚才乘坐輕輦過來。妃嬪們在花間盡興談笑，在燭下嬌聲唱歌。不要讓明月歸去，必須留住明月請嫦娥仙子一起來清歌醉舞吧。

【研析】此詩寫夜間行樂。首聯謂春來行樂須及時，頷聯寫行樂在長夜。頸聯具體描繪夜間歡樂的情景。尾

聯邀月宮嫦娥醉舞，意味雋永。紀昀評此詩曰：「此首除『玉樹』、『金宮』外，純是淡寫，而濃豔鮮秀之氣溢於句外，直是神思不同。」（《瀛奎律髓彙評》卷五引）

其五

繡戶香風暖，紗窗曙色新❶。宮花爭笑日❷，池草暗生春❸。綠樹聞歌鳥，青樓❹見舞人。昭陽桃李月，羅綺❺自❻相親。

【注釋】❶曙色新　謂曙光初照。曙，曉。❷爭笑日　喻百花迎著陽光競相開放。劉晝《新論》：「春葩含日似笑，秋葉泫露如泣。」❸池草句　暗用謝靈運〈登池上樓〉：「池塘生春草。」❹青樓　泛指豪華精緻的樓房，多指美女所居之樓。曹植〈美女篇〉：「青樓臨大路，高門結重關。」❺羅綺　絲綢衣服。此處代指穿著絲綢服裝的宮女。❻自　宋本在此字下夾注：「一作：坐」。

【語譯】繡戶之中香風和暖，紗窗之外初顯黎明的曙光。宮中的百花迎著陽光競相開放，池塘中不知不覺地長出了春草。綠樹間聽著鳥兒的歌唱，宮樓上看到舞女的身影。昭陽殿前桃李之間的明月，整夜照映穿著羅綺服裝的美女與君王自然相親。

【研析】此詩寫宮廷內外之景色。首聯點明時間；頷聯寫室外之美麗風光；頸聯入題寫室內之美人歌舞；尾聯以月亮見證美女與君王通夜相親。應時《李詩緯》評曰：「寓意引而不露，修詞活而不拙。」

其六

今日明光❶裏，還須結伴遊。春風開紫殿❷，天樂下珠樓❸。豔舞全知巧❹，嬌歌半欲羞。更憐花月夜，宮女笑藏鉤❺。

【注釋】❶明光　漢代宮名。《三輔黃圖》卷三：「明光宮在長樂宮後，南與長樂宮相屬。武帝求仙，起明光宮，發燕趙美女三千人充之。」此處借指唐朝宮殿。❷紫殿　帝王宮殿。《三輔黃圖．漢宮》：「武帝又起紫殿，雕文刻鏤黼黻，以玉飾之。」❸天樂句　天樂，形容宮中美妙的樂聲如天上的音樂。珠樓，指華麗的樓閣。❹全知巧　皆為智慧奇妙。❺藏鉤　古代的一種遊戲。起源於鉤弋夫人。據《漢武故事》，鉤弋夫人少時手拳，帝披其手，得一玉鉤，手得展，故因為藏鉤之戲，後因效之。辛氏《三秦記》：「昭帝母鉤弋夫人，手拳而有國色，先帝寵之。世人藏鉤，法此也。」

【語譯】今日天子遊明光宮，還須宮女們結伴侍從。春風吹開了紫微宮的大門，天樂似的美妙音樂傳下珠樓。舞女們豔麗的舞蹈都精妙絕倫，歌女們嬌甜的歌聲半含羞態。更令人喜愛的是在花香月明之夜，宮女們興高采烈地在玩藏鉤的遊戲。

【研析】此詩寫宮女們侍從天子於明光宮遊樂的情景。首聯點出遊樂的地點；頷聯從大處落筆描寫環境氣氛；頸聯則具體描寫宮女們動人的舞姿和悅耳的歌聲。尾聯著「更憐」二字，寫藏鉤遊戲最為可愛可樂。全詩突出「遊樂」詩意。

其七

寒雪梅中盡，春風柳上歸。宮鶯嬌欲醉，簷燕語還飛。遲日明歌席❶，新花豔舞衣。晚來移綵仗❷，行樂泥❸光輝。

【注釋】❶遲日句　遲日，指春日。因春日漸長，似行動緩慢。《詩經．豳風．七月》：「春日遲遲。」毛傳：「遲遲，舒緩也。」明歌席，照亮歌唱之地。明，用作動詞，照亮。❷移綵仗　古代稱天子出行為「移仗」。綵仗，彩色絲綢裝飾的儀仗。❸泥 迷戀；留連。宋本原作「好」，據蕭本、郭本、胡本、咸本、《才調集》、《樂府詩集》、《全唐詩》改。

【語 譯】傲雪的寒梅花已落盡，春風歸來吹綠了楊柳。宮中樹上的黃鶯嬌聲唱著醉人的歌，簷前的燕子呢喃著比翼雙飛。春日舒緩地照著歌舞酒筵，春花燦爛映著漂亮的舞衣。傍晚時皇帝移動出遊的綵仗，斜陽的光輝似乎仍迷戀著君王的行樂。

【研 析】首聯寫景色點明季節，頷聯描繪禽鳥的歡快活動烘托氛圍，頸聯正面描寫春日的宮中行樂，陳歌席而日假其長，列舞衣則花增其豔。尾聯寫直到晚上君王才移動綵仗回去，夕陽的光輝似乎依然迷戀著行樂。

其八

水綠南薰殿❶，花紅北闕樓❷。鶯歌聞太液❸，鳳吹遶瀛洲❹。素女鳴珠佩❺，

天人弄綵毬❻。今朝風日好❼，宜入未央❽遊。

【注 釋】❶水綠句 水，謂龍池之水。綠，宋本原作「淥」，蕭本、郭本、王本、咸本皆作「綠」。是。與下句「紅」相對。據改。南薰殿，唐宮殿名。《長安志》卷九：「興慶殿：前有瀛洲門，內有南薰殿，北有龍池。」❷北闕樓 古代宮殿北面的門樓，為大臣等候朝見或上書奏事之地。《漢書・高帝紀》：「至長安，蕭何治未央宮，立東闕、北闕。」顏師古注：「未央殿雖南嚮，而上書奏事謁見之徒，皆詣北闕。……是則以北闕為正門，而又有東門、東闕。」❸鶯歌句 鶯歌，形容歌喉宛轉如鶯啼。太液，池名。漢太液池乃漢武帝時於建章宮北興建，周十頃，中起三山，以象瀛洲、蓬萊、方丈三神山，並用金石刻成魚龍奇禽異獸之類。以其所及甚廣，故名太液。見《三輔黃圖》卷四〈池沼〉。故址在今陝西西安西北。唐代太液池在長安大明宮內含元殿北，其遺址在今陝西西安北偏東。池分東、西兩部，西部較大，中間以管道相連。❹鳳吹句 鳳吹，指笙聲。《文選》卷二〇丘遲〈侍宴樂游苑送張徐州應詔詩〉：「馳道聞鳳吹。」呂延濟注：「鳳吹，笙也。笙體鳳故也。」此句謂笙歌之聲繚繞於太液池的神山瀛洲周圍。❺素女句 素女，傳說中的神女名，長於音樂。《史記・封禪書》：「太帝使素女鼓五十絃瑟。」此喻指妃嬪。鳴珠佩，謂妃嬪走動時身上佩帶的珠環、玉佩發出聲音。❻天人句 天人，出類拔萃者，又

特指天子、皇帝。弄綵毬，唐代宮內的一種遊戲。《文獻通考》卷一四七：「蹴毬蓋始於唐。植兩修竹，高數丈，絡網於上為門以度毬。毬工分左右朋，以角勝負。豈非蹴鞠之變歟！」按：據《開天傳信記》謂：唐明皇常與諸王玩毬戲。❼風日好　風和日麗。❽未央　西漢宮殿名。常為朝見之處。此借指唐朝宮殿。當指大明宮，內有含元殿和宣政殿，都是朝會和聽政之處所。

【語　譯】龍池之水映綠了南薰殿，北闕樓在一片紅花中隱現。從太液池上傳來陣陣鶯啼似的歌聲，鳳笙之音圍繞池上的瀛洲山迴響。仙女身上的珠環、玉佩碰擊著發出叮咚的響聲，天子正與宮人們玩著打彩毬的遊戲。今日風和日麗，正適合到大明宮一遊。

【研　析】此組詩當作於天寶二年（西元七四三年）春天李白供奉翰林時。為應詔之作。格律對仗工穩，為前人一致稱道。唯於詩意評論各異。當時身在宮廷，不得不作諛美之辭，若云以禍水諷明皇，誠為穿鑿之論；然正如《考田詩話》所云，其中亦不無規諷。此詩首聯寫宮闕樓殿之美，周圍景物之佳；頷聯描繪宮女歌舞之美，行樂之歡；頸聯寫妃嬪珠佩鳴聲，天子玩彩毬遊戲；尾聯則謂今天風日之好宜遊於未央宮，因未央宮為聽政之所。詩人之意蓋謂行樂之後，自當歸於治理國事。前三聯與上首相同，然上首結為晚亦迷戀，此首則結歸朝政。何焯評曰：「未央，正皇帝所居，歸之於正，且並諷之視朝於前殿也，卻自以『遊』字結，不脫行樂，得主文譎諫之妙。」

清平調詞三首❶

其一

雲想衣裳花想容❷，春風拂檻露華濃❸。若非群玉山❹頭見，會向瑤臺月下逢❺。

【注　釋】❶清平調詞三首　清平調，唐大曲名。指清商樂中之清調、平調。《碧雞漫志》卷五謂其於「清調」、「平調」中製詞，近人或疑其說。《樂府詩集》卷八〇列入〈近代曲辭〉，題中無「詞」字。後用為詞牌，蓋因舊曲名，另創新聲。此三詩本事，《松窗錄》云：「開元中，禁中初重木芍藥，即今牡丹也。得四本：紅、紫、淺紅、通白者，上因移植於興慶池東沉香亭前。會花方繁開，上乘照夜白，太真妃以步輦從。詔特選梨園弟子中尤者，得樂十六部。李龜年以歌擅一時之名，手捧檀板，押眾樂前，欲歌之。上曰：『賞名花，對妃子，焉用舊樂詞為？』遂命龜年持金花箋宣賜翰林學士李白，進〈清平調詞〉三章。白欣承詔旨，猶苦宿酲未解，因援筆賦之。……龜年遽以詞進，上命梨園弟子約略調撫絲竹，遂促龜年以歌。太真妃持頗梨（玻璃）七寶盞，酌西涼州蒲桃酒，笑領歌，意甚厚。上因調玉笛以倚曲。每曲遍將換，則遲其聲以媚之。太真飲罷，斂繡巾重拜上。……上自是顧李翰林尤異於他學士。」❷雲想句　此句以雲和花比擬楊貴妃的衣裳和容貌。想，如；像。❸春風句　寫牡丹受春風露珠之滋潤而鮮豔盛開，喻妃子得玄宗之寵幸而更顯美麗。檻，亭子周圍的欄杆。❹群玉山　神話傳說中的仙山。《穆天子傳》卷二：「癸巳，至於群玉之山。」郭璞注：「即〈西山經〉玉山，西王母所居者。」❺會向句　會，當。瑤臺，神話中神仙所居之地。《拾遺記》卷一〇「崑崙山」：「第九層山形漸小狹，下有芝田蕙圃，皆數百頃，群仙種耨焉。傍有瑤臺十二，各廣千步，皆五色玉為臺基。」

【語　譯】天上的彩雲想成為妃子的衣裳，牡丹花想成為妃子的容貌，妃子得到天子的寵愛更加容光煥發，就像牡丹花在春風吹拂露珠滋潤下更加美豔。這樣的美人如果不是在群玉仙山上才能見到，定當是只有在仙山瑤臺月下才能相遇。

【研　析】根據《松窗錄》記載，此三首詩當是天寶二年（西元七四三年）春天李白在長安供奉翰林時所作。三詩都將木芍藥（即牡丹）和楊貴妃交織在一起描寫，但著重點不同。此第一首開頭就很奇妙，不說妃子的衣裳像雲霓、容貌像鮮花，卻反過來說。「想」字用得新穎，也可理解為彩雲想成為妃子的衣裳，牡丹花想成為貴妃的容貌，這就把妃子綺麗的衣裳和嬌豔的玉容寫得更深一層。第二句表面上是寫牡丹花在春風吹拂和雨露滋潤下盛開，以「露華濃」極寫花之美豔，實際上也是以春風、雨露暗喻君王的恩澤，寫妃子在君王的寵愛下更加容光煥發，更顯得嬌媚無比。後二句詩人的想像拓開空間，引向神仙世界，更進一層地描寫妃子之美：這樣花容玉貌的美人，人世間不可能有，只有在仙山上神仙居住的地方能見到！把妃子比作神仙下凡，給讀者留下了無窮想像的空間。

其二

一枝紅豔露凝香❶，雲雨巫山枉斷腸❷。借問漢宮誰得似？可憐飛燕❸倚新粧。

【注　釋】❶一枝句　以牡丹之豔麗芬芳喻妃子之美。紅，蕭本、咸本作「穠」，又作「濃」。❷雲雨句　謂楚王與神女幽歡，畢竟是在夢中，虛無飄渺，故曰「枉斷腸」。言外有不若今日君王有真實美人相陪盡歡之意。雲雨巫山，典出宋玉〈高唐賦〉，參見卷一〈古風〉其五十八注❷。枉，空；徒然。斷腸，銷魂。❸可憐飛燕　可憐，可愛。飛燕，漢成帝皇后趙飛燕，以美貌著稱。

【語　譯】妃子就像一枝帶露凝香極為美豔的紅牡丹，那旦為朝雲、暮為行雨的巫山神女與她相比只是枉斷肝腸。請問漢朝宮中哪位美女可以相比？只有可愛的趙飛燕依靠新妝才有點相似。

【研　析】此首起句表面上是寫牡丹，不但色美，而且味香；不只是天然的美，而且是含露的美，這比第一首的「露華濃」更進一層。實際上也是以花擬人，詠妃子之美紅豔凝香。後三句都是用典故以襯托美人，從時間縱深度來寫。「雲雨」句有多種解釋：一說是巫山神女比不上牡丹之美豔；另一說是巫山神女若見妃子之美會羞愧而「斷腸」。更多的學人謂此實嘲楚王為神女斷腸，只在夢中幽歡，所以說「枉」。意謂哪裡及得上當前真正的美人使人銷魂！後二句用「漢宮第一」美女來與妃子相比，相傳趙飛燕體態輕盈，能為掌上舞。但她與當前的妃子相比，還得穿上新妝而倚立，纔能與妃子的嬌媚姿態相彷彿，哪裡及得上妃子的天然麗質，不需依賴脂粉服飾。此用抑古尊今之法，壓低巫山神女和漢宮飛燕以更深一層襯托妃子之美。

其三

名花傾國❶兩相歡，長❷得君王帶笑看。解釋春風無限恨❸，沉香亭北❹倚闌干。

【注　釋】❶名花傾國　名花，指牡丹花。傾國，指美女。《漢書・外戚・孝武李夫人傳》：「(李)延年侍上起舞，歌曰：『北方有佳人，絕世而獨立，一顧傾人城，再顧傾人國。寧不知傾城與傾國，佳人難再得！』」後即以「傾國」、「傾城」代指絕色佳人。❷長　一作「常」。❸解釋句　意謂賞名花、對妃子，即使有無限春愁，亦已在春風中消釋。解釋，消除。❹沉香亭北　沉香亭，用沉香木建造的亭子。徐松《唐兩京城坊考》卷一：「宮之正門西向，曰興慶門。其內興慶殿，殿後為龍池。池之西為文泰殿，殿西北為沉香亭。」注：「在池東北。」

【語　譯】名花與美女兩者相與為歡，長使君王帶笑看。看著沉香亭北倚著欄杆亭亭玉立的妃子，即使君王有無限憂愁和怨恨也都在春風中消釋了。

【研　析】前二首用仙境和古代美人比擬，都未明說所詠的對象，第三首將「名花」、「傾國」點出，回到當前現實。「名花」，指牡丹花，「傾國」，當然指楊貴妃。前二首表面上寫牡丹花，實際上都是寫妃子，而第三首卻是寫唐明皇眼中、心中的楊貴妃。「兩相歡」把名花和傾國合在一起，「帶笑看」把「君王」也融在一起。「笑」字還引出第三句，一切憂愁怨恨都在這美好的環境中消除了。末句點明君王和美人賞花的地點：沉香亭北。「倚闌干」三字，生動地描繪出人物形象，優雅風流，韻味深長。

這三首詩，語言豔麗，但揮灑自如，毫無雕琢。第一首和第三首兩用「春風」，前後呼應。信筆寫來，自然流暢。其藝術水準之高超，歷代一致公認。

鼓吹入朝曲❶

金陵控海浦❷，淥水帶吳京❸。鐃歌列騎吹❹，颯沓❺引公卿。槌鐘速嚴粧❻，伐鼓啟重城❼。
天子憑玉案❽，劍履若雲行❾。日出照萬戶，簪裾爛明星❿。朝罷沐浴⓫閑，遨遊閬風亭⓬。濟濟雙闕下⓭，歡娛樂恩榮。

【注釋】❶入朝曲　樂府舊題。《樂府詩集》卷二〇收此詩，列於〈鼓吹曲辭〉，題為〈入朝曲〉。齊永明八年，謝朓奉鎮西隨王教，於荊州道中作鼓吹曲十篇，其中有〈入朝曲〉。詞云：「江南佳麗地，金陵帝王州。逶迤帶綠水，迢遞起朱樓。飛甍夾馳道，垂楊蔭御溝。凝笳翼高蓋，疊鼓送華輈。獻納雲臺表，功名良可收。」李白擬之，故題為〈鼓吹入朝曲〉。❷金陵句　金陵，古邑名。戰國時楚威王在今南京市清涼山設金陵邑，埋金以鎮王氣，故名。成為今江蘇南京的別稱。控海浦，控制通海口。❸淥水句　謂清澈的水環繞著吳地京城。吳京，指金陵。六朝皆建都金陵，以三國時吳國為始，故稱。帶，圍繞。❹鐃歌句　此句謂騎兵列隊吹奏鐃歌。鐃歌，樂府鼓吹曲的一部分，用於激勵士氣及宴餉功臣。騎吹，鐃歌別稱。因多鼓吹於馬上而名。按：列於殿庭者為鼓吹，從行鼓吹為騎吹。❺颯沓　眾多貌。❻槌鐘句　此句謂隨著擊鐘聲迅速整理好裝束。槌，同「捶」。敲；擊。嚴粧，猶嚴裝，裝束端正。❼伐鼓句　此句謂隨著擊鼓聲打開一道道城門。伐，擊。啟，開。重城，指有多道城門。❽天子句　憑，依仗；憑靠。玉案，蕭本、王本、咸本作「玉几」。❾劍履句　劍履，古代高官貴臣得天子特許，可帶著劍，不脫履而上殿。此借指功臣和高官。若雲行，形容公卿之多。❿簪裾句　此句謂公卿們服飾光彩如明星般燦爛。簪裾，顯貴達官的服飾。庾信〈奉和永豐殿下言志〉其二：「星橋擁冠蓋，錦水照簪裾。」⓫沐浴　猶「休沐」，休假。

洗髮曰沐，洗身曰浴。古代官吏例假稱休沐。⑫閶風亭　《太平御覽》卷一九四引《郡國志》：「潤州覆舟山有閶風亭。」按：覆舟山在今南京市。⑬濟濟句　濟濟，眾多貌。雙闕，宮門兩旁的兩個樓觀，用以遠觀或懸掛法令。因兩樓觀中有空缺，故名。此泛指宮殿。一說，特指南朝所立石闕。《六朝事跡》卷三：「(建康)縣北五里有二石闕，在臺城之門南，高五丈，廣三丈六寸，梁武帝所造。」

【語　譯】金陵控制著長江的出海口，清澈的江水圍繞著六朝都城。騎兵列隊吹奏著鐃歌，引得眾多公卿都紛紛出來。敲鐘催促著朝臣們趕快穿好朝服，擊鼓後就打開一道道城門。

天子在朝堂上靠著玉案而坐，功臣們如雲行般走向殿前向天子叩拜。太陽高懸照耀萬戶，大臣的冠簪衣裾像明星般燦爛。朝罷休閒之時，大家都紛紛到覆舟山閶風亭遨遊。眾多人群擁擠在雙闕之下，盡歡遊樂享受天子賜予的恩榮。

【研　析】此詩乃擬謝朓之作，詠六朝之事，當是李白遊金陵時緬懷往事之作。惟李白多次遊金陵，故難以編年。前段寫金陵雄壯的地理形勢，想像六朝時公卿們上朝前的環境氣氛和情景。後段則想像天子接受朝拜，功臣們劍履上殿，公卿們的冠服在陽光照耀下燦若明星，休假日公卿們在閶風亭遨遊，盡情歡娛在雙闕之下，享受天子的恩榮。

秦女休行❶

古詞魏朝協律都尉左延年所作，今擬之

西門秦氏女，秀色如瓊花❷。手揮白楊刀❸，清晝殺讎家。羅袖灑赤血，英聲凌紫霞❹。直上西山去，關吏相邀遮❺。婿為燕國王，身被詔獄加❻。犯刑若履虎❼，不畏落爪牙。素頸未及斷，摧眉伏泥沙❽。金雞忽放赦，大辟得寬赊❾。何慚聶政姊，萬古共驚嗟❿。

【注　釋】❶秦女休行　樂府舊題。《樂府詩集》卷六一收此詩，列於〈雜曲歌辭〉。按：魏左延年辭，大略言女休為燕王婦，為宗報讎，殺人都市，雖被囚繫，終以赦宥，得寬刑戮。此詩所詠與之意同。❷西門二句　用左延年詩「始出上西門，遙望秦氏廬。秦氏有好女，自名為女休」之意。瓊花，珍異花木，其色微黃而有香味。傳說隋煬帝開運河下揚州就是為了賞瓊花。此用以形容女休之美。❸白楊刀　寶刀名。即白羊子，古之利刃。左延年詩云：「左執白楊刃，右據宛魯矛。」此即用其意。❹英聲句　英聲，一作「英氣」。紫霞，指天空。❺關吏句　邀遮，攔截。左延年詩：「女休西上山，上山四五里。關吏呵問女休，……。」此即寫其事。❻婿為二句　詔獄加，謂施以下獄之罪。詔獄，奉詔拘禁罪人的監獄。左延年詩：「女休前置詞，平生為燕王婦，於今為詔獄囚。」此即寫其意。❼履虎　踏在虎身上。極言犯刑之險。《易經・履卦》：「履虎尾，不咥人，亨。」❽素頸二句　謂正當女休低眉伏在泥沙上臨刑之時，突然懸放金雞，傳來赦免的消息。左延年詩：「女休淒淒曳梏前，兩徒夾我持刀，刀五尺餘。刀未下，朣朧擊鼓赦書下。」此即寫其事。❾金雞二句　金雞放赦，指大赦。《新唐書・百官志三》少府中尚署：「赦日，樹金雞於仗南，竿長七丈，有雞高四尺，黃金飾首，銜絳幡長七尺，承以綵盤，維以絳繩。將作監供焉。擊㧓鼓千聲，集百姓、父老、囚徒。」後用為大赦之典。大辟，死刑。《書經・呂刑》：「大辟疑赦。」孔傳：「大辟，死刑也。」寬賒，寬大赦免。❿何慚句　此句謂女休的行為在聶政姊面前可以毫無慚色。聶政姊，《戰國策・韓策二》載：聶政刺殺韓國宰相韓傀，然後毀容自殺。韓國取聶政之屍暴於市，以千金購問刺客是誰。政姊聞之，曰：「弟至賢，不可愛妾之軀，滅弟之名，非弟意也。」於是到韓國，哭曰：「今死而無名，……此為我故也！夫愛身不揚弟之名，吾不忍也！」乃抱屍而哭之曰：「此吾弟軹深井里聶政也。」然後亦自殺於屍下。晉、楚、齊、衛聞之曰：「非獨政之能，乃其姊者亦列女也。」聶政之所以能揚名後世，由於其姊不避誅而揚弟名之故。

【語　譯】西門有位秦氏之女名女休，其容顏之美如瓊花。她手持白楊刀，為報親仇白天前去刺殺仇家。她的羅衫衣袖上灑滿了仇人的鮮血，讚揚她英勇的好名聲高上雲霄。她殺人之後逃至西山，被關吏所截獲。她的夫婿是燕國之王，今日她卻被詔令關進監獄。她知道犯刑如履虎尾，可是她絲毫也不畏懼落入爪牙。正當她低眉將頭頸伏在泥沙之上，行將臨刑之時，突然傳來金雞放赦的消息，她的死刑得到寬大赦免。她比古代俠義之女聶政姊一點也不遜色，她的事蹟萬古傳頌令世人共同驚嘆。

【研析】此詩辭意結構都擬左延年的〈秦女休行〉。唯左詩為雜言詩，此詩全用五言。胡震亨評曰：「按女休事奇烈，第重述一過，便堪擊節。太白擬樂府，有不與本辭為異，正復難及者，此類是也。」嚴羽評點此詩首四句曰：「四語已盡，餘俱可廢。」其實，首四句只是概括性敘述事件，後面的描寫纔更生動感人。如「羅袖灑赤血，英聲凌紫霞」，寫得如聞如見。「犯刑若履虎，不畏落爪牙。素頸未及斷，摧眉伏泥沙」，女休的剛烈性格躍然紙上。最後以「何慚聶政姊，萬古共驚嗟」的頌揚作結，表明詩人的敬仰之情，與〈東海有勇婦〉詩相同。只是彼詩記事，此詩則是詠古事。

秦女卷衣❶

天子居未央❷，妾來❸卷衣裳。顧無紫宮❹寵，敢拂黃金牀❺？
水至亦不去❻，熊來尚可當❼。微身捧日月，飄若螢火光❽。願君採葑菲，無以下體妨❾。

【注釋】❶秦女卷衣　樂府舊題。《樂府詩集》卷七三列於〈雜曲歌辭〉，引《樂府解題》曰：「〈秦王卷衣〉，言咸陽春景及宮闕之美。秦王卷衣以贈所歡也。」按：李白改「秦王」為「秦女」，並以秦女自喻，輸忠款之情，與舊題之名和辭旨皆不同。蕭士贇曰：「《樂府遺聲》佳麗四十七曲有〈秦女卷衣〉。」❷未央　漢代宮名，借指唐宮。❸來　蕭本、郭本、王本、咸本皆作「侍」。❹紫宮　即紫微宮。星官名，在北斗以北。古代常以紫微星垣比喻皇帝的居處，因稱皇宮為紫宮。❺黃金牀　君王之床。❻水至句　《列女傳・貞順傳》：「楚昭貞姜，齊侯之女，楚昭王之夫人也。王出遊，留夫人漸臺之上而去。王聞江水大至，使使者迎夫人，忘持符。使者至，請夫人出。夫人曰：『王與宮人約，令召宮人必以符。今使者不持符，妾不敢從使者行……。』於是使者反取符，還則水大至。臺崩，夫人流而死。」此處用其事。❼熊來句 《漢書・外戚・孝元馮昭儀傳》：「建昭中，上幸虎圈鬥獸，後宮皆坐。熊逸出圈，攀檻欲上殿。左右貴人傅昭儀等皆驚走。馮倢伃直前當熊而立。左右格殺熊。上問：『人情驚懼，何故前當熊？』倢伃對曰：『猛獸得人而止，妾恐熊至御坐，故以身當之。』元帝嗟嘆，以此倍敬重焉。」此處用其事。❽微身二句 捧，蕭本、郭本、王本、咸本皆作「奉」。意同。日月，喻指君王。螢火光，詩人自喻。火，蕭本、郭本、王本、咸本皆作「之」。沈約〈為六宮拜章〉：「奉日月之華，侍巾屣之末。」《魏書》：「螢火之光，猶增日月之曜。」此用其意。❾願君二句 《詩經・邶風・谷風》：「采葑采菲，無以下體。」毛傳：「葑，須也。菲，芴也。下體，根莖也。」鄭玄箋：「此二菜者，蔓菁與葍之類也。皆上下可食。然而其根有美時，有惡時，採之者不可以根惡時並棄其葉。喻夫婦以禮義合，顏色相親；不可以顏色衰，棄其相與之禮。」

【語譯】天子居住在未央宮中，妾來天子身旁侍奉衣裳。但卻因沒有得到皇帝的恩寵，豈敢為皇上拂床而自薦枕席？

但妾對君王忠款之心，願效楚昭王時的貞姜，水至而不去，願獻漢時馮倢伃挺身擋熊救駕之誠。妾身雖如螢光之微，但願奉君王日月之明。希望君王對妾多加體諒，如采葑菲之時，不要因為根莖之惡而棄其葉也。

【研析】此詩顯然以天子之妾御，比喻自己地位之低下。雖未得到君王寵愛，但自己對天子無限忠誠，可與楚昭王夫人水至而不去、漢元帝馮倢伃擋熊救駕之事相比。自己雖飄若螢火，但願奉日月之光。最後希望君王不要因葑菲之根有時不好而連其葉子都一齊丟棄。實際上全詩都用比興。意謂自己雖出身低微，然對君王之忠誠至死不渝，希望君王不以寒賤而棄之。

東武吟❶

一作〈出金門後書懷留別翰林諸公〉

好古笑流俗❷，素聞賢達風❸。方希佐明主，長揖辭成功。

白日在高天，回光燭微躬❹。恭承鳳凰詔❺，欻起雲蘿中❻。清切紫霄迥❼，
優遊丹禁通❽。君王賜顏色❾，聲價凌煙虹❿。
乘輿擁翠蓋⓫，扈從金城東⓬。寶馬麗絕景⓭，錦衣入新豐⓮。倚巖⓯望松雪，
對酒鳴絲桐⓰。因學揚子雲，獻賦甘泉宮⓱。天書美片善，清芬播無窮⓲。歸來入
咸陽，談笑皆王公⓳。
一朝去金馬⓴，飄落成飛蓬㉑。賓友㉒日疏散，玉樽亦已空㉓。才力猶可倚，
不慚世上雄㉔。閑作〈東武吟〉，曲盡情未終。書此謝知己，吾尋黃綺翁㉕。

【注釋】❶東武吟　樂府舊題。《樂府詩集》卷四一列入〈相和歌辭・楚調曲上〉。前有鮑照、沈約〈東武吟〉，並「傷時移事異，榮華徂謝也」（《樂府解題》）。左思〈齊都賦〉注：「〈東武〉、〈泰山〉，皆齊之土風，絃歌謳吟之曲名也。」按：東武，漢縣名，今山東諸城。《海錄碎事》：「〈東武吟〉，樂府詩，人有少壯從征伐，年老被棄，遊於東武者，不敢論功，但戀君耳。」按：宋本《李太白文集》卷一三重出此詩，題〈還山留別金門知己〉。各本於此詩題下俱注云：「一本作〈出金門後書懷留別翰林諸公〉」。❷流俗　世俗，指當時社會流行的平庸風俗習慣。❸賢達風　賢士之風。賢達，指有才德、聲望的人。❹燭微躬　燭，照耀。微躬，猶賤軀，自稱謙詞。❺鳳凰詔　《初學記》卷三〇引晉陸翽《鄴中記》：「石季龍（虎）與皇后在觀上為詔書，五色紙，著鳳口中。鳳既銜詔，侍人放數百丈緋繩，轆轤回轉，鳳凰飛下，謂之鳳詔。鳳凰以木作之，五色漆畫，腳皆用金。」後因稱皇帝的詔書為「鳳詔」或「鳳凰詔」。❻欻起句　欻，忽然。雲蘿中，猶草間，指隱居地。雲蘿，女蘿似雲。❼清切句　清切，指清貴而接近帝王。劉楨〈贈徐幹詩〉：「拘限清切禁，中情無由宣。」紫霄，指帝王所居之處。梁簡文帝〈圍城賦〉：「升紫霄之丹地，排玉殿之金扉。」此句謂在帝王身邊從事清貴的工作。迥，宋本原作「迴」，據蕭本、王本、咸本改。❽優遊句　謂自由出入於禁城。優遊，閒暇自得貌。丹禁，帝王所居禁城。❾賜顏色　猶賞臉。❿凌

煙虹　猶淩雲，形容聲望和社會地位直上雲霄。⑪乘輿句　此句謂乘車簇擁著御駕。乘輿，皇帝的車隊，常指皇帝。翠蓋，猶翠輦，翠羽裝飾的車蓋，此指帝王的車駕。⑫扈從句　扈從，隨從護駕。百官從駕，謂之扈從。見《封氏聞見記》卷五。金城，堅固之城，指長安。賈誼〈過秦論〉：「天下已定，始皇之心自以為關中之固，金城千里，天府之國。」因新豐在長安東，故稱「金城東」。⑬寶馬句　此句謂把寶馬拴在風景極美之地。麗，原為「附」義，引申作拴、繫。絕景，極佳的風景。⑭新豐　漢縣名。治所在今陝西臨潼東北新豐鎮。按：此指李白扈從溫泉宮，宮在當時新豐縣驪山下。⑮倚巖　蕭本、郭本、王本作「依巖」。⑯絲桐　指琴。琴多以桐木製成，上安絲絃，故稱「絲桐」。⑰因學二句　揚子雲，揚雄，字子雲，西漢文學家。獻賦，《漢書・揚雄傳》：「正月，從上甘泉還，奏賦以風。」甘泉宮，漢代宮名。故址在今陝西淳化西北甘泉山。揚，宋本作「楊」，據各本及《漢書・揚雄傳》改。⑱天書二句　天書，帝王詔書的尊稱。片善，小善。清芬，喻好名聲。播無窮，形容傳播極廣。⑲歸來二句　郭本誤失此二句。咸陽，此指長安。⑳一朝句　去，離開。金馬，即金馬門。《史記・滑稽列傳》：「金馬門者，宦署門也。門傍有銅馬，故謂之曰金馬門。」漢代朝廷徵召來京者都待詔公車（宦署名），其中才能優異者待詔金馬門。此處借指唐代翰林院。㉑飄落句　喻行蹤飄泊不定如遇風飛旋的蓬草。㉒賓友　蕭本、郭本、王本皆作「賓客」。㉓玉樽　製作精美的酒杯。㉔才力二句　自謂尚有才能，並不因出金門而在當世英雄面前感到慚愧。才力，才能。倚，依賴。宋本在「倚」字下夾注：「一作：恃」。㉕吾尋句　黃綺翁，指商山四皓夏黃公、綺里季等，為漢初高士。事見《史記・留侯世家》。宋本在本句下夾注：「一作：扁舟尋釣翁」。

【語　譯】我向來愛好古人之道而嘲笑庸俗的世風，仰慕賢達之風。我正希望能夠輔佐明主，功成之後就長揖而去。

皇帝像高懸在天空中的白日一樣，他的光輝有幸照到了我的身上。我恭敬地承接了皇上的詔書，突然從草莽中出來奔赴長安。從此在皇帝身邊擔任清貴切要之職，在禁城內自由進出。由於君王的刮目相待，從此我的聲名如淩煙虹。

我跟隨天子的鑾駕，扈從到長安城東的溫泉宮。我將騎乘的寶馬拴在這風景佳麗之地，身穿錦衣進入新豐鎮。在驪山溫泉宮裡，遊山倚巖望松雪而寄傲，有時在宴會上對酒彈琴。也曾學漢代的揚子雲獻賦甘泉宮一樣向皇上獻賦。皇上下詔讚美我的作品，我的美名從此傳播開來而天下皆知。從溫泉宮回到長安後，王公大人都爭相與我交結談笑。

一旦我離開翰林院辭京還山，就如同蓬草一樣隨風飄落。賓友們一天天疏散了，案上的酒杯也都空了。但我自覺才力還可倚，在當世之雄才面前一點也不覺得慚愧。閒來作一曲〈東武吟〉，曲盡而情猶未終。寫下此詩向諸知己告別，從此吾將去追隨往昔之商山四皓嘯傲山林了。

【研　析】此詩題一作〈出金門後書懷留別翰林諸公〉，由此知當是天寶三載（西元七四四年）出翰林院離京時之作。詩中詳敘從奉詔入京到離京還山的經歷和情景，可作史詩看待。首段抒寫自己志向，希望佐明主成就一番事業後辭歸林下。次段寫奉詔入京，供奉翰林，出入宮禁，天子賞識，聲價特高。第三段寫受君王眷顧，駕幸溫泉宮，得陪侍從，乘寶馬，穿錦衣，光耀於新豐溫泉宮，效揚雄向天子獻賦，得天子讚美，從此美名遠揚，王公大人都來巴結。末段寫離開翰林院後的飄落，賓友疏散而酒杯已空，但自以為才力不慚於當世之雄。並點明寫此詩目的是告別知己，從此以後追隨四皓隱居山林了。

邯鄲才人嫁為廝養卒婦❶

妾本叢臺❷女，揚蛾入丹闕❸。自倚顏如花，寧知有凋歇❹？
一辭玉階下，去若朝雲沒❺。每憶邯鄲城，深宮夢秋月。君王不可見，惆悵
至明發❻。

【注　釋】❶邯鄲才人嫁為廝養卒婦　樂府舊題。《樂府詩集》卷七三列於〈雜曲歌辭〉。蕭士贇曰：「《樂府遺聲》佳麗四十八曲有〈邯鄲才人嫁為廝養卒婦〉，蓋古有是事也。」按：今其古辭已不存，其本事無考。邯鄲，地名。戰國時趙國都城，今河北邯鄲。才人，宮中女官名。武則天初進宮時曾為唐太宗才人。胡震亨注：「謝朓有此詩。薪僕曰廝，炊僕曰養。朓蓋

設為其事，寓臣妾淪擲之感。楊用修以為此卒即御趙王武臣歸者，恐未必然。」❷叢臺　《漢書・高后紀》：「（元年）夏五月丙申，趙宮叢臺災。」顏師古注：「連聚非一，故名叢臺。蓋本六國時趙王故臺也，在邯鄲城中。」❸揚蛾句　蛾，蛾眉。揚蛾，即揚眉。蛾，宋本原作「娥」，據蕭本、郭本、王本、咸本改。丹闕，赤色的宮闕。此處指趙王的王宮。❹寧知句　寧，豈。凋歇，凋謝。❺朝雲沒　用巫山神女事。宋玉〈高唐賦〉：「妾在巫山之陽，高丘之岨，旦為朝雲，暮為行雨。」一說，「朝雲沒」謂早晨之雲消散。❻明發　黎明發亮。含有通宵達旦之意。《詩經・小雅・小宛》：「明發不寐，有懷二人。」朱熹注：「明發，謂將旦而光明開發也。」

【語　譯】我本是邯鄲叢臺之女，當初被選為才人而揚眉入趙王之宮。自恃容顏如花定會被寵幸，豈知花容也會有凋謝？

自從辭別王宮玉階之後，就像朝雲一樣地消失了。每次回想在邯鄲王宮的生活，就在夢中見到深宮的秋月。從此再也見不到君王了，為此惆悵而徹夜不眠一直到天亮。

【研　析】此詩以邯鄲才人自喻。當初奉詔入京供奉翰林，自恃才華能得重用，豈知不久被放還山。一辭玉階，就如雲散，從此君王不可見，為此惆悵至天明。蕭士贇注曰：「此詩太白既黜之作也。特借此發興，敘其睽遇之始末耳。然其辭意眷顧宗國，繫心君王，亦得騷之遺意歟？」馬位《秋窗隨筆》曰：「太白〈邯鄲才人嫁為廝養卒婦〉詩，妙在不說目前之苦，只追想宮中樂處，文章於虛裡摹神，所以超凡入聖耳。」說得很中肯。李白此詩雖為擬謝朓同題詩，但自有其戀闕之深意。

出自薊北門行❶

虜陣橫北荒，胡星曜精芒❷。羽書❸速驚電，烽火❹晝連光。

虎竹❺救邊急，戎車森已行。明主不安席，按劍心飛揚❻。推轂❼出猛將，連旗登戰場。兵威衝絕漠❽，殺氣凌穹蒼❾。
列卒赤山下❿，開營紫塞傍⓫。孟冬風沙緊，旌旗颯凋傷⓬。畫角悲海月⓭，
征衣卷天霜。
揮刃斬樓蘭⓮，彎弓射賢王⓯。單于一平蕩，種落自奔亡⓰。收功報天子，行
歌歸咸陽⓱。

【注釋】❶出自薊北門行　樂府舊題。《樂府詩集》卷六一列於〈雜曲歌辭〉。引《樂府解題》曰：「〈出自薊北門行〉，其致與〈從軍行〉同。而兼言燕薊風物，及突騎勇悍之狀。若鮑照云『羽檄起邊亭』，備敘征戰苦辛之意。」按：曹植〈豔歌行〉有「出自薊北門」之句，鮑照取以為題，敘燕薊邊庭征戰苦辛之意，李白此詩擬之。❷胡星句　胡星，指昴宿七星。《史記・天官書》：「昴曰髦頭，胡星也。」張守節《正義》：「昴七星為髦頭，胡星，……搖動若跳躍者，胡兵大起。」曜精芒，指胡星明亮而光芒四射，表示起兵入侵。❸羽書　插著羽毛的緊急文書。❹烽火　古代邊疆在高臺上燒柴或狼糞以報警，稱烽火。❺虎竹　兵符。古代朝廷徵調兵將，朝廷與領軍人各執兵符一半，合之以驗真假。❻明主二句　《史記・項羽本紀》：「王坐不安席。」鮑照〈出自薊北門行〉：「天子按劍怒。」形容發怒時的舉動。❼推轂　推車。古代君王對出征大將的一種禮遇。《漢書・馮唐傳》：「臣聞上古王者遣將也，跪而推轂曰：『閫以內寡人制之，閫以外將軍制之。』」閫，古代門中央豎的短木。轂，車輪中心的圓木，常用以代指車輪，此處用為車的代稱。❽絕漠　極遠的沙漠地區。蕭本、郭本、王本作「絕幕」。按：幕，通「漠」。❾穹蒼　蒼天。❿列卒句　赤山，山名。《後漢書・烏桓傳》：「赤山在遼東西北數千里。」宋本在「卒」字下夾注：「一作：陣」。⓫開營句　營，宋本原作「雲」，據蕭本、郭本、繆本、王本、咸本改。紫塞，因北方邊塞泥土紫色而名。《古今注・都邑》：「紫塞，秦築長城，土色皆紫。漢塞亦然，故稱紫塞焉。」⓬孟冬二句　鮑照〈代出自薊北門行〉：「疾風衝塞起，沙礫自飛揚。」二句用其意。凋傷，凋落。宋本在「旗」字下夾注：「一作：旆」。⓭畫角句　畫角，古代軍中的一種管樂器名。外繪彩色圖案，故稱畫角。發音高亢哀厲，用以警昏曉，振士氣。梁簡文帝〈和湘東王折楊

柳〉：「林空畫角悲。」海月，瀚海之月。⑭樓蘭　西域古國名。唐詩中常代稱邊境敵國。⑮賢王　匈奴高官。《漢書・匈奴傳》：「單于者，廣大之貌也。……置左右賢王，……自左右賢王以下至當戶，大者萬餘騎，小者數千。凡二十四長，立號曰萬騎。」⑯單于二句　單于，匈奴君長的稱號。唐詩中常代稱邊境敵國的君長。種落，王琦注：「謂其種類及部落也。」⑰行歌句　宋本在「行歌」二字下夾注：「一作：歌舞」。咸陽，代指唐朝京都長安。

【語　譯】胡虜在北部邊境擺開了縱橫戰陣，胡星發出耀眼的光芒。軍中像閃電般傳遞快速緊急文書，報警的烽火晝夜不停地燃燒著連片的火光。

朝廷向邊境遣兵調將的符節急如星火，救邊的兵車已經井然有序地大批出動。君王坐不安席，手按寶劍雄心飛揚。親自推車為出征的將士送行，大軍旌旗連翩直奔戰場。天兵威震絕域沙漠，殺氣直沖蒼天。

在赤山下陳兵列陣，在紫塞旁安營結寨。塞外初冬的風沙淒緊，旌旗都被刮得七零八落。淒涼的畫角聲使邊月生悲，戰士的征衣凝滿霜雪。

揮刀直斬敵國首領，彎弓射殺敵國大將。一旦掃平敵酋單于，其他部落就各自奔逃。大功告成後向天子報功，高唱凱歌回師歸長安。

【研　析】此詩擬鮑照同題詩，寫邊塞征戰之事，並抒立功報國之情。首段寫胡虜入侵，邊境羽書告急，烽火晝夜報警。次段寫朝廷出兵，天子親自送行。兵威沙漠，殺氣沖天。第三段寫戰場之苦寒，列陣於赤城山下，開營於紫塞旁。冬寒風沙慘烈，旌旗都被刮裂。畫角吹悲，征衣凝霜。將士不畏艱苦，凜然不可侵犯。第四段寫戰爭勝利。斬樓蘭，射賢王，平蕩單于，各部逃亡。以成功上報天子，凱旋回師長安。字裡行間洋溢著慷慨雄壯之氣勢。

洛陽陌❶

白玉❷誰家郎？回車渡天津❸。看花東陌上，驚動洛陽人❹。

【注釋】❶洛陽陌　樂府舊題。《樂府詩集》卷二三列於〈橫吹曲辭〉。按：梁簡文帝、沈約、庾肩吾、徐陵等有〈洛陽道〉詩，寫洛陽士女遊樂之事。李白此詩始題〈洛陽陌〉。蕭士贇注：「《樂府遺聲》都邑三十四曲有〈洛陽陌〉。」陌，街道。❷白玉　比喻容貌美麗，面色潔白。❸天津　洛水上的橋名。《元和郡縣志》卷五河南府洛陽縣：「天津橋，在縣北四里。隋煬帝大業元年初造此橋，以架洛水。」❹驚動句　用潘岳典故。《世說新語・容止》：「潘岳妙有姿容，好神情。少時挾彈出洛陽道，婦人遇者，莫不連手共縈之。」

【語譯】那個面白如玉的人是誰家的公子？他回車走過天津橋。到城東街道上看花，驚動了洛陽人都愛慕他。

【研析】此詩寫洛陽一位貴公子出遊，容貌如白玉般美麗，回車經過洛水上的天津橋，往東在路邊看花時，驚動大批洛陽人出來圍觀。當是開元年間李白遊洛陽時所作。

北上行❶

北上何所苦？北上緣太行❷。磴道❸盤且峻，巉巖凌穹蒼❹。馬足蹶側石❺，車輪摧高岡❻。沙塵接幽州❼，烽火連朔方❽。殺氣毒劍戟，嚴風裂衣裳❾。奔鯨夾黃河，鑿齒屯洛陽❿。前行無歸日，返顧思舊鄉。慘戚冰雪裏，悲號絕中陽⓫。尺布不掩體，皮膚劇枯桑⓬。汲水澗谷阻，採薪隴坂⓭長。

猛虎又掉尾，磨牙皓秋霜⑭。草木不可飡，飢飲零露漿⑮。歎此北上苦，停驂⑯為之傷。何日王道平⑰，開顏覩天光？

【注　釋】❶北上行　《樂府詩集》卷三三錄此詩，列為〈相和歌辭・清調曲〉。王琦引《樂府古題要解》云：「〈苦寒行〉，晉樂奏魏武帝『北上太行山』，備言冰雪溪谷之苦。或謂〈北上行〉，蓋因魏武帝作此辭，今人效之。」則此詩當為李白擬曹操〈苦寒行〉之作。❷北上二句　一問一答，意謂北上有何苦事？答曰因有太行山之阻。太行，山西高原與河北平原間大山，東北西南走向，北起拒馬河谷，南至晉、豫邊境黃河沿岸。海拔一千公尺以上，最高達二千公尺。自麓至脊，皆陡峻不可越。獨有八處粗通微徑，為東西交通孔道，稱「太行八徑」。❸磴道　同「墱道」。登山石徑。❹巉巖句　巉巖，險峻的山巖。凌，直升。穹蒼，即蒼穹、天空。❺馬足句　此句謂馬足因側石難行而顛蹶。蹶，顛仆。❻車輪句　謂車輪因高岡難上而毀壞。曹操〈苦寒行〉：「北上太行山，艱哉何巍巍。羊腸阪詰屈，車輪為之摧。」此句即用其意。❼沙塵句　此句謂戰火從東北一直蔓延到西北。謂安祿山率胡兵從幽州一直打過黃河，一時沙塵四起。❽朔方　唐方鎮名，玄宗時邊防十節度使之一。治所在靈州（今寧夏自治區靈武西南）。❾殺氣二句　謂冬天肅殺之氣比劍戟更毒，寒風能使衣裳開裂。❿奔鯨二句　鯨，海中大魚，喻不義之人。李白詩中常用以喻安祿山叛軍。鑿齒，獸名。齒長三尺，其狀如鑿。羿善射，堯使羿射殺之。見《淮南子・本經訓》。此亦指安祿山叛軍。夾黃河，指安祿山叛軍佔領黃河兩岸。屯洛陽，指安祿山屯兵洛陽。⓫慘戚二句　戚，蕭本、郭本、王本作「慽」。意同。慘戚，悽楚悲傷。悲號，傷心痛哭。⓬尺布二句　二句謂布少不能遮體，皮膚被寒風吹得開裂折皺，更甚於枯桑。尺布，極言布少。劇，甚。⓭壠坂　山岡坡阪。⓮猛虎二句　謂猛虎擺動著尾巴，磨著白如秋霜一般的牙齒。⓯零露漿　下露水。⓰停驂　停馬。古時用四馬駕車，夾車轅的二馬稱服，兩旁的馬稱驂。此泛指駕車之馬。⓱王道平　古代稱以仁義治天下為王道。此指平定安祿山的叛亂。

【語　譯】北上有何苦？因為有太行山之阻。太行山上的磴道盤曲而且險峻，巉巖峭壁上凌蒼天。馬足為側石所蹶，車輪為高岡所摧。況且從幽州到朔方戰塵不斷，烽火連天。寒冬肅殺之氣比劍戟還毒，嚴風吹裂了衣裳。安祿山的叛軍像奔鯨一樣夾著黃河，像鑿齒一樣屯居在洛陽。

前行無有歸日，回首思念故鄉。在淒慘的冰天雪地中受苦，悲天哭地痛絕肝腸。身上衣不掩體，皮膚粗如枯桑。想汲水被澗谷所阻，想採柴苦於山高路遠。

在山中還可能遇到掉尾的老虎，磨著秋霜似的白牙來吃人。山上僅有草木不能進餐，飢渴之時只能飲些露水。嘆此北上之苦。只有停車而為之悲傷。何時才能天下太平，使人們展開愁顏重見天光呢？

【研析】此詩當作於天寶十四載（西元七五五年）冬安祿山初佔洛陽之時。疑是時李白擬北上，後不果。終於西奔函谷關。首段敘北上太行山之艱難：棧道盤曲高峻，山巖峭壁上凌蒼天，馬足被側石顛蹶，車輪被山岡摧折。而北方的戰火已從幽州接連到朔方，加上嚴冬寒風殺氣，安祿山叛軍已佔領黃河兩岸，並駐守在洛陽。次段寫進退兩難：前往太行山則無回歸之日，返看則思念故鄉。陷在淒慘的冰雪之中，悲哭斷腸。衣不掩體，皮膚開裂，汲水受阻，採柴困難。第三段進一步哀嘆北上之苦：有猛虎要吃人，草木不能餐而只能以露水充飢。為此只能停馬哀傷。末二句詩人渴望早日平定叛亂，使天下人民開顏重見天日。

短歌行❶

白日何短短，百年苦易滿❷。蒼穹浩茫茫，萬劫太極長❸。麻姑垂兩鬢，一半已成霜❹。天公見玉女，大笑億千場❺。吾欲攬六龍，回車挂扶桑❻。北斗酌美酒❼，勸龍各一觴。富貴非所願❽，為人駐顏光❾。

【注釋】❶短歌行　樂府舊題。《樂府詩集》卷三〇列於〈相和歌辭〉。並引《樂府解題》曰：「〈短歌行〉，魏武帝『對酒當歌，人生幾何』，晉陸機『置酒高堂，悲歌臨觴』，皆言當及時為樂也。」按：蕭士贇注：「樂府詩古皆有此詞，言人壽不可得長，思與知友及時為樂，並自戒勗之意。太白此詩雖擬之，然其辭意則出於騷，肆為誕辭，以寄興而已。」王琦注：「又按《古今注》謂：『長歌、短歌，言人生壽命長短有定分，不可妄求也。』考之魏武帝、陸士衡及唐人諸篇，皆言人運短促，當及時自勉。然二曲一致，初無壽夭之分。李善曰：古詩云『長歌正激烈』。魏文帝〈燕歌行〉曰『短歌微吟不能長』，傅玄〈豔歌行〉曰『咄來長歌續短歌』，皆指歌聲之長短耳，非言壽命也。斯蓋命題之意歟？」❷白日二句　曹操〈短歌行〉：「對酒當歌，人生幾何，譬如朝露，去日苦多。」陸機〈短歌行〉：「來日苦短，去日苦長。」二句用其意。❸蒼穹二句　蒼穹，蒼天。浩浩茫，蕭本、郭本、王本、咸本皆作「浩茫茫」。即浩浩茫茫、廣闊無邊貌。萬劫，猶萬世。「劫」在梵文中意為「極其久遠的時節」。佛經說世界有成、住、壞、空四個時期，合謂一「劫」。太極，《易經・繫辭上》：「易有太極，是生兩儀，兩儀生四象，四象生八卦。」孔穎達疏：「太極謂天地未分之前，元氣混而為一，即是太初、太一也。」❹麻姑二句　麻姑，仙女名。葛洪《神仙傳》記載：東漢桓帝時，應仙人王方平召，降於蔡經家，「是好女子，年十八九許，於頂中作髻，餘髮垂至腰……自云接侍以來，已見東海三為桑田。向到蓬萊，水又淺於往者會時略半也。豈將復還為陵陸乎？」按：蕭士贇注曰：「『麻姑鬢成霜』，未詳所祖，恐只〈大人賦〉西王母皬然白首之推也。」❺天公二句　玉女投壺、天為之笑，見卷二〈梁甫吟〉注。❻吾欲二句　《楚辭・九歎・遠遊》：「維六龍於扶桑。」王逸注：「言……繫六龍於扶桑之木。」扶桑，神話中樹木名，在東海中，日自此出。❼北斗句　《詩經・小雅・大東》：「維北有斗，不可以挹酒漿。」《楚辭・九歌・少司命》：「援北斗兮酌桂漿。」此處用其意。❽富貴句　用陶潛〈歸去來辭〉「富貴非吾願」之意。❾為人句　謂留住容顏之光，即長生不老。宋本在「為」字下夾注：「一作：與」。顏，宋本原作「頹」，夾注：「一作：顏。又作：流」。蕭本、郭本、《全唐詩》作「顏」。據改。

【語　譯】日子為何短而又短，百年光陰苦於很容易就過去了。蒼天浩茫無際，萬劫之世太極以來實在是太長了。以長壽著名的仙女麻姑，兩鬢頭髮也有一半已變成霜白了。天公和玉女玩投壺遊戲每中一次即大笑，已笑上千億次了。我想攬住駕日車的六龍，讓牠們轉車東回掛在扶桑樹上。用北斗酌酒漿，勸每條龍都各飲一杯酒，讓牠們都沉睡而不能駕日出發。富貴榮華非我所願，只願為人們留住青春容顏。

【研　析】此詩詠嘆時光易逝，人壽不長。唯蒼天浩茫，萬世不絕。天公玉女投壺行樂，大笑已過千億次。麻姑仙女，鬢髮半白，神仙尚且如此，何況人呢！於是詩人展開幻想，欲攬住駕日車的六龍，讓牠們回車掛在日出處的扶桑神樹上，還要用北斗酌酒，勸六龍各飲一杯，使牠們醉睡而不能駕日車運行。末則點明：富貴非所願，只希望為人們留住容顏長生不老。明代朱諫《李詩辨疑》認為此詩「辭放而意鄙」，「無節，失於無稽」，「白豈為之乎！」其實，李白喜為誇張之辭，此詩與〈長歌行〉詩旨相同，皆恐功業未立而青春已逝。《唐宋詩醇》卷四評點此詩則曰：「恣意恢奇，逸情雲上。」

空城雀❶

嗷嗷❷空城雀，身計何戚促❸！本與鷦鷯❹群，不隨鳳凰族。

提攜四黃口❺，飲乳未嘗足。食君糠粃❻餘，常恐烏鳶❼逐。

恥涉太行險❽，羞營覆車粟❾。天命有定端❿，守分絕所欲。

【注釋】❶空城雀　樂府舊題。《樂府詩集》卷六八列入〈雜曲歌辭〉。引《樂府解題》曰：「鮑照〈空城雀〉云：『雀乳四鷇，空城之阿。』言輕飛近集，茹腹辛傷，免網羅而已。」蕭士贇曰：「樂府內鳥獸二十一曲有〈空城雀〉，卻不言所始。太白此詞則假雀以興孤介之士安於命義，幸得祿仕以自養，苟避讒妬之患足矣，不肯依附權勢，逾分貪求也。」按：此詩為動物寓言詩。❷嗷嗷　哀號聲。❸戚促　窮迫。❹鷦鷯　鳥名。形小，頭部淡棕色，有黃色眉紋。上體連尾帶栗棕色，多黑色細斑。捕食昆蟲。窠甚精巧，故亦稱「巧婦鳥」。❺黃口　雛鳥；幼雀。亦可喻幼兒。漢樂府〈東門行〉：「上用倉浪天故，下當用此黃口兒。」❻糠粃　王本作「糠秕」。米糠和癟穀。糠，從稻、麥等穀物上脫下的皮、殼。粃，中空或不飽滿的穀粒。❼烏鳶　猛禽，亦稱「老鷹」。常捕食小鳥。此喻指兇險的奸人。❽太行險　曹操〈苦寒行〉：「北上太行山，艱哉何巍巍。羊腸阪詰屈，車輪為之摧。」此處以太行險喻仕途之險。❾覆車粟　《藝文類聚》卷九二引《益都耆舊傳》：「楊宣為河內太守，行縣，有群雀鳴桑樹上。宣謂吏曰：『前有覆車粟，此雀相隨，欲往食之。』行數里，果如其言。」此喻隨人乞討。

⑩定端　一定的端緒、定數。

【語譯】雀鳥在空城中嗷嗷待哺，牠的生計是何等促迫！牠本與鷦鷯一類的小鳥為伍，從不攀附鳳凰之族。牠哺乳的四隻黃口小雀，從來沒有餵飽過。牠平常能吃上些剩餘的糠秕就不錯了，還常常提心吊膽被烏鳶追逐。

牠恥涉太行之險，羞食覆車之粟。深信天命有定數，所以安守本分而從無非分之想。

【研析】此詩前人多謂以雀自喻。首段敘雀居空城，生計窮迫。本來只與小鳥相處，從未想攀隨鳳凰一類高貴之鳥。此喻貧士自當退處草萊，不應趨附權勢。次段喻一家四個小孩，從未能飽腹，自己所食只是糠秕之餘，還常恐被奸人讒逐。末段喻自己恥於行險入仕，羞於鑽營求食。認為天命有定數，只能安守本分，斷絕非分的欲望。李白向以大鵬自喻。此詩將自己比擬為小雀，當作於晚年極端困難之時。

發白馬❶

將軍發白馬，旌節渡黃河❷。簫鼓聒川嶽❸，滄溟湧濤❹波。武安有震瓦❺，
易水無寒歌❻。鐵騎若雪山❼，飲流涸滹沱❽。
揚兵獵月窟❾，轉戰略朝那❿。倚劍登燕然⓫，邊烽列嵯峨⓬。
蕭條萬里外⓭，耕作五原⓮多。一掃清大漠，包虎戢金戈⓯。

【注釋】❶發白馬　樂府舊題。《樂府詩集》卷七四列於〈雜曲歌辭〉。引《通典》曰：「白馬，春秋時衛國曹邑有黎陽津，一曰白馬津。酈生云「守白馬之津」是也。〈發白馬〉，言征戍而發兵於此也。」蕭士贇注此詩曰：「《樂府遺聲》車馬六曲有

〈白馬篇〉，亦曰〈齊瑟行〉。」王琦注曰：「題始於梁費昶，……太白蓋擬之。」按：白馬，古代黃河津渡名，在今河南滑縣東北。其南岸為白馬津，北岸為黎陽津。❷將軍二句　費昶〈發白馬〉：「白馬今雖發，黃河未結澌。」發，出發；啟程。旌節，唐代玄宗皇帝開始賜給將軍或節度使的儀仗。受命之日賜之，得以專制軍事。❸簫鼓句　簫和鼓都是樂器，此處指軍樂。聒，喧擾；嘈雜。❹濤　宋本在「濤」字下夾注：「一作：洪」。❺武安句　《史記・廉頗藺相如列傳》：「秦軍軍武安西，……鼓譟勒兵，武安屋瓦盡震。」武安，戰國時趙國地名，今河北武安。❻易水句　《戰國策・燕策》記載，荊軻將之秦，燕太子丹及賓客皆白衣冠送至易水之上，高漸離擊筑，荊軻和而歌曰：「風蕭蕭兮易水寒，壯士一去兮不復還。」易水，在今河北西部，源出易縣西南，東流至定興縣南入拒馬河。無寒歌，無悲涼之感，即有必勝信心。❼鐵騎句　鐵騎，馬之帶甲者。雪山，形容其多如山，其白如雪。❽涸滹沱　使滹沱河之水枯竭。滹沱，河名。源出山西五臺山東北泰戲山，穿割太行山東流入河北平原，在獻縣同滏陽河匯合為子牙河。❾月窟　指極西之地，傳說月所生處。❿略朝那　略，取。朝那，地名。在唐代屬原州平高縣。即今寧夏固原。⓫倚劍句　《文選》卷三一江淹〈雜體詩三十首・鮑參軍照戎行〉：「倚劍臨八荒。」李周翰注：「倚，佩也。」燕然，山名。即今蒙古人民共和國境內之杭愛山。《後漢書・竇憲傳》：「憲、(耿)秉遂登燕然山，去塞三千餘里，刻石勒功。」⓬嵯峨　高峻貌。⓭蕭條句　班固〈封燕然山銘〉：「蕭條萬里，野無遺寇。」⓮五原　唐郡名，即鹽州。《元和郡縣志》卷四關內道鹽州：「漢武帝元朔二年置五原郡，有原五所，故號五原。」今陝西定邊。⓯包虎句　《禮記・樂記》：「武王克殷，……倒載干戈，包之以虎皮。」鄭玄注：「包干戈以虎皮，明能以武服兵也。」戢，收藏。《詩經・周頌・時邁》：「載戢干戈。」

【語　譯】將軍兵馬從白馬津出發，旌旗儀仗渡過了黃河。簫鼓之聲響徹山川，大海也湧起了波濤。鼓譟之聲震落了武安之瓦，易水河畔響起了必勝的雄壯軍歌。鐵騎眾多像雪山一樣威猛，飲馬滹沱可使河水乾涸。

向西進軍獵兵月窟，轉戰之中略取朝那。功成之後佩劍登上燕然山，只見邊塞的烽火臺高高地一座一座排列著。

萬里遼闊的土地上消滅了敵兵，五原之內百姓們多從事耕作安居樂業。掃清大漠之後，便可收藏兵器了。

【研　析】此詩寫征伐之事而切望和平。首段寫將軍率兵從白馬津啟程渡過黃河，一路上的聲勢和氣概很大。

蕭鼓聲震動山川，似大海湧起波濤，易水畔的雄壯軍歌，震落武安之瓦。鐵騎眾多如雪山，飲馬可使滹沱河乾涸。次段寫戰爭及其勝利後登燕然山勒功。末段寫萬里土地上的敵人被掃清後，使人民耕作樂業，從此收藏兵器天下太平。

陌上桑❶

美女渭橋東❷，春還❸事蠶作。五馬飛如花❹，青絲結金絡❺。不知誰家子❻，調笑來相謔❼。

妾本秦羅敷，玉顏豔名都。綠條映素手，採桑向城隅❽。使君且不顧❾，況復論秋胡❿！

寒螿⓫愛碧草，鳴鳳棲青梧⓬。託心自有處，但怪旁人愚。徒令白日暮，高駕空踟躕⓭。

【注釋】❶陌上桑　樂府舊題。《樂府詩集》卷二八列於〈相和歌辭．相和曲下〉。引《樂府解題》曰：「古辭言羅敷採桑，為使君所邀，盛誇其夫為侍中郎以拒之。」此詩乃擬古辭。❷美女句　宋本在本句下夾注：「一作：美女細綺衣。又作：遊女」。渭橋，指長安中渭橋。《元和郡縣志》卷一兆府咸陽縣：「中渭橋在縣東南二十二里，本名橫橋，駕渭水上。」❸春還　宋本在「春還」二字下夾注：「一作：還來」。❹五馬句　五馬，〈陌上桑〉古辭：「使君從南來，五馬立踟躕。」漢代太守乘的車用五匹馬駕轅，後因以「五馬」指太守的車駕。宋本在「飛如花」三字下夾注：「一作：如花飛。又作：如飛龍」。❺青絲句　〈陌上桑〉古辭：「青絲繫馬尾，黃金絡馬頭。」❻不知句　江淹〈詠美人春遊〉：「不知誰家子，看花桃李津。」

❼調笑句　調笑，調戲。謔，開玩笑。❽妾本四句　〈陌上桑〉古辭：「秦氏有好女，自名為羅敷。羅敷善蠶桑，採桑城南隅。青絲為籠係，桂枝為籠鉤。」此處化用其意。❾使君句　使君，對太守的尊稱。〈陌上桑〉古辭：「使君從南來，五馬立踟躕。」❿秋胡　《西京雜記》卷六：「昔魯人秋胡，娶妻三月而遊宦，三年休，還家。其婦採桑於郊，胡至郊而不識其妻也，見而悅之，乃遺黃金數鎰。妻曰：『妾有夫，遊宦不返，幽閨獨處三年於茲，未有被辱於今日也。』採不顧。胡慚而退，至家，問家人：『妻何在？』曰：『行採桑於郊，未還。』既還，乃向所挑之婦也。夫妻並慚，妻赴沂水而死。」⓫寒螿　寒蟬。蟬的一種。似蟬而小，青赤色。⓬鳴鳳句　《詩經．大雅．卷阿》：「鳳皇鳴矣，于彼高岡；梧桐生矣，于彼朝陽。」鄭玄箋：「鳳皇之性，非梧桐不棲。」⓭高駕句　謝朓〈贈王主簿〉二首：「高駕且踟躕。」按：高駕，尊駕，指「五馬飛如花」者。踟躕，徘徊不進；猶豫。

【語　譯】渭橋之東有個如花美女，春天到來就在田間採桑。有人駕著五馬之車飛馳而來，馬首套著用青絲結成的金飾轡頭。此人不知是誰家之子，上前去跟美女開玩笑戲謔。

美女說：我就是秦羅敷那樣的人，美豔容貌揚名都城。如今綠條映著素手，在城隅桑田中採桑。即使是太守我尚且不會瞧他一眼，更何況是那個無恥的魯國秋胡！

寒蟬喜愛碧草，鳴鳳喜棲青梧。人各有志，各人的心都自有託付的處所，只怪旁人太愚而不通此理。徒然等到日暮，也只能讓尊駕白白地在那裡徘徊。

【研　析】此詩擬〈陌上桑〉古辭。首段敘美女在渭橋東採桑，有人駕五馬之車前來調戲。次段寫美女回答：自己本如羅敷那樣的人，不但容貌、採桑和羅敷相同，而且貞潔也和羅敷一樣。〈陌上桑〉古辭中寫羅敷拒使君，而盛誇自己丈夫。此詩進一步謂「使君且不顧，況復論秋胡」，將忘義戲妻的秋胡也拉進來作為襯托。第三段總括一篇之意，謂採桑美人託心自有人在，旁人挑逗何等愚蠢。高駕徘徊，徒然費日。王琦注此詩曰：「『使君且不顧，況復論秋胡』二句，或有非之者，謂不應以秋胡與使君較量。蓋誤解此詩專詠羅敷事耳。殊不知『妾本秦羅敷』一句，是自矜身份如羅敷之貞潔耳。觀首句云『美女渭橋東』，並不實指羅敷。又云『不知誰家子』，亦未切指使君。通首辭句不可因此而悟乎？胡孝轅謂『此當善領其意，政復何礙』。旨哉斯言！」

可為讀太白樂府者發凡起例之一端矣。」

枯魚過河泣❶

白龍改常服，偶被豫且制。誰使爾為魚？徒為訴天帝❷。作書報鯨鯢❸，勿恃風濤勢。濤落歸泥沙，翻遭螻蟻噬❹。萬乘慎出入，柏人以為識❺。

【注釋】❶枯魚過河泣　樂府舊題。《樂府詩集》卷七四列入〈雜曲歌辭〉。古辭曰：「枯魚過河泣，何時悔復及。作書與魴鱮，相教慎出入。」蕭士贇曰：「《樂府遺作》龍魚六曲有〈枯魚〉，卻無『過河泣』字。」❷白龍四句　用《說苑》卷九記載的故事：昔白龍下清泠之淵，化為魚。漁者豫且射中其目。白龍上訴天帝，……天帝曰：「魚固人之所射也。若是，豫且何罪？」此四句化用其意。徒為，蕭本、郭本、王本、咸本皆作「徒勞」。❸鯨鯢　大魚名，以喻不義之人。❹濤落二句　《淮南子・主術訓》：「吞舟之魚，蕩而失水，則制於螻蟻，離其居也。」此用其意。❺柏人句　柏人，古縣名，屬趙國。《史記・張耳陳餘列傳》：「高祖從平城過趙，趙王朝夕袒韝蔽，自上食，禮甚卑，有子婿禮。高祖箕踞詈，甚慢易之。……八年，上從東垣還，過趙，貫高等乃壁人柏人，要之置廁。上過欲宿，心動。問曰：『縣名為何？』曰：『柏人。』『柏人者，迫於人也。』不宿而去。」識，通「誌」。記住。《論語・述而》：「默而識之。」宋本原作「誠」，在此字下夾注：「一作：識」。蕭本、郭本、王本皆作「識」。按：「誠」字不押韻，應作「識」為是。

【語譯】白龍改換平常穿的龍服而化為魚，卻被漁人豫且偶然射中眼睛。白龍向天帝上訴，天帝說：「誰讓你變為凡魚呢？」告到天帝那裡也是徒然。我也要給鯨鯢寫封信，告訴牠不要依仗風濤之勢興風作浪。一旦風息濤落就可能擱淺在泥沙之中，到那時反而會被螻蟻所噬。萬乘之尊出入一定要慎重，要從漢高祖過柏人之事中記取教訓。

【研　析】此詩首四句寫白龍化為魚被漁人豫且所射，訴於天帝亦無用的故事；次四句從古辭「作書」化出，告誡鯨鯢失水則遭螻蟻噬；末二句點出主旨：萬乘之君進出都必須謹慎，應當以漢高祖對柏人之事的態度為教訓。全詩圍繞「慎出入」申說，融會多個典故，密合貼切。王琦注此詩曰：「太白擬作與古意同。而以萬乘微行為戒，更為深切。」據《舊唐書・玄宗紀》與〈楊國忠傳〉記載，天寶八載至十載，玄宗多次幸楊國忠宅。每年冬幸華清宮，常幸楊國忠及虢國夫人、韓國夫人、秦國夫人宅。賞賜宴樂。又〈陳玄禮傳〉：「天寶中玄宗在華清宮，乘馬出宮門，欲幸虢國夫人宅。玄禮曰：『未宣敕報臣，天子不可輕去就。』玄宗為之回轡。他年在華清宮，逼正月半，欲夜遊。玄禮奏曰：『宮外即是曠野，須有備預。若欲夜遊，願歸城闕。』」《酉陽雜俎》卷二亦記載：「玄宗學隱形術於羅公遠。公遠云：『陛下未能脫屣天下，而以道為戲。若盡臣術，必懷璽入臣家而困於魚服。』」說明玄宗微行不僅見載於史書，且當時即傳聞天下。故此詩中所謂「萬乘慎出入」，必有所指。此詩當作於天寶中。

丁都護歌❶

雲陽上征去❷，兩岸饒商賈❸。吳牛喘月時❹，拖船一何❺苦！水濁不可飲，壺漿半成土。一唱〈都護歌〉，心摧❻淚如雨。萬人繫盤石❼，無由達江滸❽。君看石芒碭❾，掩淚悲千古。

【注　釋】❶丁都護歌　一作〈丁督護歌〉。樂府舊題。《樂府詩集》卷四五列為〈清商曲辭・吳聲歌曲〉，並引《宋書・樂志》曰：「〈督護歌〉者，彭城內史徐逵之為魯軌所殺，宋高祖使府內直督護丁旿收斂殯埋之。逵之妻，高祖長女也。呼旿至閣下，自問殮送之事。每問輒嘆息曰：『丁督護！』其聲哀切，後人因其聲廣其曲焉。」《舊唐書・音樂志二》：「督護，晉、宋間曲也。」按：今存最早的〈丁督護歌〉乃宋武帝所作五首，內容寫督護出征送別情事，王金珠所作一首意亦同，與《宋書・樂志》所云本事毫無關涉。按：魏晉之間，凡居節鎮者，其部將有督護（見《通鑑》卷九九胡三省注），又按：《宋書・樂志》都護皆作「督護」，則當以督護為是。李白此詩寫縴夫拖船之苦，與《宋書・樂志》所說本事更無關，只擬其歌調而已。❷雲陽句　雲陽，今江蘇丹陽。《元和郡縣志》卷二五江南道潤州丹陽縣：「本舊雲陽縣地。秦時望氣者云有王氣，故鑿之以敗其勢，截其直道，使之阿曲，故曰曲阿。……天寶元年，改為丹陽縣。」上征，由運河北上行舟。❸饒商賈　多商人，指商業興隆。商賈，商人的總稱。❹吳牛句　《世說新語・言語》：「滿奮畏風，在晉武帝坐，北窗作琉璃屏，實密似疏，奮有難色。帝笑之，奮答曰：『臣猶吳牛，見月而喘。』」劉孝標注：「今之水牛唯生江淮間，故謂之吳牛也。南土多暑，而此牛畏熱，見月疑是日，所以見月則喘。」此指時值盛夏季節。❺一何　副詞。何其；多麼。❻摧　悲傷。❼繫盤石　繫，牽縛。盤石，大石。❽江滸　江邊。❾芒碭　疊韻聯綿詞，粗重龐大貌。

【語　譯】從雲陽沿運河北上行舟，兩岸商業興隆。吳牛喘月的盛暑季節，拖船是何等的辛苦！河水渾濁不能飲用，壺中的水一半都是泥土。水淺難行，縴夫們一齊唱起了〈都護歌〉以助挽力，歌曲音調悽切悲苦，縴夫們傷心的眼淚像下雨般流了下來。萬人用力拖拉牽縛著的巨石，也無法運至江邊。您看這石頭這麼多而粗重龐大，見此運石之苦真令人千古掩淚悲嘆。

【研　析】此詩約作於天寶六載（西元七四七年）。詩中描寫縴夫拖船之苦，是反映勞動人民生活的重要篇章。開頭兩句寫雲陽乘舟北上，兩岸商賈雲集。這個富饒的環境與縴夫的生活形成鮮明對照。三、四兩句巧用典故，點出時令，比直接說盛夏酷暑具體而形象。在這季節拖船，發出「一何苦」的嘆息就更為沉痛。盛夏炎熱，揮汗成雨，強度勞動，當然最需要喝水，可是五、六兩句說：「水濁不可飲」！濁到什麼程度？盛在壺中多半是泥漿！而這半是泥土的水漿又不得不飲，字裡行間洋溢著詩人的強烈控訴。七、八兩句寫縴夫唱著〈都護歌〉，淚下如雨。所謂「都護歌」，並非指樂府詩，只是借指歌聲淒哀如〈都護歌〉而已，以上八句寫盛夏拖船之苦，生活條件之惡劣，心境的悲哀，似已寫足。但末四句卻寫出更觸目驚心的勞動場面：萬人拖巨石還無法拖到江邊，面對龐大巨石，令人千古哀傷！全詩層層深入，多以形象畫面代替敘寫，全詩籠罩著濃厚哀傷氛圍和悲涼色調，從中可以感受到詩人對勞動人民的同情極為強烈，也可體會到詩人心情的沉重。《唐宋詩醇》曰：「落筆沉痛，含意深遠，此李詩之近杜者。」

相逢行❶ 一云〈有贈〉

朝騎五花馬❷，謁帝出銀臺❸。秀色誰家子？雲車珠箔開❹。金鞭遙指點，玉勒近遲回❺。夾轂❻相借問，疑從天上來❼。邀入青綺門，當歌共銜杯❽。銜杯映歌扇，似月雲中見。相見不得❾親，不如不相見。相見情已深，未語可知心。胡為守空閨，孤眠愁錦衾？錦衾與羅帷，纏綿會有時。春風正澹蕩，暮雨來何遲❿？願因三青鳥⓫，更報長相思。光景不待人，須臾髮成絲。當年失行樂，老去徒傷悲⓬。持此道密意，無令曠佳期⓭。

【注釋】❶相逢行　樂府舊題。《樂府詩集》卷三四收此詩，列於〈相和歌辭〉。按此曲又名〈相逢狹路間行〉、〈長安有狹邪行〉。《樂府詩集》引《樂府解題》云：「古詞文意與〈雞鳴曲〉同。晉陸機〈長安狹邪行〉云：『伊洛有歧路，歧路交朱輪。』則言世路險狹邪僻，正直之士無所措手足矣。」❷朝騎句　朝，宋本原作「胡」。誤。據繆本、王本改。五花馬，毛為五色花紋的好馬。❸謁帝句　謁，晉見。銀臺，宮門名。唐時翰林院在銀臺門內。❹雲車句　雲車，繪有雲紋之車。宋本在

「車」字下夾注：「一作：中」。珠箔，珠簾，用珍珠綴成或飾有珍珠的簾子。❺金鞭二句　玉勒，套在馬頭上玉製的帶嚼口的籠頭，此代指馬。遲回，徘徊；遲疑不決。按：《唐文粹》無此二句。❻夾轂　形容兩車相靠很近。轂，車輪中車軸貫入處的圓木，此指車。〈相逢行〉古辭：「夾轂問君家。」❼疑從句　謂懷疑是從天上來的仙女。天上來，形容人間少有。宋本在「疑」字下夾注：「一作：知」。另，宋本在本句下夾注：「一本更添『憐腸愁欲斷，斜日復相催。下車何輕盈，飄然似落梅。』」❽邀入二句　邀，蕭本、郭本、王本作「蹙」。蹙，急促。青綺門，《水經注・渭水》：「長安十二門，東出……第三門，本名霸城門。民見門色青，又名青城門，或曰青綺門，亦曰青門。」當歌，曹操〈短歌行〉：「對酒當歌。」銜盃，謂飲酒。宋本在此二句下夾注：「一作：嬌羞初解珮，語笑共銜盃」。❾得　宋本在此字下夾注：「一作：相」。❿春風二句　澹蕩，即蕩漾。暮雨，暗用巫山神女故事，代指心中女子。宋本在此二句下夾注：「一作：春風正糾結，青鳥來何遲」。⓫三青鳥　《山海經・西山經》：「三危之山，三青鳥居之。」郭璞注：「三青鳥，主為西王母取食者，別自棲息於此山也。」此借指使者、媒人。⓬當年二句　當年，猶少年或壯年。〈古長歌行〉：「少壯不努力，老大徒傷悲。」⓭無令句　此句謂不要使佳期虛擲。無，通「毋」。不要。蕭本、郭本、胡本作「毋」。曠，荒廢。《唐文粹》無末六句。

【語　譯】早朝謁見過皇帝之後，從銀臺門出來乘上五花馬去郊遊。路上遇到一輛繪有彩雲之車，珠簾飄開露出臉來的不知是哪家的美女？

我揮搖金鞭來到車前，勒住馬兒靠近徘徊。兩車緊靠上前相問，疑是天上下凡的仙女。邀她一道進入青綺門的一個酒家，與她一起唱歌飲酒。她用歌扇半掩臉面含羞而飲，如同見到彩雲中之明月一樣美麗。

相見而不得相親，還不如不相見。但與她一見情深，雖未言語而心靈可知。你為什麼要獨守空閨，長夜孤眠在錦被中發愁？與君在錦被和羅帷中纏綿的日子，一定會有的。現在正是春風和煦的好日子，為什麼巫山雲雨要待以來日呢？希望委託西王母的三青鳥，為我捎去書信訴說我的長相思。

時光是不等人的，轉瞬之間，黑髮就變成白絲。少壯時不及時行樂，老大時就會徒然傷悲的。請將此中密意轉告給她，不要使良辰佳日白白地虛擲。

【研　析】此詩表面上寫與美女相愛，實際上希冀君王之恩寵。首四句敘朝下出銀臺門見美女。次段描繪美人之美並邀美人對酒當歌。三段敘相見情深，但暮雨來遲，只得託青鳥傳書報相思之意。末六句敘光陰易逝，恐失佳期。胡震亨注曰：「此則言相逢其人，仍不得相親。恐失佳期，回環致望不已，較古辭用意尤深。〈離騷〉詠不得於君，必託男女致詞，曰：『既與余成言兮，後悔遁而有他。』又曰：『日月忽其不淹兮……恐美人之遲暮。』白詩題雖取之樂府，而詩意實本諸〈騷〉。蓋有已近君而不得終近之怨焉。臣子睽隔之痛，思慕之誠，具見於是。大旨自明，不當僅作情辭讀也。」其說甚是。詩云「謁帝出銀臺」，當為供奉翰林時所作。又云「相見不得親」，謂被讒而見疏。又云「春風正澹蕩」，則此詩之作疑在天寶三載（西元七四四年）春。

千里思❶

一作〈千里曲〉

李陵沒胡沙❷，蘇武還漢家❸。迢迢五原關❹，朔雪亂邊花❺。
一去隔絕國❻，思歸但長嗟。鴻雁向西北，因書報天涯❼。

【注　釋】❶千里思　樂府舊題。《樂府詩集》卷六九列入〈雜曲歌辭〉。王琦注此詩曰：「北魏祖叔辨作〈千里思〉，其辭曰：『細君辭漢宇，王嬙即虜衢。……無因上林雁，但見邊城蕪。』蓋為女子之遠適異國者而言。太白擬之，另以蘇李別後相思為辭。」❷李陵句　李陵，字少卿，西漢時將領。以五千人擊匈奴八萬餘人，食乏而救兵不到，兵敗而降匈奴。見《史記・李將軍列傳》。❸蘇武句　蘇武，字子卿，西漢時人。漢武帝天漢元年，奉命以中郎將持節出使匈奴。被扣。匈奴欲使其降，多方威脅利誘，蘇武堅強不屈。後被遷至北海牧羊，歷十九年，始終持節不屈。昭帝時，匈奴與漢和親，始獲釋回朝，官至典屬國。見《漢書・蘇武傳》。❹迢迢句　迢迢，遙遠貌。原，宋本原作「員」。誤。據蕭本、郭本、繆本、王本、咸本改。五原關，漢關塞。《漢書・地理志》：「代郡有五原關。」疑即漢五原郡之榆柳塞，在今內蒙古自治區五原縣。《漢書・匈奴傳下》：「呼韓邪單于款五原塞，願朝三年正月。」❺朔雪句　宋本此句下夾注：「一作：愁見雪如花」。朔雪，北方的雪。❻絕國　極遠之地。《文選》卷一六江淹〈別賦〉：「至如一赴絕國，詎相見期。」李善注：「絕國，絕遠之國。」❼鴻

雁二句　鴻雁，大雁。《漢書・蘇武傳》載有大雁傳書事，後因用來比喻書信。王琦注：「《文選》有李少卿〈答蘇武書〉，李周翰注：『《漢書》曰：李陵字少卿，……在匈奴中與蘇武相見，武得歸，為書與陵，令歸漢，陵作書答之。』此詩末聯正用其事。」

【語譯】李陵降沒在匈奴，蘇武卻回到了漢朝。五原關外迢迢萬里，朔雪亂飛如邊地的花朵。

李陵一去就遠隔絕國，思歸不得而只能長嘆不已。蘇武給李陵寫了一封書信，託鴻雁飛寄西北天涯。

【研析】此詩寫李陵與蘇武事，敦煌《唐人選唐詩》僅有「李陵沒胡沙，蘇武還漢家。相思天山上，愁見雪如花」四句。朱諫《李詩選注》曰：「按李陵〈送蘇武〉詩云：『安知非日月，弦望自有時。努力崇明德，皓首以為期。』陵雖降而志則猶有所戀也。故司馬子長謂其有國士之風。陵如不死，當有所報。武帝遽戮其家，陵乃絕望而甘為虜矣。〈送蘇武〉之詩並遺武之書，情亦悲矣。白之此詩雖曰貶之，而亦哀之也歟！」又曰：「千里思者，本婦人室家之情，則以李陵、蘇武言之，其所思者，朋友離別之大義，丈夫慷慨之正氣也。假彼發此，出故為新，善為樂府者歟！」其說可參資。

樹中草❶

鳥銜野田草，誤入枯桑裏❷。客土植危根❸，逢春猶不死。草木雖無情，因依尚可生。如何同枝葉，各自有枯榮？

【注釋】❶樹中草　樂府舊題。《樂府詩集》卷七七列於〈雜曲歌辭〉。蕭士贇曰：「《樂府遺聲》草木二十一曲有〈樹中草〉。」胡震亨曰：「梁簡文帝本辭：『幸有青袍色，聊因翠幄凋。雖間珊瑚蒂，非是合歡條。』此借諷同根，辭意尤微，非復宮體物色初裁矣。」❷鳥銜二句　蕭士贇注：「此謂桑寄生也。《本草圖經》曰：『桑寄生出弘農山谷桑上，今處處有之。

云是烏鳥食物，子落枝節間，感氣而生。葉似橘而厚軟，莖似槐枝而肥脆。三四月生，花黃白色，六月七月結實，黃色如小豆大。』」❸客土句　客土，言非本土，從他處移來之土。草本應生於田中，而今寄生桑中，猶如他土作客。危根，其根不牢，故曰危根。

【語　譯】烏銜野田之草，誤入枯桑之中。雖然其根植在客土枯桑之上岌岌可危，但卻逢春即生而不死。草木兩者雖是無情之物，尚且可以因依相生，為什麼而今同根同枝葉的人，卻有枯有榮各不相同呢？

【研　析】此詩前四句以無情的草木寄生尚能不死為喻，襯托後四句抒發同根同枝葉的兄弟卻各有枯榮的感慨。當是李白晚年諷肅宗討伐永王，永王被殺後所作。

君馬黃❶

君馬黃，我馬白。馬色雖不同，人心本無隔。
共作遊冶盤❷，雙行洛陽陌❸。長劍既照曜，高冠何艴赫❹。各有千金裘❺，
俱為五侯客❻。
猛虎落陷穽，壯夫❼時屈厄。相知在急難❽，獨好亦❾何益？

【注　釋】❶君馬黃　樂府舊題。《樂府詩集》卷一七列入〈鼓吹曲辭・漢鐃歌中〉。蕭士贇曰：「《樂錄・漢短簫鐃歌二十四曲》有〈君馬黃〉。……古辭云：『君馬黃，臣馬蒼。二馬同逐臣馬良……。』但取第一句以命題，其主意不在馬也。李白之作，其得古道乎？」❷遊冶盤　盤遊娛樂。盤，遊樂。❸洛陽陌　洛陽大道。陌，道路。南北為阡，東西為陌。❹艴赫　紅色。❺千金裘　極言裘之貴重。《史記・孟嘗君列傳》：「此時孟嘗君有一狐白裘，直千金，天下無雙。」❻五侯客　五侯之貴客。五侯，《漢書・元后傳》：「河平十年，上（漢成帝）悉封舅譚為平阿侯、商成都侯、立紅陽侯、根曲陽侯、逢時高

平侯，五人同日而封，故世謂之五侯。」此處泛指公侯權貴。❼壯夫　蕭本、郭本、王本作「壯士」。❽急難　急人所難；及時救助。❾亦　宋本在此字下夾注：「一作：知」。

【語　譯】你的馬是黃色的，我的馬是白色的。馬的毛色雖然不相同，但我們兩人的心是相通無隔的。

我們一同遊樂，並駕齊驅在洛陽大道上。身佩的長劍在陽光下閃耀，頭上的高冠是何等紅豔。各穿千金之裘，俱為五侯門上的貴客。

猛虎有時會落入陷阱，壯士也有受屈遭難的時候。朋友的相知貴在急難之時相互救助，如果關鍵時刻只顧自己，那麼朋友之交還有什麼意義？

【研　析】此詩首四句言馬色不同，人心無隔。次段言兩人共遊洛陽陌，佩長劍，戴高冠，各有千金裘，俱為五侯客。說明平時交誼極為親密。末段則言猛虎猶有落於陷阱之時，壯士也會有危難之遭遇。真正的知己必在朋友患難之時相救，如果只是平時燕樂的朋友，患難時不予相恤，這種朋友就毫無意義。點明主旨。胡震亨曰：「〈漢鐃歌・君馬黃〉曲辭，舊無其解。擬者但詠馬而已。惟太白作『相知』『急難』語，似獨得其解者。今按本辭云：『君馬黃，臣馬蒼，二馬同逐臣馬良』者，借我馬之良，喻我所效於友者較勝。古人君臣之稱，通乎上下故也。其云『美人歸以南，駕車馳馬，美人傷我心；佳人歸以北，駕車馳馬，佳人安終極』者，美人、佳人，亦稱其友。駕車馳馬南北，就上馬之同逐，言其分馳而去，喻交之不終。而一則曰『傷我心』，一則曰『安終極』，雖怨之，不忍明言之，則尤有不出惡聲之意焉。蓋古交友貴相責望之辭。意采詩者以其言之含蓄近厚，故入之於樂。非太白幾無能發明之矣。」

擬古❶

融融❷白玉輝，映我青蛾眉❸。寶鏡似空水❹，落花如風吹。

出門望帝子，蕩漾不可期❺。安得黃鶴羽，一報佳人知❻。

【注　釋】❶擬古　此首詩胡震亨《李詩通》列於〈擬古〉十二首之後。按：「擬古」二字決非樂府詩題，《樂府詩集》亦未收此詩。蓋此為擬古詩，誤編入樂府詩中者。❷融融　和樂貌。❸青蛾眉　蛾，宋本原作「峨」，據蕭本、郭本、繆本、王本、咸本改。古代女子畫眉如蠶蛾之鬚，細長而彎曲，故稱「蛾眉」。❹寶鏡句　似空水，形容鏡子之明亮。❺出門二句　《文選》卷三一江淹〈雜體詩三十首・王徵君養疾〉：「北渚有帝子，蕩漾不可期。」呂延濟注：「帝子，娥皇、女英。蕩漾，言隨波上下，不可與之結期。」帝子，宋本原作「同子」。誤。據蕭本、郭本、王本、咸本改。❻安得二句　用江淹〈去故鄉賦〉「願使黃鶴兮報佳人」之意。

【語　譯】融融白玉閃著光輝，照映著我那青青的蛾眉。寶鏡明亮似水，春天的落花如被風吹落。出門望帝子，山川浩蕩不可期。希望能有報信的黃鶴，使帝子知我心中的思念啊。

【研　析】此詩為擬古詩，以美人喻君子。前四句謂美人資質之美，融融白玉，映我蛾眉。有此美質，宜逢良配，奈何鏡空而花落，獨居而時邁，以喻君子有懷抱，未及見用而已衰老。後四句謂出門望帝子，冀有所遇，然瀟湘九疑，山川浩蕩，不可為期。於是企盼得黃鶴，乘風飛報信息，使帝子知我之望。以喻君子志不忘君。嘆無人薦引，不能自達。蕭士贇曰：「興者，謂當盛年之時，攬鏡自照，嘆其顏色之美，未有仇匹。復傷世之閽人如水鏡之無心，而人者暫少忽老，則似乎風中之花。時難得而易失，亦猶有志之士，當強仕之時而不得進用。雖有致君之心，無自而遂。君門萬里固不可期矣。復曰『安得黃鶴羽，一報佳人知』者，復冀夫在位之人，或得能汲引而進之於君側也。其亦不忍自絕於君之意歟！」

折楊柳❶

垂楊拂淥水❷，搖豔東風年❸。花明玉關雪，葉暖金窗煙❹。

美人結長想❺，對此心悽然。攀條折春色❻，遠寄龍庭前❼。

【注釋】❶折楊柳　樂府舊題。《樂府詩集》卷二二列於〈橫吹曲辭〉。並曰：「《唐書・樂志》曰：『梁樂府有胡吹歌云：「上馬不捉鞭，反拗楊柳枝。下馬吹橫曲，愁殺行客兒。」此歌辭元出北國，即〈鼓角橫吹曲・折楊柳〉是也。』《宋書・五行志》曰：『晉太康末，京洛為〈折楊柳〉之歌，其曲有兵革苦辛之辭。』」又引《樂府解題》曰：「漢橫吹曲二十八解，李延年造。魏晉以來，唯傳十曲：一曰〈黃鵠〉、二曰〈隴頭〉、三曰〈出關〉、四曰〈入關〉、五曰〈出塞〉、六曰〈入塞〉、七曰〈折楊柳〉……。」胡震亨曰：「本古橫吹曲，辭亡。梁、陳後擬者皆作閨人思遠戍之辭，白詩亦同。」❷垂楊句　宋本在「垂楊」二字下夾注：「一作：楊柳」。淥水，蕭本、郭本、《樂府詩集》作「綠水」。❸搖豔句　宋本在「搖豔」二字下夾注：「一作：豔裔」，色豔而搖動。東風年，春天季節。年，時節。❹花明二句　謂花光明如玉關之雪，葉色暖如金窗之煙。唐韋承慶〈折楊柳〉詩：「花如關外雪。」玉關，即玉門關。故址在今敦煌西北之小方盤城。❺美人句　美人，謂征夫之婦。長想，長相思。《樂府詩集》作「長恨」。❻攀條句　梁柳惲〈折楊柳〉：「攀折上春時。」劉邈〈折楊柳〉：「攀條恨久離。」❼龍庭前　龍庭，亦稱「龍城」，故址在今蒙古人民共和國鄂爾渾河一帶。《後漢書・竇憲傳》引班固〈封燕然山銘〉：「躡冒頓之區落，焚老上之龍庭。」李賢注：「匈奴五月大會龍庭，祭其先、天地、鬼神。」宋本在「龍庭前」三字下夾注：「一作：龍沙邊」。

【語譯】垂楊拂著清澈的淥水，正當春風搖豔的好時節。楊花飛舞，明如玉關之雪；楊葉柔軟，含金窗之煙。

美人對此大好春色，卻因思念遠人而心情淒然。她攀折柳條，想遙寄遠在龍庭守邊的征夫。

【研析】此詩描寫閨婦思念遠戍的征夫。前四句寫景：楊柳垂於水邊而芳條發於初春，花飛明如玉關之雪，葉暖如金窗之煙。正是春光明媚百花爭豔的好季節。後四句描繪思婦的心態。面對如此良辰美景，又結長相思。夫婦不得團聚而心境悽然。只能攀折一枝春色柳條，遠寄給在邊塞的丈夫，亦寄情於萬里之意。寫楊花似雪，因憶念邊關有雪。折柳遠寄，使夫婿見春色而動歸心也。

鳳凰曲❶

嬴女吹玉簫❷，吟弄天上春❸。青鸞❹不獨去，更有攜手人。影滅綵雲斷❺，遺聲落西秦❻。

【注釋】❶鳳凰曲　樂府舊題。《樂府詩集》卷五一列於〈清商曲辭〉。胡震亨曰：「此曲與鮑照〈蕭史曲〉同意。」❷嬴女句　用弄玉故事。《列仙傳》卷上：「蕭史者，秦穆公時人也。善吹簫，能致孔雀、白鶴於庭。穆公有女字弄玉，好之。公遂以女妻焉。日教弄玉作鳳鳴。居數年，吹似鳳聲，鳳凰來止其屋。公為作鳳臺，夫婦止其上，不下數年。一旦，皆隨鳳凰飛去。故秦人為作鳳女祠於雍，宮中時有簫聲而已。」秦，嬴姓，故稱秦女曰嬴女。❸吟弄句　陳子昂〈與東方左史虬修竹篇〉：「結交嬴臺女，吟弄昇天行。」❹青鸞　指蕭史。《藝文類聚》卷九〇引《決疑注》：「凡象鳳者有五：多赤色者鳳，多青色者鸞，多黃色者鵷雛，多紫色者鸑鷟，多白色者鵠。」❺影滅句　唐王無競〈鳳臺曲〉：「一旦綵雲至，身去無還期。」❻遺聲句　鮑照〈代昇天行〉：「鳳臺無還駕，簫管有遺聲。」

【語譯】嬴氏之女弄玉吹簫召來了彩鳳，她騎鳳昇天時在天上還吹著玉簫。蕭史也騎著青鸞與她攜手並飛。雖然他們的身影沒入彩雲之中消失了，而他們遺留下來美妙的簫聲卻時時在秦宮中鳴響。

【研析】此詩完全描寫秦穆公女兒弄玉吹簫與丈夫蕭史一起隨鳳凰飛去的故事。謂弄玉所吹玉簫，乃是天上仙曲。當年蕭史乘青鸞先去時不是獨飛，更有弄玉攜手同往。如今他們的蹤影已似烟滅雲斷，但其遺留下的美妙的簫曲樂聲仍在西秦流傳。

少年子❶

青雲少年子❷，挾彈章臺❸左。鞍馬四邊開，突如流星過。金丸❹落飛鳥，夜入瓊樓臥❺。夷齊是何人？獨守西山餓❻。

【注　釋】❶少年子　樂府舊題。《樂府詩集》卷六六列於〈雜曲歌辭〉。蕭士贇曰：「《樂府遺聲》遊俠二十一曲有〈少年子〉。」按：齊王融、梁吳均皆有此題詩，言少年行樂之事，李白此詩亦沿舊題之旨。又按：《文苑英華》收此詩，題作〈少年行〉，作為李白〈少年行〉三首的第二首。❷青雲句　指貴公子。青雲，喻高位。❸章臺　戰國時秦渭南離宮的臺名。《史記・秦始皇本紀》：「諸廟及章臺、上林皆在渭南。」又〈廉頗藺相如列傳〉：「秦王坐章臺見相如，相如奉璧奏秦王。」❹金丸　金製的彈丸。《西京雜記》卷下：「韓嫣好彈，常以金為丸，所失者日有十餘。長安為之語曰：『苦饑寒，逐金丸。』京師兒童每聞嫣出彈，輒隨之，望丸之所落輒拾焉。」❺夜入句　瓊樓，一般多指仙界或月宮中的樓臺。此處或指妓院。謂夜間入妓院宿娼。❻夷齊二句　夷齊，指伯夷、叔齊。《史記・伯夷列傳》：「武王已平殷亂，天下宗周，而伯夷、叔齊恥之，義不食周粟，隱於首陽山，采薇而食之。及餓且死，作歌。……遂餓死於首陽山。」西山，即指首陽山，在今河南偃師西北。

【語　譯】一個豪富如上青雲的貴公子，他挾帶彈丸馳馬在章臺之左。鞍馬四蹄齊開，突如流星一樣閃過。遊獵時用金丸擊落飛鳥，晚上便至瓊樓華帳尋歡作樂。當年的伯夷和叔齊算是什麼高人？他們只能獨守清高在西山挨餓。

【研　析】此詩前六句寫一貴遊少年日夜行樂。走馬章臺，金丸擊鳥，盤遊至晚，入臥瓊樓。驕奢淫逸而洋洋自得。末二句則以「獨守西山餓」的伯夷、叔齊作反襯。王琦注曰：「此篇是刺當時貴家子弟驕縱侈肆者之作，末引夷、齊大節以相繩，而嘆其有天淵之隔也。『是何人』，謂彼二人亦是孤竹之貴公子，乃能棄富貴如浮雲，甘心窮餓而無悔，民到於今稱之，視彼狂童，寧免下流之誚耶？」今人安旗注駁之曰：「王說未諦。此詩末二句與〈俠客行〉末二句『誰能書閣下，白首《太玄經》』相類，亦不以夷齊為然。」按：安說是。

紫騮馬❶

紫騮行❷且嘶，雙翻碧玉蹄❸。臨流不肯渡，似惜錦障泥❹。

白雪關山遠，黃雲海戍迷❺。揮鞭萬里去，安得念春閨❻！

【注釋】❶紫騮馬　樂府舊題。《樂府詩集》卷二四列入〈橫吹曲辭〉。引《樂府解題》曰：「漢橫吹曲二十八解，李延年造。魏晉以來，唯傳十曲：一曰〈黃鵠〉、二曰〈隴頭〉、三曰〈出關〉、四曰〈入關〉、五曰〈出塞〉、六曰〈入塞〉、七曰〈折楊柳〉……後有〈關山月〉、〈洛陽道〉、〈梅花落〉、〈紫騮馬〉……合十八曲。」按：〈紫騮馬〉古辭云：「十五從軍征，八十始得歸。道逢鄉里人，家中有阿誰？」又梁曲曰：「獨柯不成樹，獨樹不成林。念郎錦裲襠，恆長不忘心。」蓋從軍久戍，懷歸而作。王琦云：「若梁簡文帝、梁元帝、陳後主、徐陵諸作，多詠馬而已。太白則詠馬兼及從軍遠戍，不戀室家之樂，仍不失古辭之意。」紫騮，赤色馬。又稱棗騮。❷行　宋本在此字下夾注：「一作：驕」。❸雙翻句　謂馬之四蹄皆如碧玉。❹臨流二句　《世說新語・術解篇》：「王武子善解馬性，嘗乘一馬，著連錢障泥，前有水，終不肯渡。王云：『此必是惜障泥。』使人解去，便徑渡。」障泥，亦稱馬韉。墊在馬鞍下，垂於馬背兩旁用以遮擋泥土之皮布，或以錦為之。❺白雪二句　王琦注：「白雪、黃雲，皆唐時戍名。白雪戍在蜀地，與吐蕃接壤，杜詩屢用之。黃雲戍，未詳所在。戎昱詩：『擒生黑山北，殺敵黃雲西。』薛逢詩：『豈知萬里黃雲戍，血迸金瘡臥鐵衣。』」按：王說不確。白雪、黃雲，乃邊地常見之景色，唐詩中屢見。決非專指戍名。宋本在「山」字下夾注：「一作：城」。❻安得句　宋本在「安」字下夾注：「一作：何」。在「念」字下夾注：「一作：戀」。春閨，女子居室；家室。

【語譯】紫騮馬邊奔跑邊嘶鳴，四隻碧玉片般的白蹄飛越前進。臨近河邊牠不肯徑渡，好像是愛惜錦製的障泥不想弄濕。

不怕遠征白雪皚皚的關山，更無懼黃沙漫天的沙海迷雲。為報國而揮鞭萬里去邊關，怎能只眷念家中的妻室！

【研析】此詩前四句寫駿馬之良，既能千里飛奔，又知愛物而解人性。後四句謂乘此馬之大丈夫，度白雪之關山，入黃雲之海戍，揮鞭萬里直往邊關，怎能眷戀閨中家室，蓋以國事為重，不敢有私情之念。嚴羽評點曰：「伉情決語，忠勇感人。」

少年行❶二首　後一首亦作〈小放歌行〉

其一

擊筑飲美酒❷，劍歌易水湄❸。經過燕太子❹，結託并州兒❺。少年負壯氣❻，奮烈自有時。因聲魯句踐，爭博勿相欺❼。

【注釋】❶少年行　樂府舊題。《樂府詩集》卷六六收此詩，列於〈雜曲歌辭〉。本出〈結客少年場行〉。《樂府解題》云：「〈結客少年場行〉，言輕生重義，慷慨以功名也。」按：鮑照有〈結客少年場行〉，王融、吳均有〈少年子〉，皆寫少年任俠行樂事。❷擊筑句　筑，古擊絃樂器。形似箏，頸細而肩圓，有十三絃，絃下設柱。演奏時，左手按絃的一端，右手執竹尺擊絃發音。《史記・刺客列傳》：「荊軻既至燕，愛燕之狗屠及善擊筑者高漸離，……酒酣以往，高漸離擊筑，荊軻和而歌於市中，相樂也。」❸劍歌句　此句用燕太子丹送荊軻入秦刺秦王事。《戰國策・燕策三》載：荊軻為燕太子丹赴秦刺秦王，「太子及賓客知其事者，皆白衣冠以送之。至易水上，既祖取道，高漸離擊筑，荊軻和而歌，為變徵之聲，士皆垂淚涕泣。又前而歌：『風蕭蕭兮易水寒，壯士一去兮不復還。』」易水，在今河北易縣南。湄，河岸。❹燕太子　名丹，燕王喜之太子。為質於秦。後逃歸。秦滅韓、趙後，燕太子丹派荊軻往秦行刺秦王，事敗後，秦急攻燕，燕王喜只得斬丹以獻。見《戰國策・燕策》。❺并州兒　《晉書・山簡傳》：「時有童兒歌曰：『舉鞭問葛彊：何如并州兒？』」彊家在并州，山簡愛將。并州，漢武帝所置「十三刺史部」之一。東漢時治所在晉陽（今山西太原西南），唐代并州轄境相當於今山西陽曲以南、汶水以北的汾水中游地區，治所在今太原市。此處「并州兒」借指幽、并遊俠少年。❻少年句　徐悱〈白馬篇〉：「少年負壯氣，耿介立衝冠。」此用其成句。❼因聲二句　魯勾踐，戰國時趙國遊俠。《史記・刺客列傳》：「荊軻遊於邯鄲，魯句踐與荊軻博，爭道。魯句踐怒而叱之，荊軻嘿而逃去，遂不復會。……魯句踐已聞荊軻之刺秦王，私曰：『嗟乎，惜哉，其不講於刺劍之術也！甚矣，吾不知人也！曩者吾叱之，彼乃以我為非人也！』」二句用其意。因聲，蕭本、郭本作「因擊」。博，宋本作「情」，下夾注：「一作：博」。蕭本、郭本、王本、咸本亦作「博」。是。據改。

【語　譯】高漸離在燕市擊筑飲酒，荊軻在易水邊舞劍悲歌。應結識像燕太子丹那樣的愛賢之士，結交像并州俠士那樣的朋友。少年心懷壯志，將來自有奮發激烈之時。請告訴像魯勾踐這樣的俠士，若有與人爭博之時請切勿相欺。

【研　析】此詩前四句言遊俠少年如當年高漸離狂飲於市，酒酣擊筑而歡；如荊軻訣別友人於易水邊，高歌變徵之聲。結交的都是像燕太子丹那樣的公子王孫，以性命相託的是好義尚勇的并州俠士。後四句謂遊俠少年負有壯志，他日自有奮發有為之時。因告世人不要像當年的魯勾踐，因賤視荊軻而與之爭博相欺。

其二

五陵年少金市東❶，銀鞍白馬度春風。落花踏盡遊何處？笑入胡姬酒肆❷中。

【注　釋】❶五陵句　五陵，西漢五個皇帝的陵墓。見本卷〈白馬篇〉注❸。年少，少年。金市，一為魏晉時洛陽街市名。陸機《洛陽記》：「洛陽有三市：一曰金市，在宮西大城內；二曰馬市，在城東；三曰羊市，在城南。」按：西為兌，於五行為金，故稱金市。二指長安西市。後泛指繁華街市。❷胡姬酒肆　胡姬，西域女子。唐代長安多胡人酒店，店中有胡姬歌舞侍酒。

【語　譯】長安五陵的貴公子，在金市之東騎著銀鞍白馬春風得意。他們在踏春賞花之後，最愛到何處去？總是笑入胡姬的酒肆中飲酒作樂。

【研　析】此詩詠少年遊冶之情景。五陵為豪俠之地，少年遊於金市之東，駕銀鞍，跨白馬，意氣飛揚，馳騁於春風之中。落花踏盡，笑入酒肆，擁紅粉而醉歌，不知天高地厚，真少年之行徑。唐汝詢《唐詩解》卷二五評點曰：「金市，地之豪也。銀鞍，騎之華也。春風，時之麗也。踏落花入酒肆，遊之冶也。模寫少年之態，曲盡其妙。」

白鼻騧❶

銀❷鞍白鼻騧，綠地障泥錦❸。細雨春風花落時❹，揮鞭直就❺胡姬飲。

【注　釋】❶白鼻騧　樂府舊題。《樂府詩集》卷二五列於〈橫吹曲辭〉。又載〈高陽樂人歌〉題解曰：「《古今樂錄》曰：『魏高陽王樂人所作也。又有〈白鼻騧〉，蓋出於此。』」其辭曰：「可憐白鼻騧，相將入酒家。無錢但共飲，畫地作交賒。」按：北魏溫子昇有此題詩：「少年多好事，攬轡向西都。相逢狹邪路，駐馬詣當壚。」李白此詩擬之。騧，黑嘴的黃馬。《詩經・秦風・小戎》：「騧驪是驂。」毛傳：「黃馬黑喙曰騧。」❷銀　宋本在此字下夾注：「一作：金」。❸綠地句　綠地，以綠色為底色。障泥錦，用錦線繡製的障泥。障泥，見本卷〈紫騮馬〉注❹。❹細雨句　宋本在此句下夾注：「一作：春風細雨落花時」。❺直就　敦煌《唐人選唐詩》、《樂府詩集》作「且就」。

【語　譯】配著銀色馬鞍的白鼻騧，加綠色錦繡的障泥真是美麗而威風。在春風細雨落花之時，騎著牠揮鞭而往胡姬酒肆中去暢飲狂歡。

【研　析】此詩言少年公子騎白鼻騧隨著春風細雨入胡姬酒肆飲酒取樂。王仁裕《開元天寶遺事》：「長安俠少，每至春時，結朋聯黨，各置矮馬，飾以錦韉金絡，並轡於花樹下，往來使僕從執酒皿而隨之，遇好囿則駐馬而飲。」而長安當時確有許多胡人酒肆，店中多有以歌舞侍酒為生的胡姬。李白此詩及〈少年行〉其二等所詠確是當時長安的真實景象。

豫章行❶

胡風吹代馬，北擁魯陽關❷。吳兵照海雪，西討何時還❸？半渡上遼津❹，黃雲慘無顏。老母與子別，呼天野草間。白馬❺繞旌旗，悲鳴相追攀。白楊秋月苦，早落豫章山❻。

本為休明人，斬虜素不閑❼。豈惜戰鬬死，為君掃凶頑？精感石沒羽，豈云憚險艱❽？

樓船❾若鯨飛，波蕩落星灣❿。此曲不可奏，三軍鬢成斑⓫。

【注釋】❶豫章行　樂府舊題。《樂府詩集》卷三四收此詩，列於〈相和歌辭·清調曲〉，並引《古今樂錄》曰：「〈豫章行〉，王僧虔云《荀錄》所載〈古白楊〉一篇，今不傳。」又引《樂府解題》曰：「陸機『泛舟清川渚』，謝靈運『出宿告密親』，皆傷離別，言壽短景馳，容華不久。傅玄〈苦相篇〉云：『苦相身為女』，言盡力於人，終以華落見棄。亦題曰〈豫章行〉也。」李白此篇蓋以舊題寫時事，唯傷別離和「根在豫章山」之意仍與古辭相關。豫章，唐郡名，即洪州，治所在今江西南昌。❷胡風二句　二句謂安史叛軍侵擾魯陽關。按：《新唐書·來瑱傳》：「上元二年春，破史思明餘黨於魯山，俘賊渠。又戰汝州，獲馬牛橐駝。」證知上元二年前魯陽關一帶確曾為安史叛軍佔領。胡風，北風，因北方多為胡人所居，故稱。代馬，古代國（在今河北蔚縣和山西東北部一帶）產名馬，後因以代馬泛指好馬。宋本在本句下夾注：「一作：燕人攢赤羽」。

魯陽關，古關名。約在今河南魯山西南。《元和郡縣志》卷二一鄧州向城縣：「魯陽關，在縣北八十里，今鄧、汝二州於此分境。」❸吳兵二句　吳兵，泛指南方士兵。西討，指開赴西北征討叛軍。❹上遼津　水名。《通典・州郡十二》載豫章郡建昌縣有上遼津，約在今江西永修。❺白馬　宋本在二字下夾注：「一作：百鳥」。❻白楊二句　反用古樂府〈豫章行〉「白楊初生時，乃在豫章山」之意。❼本為二句　二句謂本來生長在和平環境中的人，平素不掌握殺敵的本領。休明，指政治清明，天下太平。閑，通「嫻」。熟習。❽精感二句　《史記・李將軍列傳》：「廣出獵，見草中石，以為虎而射之，中石沒鏃，視之石也。」此謂專心可使箭羽入石，豈懼艱險。❾樓船　有樓的戰船。《史記・平準書》：「治樓船高十餘丈，旗幟加其上，甚壯。」❿落星灣　蕭士贇注：「落星灣在今南康軍城之右，唐時屬江州。」按：今又稱落星湖，在今江西鄱陽湖西北部。⓫此曲二句　謂〈豫章行〉樂曲很淒涼，將士們聞之鬢髮都會愁得變白。三軍，春秋時大國多設中上下三軍。此處為軍隊的統稱。鬢，蕭本、郭本、王本作「髮」。斑，白色。按：宋本原作「班」，據蕭本、郭本、王本、咸本改。

【語　譯】北風吹著胡馬，叛軍佔領汝州的魯陽關。南方新徵集的兵馬冒著鄱陽湖上的大雪，西上征討胡虜，不知何時能歸來？

吳地的官軍在上遼津渡水，黃雲慘澹，人無笑顏。老母與子別，野地中一片悲天愴地的哭聲。白馬繞著旌旗，悲鳴追逐。白楊蕭蕭，而秋月暗苦，早早地落入豫章山中。

本是生於太平盛世的人，素來不慣於與胡人打仗。為君王掃滅敵頑，哪惜戰鬥犧牲？精誠可感能使羽箭穿石，豈會懼怕艱險？

樓船像長鯨一樣在水中飛馳，波濤洶湧激蕩著落星灣。我這一曲〈豫章行〉悲歌不能再奏下去了，因為三軍將士的頭髮都要變白了。

【研　析】此詩當是上元元年（西元七六〇年）秋在豫章（今江西南昌）一帶目睹南方人民應徵入伍，赴前線抗擊安史之亂，有感而作。首段總寫安史叛軍佔領魯陽關，朝廷徵南方之兵北討。次段描繪南方新兵渡上遼津時母子離別，呼天哭地，戰馬悲鳴，白楊愁苦，秋月早落的悲慘場面。第三段敘新戰士本生長在太平時代，從來不懂與胡人戰爭。但為了掃除敵人，不畏艱險，不惜戰死，充分顯示出報效君國的精誠。末段描寫水軍出發，樓船若飛，波蕩落星灣。詩人不忍再奏此曲，怕三軍憂愁而鬢髮盡白。詩中充滿對國事的關心和對戰士們的同情。

沐浴子❶

沐芳莫彈冠，浴蘭莫振衣❷。處世忌太潔，至人貴藏暉❸。滄浪有釣叟，吾與爾同歸❹。

【注釋】❶沐浴子　樂府舊題。《樂府詩集》卷七四列於〈雜曲歌辭〉。蕭士贇曰：「《樂府遺聲》遊俠二十一曲有〈沐浴子〉。」胡震亨曰：「〈沐浴子〉，梁陳間曲也。古辭：『澡身經蘭汜，濯髮傃芳洲。』白擬作當用《楚辭‧漁父》意。」❷沐芳二句　《楚辭‧漁父》：「屈原既放，游於江潭，……形容枯槁，漁父見而問之。……屈原曰：『舉世皆濁我獨清，……是以見放。』漁父曰：『聖人不凝滯於物，而能與世推移。世人皆濁，何不淈其泥而揚其波？……何故深思高舉，自令放為？』屈原曰：『吾聞之，新沐者必彈冠，新浴者必振衣。安能以身之察察，受物之汶汶者乎？寧赴湘流葬於魚腹之中，安能以皓皓之白，而蒙世俗之塵埃乎？』」二句反申屈原之意。沐芳、浴蘭，用《楚辭‧九歌‧雲中君》「浴蘭湯兮沐芳」句意。❸至人句　至，宋本作「志」，夾注：「一作：至」。蕭本、郭本、王本亦作「至」。是。據改。至人，道家所推崇的有道之人，多指老子。藏暉，掩其鋒芒，與世無爭。《老子》五十六章：「和其光，同其塵，是謂玄同。」❹滄浪二句　謂將從漁父而隱。《楚辭‧漁父》：「漁父莞爾而笑。鼓枻而去。乃歌曰：『滄浪之水清兮，可以濯吾纓。滄浪之水濁兮，可以濯吾足。』遂去，不復與言。」釣叟，指《楚辭‧漁父》中的漁父。

【語譯】用芳湯洗頭不要彈冠，用蘭湯洗澡也不要振衣。人生處世最忌的就是太清潔，有道的至人最推崇的是不露鋒芒、與世無爭的處世之道。滄浪之水的釣叟啊，我要與你攜手一同歸隱。

【研析】此詩完全敘寫《楚辭‧漁父》之意，欲含光混世，如滄浪漁父之所為。謂沐芳已美澤，不必彈冠，浴蘭已馨香，不必再振衣。處世太潔則遭人之忌，難容於世，故至人貴於藏其暉而不露。末二句則謂與漁父同歸隱，以求免於今世之遭殃。《唐詩解》卷三評點曰：「此見忌於時，思降志也。……以太白之傲，非所謂百鍊剛耶？何遽為繞指柔也？哀哉！」

卷五

樂府四

高句驪❶

金花折風帽❷，白馬小遲回❸。翩翩舞廣袖❹，似鳥海東❺來。

【注釋】❶高句驪　又作〈高句麗〉，樂府舊題。《樂府詩集》卷七八列於〈雜曲歌辭〉。並引《通典》曰：「高句麗，東夷之國也。其先曰朱蒙，本出於夫餘。朱蒙善射，國人欲殺之，遂棄夫餘，東南走，渡普述水，至紇升骨城居焉。號曰句麗，以高為氏。」按：唐亦有〈高麗曲〉，李勣破高麗所進，後改〈夷賓引〉者是也。高句麗，即高麗，今之朝鮮。《舊唐書・東夷傳》：「高麗者，出自扶餘之別種也。其國都於平壤城，即漢樂浪郡之故地，在京師東五千一百里。」葉夢得《石林燕語》卷四：「高麗，自三國以來，見於史者。句驪，其國號；高，其姓也。隋去『句』字，故自唐以來，止稱高麗。」❷金花句　金花，舞者之帽飾。折風帽，冠名。《北史・高麗傳》：「人皆頭著折風，形如弁，士人加插二鳥羽。」❸白馬句　白馬，樂舞之飾物為馬，非真馬。遲回，徘徊。❹翩翩句　翩翩，形容舞姿優美；瀟灑貌。廣袖，蕭士贇注：「金花帽、白馬、廣袖者，當時樂舞之飾，即所見而詠之。」❺海東　指海東青，一種兇猛而珍貴的鳥。宋莊季裕《雞肋編》卷下：「鷙禽來自海東，唯青鵁最嘉，故號海東青。」明鄭明選《秕言》：「吳中方言稱衣之廣袖者謂之海青。按李白詩云：『翩翩舞廣袖，似鳥海東來。』蓋海東俊鶻名海東青，白言翩翩廣袖之舞如海東青也。」一說高麗在渤海之東，故稱海東。

【語　譯】頭戴金花裝飾的折風帽，騎著樂舞之白馬小步徘徊。揮舞廣袖瀟灑優美，猶如海東青猛禽之快捷飛來。

【研　析】此詩似是寫高句驪伎人的舞蹈。當作於天寶元年（西元七四二年）在長安供奉翰林時。詩中描繪高麗舞伎頭戴飾著金花的折風帽，騎著舞馬在臺上徘徊漫步，揮著廣袖翩翩起舞，就像海東青猛禽飛翔而來。全詩描寫逼真如畫。

靜夜思❶

牀前看月光❷，疑是地上霜❸。舉頭望山月❹，低頭思故鄉。

【注　釋】❶靜夜思　詩人自製的樂府詩題。《樂府詩集》卷九〇列入〈新樂府辭〉。題解曰：「新樂府者，皆唐世之新歌也。以其辭實樂府，而未常被於聲，故曰新樂府也。」其實李白這類作品仍存舊題樂府的傳統特質，絕去雕飾，純出天真，雖不用樂府舊題，而古意盎然。與後來元稹、白居易等人的新樂府不同。❷看月光　《唐人萬首絕句選》及《唐詩別裁》作「明月光」。❸疑是句　梁簡文帝〈玄圃納涼〉詩：「夜月似秋霜。」此即化用其意。❹山月　《唐宋詩醇》作「明月」。

【語　譯】看到床前灑落的月光，疑是地上鋪了一層霜。舉頭望見山邊的月亮，不禁低頭思念起遠在千里之外的故鄉。

【研　析】按此詩乃客久而思鄉之辭，疑作於「東涉溟海」、「散金三十萬」之後的貧困之時。

夜深人靜的秋夜，明亮的月光灑落在床前地上，白皚皚一片，似乎是濃霜鋪地。將月光比作霜，非常形象妥貼。中國古代詩歌向有描寫月夜思鄉思親友的傳統，因為月亮普照天下，遠隔千山萬水的故鄉親友，與遊子所見到的是同一個月亮。所以曹丕的〈燕歌行〉描寫思婦在「明月皎皎照我牀」的情況下思念客遊邊地的夫君；〈古詩十九首‧明月何皎皎〉和南朝〈子夜吳歌〉分別寫遊子思鄉和女子思念情人，都是由明月引起思念。這些詩對李白此詩的藝術構思乃至遣詞造語都有一定的影響。此詩後兩句寫詩人舉頭賞玩皎潔的秋月，不久即低頭，沉入思念故鄉的愁緒中。在「舉頭」與「低頭」之際，表現出詩人豐富而複雜的感情。這樣，短短二十字，情景交融，描繪出一幅客子秋夜思鄉的鮮明圖畫，語淺情深，委婉動人，完美地表現了旅人思鄉的普遍性主題，所以此詩具有強烈的藝術魅力，永遠激動人心。

淥水曲❶

淥水明秋日❷，南湖採白蘋❸。荷花嬌欲語，愁殺蕩舟人❹。

【注　釋】❶淥水曲　樂府舊題。《樂府詩集》卷五九收此詩，列入〈琴曲歌辭〉。齊江奐、梁吳均、江洪都有此題詩。王琦注云：「〈淥水〉，本琴曲名，太白襲用其題，以寫所見，其實則〈采菱〉、〈採蓮〉之遺意也。」❷淥水句　謂清澄的水在秋天的陽光下發亮。明，用作動詞，照亮。秋日，蕭本、郭本、咸本作「秋月」。❸白蘋　水草名。亦稱四葉菜、田字草。葉四方，中折如十字。根生水底，葉浮水上，五月有花，白色，故稱白蘋。常見於水田、池塘、溝渠中。❹愁殺句　愁殺，極言其愁。殺，形容極甚之辭。蕩舟人，《史記‧管蔡世家》：「齊桓公與蔡女戲船中，夫人蕩舟。」此指蕩船女子。

【語　譯】陽光照明清澄的秋水，姑娘們在南湖採摘白蘋。湖中的荷花嬌美開放似欲說話，使蕩舟的姑娘們妒其豔而生愁。

【研　析】此詩寫南湖水清，女子採蘋，蕩舟於荷花之間，見荷花嬌豔，半含半吐，似人之欲語，採蘋的蕩舟女既愛其馨香，又妒其嫵媚而傷情。寫得很有風趣。正如王琦所說，實則〈采菱〉、〈採蓮〉之遺意。

鳳臺曲❶

嘗聞秦帝女❷，傳得鳳皇❸聲。是日逢仙子❹，當時別有情。人吹彩簫去，天借綠雲迎。曲❺在身不返，空餘弄玉名。

【注釋】❶鳳臺曲　樂府舊題。《樂府詩集》卷五一列於〈清商曲辭〉。蕭士贇云：「即古樂府〈蕭史曲〉也。」王琦云：「按《樂府詩集》，梁武帝製〈上雲樂〉七曲，其一曰〈鳳臺曲〉。」鳳臺，一名鳳女臺，在今陝西岐山，相傳秦穆公為其女弄玉所築。❷秦帝女　即指秦穆公之女弄玉。見卷四〈鳳凰曲〉注❷。❸鳳皇　蕭本、郭本、王本皆作「鳳凰」。❹仙子　指蕭史。見卷四〈鳳凰曲〉注❷。❺曲　宋本原作「心」，據蕭本、郭本、王本改。

【語譯】曾經聽說秦穆公的女兒弄玉，學會吹出鳳凰鳴叫的聲音。有一天遇到仙人蕭史，當時兩人就有特別的感情結成鸞鳳之侶。後來一起騎鳳吹簫而去，天空中綠雲歡迎他們。如今有時尚能聽到他們吹簫的曲聲，而人卻不再回返了，徒然餘下弄玉吹簫學仙的故事在人間廣泛流傳。

【研析】此詩詠秦穆公之女弄玉吹簫學鳳鳴，與蕭史一起乘雲而登仙的故事。至今鳳臺猶存，徒然留下他們的聲名，而鳳臺之人已不可得見。全詩皆隱栝蕭史、弄玉故事，與前〈鳳凰曲〉的旨意全同，當為同時之作。可相互參讀。

猛虎行❶　一作吟

朝作〈猛虎行〉，暮作〈猛虎吟〉❷。腸斷非關隴頭水❸，淚下不為雍門琴❹。旌旗繽紛兩河道❺，戰鼓驚山欲傾倒。秦人半作燕地囚，胡馬翻銜洛陽草❻。一輸一失關下兵❼，朝降夕叛幽薊城❽。巨鼇未斬海水動❾，魚龍奔走安得寧❿。頗似楚漢時，翻覆無定止⓫。朝過博浪沙，暮入淮陰市。張良未遇韓信貧，劉項存亡在兩臣。暫到下邳受兵略，來投漂母作主人⓬。賢哲栖栖古如此，今時亦棄青雲士⓭。有策不敢犯龍鱗⓮，竄身南國避胡塵⓯。寶書玉劍挂高閣，金鞍駿馬散故人⓰。昨日方為宣城客，掣鈴交通二千石⓱。有時六博快壯心⓲，遶牀三匝呼一擲⓳。

楚人每道張旭⓴奇，心藏風雲㉑世莫知。三吳邦伯皆顧眄㉒，四海雄俠兩追隨㉓。蕭曹曾作沛中吏㉔，攀龍附鳳㉕當有時。溧陽㉖酒樓三月春，楊花茫茫㉗愁殺人。胡雛綠眼㉘吹玉笛，吳歌〈白紵〉飛梁塵㉙。丈夫相見㉚且為樂，槌牛撾鼓會眾賓㉛。我從此去釣東海，得魚笑寄情相親㉜。

【注釋】❶猛虎行　樂府舊題。《樂府詩集》卷三一〈相和歌辭・平調曲〉收此篇，題為〈猛虎行〉，引古辭云：「飢不從猛虎食，暮不從野雀棲。野雀安無巢，遊子為誰驕？」又引《樂府解題》曰：「晉陸機云『渴不飲盜泉水』，言從遠役猶耿介，不以艱險改節也。又有〈雙桐生空井〉，亦出於此。」猛虎，喻兇惡之人，此處喻安祿山。❷朝作二句　宋本在二句下夾注：

「一作：行亦〈猛虎吟〉，坐亦〈猛虎吟〉」。❸腸斷句　此句謂已腸斷則與聽隴頭流水幽咽而傷別離無關。隴頭水，《初學記》卷一五引《辛氏三秦記》俗歌曰：「隴頭流水，鳴聲幽咽。遙望秦川，肝腸斷絕。」其歌乃寫行人因聽隴頭流水而思鄉腸斷。蕭士贇注：「〈隴頭水〉，亦古樂府別離之曲，正與雍門琴相對。」❹淚下句　此句謂已之淚下，並非由於聽到雍門子周悽楚的琴聲。雍門琴，據《說苑・善說》載，戰國時齊人雍門子周，曾以琴見孟嘗君，孟嘗君曰：「先生鼓琴亦能令文悲乎？」雍門子周引琴而鼓，於是孟嘗君涕浪汗增，欷而就之曰：「先生之鼓琴，令文若破國亡邑之人也。」❺旌旗句　旌旗，宋本作「旍旌」，在二字下夾注：「一作：旌旗」。蕭本、郭本、胡本、王本皆作「旌旗」。是。據改。旌旗，旗幟的通稱。繽紛，交錯雜亂貌。兩河道，指唐代的河北、河南兩道。安祿山叛亂時，此兩道各州縣均相繼陷落。❻秦人二句　謂唐兵（多為關中秦地人）一半作了安祿山（安祿山為范陽節度使，其根據地在今北京市一帶，先秦時屬燕國）的俘虜，胡人軍馬（安祿山及其部下多胡人）屯駐洛陽。❼一輸句　史載，天寶十四載十二月，安祿山攻陷洛陽，封常清敗退至陜縣，對屯守在陜的左羽林大將軍高仙芝說：「潼關無兵，若賊豕突入關，則長安危矣。陜不可守，不如引兵先據潼關以拒之。」於是高仙芝率兵退守潼關，途中遭安祿山軍隊追擊，傷亡慘重。幸而潼關修完守備，安祿山才退軍回去。當時監軍邊令誠向玄宗奏封常清、高仙芝失敗情況，稱封常清以賊搖眾，高仙芝棄陜地數百里。玄宗大怒，遣邊令誠即於軍中斬高仙芝、封常清。此「一輸」指封常清、高仙芝軍事上的失敗。「一失」則指玄宗不從堅守潼關的戰略意義上考慮，即聽信讒言，殺掉兩員大將，是政治上的失策。❽朝降句　幽薊，幽州和薊州（今北京市和河北薊縣一帶），此泛指河北一帶。據《通鑑》天寶十四載記載，是年十二月，常山（今河北正定）太守顏杲卿起兵抗擊安祿山，命崔安石等徇諸郡云：「大軍已下井陘，朝夕當至，先平河北諸郡。先下者賞，後至者誅！」於是河北諸郡響應，凡十七郡皆歸朝廷，兵合二十餘萬。其附祿山者，唯范陽、盧龍、密雲、漁陽、汲、鄴六郡而已。但不久杲卿兵敗，常山陷落，於是原已歸正的廣平、鉅鹿、趙、上谷、博陵、文安、魏、信都等郡亦復為賊守。此句當即指此事。❾巨鼇句　以巨鼇不滅海波不會平靜，喻安祿山未被消滅，天下就仍將動盪不安。❿魚龍句　喻唐朝臣民紛紛逃亡。⓫頗似二句　謂當前的戰爭很像秦末楚漢的拉鋸戰，時勝時敗，各州郡的歸附和反叛也翻覆無常。⓬朝過六句　博浪沙、下邳受兵略，敘張良故事，《史記・留侯世家》：「留侯張良者，其先韓人也。……秦皇帝東遊，良與客狙擊秦皇帝博浪沙中。誤中副車。……良嘗閑從容步遊下邳圯上，見一老父，……出一編書，曰：『讀此則為王者師矣！』……旦日視其書，乃《太公兵法》也。」淮陰市、來投漂母，敘韓信故事。據《史記・淮陰侯列傳》載，韓信，淮陰人。少年時貧困難以度日，釣於城下，有一漂母見其飢，常給以食。此謂張良和韓信年輕時都曾落魄貧困，但後來在楚漢戰爭中卻成了決定劉邦得天下、項羽失天下的謀士和大將。⑬賢哲二句　栖栖，同「悽悽」，惶惶不安貌。《論語・憲問》：「微生畝謂孔子曰：『丘何為是栖栖者歟？』」邢昺疏：「栖栖猶皇皇也。」青雲士，志向遠大者，詩人自謂。⑭有策句　此句謂己雖有平定叛亂的策略，只是不敢觸犯龍鱗。龍鱗，《韓非子・說難》曾以龍喻君，謂龍喉下逆鱗，「若有人嬰之者，則必殺人」。⑮竄身句　竄，奔逃。南國，南方。此時李白正從北方逃難在溧陽（今屬江蘇），將南去剡中。胡塵，指安祿山叛亂戰爭。⑯寶書二句　謂己未受君王任用，故只能掛書劍於高閣，送馬鞍給友人。⑰昨日二句　謂昨天自己還作客宣城，在郡衙內與太守交往。掣，牽引。鈴，鈴閣，古代州郡長官辦事處。唐時官署多懸鈴於外，有事則引鈴以代傳呼。交通，交往。二千石，漢代對郡守的通稱，因當時郡守月俸一百二十斛，故習稱郡守為二千石。⑱六博快壯心　六博，古代一種博戲。共十二棋，六黑六白，兩人相博，每人六棋，故名。宋本在「快壯心」三字下夾注：「一作：快寸心」。⑲遶牀句　《晉書・劉毅傳》載，一次聚會大賭，「毅次擲得雉采，大喜，褰衣繞牀叫，謂同座曰：『非不能盧（五子皆黑，是為博戲中最勝彩），不事此耳。』」此句寫環繞坐具三周大呼擲棋，形容賭博時興高彩烈的情態。牀，胡牀；坐具。⑳張旭　唐代大書法家，善草書。曾為蘇州常熟縣尉。據《宣和書譜》載，他曾在酣醉中「以髮濡墨作大字。既醒，視之，自以為神，不可復得。」又曾說：「初，見擔夫爭道，又聞鼓吹，而知筆意。及觀公孫大娘舞劍，然後得其神。」㉑心藏風雲　喻胸懷豪邁，才氣橫溢。㉒三吳句　三吳，古地區名，說法不一。《水經注》以吳郡（今蘇州）、吳興（今浙江湖州）、會稽（今浙江紹興）為三吳，即今江蘇南部、浙江北部一帶。《元和郡縣志》則以吳郡、吳興、丹陽（今江蘇鎮江）為三吳。邦伯，州牧，指州（郡）地方長官刺史（太守）。宋本在「皆」字下夾注：「一作：多」。顧眄，眷顧；禮遇。眄，蕭本、郭本作「盻」，王本作「盼」。㉓兩追隨　宋本在三字下夾注：「一作：皆相推」。近是。㉔蕭曹句　此句以蕭曹比擬張旭。蕭曹，蕭何、曹參。兩人相繼為漢朝初期的宰相。沛，秦縣名，故治在今江蘇沛縣東。㉕攀龍附鳳　古代多以龍鳳指帝王，故稱臣下追隨君王以建功立業為「攀龍附鳳」。㉖溧陽　縣名，唐屬宣州，今屬江蘇。㉗茫茫　宋本在二字下夾注：「一作：漠漠」。㉘胡雛綠眼　眼珠綠色的少年胡人。㉙吳歌句　白紵，吳地舞曲名。其詞盛稱舞者姿態之美，現存歌詞以晉之〈白紵舞歌〉最早，梁武帝令沈約改其詞為〈四時白紵歌〉。《樂府詩集》卷五五著錄南朝〈白紵舞歌詩〉及唐人擬作共十六家。飛梁塵，形容歌聲響亮，使屋梁上灰塵也飛了起來。《太平御覽》卷五七引劉向《別錄》：「漢興以來善歌者，魯人虞公，發聲清哀，蓋動梁塵。」㉚相見　宋本在二字下夾注：「一作：到處」。㉛槌牛句　此句謂宰牛擊鼓，大宴賓客。槌，通「捶」。敲擊。撾，擊。㉜我從二句　謂自己準備去東海邊過隱居垂釣生涯，如得魚相贈，彼此也會增進感情。《莊子・外物》：「任公子……投竿東海，旦旦而釣。」

【語　譯】早上吟唱〈猛虎行〉，晚上還是歌唱〈猛虎吟〉。我的傷心腸斷與〈隴頭水〉的別離之意無關，我愴然淚下也不是因為聽了雍門子周悲切的琴聲。河南河北戰旗如雲，戰鼓聲震動得山將傾倒。秦地的官兵半為燕地胡人所虜，胡人的戰馬已進入洛陽吃草。抗敵官兵敗退潼關而將帥被誅，實在是既失敗而又失策；幽薊守城的官員朝降夕叛，在拉鋸戰中動搖不定。安祿山這條翻江倒海的巨鼇不除，君臣百姓奔走不得安靜。

很像楚漢戰爭時的情況一樣，雙方翻來覆去勝負難分。我曾到過博浪沙和淮陰市，張良在博浪沙未遇而韓信在淮陰很貧窮而受辱，可是後來劉邦和項羽相爭的存亡關鍵就靠這兩位大臣。張良在下邳受了黃石公的兵略，韓信在淮南依靠漂母的接濟為生。從古至今的賢士都栖栖惶惶不得其所，而如今也將青雲之士棄而不用。我雖有滅胡之策但不敢觸怒皇帝，只好逃奔南方以避戰亂。將抗敵的兵書和玉劍束之高閣和掛在壁間，金鞍寶馬也只好送給了朋友。昨日還在宣城作客，與宣州太守交遊。有時心中鬱憤就玩賭博遊戲，圍繞坐具三匝大呼一擲以快壯心。

楚人都說張旭是位奇士，胸懷韜略而世人不知。三吳的長官都對他特別垂青，四海的英俠也都爭相追隨。蕭何和曹參都曾做過沛中的小吏，後來都追隨君王建功立業。陽春三月我們在溧陽酒樓相會，楊花茫茫使人惆悵。酒筵上有綠眼胡兒在吹玉笛，有歌女唱著吳歌〈白紵〉餘音繞梁。大丈夫相見姑且以杯酒為樂，宰牛擂鼓大會眾賓。我從此就要去東海垂釣，釣得大魚即笑寄諸位知己以表親情。

【研　析】此詩自楊齊賢、蕭士贇以後均指為偽作。今人詹鍈《李詩辨偽》《李白詩論叢》又以蘇渙詩證張旭卒於天寶六、七載，辨王琦之說非（王說見後引）。瞿蛻園、朱金城《李白集校注》則云：「其實詩中只一處涉及張旭，並未確言與張旭本人相酬答，所謂丈夫相見且為樂者，亦非必謂與張旭相見也。詳玩詩意，蓋有人盛稱張旭，聊藉此發端以自抒懷抱耳。古人非先製題後作詩，亦非必一詩專寫一事，不必執一二字為辨。前人疑此詩者大抵以『頗似楚漢時』一語似非唐之臣子所宜言，而不知唐人於此等文字不似後人之計較，以本集崔宗之贈詩中『分明楚漢事』一語證之，已可知其不足怪矣。」今按：瞿、朱之說近理。一說詩中「張旭」非書法家張旭，而為另有其人。本詩當是天寶十五載（西元七五六年）三月由宣城赴剡中途經溧陽時作。

王琦曰：「是詩當是天寶十五載之春，太白與張旭相遇於溧陽，而太白又將遨遊東越，與旭宴別而作也。於時，祿山叛逆，河北、河南州郡相繼陷沒，故有『旌旗繽紛兩河道，戰鼓驚山欲傾倒』之句。高仙芝所率之兵，多關中子弟，今既敗走，半為賊所擒虜，故有『秦人半作燕地囚』之句。又《唐書・李泌傳》言：『賊掠子女、玉帛，悉送范陽。』是又『燕地囚』之一證也。東京既陷，則胡騎充斥，遍於郊圻，故有『胡馬翻銜洛陽草』之句。明皇聽宦者之讒，不責仙芝以孟明之效，而即加以子玉之誅，是賊再勝而官軍再敗也，故有『一輸一失關下兵』之句。常山太守顏杲卿起兵討賊，河北十七郡皆歸朝廷，及常山破敗，河北諸郡復為賊守，故有『朝降夕叛幽薊城』之句。祿山方熾，未能授首，天下將帥疲於奔命，故有『巨鼇未斬海水動，魚龍奔走安得寧』之句。以下泛引張、韓未遇之事，以起己之懷長策而見棄。當時，竄身南國，流寓宣城，書劍蕭條，僅寄壯心於六博，宜其有腸斷淚下之悲矣。『張旭』以下六句，皆是美旭之詞。旭嘗為常熟尉，故以沛中豪吏比之，而賞其胸藏風雲，知其必有遇合之時也。『溧陽酒樓』，指其相會之地，『三月』『楊花』記其相遇之時。『丈夫相見且為樂，槌牛撾鼓會眾賓』，想見一時在會諸人，多有四海雄俠，非齷齪儔伍，傾心倒意，其樂宜矣。而太白於此，又將有東越之遊，故曰『我從此去釣東海，得魚笑寄情相親』，以示眷戀不忘之意。詩之大旨最為明晰。……或曰：張旭生卒，諸書皆無考，何以知是時尚在而與白相遇耶？琦按：長史有乾元二年帖，見《山谷集》中，據此推之，則其時尚在可知矣。至蕭氏疑此詩非太白之作，以為用事無倫理，徒而肆為狂誕之詞，首尾不相照，脈絡不相貫，語意斐率，悲歡失據，必是他人詩竄入集中者。蘇東坡、黃山谷於〈懷素草書〉、〈悲來乎〉、〈笑矣乎〉等作，嘗致辯矣。愚於此篇亦有疑焉。今細閱之，其所謂無倫理、肆狂誕者，必是『楚、漢翻覆』，『劉、項存亡』等字，疑其有高視祿山之意，而不知正是傷時之不能收攬英雄，遂使逆豎得以蒼狂耳，何為以數字之辭而害一章之意耶？至其悲也，以時遇之艱；其歡也，以得朋之慶。兩意本不相礙，首尾一貫，脈絡分明，浩氣神行，渾然無跡，有識之士自能別之。」按：王琦說是。

從軍行❶

從軍玉門道❷，逐虜金微山❸。笛奏〈梅花曲〉❹，刀開明月環❺。鼓聲鳴海上❻，兵氣擁雲間。願斬單于首，長驅靜鐵關❼。

【注　釋】❶從軍行　樂府舊題。《樂府詩集》卷三三列於〈相和歌辭・平調曲〉。《樂府古題要解》卷下：「〈從軍行〉，右皆述軍旅苦辛之詞也。」❷玉門道　指玉門關。《元和郡縣志》卷四〇隴右道肅州玉門縣：「玉門故關，在其西北一百一十七里，謂之北道……此西域之門戶也。」按：漢代玉門關在今甘肅敦煌西北小方盤城，六朝時移到今甘肅安西東雙塔堡附近。❸金微山　在今蒙古人民共和國肯特省境。《後漢書・竇憲傳》：「（憲）復遣右校尉耿夔……等擊北虜於金微山，大破之。」❹梅花曲　即〈梅花落〉。《樂府詩集・橫吹曲辭》有〈梅花落〉，題解曰：「〈梅花落〉，本笛中曲也。」蕭士贇注引《古今樂錄》：「鼓角橫吹十五曲有〈梅花落〉，乃胡笳曲也。」❺明月環　大刀柄頭所裝飾的圓環，形似明月。❻海上　指瀚海大沙漠上。❼鐵關　即鐵門關。《舊唐書・地理志》：「自焉耆西五十里過鐵門關。」《大唐西域記・羯霜那國》：「鐵門者，左右帶山，山極峭峻，雖有狹徑，加之險阻，兩旁石壁，其色如鐵，既設門扉，又以鐵鋦，多有鐵鈴，懸諸戶扇，因其險固，遂以為名。」今新疆焉耆東南有地名曰鐵門關，或即其地。

【語　譯】從軍去到玉門關，上金微山驅逐匈奴。笛聲高奏〈梅花落〉之曲，手中揮舞柄飾有明月般圓環的大刀。瀚海之上響徹咚咚戰鼓聲，殺氣直衝雲霄。願斬敵酋單于之首，長驅直下鐵門關而使戰塵永息。

【研　析】此詩與前人之作意旨相同。首聯敘遠赴邊塞從軍逐虜，中間兩聯描寫戰爭場面。笛奏〈梅花〉之曲，刀開明月之環。鼓聲鳴於翰海，殺氣直擁雲間，聲勢甚壯。尾聯敘己之願，希望斬敵酋之首，群虜臣伏，永無邊塞之患。一片愛國忠心洋溢其間。

秋思❶

春陽如昨日，碧樹鳴黃鸝❷。蕪然蕙草❸暮，颯爾❹涼風吹。天秋木葉下❺，月冷莎雞❻悲。坐愁群芳歇，白露凋華滋❼。

【注釋】❶秋思　樂府舊題。《樂府詩集》卷五九列於〈琴曲歌辭〉。引《琴曆》曰：「琴曲有〈蔡氏五弄〉。」又引《琴集》曰：「五弄：〈遊春〉、〈淥水〉、〈幽居〉、〈坐愁〉、〈秋思〉，並宮調，蔡邕所作也。」蕭士贇注：「〈秋思〉，古琴操商調之曲。」❷黃鸝　即黃鶯。張華《禽經注》：「倉庚，黧黃，黃鳥也。今謂之黃鶯、黃鸝是也。野民曰黃栗留，語聲囀耳。其色黧黑而黃，故曰黧黃。《詩經》云『黃鳥』，以色呼也。……此鳥呼時，蠶事方興，蠶婦以為候。」❸蕙草　香草名。亦稱「熏草」，俗名「佩蘭」。古人認為佩之可以避疫。以產於湖南零陵（今永州）者為最著名，故又名「零陵香」。❹颯爾　猶颯然。風吹草木聲。❺木葉下　《楚辭・九歌・湘夫人》：「嫋嫋兮秋風，洞庭波兮木葉下。」此處用其意。❻莎雞　宋本原作「沙雞」，據郭本、王本、咸本改。莎雞，一名絡緯，俗名紡織娘。《詩經・豳風・七月》：「六月莎雞振羽。」❼華滋　花卉茂盛。華，通「花」。〈古詩十九首〉：「庭中有奇樹，綠葉發華滋。」

【語譯】昨日陽光和煦還同春陽一樣，碧樹上的黃鸝還在鳴叫。可是轉眼間蕙草蕪然凋零，四周已颯颯地吹起了秋風。秋風中黃葉紛紛飄落，冷月下紡織娘在悲唱。白露凋落一切花朵，群芳消歇令人惆悵。

【研析】此詩感嘆春光易失，春陽如昨日，碧樹上黃鸝還在鳴啼，可是倏忽之間蕙草歇而涼風至，樹葉飄落，莎雞悲鳴，白露降而百花凋零，詩人感物傷情，有時不我待而惜時之意。作年不詳。

春思❶

燕草如碧絲，秦桑低綠枝❷。當君懷歸日，是妾斷腸時。春風不相識，何事入羅幃❸？

【注釋】❶春思 《樂府詩集》未收此詩，亦無此題。當是李白自製的樂府新題，仿〈秋思〉之意。❷燕草二句 寫春天景色，謂燕地（今河北一帶）綠草如絲，秦地（今陝西一帶）柔桑滿枝。❸春風二句 謂所懷之人不至，則似與春風不相識。然不相識之春風又何以吹入羅帳？言外自有無限哀怨。蕭士贇曰：「末句則興此心貞潔，非外物所能動。」帷，蕭本、郭本作「幃」。

【語譯】燕地之草剛如碧絲之時，秦地的桑樹已綠葉成蔭了。當君才開始想家的時候，妾已相思得肝腸欲斷了。春風啊春風，我與你並不相識，你為何進入我的羅帷中？

【研析】「春」字在中國古典詩歌中既可指春天，也可比喻男女間的愛情，此詩就具有這兩層意思。首二句寫燕秦兩地春天的景色，但首句是虛景，是秦地少婦看到桑葉繁茂綠枝低垂的實景，才懸想在燕地戍守的丈夫一定會看到那裡的春草也開始長出碧絲了。燕、秦兩地相隔遙遠，把想像中的遠景和眼前實有的近景合在一幅畫面上，都從少婦的角度寫出，細緻地表達出少婦深刻相思的心理活動，可謂妙筆。而且「絲」諧音「思」，「枝」諧音「知」，這也和後面的「懷歸」和「斷腸」相關，加強了詩的含蓄和音樂美。三、四兩句承接，丈夫看到春草，必然思歸，這裡暗用《楚辭‧招隱士》「王孫遊兮不歸，春草生兮萋萋」詩意。丈夫「懷歸」，應使少婦高興，但詩中卻說「是妾斷腸時」，是何緣故？蕭士贇《分類補注李太白詩》曰：「燕北地寒，草生遲。當秦桑低綠之時，燕草方生，……言其夫方萌懷歸之心，猶燕草之方生。妾則思君之久，先已斷腸矣，猶秦桑之已低枝也。」所以丈夫懷歸日，已是思婦經歷了長久相思煎熬的斷腸時。末二句筆鋒一轉，掀起波瀾。在南朝樂府民歌中，春風乃多情之物，如〈子夜四時歌‧春歌〉：「春風復多情，吹我羅裳開。」〈讀曲歌〉：「春風不知著，好來動羅裙。」此詩則反其意而用之，少婦斥責春風「不相識」而來干擾，正表現出思婦對丈夫遠別久而情愈深的高尚情操。這使思婦的精神境界得到進一步的昇華。全詩通過畫面的巧妙組合，心理活動的細緻深刻，使思婦形象生動感人，具有很強的藝術魅力。

秋思❶

燕支❷黃葉落，妾望白登臺❸。海上❹碧雲斷，單于❺秋色來。胡兵沙塞合，
漢使❻玉關回。征客❼無歸日，空悲蕙草摧。

【注　釋】❶秋思　樂府舊題。《樂府詩集》卷五九列於〈琴曲歌辭〉，與本卷「春陽如昨日」一首為同題。❷燕支　宋本原作「閼氏」，據蕭本、郭本、胡本、王本改。燕支，又作「焉支」。山名，又名刪丹山，俗名大黃山。在今甘肅山丹東南。按：焉支山下有紅藍花，取其鮮紅者作胭脂，婦女用為化裝品，匈奴單于名其妻為閼氏，言其可愛如胭脂也。❸白登臺　在今山西大同東北白登山上。《史記・高祖本紀》：「遂至平城。」張守節《正義》引《括地志》曰：「朔州定襄縣，本漢平城縣，縣東北三十里有白登山。山上有臺，名曰白登臺。《漢書・匈奴傳》云『冒頓圍高帝於白登七日』，即此也。」❹海上　此指翰海沙漠。宋本在此二字下夾注：「一作：月出」。❺單于　指唐代單于都護府。在今內蒙古和林格爾西北。此處泛指邊塞。宋本在「單于」二字下夾注：「一作：蟬聲」。❻漢使　此處以漢代唐，指唐朝使者。❼征客　征夫。

【語　譯】懸想燕支山上如今已黃葉飄零，妾登上白登臺登高而遠望。望斷瀚海上的碧雲，也聽不到征夫歸來的消息，邊塞地區已秋色又來。胡人的兵馬已在沙場集合，出使玉門關外的使者已經回來。可是出征的將士沒有歸來的日子，妾在閨中空悲蕙草凋零，一年時光又虛過。

【研　析】此詩亦是思婦想念征夫之作。作年不詳。首聯寫思婦登臺遠望，遙想燕支山征夫戍守處黃葉已落。頷聯寫望斷沙漠上空碧雲，只見北地一片秋色。頸聯寫胡人兵馬正在邊塞集合，唐朝使者已從玉門關歸來。

尾聯悲嘆征夫沒有回歸之日，思婦只能空悲斷腸。王夫之《唐詩評選》卷三評此詩曰：「神藻飛動，乃所謂龍躍天門、虎臥鳳閣也。以此及『塞虜乘秋下』相比擬，則知五言近體正閏之分。」

子夜吳歌❶　春夏秋冬

春

秦地羅敷❷女，採桑綠水邊。素手青條上，紅妝白日鮮❸。蠶飢妾欲去，五馬莫留連❹。

【注　釋】❶子夜吳歌　六朝樂府〈吳聲歌曲〉有〈子夜歌〉，《樂府詩集》卷四四列為〈清商曲辭〉。《舊唐書・音樂志二》：「〈子夜〉，晉曲也。晉有女子名子夜造此聲，聲過哀苦，日常有鬼歌之。」今存晉、宋、齊〈子夜歌〉本辭四十二首，內容多寫女子思念情人之辭。又有〈子夜四時歌〉七十五首，《樂府解題》曰：「後人更為四時行樂之詞，謂之〈子夜四時歌〉。又有〈大子夜歌〉、〈子夜警歌〉、〈子夜變歌〉，皆曲之變也。」詩人這四首詩宋本、繆本題下俱注春夏秋冬四字，每首復標春、夏、秋、冬。在《樂府詩集》中則題為〈子夜四時歌〉，每首分別標明〈春歌〉、〈夏歌〉、〈秋歌〉、〈冬歌〉。❷羅敷　漢樂府〈陌上桑〉古辭中的人名。古辭云：「日出東南隅，照我秦氏樓。秦氏有好女，自名為羅敷。羅敷喜蠶桑，採桑城南隅。……使君從南來，五馬立踟躕。使君遣吏往，問是誰家姝。……羅敷前致辭，使君一何愚！使君自有婦，羅敷自有夫。……」此詩即用其意。❸鮮　鮮豔明麗。❹蠶飢二句　寫女子拒絕紈絝子弟調戲之語。梁武帝〈子夜四時歌・夏歌三首〉：「君住馬已疲，妾去蠶欲飢。」五馬，漢時太守乘坐的車用五匹馬駕轅，因借指太守的車駕。卷四另有〈陌上桑〉詩亦表現這一主題，可參讀。

【語　譯】秦地有位名叫羅敷的女子，曾在綠水邊採摘桑葉。潔白的素手在青條上晃動，在陽光下她的紅妝顯得特別鮮豔。她婉轉地拒絕太守糾纏，說：「蠶兒已飢，我要立刻回去，太守大人切莫在此耽擱。」

【研　析】此詩檃栝漢樂府〈陌上桑〉詩意。首二句敘羅敷在水邊採桑，次二句描繪羅敷之美。「素手」由青條襯托，更顯白嫩美麗；「紅妝」在陽光照耀下，愈加鮮豔動人。末二句概寫羅敷拒使君的一長段話，只用十個字。「蠶飢妾欲去」，表示羅敷是民間勞動女子；「五馬莫留連」，是趕使君立即離去。就此打住。其他的一切都留在言外，含蓄而有餘味。《唐宋詩醇》卷四評曰：「多少含蓄，勝於〈陌上桑〉作。」

夏

鏡湖三百里，菡萏發荷花❶。五月西施❷採，人看隘若耶❸。回舟不待月，歸去越王家。

【注　釋】❶鏡湖二句　二句謂三百里鏡湖中含苞待放的荷花競相吐豔。鏡湖，又名鑒湖、長湖、慶湖，在今浙江紹興會稽山北麓。東漢永和五年，會稽太守馬臻徵集民工修築，周圍三百一十里，呈東西狹長形。築堤東起今曹娥鎮附近，經郡（今紹興）南，西抵今錢清鎮附近，盡納南山三十六源之水瀦而成湖，灌田九千餘頃，為古代長江以南大型水利工程之一。菡萏，含苞待放的荷花。《說文》：「菡萏，芙蕖花。未發為菡萏，已發為芙蕖。」❷西施　春秋末年越國的民間美女，由越王句踐獻給吳王夫差。見《吳越春秋・句踐陰謀外傳》。後常用以喻越中一帶的美女。❸隘若耶　若耶，溪名，在浙江紹興南，源出會稽山，北流入鏡湖。溪旁舊有浣紗石古蹟，相傳西施曾浣紗於此，故一名浣紗溪。隘，極言圍看人多，使若耶溪因之顯得狹小。

【語　譯】鏡湖之大有三百餘里，到處都是含苞待放的荷花。五月間西施乘舟在此採蓮，引來觀看的人擠得使若耶溪似乎變狹了。西施未待明月升起就回舟歸家，並立刻被選進了越王宮中。

【研　析】此首是遊吳越時之作。首二句描繪鏡湖的廣淼和荷花待放的壯麗美景。以此為背景，接著二句便描寫初夏五月美女西施在湖上採蓮，而人們爭著看西施的場面，詩中未寫西施之美，但從人們爭著看西施而使若耶溪被堵塞得狹隘難通的襯托中，可以想見其美的魅力。末二句既逗人情思，又引人聯想，那嬌美的西施未待明月東升，就歸舟回去。而回去的地方是越王之家，後來的西施則盡在不言中。全詩風格清新含蓄。富有南朝樂府民歌的氣息和情韻，耐人尋味。

秋

長安一片月，萬戶擣衣❶聲。秋風吹不盡，總是玉關情❷。何日平胡虜，良人❸罷遠征？

【注　釋】❶擣衣　用木棒捶擊布帛，使之平貼，以備裁製衣服。謝惠連〈擣衣〉：「欄高砧響發，楹長杵聲哀。……紈素既已成，君子行未歸。裁用笥中刀，縫為萬里衣。」此詩即化用其意，本卷另有〈擣衣篇〉，可參看。❷秋風二句　意謂秋風吹不走對遠戍玉門關外的丈夫的思念之情。玉關，玉門關。此泛指邊塞。❸良人　古代妻子對丈夫的稱呼。《詩經・唐風・綢繆》：「今夕何夕，見此良人。」孔穎達疏：「妻謂夫為良人。」

【語　譯】長安城上高懸一片明月，千家萬戶都傳出陣陣的擣衣之聲。秋風吹不盡思婦對玉門關外征夫的思念之情。何日才能掃平胡虜，使夫君從此可以不再遠征？

【研　析】此詩疑是初次到長安時的有感之作。一、二兩句寫景，但景中有情。長安上空高懸著一輪明月，千家萬戶傳來擣衣之聲。秋天是趕製征衣的季節，所以擣衣聲也是特有的秋聲，而這朗朗秋月、擣衣秋聲，都是撩撥思婦想念丈夫而引起思愁之物。三、四兩句直接形容思念之強烈，秋風勁吹，更撩撥少婦思念遠在玉門關外的丈夫的心情。著「總是」二字，更見出情思之深長。「玉關情」之濃烈，不可遏制，於是最後兩句讓思婦直接表白心聲：但願早日平定敵人，丈夫能平安歸來。有人認為最後兩句可以刪去，變成絕句，更覺渾含。其實不然。因為這兩句反映了當時廣大人民對和平安定生活的普遍願望，有著深刻的社會思想意義。用〈子夜吳歌〉寫思婦對征夫的思念之情，這是詩人的創新。全詩有畫面，有畫外音。細細品味，思婦形象無處不在，濃烈情思彌漫於月色秋聲中，情景渾融無間。

冬

明朝驛使❶發，一夜絮征袍❷。素手抽針冷，那堪把剪刀。裁縫寄遠道，幾日到臨洮❸？

【注　釋】❶驛使　古時傳遞書信和物件者。❷絮征袍　給征袍鋪絮。絮，用作動詞。❸臨洮　郡名。唐代臨洮郡即洮州，屬隴右道，治所在今甘肅臨潭。

【語　譯】明天早晨驛使就要出發，思婦們只得整夜為遠征的丈夫趕製棉衣。纖纖素手連抽針都冷得發僵，更不用說拿起那冰冷的剪刀裁衣服了。一針一線將裁縫好的衣物寄向遠方，不知何日才能到達邊關臨洮？

【研　析】此詩與前首詞意相連，當為同時之作。首二句寫思婦得知遠送征袍的驛站使者明天就要出發，只得熬夜鋪絮縫製征袍，詩中雖無「焦急」和「趕」字，但「明朝」和「一夜」兩個表示時間詞的連舉，讀者完全可以體會到思婦焦急的心情，想像到思婦緊張縫製棉衣的情景，接著二句寫「抽針」、「把剪」的細節，把思婦縫製絮袍的動作描繪得非常具體、生動、形象。「素手」、「那堪」二詞，思婦楚楚可憐的神態如在目前。再著一「冷」字，既點時令，又揭示思婦之環境和思念親人在邊地更冷而焦急的心情。末二句寫思婦縫製絮袍完成後，又想到臨洮路途遙遠，未知何日能將絮袍送到親人手裡。這急切的一問，字裡行間體現出思婦對丈夫的情意何等深厚！詩中塑造的思婦形象情意綿綿，生動感人。

按此四詩疑非同時所作。第一首寫「秦地女」，第三首寫到「長安」，或作於長安。四首內容均非行樂之詞。首篇歌頌採桑女蔑視貴公子調戲，其二寫越國女子之美，三、四兩篇詞意相連，從少婦思念征夫，寫到希冀平虜罷征，總不脫古樂府傳統題材和民歌風韻。

對酒❶

松子棲金華❷，安期入蓬海❸。此人古之仙，羽化❹竟何在？浮生速流電❺，倏忽變光彩。天地無凋換❻，容顏有遷改。對酒不肯飲，含情欲誰待❼？

【注　釋】❶對酒　蕭本、郭本、王本、咸本皆作〈對酒行〉。樂府舊題。《樂府詩集》卷二七列於〈相和歌辭・相和曲〉。引《樂府解題》曰：「魏樂奏武帝所賦『對酒歌太平』，其旨言王者德澤廣被，政理人和，萬物咸遂。若梁范雲『對酒心自足』，則言但當為樂，勿徇名自欺也。」胡震亨曰：「魏武帝本辭敘王者太平事；白辭言人命不長，對酒宜早為樂，又似用〈短歌行〉『對酒當歌』為題者。」《李詩通》將此首與卷二〇〈對酒〉並列，題作〈對酒行〉二首。❷松子句　松子，指赤松子，神仙名。見卷一〈古風〉其十五注❶。❸安期句　安期，即安期生，神仙名。蓬海，蓬萊山在海中，故稱蓬海。❹羽化　道教稱成仙而去為羽化。《晉書・許邁傳》：「乃改名玄，……玄自後莫測所終，好道者皆謂之羽化矣。」❺浮生句　浮生，語本《莊子・刻意》：「其生若浮，其死若休。」以人生在世虛浮不定，因稱人生為浮生。流電，閃電。❻凋換　蕭本、郭本、王本作「彫換」。凋零變換。❼含情句　《文選》卷二〇王粲〈公宴詩〉：「今日不極歡，含情欲待誰？」李善注：「含情，謂含其歡情而不暢也。」

【語　譯】傳說赤松子在金華山成仙而棲居，安期生成仙後入住東海的蓬萊仙島。這兩人都是古代的仙人，他們羽化成仙後究竟在哪裡？人生如閃電一般一閃而過，轉瞬間就變了光景色彩。天地雖然沒有凋零變化，可是人的容顏卻變遷得很快。面對美酒而不飲，還要含情等待誰呢？

【研　析】此詩以輕神仙、眇塵世而反襯對酒之樂。作年不詳。前四句提出赤松子、安期生而今何在的疑問，表示神仙之說不可信。中四句謂人生如流電，容顏轉瞬即變老，表示浮生不足戀。末二句點題：只應對酒當歌，及時行樂；不要含情有待而不肯放懷飲酒。

估客樂❶

海客❷乘天風，將船遠行役。譬如雲中鳥，一去無蹤跡❸。

【注　釋】❶估客樂　蕭本、郭本、王本、咸本皆作〈估客行〉。樂府舊題。《樂府詩集》卷四八列於〈清商曲辭・西曲歌〉。引《古今樂錄》曰：「〈估客樂〉者，齊武帝之所製也。帝布衣時，嘗遊樊、鄧。登祚以後，追憶往事而作歌。」又引《唐書・樂志》曰：「梁改其名為〈商旅行〉。」❷海客　出海經商之人。❸一去句　胡震亨注：「〈估客行〉即西曲之〈估客樂〉。西曲中有『長檣鐵鹿子，布帆阿那起。詫儂安在間，一去數千里。』此云『一去無蹤跡』，更難為情。」

【語　譯】出海經商的人要看天上的風雲，才能決定揚帆遠行。就像雲中飛翔的鳥，一去就沒有影跡了。

【研　析】此詩寫估客出海遠行去經商長期不歸的情況。只用「雲中鳥」比喻「一去無蹤跡」，形象鮮明，樸直通俗。

少年行❶

君不見，淮南❷少年遊俠客，白日毬獵夜擁擲❸。呼盧❹百萬終不惜，報讎千里如咫尺。

少年遊俠好經過，渾身❺裝束皆綺羅。蘭蕙相隨喧妓女，風光去處滿笙歌。赤驕矜自言不可有，俠士堂中養來久。好鞍好馬乞與❻人，十千五千旋❼沽酒。赤心用盡為知己，黃金不惜栽桃李❽。桃李栽來幾度春，一回花落一回新。

府縣盡為門下客，王侯皆是平交人。男兒百年且樂命，何須徇書❾受貧病？男兒百年且榮身，何須徇節❿甘風塵？衣冠半是征戰士，窮儒浪作林泉民。遮莫⓫枝根長百丈，不如當代多還往。遮莫親姻⓬連帝城，不如當身自簪纓⓭。看取富貴眼前者，何用悠悠身後名。

【注　釋】❶少年行　樂府舊題。《樂府詩集》卷六六列於〈雜曲歌辭〉。按：前已有〈少年行二首〉，又有〈少年子〉一首，此首別為一首，為歌行體。又按《文苑英華》收李白〈少年行三首〉，此為其一，其二為集本之〈少年子〉，其三集本〈少年行二首〉中之二「五陵年少金市東」。❷淮南　唐淮南道，治所在揚州（今江蘇揚州）。❸擁擲　聚眾賭博。擲，指賭博時擲骰子。❹呼盧　即樗博，古代的一種博戲。用木製骰子五枚，每枚兩面，一面塗黑，畫牛犢；一面塗白，畫雉。一擲五子皆黑為盧，是最勝采。賭博時往往高呼得勝，故稱「呼盧」。詳見李肇《國史補》卷下。❺渾身　蕭本、郭本、咸本皆作「渾成」。❻乞與　給予。即他人求乞，則予之。❼旋　立即；隨意。❽栽桃李　喻培植、扶持他人。❾徇書　胡本作「讀書」。徇，曲從；以身事物。❿徇節　通「殉節」。為保全志節而犧牲生命。⓫遮莫　儘管；任憑。晉唐民間口語。⓬親姻　蕭本、郭本、王本、咸本皆作「姻親」。⓭簪纓　古時官員的冠飾。此處指入仕為官。簪，插髮髻或連冠於髮的一種長針。纓，繫在頷下的冠帶。

【語　譯】您沒有見過淮南的少年遊俠麼，他們白天踢球打獵，晚上就聚眾賭博。呼叫著一擲百萬卻始終不以為惜，到千里之外去為人報仇如近在咫尺。

他們出外都有好大的排場，渾身衣裳都是綺羅綢緞製成。頭插蘭蕙的妓女相隨喧鬧，所去的地方都有笙歌風光。雖然他們曾自言不可有驕矜之氣，可是他們在俠士堂中供養薰染太久。好鞍好馬隨意給與人，十千五千隨意拿去沽酒。為知己用盡赤心，不惜花費黃金來扶持他人。多少年來扶持別人，一批舊的去了又來了一批新的。

府縣之中盡是門下之客，與王侯權貴相交也是平起平坐。男兒百年且當樂天知命，何須曲從讀書甘受貧病？男兒百年且應使自己榮耀，何必為保志節而自甘淪落風塵？當朝衣冠之士多半是征戰立功的武人，貧窮的讀書人只能淪落林下作一介平民。儘管根深枝長，不如今天就多多地歡樂交遊；儘管親戚婚婭遍連京城權貴，不如自己就做個高官。要取做享受眼前功名富貴的人，何用追求身後長久的好名聲。

【研析】此詩寫淮南遊俠少年的作風和行為。宋代嚴羽《滄浪詩話・考證》曰：「太白集中〈少年行〉只有數句類太白的，其他皆淺近浮俗，決非太白所作，必誤入也。」自此以後，蕭士贇注、胡震亨注、朱諫《李詩辨疑》卷上，趙翼《甌北詩話》卷一都認為此詩是偽作，非李白所作。然《文苑英華》選李白〈少年行〉三首，即以此詩為第一首，則宋初的李白集已有此詩。至今亦無確據證明此詩非李白所作，只能存疑。

擣衣篇❶

閨裏佳人年十餘，嚬蛾❷對影恨離居。忽逢江上春歸燕，銜得雲中尺素書❸。玉手開緘長歎息，狂夫猶戍交河北❹。萬里交河水北流，願為雙鳥泛中洲❺。君邊雲擁青絲騎，妾處苔生紅粉樓❻。樓上春風日將歇，誰能攬鏡看愁髮！曉吹員管❼隨落花，夜擣戎衣向明月。明月高高刻漏長❽，真珠簾箔掩蘭堂❾。

橫垂寶幄同心結⑩，半拂瓊筵蘇合香⑪。瓊筵寶幄連枝錦⑫，燈燭熒熒⑬照孤寢。有使憑將金剪刀，為君留下相思枕⑭。摘盡庭蘭不見君，紅巾拭淚坐氤氳⑮。明年若更征邊塞，願作陽臺一段雲⑯。

【注　釋】❶擣衣篇　《樂府詩集》卷九四〈新樂府辭〉有〈擣衣曲〉，並曰：「蓋言擣素裁衣，緘封寄遠也。」錄王建、劉禹錫詩，似為唐代新體。但卻未收李白此詩。其實，謝靈運、謝惠連已有〈擣衣〉詩。謝惠連〈擣衣〉詩：「櫚高砧響發，楹長杵聲哀。微芳起兩袖，輕汗染雙題。」寫為在外的丈夫縫衣與對其思念。李白此詩承六朝人詩意，專寫女子對遠戍邊塞的丈夫的思念。擣衣，古代縫衣前，用棍棒捶擊練帛。❷嚬蛾　蹙眉。蛾，眉毛。❸尺素書　寫在白絹上的書信。古人寫信，多用絹，通常長一尺，故稱尺素書。古樂府〈飲馬長城窟行〉：「呼童剖鯉魚，中有尺素書。」❹狂夫句　狂夫，此指丈夫。戍，防守。交河，古城名。故址在今新疆吐魯番西北約五公里處，雅爾湖村之西，處於兩條小河交叉環抱的一個柳葉形小島上，故名。❺願為句　雙鳥，蕭本、郭本、咸本作「雙燕」。中洲，洲中。❻君邊二句　君，指丈夫。青絲騎，用青絲為飾之馬。劉孝綽〈淇上戲蕩子婦示行事〉詩：「不見青絲騎，徒勞紅粉妝。」二句即有此意。❼員管　員，通「篔」。胡本即作「篔管」。樂器名。形制不詳。❽明月句　謂思婦徹夜不眠，深感夜長。刻漏，古人的計時方法，在水壺中置一刻有度數的箭，使水下漏而露出刻度，以此計算時間。❾真珠句　謂用珍珠穿成的門簾，遮掩著蘭香氤氳的堂室。❿橫垂句　此指放下帳幔，將上面的帶子兩端於中心處打成結，橫垂於帳幔之前。寶幄，珍貴的帳幔。同心結，用錦帶打成的連環回文樣式的結子，為男女相愛的象徵。⓫半拂句　瓊筵，珍貴的筵席。蘇合，植物名，原產小亞細亞，梵語名咄嚕瑟劍。在漢代傳入中國。從此樹中取膠，製成香料，謂蘇合香。又可入藥。一說蘇合香乃合諸香汁煎之，非自然一物。見《法苑珠林》卷四九。⓬瓊筵句　謂筵席上的裝飾和帳幔都用連理枝圖案的錦製作。⓭熒熒　明亮貌。⓮有使二句　謂如有使者，自己願裁製一枕請其帶給丈夫，用之可在睡中相思相見。有使，蕭本、郭本、咸本作「有便」。⓯摘盡二句　紅巾，唐代富貴之家佩巾都以胭脂染之為紅色，故稱紅巾。坐，郭本、王本、咸本作「生」。氤氳，煙霧彌漫貌，此形容淚眼模糊。⓰明年二句　若更，宋本原作「更若」，據蕭本、郭本、王本、咸本改。陽臺一段雲，用宋玉〈高唐賦〉楚王夢與巫山神女雲雨事。

【語　譯】閨中的美女是個十幾歲的少婦，面對鏡中的孤影皺著眉毛，深感與丈夫離別的淒苦。忽然遇到江上春歸的燕子，從雲中銜來了一封書信。纖纖玉手拆封一看不禁發出了長長的嘆息，原來丈夫還需在西域的交河以北守邊。萬里交河之水向北流去，希望與丈夫化作一對鳥兒在河洲之中雙棲泛遊。夫君的戰馬繞著邊雲，我的紅粉樓下也長滿了青苔。眼看樓上一年之春風將歇，誰能對鏡看著蓬亂不整的鬢髮發愁呢！

早晨對著落花吹著篔管，夜晚在明月下擣著征衣。明月高懸刻漏長而夜已深，珍珠簾子掩蔽著蘭堂。床帳之前橫垂著同心結，瓊筵上飄拂來陣陣蘇合香。瓊筵和寶帳都用連理枝的圖案裝飾著，熒熒的燈燭只照一人孤眠。願將金剪為夫君裁做一個相思枕，讓來使給他捎去。如今將庭中的蘭花摘盡也不見夫君回來，紅手帕拭淚而淚眼模糊。明年夫君若是還要戍守，我願化作巫山頂上的一片雲朵隨著夫君而去。

【研　析】此詩承六朝人〈擣衣〉詩意，亦寫戍婦憂鬱之情，懷思之切。首先敘寫閨中佳人年僅十餘，鎖眉對影恨離居，忽逢燕歸得夫書，開緘不禁長嘆，嘆夫還須戍守交河北。接著寫思婦想像交河情景，願與丈夫化作雙鳥同泛洲中。想像丈夫雲擁青絲騎，而自己所居紅粉樓下已生青苔。何況春風將歇，誰能對鏡看愁髮！下半則描寫思婦的活動和環境；曉吹篔管隨落花而聲悲，夜擣戎衣明月下念遠情更切；明月高懸珠簾掩蘭堂。同心結橫垂孤帷，蘇合香半拂瓊筵。自夫遠征，瓊筵寶帳皆置無用之地，唯熒熒燈燭照孤眠。於是想為夫君裁製相思枕。最後進一步描寫思婦心理活動，今春已去，更待明年，明年如果夫君還要戍邊，她願化作巫山一片雲，跟隨夫君於四方。將懷思之情寫得非常深刻。

去婦詞

古來有棄婦，棄婦有歸處。今日妾辭君，辭君遣何去？本家零落盡，慟哭來時路。憶昔未嫁君，聞君卻周旋。綺羅錦繡段，有贈黃金千。十五許嫁君，二十移所天。自從結髮日未幾，離君緬山川。家家盡歡喜，孤妾長自憐。幽閨多怨思，盛色無十年。相思若循環，枕席生流泉。

流泉咽不掃，獨夢關山道。及此見君歸，君歸妾已老。物情惡衰賤，新寵方妍好。掩淚出故房，傷心劇秋草。自妾為君妻，君東妾在西。羅幃到曉恨，玉貌一生啼。自從離別久，不覺塵埃厚。常嫌玳瑁孤，猶羨鴛鴦偶。歲華逐霜霰，賤妾何能久？寒沼落芙蓉，秋風散楊柳。以此顦顇顏，空持舊物還。餘生欲何寄？誰肯相牽攀？

君恩既斷絕，相見何年月？悔傾連理杯，虛作同心結。女蘿附青松，貴欲相依投。浮萍失綠水，教作若為流？不歎君棄妻，自歎妾緣業。憶昔初嫁君，小姑纔倚牀。今日妾辭君，小姑如妾長。回頭語小姑，莫嫁如兄夫。

【甄 辨】蕭士贇注：「此篇即顧況〈棄婦詞〉也，後人添增數句而竄入於太白集中。語俗意重，斧鑿之痕斑斑可見，可謂作偽心勞日拙者矣。」按《才調集》收此詩，明確定為顧況作，題為〈棄婦詞〉。顧況集有此詩，作〈棄婦詞〉。《文苑英華》亦收作〈棄婦詞〉，不列作者姓名。詩後注曰：「右〈棄婦詞〉，李白集中亦有之。比顧況甚詳。未知竟誰作，今注於後。」彭叔夏《文苑英華辨證》卷五：「顧況〈棄婦詞〉，……今並載李白集〈棄婦詞〉，比顧又詳。」按：此詩當為顧況作，誤入李白集。

長歌行❶

桃李得日開❷，榮華照當年。東風動百物，草木盡欲言❸。枯枝無醜葉❹，涸水吐清泉。大力運天地，羲和❺無停鞭。功名不早著，竹帛❻將何宣？

桃李務❼青春，誰能貫❽白日？富貴與神仙，蹉跎成兩失。金石猶銷鑠，風霜無久質。畏落日月後，強歡❾歌與酒。秋霜不惜人，倏忽侵蒲柳❿。

【注釋】❶長歌行　樂府舊題。《樂府詩集》卷三〇列於〈相和歌辭・平調曲〉，並引《樂府解題》曰：「古辭云：『青青園中葵，朝露待日晞。』言芳華不久，當努力為樂，無至老大乃傷悲也。魏改奏文帝所賦曲『西山一何高』，言仙道茫茫不可識，如王喬、赤松，皆空言虛詞，迂怪難信，當觀聖道而已。若陸機『逝矣經天日，悲哉帶地川』，則復言人運短促，當乘間長歌，與古文合也。」❷得日開　蕭本、郭本、胡本、咸本皆作「待日開」。❸草本句　謂草木萌動生機。❹枯枝句　謂枯枝逢春生新葉而美。❺羲和　神話中為日駕車者。❻竹帛　指史籍。《文選》卷三七曹植〈求自試表〉：「名稱垂於竹帛。」呂延濟注：「古無紙，史書皆竹帛也。」❼務　必須。❽貫　胡震亨注：「貫疑作貰。」王本作「貰」，注曰：「貰，音世，或音赦。《說文》：『貰，貸也。』」❾強歡　蕭本、郭本、咸本作「強飲」。❿蒲柳　蒲、柳皆逢秋即落葉之木，喻人之早衰。《世說新語・言語》：「顧悅與簡文同年而髮蚤（早）白。簡文曰：『卿何以先白？』對曰：『蒲柳之姿，望秋而落；松柏之姿，經霜彌茂。』」

【語譯】桃李之花得陽光而開放，花朵映照當年春天。東風使萬物復甦躍動，草木皆欣欣向榮搖曳欲語。枯枝上長出了美麗的新葉，乾河中也湧出了汩汩清泉。造化大力神運轉著天地，太陽神羲和駕馭著日車不停地飛奔。如果不早立功名，史籍怎能寫上您的名字？

桃李須待春天，但誰能使白日永駐不逝？時光蹉跎，富貴與神仙兩者皆會失去。金石之堅尚會銷蝕殆盡，風霜之下沒有長久不衰的體質。

我害怕落在日月之後，因此在日月之前強歡縱酒。秋天寒霜是不憐惜人的，倏忽之間被秋霜所侵而蒲柳之姿的人已經衰老了。

【研　析】此詩寫時光倏忽，人生易老，故當早立功名和及時行樂。首段謂桃李之花得陽光而開放，春風使草木欣欣向榮，乾河也流清泉。光陰易過，如不早立功名，史冊將無所記錄。第二段言無人能使白日長存，蹉跎歲月則富貴與神仙兩失，風霜之下無久而不變的物質。末段言自己畏落日月後，故強歡縱飲。秋霜不憐人，蒲柳之姿倏忽易老。蕭士贇注：「古詩：『浩浩陰陽移，年命如朝露。……服藥求神仙，多為藥所誤。不如飲美酒，被服紈與素。』又：『人生非金石，豈能長壽考！奄忽隨物化，榮名以為寶。』此詩意全出於此。」

長相思❶

日色欲盡❷花含煙，月明如素愁不眠❸。趙瑟初停鳳凰柱❹，蜀琴欲奏鴛鴦
絃❺。此曲有意無人傳，願隨春風寄燕然❻。憶君迢迢隔青天。昔時橫波目❼，今
為流淚泉。不信妾腸斷，歸來看取明鏡前❽。

【注　釋】❶長相思　樂府舊題。《樂府詩集》卷六九列於〈雜曲歌辭〉。並云：「古詩曰：『客從遠方來，遺我一書札。上言長相思，下言久別離。』李陵詩曰：『行人難久留，名言長相思。』蘇武詩曰：『生當復來歸，死當長相思。』長者，久

遠之辭，言行人久戍，寄書以遺所思也。古詩又曰：『客從遠方來，遺我一端綺。文綵雙鴛鴦，裁為合歡被。著以長相思，緣以結不解。』謂被中著綿以致相思綿綿之意，故曰長相思也。」蕭士贇曰：「此亦戍婦詞也。」❷日色欲盡　宋本原作「日色色盡」，據蕭本、郭本、繆本、王本、咸本改。《樂府詩集》、《全唐詩》作「日色已盡」。王本於「欲」下注：「一作：已」。❸月明句　如素，宋本原作「欲素」，據王本改。王本於「如」下注：「一作：欲。非。」愁不眠，宋本原作「秋不眠」，據蕭本、郭本、繆本、王本、咸本改。❹趙瑟句　趙瑟，指瑟。因這種樂器戰國時流行於趙國。《史記・貨殖列傳》記載，趙國中山女子多能鼓瑟。又〈廉頗藺相如列傳〉記載澠池會上秦王要趙王鼓瑟。鳳凰柱，刻有鳳凰形的瑟柱。吳均〈酬別江主簿屯騎詩〉：「趙瑟鳳凰柱。」❺蜀琴句　用司馬相如彈琴以挑卓文君而成為夫婦的故事。見《史記・司馬相如列傳》。司馬相如，蜀人，故稱「蜀琴」。❻燕然　山名，即今蒙古人民共和國境內之杭愛山。東漢時竇憲破匈奴刻石紀功之處。此處泛指邊塞。❼橫波目　形容女子眼神流轉生姿。❽不信二句　武則天〈如意娘〉：「不信比來長下淚，開箱驗取石榴裙。」此處化用其意。

【語　譯】日光將盡時花影如含煙霧，白絹般的明月照得閨中少婦愁思萬端，徹夜難眠。鳳凰柱的趙瑟剛彈畢，又奏蜀琴鴛鴦合歡之意。此曲有意卻無人能傳送，但願它能隨春風遠寄琴音到燕然山的邊塞之上。妾憶念夫君遠隔迢迢之青天。昔日像橫波一樣的美目，而今因相思而成了淚水之泉。如若夫君不信我為你相思腸斷，可以歸來在明鏡之前看取我相思之淚痕。

【研　析】此詩沿舊題寫戍婦相思之情。先從日暮花霧、月明不眠的環境寫起。接著說無心鼓趙瑟以為樂，故停鳳凰之柱；有意借蜀琴以傳情，特奏鴛鴦之絃。但有意之曲卻無人傳送，於是希望借春風將琴音寄往燕山塞上，使征夫聞之而知思婦相思之苦。末二句化用武則天詩句，前人已言之。宋長白《柳亭詩話》曰：「李白嘗作〈長相思〉樂府一章，末云『不信妾腸斷，歸來看取明鏡前。』其妻從旁曰：『君不聞武后詩乎：不信比來常下淚，開箱驗取石榴裙。』太白爽然自失。」

歌吟上

襄陽歌❶

襄漢

落日欲沒峴山西，倒著接䍦花下迷❷。襄陽小兒齊拍手，攔街爭唱〈白銅鞮〉❸。傍人借問笑何事，笑殺山公醉似泥❹。

鸕鶿杓❺，鸚鵡盃❻。百年三萬六千日，一日須傾三百盃❼。遙看漢水鴨頭綠❽，恰似蒲萄初醱醅❾。此江若變作春酒，壘麴便築糟丘臺❿。千金駿馬換少妾⓫，醉坐雕鞍歌〈落梅〉⓬。車傍側挂一壺酒，鳳笙龍管行相催⓭。咸陽市中歎黃犬⓮，何如月下傾金罍⓯？

君不見晉朝羊公一片古碑材⓰，龜頭剝落生莓苔⓱。淚亦不能為之墮，心亦不能為之哀。誰能憂彼身後事？金鳧銀鴨葬死灰⓲。清風朗月不用一錢買，玉山自倒非人推⓳。舒州杓，力士鐺⓴，李白㉑與爾同死生。襄王雲雨㉒今安在？江水東流猿夜聲㉓。

【注釋】❶襄陽歌　舊注或指為樂府〈襄陽曲〉。非。《樂府詩集》卷八五列於〈雜曲歌辭〉，其實此非樂府詩，乃李白即地懷古之歌吟體作品。襄陽，縣名，唐襄州治所，今湖北襄樊。題下「襄漢」二字乃宋曾鞏編集時所加，以為李白行蹤。以下凡題下所注地名同。❷落日二句　峴山，又名峴首山，在今湖北襄樊南。東臨漢水，為襄陽南面要塞。接䍦，古代一種白色頭巾。宋本作「接䍦」，據繆本、王本、咸本改。《晉書・山簡傳》：「永嘉三年，出為征南將軍，都督荊、湘、交、廣四州諸軍事，假節鎮襄陽。……簡每出遊嬉，多之池上，置酒輒醉，名之曰高陽池。時有兒童歌曰：『山公出何許？往至高陽池，日夕倒載歸，酩酊無所知，時時能騎馬，倒著白接䍦。』」李白另有樂府詩〈襄陽曲四首〉，專詠山簡事。宋本在「倒著接䍦」四字下夾注：「一作：行客辭歸」。❸白銅鞮　即〈白銅蹄〉。南朝齊梁時歌謠。《隋書・音樂志上》記載：南齊末，蕭衍行雍州府事，鎮襄陽。時有童謠云：「襄陽白銅蹄，反縛揚州兒。」時有附會者言：白銅蹄謂馬。白，金色。後蕭衍起兵，實以鐵騎，揚州（今南京市）之士皆面縛，如謠所言。故（梁武帝）即位之後，更造新聲，自為詞三曲，又令沈約為三曲，以被絃管。❹笑殺句　山公，蕭本、郭本、咸本作「山翁」，指山簡，此為詩人自喻。醉似泥，爛醉貌。❺鸕鷀杓　形似鸕鷀鳥頸的長柄酒杓。鸕鷀，水鳥名，亦稱「水老鴉」、「魚鷹」。頸長，善潛水，可馴養捕魚。❻鸚鵡盃　用形似鸚鵡嘴的螺殼製成的酒杯。盃，「杯」的異體字。鸚鵡，鳥名，俗稱「鸚哥」。頭圓，上嘴彎曲成鉤狀，尖處紅色，能模仿人言的聲音。❼一日句　《世說新語・文學》：「鄭玄在馬融門下，……業成辭歸。」劉孝標注引《鄭玄別傳》：「袁紹辟玄，及去，餞之城東，欲玄必醉。會者三百餘人，皆離席奉觴，自旦及莫（暮），度玄飲三百餘杯，而溫克之容終日無怠。」陳暄〈與兄子秀書〉：「鄭康成（鄭玄）一飲三百杯，吾不以為多。」❽鴨頭綠　染色業術語，指像鴨頭上綠毛般的顏色。顏師古《急就章注》卷二：「春草、雞翹、鳧翁，皆謂染彩而色似之，若今染家言鴨頭綠、翠毛碧云。」綠，宋本原作「淥」，誤。據蕭本、郭本、胡本、王本改。❾恰似句　此句謂清澈的漢水正像剛釀的葡萄酒。初，《文苑英華》作「新」。蒲萄即葡萄，酒名。《博物志》卷五記載：「西域有葡萄酒，積年不敗，彼俗云可十年，飲之，醉彌日乃解。」程大昌《演繁露續集》卷四：「錢希白《南部新書》曰：太宗破高昌，收馬乳蒲萄，種於苑中，並得酒法，仍自損益之。造酒綠色，長安始識其味。太白命蒲萄之色以為綠者，蓋本此也。」醱醅，重釀而未經過濾的酒。酒再釀曰醱，未濾之酒曰醅。❿此江二句　春酒，古代稱美酒多冠以「春」字，如劍南春、老春等。壘，堆疊。麴，俗稱酒藥，即釀酒時所用的發酵糖化劑。糟丘臺，酒糟堆積如山丘高臺，極言其多。⓫千金句　千金，一作「金鞍」。少妾，一作「小妾」。此句用曹彰以妾換馬典。《獨異志》卷中：「後魏曹彰性倜儻，偶逢駿馬愛之，其主所惜也。彰曰：『予有美妾可換，惟君所選。』馬主因指一妓，彰遂換之。」⓬醉坐句　醉坐，蕭本、郭本、王本、咸本皆作「笑坐」。雕鞍，咸本作「金鞍」。落梅，即樂府〈梅花落〉曲。《樂府詩集》卷二四〈橫吹曲辭〉有〈梅花落〉，曰：「本笛中曲也。按唐大角曲亦有〈大單于〉、〈小單于〉、〈大梅花〉、〈小梅花〉等曲，今其聲猶有存者。」⓭鳳笙句　鳳笙，調笙形像鳳，因稱鳳笙。龍管，調笛聲如龍鳴，故稱龍管。⓮咸陽句　用秦相李斯被殺典，見卷二〈行路難〉其三注⓫。

⑮金罍　古酒器，即黃金所飾之酒樽。《詩經・周南・卷耳》：「我姑酌彼金罍。」孔穎達疏：「罍，……酒罇也。韓詩云：天子以玉飾，諸侯、大夫皆以黃金飾。」⑯君不見句　羊公，指西晉名將羊祜。一片古碑材，蕭本、郭本、王本、咸本作「一片石」，指墮淚碑。《晉書・羊祜傳》：「祜樂山水，每風景必造峴山置酒，言詠終日不倦。祜卒，襄陽百姓於峴山祜平生遊憩之所建碑立廟，歲時饗祭焉。望其碑者莫不流涕。杜預因名為墮淚碑。」⑰龜頭句　龜頭，咸本作「龜龍」，指負碑的石雕動物贔屭。贔屭，一種爬行動物，又名蠵龜，形狀似龜。古代碑下的石座，習慣雕作贔屭，作為負碑之物。剝落，《文苑英華》作「駁落」，剝蝕脫落。⑱誰能二句　蕭本、郭本、王本皆無此二句。⑲玉山句　《世說新語・容止》：「嵇叔夜之為人也，巖巖若孤松之獨立；其醉也，傀俄若玉山之將崩。」後因以「玉山自倒」形容醉態。⑳舒州二句　舒州，今安徽潛山縣。據《新唐書・地理志五》，唐代舒州產酒器，為進貢之物。鐺，溫酒器。《新唐書・韋堅傳》載各地進貢之物中有「豫章力士甆飲器：茗、鐺、釜」。宋本在二句下夾注：「一作：黃金爵，白玉瓶」。㉑李白　宋本在「李白」二字下夾注：「一作：酒仙」。㉒襄王雲雨　宋玉〈高唐賦〉云：楚王曾遊高唐，夢一神女，自稱巫山之女，願薦枕席。臨別時云：「妾在巫山之陽，高丘之岨。旦為朝雲，暮為行雨，朝朝暮暮，陽臺之下。」後以「雲雨」稱男女幽歡，即本此。按：巫山雲雨原為楚懷王事，後因此事乃宋玉對楚襄王所說，遂變為「襄王雲雨」。㉓聲　《文苑英華》作「鳴」。

【語　譯】太陽將在峴山之西落下去，當年山公倒戴著白頭巾在花下醉眼迷糊。襄陽的小兒一起拍手在街上攔住而爭唱〈白銅鞮〉之童謠。路旁之人問他們所笑何事，原來他們是笑山公爛醉如泥。

拿起鸕鶿杓舀酒，高舉鸚鵡杯暢飲。百年共有三萬六千日，每天都要暢飲三百杯。遙看漢水之清澈像鴨頭綠的顏色一樣，好像是剛剛重釀而還未過濾的葡萄酒。這江水若能變為春酒，就可在江邊壘上一座麴山和酒糟臺。學歷史上的曹彰用小妾換一匹駿馬，醉坐在馬鞍上唱著〈梅花落〉。車旁再掛上一壺美酒，在一派笙笛歌聲之中出遊行樂。當年李斯在咸陽市中行將腰斬時徒嘆黃犬，何如我在月下自由自在地傾杯飲酒行樂？

你不是在峴山上見過晉朝羊公的那塊墮淚碑嗎，如今負碑的石龜龜頭已剝落而長滿了青苔。看到它我既不能為之流淚，心也不能為之悲哀。誰能為他身後之事而憂傷？人死後即使有金鳧銀鴨相伴也是一堆沒有知覺的死灰罷了。唯有清風朗月不用一錢買就可任意享用，喝酒就得大醉如玉山自倒不用人推。舒州杓，力士鐺，李白要與你同死共生。楚襄王的雲雨之歡如今在哪裡？只能見到月下江水東流和聽到夜猿悲啼之聲。

【研　析】此詩當是開元二十二年（西元七三四年）遊襄陽時作。首段描繪晉朝山簡鎮襄陽時「醉如泥」、「倒著接羅」的形象起興。為後面寫自己的醉酒作鋪墊。第二段寫自己在襄陽痛飲及醉中情態。「一日須傾三百杯」，反映出憂愁難解。「何以解憂，唯有杜康。」（曹操〈短歌行〉）這正是李白醉酒的原因。在醉眼朦朧中，望見清澈的漢水就像重釀過的葡萄酒，漢水變成了美酒，酒麴就可壘成夏桀時的糟丘臺了。詩人想學當年曹彰以隨行小妾換駿馬，笑坐在雕鞍上，唱著〈梅花落〉的曲子，車旁掛著一壺酒，樂隊奏著鳳笙龍笛。想當年富貴到極點的秦朝丞相李斯最後被殺，連想跟兒子出上蔡牽黃犬打獵都不可能，還不如我現在自由自在地在月下傾杯喝酒呢！第三段以「君不見」領起，感慨往事如煙，故蹟難尋。進一步抒發人生短促、功業不能長存的悲哀。當年為紀念羊祜立的碑，如今已剝落，誰還記得他的功業而哀悼墮淚呢？楚襄王與巫山神女的故事亦屬子虛烏有，只有清風朗月不用花錢可盡情享用，酒醉後像玉山自倒在清風朗月下，是多麼瀟灑！全詩反映縱酒行樂的生活以及蔑視功名富貴的思想，表現出初入長安功業無成所產生的悲憤情緒。其氣勢縱橫跌宕，語言奔放自然，意境開曠神逸，藝術成就甚高。

南都行❶

南都信佳麗❷，武闕橫西關❸。白水真人❹居，萬商羅鄽闤❺。高樓對紫陌❻，甲第❼連青山。

此地多英豪，邈然❽不可攀。陶朱與五羖❾，名播天壤間。麗華❿秀玉色，漢女⓫嬌朱顏。

清歌遏流雲⑫，豔舞有餘閑。遨遊盛宛洛⑬，冠蓋隨風還。走馬紅陽城⑭，呼鷹白河⑮灣。誰識臥龍客⑯？長吟愁鬢斑。

【注　釋】❶南都行　南都，《文選》卷四張衡〈南都賦〉李善注引摯虞曰：「南陽郡治宛，在京之南，故曰南都。」王琦注：「南陽是光武舊里，即位之後，建都洛陽，以南陽為別都，謂之南都。」即今河南南陽。唐時為山南東道鄧州（南陽郡）。行，古詩的一種體裁，即歌行體。❷信佳麗　信，確實。佳麗，大而美。《文選》卷二四曹植〈贈丁儀王粲〉：「壯哉帝王居，佳麗殊百城。」李善注引高誘《戰國策注》曰：「佳，大也；麗，美也。」❸武關句　武關指武關山，謂武關山為南陽之西關，戰國以來為自楚入秦之要隘。《漢書·地理志》：「宛，西通武關，東受江淮，一都之會也。」武關山在今陝西商縣東九十公里。高步瀛《文選李注義疏》卷四有詳考。❹白水真人　指漢光武帝劉秀。《宋書·符瑞志上》：「既而光武起於舂陵之白水鄉，貨泉之文為白水真人也。」《文選》卷四張衡〈南都賦〉：「真人革命之秋也。」李善注：「真人，光武也。」❺鄽闤　泛指城市街區。鄽，同「廛」。市宅也。闤，市區。❻紫陌　都城或郊野的道路。❼甲第　《文選》卷二張衡〈西京賦〉：「北闕甲第。」薛綜注：「第，館也。甲，言第一也。」❽邈然　遙遠貌。❾陶朱句　陶朱，指范蠡。《史記·越王句踐世家》：「范蠡事越王句踐，既苦身勠力，與句踐深謀二十餘年，竟滅吳。……乃裝其輕寶珠玉，……浮海出齊，變姓名，自謂鴟夷子皮。……止於陶，以為此天下之中，交易有無之路通，為生可以致富矣。於是自謂陶朱公。」裴駰《集解》引《太史公素王妙論》曰：「蠡，本南陽人。」五羖，指百里奚（傒）。春秋時虢國被晉國所滅，百里奚逃亡至宛，被楚人執為奴。秦穆公聞其賢，以五羖羊皮贖之，授以國政，號曰五羖大夫。見《史記·秦本紀》。羖，黑色的公羊。《水經注·淯水》：「百里奚故宅。奚，宛人也。」❿麗華　指東漢光武帝皇后陰麗華。《後漢書·皇后紀》：「光烈陰皇后諱麗華，南陽新野人。初，光武適新野，聞后美，心悅之。後至長安，見執金吾車騎甚盛，因歎曰：『仕宦當作執金吾，娶妻當得陰麗華。』更始元年六月，遂納后於宛當成里，時年十九。」⓫漢女　漢水旁的女子。《文選》卷四張衡〈南都賦〉：「遊女弄珠於漢皋之曲。」李善注：「《韓詩外傳》曰：『鄭交甫將南適楚，遵彼漢皋臺下，乃遇二女，佩兩珠，大如荊雞之卵。』」⓬清歌句　《列子·湯問》：「薛譚學謳於秦青，未窮青之技，自謂盡之，遂得歸。秦青弗止，餞於郊衢，撫節悲歌，聲振林木，響遏行雲。」此句用其意。⓭遨遊句　《文選》卷二九〈古詩十九首〉：「驅車策駑馬，遊戲宛與洛。」李周翰注：「宛，南陽也；洛，洛陽也。」謝朓〈和徐都曹〉詩：「宛洛佳遨遊，春色滿皇州。」⑭紅陽城　地名。《漢書・地理志》南陽郡：「紅陽，侯國。」在今河南舞陽北。⑮白河　即「白水」，源出今河南嵩縣西南，南流經今南陽東，至湖北襄樊入漢水。俗稱白河。⑯臥龍客　即指諸葛亮。《三國志・蜀書・諸葛亮傳》：「徐庶謂先主（劉備）曰：『諸葛孔明者，臥龍也，將軍豈願見之乎？』」按：諸葛亮家於南陽之鄧縣，在襄陽城西二十里，號曰隆中，〈出師表〉所謂「臣本布衣，躬耕於南陽」是也。

【語譯】南都確實是名不虛傳的佳麗之地，巍峨的武關山就橫在西界。這是白水真人漢光武帝的老家，萬商雲集而市井繁榮。峨峨高樓對著紫色大道，高級宅第櫛次鱗比，連接著城外青山。

此地出了許多英豪，他們的業績巍巍渺不可攀。如號稱陶朱公的范蠡和五羖大夫的百里奚，他們都是名揚天地。這裡還是以美色著名的漢光武皇后陰麗華、嬌豔美麗的漢皋遊女等出生的地方。

這裡的美女清歌一曲響遏流雲，舞姿優美從容而令人讚嘆。南陽之盛與洛陽齊名，古來都是有名的遊覽勝地，冠蓋來往車馬不斷。我在紅陽城外走馬，在白河灣呼鷹逐獵。有誰能知道我就像當年的臥龍客？長嘯〈梁父吟〉使我的頭髮都愁白了。

【研析】此詩作年不詳。首段描寫南陽的地理形勢，點明這裡是東漢光武帝出生之處，因此成為南都。於是商賈雲集，市井繁榮，大街高樓顯示都邑之富，甲第連山反映王侯之貴。次段寫南陽曾出多位邈然高遠、不可企及的英豪，列舉范蠡佐越滅吳和百里奚相秦以霸，功業顯著，名揚天地。更有美女陰麗華成為光武帝之皇后，遊女弄珠於漢皋，說明南陽出人才國色，稀世僅有。再次段寫南陽風俗有清歌妙舞，遊士盛於宛洛，冠蓋隨風周旋，紅陽走馬，白河鷹獵，顯示豪俠風流。末二句以臥龍自比，愁嘆無人識己，可知李白當時尚未奉詔入京。

江上吟　一作〈江上遊〉

木蘭之枻沙棠舟❶，玉簫金管坐兩頭。美酒樽中置千斛，載妓隨波任去留❷。
仙人有待乘黃鶴❸，海客無心隨白鷗❹。屈平詞賦懸日月，楚王臺榭空山丘❺。興酣落筆搖五岳，詩成嘯傲凌滄洲❻。功名富貴若長在，漢水亦應西北流❼。

【注　釋】❶木蘭句　木蘭，又名杜蘭、林蘭，形狀如楠樹。可造船。枻，短槳；船柁。沙棠，木名。《山海經・西山經》：「崑崙之丘有木焉，其狀如棠，黃花赤實，其味如李而無核，名曰沙棠，可以禦水，食之使人不溺。」《述異記》卷中：「漢成帝與趙飛燕遊太液池，以沙棠木為舟。其木出崑崙山，人食其實，入水不溺。」此句謂船和槳都用名貴木材製成。❷美酒二句　郭璞〈山海經贊〉：「安得沙棠，製為龍舟。……聊以逍遙，任波去留。」此蓋用其意。斛，古代量器名。十斗為一斛。千斛形容船中置酒之多。去留，宋本作「去流」，據蕭本、郭本、王本、咸本改。宋本在「樽」字下夾注：「一作：當」。❸仙人句　黃鶴樓原在今湖北武昌西黃鶴磯上。傳說仙人王子安乘黃鶴過此，故名。又傳說費文禕登仙，曾駕黃鶴在此休息，遂以名樓。此謂要想成仙，還須待黃鶴飛來。❹海客句　《列子・黃帝》：「海上之人有好鷗鳥者，每旦之海上，從鷗鳥遊，鷗鳥之至者百住而不止。」此句謂海上人無機詐之心，因而能隨白鷗一起嬉遊。隨，宋本夾注：「一作：狎」。❺屈平二句　謂屈原辭賦如日月高懸，千古不朽；而楚王的宮苑卻早已成了荒丘。臺榭，臺上有屋稱榭。楚靈王有章華臺，楚莊王有釣臺。❻興酣二句　謂興酣落筆寫成的詩可以搖撼五岳，凌駕滄洲。五岳，指東岳泰山、西岳華山、南岳衡山、北岳恆山、中岳嵩山。嘯傲，蕭本、郭本、王本、咸本作「笑傲」。滄洲，濱水之處，古時稱隱士居處。❼漢水句　漢水，源出今陝西寧強，東南流經陝西南部、湖北西北部和中部，至武漢入長江。此以漢水西北倒流為喻，謂事情絕不可能。

【語　譯】用木蘭做的槳，用沙棠做的船，船的兩頭吹奏著簫管之樂。船中載著千斛美酒和美豔的歌妓，任憑它在江中隨波逐流。神仙需有待於乘黃鶴而仙去，海客卻毫無機心而能與白鷗狎隨。屈原的詞賦至今仍像日月一樣高懸，而楚王的臺榭在山丘之上早就空無一物了。我興酣之時落筆可搖動五岳，詩成之後嘯傲聲可凌越滄海。功名富貴如能常在，漢水恐怕就應該西北倒流了。

【研　析】此詩當為乾元二年（西元七五九年）之作。王琦云：「『仙人』一聯，謂篤志求仙，未必即能沖舉。而忘機狎物，自可縱適一時。『屈平』一聯，謂留心著作，可以傳千秋不刊之文。而溺志豪華，不過取一時盤遊之樂，有孰得孰失之意。然上聯實承上文泛舟行樂而言，下聯又照下文興酣落筆而言也。特以四古人事排列於中，頓覺五色迷目，令人驟然不得其解。似此章法，雖出自逸才，未必不少加慘澹經營，恐非斗酒百篇時所能構耳。」王琦所云極是。此詩不僅否定功名富貴，對神仙因有所待，故亦不嚮往，認為唯有詩文辭賦可以不朽。此當為晚年之思想。乾元二年流放遇赦回到江夏時，與友人韋冰遊樂甚歡，有〈江夏贈韋南陵冰〉、〈寄韋南陵冰余江上乘興訪之遇尋顏尚書笑有此贈〉等詩，與此詩意境相似。就在此年，李白還給韋冰之子韋渠牟傳授古樂府之學（詳見拙著《李白叢考·李白暮年若干交遊考索》）。

前四句寫遊江，色彩華麗。木蘭之枻，沙棠之舟，極言其精美。船兩頭有音樂班子，玉簫金管，樂器也精美異常。有萬千斗美酒可盡詩酒之興，還帶著美貌歌妓可享聲色之娛。如此遊江，隨波任意去留，極耳目之歡，真可謂酣暢恣肆，但這不過是及時行樂的行為。中四句是兩聯對句。「仙人」一聯承上，以「仙人」與「海客」對比，認為神仙仍有所待，沒有黃鶴就上不了天，暗示出詩人對求仙不甚認真；而海客沒有心機，就能與白鷗相隨，物我為一，豈不比神仙更快活？反映出詩人對自由的嚮往。「屈平」一聯啟下，扣住題中「吟」字，強調文學乃不朽之盛事。以屈原與楚王作為兩種人生進行對比，屈原盡忠愛國，反被放逐，但他的辭賦可與日月爭光，千古不朽；而楚王窮奢極欲，建造宮樓臺榭，如今早就蕩然無存，空見荒涼山丘。足見權勢威力之不能長久。末四句緊接「屈平」一聯意思盡情發揮。「興酣」二句描繪自己作詩之得意情狀，活畫出詩人傲岸不羈的神態。落筆時五岳為之搖動，可見筆力何等雄健；詩成後嘯傲滄洲，又是何等氣概！此承屈平發揮。最後兩句承楚王發揮，從反面說功名富貴不長在，並用一永無可能之事作一假設襯托，使否定力量更強，並帶有嘲諷意味。全詩氣勢豪放，感情激昂，突然而起，戛然而止。都經慘澹經營，非率意為之。結構綿密，亦獨具匠心。

侍從宜春苑奉詔賦龍池柳色初青聽新鶯百轉歌❶　長安

東風已綠瀛洲❷草，紫殿紅樓❸覺春好。池南❹柳色半青青，縈煙裊娜拂綺城❺，垂絲百尺挂雕楹❻。

上有好鳥相和鳴，間關❼早得春風情。春風卷入碧雲去，千門萬戶皆春聲。

是時君王在鎬京❽，五雲垂暉耀紫清❾。仗出金宮隨日轉，天回玉輦❿繞花行。

始向蓬萊⓫看舞鶴，還過茝若⓬聽新鶯。新鶯飛繞上林苑⓭，願入〈簫韶〉雜鳳笙⓮。

【注釋】❶侍從題　宜春苑，《雍錄》卷六：「(宜春苑)在杜縣東，即唐曲江也。……漢之曲洲，唐之曲江，皆下杜之宜春也。其苑若宮，皆秦創而漢唐因之也。」故址在今陝西長安南。龍池，在唐長安隆慶坊玄宗未即位時所居的舊邸旁，中宗曾泛舟其中。玄宗即位後於隆慶坊建興慶宮，龍池被包容於內。在今陝西西安興慶公園內。徐松《唐兩京城坊考》卷一興慶宮：「宮之正門西向，曰興慶門，其內興慶殿，殿後為龍池。」轉，蕭本、郭本、王本、咸本皆作「囀」。❷瀛洲　原指海中三神山之一，此處則喻指興慶宮，興慶宮內有瀛洲門，見《唐兩京城坊考》卷一。❸紫殿紅樓　泛指苑中之宮殿。❹池南　龍池之南。❺綺城　城牆美稱。指興慶宮東倚長安城牆的夾城。❻雕楹　雕梁畫柱。楹，柱子。❼間關　象聲詞，狀鳥鳴。張駿〈東門行〉：「鳩鵲與鶖黃，間關相和鳴。」❽鎬京　西周都城。《元和郡縣志》卷一關內道京兆府長安縣：「周武王鎬京在長安縣西北十八里。」按：唐朝都城長安亦鎬地，故曰鎬京。❾五雲句　五雲，五色祥雲。《宋書・符瑞志》：「雲有五色，太平之應也，曰慶雲。」紫清，紫微清都，天帝所居之所。❿玉輦　帝后所乘輦車的美稱。⓫蓬萊　此處指太液池中之蓬萊山。唐代太液池在大明宮內含元殿北。⓬茝若　漢宮殿名。《三輔黃圖》卷三未央宮：「武帝時後宮八區，有昭陽……等殿。後有增修安處、常寧、茝若……等殿為十四位。」按：茝，同「芷」。⓭上林苑　《三輔黃圖》卷四：「漢上林苑即秦之舊苑也。《漢書》云武帝建元三年開……周袤三百里。」《元和郡縣志》卷一關內道京兆府長安縣：「上林苑，在縣西北一十四里，周匝二百四十里，相如所賦也。」⓮願入句　簫韶，傳說中舜時的音樂名。《尚書・益稷》：「〈簫韶〉九成，鳳皇來儀。」孔傳：「〈韶〉，舜樂名，言簫見細器之備。」孔穎達疏：「簫乃樂器，非樂名，簫是樂器之小者。言簫見細器之備，調作樂之時，小大之器皆備也。」鳳笙，笙有十三簧管，其排列之形如鳳之身，故曰鳳笙。

【語　譯】東風已經吹綠了興慶宮中瀛洲之草木，宮中的紫殿和紅樓在春色裡顯得格外美好。龍池之南的柳色剛放半青，柳條在綠煙籠罩下隨著春風婀娜地拂著美麗的城牆，柳絲百尺高高地垂掛在雕梁畫柱之上。

柳樹上面有美麗的小鳥在間關和鳴，好像牠們已早知春天的風情。春風將間關的鳥語吹入雲中，給千家萬戶都帶來了春天的聲音。

此時君王正在京城的宮廷之中，五彩祥雲映照著紫微清都。儀仗在陽光照耀下出了金宮，玉輦繞著花叢而行。先到蓬萊島去看仙鶴跳舞，又過茝若宮去聽新鶯唱歌。黃鶯在上林苑中回繞飛鳴，但願牠的歌聲能進入〈簫韶〉之內，雜鳳笙以和鳴。

【研　析】從詩題可知，此詩當是天寶二年（西元七四三年）李白供奉翰林時侍從唐玄宗遊曲江之宜春苑奉詔而作。是一首應制詩。開頭五句為第一節，描寫「龍池柳色初青」。接著四句為第二節，寫「聽新鶯百轉歌」。末八句寫君王出宮遊樂，即「侍從宜春苑」。全詩脈絡清晰，層次分明。沈德潛《唐詩別裁集》卷六評此詩曰：「應制詩有此，非仙才不能。」「三唐應制詩以此篇及摩詰之『雲裡帝城，雨中春樹』為最上。」《唐宋詩醇》卷五評曰：「清圓流麗，可以鼓吹休明。『千門萬戶』一語，氣象頗大。全篇格調，想見初唐餘響。」

玉壺吟❶

烈士❷擊玉壺，壯心惜暮年。三杯拂劍舞秋月，忽然高詠涕泗漣❸。

鳳凰初下紫泥詔❹，謁帝稱觴登御筵❺。揄揚九重萬乘主❻，謔浪赤墀青瑣賢❼。朝天數換飛龍馬❽，敕賜珊瑚白玉鞭❾。世人不識東方朔，大隱金門是謫仙❿。

西施宜笑復宜嚬，醜女效之徒累身⓫。君王雖愛蛾眉⓬好，無奈宮中⓭妒殺人。

【注　釋】❶玉壺吟　《世說新語・豪爽》：「王處仲（敦）每酒後輒詠：『老驥伏櫪，志在千里。烈士暮年，壯心不已。』（曹操〈步出夏門行〉詩句）以如意打唾壺，壺口盡缺。」本詩即以此故事為題。玉壺，玉製的唾壺。❷烈士　剛烈之士。李白自謂。烈，宋本作「列」，據蕭本、郭本、繆本、王本、咸本改。❸三盃二句　謂酒後拔劍於月下起舞，一時激憤高歌，涕淚縱橫。宋本在「高詠涕泗漣」五字下夾注：「一作：秋月忽高懸」。涕，眼淚。泗，鼻涕。漣，不斷流淌。❹鳳凰句　《初學記》卷三〇引晉陸翽《鄴中記》云：「石季龍（虎）與皇后在觀上為詔書，五色紙，著鳳口中。鳳既銜詔，侍人放數百丈緋繩，轆轤回轉，鳳凰飛下，謂之鳳詔。鳳凰以木作之，五色漆畫，腳皆用金。」後因稱皇帝的詔書為「鳳詔」或「鳳凰詔」。紫泥，一種紫色有粘性的泥，古代用以封詔書袋口，上面蓋印。《漢舊儀》上：「皇帝六璽，……皆以武都紫泥封。」後又稱詔書為「紫詔」、「紫誥」、「紫泥詔」。《元和郡縣志》卷三九隴右道武州：「武州有紫水，泥亦紫。漢朝紫璽書用紫泥，即此水之泥也。」❺謁帝句　稱觴，猶舉杯。稱，舉。御筵，皇帝所設酒席。❻揄揚句　揄揚，讚揚。九重，指皇帝所居之處。萬乘主，指皇帝。周制：王畿方千里，能出兵車萬乘，後因以「萬乘」指皇帝。❼謔浪句　謔浪，戲謔放浪。赤墀，皇宮中用丹漆所塗的臺階。青瑣，古代宮殿門窗上雕刻的連鎖文，並塗以青色。賢，指朝廷大臣。❽朝天句　謂上朝時經常換乘飛龍廄中的好馬。朝天，指朝見皇帝。飛龍，唐代御廄名。按：唐代制度，學士初入翰林院，例借飛龍廄馬一匹。李白〈答杜秀才五松山見贈〉詩：「敕賜飛龍二天馬，黃金絡頭白玉鞍。」❾敕賜句　敕，皇帝詔令。珊瑚白玉鞭，用珊瑚、白玉裝飾的馬鞭。❿世人二句　《史記・滑稽列傳》記載東方朔事云：「時坐席中，酒酣，據地歌曰：『陸沉於俗，避世金馬門。宮殿中可以避世全身，何必深山之中，蒿廬之下。』」其時李白正供奉翰林，故以東方朔自喻。金門，即金馬門，因宮門旁有銅馬，故稱。謫仙，謫居凡間的仙人。賀知章初見李白，呼之為謫仙人，詩人深喜之，常用以自稱。⓫西施二句　《莊子・天運》：「故西施病心而矉其里，其里之醜人見而美之，歸亦捧心而矉其里。其里之富人見之，堅閉門而不出。貧人見之，挈妻子而去之走。」梁簡文帝〈鴛鴦賦〉：「亦有佳麗自如神，宜羞宜笑復宜嚬。」此謂西施無論微笑或皺眉均美，而醜女效之，卻只增其醜態而已。矉，同「顰」。皺眉。累身，累，宋本作「集」，據蕭本、郭本、王本、咸本改。⑫蛾眉　代指美女，此處用以自喻。⑬宮中　指妃嬪，此處喻讒毀自己的小人。

【語　譯】剛烈之士敲擊玉壺而高歌，悲惜暮年已至而仍壯心不已。我酒飲三杯拔劍在秋月下飛舞，突然慷慨高詠涕淚流淌不斷。

想當初皇上特下詔書召我入京，我拜謁天子時皇上設御宴親自款待。在宮內我頌揚英明的君王，在丹漆臺階上我嘲弄朝廷大臣。朝見天子時曾多次換騎飛龍廄的駿馬，揮舞著御賜的珊瑚白玉裝飾的馬鞭。世人都不識我像東方朔一樣是從天上下凡，大隱在朝廷金門之內是個天上謫仙人。

美女西施一笑一顰都很美，醜女模倣卻只能更增醜態。君王雖然喜歡我品格美好，無奈朝廷中眾多小人因妒忌而拼命對我進行讒毀。

【研　析】此詩當作於天寶二年（西元七四三年）秋天供奉翰林時，其時已遭小人讒毀，帝王疏遠他，故心情激憤。第一段四句，寫激憤的外在表現。首二句暗用王敦擊玉壺詠曹操詩句的典故，刻畫出詩人憤慨難平的自我形象。「烈士」、「壯心」、「暮年」三個詞都是曹操詩中語，說明詩人原想像曹操那樣作出一番大事業，如今理想破滅，壯志難酬，心中的苦悶可想而知。接著二句寫借酒澆愁仍抑制不住內心的痛苦，於是拔劍而起，對月揮舞，忽而又忍不住高聲吟詠，然後又涕淚交流。四句一氣傾瀉，擊壺、痛飲、舞劍、高詠、流淚，這一連串的傳神動作，將詩人內心的苦悶刻畫得淋漓盡致。第二段八句，回憶自己奉詔入京受到皇帝寵遇的情景。李陽冰〈草堂集序〉云：「天寶中，皇祖（指唐玄宗）下詔，徵就金馬，降輦步迎，如見綺、皓。以七寶牀賜食，御手調羹以飯之。」就是本段「鳳凰」二句的具體內容。「揄揚」二句寫在朝廷的作為：讚頌皇帝和嘲弄權貴。「朝天」二句寫受到皇帝特殊的恩寵。這六句極力形容得意的神態，與第一段四句形成鮮明對照，同時也為下二句的悲哀作襯托。詩人以被漢武帝看作滑稽弄臣的東方朔自喻，又以天上謫仙人自負，反映出詩人無可奈何的心情。從受寵得意到大隱金門，正反相照，內心的痛苦悲哀不言而喻。第三段四句，以春秋時越國美女西施自比，寫詩人的美好品德並斥責小人對自己的忌害。意思是說，自己的一舉一動都很得體和美好，別人是做不到的。君王雖然喜愛自己的品格，無奈那些小人忌妒而讒害自己。後二句用〈離騷〉詩意，以美人被妒喻有志之士不見容於朝廷。含蓄蘊藉，寄慨深沉。

全詩波瀾起伏，收放自如。洋溢著憤慨不平之氣，但不作悲酸語，不流於粗野。仍顯示出壯浪豪放的風格。

笑歌行❶

笑矣乎，笑矣乎！君不見，曲如鉤，古人知爾封公侯；君不見，直如絃，古人知爾死道邊❷。張儀所以只掉三寸舌❸，蘇秦所以不墾二頃田❹。

笑矣乎，笑矣乎！君不見，滄浪老人歌一曲，還道滄浪濯吾足❺。平生不解謀此身，虛作〈離騷〉遣人讀❻。

笑矣乎，笑矣乎！趙有豫讓楚屈平❼，賣身買得千年名。巢由洗耳❽有何益？夷齊餓死❾終無成。君愛身後名，我愛眼前酒。飲酒眼前樂，虛名何處有？男兒窮通當有時，曲腰向君君不知。猛虎不看机上肉❿，洪爐不鑄囊中錐⓫。

笑矣乎，笑矣乎！甯武子，朱買臣，叩角行歌背負薪⓬。今日逢君君不識，豈得不如佯狂⑬人！

【注釋】❶笑歌行　《樂府詩集》卷九〇收此詩，列於〈新樂府辭〉。咸本題下注：「天寶年間作。」按：此詩自宋以來多認為非李白作。蕭士贇注引蘇軾語：「近見曾子固編《太白集》，自謂頗獲遺亡，而有〈贈懷素草書歌〉及〈笑矣乎〉、〈悲來乎〉數首，皆貫休已下詞格。」此詩及〈悲歌行〉各家定為偽作的理由，皆從蘇軾評語，並無實據。❷君不見六句　《後漢書·五行志一》引順帝末京都童謠：「直如絃，死道邊；曲如鉤，反封侯。」此處用其語。曲，謂諂曲媚世。直，謂直道而行。❸張儀句　《史記·張儀列傳》記載，張儀通楚，遭掠笞數百。其妻曰：「子毋讀書遊說，安得此辱乎？」張儀謂其妻曰：「視吾舌尚在不？」其妻笑曰：「舌在也。」儀曰：「足矣。」《漢書·蒯通傳》：「酈生一士，伏軾掉三寸舌，下齊七十餘城。」顏師古注：「掉，搖也。」王琦曰：「太白借用其語，作張儀遊說事用。」按：張儀為戰國時縱橫家，為秦之謀士，以連橫之說遊說諸侯附秦。❹蘇秦句　《史記·蘇秦列傳》：「蘇秦喟然嘆曰：『此一人之身，富貴則親戚畏懼之，貧賤則輕易之，況眾人乎！且使我有雒陽負郭田二頃，吾豈能佩六國相印乎！』」❺滄浪二句　滄浪老人，指漁父。《楚辭·漁父》：「漁父莞爾而笑，鼓枻而去，乃歌曰：『滄浪之水清兮，可以濯吾纓。滄浪之水濁兮，可以濯吾足。』」❻平生二句　謂屈原不懂謀身之道，徒然寫〈離騷〉讓人讀。此實為激憤之語。❼趙有句　豫讓，春秋末晉國刺客。見卷三〈東海有勇婦〉詩注㉔。屈平，即屈原。見本卷〈江上吟〉詩注❺。❽巢由洗耳　指巢父、許由洗耳隱匿。皇甫謐《高士傳》：「巢父者，堯時隱人也……堯之讓許由也，由以告巢父。巢父曰：『汝何不隱汝形，藏汝光，若非吾友也。』擊其膺而下之。由悵然不自得，乃過清泠之水洗其耳，拭其目曰：『向貪言負吾之友矣。』遂去，終生不相見。」❾夷齊餓死　指伯夷、叔齊餓死首陽山。《史記·伯夷列傳》：「伯夷、叔齊，孤竹君之二子也。……武王已平殷亂，天下宗周，而伯夷、叔齊恥之，義不食周粟，隱於首陽山，采薇而食之。……遂餓死首陽山。」❿机上肉　桌板上的肉。比喻任人宰割。机，同「几」。放置物件的小桌子。⓫洪爐句　比喻大材不能小用。囊中錐，《史記·平原君虞卿列傳》中毛遂自薦語，此處只取物件小之意。⓬甯武子三句　甯武子，即甯戚，春秋時衛國人。《呂氏春秋·離俗覽·舉難》：「甯戚欲干齊桓公，窮困無以自進，於是為商旅，將任車以至齊，暮宿於郭門之外。桓公郊迎客，夜開門辟任車，……甯戚飯牛居車下，望桓公而悲，擊牛角疾歌。桓公聞之，撫其僕之手曰：『異哉！之歌者非常人也。』命從車載之。桓公反之，從者以請，桓公賜之衣冠，將見之。甯戚見，說桓公以治境內。明日復見，說桓公以為天下，桓公大說。」叩角，即指擊牛角。朱買臣，漢武帝時官至會稽太守。《漢書・朱買臣傳》：「家貧好讀書，不治產業。常艾薪樵賣以給食，擔束薪行且誦書。其妻亦負載相隨，數止買臣毋歌謳道中。買臣愈益疾歌，妻羞之，求去。……其後買臣獨行歌道中，負薪墓間。」⑬佯狂　假裝瘋顛。

【語譯】可笑呀，可笑呀！您不見彎曲得像鉤那樣的人，古人知道他可以封公侯；您不見正直得像絃那樣的人，古人知道他要死在道邊。張儀之所以只要鼓動三寸不爛之舌就可連橫諸侯，蘇秦如果有洛陽負郭二頃田又怎能成為六國之相。

可笑呀，可笑呀！您不見滄浪漁翁唱一曲：「滄浪之水濁兮，可以濯吾足。」而平生不懂為自身打算的屈原卻虛作〈離騷〉讓人去讀。

可笑呀，可笑呀！趙國有豫讓而楚國有屈平，賣身卻只買得千載虛名。巢父、許由洗耳又有什麼用？伯夷和叔齊餓死也終無所成。您愛身後之名，我愛眼前之酒。飲酒在眼前就能享樂，虛名身後又在何處？男兒的窮通應當有時運，如今向您曲腰您卻不明白這個道理。猛虎向來不看桌板上的死肉，大洪爐也不鑄囊中錐一類的小東西。

可笑呀，可笑呀！甯武子，朱買臣，當年一個是叩著牛角唱歌，一個是背著柴草念書。這些遭遇困頓的賢士如果今日遇到您您卻看不出來，豈不是不如假裝瘋顛的人嗎！

【研析】首段是對世間曲直顛倒、愛富欺貧者的嘲笑。次段以漁父之逍遙反襯屈原不為身謀，憤激而笑屈原虛作〈離騷〉。第三段嘲笑豫讓、屈原、許由洗耳、夷齊餓死都只是為了愛身後名，其實沒有什麼用，不如飲酒取樂。認為「窮通當有時」，大材不必小用。末段以甯戚叩角、朱買臣負薪最後都能風雲際遇，進一步具體說明「窮通當有時」。

悲歌行❶

悲來乎，悲來乎！主人有酒且莫斟，聽我一曲〈悲來吟〉。悲來不吟還不笑，天下無人知我心。君有數斗酒，我有三尺琴❷。琴鳴酒樂兩相得，一杯不啻千鈞金❸。

悲來乎，悲來乎！天雖長，地雖久，金玉滿堂應不守❹。富貴百年能幾何？死生一度人皆有。孤猿坐啼墳上月，且須一盡杯中酒。

悲來乎，悲來乎！鳳鳥不至河無圖❺，微子去之箕子奴❻。漢帝不憶李將軍❼，楚王放卻屈大夫❽。

悲來乎，悲來乎！秦家李斯早追悔❾，虛名撥向身之外。范子何曾愛五湖❿，功成名遂身自退。劍是一夫用，書能知姓名⓫。惠施不肯千萬乘⓬，卜式未必窮一經⓭。還須黑頭取方伯⓮，莫謾⓯白首為儒生。

【注釋】❶悲歌行　樂府舊題。《樂府詩集》卷六二收此詩，列於〈雜曲歌辭〉。古辭寫遊子思歸而不可得的悲哀。李白此詩則寫賢人被逐、功臣被殺等的悲哀。❷三尺琴　古琴約三尺長，故稱。《博雅·釋琴》：「神農氏琴長三尺六寸六分。」又稱「三尺桐」、「三尺焦桐」。❸一杯句　啻，止；僅。鈞，古代重量單位，每鈞三十斤。❹天雖三句　《老子》上：「天長地久，天地所以能長且久者，以其不自生。」又：「金玉滿堂，莫之能守。富貴而驕，自遺其咎。」❺鳳鳥句　《論語·子罕》：「鳳鳥不至，河不出圖，吾已矣夫！」❻微子句　微子，殷紂王庶兄。箕子，殷紂王叔父。皆為商朝賢臣。《史記·殷本紀》：「紂愈淫亂不止。微子數諫不聽，乃與太師、少師謀，遂去。……箕子懼，乃詳（佯）狂為奴。」《論語·微子》：「微子去之，箕子為之奴。」❼李將軍　指李廣。《史記・李將軍列傳》載，李廣一生抗擊匈奴四十餘年，大小七十餘戰，其下屬多封侯，而李廣卻終生未得爵位。❽屈大夫　指屈原。屈原與楚王同姓，楚懷王時為三閭大夫。忠於楚國卻被楚王放逐。❾秦家句　李斯，秦朝丞相，輔佐秦始皇成就帝業，位至三公。後被趙高陷害，「論腰斬咸陽市，斯出獄與其中子俱執，顧謂其中子曰：『吾欲與若復牽黃犬俱出上蔡東門逐狡兔，豈可得乎？』遂父子相哭，而夷三族。」（《史記・李斯列傳》）「追悔」即指此。❿范子句　范子，指春秋時越國大夫范蠡，曾輔佐越王句踐滅吳。《吳越春秋・句踐伐吳外傳》記載，范蠡在幫助句踐滅吳後，辭句踐曰：「『王其勉之，臣從此辭。』乃乘扁舟出三江，入五湖，人莫知其所適。」⓫劍是二句　《史記・項羽本紀》：「項籍少時，學書不成，去；學劍，又不成。項梁怒之，籍曰：『書，足以記名姓而已。劍，一人敵，不足學。學萬人敵。』」⓬惠施句　惠施，戰國時名家代表人物之一。《呂氏春秋・審應覽・淫辭》：「魏惠王謂惠子曰：『上世之有國，必賢者也。今寡人實不若先生，願得傳國。』惠子辭。王又固請曰：『寡人莫有之國於此者也。而傳之賢者，民之貪爭之心止也矣。欲先生以此聽寡人也。』惠子曰：『若王之言，則施不可以聽矣。王固萬乘之主也，以國與人猶尚可；今施布衣也，可以有萬乘之國而辭之，此其止貪爭之心愈甚也。』……惠子易衣變冠，乘輿而走。」⓭卜式句　卜式，漢時河南人，以田畜為事，多次以財助邊，輸官。元鼎中，代石慶為御史大夫，但不習文章。事見《漢書・卜式傳》。⓮還須句　黑頭，即滿頭黑髮，指青年時期。方伯，古之諸侯，後引申指一州之長。⓯謾　通「漫」。徒然。

【語　譯】可悲呀，可悲呀！主人有酒暫且不要斟，聽我唱一曲〈悲來吟〉。悲來時不吟也不笑，天下無人知道我的心。你有幾斗酒，我有三尺琴。彈琴飲酒兩相得，杯酒之樂其價不止萬斤金。

可悲呀，可悲呀！天雖長，地雖久，金玉滿堂難相守。富貴百年能享受多少？死生一次人人都有。最終是孤猿坐在墳上空悲月，暫且飲盡杯中酒。

可悲呀，可悲呀！鳳鳴不至，黃河無圖，殷紂王的堂兄微子離開他，其叔父箕子也佯狂為奴。漢武帝記不得功高蓋世的飛將軍李廣，楚懷王放逐忠心耿耿的三閭大夫屈原。

可悲呀，可悲呀！秦朝的丞相李斯早已追悔莫及，虛名必須丟在身之外。范蠡何曾喜愛五湖遊覽，只是功成名遂之後最好是抽身自退。項羽曾說劍只是一夫所用，書只能識姓名而已。戰國時的惠施不肯接受魏王所讓的萬乘之國，漢朝的卜式也未必讀完過一本經書。還是要趁年輕時爭取當個地方長官，不要徒然做個白頭書生。

【研　析】首段抒寫琴酒相樂，價值千鈞金。次段謂人生短暫，富貴不常，最終都是猿啼墳上月，不如現在飲盡杯中酒。第三段例舉微子、箕子、李廣、屈原，敘寫際會不至，賢人遭受苦難。末段以李斯臨刑追悔與范蠡功成身退作對比，說明虛名應及早丟掉。又以項羽名言、惠施不受國、卜式不習文，說明人生應自由生活。全詩主要表達「使我有身後名，不如即時一杯酒」的思想，只是末二句卻陡轉，認為應早年入仕立功，不要徒然做白首儒生。

豳歌行上新平長史兄粲❶　陝西

豳谷稍稍振庭柯❷，涇水浩浩揚湍波❸。哀鴻酸嘶暮聲急❹，愁雲蒼慘寒氣多。

憶昨去家此為客，荷花初紅柳條碧。中宵❺出飲三百盃，明朝歸揖二千石❻。

寧知流寓變光輝❼，胡霜蕭颯繞客衣。寒灰寂寞竟誰暖❽？落葉飄揚何處歸？

吾兄行樂窮曛旭❾，滿堂有美顏如玉❿。趙女長歌入彩雲，燕姬醉舞嬌紅燭。

狐裘獸炭酌流霞⓫，壯士悲吟寧見嗟？前榮後枯相翻覆⓬，何惜餘光及棣華⓭？

【注　釋】❶豳歌行題　豳，古國名。周朝祖先公劉所居之地。漢屬右扶風。後漢於此置新平郡，後魏置豳州，隋改為新平郡，唐武德元年復為豳州。開元十三年，改豳為邠字。天寶元年改為新平郡，乾元元年復為邠州。治所新平縣，今陝西彬縣。長史，唐代州（郡）的佐官，位在司馬之上。協助州長官刺史掌管州府之事，「以綱紀眾務，通判列曹，歲終則更入奏計。」

《舊唐書・職官志》兄粲，指李粲，《新唐書・宰相世系表二上》趙郡李氏東祖房：「粲，濮州刺史。」乃武后時宰相李嶠之子，當即此人。❷豳谷句　王琦注：「何大復《雍大記》：豳谷在邠州東北三十里故三水縣，公劉立國處。」稍稍，當作「梢梢」。風聲。鮑照〈野鵝賦〉：「風梢梢而過樹。」又勁挺貌。《文選》卷二六謝朓〈酬王晉安〉詩：「梢梢枝早勁。」呂向注：「梢梢，樹枝勁強無葉之貌。」庭柯，庭院中的樹枝，陶潛〈歸去來辭〉：「眄庭柯以怡顏。」❸涇水句　涇水，即涇河。渭河支流。源出寧夏涇源六盤山東麓，東南流經陝西彬縣，至涇陽縣東南入渭水。浩浩，水勢盛大貌。湍波，急流的水波。❹哀鴻句　哀鴻，鳴聲悲哀的鴻雁。酸嘶，令人心酸的悲鳴。❺中宵　半夜。❻明朝句　揖，拱手行禮。二千石，指州（郡）長官刺史（太守）。《漢書・百官公卿表》：「郡守，秦官，掌治其郡，秩二千石。……（漢）景帝二年，更名太守。」後代遂以二千石稱太守、刺史。❼寧知句　流寓，飄泊寄居異鄉客舍。變光輝，失光彩。❽寒灰句　寒灰，死灰；冷卻的灰。李白自喻。竟，蕭本、郭本、王本、咸本皆作「憑」。❾窮曛旭　從暮至旦。日落謂曛，日出謂旭。❿顏如玉　〈古詩十九首〉：「燕趙多佳人，美者顏如玉。」⓫狐裘句　獸炭，做成獸形的炭。《晉書・羊琇傳》：「琇性豪侈，……屑炭和作獸形以溫酒，洛下豪貴，咸競效之。」流霞，神話傳說中的仙酒名。《抱朴子・祛惑》：「河東蒲阪有項曼都者，與一子入山學仙，十年而歸家。家人問其故，曼曰：『……仙人但以流霞一杯，與我飲之，輒不饑渴。』」後常用以指美酒。⓬前榮句　以草木盛衰喻前後態度不一，交道無常。⓭何惜句　餘光，喻恩澤。《史記・樗里子甘茂列傳》：「臣聞貧人女與富人女會績，貧人女曰：『我無以買燭，而子之燭光幸有餘。子可分我餘光，無損子明而得一斯便焉。』」棣華，喻兄弟。《詩經・小雅・常棣》：「常棣之華，鄂不韡韡。」鄭玄箋：「承華者曰鄂。……鄂足得華之光明，則韡韡然盛興者，喻弟以敬事兄，兄以榮覆弟。」

【語　譯】豳谷陰風振動庭院中的樹枝發出嗚嗚聲，涇水也揚起盛大浩蕩的波濤。鴻雁在夜空中發出令人心酸的悲鳴聲，愁雲慘澹而寒氣襲人。

回想前些時候離家而來此作客，正是荷花初紅柳條碧綠的初夏時節。那時深夜與朋友暢飲三百杯，次日早晨就去拜揖太守。哪知飄泊作客的日子失去了光彩，轉眼間胡霜蕭颯而感到客衣單薄。我像死灰一樣靠誰來給些溫暖呢？我像飄揚落葉一般將要歸落何處？

兄長你從暮到旦不分晝夜地行歡作樂，滿堂有如花似玉的美人。有善歌的趙女清歌入雲，又有善舞的燕姬紅燭醉嬌。您身穿輕軟的狐裘，室內燃著獸形紅炭，口中喝著流霞仙酒，難道忍心對一個壯士的悲吟沒有憐憫之情？為什麼前後態度變化無常，何必吝惜借一點餘光給兄弟呢？

【研　析】此詩當是開元年間初入長安西遊邠州時寫的一篇歌行。首段四句描寫新平的環境：陰風、湍波、哀鴻、愁雲，反映詩人內心的淒苦。中段抒寫離家時荷花紅柳條碧，詩人充滿歡樂。半夜出飲，早晨揖太守，自以為可長樂。豈知歲月遷移，胡霜繞衣，寂寞寒冷如死灰，竟無人使自己溫暖，詩人變得像飄揚落葉不知歸落何處。末段描繪李粲晝夜行樂的生活：滿堂美人侍候著，白天趙女長歌，夜間燕姬醉舞，身穿狐裘，獸炭烤火，還喝著美酒。詩人質問：您如此享樂，何必吝惜一點餘恩給予兄弟？顯然有求助之意。

西岳雲臺歌送丹丘子❶

西岳崢嶸何壯哉！黃河如絲天際來。黃河萬里觸山動，盤渦轂轉秦地雷❷。
榮光休氣紛五彩，千年一清聖人在❸。巨靈咆哮擘兩山，洪波噴流射東海❹。
三峰卻立如欲摧，翠崖丹谷高掌開❺。白帝金精運元氣，石作蓮花雲作臺❻。
雲臺閣道連窈冥❼，中有不死丹丘生。明星玉女備灑掃，麻姑搔背指爪輕❽。
我皇手把天地戶❾，丹丘談天❿與天語。九重出入⓫生光輝，東求蓬萊復西
歸⓬。玉漿儻惠故人飲，騎二茅龍上天飛⓭。

【注　釋】❶西岳題　西岳，《爾雅·釋山》：「華山為西岳。」一稱太華山，在今陝西華陰。雲臺，華山東北部山峰。因

兩峰崢嶸，四面陡絕，上冠景雲，下通地脈，崔嵬獨秀，猶如雲中之樓臺，故名。丹丘子，即李白好友元丹丘。詩人〈上安州裴長史書〉提及前受安州馬郡督和李長史接見時云：「故交元丹，親接斯議」，知早在青年時代已與元丹丘訂交。〈冬夜於隨州紫陽先生餐霞樓送煙子元演隱仙城山序〉云：「吾於霞子元丹、煙子元演氣激道合，結神仙交。」魏顥〈李翰林集序〉：「與丹丘因持盈法師達，白亦因之入翰林。」知元丹丘曾與李白同為玉真公主推薦。據李白〈漢東紫陽先生碑銘〉，元丹丘於天寶初受道籙於胡紫陽。李白一生與元丹丘過從最密，酬贈元丹丘詩甚多，如〈元丹丘歌〉、〈題元丹丘潁陽山居〉、〈題嵩山逸人元丹丘山居〉、〈潁陽別元丹丘之淮陽〉、〈與元丹丘方城寺談玄作〉、〈觀元丹丘坐巫山屏風〉、〈酬岑勛見尋就元丹丘對酒……〉、〈聞元丹丘於城北山營石門幽居……〉、〈尋高鳳石門山中元丹丘〉等（詳拙著《李白叢考・李白與元丹丘交遊考》）。

❷西岳四句　形容華山的高峻雄壯和黃河的偉大氣勢。崢嶸，高峻貌。黃河如絲，極言山高，站在峰頂遙望黃河細小如絲。周密《癸辛雜識續集下・華岳阿房基》：「五岳惟華岳極峻，直上四十五里，遇無路處，皆挽鐵絙以上，有西岳廟在山頂，望黃河一衣帶水耳。」盤渦轂轉，《文選》卷一二郭璞〈江賦〉：「盤渦轂轉，淩濤山頹。」李善注：「渦，水旋流也。」張銑注：「盤渦言水深風壯，流急相衝，盤旋作深渦，如轂之轉。」秦地，華山一帶古為秦地，故云。此句謂黃河水勢撞擊華山，水流迴旋，聲如鳴雷。宋本在「轂」字下夾注：「一作：谷」。❸榮光二句　榮光，指五色雲氣，古時以為祥瑞之徵。休氣，吉祥之氣。《太平御覽》卷八〇引《尚書中候》：「榮光起河，休氣四塞。」注：「休，美也。榮光，五色。從河出美氣四塞炫耀熠熠也。」又卷六一引《拾遺記》：「黃河千年一清，聖王之大瑞也。」❹巨靈二句　《文選》卷二張衡〈西京賦〉：「綴以二華，巨靈贔屭，高掌遠蹠，以流河曲，厥跡猶存。」薛綜注：「華，山名也。巨靈，河神也。巨，大也。古語云：『此本一山，當河。水過之而曲行。河之神以手擘開其上，足蹋離其下，中分為二，以通河流。手足之跡，於今尚在。贔屭，作力之貌也。』」此謂河西華山與河東首陽山本為一山，因河神用力而分開，使黃河從中流過，才直奔東海。宋本在「噴流射東海」下夾注：「一作：箭射流東海」。❺三峰二句　華山有三峰：西為蓮華峰，南曰落雁峰，東曰朝陽峰。卻立，退後。摧，傾倒。高掌，華山東北部巖壁黑色，石膏流出凝結成痕，黃白相間，遠望如巨人指掌。傳說為巨靈擘山時留下的痕跡，故稱巨靈掌，又稱仙人掌。二句即寫此景。❻白帝二句　謂白帝運用自然之能，使華山宛如青色蓮花開於雲臺之上。白帝，古代神話中西方之神。金精，華山在西方，屬白帝管轄；古代陰陽五行說西方屬金，故又稱白帝為金精。元氣，古人認為天地未分前，宇宙間充滿的混一之氣。❼雲臺句　閣道，棧道。窈冥，深遠幽暗貌。宋本在「連窈冥」三字下夾注：「一作：人不到」。❽明星二句　謂元丹丘乃神仙，到華山有明星、玉女為其灑掃，麻姑為其搔癢。明星玉女，神話中的仙女。《集仙錄》

云：「明星玉女者，居華山，服玉漿，白日昇天。」（見《太平廣記》卷五九引）麻姑，神話中的女仙。《神仙傳》云：東漢桓帝時，神仙王方平降於蔡經家，召麻姑至，年十八九許。自云：「接侍以來，已見東海三為桑田，向到蓬萊，水又淺於往者會時略半也。豈將復還為陵陸乎？」蔡經又見麻姑指甲細長如鳥爪，心中自念：「背大癢時，得此爪以爬背，當佳。」（見《太平廣記》卷六〇引）❾我皇句　我皇，指唐玄宗。手把，掌握統治。天地戶，天地的門戶；天下。《漢武帝內傳》：王母命侍女法安嬰歌〈元靈之曲〉曰：「大象雖廓寥，我把天地戶。」此指唐朝統治者控制著天下。❿談天　戰國時齊人騶衍善於論辯宇宙之事，人稱「談天衍」。《史記・孟子荀卿列傳》裴駰《集解》引劉向《別錄》：「騶衍之所言五德終始，天地廣大，盡言天事，故曰談天。」⓫九重出入　指出入朝廷。九重，指帝王所居之處。元丹丘天寶初曾由玉真公主薦舉入京，為西京大昭成觀威儀（參見拙著《李白叢考・李白與元丹丘交遊考》）。⓬東求句　此句謂元丹丘東來求仙，今又西歸。求，蕭本、郭本、《全唐詩》作「來」。蓬萊，傳說中海上仙山。⓭玉漿二句　謂如元丹丘願惠賜玉漿，兩人即可共騎茅龍上天成仙。玉漿，猶玉精、瓊漿，古代傳說謂飲之能使人登仙。儻，通「倘」。惠，賜。騎二茅龍，《列仙傳》卷下：「呼子先者，漢中關下卜師也。老壽百餘歲。臨去，呼酒家老嫗曰：『急裝，當與嫗共應中陵王。』夜有仙人持二茅狗來，至，呼子先，子先持一與酒家嫗，得而騎之，乃龍也。上華陰山，常於山上大呼，言：『子先、酒家母在此云。』」

【語　譯】西岳華山多麼高峻雄偉！俯視黃河像遊絲一樣從天際蜿蜒而來。黃河萬里奔騰，衝擊搖動華山，旋渦像車輪般轉動，發出如巨雷一樣的聲音在秦川大地上迴響。上空籠罩著五色雲氣，黃河千年一清當有聖人出現。河神巨靈吼叫著將首陽山和華山劈開，讓黃河水滔滔噴流而過直射東海。

華山三峰後退欲倒，在高高的翠崖丹谷之上留下了巨靈的掌印。西天的金精白帝運作元氣，將華山化作青色蓮花開在雲臺之上。

雲臺閣道層層直通幽冥天空，山中有位不死的神仙叫丹丘生。明星玉女為他清潔灑掃，麻姑為他輕輕地搔背。

吾皇御馭天下，掌握著天地的門戶，邀請丹丘共談天地之至道。丹丘曾經出入於九重，沐浴過聖上的光輝，現在又將從蓬萊西歸京師。倘若丹丘子的玉漿能賜故人一飲，我將與您一起騎著二條茅龍飛上天去。

【研析】此詩當是天寶四載（西元七四五年）李白在龜蒙山一帶送元丹丘西遊華山而作。詩中所謂「東求蓬萊復西歸」，即指元丹丘大約在天寶三載前後離開長安，東來蒙山海邊求仙，然後又要西回華山。杜甫有〈玄都壇歌寄元逸人〉詩云：「故人昔隱東蒙峰，已佩含景蒼精龍。」此「元逸人」當即元丹丘。杜甫又有〈與李十二白同尋范十隱居〉詩云：「余亦東蒙客，憐君如弟兄。」證知李白與杜甫曾一起至東蒙作客，當時元丹丘正隱居東蒙，即「東求蓬萊」。大約元丹丘離東蒙山時擬西去華山隱居，故李白寫此詩送別。全詩分兩部分。前半寫「西岳雲臺歌」，後半寫「送丹丘子」。用歌行體詩寫送別，兩半分寫，是李白的創造。後來岑參繼續用這種體式寫了許多著名的歌行體送別詩。第一段極寫華山的高峻雄偉和黃河的澎湃氣勢，並且互為襯托。然後插敘黃河千年一清的祥瑞和河神分首陽、華山為兩山的神話，更反映黃河的神威。第二段寫華山三峰的形態，用「高掌開」三字進一步補證河神劈山的神話。接著又描敘華山雲臺是由白帝運用元氣形成的，拓開更為遙遠的想像空間。第三段開頭兩句承上啟下。上句形容雲臺棧道之高，總結「西岳雲臺歌」，下句呼出主人公而轉為「送丹丘子」。接著寫元丹丘到華山後將會有仙女為他灑掃，麻姑為他搔癢，點明丹丘子乃道教中人。第四段寫丹丘子曾在京城與皇家接觸，有過光輝的經歷。最後以共同登仙表示祝願，為道教中人送別詩應有之語。全詩多用神話傳說，增添了虛幻縹緲的氣氛。想像神奇，構思巧妙。筆勢起伏，氣象萬千。洋溢著道教的仙氣，卻又顯得豪放瀟灑，引人入勝。《唐宋詩醇》卷五評此詩曰：「健筆凌雲，一掃靡靡之詞。」

元丹丘❶歌

元丹丘，愛❷神仙。朝飲潁川❸之清流，暮還嵩岑之紫煙❹。三十六峰❺長周旋。長周旋，躡星虹❻。身騎飛龍耳生風❼，橫河跨海與天通❽。我知爾遊心無窮❾。

【注　釋】❶元丹丘　是李白一生中最親密的好友，見上篇〈西岳雲臺歌送丹丘子〉注。❷愛　宋本在此字下夾注：「一作：好」。❸潁川　宋本在「川」字下夾注：「一作：水」。潁水，今稱潁河。源出嵩山西南，東南流經南水縣，納沙河、賈魯河，至安徽潁上東南入淮河。❹暮還句　嵩岑，嵩山。岑，小而高的山。紫煙，紫色雲氣。郭璞〈遊仙詩〉：「赤松臨上游，駕鴻乘紫煙。」❺三十六峰　王琦注引《河南通志》：「嵩山居四岳之中，故謂之中岳。……其山有三十六峰，曰朝岳、曰望洛、曰太陽、曰少陽、曰石城、曰石筍、曰檀香、曰丹砂、曰缽盂、曰香爐、曰連天、曰紫霄、曰羅漢、曰七佛、曰來仙、曰清涼、曰寶勝、曰瑞應、曰璠璧、曰紫蓋、曰翠華、曰藥室、曰紫微、曰白道、曰帝宇、曰卓劍、曰白雲、曰金牛、曰明月、曰凝璧、曰迎霞、曰玉華、曰寶柱、曰繫馬、曰白鹿、曰靈隱。」❻躡星虹　即昇天飛行，追趕流星。躡，踏。星虹，流星和虹霓。《春秋元命苞》：「大星如虹，下流華渚。」❼身騎句　道家有駕龍飛昇之說。《雲笈七籤》卷六〈三洞品格〉：「昔黃帝登峨眉詣天皇真人，請受此法，駕龍玄昇。」耳生風，形容飛快。❽與天通　上通天界。《列仙傳・陶安公傳》：「朱雀止曰：『安公，安公，治與天通。七月七日，迎汝以赤龍。』」❾我知句　《文苑英華》作「我知爾心遊無窮」。《莊子・在宥》：「廣成子曰：『故吾將去女，入無窮之門，以遊無極之野。』」

【語　譯】元丹丘，愛神仙。早上飲潁河的清水，晚上回到紫煙繚繞的嵩山。經常在嵩山的三十六峰上來回盤旋。來往於群峰之間，足踏流星和虹霓。身騎飛龍、耳邊呼呼生風，可以橫河跨海與天相通。我知道你是想遊遍無窮之境，追求無極的快樂。

【研　析】此詩當是開元二十一年（西元七三三年）應元丹丘之邀同隱嵩山時之作。詩中描寫元丹丘愛好遊仙的生活：朝飲潁水，暮還嵩山，經常來往於三十六峰之間。並想像其足踏星虹，身騎飛龍上天。末句寫詩人對友人「神往情深，始知前語不墮渺茫」（嚴羽評語）。

扶風豪士歌❶

洛陽三月飛胡沙❷，洛陽城中人怨嗟。天津❸流水波赤血，白骨相撐如亂麻❹。

我亦東奔向吳國❺，浮雲四塞道路賒❻。

東方日出啼早鴉，城門人開掃落花❼。梧桐楊柳拂金井❽，來醉扶風豪士家。

扶風豪士天下奇，意氣相傾山可移❾。作人不倚將軍勢❿，飲酒豈顧尚書期⓫？雕盤綺食⓬會眾客，吳歌趙舞⓭香風吹。

原嘗春陵⓮六國時，開心寫意⓯君所知。堂中各有三千士，明日報恩知是誰？

撫長劍，一揚眉⓰，清水白石何離離⓱。脫吾帽，向君笑。飲君酒，為君吟。

張良未逐赤松去，橋邊黃石知我心⓲。

【注釋】❶扶風豪士歌　蕭士贇曰：「扶風乃三輔郡，意豪士亦必同時避亂於東吳，而與太白銜杯酒，接殷勤之歡者。」扶風，即岐州，天寶元年（西元七四二年）改為扶風郡，治所在今陝西鳳翔。豪士，俠義之士。姓名不詳。《寧國府志》卷三一「人物志・隱逸類」：「萬巨，世居震山，天寶間以材薦不就，李白有〈贈扶風豪士歌〉，即巨也。因巨遠祖漢魏槐里侯修封扶風，因以為名。」未知何據。今人或謂即李白〈溧陽瀨水貞義女碑銘並序〉中的溧陽「主簿扶風竇嘉賓」，但未有確據。❷飛胡沙　指洛陽陷入胡人安祿山之手。❸天津　洛陽橋名，見卷一〈古風〉其十六注。❹白骨句　形容白骨遍野，屍體縱橫。陳琳〈飲馬長城窟行〉：「君獨不見長城下，死人骸骨相撐拄。」❺我亦句　宋本在此句下夾注：「我亦來奔溧溪上」。❻浮雲句　司馬相如〈長門賦〉：「浮雲鬱而四塞。」賒，遠。❼東方二句　蕭士贇注云：「此太白避亂東土時，言道路艱阻，京國亂離，而東土之太平自若也。」❽金井　雕飾美麗的井欄，詩詞中常指宮廷苑林中的井。王昌齡〈長信秋詞〉：「金井梧桐秋葉黃。」❾意氣句　謂意氣相投可使山移。鮑照〈代雉朝飛〉：「握君手，執杯酒，意氣相傾死何有？」江總〈雜曲三首〉：「泰山言應可轉移。」❿作人句　辛延年〈羽林郎〉：「昔有霍家奴，姓馮名子都。依倚將軍勢，調笑酒家胡。」此反用其意，謂豪士為人不倚仗權勢。⓫飲酒句　《漢書・陳遵傳》載：遵嗜酒好客，每宴賓客，閉門，且將客人車轄拋入井中，有急事也不讓去。一刺史入朝奏事，途過拜訪，正遇陳遵飲酒，強留不放。刺史大窘，只得等陳遵醉後，叩見陳母，說明已與尚書約定時間，陳母就讓他從後閤門出。此謂豪士飲酒，哪裡還顧得上尚書的約期。⓬雕盤綺食　形容華美的餐具和豐盛的食品。⓭吳歌趙舞　古代相傳吳姬善歌，趙女善舞。⓮原嘗春陵　指戰國時著名的四公子：趙平原君、齊孟嘗君、楚春申君、魏信陵君。他們都能待客下士，招會四方，各有食客數千人。⓯開心寫意　暢開心懷，披露心意。⓰撫長劍二句　江暉〈雨雪曲〉：「恐君猶不信，撫劍一揚眉。」⓱清水句　此形容胸懷光明磊落。用古樂府〈豔歌行〉：「語卿且勿眄，水清石自見」之意。離離，清晰貌。⓲張良二句　逐赤松，《史記・留侯世家》：「今以三寸舌為帝者師，封萬戶，位列侯，此布衣之極，於良足矣。願棄人間事，欲從赤松子遊耳。」司馬貞《索隱》：「赤松子，神農時雨師。能入火自燒，崑崙山上，隨風雨上下也。」黃石，秦時隱者，曾於下邳遇張良。命良圯下取履，良以其年老，為其取履而跪進之。後老人出一編書與良，曰：「讀是編可為帝王師矣。後十三年孺子見我於濟北，穀城山下黃石即我矣。」良旦視其書，乃《太公兵法》。後十三年，從高祖過濟北穀城山下，得黃石，良乃寶祠之。及良死，與黃石並葬。事詳見《高士傳・黃石公傳》。此以張良自比述志，謂己並未棄世，終有一天如張良那樣做一番事業。

【語　譯】三月的洛陽飛舞著胡騎橫行的塵沙，洛陽城中到處是人民的悲苦怨嘆之聲。天津橋下的流水被鮮血染紅，遍地是屍體縱橫，白骨相撐。我也向東南逃難到吳地，浮雲四塞道路遙遠艱險。

吳地畢竟與洛陽不同，日出東方時早鴉已啼，城門打開時有人在掃著落花。梧桐楊柳輕拂金井，我應邀喝酒來到扶風豪士之家。

扶風豪士乃天下之奇人，其意氣相傾山岳可移。為人不倚仗將軍的權勢，飲起酒來哪管有什麼尚書之約？他用精美的飲饌來招待賓客，還請散發著香風的吳兒趙女歌舞助興。

扶風豪士像六國時的平原、孟嘗、春申、信陵四公子，對眾賓客推心置腹。然而今日堂中三千客中，他日能報恩的知是誰人呢？

我手撫長劍，開揚眉毛。明亮的清水中白石能自見。脫吾之帽，向君微笑，飲君之酒，為君長吟。我就像當年的張良一樣沒有追隨赤松子學仙而去，橋邊的黃石公可以知道我的一顆報國壯心。

【研　析】此詩言「我亦東奔向吳國」，一作「我亦來奔溧溪上」，可知當為天寶十五載（西元七五六年）三月在溧陽時作。時詩人從華山向東南逃難至宣城、溧陽一帶。第一段寫時事：這年正月，安祿山在洛陽僭稱「大燕皇帝」，洛陽成為叛軍政治中心。詩人著眼洛陽，代表整個北中國情況。「飛胡沙」顯示出叛軍氣焰囂張，「怨嗟」二字道出淪陷區民心。天津橋下血流成河，洛陽郊外白骨如麻，這是何等怵目驚心的悲慘景象？在此背景下，詩人向東南奔亡，沿途烏雲密佈，道路遙遠艱阻。第二段場景突然轉換，敘事過程跳躍，經這一奇宕，出現明媚境界。用四句讚美環境，日出啼鴉，閒掃落花，梧楊拂井，醉臥豪士家。這是當時東南地區的太平景象，與上段的洛陽流血恰成鮮明對比。第三段用四句讚美主人，用了兩個典故，說明主人不倚權勢和好客結友。又以兩句讚美盛宴。這兩段從全詩結構上看是即景應酬的穿插，使氣勢疾徐有致，變換層出。第四段轉入抒情，詩人暢開心胸，傾訴衷腸，用戰國四公子各養門客數千，其中出現許多重義輕死、以智勇建立奇功，千秋萬代為人傳說的故事，說明當今又是戰亂年代，詩人願效法他們施展才華，報效國家。「明日報恩知是誰」一句甚為自負，意謂今日受你款待，明日建功立業來報答。故意用反詰語氣，逗起下一段。末段表述志向，神彩飛揚，一片天真。詩人化用江暉〈雨雪曲〉和古樂府〈豔歌行〉詩意，以三三七句式抒寫，如金石投地，鏗然有聲。以「清水白石」喻心地光明，「脫吾帽」四句生動地描畫出詩人爛漫率真的天性。最後以張良自喻，表明自己目前必須幹一番事業，然後隱退，黃石公當可明鑒己心。詩以繫念國事始，以報國明志結，此乃全詩主旨。

同族弟金城尉叔卿燭照山水壁畫歌❶

高堂粉壁圖蓬瀛❷，燭前一見滄洲清❸。洪波洶湧山崢嶸，皎若丹丘隔海望赤城❹。

光中乍喜嵐氣滅❺，謂逢山陰晴後雪❻。迴谿❼碧流寂無喧，又如秦人月下窺花源❽。了然❾不覺清心魂，秪將疊嶂鳴秋猿❿。

與君對此歡未歇，放歌行吟達明發⓫。卻顧海客揚雲帆⓬，便欲因之向溟渤⓭。

【注釋】❶同族弟題　金城，縣名。唐屬京畿道京兆府，今陝西興平。《元和郡縣志》卷二京兆府興平縣：「本漢平陵縣，屬右扶風，魏文帝改為始平……景龍二年，金城公主出降吐蕃，中宗送至此縣，改始平縣為金城縣。至德二年改名興平。」尉，縣尉。掌一縣之治安。叔卿，宋本在「叔」字下夾注：「一作：升」。神龍時工部侍郎李適子，天寶初為金城縣尉。《金石萃編》卷九四李季卿〈三墳記〉：「先侍郎（適）之子……曰叔卿，字萬。天質琅琅，德光文蔚，識度標邁。弱冠以明經觀國，蒞鹿邑、虞鄉二尉。魏守崔公沔、洎相國晉公甲科第之，進等舉之，……轉金城尉，曹無受謝，吏不敢欺。」又〈遷先塋記〉：「天寶改元，我之伯也卒，間五、六年，仲也卒；不四、三年，叔也卒。」可知李叔卿卒於天寶中。燭照，用蠟燭照明觀看。壁畫，畫在牆壁上的圖畫。❷高堂句　粉壁，潔白的牆壁。蓬瀛，指神話中蓬萊、瀛洲等海上仙山。❸燭前句　燭前，用蠟燭照壁。滄洲，濱水之地，常用以稱隱士居處。此處則指仙境。❹皎若句　丹丘，神仙居地。《楚辭・遠遊》：「仍羽人於丹丘兮，留不死之舊鄉。」王逸注：「丹丘，海外神仙地，晝夜常明。」赤城，山名。在浙江天台北，為天台山南門。孔靈符《會稽記》：「赤城山，土色皆赤，狀似雲霞，望之如雉堞。」故名。❺光中句　光，指燭光。嵐氣，山中霧氣。嵐氣滅，則山色清朗。❻謂逢句　山陰，唐縣名。在今浙江紹興。因在會稽山北，故名。其地以風景優美著名。《世說新語・言語》：「王子敬云：『從山陰道上行，山川自相映發，使人應接不暇。』」❼迴谿　曲折、彎曲的溪水。《文選》卷二七謝朓〈敬亭山〉詩：「下屬帶迴溪。」呂延濟注：「迴，曲也。」❽花源　王琦注：「謂武陵之桃花源。」用陶淵明〈桃花源記〉故事。❾了然　清楚；明白。❿秪將句　秪將，如若；就像。疊嶂，重山。⓫明發　天亮。《詩經・小雅・小宛》：「明發不寐。」朱熹注：「明發，謂將旦而光明開發也。」⓬卻顧句　卻顧，回頭看；回顧。海客，航海的船客。雲帆，形容很高的船帆。⓭溟渤　大海。《文選》卷三一鮑照〈代君子有所思〉：「穿池類溟渤。」張銑注：「溟渤，海也。」

【語譯】在高高的堂屋白壁之上畫著一幅海上仙山圖，舉燭前往觀看但只見滄洲仙境非常清爽。四周洪波洶湧而仙山高峻崢嶸，光明皎潔猶如仙境，遙隔大海可以望見赤城山。燭光中正高興看到山中霧氣已盡而色彩鮮明，以為遇到山陰晴後之雪景。曲折的碧溪流水宛轉而寂然無聲，又好像秦人在月下偷看桃花源。了然在胸而不覺心清魂爽，就好像在重山之中聽到秋猿的叫聲。與君對此粉圖山水觀賞不已，於是放歌高吟直到天明。回首看見畫中的海客高揚雲帆，便不禁想乘船直接進入大海到仙島去了。

【研　析】此詩當是天寶年間李白供奉翰林時與李叔卿在一個夜晚同看粉壁山水圖有感而作。首段四句敘夜間以燭照觀高堂粉壁上圖畫，只見蓬瀛、滄洲之景清明如真仙之境。中段六句描寫燭光下乍見霧散山清似山陰晴後之雪，曲溪流水寂然無聲又如秦人月下窺桃花源。了然不覺而心魂清爽，又像聽到重山之中秋猿之鳴。末段謂兩人看此粉圖快樂不已，放歌高唱直到天明。回頭又看到粉圖中海客揚帆，竟想乘此船自己入海去求仙了。全詩圍繞「燭照山水壁畫」，曲盡其妙，宛轉始終。體物象景，意極親切（朱諫評語）。

白毫子❶歌

淮南小山白毫子，乃在淮南小山裏❷。夜臥松下雲❸，朝飡石中髓❹。小山連綿❺向江開，碧峰巉巖淥水迴。余配白毫子，獨酌流霞盃❻。拂花弄琴坐青苔，綠蘿樹下春風來。南窗蕭颯松聲起，憑崖一聽清心耳。可得見，未❼得親。八公❽攜手五雲去，空餘桂樹❾愁殺人。

【注　釋】❶白毫子　當指一鬚眉皓白的隱士。姓名事跡不詳。王琦注：「白毫子蓋當時逸人。嚴滄浪以為太白呼八公為白毫子，非矣。」❷淮南二句　王琦注：「上句之『淮南小山』，本〈楚辭序〉以讚美白毫子之才；下句之『淮南小山』，則指白毫子隱居之地而言。」按王逸〈楚辭序〉：「〈招隱士〉者，淮南小山之所作也。昔淮南王安博雅好古，招懷天下俊偉之士。自八公之徒，咸慕其德而歸其仁，各竭才智，著作篇章，分造辭賦，以類相從，故或稱小山，或稱大山。其義猶《詩經》有〈小雅〉、〈大雅〉也。」今人或謂李白於開元十五年（西元七二七年）曾隱於安陸北壽山，寫有〈代壽山答孟少府移文書〉，自稱「淮南小壽山」，故此處之「淮南小山」或即安陸之壽山。可供參考。❸雲　宋本原作「雪」，據蕭本、郭本、王本、咸本改。❹石中髓　即石髓、石鐘乳，可入藥。❺連綿　《文選》卷二六謝靈運〈過始寧墅〉詩：「洲縈渚連綿。」劉良注：「連綿，不絕貌。」宋本在「連」字下夾注：「一作：聯」。❻流霞杯　《論衡・道虛》：「(項)曼都曰……有數仙人將我上天……口飢欲食，仙人輒飲我流霞一杯。每飲一杯，數月不飢。」❼未　宋本在此字下夾注：「一作：不」。❽八公　漢淮南王劉安的八位術士。《水經注・淮水》：「淮南王劉安折節下士，篤好儒學，養方術之徒數十人，皆為俊異焉。多神仙祕法鴻寶之道。忽有八公，皆鬚眉皓素，詣門希見，門者曰：『吾王好生，今先生無住衰之術，未敢相聞。』八公咸變成童，王甚敬之。八士並能煉金化丹，出入無間，乃與安登山，埋金於地，白日昇天，餘藥在器，雞犬舐之者，俱得上昇。」❾桂樹　《文選》卷三三劉安〈招隱士〉：「桂樹叢生兮山之幽。」

【語　譯】白毫子是像當年淮南小山一樣的人物，現在住在淮南的一座小山裡。夜間在松雲下睡覺，早晨以石髓作早餐。這座小山沿著江岸連綿伸展，淥水在碧峰懸崖間縈迴。我陪同白毫子，喝著流霞仙酒。坐在青苔上拂花彈琴，綠蘿樹下春風徐來。南窗下松濤之聲瑟瑟響起，我憑崖一聽覺得心耳清爽。我與白毫子可以相見，未得相親，八公曾攜手登仙而去，空留下山中桂樹令人愁悵。

【研　析】此詩描寫一位隱居在淮南一座小山裡的老人，臥松雲，餐石髓，是他的生活；山連綿，水縈迴，是他生活的環境。然後寫詩人與白毫子過從：飲流霞仙酒，拂花弄琴，綠蘿春風，南窗聽松聲，使詩人心耳一清。但兩人只是相見卻未能相親。末二句以八公攜手登仙，反襯自己獨留山中的愁情。明代朱諫《李詩辨疑》卷上認為：「『余配白毫子，意已粗矣。』又曰：『可得見，未得親』，辭尤稚俗。兼之結語渙散而無意味，故知非白之作也。」然毫無根據。

卷六

歌吟下

梁園吟❶

一作〈梁園醉酒歌〉

梁宋

我浮黃河去京闕❷，挂席欲進波連山❸。天長水闊厭遠涉，訪古始及平臺❹間。平臺為客憂思多，對酒❺遂作〈梁園歌〉。卻憶蓬池阮公詠，因吟「淥水揚洪波」❻。洪波浩蕩迷舊國，路遠西歸安可得❼？人生達命豈暇愁❽？且飲美酒登高樓。平頭奴子❾搖大扇，五月不熱疑❿清秋。玉⓫盤楊⓬梅為君設，吳鹽如花皎白雪⓭。持鹽把酒⓮但飲之，莫學夷齊事高潔⓯。

昔人豪貴信陵君⓰，今人耕種信陵墳⓱。荒城虛⓲照碧山月，古木盡入蒼梧雲⓳。梁王宮闕今安在⓴？枚馬㉑先歸不相待。舞影歌聲散淥池㉒，空餘汴水㉓東流海。

　沉吟此事淚滿衣，黃金買醉未能㉔歸。連呼五白行六博㉕，分曹賭酒酣馳暉㉖。

酣㉗馳暉，歌且謠㉘，意方遠。東山高臥時起來，欲濟蒼生未應晚㉙！

【注釋】❶梁園吟　敦煌《唐人選唐詩》作「〈梁園醉哥（歌）〉」。梁園，即梁苑，又稱兔園，漢梁孝王劉武築。為遊賞與延賓之所，當時名士司馬相如、枚乘、鄒陽等皆為座上客。《史記・梁孝王世家》：「孝王築東苑，方三百餘里，廣睢陽城七十里。」故址在今河南商丘。❷我浮句　浮，漂舟。去京闕，離開長安。闕，宋本作「關」，據蕭本、郭本、王本改。宋本在「浮」字下夾注：「一作：乘」。宋本在「河」字下夾注：「一作：雲」。❸挂席句　挂席，揚帆。《文選》謝靈運〈遊赤石進帆海〉詩：「揚帆采石華，挂席拾海月。」李善注：「揚帆、挂席，其義一也。」波連山，形容水勢浩瀚。木華〈海賦〉：「波如連山，乍合乍散。」宋本在「進」字下夾注：「一作：往」。❹平臺　相傳為春秋時魯襄公十七年宋皇國父所築，漢梁孝王與鄒陽、枚乘等文士曾遊於其上（見《漢書・梁孝王傳》）。南朝宋謝惠連曾在此作〈雪賦〉，故又名雪臺。《元和郡縣志》卷七河南道宋州虞城縣：「平臺，縣西四十里。」故址在今河南虞城。❺對酒　宋本在此二字下夾注：「一作：醉來」。❻卻憶二句　阮公，指三國時魏詩人阮籍。籍常用飲酒放誕，在當時複雜的政治鬥爭中保全自己。蓬池、淥水揚洪波，阮籍〈詠懷詩〉句，其詩云：「徘徊蓬池上，還顧望大梁。淥水揚洪波，曠野莽茫茫。」按：蓬池遺址在今河南開封。❼洪波二句　意謂波濤洶湧壯闊，長安已迷茫不可見，路途遙遠不能回歸。舊國，指長安。❽人生句　達命，通達知命。暇，空閒。宋本作「假」，據蕭本、郭本、王本、咸本改。❾平頭奴子　戴平頭巾的奴僕。平頭，頭巾名。梁武帝〈河中之水歌〉：「平頭奴子擎履箱。」❿疑　宋本在此字下夾注：「一作：如」。⓫玉　宋本在此字下夾注：「一作：素」。⓬楊　宋本在此字下夾注：「一作：青」。⓭吳鹽句　《史記・吳王濞列傳》：「吳王即山鑄錢，煮海水為鹽。」又〈貨殖列傳〉：「夫吳自闔閭、春申、吳王濞三人招致天下之喜遊子弟，東有海鹽之饒……。」自此吳地產鹽以供四方。按：鹽和梅是古代調味品，此處借指佐酒菜肴。宋本在「白」字下夾注：「一作：如」。⓮持鹽把酒　《魏書・崔浩傳》：「賜浩御縹醪酒十觚，水精戎鹽一兩，曰：『朕味卿言，若此鹽酒，故與卿同其旨也。』」⓯莫學句　意謂應及時行樂，不必空持高潔而受苦。此句敦煌《唐人選唐詩》

作「世上悠悠不堪說」。宋本在此句下夾注：「一作：何用孤高比雲月。又作：嗤嗤書空字還滅」。夷齊，指殷末孤竹君的兩個兒子伯夷、叔齊。周武王伐殷紂，平定天下，他倆認為是「以暴易暴」，恥食周粟，餓死在首陽山（見《史記・伯夷列傳》）。李白〈少年子〉詩刺貴公子打獵行樂，末二句以夷齊高潔對比：「夷齊是何人？獨守西山餓。」意略同。⑯信陵君　戰國時魏國貴族，安釐王之弟，名無忌，封於信陵（今河南寧陵），故號信陵君。喜養士，有食客三千，為著名的戰國四公子之一。西元前二五七年，曾設法竊取虎符，奪得兵權，擊秦救趙。後十年，又聯合五國擊退秦將蒙驁的進攻。⑰信陵墳　據《太平寰宇記》卷一載，信陵君墓在河南開封府浚儀縣（治所在今河南開封）「南十二里」。⑱虛　宋本在此字下夾注：「一作：遠」。⑲蒼梧雲　《太平御覽》卷八引《歸藏》曰：「有白雲自蒼梧入大梁。」此即用其意。蒼梧，山名，即九疑（一作「嶷」）山，在今湖南寧遠南。⑳梁王句　梁王，指漢梁孝王劉武。當年曾在梁苑大治宮室。阮籍〈詠懷詩〉：「梁王安在哉！」宋本在「宮闕」二字下夾注：「一作：賓客」。㉑枚馬　指西漢文學家枚乘和司馬相如。兩人都曾遊梁。《漢書・枚乘傳》：「枚乘字叔，淮陰人。……遊梁，梁客皆善屬詞賦，乘尤高。」又〈司馬相如傳〉：「是時梁孝王來朝，從遊說之士鄒陽、枚乘……之徒，相如見而說之，因病免，客遊梁，得與諸侯遊士居。」㉒淥池　清澈的水池。㉓汴水　古水名。唐代自滎陽出河經汴州（開封）至泗州入淮水的通濟渠東段，全流統稱汴水。㉔未能　宋本在二字下夾注：「一作：莫言」。㉕連呼句　五白，古代博戲樗蒲用五木擲采打馬，其後則專擲五木以決勝負。唐李翺著《五木經》謂：五木之制，上黑下白，擲得五子皆黑，叫盧，最貴；其次五子皆白，叫白。六博，古代博戲。兩人相博，共十二棋，每人六棋，六黑六白，故名。又叫「六簙」或「陸博」。《楚辭・招魂》：「菎蔽象棊，有六簙些。分曹並進，遒相迫些。成梟而牟，呼五白些。」蔣驥注：「菎，竹名；蔽，簙箸也；蓋投之以行棋者。象，象牙；棊，棋子也。簙，博通，局戲也。投六箸，行六棋，故曰六簙。言設六簙以行酒，用菎簬為箸、象牙為棋也。……梟，博采；倍勝為牟。五白，簙箸之齒也。言棋已得采，欲成倍勝，故呼五白以助投也。」宋本在「行」字下夾注：「一作：投」。㉖分曹句　分曹，兩人一對為曹；分曹即分對。馳暉，飛馳的太陽。《文選》卷二五謝朓〈暫使下都夜發新林至京邑贈西府同僚〉：「馳暉不可接。」李善注：「馳暉，日也。」宋本在此下重複「酣馳暉」三字，其他各本皆無。宋本在「酣」字下夾注：「一作：看」。㉗酣　宋本在「酣」字下夾注：「一作：看」。㉘歌且謠　《詩經・魏風・園有桃》：「我歌且謠。」毛傳：「曲合樂曰歌，徒歌曰謠。」且，而，進層連詞。㉙東山二句　意謂準備像謝安那樣高臥東山（指隱居），但終有出山之日，到時再拯救百姓也不應算晚。《世說新語・排調》：「謝公在東山，朝命屢降而不動。後出為桓宣武司馬，將發新亭，朝士咸出瞻送。高靈時為中丞，亦往相祖。先時多少飲酒，因倚如醉，戲曰：『卿屢違朝旨，高臥東山，諸人每相與言，安石不肯出，將如蒼生何！今亦蒼生將如卿何！』謝笑而不答。」蒼生，百姓。宋本在「時」字下夾注：「一作：忽。又作：還」。

【語　譯】我從黃河乘舟而下離開了京城，想繼續揚帆前進卻波濤洶湧如山峰起伏。天長水闊厭煩遠遊之苦，才開始來到平臺訪古。在平臺之上作客憂思極多，舉酒感懷遂作〈梁園歌〉。回想當年阮籍「徘徊蓬池上」之詩，於是念及「淥水揚洪波」之句。

波濤洶湧已迷茫不見長安，道路遙遠想重返西京怎麼可能？人生曠達知命哪有閒暇自尋煩惱？暫且登高樓飲美酒吧。身旁有戴平頭巾的奴僕搖著扇子，五月天氣不熱而像清秋一樣涼爽。玉盤中的梅子和如花的吳鹽都是為君而設，請君持鹽把酒儘管喝，莫學伯夷、叔齊空自潔身自好。

當年信陵君是何等富貴豪華，如今他的墳墓卻已荒蕪成了百姓的耕地。只有一輪明月虛照碧山荒城，幾株老樹古木高聳入雲。繁盛一時的梁王宮闕如今在何處？梁王貴客枚乘和司馬相如等人也都先後歸去。當年的舞影歌聲都已消散在一池淥水之中，現在所能見到的只空留一條汴水依然東流入海。

沉吟這些往事我不禁淚灑衣襟，以黃金買醉卻未能歸去。連呼勝采玩博戲，分曹賭酒遣時日。我唱著歌謠，心中所寄之意正遠。就像當年謝安東山高臥一樣，等時機到再起來大濟蒼生為時還不晚！

【研　析】按此詩當是開元二十一年（西元七三三年）離開長安，舟行抵達梁園時作。第一段敘寫離京到梁園作客的憂思及醉酒作此詩的原因。詩人想到阮籍當年在複雜的政治環境中飲酒放誕保全自己，不禁吟起他的〈詠懷詩〉。第二段敘梁園距長安很遠，再回京城求取功業已不可能。人生必須放達知命，暫且登樓飲酒。五月不熱，奴僕搖扇，楊梅吳鹽，一飽口福吧，不必學那伯夷、叔齊「恥食周粟」的所謂高潔。第三段即景抒情，當年豪貴的信陵君，如今墳墓都保不住；梁孝王的華麗宮殿，現已不見蹤跡；枚乘、司馬相如也早已作古，那輕歌曼舞都煙消雲散了，只空留下汴水仍在東流到海。充分表達了詩人功名無常、富貴難存的思想。王琦云：「作〈梁園歌〉而忽間以信陵數語，意謂以信陵之賢，名震一世，至今日墓域且不克保，況梁孝王之賢不及信陵，其歌臺舞榭又焉能保其常在乎？此文章襯托之法，不是為信陵君致慨，乃是為梁王釋恨，並為自己解愁，以見不如及時行樂之為得也。故下遂接以『沉吟此事淚滿衣』云云。」第四段承前抒感，為此沉吟流淚，在泣涕之後感情更為激越，由暫且飲酒一躍而為狂飲豪博，但詩人絕不滿足這種消沉的人生態度，末二句筆鋒陡轉，詩人身在縱酒，但心中卻念念不忘「濟蒼生」的宏願。深信將來終能像謝安那樣東山再起，實現「濟蒼生」的抱負。這正是初入長安前後許多詩中表現的思想特點。前人謂此詩乃天寶中賜金還山後作，殊不知那時詩人離京走的是商山道，一心尋找商山四皓，隱居出世，受道籙當道士，已無實施抱負之信心，與此詩的思想截然不同。

鳴臯歌送岑徵君

時梁園三尺雪，在清泠池作❶

若有人❷兮思鳴臯，阻積雪兮心煩勞❸。洪河凌兢不可以徑度❹，冰龍鱗兮難容舠❺。邈仙山之峻極❻兮，聞天籟之嘈嘈❼。霜崖縞皓以合沓兮❽，若長風扇海，湧滄溟之波濤❾。玄猿綠羆，舔舕岌危❿。咆柯⓫振石，駭膽慄魄，群呼而相號⓬。峰崢嶸以路絕，挂星辰於巖嶅⓭。

送君之歸兮，動鳴臯之新作⓮。交鼓吹兮彈絲，觴清泠之池閣⓯。君不行兮何待？若反顧之黃鶴⓰。掃梁園之群英⓱，振〈大雅〉於東洛⓲。巾征軒⓳兮歷阻折，尋幽居兮越巘崿⓴。盤白石兮坐素月㉑，琴松風兮寂萬壑㉒。

望不見兮心氛氲㉓，蘿冥冥兮霰紛紛㉔。水橫洞㉕以下淥，波小聲而上聞。虎嘯谷而生風，龍藏谿而吐雲㉖。寡鶴清唳，飢鼯嚬呻㉗。塊獨處此幽默兮㉘，愀空山而愁人㉙。

雞聚族㉚以爭食，鳳孤飛而無鄰。蝘蜓嘲龍，魚目混珍㉛。嫫母衣錦，西施負薪㉜。若使巢由桎梏於軒冕兮，亦奚異乎夔龍蹩躠於風塵㉝？哭何苦而救楚㉞？笑何誇而卻秦㉟？吾誠不能學二子沽名矯節以耀世兮，固將棄天地而遺身。白鷗兮飛來，長與君兮相親㊱。

【注　釋】❶鳴皋歌題　鳴皋，山名。取《詩經・小雅・鶴鳴》「鶴鳴於九皋」之意。又作「明皋」。《元和郡縣志》卷五河南府陸渾縣：「明皋山，在縣東北十五里。」張駒賢考證：「《李太白集》王琦注引作『鳴皋山』，《河南志》同。」按：在今河南伊川西南、嵩縣東北。岑徵君，李白有〈酬岑勛見尋就元丹丘對酒相待以詩見招〉詩，此岑徵君疑即岑勛。徵君，古時稱朝廷徵聘而不就的人。梁園，見前篇〈梁園吟〉注。清泠池，《元和郡縣志》卷七宋州宋城縣：「兔園，縣東南三里，漢梁孝王園。清泠池，在縣東二里。」❷若有人　指岑徵君。屈原〈九歌・山鬼〉：「若有人兮山之阿。」❸心煩勞　心中煩躁憂愁。張衡〈四愁詩〉：「何為懷憂心煩勞。」❹洪河句　洪河，大河。指黃河。凌兢，《漢書・揚雄傳》：「馳閶闔而入凌兢。」顏師古注：「凌兢者，言寒涼戰慄之處也。」徑度，即徑渡。❺冰龍句　冰龍鱗，形容冰棱參差鋸齒如龍鱗。舠，刀形小船。字本作「刀」。《詩經・衛風・河廣》：「誰謂河寬，曾不容刀。」鄭玄箋：「小船曰刀。」❻仙山之峻極　仙山，宋本在「仙山」二字下夾注：「一作：神仙」。峻極，高大至極。《詩經・大雅・崧高》：「峻極於天。」毛傳：「峻，大；極，至也。」❼聞天籟句　天籟，自然界的音響。嘈嘈，聲音嘈雜貌。❽霜崖句　霜崖，積雪的山崖。縞皓，潔白色。合沓，重疊貌。❾若長風二句　長風，大風。滄溟，大海。袁宏〈三國名臣序贊〉：「洪飆扇海，二溟揚波。」宋本在「風」字下夾注：「一作：虹」。❿玄猿二句　謂雄猿和熊羆在高山上吐舌。《文選》卷八司馬相如〈上林賦〉：「玄猿素雌。」李善注：「玄猿，言猿之雄者玄色也。」綠羆，《西京雜記》卷二：「熊羆毛有綠光皆長二尺者，直百金。」舔談，通「舑談」。《文選》卷一一王延壽〈魯靈光殿賦〉：「玄熊舑談以斷斷。」李善注：「舑談，吐舌貌。」岌危，山高貌。宋本在「岌」字下夾注：「一作：崟」。⓫咆柯　在樹下咆哮。蕭本、郭本、胡本、王本、咸本作「危柯」。⓬群呼句　沈德潛《唐詩別裁》卷六：「疊四句，而以第五句為一韻。四句之中又成二韻，變化已極。」⓭峰崢嶸二句　極言山之高峻，謂山峰高峻而路斷，天上的星辰都掛在巖石上。崢嶸，高峻貌。巖嶅，多小石的山。《文選》卷一二木華〈海賦〉：「戛巖嶅，偃高濤。」李善注引《爾雅》：「山多小石曰嶅。」⓮送君二句　謂送君歸山，因有感而作這首〈鳴皋歌〉。⓯交鼓二句　鼓吹，指鼓、鉦、簫、笳等樂器合奏。彈絲，奏絃樂器。觴，古代盛酒器，此用作動詞，指宴飲。⓰君不行二句　屈原〈九歌・湘君〉：「君不行兮夷猶。」庾信〈別周尚書弘正詩〉：「黃鵠一反顧，徘徊應愴然。」此以「黃鶴返顧」表示離別時的依戀。鶴，宋本、繆本並作「鶴」，唯王琦注本作「鵠」。鶴、鵠通。⓱掃梁園句　梁園，見前首〈梁園吟〉注。此句謂岑徵君的才華一掃當年梁園群英枚乘、司馬相如等，使他們也黯然失色。⓲振大雅句　大雅，《詩經》的一部分，共三十一篇，大多是西周王室貴族的作品，主要歌頌周天子祖先以至武王、宣王等功績，保存了較多的周初及宣王時的史料。對厲王、幽王時的政治混亂也有所反映。李白常以〈大雅〉指古典詩歌的優良傳統。東洛，洛陽。此句謂岑徵君在洛陽使古詩的優良傳統得到了振興。⓳巾征軒　用帷布蒙於征車之上。征軒，遠行之車。⓴巘崿　山崖。《文選》卷二二謝靈運〈晚出西射堂〉詩：「連嶂疊巘崿。」李善注：「巘崿，崖之別名。」㉑盤白石句　謂盤坐在白石之上、皎月之下。㉒琴松風句　以琴彈出〈風入松〉曲調。《樂府詩集》卷六〇引《琴集》曰：「〈風入松〉，晉嵇康所作也。」宋本在「寂」字下夾注：「一作：昇」。㉓氛氳　《文選》卷一三謝惠連〈雪賦〉：「氛氳蕭索。」李善注：「氛氳，盛貌。」高步瀛謂「氛氳與紛紜同」，亂貌。㉔蘿冥冥句　蘿，女蘿。屈原〈九歌・山鬼〉：「被薜荔兮帶女蘿。」後人因常以薜荔、女蘿借指隱士住處。冥冥，昏暗貌。霰，雪珠。㉕橫洞　橫流穿通。㉖虎嘯二句　東方朔〈七諫・哀命〉：「虎嘯而谷風至兮，龍舉而景雲往。」《三國志・魏書・管輅傳》裴松之注引《管輅別傳》：「龍者，陽精，以潛為陰。幽靈上通，和氣感神。二物相扶，故能興雲。夫虎者，精陰，而居於陽，依木長嘯，動於巽林，二氣相感，故能運風。」㉗寡鶴二句　寡，宋本原作「冥」，在字下夾注：「一作：寡」。是。謝朓〈敬亭山〉詩：「獨鶴方朝唳，飢鼯此夜啼。」唳，鶴鳴聲。鼯，鼯鼠，亦稱「大飛鼠」，棲息於森林。嚬呻，痛苦呻吟。㉘塊獨處句　塊，孤獨貌。宋玉〈九辯〉：「塊獨守此無澤兮。」幽默，深暗寂靜。屈原〈九章・懷沙〉：「孔靜幽默。」㉙愀空山句　愀，憂懼貌，此用作動詞，意謂對空山而憂懼。宋本在「愀」字下夾注：「一作：啼」，在「而」字下夾注：「一作：兮」。㉚聚族　叢聚；集合。㉛蝘蜓二句　以蝘蜓、魚目喻權幸小人。蝘蜓，即蜥虎、蠍虎，狀如壁虎的爬行類動物。揚雄〈解嘲〉：「今子乃以鴟梟而笑鳳凰，執蝘蜓而嘲龜龍，不亦病乎？」魚目混珍，《文選》卷二九張協〈雜詩〉：「魚目笑明月。」李善注引《雒書》：「秦失金鏡，魚目入珠。」㉜嫫母二句　以醜女穿錦、美女背柴諷刺統治者埋沒人才。嫫母，古代醜女。西施，春秋時越國美女。㉝若使二句　謂如志在隱逸的巢父、許由羈身官場，與志在行道的夔、龍被棄風塵又有何不同。巢由，即巢父、許由，傳說中的堯時隱士。桎梏，古代拘禁罪人手足的刑具，此用作動詞，猶被束縛、被羈之意。軒冕，古代卿大夫的車與冠。此指仕宦。夔龍，傳說中舜時賢臣。蹩躠，跛足而行貌。㉞哭何苦句　《左傳》定公四年載吳軍攻入楚都郢城，楚王出奔，大夫申包胥為了挽救楚國，詣秦國乞救兵，秦初不依，申包胥遂「立依於庭牆而哭，日夜不絕聲，勺飲不入口七日，秦哀公為之賦〈無衣〉，九頓首而坐，秦師乃出」。㉟笑何誇句　用魯仲連故事。見卷一〈古風〉其九「齊有倜儻生」注。左思〈詠史〉詩：「吾慕魯仲連，談笑卻秦軍。」㊱吾誠四句　四句謂己不能學申包胥、魯仲連沽名矜節光耀後世，本應棄世遺身而歸隱江海與白鷗鳥相親。誠，真正；實在。二子，指申包胥、魯仲連。沽名，邀取虛名。矯節，矜持造作以示高節。白鷗，水鳥，體羽白色，善飛翔，能浮水。見卷一〈古風〉其四十二「搖裔雙白鷗」注。

【語　譯】有位岑徵君想歸鳴皋山，苦於積雪所阻而心中煩憂。水路則黃河冰封令人戰慄不可直接渡過去，河冰參差如龍鱗鋸齒不能行船。旱路則仙山極其高峻，又聽那自然界天風嘈雜而難於登攀。白皚皚的雪崖霜峰連綿合沓，像長風吹起海上之洶湧波濤。山頂上有玄猿綠羆瞪目吐舌，牠們在樹下咆哮振動，令人駭心動魄，又聞群呼與相號之聲。群峰高峻而路斷，層巒疊嶂與星辰相接。

我送君歸山，構思〈鳴皋歌〉的新作。在清泠池上特設別餞之宴，伴之以鼓吹管絃之樂。君不行還等待什麼呢？如返顧之黃鶴依依離別。君之才華一掃梁園之群英，當振〈大雅〉於東洛。上征軒歷經阻折，翻山越嶺以入幽居。盤坐在白石上賞清月，彈著〈風入松〉萬壑寂靜。

自君去後我悵望不見而心煩意亂，想像鳴皋山中松蘿昏暗而霰雪紛紛。泉水穿崖過洞而清澈見底，流水聲小卻能上聞。虎嘯震谷而生風，龍藏深溪而吐雲。更有寡鶴唳叫，鼯鼠呻吟。孤獨地居住在如此幽暗寂靜之地，真使人為之愀心憂懼。

當今小人如群雞聚族而爭食於朝堂，君子像孤鳳無鄰而遠飛於山林。蜥蜴嘲笑巨龍，魚目可混同珍珠。醜女嫫母衣錦入寵，美女西施卻負薪為奴。如果使以隱為高的巢父、許由因於軒車冠冕，亦何異於讓夔、龍這樣善理朝政的賢臣淪落於風塵之中？昔申包胥何苦哭於秦庭而救楚？魯仲連何誇談笑以卻秦兵？我真不能學此二人沽名釣譽矯立名節以光耀於後世，吾本來應當遺世而獨立。讓白鷗飛來與之相狎，長於山水之中與君相親。

【研析】此詩與卷一四〈送岑徵君歸鳴皋山〉當為同時之作。該詩有「余亦謝明主，今稱偃賽臣」句，可知是天寶三載（西元七四四年）去朝以後遊梁宋時所作。首段寫題中之「鳴皋歌」。描繪歸鳴皋為冰雪所阻，河不可逾，山不易陟，天籟悲鳴，霜崖合沓，猿熊哀號，峰巖險絕。何以歸此？不得已耳。暗喻仕途危險，說明岑徵君遠去之由。次段寫送行之地，點明作此詩之意。張樂設宴於清泠閣餞別，徵君依依如黃鶴返顧，欲掃梁園之群英而振〈大雅〉於東洛，然後巾車入山，月下鳴琴而萬壑寂靜。第三段寫分手後詩人想念徵君之離憂。想像徵君所居藤蘿霰雪，水波上聞，虎嘯龍吟，鶴唳鼯呻，獨處此境實在使人愀然憂傷。末段由此拓展而抒發感慨；當今小人在位爭食，賢者失所無依，真偽混淆，美醜顛倒。詩人認為不能強迫隱者入仕，也不能讓賢人淪落風塵。至若包胥哭秦救楚，魯連卻秦救趙，自己不能學此二子而顯名後世，則唯棄世而與白鷗相親。

沈德潛《唐詩別裁》卷六評曰：「學楚騷而長短疾徐，縱橫馳驟，又復變化其體，是為仙才。」

鳴皋歌奉餞從翁清歸五崖山居❶

昨憶❷鳴皋夢裏還，手弄素月清潭間。覺時枕席非碧山❸，側身西望阻秦關❹。

麒麟閣❺上春還早，著書卻憶伊陽❻好。青松來風吹石道，綠蘿飛花覆煙草。

我家仙公❼愛清真，才雄草聖❽凌古人。欲臥鳴皋絕世塵。鳴皋微茫在何處？

五崖峽❾水橫樵路❿。身披翠雲裘⓫，袖拂紫煙⓬去。去時應過嵩少⓭間，相思為

折三花樹⓮。

【注釋】❶鳴皋歌題　鳴皋，山名。見前首〈鳴皋歌送岑徵君〉注。從翁清，堂祖父李清。李清，《新唐書・宗室世系表下》越王房：李貞子有常山公李清，為唐太宗李世民孫。或即此人。五崖山居，疑在鳴皋山中。具體位置不詳。❷昨憶　蕭本、郭本、王本、咸本皆作「憶昨」。❸碧山　指鳴皋山。❹秦關　指潼關。潼關是從關東通往秦地的必經之地，關之西即為秦地。故亦稱秦關。❺麒麟閣　漢代閣名。在長安未央宮中。《三輔黃圖》卷六引《漢宮殿疏》：「天祿閣、麒麟閣，蕭何造以藏祕書、處賢才也。」又引《廟記》：「麒麟閣，蕭何造。《漢書》：宣帝思股肱之美，乃圖霍光等十一人於麒麟閣。」此處借指唐代翰林院。❻伊陽　縣名。唐屬河南府，先天元年十二月割陸渾縣置。縣在伊水之南，去伊水一里。其地在今河南嵩縣西南，鳴皋山在其東北。❼仙公　蕭本、郭本、王本、咸本皆作「仙翁」。❽草聖　對草書藝術有卓越成就者的美稱。東漢張芝、唐代張旭皆有此名。此處曰「古人」，當指張芝。（晉）衛恆《四體書勢》：「弘農張伯英……臨池學書，池水盡黑。下筆必為楷則，常曰『匆匆不暇草書』，寸紙不見遺，至今世尤寶其書，韋仲將謂之『草聖』。」張彥遠《法書要錄》卷一引（南朝宋）關欣《採古來能書人名》：「弘農張芝，高尚不仕，善草書，精勁絕倫……人謂為草聖。」❾峽　宋本在此字下夾注：「一作：溪」。❿樵路　指樵夫所走的山間小路。⓫翠雲裘　珍貴華麗的皮衣。宋玉〈諷賦〉：「主人之女，翳承日之華，披翠雲之裘。」⓬煙　宋本在此字下夾注：「一作：雲」。⓭嵩少　指嵩山和少室山。《元和郡縣志》卷五河南府潁陽縣：「嵩高山，在縣西北三十三里。少室山，在縣西北五十里。」按：嵩，又作「崧」。《水經注》引《爾雅》曰：「山大而高曰崧，合而言之為崧高，分而名之為二室。西南有少室，東北有太室。」又按：從梁園至鳴皋山必須經嵩山。⓮三花樹　即貝多樹（梵文 Pattra 的音譯）。在嵩山中。《齊民要術》卷一〇「槃多」：「《嵩山記》曰：嵩寺中忽有思惟樹，即貝多也。有人坐貝多樹下思惟，因以名焉。漢道士從外國來，將子於西山腳下種，極高大，今有四樹，一年三花。」

【語　譯】昨夜我在夢中見到了鳴皋山，在清水潭邊用手玩賞水中的月影。醒來發現在枕上躺著並不是在山中，側身西望遠隔秦地的潼關。回想那年春天辭別翰林院，來到伊陽山中作詩著文非常美好。山中的松風吹著古道，到處是青松綠蘿飛花煙草。

我家仙翁心尚清真，草書才雄超過古代草聖張芝。準備斷絕世塵到鳴皋山去隱居。鳴皋山飄渺微茫，隱居在何處呢？在那有水橫小路的五崖峽呀。我家仙翁身披翠雲裘，袖拂紫煙而去。去時一定會在嵩山、少室間路過，請折貝多樹一枝相寄聊表相思吧。

【研　析】此詩疑與前首〈鳴皋歌送岑徵君〉為前後之作。詩分兩段。前段寫自己夢到鳴皋山，醒來又回想離開長安後曾住在伊陽山中的愉快情景。點題中的「鳴皋歌」。後段點題中的「奉餞從翁清歸五崖山居」。先說李清才雄而崇尚清真，草書超過古代書聖，然後說欲往鳴皋山五崖峽隱居。描繪李清身披翠雲裘拂袖飄然而去的景狀，情態逼肖。末二句特指所經之路必過嵩少間，請折一枝貝多相寄以表相思，深切反映兩人之間的友誼，餘味無窮。

僧伽歌

真僧法號號僧伽❶，有時與我論三車❷。問言誦咒幾千偏？口道恆河沙復沙❸。此僧本住南天竺❹，為法頭陀❺來此國。戒得長天秋月明，心如世上青蓮色❻。意清淨，貌稜稜❼，亦不減，亦不增❽。瓶裏千年舍利骨❾，手中萬歲胡孫藤❿。嗟予落泊江淮久，罕遇真僧說空有⓫。一言懺盡波羅夷，再禮渾除犯輕垢⓬。

【注　釋】❶僧伽　梵文Sangha的音譯。意譯為「和合」、「眾」之意。《智度論》卷三：「多、比丘、一處、和合，是名僧伽。」《翻譯名義集》：「僧伽，秦言眾多，比丘、一處、和合名僧伽。」按：《太平廣記》卷九六引《紀聞錄》：「僧伽大師，西域人也，俗姓何氏。唐龍朔初，來遊北土，隸名於楚州龍興寺。後於泗州臨淮縣信義坊乞地施標，將建伽藍。於其標下掘得古香積寺銘記並金像一軀，上有普照玉佛字，遂建寺焉。唐景龍二年，中宗皇帝遣使迎師，入內道場，尊為國師。尋出居薦福寺。……至景龍四年三月二日，於長安薦福寺端坐而終。」前人謂李白此詩中之僧伽即指此人。然此人景龍四年（西元七一〇年）卒時李白僅十歲，顯然不可能交接。於是或以為此詩非李白作。其實，唐代胡僧法號為僧伽者甚多，李白此詩中之僧伽「本住南天竺」，當為印度僧人，與中宗時泗州僧伽為葱嶺北何國人顯然不同，當為另一人。❷三車　佛教以羊車、鹿車、牛車喻佛教徒修行的三種境界，即三乘。《法華經》卷三〈譬喻品〉：「羊車、鹿車、牛車，今在門外，可以遊戲。汝等於此火宅宜速出來。」注曰：「羊車喻聲聞乘，鹿車喻緣覺乘，牛車喻菩薩乘。俱以遠載為義，方便設施。」王琦謂：「當是以三獸之力有大小，三車之所載有多寡，喻三乘諸賢聖道力之淺深耳。」❸口道句　恆河，南亞大河。發源於喜馬拉雅山南坡，流經印度、孟加拉入海。印度人多視之為聖河、福水。沙復沙，形容沙之數量多至無法計算。王琦注：「恆河……廣四十里，水中之沙微細如麪，佛說法之處皆與此河相近，故常取以喻云。如恆河中所有沙數，蓋言其數之極多，非算數所能知者耳。」❹南天竺　即今印度南部。《舊唐書・西戎傳》：「天竺國即漢之身毒國，或云婆羅門地也。在葱嶺西北，週三萬餘里。其中分為五天竺：其一曰中天竺，二曰東天竺，三曰南天竺，四曰西天竺，五曰北天竺。地各數千里，城邑數百，南天竺際大海。」❺頭陀　梵文Dhuta的音譯，亦譯「杜多」，意譯「抖擻」（抖擻煩惱）。佛教苦行之一。佛教僧侶行頭陀守十二項苦行，分衣、食、住三類，即著糞掃衣（百衲衣）、常乞食、住空閒處等。按此修行的稱「修頭陀行者」。後也用以稱行腳乞食的僧人。《法苑珠林》卷一〇一《釋氏要覽・稱謂》：「西云頭陀，此云抖擻。能行此法，即能抖擻煩惱，去離貪著，如衣抖擻能去塵垢，是故從喻為名。」❻戒得二句　謂僧伽曾受菩薩戒，「秋月明」、「青蓮色」即形容其已達到最高境界。戒，禁制。佛教戒律。王琦注引（陳）永陽王《解講疏》：「戒與秋月共明，禪與春池共潔。」謂戒律和禪心明如秋月，潔如春池。青蓮色，王琦注：「《華嚴經》：菩提心者，猶如蓮花不染一切諸罪垢故。」僧肇《維摩詰經注》：「天竺有青蓮花，其葉修廣，青白分明。」❼貌稜稜　面貌威嚴貌。❽亦不二句　《般若心經》：「是諸法空相，不生不滅，不垢不淨，不減不增。」❾舍利骨　佛骨，亦稱舍利子。《魏書・釋老志》：「佛既謝世，香木焚屍，靈骨分碎，大小如粒，擊之不壞，焚亦不焦，或有光明神驗，胡言謂之舍利。弟子收奉，置之寶瓶，竭香花，致敬慕，建宮宇，謂為塔。」《法苑珠林》卷五三〈舍利〉：

「舍利者，西域梵語，此云骨身。恐濫凡夫死人之骨，故存梵本之名。舍利有三種：一是骨舍利，其色白；二是髮舍利，其色黑；三是肉舍利，其色赤。是佛舍利，椎打不碎；是弟子舍利，椎擊便破矣。」❿胡孫藤　手杖名。楊齊賢注：「胡孫藤，乃藤杖，手所執者。」⓫空有　《後漢書・西域傳》：「詳其清心釋累之訓，空有兼遣之宗。」李賢注：「清心，謂忘思慮也。釋累，謂去貪欲也。不執著為空，執著為有。兼遣為不空不有。虛實兩忘也。」王琦注：「鳩摩羅什《維摩詰經注》：佛法有兩種，一者有，二者空。若常在有，則累於想著；若常在空，則捨於善本。若空有迭用，則不設二過，猶日月代明，萬物以成。」⓬一言二句　意謂僧伽精通佛法，經他一言指點，便覺重輕罪過都已懺盡，從而如釋重負。懺，梵文「懺摩」音譯之略，意譯為悔。釋氏以面陳悔過為懺。王琦注引《法苑珠林》云：「波羅夷者，此云極重罪是也。輕垢罪者，比重減輕一等，凡玷汙淨行之類皆是。」按波羅夷謂十重戒中之重罪，如殺人、偷盜、酗酒、淫欲等。禮，謂懺禮。佛教懺悔之法，先當淨心，整貌，肅容，齋戒，有一定規矩，故謂之禮。渾，簡直；幾乎。輕垢，謂四十八輕戒中之小過。

【語譯】有一位真僧的法號叫僧伽，有時他與我一起探討有關「三乘」佛教的哲理。我問他經咒誦了幾千遍？他說他所誦之經咒如同恆河沙數無法計算。此僧本來住在南天竺，作為頭陀行腳僧來到中國。其戒行圓滿如長天之秋月，其禪心明淨如潔淨之青蓮。其意清淨無為，其貌清臞威嚴。其佛法圓融既不減又不增。瓶中裝的是千年的佛骨舍利，手中所攜的是萬年的胡孫藤拐杖。可嘆我久在江淮間落魄，很少有機會遇到這樣的真僧談論空與有。經他一言指點即能悔盡波羅夷般的重罪，再施懺禮幾乎可以免除所犯的小過失。

【研析】前人多認為此詩乃偽作，主要原因是以為詩中的僧伽即唐中宗景龍四年卒於長安薦福寺者。其實，中宗時之僧伽乃蔥嶺何國人，此詩中之僧伽「本住南天竺」，顯然是另一人。故決非偽作。首四句敘真僧名號，與自己探討三乘佛理，說明關係密切。所誦經咒如恆河沙數，說明真僧造詣達到最高境界。接著四句敘真僧的國籍、來中國的原由，並進一步形容真僧戒律之高和禪心之潔。再次六句描繪真僧的心境，容貌，佛法僧齡，身負裝有千年舍利骨的瓶，手持萬年胡孫藤的杖。末四句感嘆自己長年落魄未遇真僧說佛理，如今得一言而懺盡輕重罪過，乃一生大幸。

白雲歌送劉十六❶歸山

楚山秦山❷皆白雲，白雲處處長隨君。長隨君，君入楚山裏，雲亦隨君渡湘水❸。湘水上，女蘿衣❹，白雲堪臥君早歸。

【注釋】❶劉十六　排行十六，名未詳。❷楚山秦山　楚山指劉十六歸去之地湖南，秦山指送別之地長安。❸湘水　即湘江，今湖南省最大河流。源出廣西僮族自治區靈川縣東海洋山西麓，東北流貫湖南東部，經衡陽、湘潭、長沙等市至湘陰縣浩河口入洞庭湖。❹女蘿衣　以女蘿為衣。喻隱士之服飾。蘿，宋本作「羅」，據蕭本、郭本、王本、咸本改。女蘿，即松蘿，植物名。屈原〈九歌・山鬼〉：「若有人兮山之阿，被薜荔兮帶女蘿。」朱熹曰：「則言其被服之芳者，自明其志行之潔也。」

【語譯】楚山和秦山之上皆是白雲，白雲處處長隨著您。長隨著您進入楚山之中，白雲也跟著您渡過湘江之水。湘水之上，有您所喜愛的女蘿之衣，白雲深處確實最適於隱居，您還是早些回去歸隱吧。

【研析】此詩當是天寶二年（西元七四三年）李白在長安送友人回湖南歸隱之作。首句稱「楚山」、「秦山」，不僅與題中「歸山」相應，加強隱逸色彩，而且古人謂雲因觸山石而產生，於是很自然地引出題中的「白雲」。題曰「白雲歌」，詩人充分運用「白雲」這一形象展開抒情，一切離情別緒都割捨不寫。南朝隱士陶弘景有詩云：「山中何所有？嶺上多白雲。只可自怡悅，不堪持贈君。」白雲自由飄浮，無拘無束，是隱士品格的象徵。詩中反復吟詠「白雲」，相隨劉十六入楚山，渡湘水，直到「白雲堪臥」。王琦注引方弘靜曰：「太白賦〈新鶯百囀〉與〈白雲歌〉，無詠物句，自是天仙語。他人稍有擬象，即屬凡辭。」除「白雲」這一形象外，「女蘿衣」這一形象是用了屈原〈九歌・山鬼〉的典故，更增強了隱士的飄逸性格。末句「白雲堪臥君早歸」，意味深長。李白在京供奉翰林一年多，深感朝廷上「珠玉買歌笑，糟糠養賢才」（〈古風〉其十四）現實的不合理，也已產生了「還山」的念頭。所以對劉十六的「早歸」有稱讚和羨慕之意。全詩運用頂真格和複沓歌詠形式，「隨手寫去，自然流逸。」（沈德潛《唐詩別裁》）

金陵歌送別范宣❶　金陵

石頭巉巖如虎踞❷，凌波欲過滄江❸去。鍾山龍盤❹走勢來，秀色橫分歷陽❺樹。

四十餘帝三百秋❻，功名事跡隨東流。白馬小兒誰家子？泰清之歲來關囚❼。

金陵昔時何壯哉！席卷❽英豪天下來。冠蓋散為煙霧盡，金輿玉座成寒灰❾。

扣劍悲吟空咄嗟❿，梁陳白骨亂如麻。天子龍沉景陽井⓫，誰歌〈玉樹後庭花〉⓬？

此地傷心不能道，目下離離⓭長春草。送爾長江萬里心，他年來訪南山皓⓮。

【注　釋】❶金陵歌題　金陵，古邑名。今南京的別稱。戰國楚威王七年滅越後在今南京清涼山（石頭城）設邑，並埋金以鎮王氣，故曰金陵邑。按：咸淳本題中無「別」字。范宣，生平事蹟不詳。❷石頭句　石頭，古城名。又名石首城。故址在今南京清涼山。本楚金陵城，漢建安十七年孫權重築改名。《太平寰宇記》卷一五六引晉張勃《吳錄》：「劉備曾使諸葛亮至京，因觀秣陵山阜，乃嘆曰：『鍾山龍蟠，石頭虎踞，帝王之宅也。』」按：秦漢時石頭山就在長江邊。南邊為今水西門即秦淮河入江口，駐此觀石頭山「峭立江中，繚繞如垣牆。凡舟皆由此下至建康。故江左有變，必先固守石頭，真控扼要地也。」（陸游《入蜀記》卷二）。巉巖，山石高峻貌。❸滄江　指長江。以水呈青蒼色，故稱。❹鍾山龍盤　鍾山，今南京市內之紫金山。諸葛亮謂「鍾山龍盤」即此。❺歷陽　今安徽和縣。南濱大江，與采石磯隔江相望。唐為和州治所，天寶元年改為歷陽郡，乾元元年（西元七五八年）復為和州。❻四十句　蕭士贇注：「按史書，自吳大帝建都金陵，後歷晉、宋、齊、梁、陳、凡六代，共三十八主，此言四十餘帝者，併其間推尊者而混言之也。三百秋者，自吳大帝黃武元年壬寅歲，至陳禎明三年己酉，共三百三十二年。吳亡後，歇三十六年，總共三百六十七年。詩人造辭遣意，舉成數而言耳。」❼白馬二句　指侯景之亂。《梁書・侯景傳》：「普通（梁武帝年號）中，童謠曰：『青絲白馬壽陽來。』後侯景果乘白馬，兵皆青衣。」又〈武帝紀〉：「（太清）二年，……侯景舉兵反。……（三年）三月，……攻陷京城。」蕭士贇曰：「泰清，梁武帝年號。時遭侯景之難，困於臺城，以所求不供，憂憤寢疾，崩於淨居殿，乃泰清三年五月丙辰也。」闕囚，指梁武帝被囚禁於臺城。《南史・侯景傳》：「（侯景又矯詔禪位）將登太極殿，醜徒數萬，同共吹唇唱吼而上。」宋本在二句下夾注：「一作：白馬金鞍誰家子？吹脣虎嘯鳳皇樓」。❽席卷　像捲席子一樣包括無餘。賈誼〈過秦論上〉：「有席捲天下、包舉宇內、囊括四海之意，併吞八荒之心。」❾冠蓋二句　謂六朝帝業灰飛煙滅。冠蓋，貴族的裝飾和車蓋，代指權貴。金輿玉座，皇帝的車輦和寶座。江淹〈恨賦〉：「喪金輿及玉乘。」❿扣劍句　扣劍，拔劍出鞘。曹植〈酒賦〉：「或扣劍輕歌。」咄嗟，叱吒。⓫天子句　指陳後主投井事。《陳書・後主紀》：「後主聞（隋）兵至，從宮人十餘出後堂景陽殿，將自投于井。……及夜，為隋軍所執。」景陽井，臺城中景陽宮井。隋克臺城，陳後主與張麗華、孔貴嬪俱入井，隋軍出之。⓬誰歌句　《陳書・後主張貴妃傳論》：「後主每引賓客對貴妃等遊宴，則使諸貴人及女學士與狎客共賦新詩，互相贈答，採其尤豔麗者以為曲詞，被以新聲，選宮女有容色者以千百數，令習而哥（歌）之，分部迭進，持以相樂。其曲有〈玉樹後庭花〉、〈臨春樂〉等，大指所歸，皆美張貴妃、孔貴嬪之容色也。」⓭目下離離　宋本在「目」字下夾注：「一作：日」。離離，繁茂貌。《詩經・王風・黍離》：「彼黍離離。」⓮南山皓　王琦注：「謂漢之四皓。四皓在秦時始入藍田山，後又入地肺山，漢時隱終南山。終南山，廣八百餘里，橫亙關中南面，故亦謂之南山。凡藍田、地肺諸山，亦南山之支脈矣。」按此處「南山皓」，似李白自謂。又按：皓，蕭本、郭本、《全唐詩》作「老」。

【語譯】石頭城的巉巖峭壁如猛虎雄踞，好像要凌波躍過大江去。鍾山的走勢如青龍盤城，秀麗景色縱橫連綿一直到對岸的歷陽樹。

金陵三百餘年中曾出了四十多個皇帝，他們的功名事蹟如今都已隨流水東去。騎白馬的哪個小兒是誰家人？泰清年間曾將梁武帝囚死於臺城。

金陵昔年是何等的壯偉！使天下的英雄全部席捲而來。達官權貴如今都煙消霧散，皇帝座也都已成灰燼。我為此拔劍悲歌空自嗟嘆，當年梁陳的白骨散亂如麻。貴為天子的陳後主自沉於景陽井中，還有誰來歌唱〈玉樹後庭花〉這樣的豔曲呢？

在此地方我感到傷心而無言以道，眼下只剩下了繁茂的春草。我在此為你送別的心情如萬里長江之水悠悠不盡，他年歸來你再來訪我這個南山的老人吧。

【研　析】元代蕭士贇和明代朱諫都認為此詩非李白所作，然《文苑英華》已收此詩，恐非偽作。詩中緊扣〈金陵歌〉之題，慨嘆虎踞龍盤的形勢，歷數三百年間六朝帝業的興衰，都是弔古傷今之意。而送別之意只有末二句結題。方東樹《昭昧詹言》卷一二認為起四句「颯爽」，「冠蓋數句頓挫淋漓」，還有人讚賞「起四句氣象凌霄，神彩奪目」，說明此詩並非如朱諫所說「皆牽強生硬」。

勞勞亭歌❶

在江寧縣南十五里，古送別之所，一名臨滄觀

金陵勞勞送客堂，蔓草離離❷生道傍。古情❸不盡東流水，此地悲風愁白楊❹。

我乘素舸同康樂❺，朗詠清川飛夜霜❻。昔聞牛渚吟五章，今來何謝袁家郎❼？苦竹❽寒聲動秋月，獨宿空簾❾歸夢長。

【注　釋】❶勞勞亭歌　勞勞亭，遺址在今南京西南古新亭之南。三國時吳築。為古送別之所。❷離離　繁盛貌。❸古情　自古以來的離別之情。❹此地句　〈古詩十九首〉：「白楊多悲風，蕭蕭愁殺人。」此句化用其意。❺我乘句　素舸，未經油漆的船。康樂，指南朝宋詩人謝靈運，以其襲封康樂公，故世稱謝康樂。謝靈運〈東陽溪中贈答詩二首〉其二：「可憐誰家郎，緣流乘素舸。」❻朗詠句　孫綽〈遊天台山賦〉：「朗詠長川。」胡震亨曰：「『清川飛夜霜』，疑引謝詩，今謝集中

無此句，或亡之耳。」❼昔聞二句　牛渚，磯名，即今安徽馬鞍山西南長江邊之采石磯，為牛渚山北部突出於長江中的部分。《方輿勝覽》卷一五太平州：「牛渚山，在當塗縣北三十里。」五章，五首詩。具體詩題和內容無考。何謝，哪裡不如；何處遜色。袁家郎，指袁宏，字虎，晉朝人。《世說新語・文學》：「袁虎少貧，嘗為人傭載運租。謝鎮西（即謝尚）經船行，其夜清風朗月，聞江渚間估客船上有詠詩聲，甚有情致，所誦五言，又其所未嘗聞，嘆美不能已。即遣委曲訊問，乃是袁自詠其所作詠史詩。因此相要，大相賞得。」劉孝標注引《續晉陽秋》：「虎（袁宏字）少有逸才，文章絕麗。曾為〈詠史詩〉，是其風情所寄。少孤而貧，以運租為業。鎮西謝尚時鎮牛渚，乘秋佳風月，率爾與左右微服泛江。會虎在運租船中諷詠，聲既清會，辭文藻拔，非尚所曾聞，遂往聽之。乃遣問訊，答曰：『是袁臨汝郎誦詩。』即其〈詠史〉之作也。尚佳其率有盛致，即遣要迎，談話申旦，自此名譽日茂。」❽苦竹　王琦注：「竹有淡竹、苦竹二種，莖葉不異，以其筍味淡而名。」❾簾　指船窗的簾子。

【語　譯】金陵城南有座送客的勞勞亭，茂密的雜草長滿了道旁。自古以來離別之情如長江東流之水滔滔不盡，又加上此地的白楊悲風更令人心傷。

我像謝靈運一樣「緣流乘素舸」，在長江中朗詠「清川飛夜霜」。昔日曾聞袁宏在牛渚磯之下吟五首詩被謝尚知遇，而今我的詩才哪裡遜於袁家郎之下？只是不遇知音而唯聞苦竹寒聲動秋月，只得空垂簾子獨宿而寄情於長長的歸夢之中。

【研　析】此詩約作於天寶八載（西元七四九年）遊金陵之時。前段四句寫勞勞亭道旁長滿雜草，離情本來就如不盡的東流之水，如今白楊悲風更增離愁。後段六句以謝靈運自喻，泛江詠詩，自以為才華不遜於袁宏，卻無謝尚那樣的知音賞識。唯在秋月下聞苦竹寒聲，獨宿於空簾之下徒懷歸夢。王琦曰：「此詩大意：太白自誇山水之趣既同康樂，而吟詠之妙又不減袁宏，惜無相賞之人與之談話申旦，空簾獨宿，殊覺寂寥。兩事並用，各不相妨。」

橫江詞六首

其一

人言橫江❶好，儂道橫江惡❷。一風三日吹倒山❸，白浪高於瓦官閣❹。

【注釋】❶橫江 指今安徽和縣東南橫江浦與南岸采石磯之間的長江，形勢險要。❷儂道句 儂，吳方言自稱曰「儂」。道，一作「言」。惡，壞。❸一風句 謂大風連吹三天，幾乎要把山都吹倒。宋本在此句下夾注：「一作：猛風吹倒天門山」。❹白浪句 形容浪高。瓦官閣，亦作「瓦棺閣」。王琦注引《幽怪錄》：「上元縣（今江蘇南京）有瓦棺寺，寺上有閣，倚山瞰江，萬里在目，亦江湖之極境，遊人弭棹，莫不登眺。」按：瓦官寺之名，本於寺在原製瓦工場。《焦氏筆乘》續集卷七云：「晉哀帝興寧二年，詔移陶官於淮水北，遂以南岸窰地施與僧慧力造寺，因以瓦官名之。」又據說民間以掘地有瓦棺，因稱瓦棺寺。寺有瓦官閣，高二十五丈。南唐時改名昇元寺，閣稱昇元閣。

【語譯】別人都說橫江好，而我卻要說橫江惡。連颳三天大風能把山吹倒，江中掀起的白浪比瓦官閣的屋頂還要高。

【研析】此組詩共六首，作年和詩中寓意眾說紛紜，故暫不編年。此為第一首。首二句顯然受南朝樂府民歌〈吳聲歌〉的影響，以方言入詩，「人言」、「儂道」，純用口語，具有濃烈的地方色彩和生活氣息。長江平時風平浪靜，兩岸景色優美，所以「人言橫江好」。可是目前風急浪高，險惡難渡，所以「儂道橫江惡」。第三句形容狂風之猛，連吹三天，似要把山吹倒，此乃詩人之感覺。末句形容暴風掀起的巨浪，比二百多尺的金陵瓦官閣還要高，這是詩人的視覺。後二句都用誇張手法，把長江風浪寫得非常傳神，形象生動，而且非常合理。狂風吹得人站不穩，就會感到山在搖動；在視覺上，看近處的巨浪比遠處的瓦官閣高，也合於透視的規律。嚴羽評點曰：「凡形摹語無妨過言，不必如語實語。」全詩想像豐富，境界壯闊雄偉。

其二

海潮南去過尋陽❶，牛渚由來險馬當❷。橫江欲渡風波惡，一水牽愁萬里長❸。

【注釋】❶尋陽　一作「潯陽」。今江西九江。古時相傳海潮倒灌衝入長江，可至潯陽。唐人詩中多有此說。如張繼〈奉寄皇甫補闕〉詩：「潮至潯陽回去，相思無處通書。」從橫江浦到潯陽的一段長江由東北往西南，故云「海潮南去」。❷牛渚句　牛渚，山名，在今安徽馬鞍山市長江邊。北部突入江中，名采石磯，水流湍急，形勢險要。古時為大江南北重要津渡，也是兵家必爭之地。馬當，山名，在今江西彭澤東北，橫枕長江，風急浪險。山形似馬，故名。陸龜蒙〈馬當山銘〉：「言天下之險者，在山曰太行，在水曰呂梁，合二險而為一者，吾亦聞乎馬當。」此句謂牛渚在馬當下游，故海潮倒灌之勢向來比馬當山更險惡。❸一水句　謂險惡的潮水牽動旅人愁思，就像洶湧的波浪萬里悠長。

【語譯】海潮湧入長江向南衝到潯陽，牛渚歷來比馬當還要險惡。欲渡橫江就怕風高浪險，一水牽愁猶如長江之水萬里之長。

【研析】此首是站在江邊南望上游，寫海潮倒灌入長江之險惡。從海潮幾欲過潯陽而上，又由潯陽聯想到附近的馬當。歷來認為馬當山水為天下之險，而海潮衝向潯陽、馬當，必然先過牛渚，故牛渚比馬當更險。用馬當與牛渚比較，形容牛渚更險於馬當，也暗喻自己一生經歷中一次比一次險惡。故面對橫江的風浪，一水牽愁萬里長。

其三

橫江西望阻西秦❶，漢水東連揚子津❷。白浪如山那可❸渡？狂風愁殺峭帆人❹。

【注釋】❶西秦　今陝西一帶，因春秋戰國時屬秦，地處六國之西，故名。此指長安。❷漢水句　漢水，源出陝西西南部寧強縣，東南流經陝西南部、湖北西北部和中部，至武漢市入長江。揚子津，在今江蘇邗江縣南長江北岸，是古代重要渡口。當時橫江浦為建康之西津，揚子津為建康之東津。唐朝時交通，在江東可取道長江、漢水、轉向長安。宋本在「漢水東連」四字下夾注：「一作：楚水東流」。❸那可　怎可。那，同「哪」。疑問詞。❹峭帆人　高掛船帆之人，指船夫。峭，或疑為「艄」、「梢」字之訛。

【語　譯】在橫江西望長安為大江風浪所阻，東望則見漢水東連著揚子津。如今白浪如山怎可渡江？加上狂風勁吹使船夫憂愁至極。

【研　析】此首是站在江岸西望長安。首句中的「阻」字，不僅指山川之險，也喻指求仕困難。古代以漢水源自秦地，而秦地素為帝王之州，故以漢水為天河。揚子津是長江下游最有名的渡口。次句不僅表示漢水與揚子津遙相連接，也暗喻身在萬里之外而心繫長安。後二句更進一步借風波之狂險，形容仕途險惡。

其四

海神來過惡風迴❶，浪打天門石壁開❷。浙江八月何如此❸？濤似連山噴雪來。

【注　釋】❶海神句　謂海神過後江面又掀起險惡的風浪。《博物志》卷七：「武王聞婦人當道夜哭，問之，曰：『吾是東海神女，嫁與西海神童，……我行必有大風雨……。』……果有疾風暴雨。」於是世傳海神走後必有惡風雨。❷浪打句　此句謂巨浪撞擊天門山，石壁為之開裂。天門，山名。在今安徽當塗西南長江兩岸。東為博望山，西為梁山。兩山隔江對峙，中間如門，故合稱天門山。❸浙江句　浙江，即錢塘江。江入海處有山橫江，江口呈喇叭狀，海潮倒灌，造成以兇險著名的「錢塘潮」。夏曆月初、月中常有大潮，每年八月十八日在海寧所見海潮倒灌潮水最猛。《水經注・漸水》：「錢塘……縣北有定、包諸山，皆西臨浙江。水流于兩山之間，江川急濬，兼濤水晝夜再來，來應時刻，常以月晦及望尤大，至二月、八月最高，峨峨二丈有餘。」此句乃詩人設問：這橫江風浪與錢塘江八月大潮相比怎樣。❹連山　喻波濤如連綿的山峰。木華〈海賦〉：「波如連山。」

【語　譯】果然像傳說那樣海神來過之後又來了惡風迴旋，巨浪撞擊天門山打開了山門石壁。浙江八月的海潮比這裡的風浪如何？浪濤像連綿的山峰噴雪而來。

【研　析】此首眺望橫江下游通海，因此聯想到海神。傳說海神經過之地必有狂風暴雨，詩人想像這橫江的風似海神經過時掀起的，天門山在橫江附近，這橫江的浪似乎把一座完整的石壁劈成了兩半。後二句用著名的錢塘潮與橫江風浪作對比，並以連綿山峰的噴雪來形容橫江波濤，不僅把洶湧的浪濤寫到極致，而且描繪得偉麗如畫。

其五

橫江館前津吏迎❶，向余東指海雲生❷。「郎今欲渡緣何事？」「如此風波不可行❸！」

【注　釋】❶橫江句　橫江館，王琦注引《太平府志》：「采石驛，在采石鎮，濱江，即唐之橫江館也。」遺址在今馬鞍山市采石公園內。津吏，掌管渡口事務的官吏。❷海雲生　海上雲起，是暴風將起之兆，預示江上風浪將更險惡。❸郎今二句　此為津吏語。郎，古時對一般男子的尊稱。緣，因為；為了。連詞。梁簡文帝〈烏棲曲〉：「採蓮渡頭礙黃河，郎今欲渡畏風波。」李白以此下句衍化為二句，情態畢現。

【語　譯】橫江館的津吏前來相迎，向我指著東邊的天際說海雲已生。他說：「先生為什麼這麼著急過江？」接著又說：「像這麼大的風波是不可能渡江的！」

【研　析】此首不僅寫眼前事，用口頭語，而且用人物手勢、對話入詩，真可謂繪聲繪色。首句寫詩人在采石驛橫江館遇到津吏的迎接，「迎」字表現出兩人之間社會地位不同。第二句寫津吏用手指向東方天空，向詩人說明海雲已起，暴風雨即將來臨。這中間顯然省略了詩人向津吏說明欲過江的話，文字精練簡潔。三、四兩句是津吏說的話，「郎今欲渡」四字，補足了津吏「東指」前李白說的「欲渡」的話，「緣何事」三字，包含著詩人當時急切要過江的神情。津吏問話尚未等詩人回答，當即斷定：「如此風波不可行！」反映出說話之間，風浪已起，津吏憑自己觀察天象和江浪規律的經驗，下了這結論。也顯示出津吏關心渡客生命安全的善良之心。全詩一氣呵成，語言爽朗，風格明快。

其六

月暈❶天風霧不開，海鯨東蹙百川迴❷。驚波一起三山❸動，「公無渡河歸去來❹！」

【注釋】❶月暈　咸本作「日暈」。日月光線經過雲層反射而形成的光環。日暈主雨，月暈主風。❷海鯨句　此句謂海鯨在東海迫促翻騰而使百川為之倒流。蹙，迫促。宋本在「百」字下夾注：「一作：眾」。❸三山　在江蘇南京西南長江東岸，因有三峰突出江中而得名。六朝京城在建康（今南京），三山為其西南江防要地，故又稱護國山。❹公無句　公無渡河，樂府詩題，《樂府詩集》卷二六列於〈相和歌辭〉，又名〈箜篌引〉。見卷二〈公無渡河〉詩注。此處只是借用其語。歸去來，陶淵明有〈歸去來兮辭〉。來，語助詞。宋本在「無」字下夾注：「一作：莫」。

【語譯】月暈出現可知要天風大起而江霧又不散，海潮就像大鯨東遊迫促而使百川之水倒流。驚濤駭浪的衝擊使三山搖動，「先生不要渡河，還是回去吧！」

【研析】此首寫月暈、天風、江霧的惡劣天氣，海鯨蹙浪使百川倒流，驚濤撼動三山。末句為組詩作結：風浪如此，就不要渡河，還是歸去！

按：此組詩的寫作年代眾說紛紜：或謂「郎」乃對青年男子的尊稱，詩中津吏既稱詩人為「郎」，應是青年時代的作品。或謂六首詩極寫橫江風波險惡，言外寓有政途險惡欲往無從之意，當作於被讒出京以後。《樂府詩集》卷九〇收此組詩於〈新樂府辭〉，但與中唐時期白居易等人對每首詩明確點明主題的〈新樂府辭〉有顯著區別。此六詩類似古題樂府，多比興寄託。故謂六首詩寓政途險惡之意不無可能。姑暫不編年。各首結句均謂風惡難渡，一、二首為總說，其三借船夫說，其四與錢塘怒潮比較作設問說，其五就津吏說，其六則結出「公無渡河」，彼此不相重複。全詩語言明白如話，具有民歌風味。

金陵城西樓❶月下吟

金陵夜寂❷涼風發，獨上高❸樓望吳越❹。白雲映水搖空城❺，白露垂珠滴秋月❻。

月下沉❼吟久不歸，古來相接眼中稀❽。解道「澄江淨如練」，令人長憶謝玄暉❾。

【注釋】❶金陵城西樓　咸本無「城」字。金陵，即今江蘇南京。按《景定建康志》卷二一李白酒樓條下引此詩，則「城西樓」當即城西孫楚酒樓，卷十六有〈翫月金陵城西孫楚酒樓……訪崔四侍御〉詩，可參看。❷寂　宋本在此字下夾注：「一作：靜」。❸高　宋本在此字下夾注：「一作：西」。❹吳越　指今江蘇南部和浙江北部一帶。古為吳國和越國的屬地。❺白雲句　意謂白雲和城樓均倒影水中，隨波搖盪。宋本在「空」字下夾注：「一作：秋」。❻白露句　江淹〈別賦〉：「秋露如珠。」宋本在「垂珠滴秋月」下夾注：「一作：沾衣濕秋月」。❼沉　宋本在此字下夾注：「一作：長」。❽古來句　此句謂自古以來知己甚少。相接，指在思想上能引起共鳴的人。宋本在「來」字下夾注：「一作：今」。❾解道二句　解道，懂得。謝玄暉，南朝齊代詩人謝朓，字玄暉。其〈晚登三山還望京邑〉詩有「餘霞散成綺，澄江淨如練」句，令詩人嘆慕傾倒。宋本在「長」字下夾注：「一作：還」。

【語　譯】在金陵寂靜而涼風習習的夜晚，我獨自一人登上高樓眺望吳越。白雲和城樓倒映水中似乎空城在搖動，白露好像是從秋月上垂滴下晶瑩的水珠。

我在月下沉吟久久不歸，思念古人能與吾心目相接引起共鳴者非常稀少。只有懂得清新詩境而能寫出「澄江淨如練」這詩的謝玄暉，才使人永遠想念佩服不已。

【研　析】此詩當是出蜀後初到金陵時開元十三年（西元七二五年）作。首二句點明登樓的時間是秋「夜」，是「獨」自一人，目的是眺望東南的「吳越」。吳越一帶山水秀麗，是歷代名士隱居之地，「望吳越」正表現出李白嚮往的心情。而「夜寂」、「涼風」、「獨上」則渲染了孤淒的氛圍。次二句寫登樓所見之景，「白雲」、「白露」兩個「白」字，極寫月夜的皎潔純淨。「空」字也渲染了月夜的沉靜。城本不會「搖」，但水波搖動，雲影搖動，使詩人感到似乎空城在搖動。月本不會「滴」露珠，但在高樓見月光皎潔，使詩人感到晶瑩的露珠似乎是從月亮中滴下的。「搖」、「滴」兩個動詞使靜止的畫面有飛動之感。顯示出詩人對景物有敏銳的觀察力和神奇的想像力。五、六兩句抒寫古今知音難覓的感慨。末二句直接表達對南齊詩人謝朓的仰慕之情。全詩結構巧妙，層層深入，馳騁古今，揮灑自如。足見詩人才華高超。

東山吟❶

去江寧城三十五里，晉謝安攜妓之所。一云〈醉過謝安東山〉

攜妓東土山❷，悵然悲謝安❸。我妓今朝如花月，他妓古墳荒草寒。白雞夢後三百歲❹，灑酒澆君同所懽。酣來自作〈青海〉舞❺，秋風吹落紫綺冠。彼亦一時，此亦一時❻，浩浩洪流之詠何必奇❼？

【注　釋】❶東山吟　咸本題作〈醉過謝安東山〉。東山，晉代謝安在金陵城東南築別墅，常著屐來此遊憩。其遺址在今南京東南江寧區。❷攜妓句　妓，宋本作「奴」，據郭本、繆本、王本、咸本改。東土山，胡本、咸本皆作「東山去」。《太平寰宇記》卷九〇昇州上元縣：「土山在縣南三十里。按《丹陽記》：晉太傅謝安舊隱會稽東山，因築此山擬之。無巖石，故謂土山。有林木臺觀娛遊之所。安常請朝中賢士、子姪親屬會宴土山。」❸謝安　《晉書・謝安傳》：「又於土山營墅，樓館林竹甚盛。每攜中外子侄往來遊集，肴饌亦屢費百金。世頗以此譏焉，而安殊不以屑意。」❹白雞句　白雞夢，指謝安之死。《晉書・謝安傳》：「安雖受朝寄，然東山之志始末不渝，每形於言色。及鎮新城，盡室而行，造汎海之裝，欲經略初定，自江道還東。雅志未就，遂遇疾篤，上疏請量宜旋旆，……詔遣侍中慰勞，遂還都。聞當輿入西州門，自以本志不遂，深自慨失，因悵然謂所親曰：『昔桓溫在時，吾常懼不全。忽夢乘溫輿行十六里，見一白雞而止。乘溫輿者，代其位也；十六里止，今十六年矣。白雞主酉，今太歲在酉，吾病殆不起乎？』……尋薨，時年六十六。」三，宋本原作「五」，「五」字下夾注：「一作：三」。蕭本、郭本、王本、咸本亦作「三」。是。據改。按：謝安死至李白作此詩時三百餘年，作「三百」是約略言之。❺青海舞　即〈青海波〉舞。魏顥〈李翰林集序〉：「間攜昭陽、金陵之妓，跡類謝康樂，世號李東山。……飲數斗，醉則奴丹砂撫（舞）〈青海波〉。」❻彼亦二句　謂自己與謝安二人皆為一時之才。《孟子・公孫丑下》：「彼一時，此一時也。」❼浩浩句　《世說新語・雅量》：「桓公（溫）伏甲設饌，廣延朝士，因此欲誅謝安、王坦之。王甚遽，問謝曰：『當作何計？』謝神意不變，謂文度曰：『晉祚存亡，在此一行。』相與俱前。王之恐狀，轉見於色。謝之寬容，愈表於貌。望階趨席，方作洛生詠，諷『浩浩洪流』。桓憚其曠遠，乃趣解兵。」宋本在「之」字下夾注：「一作：高」。

【語　譯】我攜妓登上江寧東土山，不禁悵然悲嘆晉朝攜妓遊東山的謝安。我的歌妓現今如花似月，而他的歌妓卻已成了寒草荒墳下的枯骨了。從謝安夢白雞而亡後三百多年，我來到此地以酒澆君墳而與君之靈共同歡飲一場。酒酣以後我為你自作〈青海波〉之舞，舞興之時秋風吹落了我頭上的紫綺冠。那時君為一時之雄，現在吾亦為一時之傑，當年你高詠「浩浩洪流」，亦有何奇？

【研　析】此詩當是開元十四年（西元七二六年）初遊金陵時之作。時李白剛出蜀不久，身藏萬金，遊興正濃。即魏顥〈李翰林集序〉所謂「間攜昭陽、金陵之妓，跡類謝康樂，世號為李東山。飲數斗，醉則奴丹砂撫（舞）

〈青海波〉」之時。詩中前四句以自己攜妓東山與當年謝安的攜妓東山相對比，得意之神態溢於言表。接著四句寫謝安去世已三百多年，自己今來灑酒祭奠也與英靈同歡，還為之舞〈青海波〉，「秋風」句既點明時令，又描繪出舞姿快速飛旋之情狀。末三句當仁不讓地稱自己亦一時之雄，與謝安乃當年一時之雄一樣。甚至認為謝安在桓溫欲殺他之時神情自若、諷詠嵇康詩也不稀奇。充分表現出詩人年少氣盛而自負。

秋浦歌十七首

秋浦

其一

秋浦長似秋❶，蕭條使人愁。客愁不可渡❷，行上東大樓❸。

正西望長安，下見江水流。寄言向江水，汝意憶儂不❹？遙傳一掬❺淚，為我達揚州❻。

【注　釋】❶秋浦句　秋浦，縣名，隋開皇十九年置，以秋浦水得名。屬宣州。唐永泰元年置池州，秋浦歸屬池州。即今安徽池州。據《貴池縣志》記載：秋浦水長八十餘里，闊三十里。長似秋，長期蕭條如秋。❷渡　蕭本、郭本、王本、咸本皆作「度」。❸大樓　山名。《江南通志》卷一六謂大樓山在池州府城南四十里。❹汝意句　儂，吳語自稱。不，同「否」。此以江水擬人，問江水是否思念自己。❺一掬　猶一捧。掬，量詞。《小爾雅・廣量》：「一手之盛謂之溢，兩手謂之掬。」❻揚州　胡震亨《李詩通》：「白時從金陵客宣，故不能忘情於揚州，然其意實在長安也。」

【語　譯】秋浦水長期蕭條像秋天一樣，景色淒涼令人心愁。因為客愁不可渡秋浦水，就東行至大樓山去散心吧。

站在山頂西望長安，只見山下長江之水正滾滾東流。我向江水發問：你還記得我李白嗎？請你將我的一掬淚水，遙傳給揚州的朋友們吧。

【研　析】此組詩乃天寶十四載（西元七五五年）秋天遊秋浦時所作。當時詩人從幽州歸來，往來於宣州、金陵、廣陵及秋浦一帶。由於在幽州目睹安祿山的囂張氣焰，心中一直為唐王朝的安危擔憂著。故詩中多籠罩著愁色。此首前段即謂秋浦景色蕭條似秋，因愁而不渡秋浦水，登上大樓山。後段寫在山上西望長安，正表示自己「身在江海之上，心居乎魏闕之下」（《莊子・讓王》）。詩人寄言江水，請將自己思闕之淚傳達給揚州之友，真可謂奇情妙語，含蓄深婉。

其二

秋浦猿夜愁，黃山堪白頭❶。青溪非隴水，翻作斷腸流❷。欲去不得去，薄遊❸成久遊。何年是歸日？雨淚❹下孤舟。

【注　釋】❶秋浦二句　此言在秋浦夜晚聽到黃山猿猴的哀啼，可使人髮白。黃山，指秋浦縣之黃山嶺，在清溪上游，俗稱小黃山。❷青溪二句　青溪，蕭本、郭本、胡本作「清溪」。隴水，隴頭的流水。古樂府〈隴頭歌辭〉（今《樂府詩集》卷二五收入〈橫吹曲辭〉）云：「隴頭流水，鳴聲幽咽。遙望秦川，心肝斷絕。」極言隴水鳴聲悲切。❸薄遊　短暫的遊歷。薄，短暫。❹雨淚　流淚如雨。胡震亨《李詩通》：「望歸切而未歸乃雨淚，情故生於久遊。」

【語　譯】在秋浦的夜晚聽到小黃山上猿猴的哀啼，真可使人憂愁得白髮。青溪本是清澈平靜的淥水而非隴頭之水，如今反而像隴水一樣發出使人斷腸的嗚咽之聲。我想回去卻不能回去，暫遊則變成了久遊。何年何月才是我的歸日？只能在孤船上淚如雨下。

【研　析】此首寫客久思歸。李白詩中有三個黃山，一是歙州黃山，一是當塗黃山，一是秋浦黃山。此時之黃山即秋浦黃山。詩人從宣城來秋浦時日已久，欲歸不得，故聞猿啼而白髮，見溪水而斷腸，皆因欲歸不得。本想於此暫遊，今乃久留未歸，故揮淚如雨。

其三

秋浦錦駝鳥❶，人間天上稀。山雞羞淥水，不敢照毛衣❷。

【注釋】❶錦駝鳥　秋浦所產之土鳥，形似吐綬雞，翎羽青黃相映若垂綬，非常美麗。駝，宋本作「駞」，異體字。徑改。❷山雞二句　謂錦駝鳥羽毛極美，使山雞自慚不如，羞得不敢照水顧影。山雞，又名錦雞、山雉。《博物志》卷四：「山雞有美毛，自愛其色，終日映水，目眩則溺死。」

【語譯】秋浦所產的一種錦駝鳥，其羽毛之美是人間天上所少有的。以美麗著稱的山雞見了牠也害羞，不敢走到水邊映照自己的羽毛。

【研析】此首讚美秋浦特產的錦駝鳥，先以「人間天上稀」形容之，又以山雞自愧不如而不敢照水作襯托，用反襯手法極寫錦駝鳥之美。

其四

兩鬢入秋浦，一朝颯❶已衰。猿聲催白髮，長短盡成絲。

【注釋】❶颯　衰落貌。

【語譯】進入秋浦之後，一個早上雙鬢就顯得衰老了。淒涼的猿聲催人白髮，我滿頭長髮短髮全都變成了素絲。

【研析】此首謂客遊秋浦，倏忽之間兩鬢都變白。髮之所以變白，乃聞秋浦淒涼的猿聲，引起思鄉而多愁，催人衰老所致。日本學者近藤元粹《李太白詩醇》卷二曰：『「蕭條使人愁」，可以評是詩。』

其五

秋浦多白猿，超騰❶若飛雪。牽引條上兒❷，飲弄水中月。

【注釋】❶超騰　跳躍。《新序・雜事》：「子獨不見夫玄猿乎？從容遊戲，超騰往來。」❷條上兒　指攀援在枝條上的幼猿。

【語譯】秋浦的樹叢中多有白猿，其跳躍飛騰就像飛旋的白雪。牠們在樹枝上牽引著幼猿，飲水時還玩弄著水中撈月的遊戲。

【研析】此首描繪秋浦樹林中白猿的活動，非常生動有趣：跳躍飛騰，如白雪飄飛；牽引幼猿，在樹枝上攀援；飲水溪中，在水中弄月。這猶如一幅逼真的風景畫，引人入勝。

其六

愁作秋浦客❶，強❷看秋浦花。山川如剡縣❸，風日似長沙❹。

【注釋】❶客　宋本在此字下夾注：「一作：曲」。❷強　勉強。❸山川句　《世說新語・言語》：「顧長康（顧愷之）從會稽還，人問山川之美，顧云：『千巖競秀，萬壑爭流，草木蒙蘢，其上若雲興霞蔚。』」剡縣，唐屬江南東道越州（會稽郡），即今嵊州、新昌一帶。❹風日句　風日，猶風景、風物。長沙，唐代屬江南西道潭州，天寶間改稱長沙郡。今湖南長沙。《嘉慶重修一統志》卷一一九池州府：「秋浦在貴池縣西南八十里。……《縣志》……浦長八十餘里，闊三十里，四時景物宛如瀟湘、洞庭。」

【語　譯】我滿懷憂愁來作秋浦之客，勉強覽賞秋浦之花。這裡的山川如同雲興霞蔚的剡縣，它的風景就像長沙一帶的瀟湘之景。

【研　析】此首以秋浦的山川、風景之美與越州剡縣和長沙瀟湘相比較。剡縣有沃洲湖、天姥山，向以「雲興霞蔚」著名；長沙瀟湘也以風景優美著稱，所以，說秋浦山川如同剡縣和瀟湘，當然是極為讚美之辭。只因為自己是「愁」客，滿懷憂愁來秋浦作客，所以只能算是勉強看花。

其七

醉上山公❶馬，寒歌甯戚牛❷。空吟白石爛❸，淚滿黑貂裘❹。

【注　釋】❶山公　指晉朝山簡。見卷五〈襄陽歌〉注。❷甯戚牛　據《楚辭・離騷》「甯戚之謳歌兮，齊桓聞以該輔」王逸注及洪興祖補注：「甯戚，春秋時人，家貧無資，為人挽車。至齊，於車下飯牛，扣牛角而歌曰：『南山矸，白石爛。生不逢堯與舜禪。短布單衣適至骭。從昏飯牛薄夜半，長夜漫漫何時旦？』齊桓公聞而異之，召與語，悅之，拜為大夫。」❸白石爛　即指甯戚〈飯牛歌〉。❹黑貂裘　《戰國策・秦策一》：「蘇秦……說秦王書十上而說不行，黑貂之裘敝，黃金百斤盡。」

【語　譯】我像晉朝的山簡一樣酩酊大醉後騎馬而歸，我也像春秋時的甯戚一樣寒夜叩牛角而吟〈飯牛歌〉。但我只是空吟而無人相知，所以只能像蘇秦那樣淚滿黑貂裘了。

【研　析】此首四句中用三個典故。自言如山簡醉即騎馬，又如甯戚歌則扣牛，但空有甯戚之才，不逢桓公之召。時不我用，只得如蘇秦困時淚滿黑貂裘。瞿蛻園、朱金城《李白集校注》曰：「十七首中惟此首不涉秋浦風物，亦正惟此首直抒作詩時心境，疑是天寶十三載（西元七五四年）在江南時作，蓋已多年漫遊無所遇也。」

其八

秋浦千重嶺，水車嶺❶最奇。天傾欲墮石，水拂寄生枝❷。

【注　釋】❶水車嶺　山嶺名。胡震亨《李詩通》：「《貴池志》：縣西南七十里有姥山，又五里為水車嶺，陡峻臨淵，奔流衝激，恆若桔槔之聲。舊注以為在齊山者誤。」宋本在三字下夾注：「一作：人行路」。❷寄生枝　寄生植物長在其他樹木上的枝條。

【語　譯】在秋浦的千重山嶺中，水車嶺的風景最為奇特。天空好像要傾落大石下來，水中飄拂著寄生植物長在其他木上的樹枝。

【研　析】此首描繪水車嶺奇境如畫：高聳雲空的巨石欲墜而不落，水中飄拂著寄生植物長在別的樹木上的枝條。此景所以為「最奇」，因其他山嶺所無也。《唐宋詩醇》卷五評曰：「奇境如畫。」

其九

江祖一片石❶，青天掃畫屏❷。題詩留萬古，綠字錦苔生。

【注　釋】❶江祖句　江祖，即江祖石。胡震亨《李詩通》引《池州志》：「清溪上有江祖石，突出高數丈。上有仙人跡，亦名江祖山，去城二十五里。」按：此石位於今池州城南二十里，清溪河北岸。❷青天句　謂江祖石高聳天空，猶如繪畫的屏風。

【語　譯】江祖巨石聳立在清溪河畔，就像突入青天的一幅天然畫屏。上面有古人題詩萬年留存，只是綠字上長滿了美麗的苔蘚。

【研　析】此首描繪江祖石的雄偉奇麗，並說明石上有古人的磨崖題詩，可以留存萬年，只是如今已長滿青苔而變成綠字。

其十

千千石楠❶樹，萬萬女貞❷林。山山白鷺❸滿，澗澗白猿吟。君莫向秋浦，猿聲碎客心。

【注釋】❶石楠　又作石南。俗稱千年紅。植物名。花供觀賞，葉可入藥。❷女貞　俗稱冬青。常綠灌木或喬木，初夏開白色小花。葉冬夏常青，未嘗凋落，若有節操，故以名焉。❸鷺　宋本在此字下夾注：「一作：鵰」。

【語譯】秋浦兩岸長著許許多多石楠樹，許許多多女貞林。每個山頭都聚滿白鷺鳥，每個山澗都有白猿哀吟。勸君不要去遊秋浦，那悲淒的猿聲會使遊客心碎。

【研析】此首寫秋浦景物。眾多的石楠樹、女貞林、白鷺鳥，都是美好的，可是眾多白猿的哀啼會使人心碎，所以勸人不要遊秋浦。王琦注曰：「首四句皆疊二字，蓋仿〈古詩〉（十九首）中『青青河畔草』一體。」

其十一

邏人橫鳥道❶，江祖出魚梁❷。水急客舟疾，山花拂面香。

【注釋】❶邏人句　邏人，與「江祖」相對，亦秋浦嶺石名。胡震亨《李詩通》作「邏叉」，注云：「《貴池志》：城西六十里李陽河，出李陽大江，中流有石，槎牙橫突，為攔江、羅叉二磯。……羅叉，今本作『邏人』，誤。」王琦按：「鳥道是高山峭嶺人跡稀到之處，而邏叉橫其間，今以水中磯石當之，亦恐未是。」按：《乾隆池州府志》卷七山川云：「萬羅山，在城南二十里，與江祖石隔溪對峙。上有邏人石。李白〈秋浦歌〉所謂『邏人橫鳥道，江祖出魚梁』是也。」由此可知「邏人」即萬羅山上之邏人石。鳥道，見卷二〈蜀道難〉注。❷江祖句　江祖，見本組詩其九注。魚梁，一種捕魚設施。用土石築壩橫截水流，留缺口，以竹籠承之，魚隨水流入竹籠中，不能復出。此句謂江祖石從為捕魚而築的堤壩上突出來。

【語　譯】高峻的邏人石上只有鳥能飛過去，江祖石高聳突出在捕魚而築的堤壩之上。水流湍急使客船行駛飛快，山花拂面散發著芬芳的香氣。

【研　析】此首前二句寫萬羅山突出山腹的邏人巨石上只有能容鳥飛過的鳥道，與高聳在魚梁堤壩之上的江祖石隔溪對峙，顯示出高峻而巨大的氣勢。後二句寫水急舟疾，兩岸花香撲面。描繪秋浦江行的景色，逼真如畫。

其十二

水如一疋練❶，此地即平天❷。耐可乘明月？看花上酒船❸！

【注　釋】❶水如句　疋，同「匹」。練，潔白的熟絹。謝朓〈晚登三山還望京邑〉詩：「澄江淨如練。」❷平天　平天湖。《池州府志》卷七山川：「平天湖，在城西南十里。本清溪之水，由江祖潭、上洛嶺以下，瀦而為湖。李白〈秋浦歌〉所云『水如一疋練，此地即平天』者是也。」❸耐可二句　謂乘月上天既不可得，那就只得一邊看花，一邊上酒船了。耐可，即「哪可」之意。與李白〈陪族叔曄及賈舍人至遊洞庭〉「耐可乘流直上天」同。

【語　譯】潔淨之水就如一匹白絹，平天湖就是與天一樣平。怎可登天去覽明月？那就邊賞鮮花邊上酒船飲酒吧！

【研　析】此首前二句讚賞平天湖之水清澈如白絹，平靜就像其名「平天」一樣。後二句先用反詰語問怎可登天去覽明月，不須回答，言外當然是不可能。於是只能上酒船乘舟遊覽，賞花飲酒了。似乎暫時忘卻了憂愁。

其十三

淥水淨素月❶，月明白鷺飛。郎聽採菱女，一道夜歌歸❷。

【注　釋】❶淥水句　淥水，謂清澈的水。素月，潔白的月亮。❷郎聽二句　寫江南村家風俗。《爾雅翼・釋草・菱》：「吳楚風俗，當菱熟時，士女相與采之，故有采菱之歌以相和，為繁華流蕩之音。」一道，一路。

【語　譯】透明清澈的水中映著一輪潔白素淨的明月，一行白鷺在月光下飛翔。田家郎傾聽採菱女唱歌，然後一道唱著山歌踏夜月而歸。

【研　析】此首描寫江南農村夜景，清澈的水與明亮的月相映，白鷺在月下飛翔，田家郎傾聽著採菱女唱的採菱曲，然後相伴著一路夜歌而歸。這真是一幅美麗的風俗畫。嚴羽評點曰：「聲色俱清。」

其十四

爐火照天地，紅星亂紫煙❶。赧郎❷明月夜，歌曲動寒川。

【注　釋】❶爐火二句　王琦注：「爐火，楊注以為煉丹之火，蕭注以為漁人之火，二火俱不能照及天地，其說固非。胡注謂『山川藏丹處，每夜必發光，所在有之。……』此解亦未是。琦考《唐書・地理志》，秋浦固產銀、產銅之區，所謂『爐火照天地，紅星亂紫煙』者，正是開礦處冶鑄之火，乃足當之。」按：王說是。此「爐火」指煉銅之火。❷赧郎　指煉銅工人。赧，原指因羞愧而臉紅，此指冶煉工人的臉被爐火所映紅。

【語　譯】冶煉的爐火照徹天地，紅星在紫煙中亂閃。被火光映紅了臉的冶煉工人在明月之夜，邊勞動邊唱歌，歌聲震響了寒冷的山川。

【研　析】此詩是李白詩歌乃至中國古代詩歌中唯一歌讚冶煉工人的詩。前二句寫冶煉場面：爐火熊熊燃燒，把天地都照得通紅。紅星四濺，紫煙蒸騰。整個場面氣氛熱烈，色彩繽紛，從中可以感受到詩人的興奮、驚奇之情。後二句描繪冶煉工人的形象。詩人用粗線條勾勒，人物形象就躍然紙上。用「赧郎」稱冶煉工人，當然是指爐火映紅了臉。「赧郎」句描繪了爐火和明月交映下工人的肖像，結句則揭示工人的內心世界，他們邊勞動、邊唱歌，嘹亮的歌聲使寒冷的秋浦山水為之震動。反映出冶煉工人樂觀的情緒和美好的品德。前三句寫光和色，末句寫聲，有聲有色，使熱烈的勞動場景與靜謐的夜景形成鮮明對比，使讀者留下深刻印象。

其十五

白髮三千❶丈，緣愁似箇長❷。不知明鏡裏，何處得秋霜？

【注釋】❶三千　宋本原作「三十」，據蕭本、郭本、繆本、王本、咸本改。❷緣愁句　緣，因。箇，這般。

【語譯】白髮三千丈，是因為憂愁才長得這般長。不知在明鏡之中，是何處的秋霜落在我的頭上？

【研析】首句劈空而來，令人生奇發憒，白髮豈有「三千丈」之長？尋思之間，下句方釋疑義，原來「三千丈」白髮因愁而生。愁生白髮，人所共知，傳說伍子胥過昭關，一夜之間黑絲盡成白髮，可見其愁之急重。李白以如此誇張的手法，以白髮之長——三千丈來比喻愁之深重，賦予愁以奇特形象，可謂奇人奇想，凝聚著詩人超凡的氣魄和才情。要看到自己頭上的白髮，必須照鏡子，前兩句已暗藏照鏡，後兩句更明白點出。「不知」是故作不知，「何處」是明知故問。以「秋霜」代指白髮，不僅避免重複，而且帶有濃重的憔悴和感傷色彩。由愁帶來白髮，詩人自然知道。那麼，愁又從何「得」來？足使人深思玩味。詩人懷有「安社稷」、「濟蒼生」的理想，卻一直無法施展，所以「何處得秋霜」的明知故問中，包含著對國事的憂懷和虛度年華的悲慨。

其十六

秋浦田舍翁❶，採魚水中宿。妻子張白鷴❷，結罝❸映深竹。

【注　釋】❶田舍翁　年老的農民。❷張白鷴　張網捕白鷴。白鷴，江南水鳥名，屬雉類，色白，雜有黑文。❸罝　捕捉鳥獸的網。《文選》卷二張衡〈西京賦〉：「結罝百里。」薛綜注：「罝，網也。」

【語　譯】秋浦的農家老翁，為捕魚而住宿在水上的船中。他的妻子在竹林深處張結鳥網，捕捉林中的白鷴。

【研　析】此首寫一對農家老夫婦的生活：丈夫為捕魚而住宿在水上舟中，妻子則忙著結網捕鳥。生活雖然簡單，但卻各有其事。自給自足，沒有外慕。嚴羽評點曰：「一幅好畫。」明人批點曰：「直敘中卻帶點景，味態固長。」

其十七

桃陂❶一步地，了了❷語聲聞。闇❸與山僧別，低頭禮❹白雲。

【注　釋】❶桃陂　宋本原作「桃波」，當為桃陂之誤。秋浦境內有桃胡陂。李白〈清溪玉鏡潭宴別〉詩原注：「潭在秋浦桃胡陂下。」可知「桃波」為「桃陂」之訛無疑。❷了了　清楚明朗之意。❸闇　默然。❹禮　禮拜。

【語　譯】桃陂山很小只有一步地，人們說話都可聽得清清楚楚。我這裡默然與山僧告別，低頭向白雲禮拜而去。

【研　析】此首寫桃陂山之小，能非常清楚地聽到人們的說話聲。而山僧就曾居住在此。詩人不能當面告別僧人，只能默然低頭向白雲禮拜而去。按：此組詩當是天寶十四載（西元七五五年）遊秋浦時所作。朱諫《李詩選注》評曰：「其敘事簡而實，近而明，情辭兼至，景象物類有如畫出。後人讀之，宛若親履其地也。使他詩人之詠，必加粧點而反多晦矣。此白所以難及也。」

當塗趙炎少府粉圖山水歌❶

峨眉高出西極天，羅浮直與南溟連❷。名工繹思❸揮彩筆，驅山走海置眼前。
滿堂空翠如可掃❹，赤城霞氣蒼梧煙❺。洞庭瀟湘意渺緜，三江七澤情洄沿❻。
驚濤洶湧向何處？孤舟一去迷歸年。征帆不動亦不旋，飄如隨風落天邊❼。
心搖目斷興難盡，幾時可到三山巔❽？
西峰崢嶸噴流泉，橫石蹙水波潺湲❾。東崖合沓蔽輕霧，深林雜樹空芊綿❿。
此中冥昧失晝夜，隱几寂聽無鳴蟬⓫。
長松之下列羽客⓬，對坐不語南昌仙⓭。南昌仙人趙夫子，妙年歷落青雲士⓮。
訟庭無事羅眾賓，杳然如在丹青裏⓯。五色粉圖安足珍，真山可以全吾身⓰。若
待功成拂衣去，武陵桃花笑殺人⓱。

【注　釋】❶當塗題　當塗，唐縣名，屬宣州。今安徽馬鞍山市屬縣。少府，縣尉的敬稱。粉圖，以粉作圖，粉壁上的彩畫。李白〈觀博平王志安少府山水粉圖〉詩：「粉壁為空天，丹青狀江海。」❷峨眉二句　以峨眉之高、羅浮之大讚美粉圖山水的雄偉氣勢。峨眉，即四川峨眉山，主峰高三千多公尺。西極，西方極遠之地。羅浮，山名，在今廣東東江北岸，增城、博羅、河源等縣間，長達一百餘里，主峰在博羅縣城西北。《元和郡縣志》卷三四嶺南道循州博羅縣：「羅浮山，在縣西北二十八里，羅山之西有浮山，蓋蓬萊之一阜，浮海而至，與羅山並體，故曰羅浮。高三百六十丈，周迴三百二十七里。峻天之峰，

四百三十有二焉。」南溟，南海。❸繹思　指畫家的創作構思。❹滿堂句　空翠，山上的草木綠葉。謝靈運〈過白岸亭〉詩：「空翠難強名。」此句以下寫圖上的景色，所言山水名稱均為借喻。❺赤城句　赤城，赤城山，在今浙江天台北。見卷五〈同族弟金城尉叔卿燭照山水壁畫歌〉詩注。蒼梧，又名九疑山，在今湖南寧遠南。蒼梧煙，指蒼梧雲煙，《太平御覽》卷八引《歸藏》云：「有白雲自蒼梧入大梁（今河南開封）。」❻洞庭二句　洞庭，湖名，在湖南北部，長江南岸。瀟湘，湘水源出今廣西自治區靈川東海洋山西麓，至湖南零陵與瀟水會合，故合稱瀟湘。渺緜，遙遠貌。三江，古代各地多有「三江」之名的水道，如郭璞注《山海經‧中山經》稱長江、湘水、沅水為三江；《元和郡縣志》稱岷江、澧江、湘江為西、中、南三江等等。七澤，司馬相如〈子虛賦〉謂楚有七澤，後只稱雲夢一澤，其他六澤未詳所在。此三江七澤乃從畫意泛說，未必定指一處。洄沿，逆流而上曰洄，順流而下曰沿。此「意渺緜」、「情洄沿」乃形容畫中水景綿延遙遠、迴旋蕩漾，亦為賞畫時之遐想。❼驚濤四句　詩人從畫中的洶湧波濤，推想其流向何處；從畫面的孤舟，推想旅客思歸的悵惘心情。❽心搖二句　形容畫的神妙作用：使人看後內心激動，意興不盡，不知何時可到神仙故事中的蓬萊、方丈、瀛洲三山之頂，飽覽宇宙景色。❾西峰二句　謂泉水從高聳的西峰上噴流而下，由於橫石阻礙，水波潺潺有聲。蹙，迫促。潺湲，水流聲。❿東崖二句　謂東邊峰巒層疊，茂林雜樹為輕霧所遮。合沓，重疊。芊綿，草木蔓延叢生貌。⓫此中二句　謂在此深山幽暗處不分晝夜；隱坐几旁四周極為寂靜，聽不到蟬鳴。几，宋本原作「机」，據蕭本、郭本、王本改。⓬長松句　謂穿道服者列坐於松下。羽客，道士。漢武帝時使方士欒大穿羽衣以示飛騰成仙，後因稱道士所穿之衣為羽衣，稱道士為羽客。以上均描繪畫中景物。⓭南昌仙　漢代梅福曾為南昌縣尉，後棄官歸鄉里，王莽專政，又捨妻子而去，後傳說得道成仙。此擬當塗縣尉趙炎。此句承上啟下，由畫上人說到主人。⓮妙年句　妙年，指少壯之年。歷落，形容儀態俊偉。青雲士，高尚之士。⓯訟庭二句　謂趙炎於公事之暇聚集賓客，就像在深遠的圖畫之中。又合寫主人與畫。訟庭，訴訟的公堂，指趙炎的衙署。羅，排列；聚集。杳然，深遠貌。丹青，中國古代畫常用之色，此泛指圖畫。宋本在「青」字下夾注：「一作：霄」。非。⓰五色二句　謂五色之圖不足貴，現實中的真山才可使己隱居安身。又從圖畫回到現實。⓱若待二句　謂如等到功成再身退，必然會被桃花源中人譏笑。武陵桃花，用陶淵明〈桃花源記〉典。

【語　譯】好像峨眉山高高地聳立在西方極遠的天邊，羅浮山則直接與南海相連。這是著名畫工巧妙的構思揮動彩筆，驅趕高山大海安置在我們的眼前。滿堂草木綠葉似可打掃，赤城霞氣和蒼梧煙霧如在飄飛。洞庭瀟湘的意境綿延遙遠，三江七澤的情意往復回還。

洶湧的波濤將要流向何處？海上孤舟想來一定是迷失了歸年。遠處的征帆不動又不旋，好像隨風飄落在天邊。令人心搖目斷意興不盡，不知何時可到神話中的三座仙山？

西峰高峻有流泉噴湧而下，由於橫石阻遏水波蜿蜒曲折潺潺有聲。東崖層巒疊嶂輕霧彌漫，林深樹密草木繁盛。在此幽暗深山之中晝夜難分，隱坐几旁非常寂靜聽不到蟬鳴。

在長松之下列坐著幾位神仙，南昌仙人梅福也在其中坐著不說話。趙炎夫子就像當年梅福縣尉一樣，是位正當少壯之年的俊偉高士。公堂無事常與眾賓聚會，就像在深遠的圖畫之中。然而這畢竟是五色彩畫不足珍貴，只有現實中的真山可以使自己隱居安身。如要等到功成後再身退，武陵桃花源中人一定要嘲笑我呢。

【研　析】李白另有〈寄當塗趙少府炎〉、〈送當塗趙少府赴長蘆〉等詩，可見兩人關係親密。又有〈春于姑熟亭送趙少府炎還炎方序〉云：「然自吳瞻秦，日見喜氣。上當攫玉弩，摧狼狐，洗清天地，雷雨必作。」當指安祿山亂時。此詩未有安史之亂跡象，卻有「訟庭無事羅眾賓」之句，當作於天寶十四載（西元七五五年）未亂時。此乃一首題畫詩。通過對一幅山水壁畫的描敘，既歌讚畫工的藝術創造力，又表達詩人觀畫的深刻感受。全詩三十句，都用賦體鋪陳，充分馳騁想像，「寫畫似真，亦遂驅山走海，奔輳腕下。『杳然如在丹青裏。』又以真為畫，各有奇趣。康樂之模山範水，從此另開生面。」（《唐宋詩醇》）首二句突兀而起，寫西部的峨眉和南海的羅浮兩座山景，三、四兩句才點明此非自然界的山，而是粉圖在壁上的畫面，是著名畫工通過藝術構思揮舞彩筆才驅使山海安置在眼前的。接著十八句，全面展開對山水圖的描述：赤城霞氣，蒼梧雲煙；洞庭瀟湘，三江七澤；西峰流泉，橫石蹙水；東崖輕霧，雜樹芊綿；松下羽客，對坐不語。在描述中還不時提問或抒寫觀感：驚濤洶湧究竟奔向何處？孤舟中的旅客迷失歸年了吧！征帆不動，是隨風飄落天邊，不知它何時能找到海外仙山？詩人看得心搖目斷。畫中深山幽暗而不分晝夜，隱坐几旁四周靜寂聽不到蟬鳴。這些描寫使壁畫大為增色，因為其中包含了詩人遊歷過名山大川的體驗和自己寫作山水詩的心得，故使畫面更加生動感人。寫完壁畫後，對主人歌頌，也是題中應有之意，以趙炎比擬「南昌仙人」，因為他與當年梅福一樣都是縣尉，而且也有高雅的情趣和仙氣。公事之暇接待賓客，飄飄然就像在圖畫裡，這又把人與畫合寫。末四句抒情：一反前面對壁畫的讚賞，因為它畢竟只是畫，比起真山真水，它不足為貴，真山真水纔能使自己隱居全身。詩人此時的思想與先前有了很大變化，過去一直主張要功成身退，而現在卻認為應及早歸隱，可以避亂，如功成再去隱居，恐為時太晚，一定會被武陵桃花源中人嗤笑。這是詩人觀畫後產生的新感觸，有深刻意義。

永王東巡歌十一首　永王軍中

其一

永王❶正月❷東出師，天子遙分龍虎旗❸。樓船❹一舉風波靜，江漢翻為雁鶩池❺。

【注　釋】❶永王　唐玄宗第十六子李璘。天寶十五載六月，玄宗逃往蜀中，路經漢中郡（今陝西漢中），詔以璘為山南東道及嶺南、黔中、江南西道四道節度、採訪等使，江陵郡大都督。九月，李璘至江陵，以抗擊叛軍為號召，召募士將數萬人，隨意任命官吏，江淮的租賦在江陵堆積如山。當時肅宗已在靈武（今屬寧夏自治區）即位，下詔令李璘歸覲於蜀，璘不從。十二月，引舟師東下。據李白〈贈韋祕書子春〉、〈別內赴徵三首〉和〈與賈少公書〉，知天寶十五載十二月，永王舟師東下，抵達九江時，曾三次遣使徵召隱居在廬山的李白入幕。此十一首〈永王東巡歌〉即作於永王幕中。❷正月　指至德二載正月。❸龍虎旗　繪有龍虎之形的旗幟。此句即指天寶十五載玄宗任命事。意謂李璘得到玄宗的委任，讓他統率大軍，分擔守衛一方的重任。❹樓船　古時有樓的戰船。駱賓王〈蕩子從軍賦〉：「樓船一舉爭沸騰。」❺江漢句　此句謂由於永王出師東巡，江漢地區的局面得以平靜。江漢，指長江、漢水一帶。雁鶩池，漢梁孝王曾在梁苑築雁鶩池。《漢書・嚴助傳》：「陛下以四海為境，九州為家，八藪為囿，江漢為池。」王筠〈和何主簿春月二首〉：「日照鴛鴦殿，萍生雁鶩池。」

【語　譯】永王在至德二載正月出師東巡，天子遙分龍虎之旗委他以重任。永王樓船所過之處波平濤靜，長江和漢水一帶變得像雁鶩池一樣的安寧。

【研　析】此組詩乃至德二載（西元七五七年）初春隨永王舟師東下途中所作。此首將永王率水師東下說成是承天子之命，蕭士贇認為這是「夫子作《春秋》書王之意也」，玄宗任以藩屏之職，故東巡是正當的。後二句歌頌永王水師所到之處和平安寧，自是諛辭。

其二

三川北虜亂如麻❶，四海南奔似永嘉❷。但用東山謝安石❸，為君談笑靜胡沙❹。

【注　釋】❶三川句　三川，秦郡名，治所在今河南洛陽東北。因有黃河、洛水、伊水三川，故名。此處指洛陽。北虜，指安祿山叛軍。時安祿山已據洛陽稱帝。❷永嘉　晉懷帝年號。晉永嘉五年，前趙匈奴族君主劉曜陷洛陽，中原人相率南奔，避難江左。唐天寶十五載，兩京蹂於胡騎，官吏百姓紛紛南奔，重演永嘉一幕。李白〈為宋中丞請都金陵表〉：「天下衣冠士庶，避地東吳，永嘉南遷，未盛於此。」可參證。❸謝安石　謝安，字安石，東晉人，曾隱於會稽之東山。晉孝武帝太元八年，前秦君主苻堅率大軍南侵，謝安起為大都督，派謝玄等率軍拒敵，破苻堅百萬之軍於淝水（《晉書・謝安傳》）。此李白以謝安自比。❹為君句　談笑，形容運籌帷幄，從容不迫。胡沙，猶胡塵，指安祿山叛軍。

【語　譯】北方的胡虜在洛陽一帶紛亂如麻，中原臣民爭相南奔避難似晉朝的永嘉之難一樣。只要起用東山謝安石那樣的人來輔佐平叛，定當為君王在談笑之中掃清胡沙。

【研　析】首句寫洛陽地區叛軍倡狂燒殺搶掠，局勢極為混亂。次句寫中原士人紛紛南奔，重演永嘉悲劇。同為胡人，同起於北方，同樣造成天下大亂，同樣是大批士人南遷。詩人從歷史的高度揭示出戰爭的性質和規模，表明愛憎態度。後兩句詩人以謝安自比，抒寫建功立業的抱負，自信能在談笑間克敵制勝，平定叛亂。「但用」、「為君」，豪邁氣概、樂觀情緒和必勝的自信都躍然紙上。「談笑」二字，生動刻畫出成竹在胸、指揮若定的神態。以「胡沙」喻叛軍，既有蔑視的心態，又有敵人囂張氣焰的內涵，一個「靜」字，非常凝煉而精確地概括出掃盡戰爭殘跡後的安寧世界。全詩用永嘉典故和謝安典故，都非常自然妥貼，明白通暢。不過，歷史證明，李白只是有平亂抱負，卻無「運籌帷幄，決勝千里」的實際軍事才能。

其三

雷鼓嘈嘈喧武昌❶，雲旗獵獵過尋陽❷。秋毫不犯三吳悅❸，春日遙看五色光❹。

【注　釋】❶雷鼓句　雷鼓，《荀子・解蔽》：「雷鼓在側而耳不聞。」楊倞注：「雷鼓，大鼓聲如雷者。」嘈嘈，形容聲響嘈雜。武昌，今湖北鄂州。❷雲旗句　《漢書・司馬相如傳》「靡雲旗」顏師古注引張揖曰：「畫熊虎於旒為旗，似雲氣」，故名。獵獵，風吹旗幟發出的聲響。《文選》卷二七鮑照〈還都道中作〉：「獵獵曉風遒。」呂延濟注：「獵獵，風聲。」尋陽，今江西九江。❸秋毫句　秋毫不犯，亦作「秋豪無犯」，絲毫不加侵犯，形容軍紀嚴明。《後漢書・岑彭傳》：「持軍整齊，秋豪無犯。」李賢注：「豪，毛也。秋毛，喻細也。高祖曰：『吾入關，秋豪無所取。』」三吳，有多種說法，見卷五〈猛虎行〉注。❹五色光　五色雲彩，古人以為祥瑞。《南史・王僧辯傳》：「賊望官軍，上有五色雲。」此謂永王出兵上應天象，故有五色祥雲放光。

【語　譯】鼓聲嘈雜如雷喧動了武昌，旌旗如雲風吹獵獵地過了尋陽。所過之處秋毫無犯使三吳人民都高興歡悅，春日遙看天上出現了祥瑞五色光。

【研　析】此首前二句寫永王軍威之盛：鼓如雷而鳴於武昌，旗如雲而過訪尋陽。後二句寫軍令之嚴而得民心：秋毫不犯而三吳之民悅，天降祥雲而春日有五色光。嚴羽評點此詩曰：「好對仗。」

其四

龍盤虎踞帝王州❶，帝子❷金陵訪古丘。春風試暖昭陽殿❸，明月還過鳷鵲樓❹。

【注　釋】❶龍盤句　《太平御覽》卷一五六引晉張勃《吳錄》：「劉備曾使諸葛亮至京，因睹秣陵山阜，嘆曰：『鍾山龍盤，石城虎踞，此帝王之宅。』」謝朓〈鼓吹入朝曲〉：「江南佳麗地，金陵帝王州。」此句用其意。❷帝子　指永王李璘，乃玄宗之子。❸昭陽殿　指南朝時宮殿，在今江蘇南京。《南齊書》記載羊貴嬪居昭陽殿西，范貴嬪居昭陽殿東者即是。❹鳷鵲樓　南朝宮中樓觀名，在今江蘇南京。謝朓〈暫使下都夜發新林至京邑贈西府同僚〉詩：「金波麗鳷鵲，玉繩低建章。」吳均〈與柳惲相贈答詩〉：「日映昆明水，春生鳷鵲樓。」

【語　譯】龍盤虎踞的形勝果然是帝王之州，當朝帝子永王如今來訪金陵古蹟。春風吹暖了六朝舊苑中的昭陽宮殿，明月高高地照耀著南朝宮觀鳷鵲樓。

【研　析】此首描寫永王的水師已到達金陵。金陵王氣已盡，永王來此只是訪弔前代帝王之丘墓而已。然而永王的到來似乎使金陵恢復了生氣，春風吹暖，明月照亮六朝宮觀。李白寫有〈為宋中丞請都金陵表〉，主張遷都金陵，所以此處著意描寫金陵的復活，顯然有深意。

其五

二帝巡遊俱未迴❶，五陵松柏使人哀❷。諸侯不救河南地❸，更喜賢王❹遠道來。

【注　釋】❶二帝句　二帝，指玄宗和肅宗。時玄宗避難蜀地，肅宗即位靈武，俱未回長安。❷五陵句　此句謂二帝逃亡在外，祖宗的陵墓無人祭掃，使人悲哀。五陵，指唐玄宗以前五個皇帝的陵墓。即高祖之獻陵、太宗之昭陵、高宗之乾陵、中宗之定陵、睿宗之橋陵。❸諸侯句　諸侯，指各州軍政長官。河南，指洛陽一帶，時安祿山佔據洛陽稱帝。❹賢王　指永王李璘。

【語　譯】太上皇和皇上在外巡遊都未回到首都長安，諸先帝陵寢的松柏蒙受胡塵無人祭掃而使人悲哀。各路諸侯都不來救河南之地，可喜的是賢明的永王卻率領水軍遠道而來勤王。

【研　析】此首前二句諱言明皇、肅宗逃難在外，只能說「巡遊」「未迴」，五位先帝陵墓都在長安周圍，如今都已淪陷蒙塵，無人祭掃，使人哀痛。後二句則寫洛陽本是天子陪都，如今已淪陷為逆賊首府，各地州郡軍政大官都不去征討逆賊，詩人認為永王是從遠道前去救河南淪陷區人民的。蕭士贇曰：「此詩欲諷永王為勤王赴難之舉，如本傳中所載（李）廣琛等語是也。詩以抒下情而通諷諭，太白有之矣。」

其六

丹陽北固是吳關❶，畫出樓臺雲水間❷。千巖烽火連滄海，兩岸旌旗繞碧山。

【注　釋】❶丹陽句　丹陽，指丹陽郡，即潤州。唐天寶元年改為丹陽郡，乾元元年復為潤州，治所京口，即今江蘇鎮江。北固，山名，亦稱北顧山。在今江蘇鎮江。有南、中、北三峰。北峰三面臨江，形勢險要，故稱「北固」。山上有北固樓，大同十年梁武帝登樓佇望久之，敕曰：「此嶺不足固守，然京口實乃壯觀。」於是改樓曰「北顧樓」。吳關，三國時吳地的關隘。

❷畫出句　按京口和北固山都臨長江，故樓臺都隱映在雲水之間。

【語　譯】丹陽郡北固山古來就是吳地的關隘，其臨江的樓臺隱映於雲水之間美如圖畫。如今胡虜千山戰火已燃及滄海，永王大軍東巡的旌旗圍繞在大江兩岸，飄揚於碧山之間。

【研　析】此首表明永王水師已到達京口（今江蘇鎮江）。郭沫若《李白與杜甫》曰：「這裡點出了永王水師所在之地，是在鎮江附近。……看來當時的用兵計劃，除『浮海』之外，很想利用運河北上，至少可以運輸糧食伕馬。詩人著力在寫當時印象，兩岸旌旗，連天烽火，浮江海浪，映水樓臺，是一幅壯麗的油畫。」

其七

王出三江按五湖❶，樓船跨海次揚都❷。戰艦森森羅虎士❸，征帆一一引龍駒❹。

【注　釋】❶王出句　三江，歷來說法不一，近人多認為此處泛指南方眾多水道。五湖，古籍中提到的五湖，六朝後有多種解釋：一說即太湖；一說指與太湖相通的五個湖灣；一說指太湖附近的五個湖。近人多認為此處泛指太湖流域所有的湖。❷樓船句　樓船，見本組詩其一注。跨海，郭沫若《李白與杜甫》曰：「水師已由長江中游到了下游，目的是準備『跨海』，即主力軍經由海路北上。」次，原指行軍停留三宿以上，後泛指到達某地停留。《左傳》莊公三年：「凡師一宿為舍，再宿為信，過信為次。」揚都，揚州，泛指今南京、鎮江一帶。揚，宋本作「楊」，據王本、咸本改。❸戰艦句　戰艦，指大型戰船。森森，密集眾多貌。羅，排列。虎士，勇武之士。《周禮・夏官・虎賁氏》：「虎士八百人。」鄭玄注：「不言徒曰虎士，則虎士徒之選有勇力者。」❹龍駒　駿馬。徐陵〈驄馬驅〉：「白馬號龍駒，雕鞍名鏤衢。」亦喻聰穎兒童。《晉書・陸雲傳》：「幼時，吳尚書廣陵閔鴻見而奇之，曰：『此兒若非龍駒，當是鳳雛。』」

【語・譯】永王水軍出巡三江而按行五湖，樓船欲跨海出征行次揚州。戰艦上排列著眾多的勇武之士，征帆還一一地滿載著征戰的駿馬。

【研析】此首寫永王水師出三江巡五湖，準備跨海出征而在揚州停留。後二句描繪戰艦上滿載勇士和駿馬的壯偉氣勢，顯示詩人對征戰充滿勝利信心。郭沫若《李白與杜甫》：「水師已由長江中游到了下游，目的是準備『跨海』，即主力軍經由海路北上。」

其八

長風挂席勢難迴❶，海動山傾古月❷摧。君看帝子浮江日，何似龍驤出峽❸來！

【注釋】❶長風句　《宋書・宗慤傳》：「願乘長風，破萬里浪。」挂席，掛帆。席，船帆。謝靈運〈遊赤石進帆海〉詩：「揚帆采石華，掛席拾海月。」❷古月　即「胡」字。此處指胡人安祿山之叛軍。❸龍驤出峽　指晉朝王濬滅蜀後東下伐吳。《晉書・武帝紀》：「(咸寧)五年十一月，大舉伐吳，遣龍驤將軍王濬、廣武將軍唐彬，率巴蜀之卒，浮江而下。」

【語譯】乘長風揚帆前進其勢難擋，軍威如海動山傾必將摧滅胡虜。君看如今永王率兵浮江而下之日，與當年晉朝龍驤將軍王濬出峽伐吳何其相似！

【研析】此首歌頌永王舟師乘長風，挂帆席，浮江東下的軍威聲勢之盛，大海高山都為之傾倒，胡虜必將被消滅。後二句將帝子永王浮江東下，比之於晉朝王濬的出峽伐吳，認為成功消滅胡虜安祿山叛軍也是指日可待。

其九

祖龍浮海不成橋❶，漢武尋陽空射蛟❷。我王樓艦輕秦漢❸，卻似文皇欲渡遼❹。

【注釋】❶祖龍句　祖龍，指秦始皇。見卷一〈古風〉其三十一注。秦始皇於海中作石橋，海神為之豎柱，後始皇負約，海神怒而眾山之石皆傾注入海，見《水經注・濡水》引《三齊略記》。❷漢武句　《漢書・武帝紀》：「元封五年冬，……自尋陽浮江，親射蛟江中，獲之。」❸我王句　樓艦，樓船類戰艦。江淹《尚書符》：「樓艦五萬，射蛟中流。」輕秦漢，輕視秦始皇、漢武帝。❹卻似句　文皇，宋本作「天皇」。誤。據蕭本、郭本、胡本、繆本、王本改。文皇，即唐太宗。《舊唐書・太宗紀》：「貞觀十九年二月庚戌，上親統六軍發洛陽。……五月丁丑，車駕渡遼。甲申，上親率鐵騎與李世勣會圍遼東城。」

【語譯】秦始皇想浮海卻造不成橋，漢武帝在尋陽射蛟也只是徒然沒有意義的空忙。我王樓艦為平叛而可輕視秦皇、漢武，卻似我朝太宗文皇帝渡海伐遼的事業。

【研析】此首自（宋）楊齊賢、（元）蕭士贇以來，各注家皆以為是偽作。楊曰：「按此（組）詩正當十首，第九首乃偽贋之作。」蕭曰：「合十一篇而觀，此篇用事非倫，句調鄙俗，別是一格，偽贋無疑。識者必能辯之。」郭沫若《李白與杜甫》曰：「『祖龍』是秦始皇，『文皇』是唐太宗，而且超過了秦皇、漢武，（以天子之事比擬永王）比擬得不倫不類，和其他十首也不協調，前人以為偽作，是毫無疑問的。〈東巡歌〉應該只有十首，其後不久作的〈上皇西巡南京歌〉也只有十首，顯然是仿效大小〈雅〉以十首為一「什」的辦法。第九首無疑是永王幕中人所增益，但卻為永王提供了一個罪狀，便是有意爭奪帝位，想做皇帝了。……然而儘管不是李白做的，卻有史料價值。詩中說到『浮海』，說到『渡遼』，可證永王幕中人的確是想由海路北上直搗安史的根據地。這一首，把第一首和第八首的含意更突露出來了。」

其十

帝寵賢王入楚關❶，掃清江漢❷始應還。初從雲夢開朱邸❸，更取金陵作小山❹。

【注釋】❶帝寵句　指唐玄宗下制任命永王李璘為四道節度使、江陵大都督事。據此制，永王使命在經略楚地。楚關，指春秋戰國時楚地。❷江漢　指長江、漢水一帶。❸初從句　雲夢，古澤名。《爾雅‧釋地》：「楚有雲夢。」郭璞注：「今南郡華容縣東南巴丘湖是也。」按：永王為江陵大都督，則此雲夢即指江陵而言。朱邸，漢諸侯王第宅，以朱紅漆門，故稱王侯的第宅為朱邸。《文選》卷三〇謝朓〈始出尚書省〉：「黃旗映朱邸。」李善注引《史記》曰：「諸侯朝天子，於天子之所立宅舍曰邸。」又引《漢書》曰：「代王入朝邸，諸侯王朱戶，故曰朱邸。」此處指永王的江陵大都督府。❹更取句　金陵，指金陵山，即鍾山。小山，用淮南王小山事，此處借作山嶺用。意謂將鍾山作為永王朱邸中的小山。

【語譯】皇帝寵命賢王為江陵大都督進入楚關，必須掃清江漢地區才可凱旋而還。先在雲夢地區的江陵開建大都督府朱邸，再取金陵作為根據地，將鍾山作為王府的苑中小山。

【研析】此首前二句再次點明永王是受玄宗之命進入楚地，負責掃清江漢然後再還朝。後二句謂先在江陵建立大都督府宅第，然後再取金陵鍾山作為府中小山。表明詩人對金陵的地理形勢非常看重，也顯示出永王確有以金陵作為根據地的用意。

其十一

試借君王玉馬鞭❶，指麾戎虜坐瓊筵❷。南風一掃胡塵靜❸，西入長安到日邊❹。

【注釋】❶玉馬鞭　喻指揮權。此句謂試向永王借來君王賜予的軍權。❷指麾句　形容指揮戰爭鎮定自若，坐在瓊筵之間指揮平亂。亦即「談笑靜胡沙」之意。❸南風句　相傳虞舜作五絃琴，歌〈南風〉詩，曰：「南風之薰兮，可以解吾民之慍兮。」永王的軍隊在南方，故以「南風」為喻。❹日邊　日為君象，故京城、京畿之地稱日邊、日下，即皇帝身邊。

【語　譯】試向我王借用一下君主所賜的玉馬鞭，我將坐在瓊筵之上為王指揮平叛。南風猛吹將胡塵一掃而盡，然後再西入長安去朝拜天子。

【研　析】詩人參加永王幕府後，自以為可以施展抱負。首句以毛遂自薦的姿態，要「試借君王玉馬鞭」使用一回，說得比較委婉，但那種「平定叛亂，捨我其誰」的豪邁氣概聲容畢現。次句即「談笑靜胡沙」之意，但境界更奇：詩人奇想玉馬鞭一揮，叛軍紛紛棄甲兵而乞降，於是在瓊筵之上，談笑之間，化干戈為玉帛。把遍地流血的殘酷戰爭浪漫化、詩意化。似乎「運籌帷幄，決勝千里」是非常簡單平常之事。這正是詩人浪漫主義個性的自然流露。後二句以「南風」喻永王之師，「胡塵」喻安史叛軍。相傳虞舜歌〈南風〉，是吉祥和平之風，此藉以歌頌永王平叛，重振乾坤，永王之師正在南方，所以用得十分貼切。一個「掃」字，表現出對叛軍不堪一擊的極端藐視神情。「靜」字表示天下安定平靜。末句點明平叛目的，亦是詩人心願，在平定叛亂後回到長安皇帝身邊。也許此句似曉諭永王，勸他完成東巡平亂任務後，回到朝廷，釋甲還權。詩人把此句置於組詩之末，或有深意歟？前人多謂李白入永王幕為從逆，以〈永王東巡歌〉為罪證。然細繹詩意，結合考察其入幕動機，詩人完全是出於平叛報國熱忱。只是對永王異志認識不足，結果詩人被繫潯陽獄，又長流夜郎，實為千古冤案。〈永王東巡歌〉記錄了詩人報國平叛的壯志和理想，千秋萬代向後人昭示詩人的耿耿忠心！

上皇西巡南京歌❶十首

其一

胡塵輕拂建章臺❷，聖主❸西巡蜀道來。劍壁門高五千尺❹，石為樓閣九天開❺。

【注　釋】❶上皇題　上皇，指唐玄宗。天寶十五載六月，安祿山叛軍破潼關，玄宗西逃成都，即題中的「西巡」。七月，太子李亨於靈武（今屬寧夏自治區）即位，是為肅宗。尊玄宗為上皇天帝，即題中稱「上皇」。肅宗至德二載十月，肅宗還長安，遣使迎玄宗。十二月丁未（初四），玄宗還長安。戊午（十五日），以蜀郡（成都）為南京，鳳翔為西京，西京（長安）為中京。故題中稱成都為「南京」。王琦注：「蜀地於天下近西，而謂之南京者，以其在長安之南也。」❷胡塵句　指安祿山叛軍佔領長安。建章臺，漢代長安宮殿有建章宮，宮內有建章臺，武帝時建。應瑒有〈侍五官中郎將建章臺集詩〉，庾肩吾有〈過建章故臺詩〉。❸聖主　指唐玄宗。❹劍壁句　劍壁，指劍門山、劍閣。《文選》卷五六張載〈劍閣銘〉：「惟蜀之門，作固作鎮。是日劍閣，壁立千仞。」呂延濟注：「劍閣，言其峰如劍，其勢如閣。壁立，謂峻也。千仞，言高也。」按：劍門關在今四川劍閣北，大劍山、小劍山夾峙如門。形勢險要。❺石為句　據陸游《老學庵筆記》卷七記載，「劍門關皆石無寸土，潼關皆土無拳石。」九天，謂劍閣高出九天之上。

【語　譯】安祿山的叛亂使長安宮殿都遭到破壞，聖主明皇帝西巡來到了蜀道。劍門關高聳達五千多尺，石壁成為樓閣高出九天之上。

【研　析】此組詩當作於玄宗從成都返回長安之後，最早為肅宗至德二載（西元七五七年）十二月中旬。此首前二句寫上皇西巡蜀中的原因是由於安祿山叛軍佔領了長安，後二句則描寫蜀道上劍門關的雄偉險要。為後面諸詩頌讚成都的安全繁華作鋪墊。

其二

九天開出一成都❶，萬戶千門入畫圖❷。草樹雲山如錦繡，秦川得及此間無❸？

【注釋】❶成都 今四川成都。唐為益州（蜀郡）治所。置大都督府。天寶十五載玄宗幸蜀後，改稱成都府。❷萬戶句 形容成都市井的繁榮。王延壽〈魯靈光殿賦〉：「千門相似，萬戶如一。」❸秦川句 謂秦川風光不及成都。秦川，泛指秦嶺以北、渭水流域的關中平原。因春秋、戰國時地屬秦國而得名。此處指長安一帶。無，否；麼。

【語譯】九重天開出了一座錦城成都，街道上萬戶千門都像畫圖一樣美麗。周圍的草樹雲山如同錦繡，秦川長安的風光能及得上這裡的繁華豔麗嗎？

【研析】此首讚美成都人物之富，山川之美。用「九天開出」形容非一般的城市，用「畫圖」形容萬戶千門的繁華，用「錦繡」形容草樹雲山，最後用反詰語句以京都長安與之對比，更強調了成都的草樹雲山之美勝於秦川。一個「及」字，一個「無」字，正面意思就是秦川怎能及得上成都呢！此處正適合為天子駐蹕之所。

其三

華陽春樹似新豐❶，行入新都若舊宮。柳色未饒秦地綠，花光不減上林❷紅。

【注釋】❶華陽句 華，宋本作「德」，誤，據蕭本、郭本、王本改。王琦注：「《華陽國志・蜀志》云：『地稱天府，原曰華陽。』是稱蜀地為華陽，其來舊矣。」此指成都。新豐，漢縣名。《元和郡縣志》卷一關內道京兆府昭應縣：「新豐故城，在縣東十八里，漢新豐縣城也。漢七年，高祖以太上皇思東歸，於此置縣，徙豐人以實之，故曰新豐。」即今西安臨潼新豐鎮。按：玄宗此時已被尊為太上皇，故用此事。❷上林 漢宮苑名。《三輔黃圖・苑囿》：「漢上林苑，即秦之舊苑也。《漢書》云：『武帝建元三年，開上林苑，……周袤三百里。』離宮七十所，皆容千乘萬騎。」在今西安。蕭本、郭本、王本、咸本皆作「上陽」。按：上陽，唐代宮名，高宗時建，在洛陽。

【語譯】蜀地的春樹似新豐一樣繁茂，太上皇鑾駕進入新的都城就像在長安的舊宮中。這裡的柳色絕不下於秦地之青綠，花的色彩也不減於上林苑的紅豔。

【研　析】此首以蜀地的春樹、新宮與長安新豐的春樹、舊宮作對比，宛然相似。今太上皇幸蜀，正像漢朝太公居新豐。「後二句頂『若舊宮』來，以撒開收後，對絕固然。」（明人評點）蜀地的柳色之綠不遜秦地，花的色彩也不減長安上林苑之紅豔。此乃所以慰上皇暫居之意。

其四

誰道君王行路難？六龍❶西幸萬人歡。地轉錦江成渭水❷，天迴玉壘❸作長安。

【注　釋】❶六龍　皇帝的車駕。龍，馬之美稱。王琦注：「天子駕六，《書》稱『若朽索之馭六馬』，《漢書・袁盎傳》『今陛下騁六飛』是也。何休《公羊傳注》：『天子馬曰龍，高七尺以上。』稱車駕為六龍，其義疑出於此。」❷地轉句　大地將成都的錦江轉成了長安的渭水。錦江，岷江支流。流經成都南，蜀人謂「此水濯錦，鮮於他水」，故名。渭水，即渭河。黃河最大支流，在陝西省中部。源出甘肅渭源鳥鼠山，東流橫貫陝西渭河平原，經長安，在潼關入黃河。❸玉壘　山名。在今四川灌縣西北。

【語　譯】誰說君王行路艱難？皇帝的車駕西幸成都使得萬眾歡騰。好像是大地將錦江轉成了渭水，上天將玉壘山變回到了長安。

【研　析】此首謂世人皆有行路之難，而天子之行無所阻礙，有何難哉！故西幸於蜀而人心皆悅。且天子以四海為家，長安、渭水固為舊都，今西幸成都，則錦江即渭水，玉壘即長安，隨太上皇之所至，天地亦為之安排也。唯《唐宋詩醇》卷五曰：「渭水、長安隱寓故都之感，且以幸其早還，非誇成都佳麗也。」可備一說。

其五

萬國同風❶共一時，錦江何謝曲江池❷？石鏡❸更明天上月，後宮親❹得照蛾眉❺。

【注釋】❶同風　風俗同一。《漢書・終軍傳》：「今天下為一，萬里同風。」❷曲江池　故址在今陝西西安東南。本天然池沼，漢武帝造宜春苑於此，以池水曲折，故名曲江。周六里餘。隋初遷築長安城，池被包入外城東南角，開黃渠導城東滻水穿城入池，改池名芙蓉池，苑曰芙蓉園。唐復名曲江。開元中重加疏鑿，池面七里，其西南為芙蓉苑；築紫雲樓等殿宇樓閣亭榭於池岸。花卉環周，煙水明媚，為都中第一勝景。每年上巳日玄宗賜宴臣僚，新進士宴集同年，皆在其地。唐末水涸池廢。❸石鏡《華陽國志・蜀志》：「武都有一丈夫化為女子，美而豔，蓋山精也。蜀王納為妃，……無幾物故。蜀王哀念之，乃遣武丁之武都擔土，為妃作塚。蓋地數畝，高七丈，上有石鏡。今成都北角武擔是也。」❹親　宋本在此字下夾注：「一作：新」。❺蛾眉　代指美女形象。宋本作「娥眉」，據咸本改。

【語譯】天下為一，萬里風俗相同，錦江的風光哪裡遜色於長安的曲江池？蜀地的石鏡比天上的月亮更加晶瑩明亮，後宮的妃嬪都親自去映照倩影。

【研析】此首謂天下統一則萬國同風，故蜀之錦江無異於長安的曲江池。嚴羽評點曰：「不如是，偏如是說，堪發慚憤。」後二句用典很精彩。本來是天下之明月懸於後宮，得以照妃嬪之蛾眉，而今有蜀之石鏡更明於天上之月，妃嬪親去映照麗影。言外有無窮的餘味。

其六

濯錦清江萬里流❶，雲帆龍舸❷下揚州。北地雖誇上林苑❸，南京還有散花樓❹。

【注　釋】❶濯錦句　清江，指錦江。錦江為岷江支流，古人沿〈禹貢〉之說，以岷江為長江源，故錦水得稱萬里流。❷龍舸　王琦注：「龍舸，畫龍於大舟之首及兩旁者也。」按：《方言》卷九：「南楚江湘凡船大者謂之舸。」❸上林苑　見本組詩其三注。❹散花樓　楊齊賢注引《成都志》：「宣華苑城上有散花樓，隋蜀王（楊）秀所立。」

【語　譯】濯錦的錦江之水長流萬里，龍舸大船掛起雲帆向東可以直下揚州。北方長安雖有上林苑可供誇耀，南京成都也有散花樓可以與之媲美。

【研　析】此首言蜀中名勝。江南富庶之地有揚州，而成都濯錦之錦江萬里長流，帝王的龍船張帆可直達揚州。北方之人常誇長安之上林苑為著名的皇家遊畋之地，而南方成都之散花樓也可以賞心悅目，不亞於長安的上林故苑。

其七

錦水東流繞錦城❶，星橋北挂象天星❷。四海此中朝聖主，峨眉山上列仙庭❸。

【注　釋】❶錦城　錦官城的簡稱。指成都。《華陽國志・蜀志》：「蜀郡州治……西城，故錦官也。錦江，織錦濯其中則鮮明，濯他江則不好，故命曰錦里。」《元和郡縣志》卷三一劍南道成都府成都縣：「錦城，在縣南一十里。故錦官城也。」唐時為成都的別稱。❷星橋句　《華陽國志・蜀志》：「郡治少城，西南兩江有七橋……長老傳言：李冰造七橋，上應七星。」❸峨眉句　峨眉山，在今四川峨眉西南。有兩山峰相對，望之如蛾眉，故名。仙庭，神仙洞府。按峨眉山為道教勝地。王琦注引《名山洞天福地記》：「峨眉山，周圍三百里，名靈陵太妙之天。在蜀嘉州。」宋本在「上」字下夾注：「一作：下」。山上，蕭本、郭本也作「山下」。

【語　譯】錦水東流繞過成都府城，江上七橋上應天上的北斗七星。天下士庶百姓都雲集到此來朝見聖主，峨眉山上排列著一座座神仙洞府。

【研　析】此首謂錦水繞於城外，星橋落於城中。成都乃形勝之地。如今天子駐驆於此，天下臣民都來朝見，猶如峨眉山上列仙庭，上帝御於鈞天清都。

其八

秦開蜀道置金牛❶，漢水元通星漢流❷。天子一行❸遺聖跡，錦城長作帝王州。

【注　釋】❶秦開句　用金牛道故事。《水經注・沔水・石牛道》：「秦惠王欲伐蜀而不知道，作五石牛，以金置尾下，言能屎金。蜀王負力令五丁引之成道。秦使張儀、司馬錯尋路滅蜀，因曰石牛道。」又稱金牛道。乃古代由秦入蜀的主要通道。❷漢水句　王琦注：「『漢水元通星漢流』者，言其所出高遠，如從星漢而來，即『水從銀漢落』及『黃河之水天上來』意也。」❸天子一行　胡震亨注：「天子一行，自言玄宗行也。舊注傅會讖語，以為指僧一行，殊謬。」王琦注：「一行：猶一遊、一豫之意。舊注以僧一行奏讖語『當行萬里』事解之，非是。」

【語　譯】秦惠王時置金於牛尾以引誘蜀王來開通了蜀道，所經之漢水原來與銀河相通。太上皇西巡一遊留下了許多聖跡，錦城成都從此可以長作帝王州了。

【研　析】此首從蜀道開通之難，反襯如今天子來此巡幸而作帝王州，顯示歷史之巨變。王琦曰：「興元府，即今漢中府，為自秦入蜀咽喉要道。金牛峽，在沔縣西一百七十里，是五丁開道引石牛之處。嶓冢山，在沔縣西一百二十里，為漢水發源之所，皆屬漢中地。首二句用此，見蜀地自昔與中國隔遠，未嘗為帝王巡幸，以反起下文今得天子一行，遂成都邑之美也。」其說甚是。

其九

水淥天青不起塵，風光和暖勝三秦❶。萬國煙花隨玉輦❷，西來添作錦江春。

【注　釋】❶三秦　指關中地區。《三輔黃圖・三輔沿革》：「秦并天下，置內史以領關中。項籍滅秦，分其地為三：以章邯為雍王，都廢丘；司馬欣為塞王，都櫟陽；董翳為翟王，都高奴。謂之三秦。」❷萬國句　萬國，天下；各地。煙花，春天繁花若煙霧的景色。玉輦，皇帝的車駕。

【語　譯】蜀中水淥天青不揚灰塵，風和光暖遠遠勝過長安三秦。太上皇一路上所經煙水春花伴隨著玉輦，一起西來為錦江增添春色。

【研　析】此首謂成都山水風光遠勝關中，因為天子西巡，萬國煙花都隨之而來添作錦江之春。以天下之春為一方之春，更勝於三秦也。嚴羽評點曰：「勝因輦來，非關地也。又作第二首轉語。」明朝人批曰：「淺淺說來，自然好。」「花隨添春，可謂錦心繡口。」

其十

劍閣重關蜀北門❶，上皇歸馬若雲屯❷。少帝長安開紫極❸，雙懸日月照乾坤❹。

【注　釋】❶劍閣句　劍閣有大劍山、小劍山之險，是為重關。乃蜀地的北門。詳見本組詩其一注。❷上皇句　歸馬，謂玄宗車駕回京。雲屯，形容車馬人眾之多，集聚如雲。❸少帝句　少帝，指唐肅宗李亨。紫極，《文選》卷一〇潘岳〈西征賦〉：「厭紫極之閑敞。」李善注：「紫極，星名，王者為宮以象之。曹植上表曰：情注於皇居，心在乎紫極。」❹雙懸句　雙懸日月，雙日並耀。日月，複詞偏義。日者，君象。指玄宗和肅宗二帝。至德二載九月，長安收復，十月，洛陽收復。十月，肅宗自鳳翔還長安，十二月，玄宗自蜀還長安。故云「雙懸日月」。乾坤，天地。

【語　譯】劍閣是蜀地北門的一座重關，隨從上皇歸京的車馬集聚如雲。少帝在長安大開宮門迎接太上皇，二帝如同雙日並耀普照天地。

【研　析】此首寫太上皇自蜀返京，經蜀之北門劍閣，隨從車馬之多如同雲屯。後二句歌頌玄宗肅宗二帝回京如「雙懸日月」，照耀天地。末句結上皇、少帝前二句，以一句收上三句。嚴羽評曰：「〈永王東巡歌〉極放卻極收，〈上皇西巡歌〉極收卻極放。合看可知其用意。」

峨眉山月歌

峽路

峨眉山月半輪秋❶，影入平羌江❷水流。夜發清溪向三峽❸，思君不見下渝州❹。

【注　釋】❶峨眉山句　峨眉山，在今四川峨眉西南。有兩山峰相對，望之如蛾眉，故名。半輪秋，謂秋夜的上弦月形似半個車輪。❷平羌江　即今青衣江，大渡河的支流，在今四川中部峨眉山東北。源出寶興北，東南流經雅安、洪雅、夾江等地，到樂山會大渡河，入岷江。❸夜發句　古時稱三峽者甚多，味此詩中之三峽，似非指長江三峽。《樂山縣志》謂當指樂山縣之黎頭、背峨、平羌三峽，而清溪則在黎頭峽之上游。其說可供參考。王琦注引《輿地紀勝》：「清溪驛在嘉州犍為縣。」按：今江蘇廣陵古籍刻印社本《輿地紀勝》無此文，且只稱嘉定府，不稱嘉州。或是王琦誤引，而今各注本亦多沿其誤。❹思君句　君，前人多謂指月亮。今人或謂指友人。按：似指友人為是，唯不知指誰。渝州，唐代州名，治所在巴縣，即今重慶。

【語　譯】峨眉山上空的半輪秋月，倒影映在平羌江水中粼粼浮動。我從清溪乘船向三峽進發，思念您而不得見，我只好乘流東去直下渝州。

【研　析】此詩乃開元十二年（西元七二四年）秋天，李白「仗劍去國，辭親遠遊」，在離開蜀中赴長江中下游的舟行途中，寫下這首膾炙人口的七言絕句。前兩句是舟中所見夜景：雄偉秀麗的峨眉山上空，高懸著半輪秋月，平羌江中，流動著月亮的映影。首句是仰望，寫靜態之景；次句是俯視，寫動態之景。「影入平羌江水流」之景，只有乘舟人順流而下才能看到，所以此句不僅寫出月影隨波的美妙景色，而且暗點秋夜乘舟下行之人。意境空靈優美。第三句寫出發的地點和前往的地點，末句寫思念友人之情。抒情只有「思君」二字，但因為「峨眉山月」這一典型的藝術形象貫穿在整首詩的意境中，所以其意蘊也就非常豐富，令人有無窮的遐想。在篇幅短小的絕句中，忌用人名、地名或數字，而李白此詩二十八字中連用五個地名，卻不但沒有被人譏諷，反而受到人們的讚賞，因為安排巧妙，毫無呆板、堆砌之跡，讀來仍感明快、自然、流暢，顯示出青年詩人的藝術天才。李白一生酷愛明月，常在詩中歌詠。對峨眉山月愛之尤深，晚年還寫有〈峨眉山月歌送蜀僧晏入中京〉詩，可參讀。

峨眉山月歌送蜀僧晏入中京❶

我在巴東❷三峽時，西看明月憶峨眉。月出峨眉照滄海❸，與人萬里長相隨。
黃鶴樓前月華白❹，此中忽見峨眉客❺。峨眉山月還送君，風吹西到長安陌。
長安大道橫九天，峨眉山月照秦川❻。黃金師子承高座❼，白玉麈尾談重玄❽。
我似浮雲滯吳越❾，君逢聖主遊丹闕❿。一振高名滿帝都⓫，歸時⓬還弄⓭峨眉月。

【注釋】❶峨眉題　蜀僧晏，蜀中的僧人名晏，事跡不詳。中京，指長安。《資治通鑑》唐肅宗至德二載：十二月，「以蜀郡為南京，鳳翔為西京，西京為中京。」胡三省注：「以長安在洛陽、鳳翔、蜀郡、太原之中，故為中京。」❷巴東　即歸州。天寶元年改為巴東郡。乾元元年復為歸州。治所在今湖北秭歸。❸月出句　宋本在「月出峨眉」四字下夾注：「一作：峨眉山月」。滄海，大海。此處泛指天下山水。❹黃鶴樓句　黃鶴樓，故址在今湖北武漢蛇山黃鶴（或作「鵠」）磯上。相傳始建於三國吳黃武二年，歷代屢毀屢建。傳說費禕登仙，每乘黃鶴於此憩駕，故號為黃鶴樓。月華，月光。❺峨眉客　指蜀僧晏。❻秦川　指長安周圍的渭河平原。東起潼關，西至寶雞，南接秦嶺，北達陝北高原，沃野千里，以古屬秦地，故稱。❼黃金句　師子，即獅子。佛教認為佛是「人中獅子」，故美稱和尚坐處為「獅子座」。《大智度論》七：「佛為人中師子，佛所坐處若牀若地，皆名師子座。夫師子，獸中獨步，無畏，能伏一切。」《法苑珠林》卷三四亦載：龜茲王曾造金獅子座，上以大秦錦褥鋪之，請高僧鳩摩羅什升座說法。此處指蜀僧晏。承高座，蕭本、郭本、王本、咸本皆作「乘高座」。❽白玉句　麈尾，用麈（似鹿而大之獸）之尾做的一種扇形拂子，古代清談家常執手中以示高雅。重玄，即《老子》所謂「玄之又玄」之意。此以老莊哲學釋佛。《世說新語・容止》：「王夷甫容貌整麗，妙於談玄，恆捉白玉柄麈尾，與手都無分別。」❾滯吳越　滯留於長江中下游地區。❿丹闕　赤色宮門，此指皇宮。⓫帝都　即京都，指長安。⓬時　宋本夾注：「一作：來」。⓭弄　玩賞。謝靈運〈怨曉月賦〉：「滅華燭兮弄曉月。」

【語　譯】以前我在巴東三峽之時，曾西望明月想念家鄉的峨眉山。月亮從峨眉山普照天下，長期與人萬里相隨。

如今在黃鶴樓前潔白的月光下，忽然遇到了您這位從家鄉峨眉山來的客人。而且峨眉山月還要隨風伴您西入長安去。

長安的大道直通九天，峨眉山月也隨著您照耀秦川。在京師您登上黃金獅子的高座，手執白玉麈尾高談重玄之道。

我像浮雲一樣在吳越一帶遊蕩，而您則遇聖主而遊皇宮。等您大振高名譽滿帝都後，回歸故鄉再去玩賞峨眉山月吧。

【研　析】此詩當是太白流放夜郎遇赦歸江夏時作。全詩以「峨眉山月」作為主線貫穿始終，作為此詩的主題歌，也是詩人與蜀僧晏關係的紐帶。首四句寫詩人當年出三峽時，西看峨眉山月與人萬里相隨的親切情景，為主題歌渲染氣氛。接著四句敘詩人在黃鶴樓與蜀僧晏相見，並相送蜀僧晏到長安去。這前半首八句已寫足峨眉山月，下半首八句寫「中京」長安，仍用「峨眉山月照秦川」作轉。詩人祝願蜀僧晏到長安後得到皇帝的青睞，升上高座，講論佛法，手揮麈尾，名振帝都。詩人感到自己像浮雲一樣滯留在吳越一帶漂流，而蜀僧晏能遊長安而遇見肅宗皇帝，欣羨之意溢於言表。最後希望蜀僧晏名振帝都後榮歸故鄉，仍以「峨眉月」作結。宋代嚴羽評點此詩說：「是歌當識其主伴變幻之法。題立峨眉作主，而以巴東、三峽、滄海、黃鶴樓、長安陌、秦川、吳越伴之，帝都又是主中主。題用月作主，而以風雲作伴，我與君又是主中主。回環散見，映帶生輝。真有月映千江之妙，非擬議所能學。」又對詩的生動性評曰：「巧如蠶，活如龍，回身作繭，噓氣成雲，不由造得。」說得很精彩。

赤壁歌送別

江夏

二龍爭戰決雌雄，赤壁樓船掃地空。烈火張天照雲海，周瑜於此破曹公❶。

君去滄江❷望❸澄碧，鯨鯢唐突留餘跡❹。一一書來報故人，我欲因❺之壯心魄。

【注釋】❶二龍四句　描述曹操被周瑜所敗的赤壁之戰。詳見《三國志・吳書・周瑜傳》。二龍，指戰爭雙方之首領。此處指曹操與孫權。雌雄，輸贏；勝負。赤壁，山名。在今湖北蒲圻長江南岸。《元和郡縣志》卷二七江南道鄂州蒲圻縣：「赤壁山，在縣西一百二十里。北臨大江，其北岸即烏林，與赤壁相對，即周瑜用黃蓋策，焚曹公舟船敗走處，故諸葛亮論曹公『危于烏林』，是也。」❷滄江　指長江。因江水呈青蒼色，故稱。❸望　宋本在此字下夾注：「一作：弄」。❹鯨鯢句　《左傳》宣公十二年：「古者明王伐不敬，取其鯨鯢而封之，以為大戮。」杜預注：「鯨鯢，大魚名，以喻不義之人吞食小國。」唐突，冒犯；爭戰。❺因　宋本在此字下夾注：「一作：觀」。

【語　譯】二龍爭戰以決輸贏，赤壁之戰中曹操的樓船被一掃而空。烈火沖天照耀雲海，周瑜曾在此地大破曹公。君去大江觀看碧清澄明的江水，可看到當年鯨鯢爭戰留下的遺跡。請將您的觀感一一寫來寄信給我，我想因此而加強壯心。

【研　析】此詩前四句寫當年赤壁之戰中周瑜破曹公的壯烈場面，即題中的「赤壁歌」。後四句寫友情，即題中的「送別」。嚴羽評點末二句曰：「又為此二句。」意謂此詩主要是請友人過赤壁時對當年赤壁鏖戰的遺跡一一告知。詩情雄壯，當是開元二十二年（西元七三四年）詩人遊江夏時所作。

江夏行❶

憶昔嬌小姿❷，春心亦自持❸。為言嫁夫婿❹，得免長相思。誰知嫁商賈，令人卻愁苦。自從為夫妻，何曾在鄉土？

去年下揚州，相送黃鶴樓。眼看帆去遠，心逐江水流❺。只言期一載，誰謂歷三秋❻。使妾腸欲斷，恨君情悠悠。

東家西舍❼同時發，北去南來不逾月。未知行李❽遊何方？作箇音書能❾斷絕。適來往南浦❿，欲問西江船⓫。正見當壚女⓬，紅粧二八年⓭。

一種⓮為人妻，獨自多悲悽。對鏡便垂淚，逢人只欲啼。不如輕薄兒⓯，旦暮長追隨⓰。悔作商人婦，青春長別離。如今正好同歡樂，君去容華⓱誰得知？

【注釋】❶江夏行　李白自製的樂府新題。《樂府詩集》卷九〇列為〈新樂府辭〉。江夏，據兩《唐書‧地理志》：唐代鄂州有江夏縣，為鄂州治所。天寶元年鄂州改名江夏郡，乾元元年復改為鄂州。即今湖北武漢武昌。❷嬌小姿　謂體態窈窕。❸春心句　春心，心懷春情，指男女間愛戀之情。持，控制。❹婿　宋本作「聟」，乃「婿」的異體字。今據蕭本、郭本、咸本改。王本作「壻」，亦為婿的異體字。❺去年四句　揚州，泛指今江蘇南京、揚州一帶。按：南朝樂府中「揚州」多指金陵，即今江蘇南京；而唐貞觀以後揚州即為今江蘇揚州。黃鶴樓，見本卷〈峨眉山月歌送蜀僧晏入中京〉詩注。古樂府〈莫愁樂〉：「聞歡下揚州，相送楚山頭。探手抱腰看，江水斷不流。」又〈三洲曲〉：「送歡板橋灣，相待三山頭。遙見千幅帆，知是逐水流。」此四句受其影響。❻只言二句　期一載，以一年為期。曹植〈雜詩六首〉其三：「自期三年歸，今已歷九春。」❼東家西舍　猶左右鄰居。❽行李　《左傳》襄公八年：「亦不使一介行李，告於寡君。」杜預注：「行李，行人也。」此指外出的丈夫。❾能　只是。意謂只是音訊斷絕，無法通信。按：唐詩中「能」作「只」解者甚多。杜甫〈月〉詩：「只益丹心苦，能添白髮明。」「只」與「能」互文同義，可證。詳見張相《詩詞曲語辭匯釋》卷三。或謂「能」乃「恁」之吳音，意亦勝。❿適來句　適來，剛纔。南浦，古水名，一名新開港，在今武漢南。古詩常用作送別之地的泛稱。屈原〈離騷〉：「送美人兮南浦。」江淹〈別賦〉：「送君南浦，傷如之何！」⓫西江船　從長江下游來的船。西江，指今江蘇南京以西到九江之間的長江。因此段長江為西南往東北方向。⓬當壚女　賣酒的女子。《漢書‧司馬相如傳》：「乃令文君當盧（壚）。」顏師古注：「賣酒之處，累土為盧（壚），以居酒甕，四邊隆起，其一面高，形如鍛爐，故名盧（壚）。」此指在酒店賣酒的女子。⓭二八年　十六歲。⓮一種　一樣；同樣。⓯輕薄兒　輕佻浮薄的男子。⓰長追隨　蕭本、郭本、咸本作「長相隨」。⓱容華　美麗的容貌。

【語譯】回想過去未嫁時我體態嬌小，雖有懷春之情芳心尚能自我控制。以為早日嫁個好丈夫，可以免去長期在空閨中相思。哪裡知道如今嫁給了一個商人，卻令人不斷地愁苦。自從成為夫妻以後，何嘗在家鄉好好過日子？

　　去年他下揚州時，我在黃鶴樓為他送行。眼看著船帆遠去，我的心也隨著江水翻騰。當時只說一年就回來，誰知現在已過了三年還未見他的影子。使我相思愁苦肝腸欲斷，怨恨憂思的心情如江水悠悠。

　　與他同時出發的左鄰右舍，北去南來都沒有超過一個月。不知道我的丈夫如今在哪裡？給他寫封書信也無處可寄。剛纔我往南浦去，想探問西江來的商船。正巧遇見賣酒的女子，紅妝美麗大約只有十六歲。

同樣是為人之妻，只有我孤獨無依多麼悲哀淒慘。對著鏡子就掉眼淚，遇到別人只想哭。還不如嫁個輕浮少年，可以早晚長伴相隨。我後悔做了一個商人的妻子，正當青春年華卻長期過著別離的生活。如今正好是共同歡樂的大好時光，丈夫遠去我的美貌還能有誰知道？

【研　析】此詩當是開元十六年（西元七二八年）春在江夏作。首段言出嫁前的情態和想像，與出嫁後的出乎意料相對比。將少女的天真寫得非常生動。二、三段寫丈夫外出長期不歸和自己的相思愁苦，丈夫臨行時送別之苦，這是一層；本來說好一年就回來，可是如今三年不歸，使人愁腸欲斷，這是二層；同時出發的鄰居不到一個月都已回來，只有自己的丈夫至今不歸，這是三層；未知丈夫如今在何方，連寫信都無法寄，這是四層。於是到南浦去打聽丈夫的下落，卻看到賣酒的少女過著幸福生活，對比自己的不幸更為愁苦，這是五層。層層深入，將商婦別離之苦寫得非常深刻。末段寫商婦悔恨的思想和情態，用「一種」二句和「不如」二句作對比，將這種愁苦推向高潮。《唐宋詩醇》卷五評曰：「曲盡怨別之情，絮絮可聽。『豈無膏沐，誰適為容？』末句正用此意。」

胡震亨曰：「按白此篇及〈長干行〉，並為商人婦詠，而其源似出〈西曲〉。蓋古者吳俗好賈，荊、郢、樊、鄧間尤盛。男女怨曠，哀吟清商，諸〈西曲〉所繇作也。第其辭，五言二韻，節短而情有未盡。太白往來襄漢、金陵，悉其人情風俗，因采而演之為長什。一從長干上巴峽，一從江夏下揚州，以盡乎行賈者之程，而言其家人失身誤嫁之恨，盼歸遠望之傷，使夫謳吟之者足動其逐末輕離之悔，回積習而裨王風。雖其才思足以發之，而踵事以增華，自從〈西曲〉本辭得來，取材固有在也。凡白樂府，皆非泛然獨造，必參觀本曲之辭與所借用之曲之辭，始知其源流之自，點化奪換之妙。要不獨此二篇為然，聊發凡資讀者觸解云。」

懷仙歌❶

一鶴東飛過滄海❷，放心散漫❸知何在？仙人浩歌❹望我來，應攀玉樹❺長相待。堯舜之事不足驚❻，自餘囂囂真可輕❼。巨鼇莫載三山去❽，吾❾欲蓬萊頂上行。

【注　釋】❶懷仙歌　懷仙，懷念神仙。胡本作「憶仙」。❷一鶴句　暗用丁令威故事。《搜神後記》卷一記載，傳說漢代遼東人丁令威，學道於靈虛山，後成仙化鶴歸來，落城門華表柱上。時有少年舉弓欲射之，鶴乃飛，徘徊空中而言曰：「有鳥有鳥丁令威，去家千年今始歸。城郭如故人民非，何不學仙塚累累。」滄海，海上仙島。《海內十洲記》：「滄海島，在北海中，地方三千里，去岸二十一萬里，海四面環島，各廣二千里，水皆蒼色，仙人謂之滄海也。」❸放心散漫　放縱心胸，自由自在。❹浩歌　大聲歌唱。❺玉樹　神話中的仙樹。按：李白〈雜詩〉：「傳聞海水上，乃有蓬萊山。玉樹生綠葉，靈仙每登攀。一食駐綠髮，再食留紅顏。」與此句意同。❻堯舜句　堯舜禪位故事，儒家傳為聖君美談。詩人認為不可信。李白〈遠別離〉詩曰：「堯幽囚，舜野死。」都是失權的結果，此事不足驚怪。❼自餘句　謂堯舜之事尚且不足為怪，自此以下的其餘之事更可輕視不值一談。囂囂，喧鬧聲。宋本原作「嚚嚚」，據蕭本、郭本、王本、咸本改。真，蕭本、郭本、王本、咸本皆作「直」。❽巨鼇句　《列子・湯問》：「渤海之東，不知幾億萬里，有大壑焉。……其中有五山焉，一曰岱輿，二曰員嶠，三曰方壺，四曰瀛洲，五曰蓬萊。……而五山之根無所連著，常隨潮波上下往還，不得暫峙焉。仙聖毒之，訴之於帝，帝恐流於西極，失群聖之居，乃命禺彊使巨鼇十五舉首而戴之，……五山始峙。而龍伯之國有大人，……一釣而連六鼇，……於是岱輿、員嶠二山流於北極，沉於大海。」故只剩下方壺、蓬萊、瀛洲三山。❾吾　宋本在此字下夾注：「一作：我」。

【語　譯】一隻仙鶴飛向東方的滄海，牠自由放縱要飛往何處？仙人在放聲高唱望我前去，攀玉樹之枝在翹首以待。堯幽囚、舜野死之事本不足驚奇，自此以下其餘喧鬧之事更可看輕不值一提。海中的巨鼇不要再將三神山載走，我要離開塵世到蓬萊山頂上遊覽呢。

【研　析】首二句暗用丁令威化鶴典故，以東飛滄海的仙鶴自喻，表示對自由生活的嚮往。次二句想像仙人正浩歌攀玉樹等待著自己飛去。五、六二句轉向現實社會，李白認為儒家最尊崇的堯舜禪讓的聖君之事並非事實，在〈遠別離〉中曾明確說過：「堯幽囚，舜野死」，都是由於失權的結果。詩人認為這也不足驚怪，至於自此以下其餘的喧鬧奪權之事就更可輕視，不值一提。「自餘」二字，實際上包含著許多內容，甚至從上古一直到唐代所有改朝換代、爭權奪權的故事，當然也包括唐代最聖明的賢君太宗李世民，也是殺了親兄弟，逼迫其父讓位的。由此可知，詩人對整個社會歷史都看穿了。所以末二句又轉向神仙世界，請求巨鼇不要把剩下的三座神山再載走，詩人想要到蓬萊仙山去過逍遙自在的生活。對神仙世界的嚮往，實際上就是對現實社會的完全絕望，徹底厭棄。此詩當作於晚年。

玉真仙人❶詞

玉真之真人❷，時往太華峰❸。清晨鳴天鼓❹，飇欻❺騰雙龍。弄電不輟手❻，
行雲本無蹤。幾時入少室❼，王母❽應相逢。

【注釋】❶玉真仙人　指唐睿宗第十女、玄宗之妹玉真公主。《新唐書．諸帝公主傳》：「玉真公主字持盈，始封崇昌縣主，俄進號上清玄都大洞三景師。……薨寶應時。」按：玉真公主太極元年出家為女道士，以方士史崇玄為師。後又從司馬承禎修道。天寶元年，李白因玉真公主關係奉詔入京，供奉翰林。❷真人　宋本在「真」字下夾注：「一作：仙」。蕭本、郭本、王本、咸本亦作「仙人」。❸時往句　宋本在「時往」二字下夾注：「一作：西上」。太華峰，即西岳華山。《元和郡縣志》卷二關內道華州華陰縣：「太華山，在縣南八里。」❹鳴天鼓　道教扣齒養生法。《雲笈七籤．九真高上寶書神明經》：「扣齒之法，左相扣名曰打天鐘，右相扣名曰槌天磬，中央上下相扣名曰鳴天鼓。……若存思念道致真招靈，當鳴天鼓，以正中四齒相扣，閉口緩頰，使聲虛而深響也。」一說，此詩擬玉真公主為神仙，當為擊天鼓之謂，即鳴雷之意。❺飇欻　迅疾貌；疾風。亦作「飆欻」、「飆忽」，張衡〈思玄賦〉：「乘飆忽兮馳虛無。」❻弄電句　《漢武帝內傳》：「（東方朔）昔為太上

仙宮令，到方丈山但務遊戲，擅弄雷電，激波揚風。」❼少室　山名，即中岳嵩山。東曰太室，西曰少室，總名嵩高山。在今河南登封西北。❽王母　即神話中女仙西王母。《太平廣記》卷五六引《集仙錄》：「西王母者，九靈太妙龜山金母也。……位配西方，母養群品。天上天下，三界十方，女子之登仙者、得道者，咸所隸焉。」

【語　譯】仙人玉真公主，當時正往西岳華山。清晨響起了天鼓，她迅速駕起雙龍乘風飛去。雙手還不停地打著閃電，像行雲一般就不見了蹤影。何時到少室山去，一定能與這位西王母那樣的神仙相遇。

【研　析】此詩當是開元年間初入長安干謁玉真公主之作。詩中將玉真公主擬作神仙，騰龍、弄電，如行雲無蹤。末二句設想如到嵩山定當相遇。有人據此認為干謁之地在洛陽。然詩中又言「時往太華峰」，似當時乃去遊華山。

清溪行❶　宣城。一作宣州青溪

清溪清我心，水色異諸水。借問新安江❷，見底❸何如此？人行明鏡中，鳥度屏風裏❹。向晚猩猩啼❺，空悲遠遊子。

【注　釋】❶清溪行　咸本作〈宣城青溪二首〉，與〈清溪勝桐廬〉合為一題，此為第一首。《唐文粹》同。清溪，在今安徽池州城北。劉長卿有〈次秋浦界清溪館〉詩。詳見本卷〈秋浦歌〉其二注。❷新安江　錢塘江上游的支流。又稱「徽港」、「歙港」。源出皖南休寧、祁門兩縣境，東南流至浙江建德梅城入錢塘江。《元和郡縣志》卷二五江南道睦州清溪縣：「新安江，自歙州黟縣界流入縣，東流入浙江。」❸見底　沈約〈新安江水至清淺深見底貽京邑遊好〉詩：「洞徹隨清淺，皎鏡無冬春。千仞寫喬樹，百丈見遊鱗。」❹人行二句　（陳）釋惠標〈詠水詩〉：「舟如空裡泛，人似鏡中行。」屏風，喻重疊的山嶺。❺向晚句　《文選》卷四左思〈蜀都賦〉：「猩猩夜啼。」劉逵注：「猩猩生交趾、封谿。似猨，人面，能言語。夜聞其聲，如小兒啼。」江淹〈雜體詩三十首・謝臨川靈運遊山〉：「夜聞猩猩啼。」

【語譯】清溪使我的心境感到清靜，它的水色與眾水大不相同。請問新安江，你為什麼不能像這樣清澈見底？人們乘船如在明鏡中行，鳥兒也好像在美麗的屏風裡飛翔。到晚上可聽到猩猩像小兒般的啼哭，使遠遊的行客格外傷心。

【研析】此詩當是天寶十四載（西元七五五年）往秋浦時作。首二句抒寫詩人對清溪水的感受。詩人遊歷過許多清流，但清溪的水色與所有清澈的水流不同，在於能使詩人「清心」。這就把清溪水的清澈特點突顯出來。接著二句將清溪水與新安江的水對比，新安江的水是以清澈著名的，南朝詩人沈約就寫有〈新安江水至清淺深見底貽京邑遊好〉詩。但詩人卻說：新安江的水怎能像清溪這樣清澈見底呢？用新安江水襯托出清溪水更為清澈。再二句用比喻手法描繪清溪水的清澈。把清溪喻為明亮的鏡子，周圍的群山喻為一道道屏風。乘船的人和群山間的飛鳥在清溪中的倒影，就像「人行明鏡中，鳥度屏風裏」。這幅美麗的圖畫，讀後猶如親臨其境。雖然這兩句詩承襲東晉王羲之〈鏡湖〉詩的「山陰路上行，如坐鏡中游」，初唐沈佺期的「船如天上坐，魚似鏡中懸」的寫法，但此詩「語益工也」（《苕溪漁隱叢話》引《復齋漫錄》）。以上六句詩從三個不同的角度寫清溪的水清，末二句則寫出悲涼的氣氛。傍晚猩猩的悲啼，使詩人感到作為一個遠遊他鄉遊子的孤寂和淒涼。一個「空」字，顯示出詩人的漂泊無依。清溪雖能清心，卻不能解憂。其時詩人已到過幽州，目睹安祿山的氣焰，深感唐王朝政局不穩，所以在遊秋浦的同期作品中，多有「秋浦猿夜愁，黃山堪白頭」、「猿聲催白髮，長短盡成絲」之句。詩人之心雖同清溪之水，但卻「空」而無補政局，所以只有「空悲」之愁了。《唐宋詩醇》曰：「佇興而言，鏗然古調。一結有言不盡意之妙。」甚是。

酬殷佐明見贈五雲裘歌❶

謝脁宅在當塗青山下

我吟謝脁詩上語，朔風颯颯吹飛雨❷。謝脁已沒青山❸空，後來繼之有殷公。粉圖珍裘五雲色❹，曄如晴天散綵虹❺。文章彪炳光陸離❻，應是素娥玉女之所為❼。輕如松花落金粉❽，濃似苔錦含碧滋❾。遠山積翠❿橫海島，殘霞飛丹⓫映江草。凝毫採掇花露容，幾年功成奪天造。

故人贈我我不違⓬，著令山水含晴暉⓭。頓驚謝康樂，詩興生我衣。襟前林壑斂暝色，袖上煙霞收夕霏⓮。

群仙長歎驚此物，千崖萬嶺相縈鬱⓯。身騎白鹿行飄颻，手翳紫芝笑披拂⓰。相如不足誇鸘鷞⓱，王恭鶴氅⓲安可方？瑤臺⓳雪花數千點，片片吹落春風香。為君持此凌蒼蒼，上朝三十六玉皇⓴。下窺夫子㉑不可及，矯手㉒相思空斷腸。

【注釋】❶酬殷佐明題　殷佐明，蕭本、郭本、王本皆作「殷明佐」。誤。按《元和姓纂》卷四殷氏：「嘉紹再從弟佐明，倉部郎中。」又按顏真卿〈湖州烏程縣杼山妙善寺碑銘〉提到「正字殷佐明」，曾參與修《韻海鏡源》。五雲裘，五色絢爛如雲的皮衣。❷朔風句　謝脁〈觀朝雨詩〉：「朔風吹飛雨，蕭條江上來。」❸青山　題下原注：「謝脁宅在當塗青山下。」《江南通志》卷一七山川志太平府：「青山在府東南三十里，綿亙甚遠。……齊謝脁築室山南，故又名謝公山。」按：在今安徽馬鞍山市當塗東南。❹粉圖句　粉圖，以色粉為顏料的圖案。五雲色，調裘之色畫有五彩之雲。❺曄如句　曄，光彩。曹丕〈丹霞蔽日行〉：「丹霞蔽日，采虹垂天。」❻文章句　文章，錯綜華美的色彩和花紋。彪炳，文彩煥發。陸離，色彩斑斕貌。屈原〈離騷〉：「紛總總其離合兮，斑陸離其上下。」❼應是句　素娥，嫦娥。《文選》卷一三謝莊〈月賦〉：「集素娥於後庭。」李周翰注：「常娥竊藥奔月，因以為名。月色白，故云素娥，言照曜帝王之臺，后妃之庭。」玉女，仙女。

見卷五〈西岳雲臺歌送丹丘子〉詩注。❽金粉　指松花的金黃色花粉。❾碧滋　色青而滋潤。《文選》卷三一江淹〈雜體詩三十首・張司空華〉：「闓草含碧滋。」張銑注：「碧滋，謂草色翠而滋繁。」❿積翠　翠色重疊，形容草木繁茂。《文選》卷二二顏延年〈應詔觀北湖田收〉詩：「積翠亦葱芊。」張銑注：「松柏重布，故云積翠。」⓫霏丹　蕭本、郭本、王本作「飛丹」。⓬不違　不拒。⓭晴暉　宋本在此二字下夾注：「一作：清輝」。⓮襟前二句　謂裘上之畫具有謝康樂（靈運）之詩意。《文選》卷二二謝靈運〈石壁精舍還湖中〉詩：「昏旦變氣候，山水含清暉。……林壑斂暝色，雲霞收夕霏。」李善注：「霏，雲飛貌。」⓯縈鬱　迴繞鬱結。⓰手翳句　翳，遮蔽。紫芝，道教所說的靈芝，服食可成仙。披拂，形容披上五雲裘飄拂若仙。⓱鷫鸘　裘名。《西京雜記》卷二：「司馬相如與卓文君還成都……以所著鷫鸘裘就市人陽昌貰酒，與文君為歡。」張華《禽經注》：「鷫鸘，鳥名，其羽可為裘以辟寒。」⓲王恭鶴氅　鶴氅，以鶴羽編織的裘衣。《世說新語・企羨》：「孟昶未達時，家在京口，嘗見王恭乘高輿，被鶴氅裘。於時微雪，昶於籬間窺之，嘆曰：『此真神仙中人！』」⓳瑤臺　神話中西王母在崑崙山的居處。見卷四〈清平調詞三首〉其一注。⓴三十六玉皇　蕭士贇注：「道家所謂三十六天帝也。」見卷二〈飛龍引〉「紫皇」注。㉑夫子　對殷佐明的尊稱。㉒矯手　舉手。《文選》卷二八陸機〈吳趨行〉：「矯手頓世羅。」李善注：「《說文》曰：『矯，舉手也。』」蕭本、郭本、胡本作「矯首」。

【語譯】我吟詠著謝朓詩中的句子，北風颯颯吹著飛雨來。現在謝朓已逝青山再也見不到這樣文采風流的詩人，後來卻有殷公佐明來繼承。

殷公贈我的珍裘上刺繡著五色雲彩，如晴天的天空散出的彩虹那樣光彩奪目。花紋圖案璀燦斑斕，大概是天上的嫦娥和玉女所織成的。輕如松花灑落金粉，濃似翠色滋潤的錦苔。所繡之圖有海島邊的遠山積翠，落霞殘紅映著江草。還有彩筆所繪的花朵含著晶瑩露珠，數年之功製成巧奪天工。

老友贈我，我不推辭，我穿上它使山水也增添了幾分清麗的光輝。我頓時驚喜地發現，謝康樂的詩意竟在我的裘衣上興發出來：襟前的圖案繡的是「林壑斂暝色」，袖上繡的是「煙霞收夕霏」。

就是一群神仙也驚嘆這件裘衣，千崖萬嶺迴繞鬱結之美景竟能集於一衣之上。我身騎白鹿飄然而行，手掩紫芝而笑披此裘飄拂若仙。司馬相如的鷫鸘裘何足誇耀，王恭的鶴氅怎能與此相比？此裘之上還有瑤臺的千點雪花，彷彿被春天的香風片片吹落，我要為君持此寶物上淩蒼天，前去朝拜上天的三十六玉皇。那時我將在天上下望夫子而不及，那就只能舉手相思空斷肝腸了。

【研　析】按殷佐明大曆七、八年間與顏真卿聯句中提到的官名為「正字」，是個低級官員。所以此詩應視為李白暮年之作。約作於肅宗上元二年（西元七六一年）。詳見拙著《李白叢考・李白暮年若干交遊考索》。首段四句為總序發端。將殷佐明看作謝朓繼承者，既點明作詩地點在當塗，又以謝詩「朔風吹飛雨」之寒交代贈裘。第二段極力形容五雲裘之美，非人力之所能為，乃天上仙女積數年之力始能巧奪天工。第三段謂友人之情不可拒，自己穿上此裘，頓覺謝靈運之詩意竟在身上體現。末段則寫披裘而飄然上天朝拜三十六玉皇，下窺友人而舉手相思，將友情推向極致。

臨終歌❶

大鵬飛兮振八裔❷，中天摧兮力不濟❸。餘風激兮萬世❹，遊扶桑兮挂左袂❺。
後人得之傳此❻，仲尼亡乎誰為出涕❼？

【注　釋】❶臨終歌　各本原作「臨路歌」，王琦注：「按李華〈墓誌〉謂太白賦〈臨終歌〉而卒，恐此詩即是。『路』字蓋『終』字之訛。」是。❷大鵬句　大鵬，傳說中的大鳥，見《莊子・逍遙遊》。李白青年時代曾作〈大鵬遇稀有鳥賦〉，後改寫為〈大鵬賦〉。又〈上李邕〉詩有「大鵬一日同風起」之句，與此詩同以大鵬自喻。八裔，八方。❸中天句　中天，半空中。摧，挫折；失敗。濟，成功。❹餘風句　此句謂遺風足可激蕩萬世。❺遊扶桑句　此句以袖被扶桑掛住暗喻才能過大而不被使用。《楚辭・哀時命》：「衣攝葉以儲與兮，左袪掛於扶桑。」王逸注：「袪，袖也。……言己衣服長大；攝葉、儲與，不得舒展，德能宏廣，不得施用，東行則左袖掛於榑（扶）桑，無所不覆也。」扶桑，神話中的樹名。左，宋本原作「石」，胡本作「左」，咸本作「右」，王本注：「當作『左』。」是。據改。袂，衣袖。❻後人句　此句謂後人得知大鵬半空摧折的消息，並以此相傳。❼仲尼句　此句謂當年魯國獵獲象徵祥瑞的異獸麒麟，孔子認為麒麟出非其時，見之出涕，如今孔子已死，誰能為大鵬中天摧折而流淚。喻己之不遇於時，無人為之惋惜。仲尼，孔子名丘，字仲尼。亡乎，蕭本、郭本、王本、咸本作「亡兮」。

【語譯】大鵬飛翔啊振動八方，飛到中天被摧折啊力量不濟。但其餘風啊仍可激勵萬世，東遊扶桑啊掛住了我的左袖。後人得此消息而相傳，仲尼已亡還有誰能為大鵬的摧折傷心出涕？

【研析】此詩當是寶應元年（西元七六二年）李白臨終時所作。李華〈故翰林學士李君墓誌銘並序〉：「年六十有二，不偶，賦〈臨終歌〉而卒。」即指此詩。首二句謂大鵬展翅高飛，振動四面八方；飛到半空不幸翅膀摧折，再也無力翱翔。李白一生以大鵬自喻，在他臨終的時候仍然如此。這是比興手法。所以「振八裔」可能隱含著當年奉詔入京、供奉翰林等光榮情事在內，「中天摧兮」則指被讒離京以及被流放等事。結合詩人的實際遭遇去理解，此二句就顯得既有形象和氣魄，又不空乏。似有像項羽〈垓下歌〉「力拔山兮氣蓋世，時不利兮騅不逝」那種蒼涼而激昂感慨的意味。第三句謂大鵬雖然中天摧折，但其遺風仍可激蕩千秋萬世，實際上指自己的抱負功業雖已幻滅，但自信其品格精神和詩文作品會萬世流傳。第四句中的「扶桑」，是神話中的大樹，生在太陽升起的地方，古代常把太陽比作君主，所以「遊扶桑」是指到皇帝身邊。但人不可能真正遊扶桑，衣袖也不可能給千丈高的扶桑樹掛住；而鳥沒有衣袖，只有翅膀，翅膀被掛於扶桑是可能的。所以這句亦人亦鳥，詩人與大鵬合二而一，給人迷離惝恍之感。第五句謂後人得知大鵬半空摧折的消息會以此相傳。末句則用孔子泣麟典故，意謂如今孔子已死，有誰會像孔子當年痛哭麒麟被擒那樣為大鵬的摧折泣涕？末二句既深信後人會對此無限惋惜，又感嘆當今沒有知音，正如杜甫〈夢李白〉詩所說：「千秋萬歲名，寂寞身後事。」歷史事實也證明這一點。此詩可看作詩人自撰的墓誌銘。在總結一生時，流露出對人生無比眷念以及才未盡用的深沉惋惜。全詩兼寓自悼、自傷、自信之情。化融多個典故，形象鮮明，想像豐富，含不盡之意於言外。

歷陽壯士勤將軍名思齊歌❶并序

歷陽壯士勤將軍，神力出於百夫。則天太后召見，奇之，授游擊將軍❷，賜錦袍玉帶，朝野榮之。後拜橫南將軍❸。大臣慕義，結十友，即燕公張說❹、館陶公郭元振❺為首。余壯之，遂作詩。

太古歷陽郡，化為洪川在❻。江山猶鬱盤❼，龍虎秘光彩。蓄洩數千載，風雲何霮䨴❽。特生勤將軍，神力百夫倍。

【注　釋】❶歷陽題　歷陽，即和州，唐屬淮南道。玄宗天寶元年改為歷陽郡，肅宗乾元元年復為和州。今安徽和縣。勤將軍思齊，史傳無記載。《全唐文》卷二二三張說〈舉陳光乘等表〉：「開元九年正月日，洛州臨武縣主簿陳光乘、夔州歸州鎮將勤思齊、前申州參軍戴師倩。敕：戴師倩、勤思齊，或身自有犯，或逆人緣坐，未可擢用，亦不須追以前狀。準七月二十二日制：內外文武職事五品以上官，有奇材異略堪任將帥者，封狀進內。……臣所舉前件三人，……思齊忠壯而異材，求之古人，張飛、許褚等也。皆懷道藏器，仰望名時，羞自媒衒，莫能上達。臣聞拔人於死者，必捨生而報恩；榮人於辱者，必盡節而雪恥。至如師倩、思齊，亦嘗生竄死地，其為屈辱甚矣。如蒙拯將墜之命，起已廢之魂，一言所及，百年可盡。凡情尚如此，況感激之人哉！陛下發使召之，旬月可到，試以軍事，必立奇功。若不如所言，請受面欺之罪。」據此可知，勤思齊曾任夔州、歸州鎮將，開元九年前免職。❷游擊將軍　武散官名，從五品。❸橫南將軍　按唐代職官無「橫南將軍」之名，據上引張說〈表〉，勤思齊曾為夔州、歸州鎮將，或為「鎮南將軍」之誤。《舊唐書・職官志三》：「諸鎮」設「上鎮：將一人」，「中鎮：將一人」、「下鎮：將一人」，並曰：「魏有鎮東、鎮西、鎮南、鎮北四將軍，後代因之。隋因始置鎮將、鎮副之名也。」❹燕公張說　張說，字道濟，一字說之，武后時應詔舉，對策第一，授太子校書。累遷鳳閣舍人。中宗時累遷工部、兵部侍郎兼修文館學士。睿宗時為宰相，監修國史。玄宗即位，為中書令，封燕國公。開元十八年卒。新、舊《唐書》有傳。❺館陶公郭元振　郭震，字元振，以字行。魏州貴鄉（今河北大名東南）人。咸亨四年進士及第，補通泉縣尉。武后召見，上〈寶劍篇〉，授右武衛鎧曹，充使聘於吐蕃。歷官涼州都督、左驍衛將軍兼檢校安西大都護、太僕卿，進同中書門下三品，封館陶縣男。玄宗時進封代國公。新、舊《唐書》有傳。❻太古二句　洪川，指大湖。《淮南子・俶真訓》：「夫歷陽之都，一夕反而為湖。」《元和郡縣志闕卷逸文》卷二和州歷陽縣：「歷陽湖，在縣西三十里。」❼鬱盤　屈曲延伸貌。徐悱〈古意酬到長史溉登琅邪城〉詩：「此江稱豁險，茲山復鬱盤。」❽霮䨴　《文選》卷一一王延壽〈魯靈光殿賦〉：「雲覆霮䨴。」呂延濟注：「霮䨴，繁雲貌。」

【語　譯】歷陽壯士中有位姓勤的將軍，他那神奇的力氣超出百人之力。武則天太后召見他，認為他很奇特，讓他做游擊將軍，並賞賜錦袍和玉帶，在朝的和在野的人都以他為榮。後來朝廷拜他做夔州、歸州的鎮將。朝廷大臣多仰慕他的義氣，與他結為「十友」，那就是以燕國公張說、館陶公郭元振為首的十個人。我以為他特別壯勇，於是寫了這首詩：

歷陽郡在太古的時候，一夜之間沉沒成為大湖。江山還是那麼重厚屈折，卻有龍虎祕藏的光彩。那洪大的湖泊蓄泄了數千年，風雲多麼幽邃變幻。於是獨特地生出了勤將軍，他的神力超出了百人的一倍。

【研　析】此詩當是遊歷陽時所作。作年不詳。詩序介紹勤將軍的光榮經歷及當年朝廷大臣對他的賞識。詩的首二句用古老的傳說，寫出歷陽的神奇。接著四句寫數千載後歷陽江山環境的神祕和光彩，湖水風雲的變幻幽邃。末二句點出在此環境中生下了「神力百夫倍」的勤將軍。表現出詩人對英雄的欽仰之情。《李白在安徽》引《歷陽典錄》曰：「勤將軍，名思齊，歷陽郡西四十里雞籠山人，甚勇猛，尤以臂力過人。……今和縣雞籠山中有勤將軍故宅遺址。」

草書歌行

少年上人號懷素❶，草書天下稱獨步❷。墨池飛出北溟魚❸，筆鋒殺盡中山兔❹。八月九月天氣涼，酒徒詞客滿高堂。牋麻素絹❺排數箱，宣州❻石硯墨色光。吾師醉後倚繩牀❼，須臾掃盡數千張。飄風驟雨驚颯颯，落花飛雪何茫茫。起來向壁❽不停手，一行數字大如斗。怳怳如聞神鬼驚，時時只見龍蛇走。左盤右蹙如驚電，狀同楚漢相攻戰。湖南七郡❾凡幾家，家家屏障書題徧。王逸少❿，張伯英⓫，古來幾許浪得名⓬。張顛⓭老死不足數，我師此義不師古⓮。古來萬事貴天生，何必要公孫大娘〈渾脫〉舞⓯！

【注　釋】❶少年句　按懷素〈小字千字文〉自題尾款：「貞元十五年六月十七日於零陵書，時年六十有三。」由此知懷素生於開元二十三年，李白於乾元二年贈此詩時懷素年僅二十五歲，故稱之為「少年」。上人，對僧人的尊稱。懷素，唐代僧人，俗姓錢，字藏真，零陵人，以善於狂草書法著名。《國史補》卷中：「長沙僧懷素好草書，自言得草聖三昧。棄筆堆積埋於山下，號曰『筆塚』。」詳見《宣和書譜》卷一九「草書七」。❷獨步　獨一無二；超群出眾。《後漢書・戴良傳》：「我若仲尼長東魯，大禹出西羌，獨步天下，誰與為偶！」❸墨池句　墨池，洗筆硯的池子。著名書法家漢張芝、晉王羲之等皆有墨池傳說著稱於世。（唐）裴說〈懷素臺歌〉：「永州東郭有奇怪，筆塚墨池遺跡在。」北溟魚，《莊子・逍遙遊》：「北溟有魚，其名為鯤。鯤之大，不知其幾千里也。」此處形容懷素墨池之大如海。❹筆鋒句　謂懷素禿筆成冢，幾若殺盡中山之兔。中山兔，王羲之《筆經》：「諸郡毫，惟中山兔肥而毫長，可用練熟絹也。」《元和郡縣志》卷二八江南道宣州溧水縣：「中山，在縣東南一十五里。出兔毫，為筆精妙。」按：溧水縣今屬江蘇南京。❺牋麻素絹　王琦注：「箋（牋）、麻，皆紙也。以五色染成，或砑光，或金銀泥。畫花色者為箋紙，其以麻為之者為麻紙，唐時詔書用黃麻、白麻是也。絹、素，皆繒名。繒中至下者謂之絹，絹之精白者謂之素。」❻宣州　唐代州名，屬江南西道。治所在今安徽宣城。❼吾師句　吾師，稱懷素。師，對僧人的尊稱。繩牀，輕便坐具。以繩穿木板製成，可折疊。《資治通鑑》唐穆宗長慶二年：「十二月，辛卯，上見群臣於紫宸殿，御大繩牀。」胡三省注：「交牀、繩牀今人家有之，然二物也。……繩牀，以板為之，人坐其上，其廣前可容膝，後有靠背，左右有托手，可以閣臂。其下四足著地。」王琦注引《錦繡萬花谷》：「繩牀以繩穿為坐器，即俗謂之交椅也。」❽向壁　壁，宋本原作「筆」，據蕭本、王本、咸本改。❾湖南七郡　王琦注：「謂長沙郡、衡陽郡、桂陽郡、零陵郡、連山郡、江華郡、邵陽郡。此七郡皆在洞庭湖之南，故曰湖南。」❿王逸少　即王羲之，東晉書法家。《世說新語・言語》劉孝標注引《文字志》：「王羲之，字逸少，琅邪臨沂人。……善草隸。累遷江州刺史、右軍將軍、會稽內史。」⓫張伯英　即張芝，東漢書法家。《後漢書・張芝傳》：「字伯英，最知名。芝及弟昶並善草書，至今稱傳之。」晉衛恆《四體書勢》：「漢興而有草書，不知作者姓名。至章帝時，齊相杜度，號稱善作；後有崔瑗、崔寔，亦皆稱工。……弘農張伯英者，因而轉精其巧，凡家之衣帛，必先書而後練之。臨池學書，池水盡墨。下筆必為楷則，常曰：『匆匆不暇草書。』寸紙不見遺。至今世尤寶其書。韋仲將謂之『草聖』。」⓬浪得名　徒然得名。浪，唐人口語。輕率；徒然；白白地。杜甫〈泛江送魏十八倉曹還京〉：「將詩莫浪傳。」韓愈〈秋懷〉其一：「胡為浪自若。」⓭張顛　唐代書法家張旭。《國史補》卷上：「張旭草書得筆法，後傳崔邈、顏真卿。旭言：『始吾見公主、擔夫爭路，而得筆法之意。後見公孫氏舞劍器，而得其神。』旭飲醉，輒草書，揮筆大叫，以頭搵水墨中而書之，天下呼為張顛。醒後自視，以為神異不可復得。後輩言筆札者，歐、虞、褚、薛，或有異論，至張長史則無間言矣。」⓮我師句　意謂後出轉精，懷素的書法藝術不效法古人。第二個「師」字為動詞，效法。義，胡本作「藝」。⓯公孫大娘渾脫舞　渾脫，舞曲名。《資治通鑑》唐中宗景龍三年：「上數與近臣學士宴集，令各效伎藝以為樂。將作大臣宗晉卿舞〈渾脫〉。」杜甫〈觀公孫大娘弟子舞劍器行序〉：「開元三載，予尚童稚。記於郾城觀公孫氏舞〈劍器渾脫〉，瀏灕頓挫，獨出冠時，自高頭宜春、梨園二伎坊內人，洎外供奉，曉是舞者，聖文神武皇帝初，公孫一人而已。……往者吳人張旭善草書書帖，數嘗於鄴縣見公孫大娘舞〈西河劍器〉，自此草書長進，豪蕩感激，即公孫可知矣。」

【語譯】有位年輕的僧人名叫懷素，他的草書可謂天下獨步。其涮筆墨池之大可飛出北海之魚，其筆鋒犀利用筆之多已殺盡中山之兔。八九月天氣涼爽之時，堂上坐滿酒徒辭客。堂前排著幾箱子的麻紙和素絹，宣州石硯中也磨好了閃著亮光的墨汁。只見懷素醉後倚著交椅，一會兒幾千張紙都被他的健筆掃盡。只見他筆下飄風驟雨颯颯而來，落花飛雪茫茫而上。紙寫完了仍不停手，站起來向牆壁上大筆揮灑，一行幾個字都有斗那麼大。當時恍恍然如聽見神鬼驚叫，又好像看到龍蛇奔走。左盤右蹙疾如驚電，其形狀如同楚漢相爭時的兩軍交戰。湖南七郡家家戶戶的屏障，都被懷素的書法題遍了。王羲之和張伯英這幾位古來著名大書家和懷素相比，簡直是徒然得其虛名。當代的草聖張顛已老死不足為數，懷素的書藝不效法古人之形。古來萬事都以自然天生為貴，何必一定要看公孫大娘的〈渾脫〉舞之後書藝才能長進呢！

【研　析】此詩自宋代蘇軾以後，歷代評論家及注家皆以為偽作。主要理由是「格調卑陋」，「抑揚太過」，「大失毀譽之實」，懷素自敘備錄錢起、盧綸等詩，卻不提李白此詩，「李白一生倨傲，斷不至對一少年上人若是之尊崇」等等。近人郭沫若《李白與杜甫》則力排眾議，認為上述理由都不存在。張芝和王羲之真跡在唐代留存已很少，故說「浪得名」，對張旭只是說人已死不必提，稱「上人」和「師」，只是對和尚的一般尊稱，並非特別尊崇。故不能說是偽作，其言甚是。詩中對懷素草書的成就極力推崇，劉克莊《後村詩話・新集》卷一曰：「自有草書以來，未有能形容此妙者。『楚漢』數語，真可以破鬼膽。」嚴羽評「墨池」二句曰：「能豪。」

古意

君為女蘿草，妾作兔絲花❶。輕條不自引，為逐春風斜。百丈託遠松，纏綿
成一家。誰言會面易？各在青山崖。女蘿發馨香❷，兔絲斷人腸❸。枝枝相糾結，
葉葉競飄揚❹。生子不知根，因誰共芬芳❺？中巢雙翡翠❻，上宿紫鴛鴦❼。君識
二草❽心，海潮亦可量。

【注　釋】❶君為二句　女蘿、兔絲皆為攀援植物。在木曰松蘿，在草曰兔絲。詳見卷三〈白頭吟〉其一注。❷女蘿句　謂女蘿因攀託遠松而得意散發芳香。❸兔絲句　謂兔絲因失去攀附而斷腸。❹枝枝二句　形容女蘿得意貌。❺生子二句　謂兔絲被棄無依而怨恨。❻翡翠　鳥名。見卷二〈野田黃雀行〉注。❼紫鴛鴦　即鴛鴦鳥，因其羽色紫，故稱。❽二草　指女蘿和兔絲。

【語　譯】夫君好比女蘿草，賤妾好比兔絲花。兩種輕條都不能自立，總是隨著春風而向能依託之物傾斜。如能依附於百丈之高松，才能纏綿而成一家。誰說見面會合容易呢？其實各在青山之一崖。如今女蘿因攀附松樹而發出馨香，而兔絲卻因找不到依託而斷腸枯萎。女蘿與松樹枝枝相糾結，葉葉隨風飄揚；而兔絲雖生子卻無根又無依託，能跟誰共發芬芳呢？松樹上其中結有一對翡翠的愛巢，頂上又有紫鴛鴦雙宿雙飛，多麼令人羨慕。女蘿和兔絲能相結合在一起是多麼不易，夫君若能識得二草之心，那就海潮也可計量了。

【研　析】此詩作年不詳。詩中以丈夫比女蘿，妻子比兔絲，丈夫因攀附高門而得意，妻子卻被棄而無依靠，不能共享榮華。末四句希冀丈夫回心轉意，能夠雙棲雙飛。〈古詩十九首〉其九：「冉冉孤生竹，結根泰山阿。與君為新婚，兔絲附女蘿。兔絲生有時，夫婦會有宜。」此詩蓋受其影響。朱諫《李詩辨疑》以為此詩「意淺辭俗，結語散而不收，非白作也。」然無根據。

山鷓鴣詞❶

苦竹嶺❷頭秋月輝，苦竹南枝鷓鴣飛。嫁得燕山❸胡雁壻，欲銜我向雁門❹歸。

山雞翟雉❺來相勸，南禽多被北禽欺。紫塞❻嚴霜如劍戟，蒼梧❼欲巢難背違。我心❽誓死不能去，哀鳴驚叫淚霑衣。

【注　釋】❶山鷓鴣詞　王琦注：「按：《教坊記》，〈山鷓鴣〉是曲名。鄭谷詩『座中亦有江南客，莫向清風唱鷓鴣』。知〈山鷓鴣〉者，乃當時南地之新聲。」按：〈山鷓鴣〉曲蓋效鷓鴣之聲為之。鷓鴣，《太平廣記》卷四六一引《嶺南錄異》：「鷓鴣，吳、楚之野悉有，嶺南偏多此鳥。肉白而脆，遠勝雞雉，能解治葛并菌毒。臆前有白圓點，背上間紫赤毛。其大如野雞。多對啼。《南越志》云：鷓鴣雖東西迴翔，然開翅之始，必先南翥。」按：此鳥形似雌雉，頭如鶉，羽毛多以黑白兩色相雜，腳橙黃至紅褐色。其志懷南而不思北，古人諧其鳴聲為「行不得也哥哥」，詩文中常用以表示思念故鄉。❷苦竹嶺　在今安徽池州西南二十里。《江南通志》卷一六山川志池州府：「若竹嶺在原三保，李白嘗讀書於此。」❸燕山　在今河北北部，詳見卷二〈北風行〉注。❹雁門　山名。在今山西代縣西北。山上有關，即雁門關。相傳雁出其間，故以名云。❺山雞翟雉　實為一類，即雉。《爾雅・釋鳥》：「鸐，山雉。」郭璞注：「尾長者。」邢昺疏：「郭云尾長者，今俗呼山雞是也。」《禽經》：「首有彩毛曰山雞。」張華注：「山雉長尾，尤珍護之。林木之森鬱者不入，恐觸其尾也。雨則避於巖石之下，恐濡濕也。久雨亦不出而求食，死者甚眾。」❻紫塞　北方邊塞土色多紫，故稱。見卷二〈胡無人〉注。❼蒼梧　山名。即九疑山，在今湖南寧遠南。見卷二〈遠別離〉及本卷〈當塗趙炎少府粉圖山水歌〉注。此處泛指南方。❽我心　蕭本、郭本、胡本、咸本皆作「我今」。

【語　譯】苦竹嶺頭秋月明亮，苦竹南枝有隻鷓鴣鳥在飛翔。這隻鷓鴣將要嫁給燕山的胡雁，胡雁就要銜著牠飛歸雁門的邊塞地區。山雞翟雉都來相勸，說南禽多被北禽所欺。況且北方邊塞的冰雪嚴霜如劍戟刺人，想在南方的山林築巢為家卻難違背胡雁的意願。鷓鴣誓死不願隨胡雁北去，哀鳴驚叫而淚灑羽毛。

【研　析】此詩全用比興手法。胡震亨曰：「意當時有勸白北依誰氏者，而白安於南不欲去，託為鷓鴣之言以謝之。」王琦曰：「此詩當是南姬有嫁為北人婦者，悲啼誓死不敢去。太白見而悲之，故作此詩。」兩說都可通。當是天寶十三、四載（西元七五四、七五五年）遊秋浦時所作。

和盧侍御❶通塘曲

君誇通塘❷好，通塘勝耶溪❸。通塘在何處？宛在尋陽西❹。青蘿嫋嫋拂煙❺樹，白鷴❻處處聚沙堤。石門❼中斷平湖出，百丈金潭❽照雲日。何處滄浪垂釣翁，鼓棹漁歌趣非一❾。相逢不相識，出沒繞通塘。浦邊清水明素足，別有浣紗吳女郎❿。行盡綠潭潭轉幽，疑是武陵春碧流。秦人雞犬桃花裏，將比通塘渠見羞⓫。通塘不忍別，十去九遲迴。偶逢佳境心已醉，忽有一鳥從天來。月出青山送行子⓬，四邊苦竹秋聲起。長吟〈白雪〉⓭望星河，雙垂兩足揚素波⓮。梁鴻德耀會稽日⓯，寧知此中樂事多！

【注　釋】❶盧侍御　即殿中侍御史盧虛舟。賈至有〈授盧虛舟殿中侍御史制〉，李白有〈廬山謠寄盧侍御虛舟〉，即此人。按：唐代御史臺有三院，一曰臺院，其僚曰侍御史，眾呼為端公。二曰殿院，其僚曰殿中侍御史，眾呼為侍御。三曰察院，其僚曰監察御史，眾亦呼為侍御（趙璘《因話錄》卷五）。時盧虛舟為殿中侍御史，故稱之為「盧侍御」。此詩是為盧虛舟所作〈通塘曲〉的唱和之作。而盧虛舟原作已不存。❷通塘　據本詩「通塘在何處？宛在尋陽西」，知通塘乃江州潯陽西的一個地名。❸耶溪　即若耶溪。在今浙江紹興南。見卷三〈採蓮曲〉注。❹宛在句　宛，蕭本、郭本、王本、咸本皆作「遠」。尋陽，縣名。隋開皇九年改柴桑廢縣置。治所在湓口城，即今江西九江。❺拂煙　蕭本、郭本、咸本作「柳煙」，王本作「掛煙」。❻白鷴　鳥名。見本卷〈秋浦歌〉其十六注。❼石門　山巖形如門者多謂之石門。此指潯陽附近之石門。❽金潭　《文選》卷三一江淹〈雜體詩三十首・謝靈運遊山〉：「金潭恆澄澈。」呂延濟注：「潭水澄澈，下有金沙，故曰金潭。」❾鼓棹句　王琦注：「棹，楫也，在舟之旁，撥水以進舟也。」陶潛〈庚子歲五月中從都還阻風於規林〉詩：「鼓棹路崎曲。」漁，宋本原作「魚」，據蕭本、郭本、繆本、王本、咸本改。❿浣紗吳女郎　此處泛指吳地的浣紗女。⓫行盡四句　以陶潛〈桃花源記〉中的武陵桃花源擬通塘。綠，宋本原作「淥」，據蕭本、郭本、王本改。梁簡文帝〈秋夜〉詩：「綠潭倒雲氣，青山銜月眉。」武陵，見卷一〈古風〉其三十一注。秦人雞犬，〈桃花源記〉中語。將比，用以比較。宋本原作「將此」，據郭本、繆本、咸本改。渠，它，指桃花源。⓬行子　出行的人。鮑照〈代東門行〉：「居人掩閨臥，行子夜中飯。」⓭白雪　即〈陽春〉、〈白雪〉，高雅的歌曲，此處譬指盧虛舟的〈通塘曲〉。⓮素波　白色波浪。漢武帝〈秋風辭〉：「橫中流兮揚素波。」⓯梁鴻句　《後漢書・梁鴻傳》：「梁鴻，字伯鸞，扶風平陵人也。……與妻子居齊、魯之間。有頃，又去適吳。……依大家皋伯通，居廡下，為人賃舂，每歸，妻為具食，不敢於鴻前仰視，舉案齊眉。伯通察而異之曰：『彼傭，能使其妻敬之如此，非凡人也。』乃舍之於家。」王琦按：「梁鴻所適之地在今蘇州，而（李白）云會稽者，蓋其地古屬吳國，秦屬會稽郡，漢仍其舊不改。至後漢順帝永建四年，始分置吳郡。……太白則指其本時之郡而言，故曰會稽，似乎乖異，而實不相妨也。」

【語　譯】您誇通塘好，說通塘比若耶溪還要美。通塘在哪裡呢？原來就在潯陽之西。那裡有婀娜的青蘿拂著柳樹，沙堤之上處處聚集著美麗的白鷗。石門中斷處出現了一個如鏡的平湖，雲日映照著百丈金沙。不知從何處來的一個老翁在滄浪邊垂釣，還有幾個漁夫在鼓棹叩舷而歌，其趣不同而各得其樂。這些人相見而不相識，都時常在通塘出沒。在湖邊還時常有浣紗的吳女，在清清的水中濯著素足。走盡綠潭而溪路轉幽，我懷疑是自己已進入了武陵的碧溪。這裡的景色就像當年秦人避亂在桃花源中雞犬之聲相聞，與通塘相比它也為之害羞。真是不忍與通塘相別，十次要走倒有九次留連不捨。偶然的機會碰到這樣的佳境確實使人心醉，就好像突然有一鳥從天上飛來落在我的身邊。在月出青山的時候送別朋友，這時四邊的苦竹傳來颯颯的秋聲。我長吟您那〈陽春〉〈白雪〉一樣的詩篇遙望星河，雙足在素波中搖盪。當年梁鴻德行光耀會稽的時日，哪知這裡的樂趣如此之多呢！

【研　析】此詩當是唐肅宗上元元年（西元七六〇年）在潯陽作。當時盧虛舟寫了一首〈通塘曲〉，李白寫此詩和之。首四句點明盧虛舟詩中誇耀潯陽西的通塘美景超過耶溪。接著十句用酣暢的筆墨描繪通塘優美的景色。「行盡」四句，以陶淵明所寫〈桃花源記〉中的美景與通塘相比，更深一層。然後寫自己為此心醉而依依不捨，不忍分別，並讚譽盧虛舟的作品。末二句以梁鴻隱居會稽還不如通塘之樂作反襯，使詩意餘味無窮。

卷七

贈一

贈孟浩然❶　襄漢

吾愛孟夫子❷，風流❸天下聞。紅顏棄軒冕❹，白首臥松雲❺。醉月頻中聖❻，迷花❼不事君。高山安可仰❽？徒此揖清芬❾。

【注釋】❶孟浩然　唐代詩人，襄州襄陽（今湖北襄樊）人。早年隱居鹿門山，四十歲遊長安，應進士試不第。東遊吳越。後曾一度為荊州張九齡幕府從事。患疽背卒。其詩多反映隱逸生活，以山水田園詩著稱於世，風格清淡。與王維齊名，世稱「王孟」。新、舊《唐書》有傳。❷孟夫子　指孟浩然。夫子，古代對男子的敬稱。❸風流　儒雅、瀟灑的風度。《世說新語・品藻》：「（韓康伯）居然有名士風流。」《晉書・王獻之傳》：「少有盛名，而高邁不羈，雖閑居終日，容止不怠，風流為一時之冠。」❹紅顏句　在青壯年時就絕意仕宦。紅顏，紅潤的臉色，指青壯年時代。軒冕，古時公卿大夫的車駕和禮帽，後用以代指官位爵祿。按：孟浩然的絕意仕宦，或與唐玄宗有關。據《新唐書・孟浩然傳》載，孟浩然年四十遊京師，「（王）維私邀入內署，俄而玄宗至，浩然匿牀下，維以實對。帝喜曰：『朕聞其人而未見也，何懼而匿？』詔浩然出。帝問其詩，浩然再拜，自誦所為，至『不才明主棄』之句，帝曰：『卿不求仕，而朕未嘗棄卿，奈何誣我？』因放還。」其應試不第，或與此事有關。自此乃絕意仕宦。❺臥松雲　指隱居山林。《南史・宗測傳》：「眷戀松雲，輕迷人路。」❻醉月句　醉月，月夜醉酒。中聖，《三國志・魏書・徐邈傳》：「魏國初建，為尚書郎。時科酒禁，而邈私飲，至於沉醉。校事趙達問以曹事，邈曰：『中聖人。』」後遂以「中聖人」或「中聖」稱酒醉。❼迷花　迷戀丘壑花草。❽高山句　《詩經・小雅・車舝》：「高山仰止，景行行止。」此以仰望高山喻己對孟浩然的景仰。❾徒此句　徒，只能。宋本原作「從」，據蕭本、郭本、王本、咸本改。此，這樣。揖，拱手為禮，表示致敬。清芬，喻高潔的德行。

【語　譯】我敬愛孟夫子的為人，他風流儒雅天下聞名。年輕時就不願意做官，一直到白頭還隱居山中與松雲為伴。常常在月下喝酒大醉，迷戀山花而不管朝廷君王之事。您那高山般的品德怎可仰攀？我只能對您高潔的品格揖拜不已。

【研　析】按此詩當為開元二十七年（西元七三九年）李白過襄陽重晤孟浩然時所作。其時孟浩然已屆暮年，次年即患疽背卒。首聯點明題旨，總攝全詩。「愛」字是詩眼，是貫串全詩的抒情線索。「風流」二字是孟浩然品格的總概括，全詩圍繞此展開筆墨。頷聯和頸聯申說「風流」所在，描寫孟浩然的高士形象。「紅顏」與「白首」對舉，概括從青壯年到晚年的生涯，從縱的方面寫；「醉月」與「迷花」對舉，概括隱居生活，從橫的方面寫；而「棄軒冕」與「不事君」是風流的核心，如果沒有棄軒冕、不事君，那麼「臥松雲」、「醉月」、「迷花」就顯示不出高潔和脫俗，所以這兩聯的深意是耐人咀嚼的。前人多批評此兩聯詩意重複，失於檢點，其實這是從兩個不同角度描寫的。頷聯由「棄」而「臥」是從反到正寫法，頸聯由「醉月」、「迷花」而不事君，是從正到反寫法。縱橫反正，筆法靈活，搖曳生姿，將孟浩然的高潔形象描繪得非常充分，同時也深蘊著詩人的敬愛之情。於是尾聯就水到渠成，直接抒情。孟浩然的品格像高山屹立，仰望不及，故有「安可仰」之嘆，只能對著他的高潔品格揖拜而已。這就比一般的讚仰又進了一層。此詩直抒胸臆，情深詞顯，自然古樸，格調高雅。巧用典故，無斧鑿痕。從抒情到描寫回到抒情，從愛最後歸結到敬仰，意境渾成，感情率真，表現出詩人特有風格。

贈從兄襄陽少府皓❶ 一作晧

結髮❷未識事，所交盡豪雄。卻秦不受賞，救趙寧為功❸？託身白刃裏，殺人紅塵中。當朝揖高義，舉世欽英風❹。小節豈足言，退耕舂陵東❺。歸來無產業❻，生事如轉蓬❼。一朝狐裘弊，百鎰黃金空❽。彈劍徒激昂，出門悲路窮❾。吾兄青雲士❿，然諾聞諸公⓫。所以陳片言⓬，片言貴情通。棣華儻不接，甘與秋草同⓭。

【注釋】❶贈從兄題　咸本無「襄陽少府」四字。從兄，比自己年長的伯叔之子。按：《新唐書・宰相世系表》趙郡李氏東祖房有李皓，許州司馬，未知是否此人。又按：李白另有〈贈臨洺縣令皓弟〉詩，而此詩稱兄，彼詩稱弟，當非一人。襄陽，唐代襄州有襄陽縣，在今湖北襄樊南部。少府，對縣尉的敬稱。唐代敬稱縣令為明府，縣丞為贊府，縣尉為少府。❷結髮　束髮。古代男孩成童時束髮為髻，此指年輕時。❸卻秦二句　戰國時齊人魯仲連喜為人排難解紛。秦軍圍困趙都邯鄲，趙向魏求救，魏不敢出兵，卻派將軍辛垣衍去說服趙尊秦為帝，諫秦罷兵。魯仲連知此事後，立即去見辛垣衍，指出尊秦為帝的禍患。辛聽後心悅誠服，不敢再提此事。秦將聞之，為之退軍五十里。趙平原君趙勝封魯仲連以官爵，被他謝絕。又置酒以千金為魯仲連壽。魯仲連說：「所貴於天下之士者，為人排患釋難解紛亂而無取也。即有取者，是商賈之事也，而連不忍為也。」於是辭別而去，終身不復見（見《史記・魯仲連鄒陽列傳》）。卻秦，使秦退兵。救趙，宋本原作「擊晉」，在此二字下夾注：「一作：救趙」。是。胡本作「救趙」，據改。寧為功，豈能以此為功。❹託身四句　是詩人青年時任俠思想的寫照。與魏顥〈李翰林集序〉中說「少任俠，手刃數人」相符。蕭本、郭本、胡本、王本無此四句。❺舂陵東　指湖北安陸。李白〈寄遠〉其五云「妾在舂陵東」，即指許氏居安陸可證。《元和郡縣志》卷二一隨州棗陽縣：「舂陵故城在縣東南三十五里。」按：隋代舂陵郡治所在今湖北棗陽，轄境相當於今湖北棗陽迤南至大洪山、北至河南唐河地，唐武德三年改置昌州，開元年間已屬隨州。此沿用舊名，舂陵東當指大洪山之東的安陸。開元十五年秋，李白結束「東涉溟海」之遊後即至安陸隱居。其間曾到過襄陽。舂，宋本作「春」。誤。據蕭本、郭本、繆本、王本、咸本改。❻產業　指私有的土地、房屋等家產、財物。❼生事句　謂被生計所迫如轉蓬似地到處飄泊。生事，猶生計。轉蓬，蓬草枯後根斷，遇風飛旋，故曰轉蓬。古人常以此喻行蹤不定或身世飄零。《文選》卷二九曹植〈雜詩六首〉其二：「轉蓬離本根，飄颻隨長風。」李善注引《說苑》曰：「魯哀公曰：『秋蓬惡其本根，美其枝葉，秋風一起，根本拔矣。』」❽一朝二句　用蘇秦仕途困頓舊事，喻己窮困潦倒。宋本在「狐」字下夾注：「一作：烏」，烏裘，黑色皮衣。鎰，古代重量單位，二十兩或二十四兩為一鎰。《戰國策・秦策一》：「（蘇秦）說秦王書十上而說不行，黑貂之裘弊，黃金百斤盡。」❾彈劍二句　《史記・孟嘗君列傳》記載：戰國時齊國孟嘗君門客馮驩曾多次彈鋏（劍把）而歌，慨嘆生活不如意：「長鋏歸來乎，食無魚！」「長鋏歸來乎，出無車。」「長鋏歸來乎，無以為家！」後因以「彈鋏」或「彈劍」喻生活困窘，求助於人。路窮，《晉書・阮籍傳》：「時率意獨駕，不由徑路，車跡所窮，輒慟哭而返。」此用其意。❿青雲士　品行高尚之士。⓫然諾句　此句意謂李皓以守信義、重然諾的品德聞名於諸公。然諾，許諾；答應並實現諾言。⓬陳片言　陳說簡短的幾句話。⓭棣華二句　謂如堂兄李皓不肯接濟，自己則甘願似秋草般地枯萎下去。棣華，指兄弟。《詩經・小雅・常棣》：「常棣之華，鄂不韡韡。凡今之人，莫如兄弟。」常棣，木名。鄂，通「萼」。花托。不，柎的本字。即萼柎，花蒂。韡韡，光明貌。詩以花萼喻兄弟情誼。後因以「棣華」為兄弟的代稱。儻，通「倘」。倘使。

【語　譯】我在年輕而未太懂事的時候，所結交的朋友都是英雄豪傑。我像古代魯仲連一樣智退秦兵而不受賞，解救趙國豈能算是立功？將自己置於白刃之下，在紅塵中砍殺作惡之人。當朝之士認為是高義而揖拜，舉世之人都欽敬我的英風。普通小節豈足道哉，我就在舂陵之東的安陸退隱。但是我歸隱卻無產業可供衣食之資，生計像空中飛轉的蓬草一樣沒有著落。就與當年蘇秦遊說秦王歸來時一樣，裘弊金空。只好徒然像當年馮驩一樣彈劍高歌，大嘆出門路窮。

吾兄是高尚的青雲之士，樂於助人，一諾必應，在諸公間是聞名的。所以我才向您陳說求助，希望以片言能通達兄弟之情。如果兄弟間還不能相助，我就甘願像秋天的蓬草一樣飄零了。

【研　析】此詩當作於開元十五年（西元七二七年）。其時黃金散盡，來到安陸隱居，其間曾去襄陽，向從兄襄陽縣尉乞求接濟。前段以任俠尚義的魯仲連自喻，並描述自己仗義之後的貧困潦倒的生活窘況。後段頌揚從兄是以一諾千金的青雲之士聞名於世，所以陳片言通情，末二句詩人表示如果李皓不念兄弟之情，自己甘願與秋草同枯萎。表現出剛烈的至性。

贈張公洲革處士❶

列子居鄭圃，不將眾庶分❷。革侯遁南浦❸，常恐楚人聞。抱甕灌秋蔬❹，心閑遊天雲。每將❺瓜田叟，耕種漢水濱❻。

時登張公洲，入獸不亂群❼。井無桔槔事❽，門絕刺繡文❾。長揖二千石❿，遠辭百里君⓫。斯為真隱者，吾黨⓬慕清芬。

【注　釋】❶贈張公洲題　張公洲，王琦注：「按《景定建康志》：『張公洲，在城西南五里，周圍三里。』《湖廣通志》：『張公洲在武昌府城南二十里，晉隱士張公灌園處，因名。』是有二張公洲。觀詩中所云楚人、云漢水，則是謂武昌之張公洲，而非在上元者矣。」革處士，姓革的隱士，事蹟不詳。處士，古時稱有才德而隱居不仕的人。❷列子二句　《列子．天瑞》：「子列子居鄭圃四十年，人無識者。國君、卿大夫視之猶眾庶也。」鄭圃，古地名，鄭國之圃田，在今河南中牟西南。將，與。❸革侯句　革侯，對革處士的尊稱。侯，古時也用作士人之間尊稱，猶言「君」。南浦，王琦注：「即張公洲，以在城之南，故曰南浦。」❹抱甕句　為圃者不願用機械灌水故事。見《莊子．天地》。後常以「抱甕」比喻安於拙陋、淳樸、淡泊的生活。❺將　扶助；帶領。❻濱　宋本在此字下夾注：「一作：濆」。蕭本、郭本、咸本作「賁」。❼入獸句　《莊子．山木》：「孔子曰：『善哉！辭其交遊，去其子弟，逃於大澤，衣裘褐，食杼栗。入獸不亂群，入鳥不亂行。鳥獸不惡，而況人乎！』」❽井無句　指上「抱甕灌秋蔬」事。桔槔，《莊子・天地》陸德明注：「槔，桔槔也。」亦稱吊杆，一種原始的汲水工具。用一橫木支著在木柱上，一端用繩掛一水桶，另一端繫重物，使兩端上下運動以汲取井水。❾刺繡文　刺繡的花紋。《史記・貨殖列傳》：「夫用貧求富，農不如工，工不如商，刺繡文不如倚市門。」按：此句謂革處士不與官服上刺繡花紋的達官貴人來往。❿二千石　漢朝制度，郡太守俸祿為二千石，故後世稱州郡刺史、太守為二千石。⓫百里君　縣令的別稱。古代一縣轄地約方圓一百里，故稱縣令為百里君。⓬黨　朋輩。《論語・公冶長》：「吾黨之小子狂簡。」

【語　譯】列子居住在鄭圃，沒有人認識他，國君和卿大夫都把他看作與普通老百姓沒有分別。現在革公隱居在張公洲，經常怕被楚地人知道。他像抱甕老人一樣澆灌菜蔬不用機械，心情悠閑像天上飄遊的浮雲。他時常與瓜田的老漢一起，在漢水之濱耕種。

革公長期居住在張公洲，無機心而與鳥獸同群。井無桔槔之械提水，門絕穿著刺繡服裝的達官往來。見太守只是長揖而已，與縣令更是遠避不見。這是一位真正的隱士，我們朋輩都仰慕他高潔的德行。

【研　析】此詩疑作於開元二十二年（西元七三四年）遊江夏之時。詩中頌揚革處士真心隱居不仕的高尚品格。前段用兩個典實，比擬革處士像列子居鄭圃一樣混跡眾庶，又像漢陰丈人一樣抱甕灌蔬，躬耕漢水之濱，淳樸而無機心。後段則進一步申述「抱甕」無機心之意，無機心則可與鳥獸同群，門絕刺繡者則爵祿不入，謝絕郡縣官員往來乃可謂「真隱者」，詩人對此高風亮節表示欽敬不已。

淮海對雪贈傅靄❶

一作〈淮南對雪贈孟浩然〉

朔雪落吳天，從風渡溟渤❷。海樹成陽春，江沙皓明月❸。飄颻四荒外，想像千花發。瑤草生階墀，玉塵散庭闕❹。興從剡溪起，思繞梁園發。寄君郢中歌，曲罷心斷絕❺。

【注　釋】❶淮海題　淮海，指揚州。王琦注：「〈禹貢〉：『淮海惟揚州。』謂揚州之域，北至淮，東南至海也。後人稱揚州曰淮海，本此。」傳靄，事蹟不詳。一作「孟浩然」，未知孰是。❷朔雪二句　謂北方的大雪隨風飄落於吳天，直渡大海。謝惠連〈雪賦〉：「憑雲升降，從風飄零。」溟渤，《文選》卷三一鮑照〈代君子有所思〉：「穿池類溟渤。」李善注：「溟渤，二海名。」此處泛指大海。宋本在「吳」字下夾注：「一作：潮」。❸海樹二句　謂海邊樹木上落滿白雪，就像陽春百花盛開，江邊沙灘上堆滿白雪，比明月還要皎潔。江總〈秋日登廣州城南樓詩〉：「海樹一邊出，山雲四面通。」海樹，宋本夾注：「一作：海木」。蕭本、郭本作「梅樹」。❹飄颻四句　按此四句乃詩人想像天下之雪景，謂大雪飄飛到四方極遠之地，就像千萬樹木都開了花。階前草地都變成了玉芝，庭院宮門上都散滿了白玉粉塵。蕭本、郭本、胡本、王本、咸本皆無此四句。千花發，反用蕭子顯〈燕歌行〉「洛陽梨花落如雪」詩意，與岑參〈白雪歌送武判官歸京〉「千樹萬樹梨花開」意同。瑤草，玉芝；比喻被雪覆蓋的草。玉塵，喻雪。❺興從四句　「興從」句用王徽之雪夜訪戴逵事。《世說新語・任誕》：「王子猷（徽之）居山陰，夜大雪，……忽憶戴安道。時戴在剡，即便夜乘小船就之，經宿方至，造門不前而返。人問其故，王曰：『吾本乘興而行，興盡而反，何必見戴？』」剡溪，今浙江嵊州上游諸水。梁園，宋本原作「梁山」，據蕭本、郭本、王本、咸本改。指漢梁孝王兔園。《文選》卷一三謝惠連〈雪賦〉：「歲將暮，時既昏。寒風積，愁雲繁，梁王不悅，遊於兔園。乃置旨酒，命賓友，召鄒生，延枚叟，相如末至，居客之右。俄而微霰零，密雪下，王乃歌〈北風〉於衛詩，詠〈南山〉於周雅。……鄒陽……乃作而賦〈積雪之歌〉，歌曰：『……君寧見階上之白雪，豈鮮耀於陽春！』」郢中歌，《文選》卷四五宋玉〈對楚王問〉：「客有歌於郢中者，其始曰〈下里〉、〈巴人〉，國中屬而和者數千人；其為〈陽阿〉、〈薤露〉，國中屬而和者數百人；其為〈陽春〉、〈白雪〉，國中屬而和者不過數十人。……是其曲彌高，其和彌寡。」心斷絕，鮑照〈東門行〉：「涕零心斷絕。」宋本在此四句末夾注：「一云：剡溪興空在，郢路歌未歇。寄君〈梁父吟〉，曲盡心斷絕。」

【語　譯】北方的大雪隨風飄落於吳天，一直飛渡大海。海邊樹木上落滿大雪，就像陽春季節百花盛開，江邊沙灘上堆滿白雪，比明月還要皎潔。想像大雪飄飛到四方極遠之地，似乎千花競發。階前草地似乎生出了玉芝，庭院宮門上都散滿了白玉粉塵。我真像當年王子猷一樣產生了從剡溪雪夜訪戴的興趣，我的思想一直圍繞著當年梁孝王在兔園與賓客歌唱〈積雪之歌〉的情景。給您寄上一首郢中的〈白雪歌〉，唱罷此曲我心中悲傷腸斷。

【研　析】此詩作年不詳。詩中前八句都是描繪雪景，從眼前的雪景到想像中的雪景，眼見的雪景是海邊樹上落滿白雪，如同陽春到而開滿花，江邊沙灘上堆滿白雪，比明月更皎潔。於是想像大雪飄到遠方，千樹萬樹如花開，階臺上如長滿芝草，庭闕如散滿玉塵。真是多方形容，千姿百態，極為生動。後四句用三個典故，表示對友人的思念，都緊扣「對雪」。結構嚴密，意境明朗。

贈徐安宜❶

白田見楚老❷，歌詠徐安宜。製錦不擇地，操刀良在茲❸。清風動百里，惠化❹聞京師。

浮人❺若雲歸，耕種滿郊岐❻。川光淨麥隴，日色明桑枝❼。訟息但長嘯❽，賓來或解頤❾。青槐❿拂戶牖，白⓫水流園池。

游子滯安邑⓬，懷恩⓭未忍辭。翳君樹桃李⓮，歲晚⓯託深期。

【注　釋】❶徐安宜　姓徐的安宜縣令。《舊唐書・地理志三》淮南道楚州寶應縣：「武德四年，置倉州，領安宜一縣。七年，州廢，縣屬楚州。肅宗上元三年建巳月，於此縣得定國寶十三枚，因改元寶應，仍改安宜為寶應。」由此知安宜縣即寶應縣，今為江蘇揚州屬縣。❷白田句　王琦注：「白田，安宜地名。《江南通志》：白田渡，在寶應縣南門外。楚老，楚地父老也。」❸製錦二句　《左傳》襄公三十一年：「子皮欲使尹何為邑。子產曰：『少，未知可否？』子皮曰：『願，吾愛之，不吾叛也。使夫往而學焉，夫亦愈知治矣。』子產曰：『不可。人之愛人，求利之也。今吾子愛人則以政，猶未能操刀而使割也，其傷實多。子之愛人，傷之而已，其誰敢求愛於子？……子有美錦，不使人學製焉。大官大邑，身之所庇也，而使學者製焉。其為美錦，不亦多乎？』」此處反用其意，謂徐安宜嫻於吏治，可不擇地而治。❹惠化　政績和教化，以恩惠化及百姓。《三國志・魏書・盧毓傳》：「遷安平、廣平太守，所在有惠化。」❺浮人　流散人口。❻郊岐　郊外大路的岔道。謝靈運〈遊南亭〉詩：「旅館眺郊歧。」歧，同「岐」。❼川光二句　《後漢書・張堪傳》：「開稻田八千餘頃，勸民耕種，以致殷富。百姓歌曰：『桑無附枝，麥穗兩岐。張君為政，樂不可支。』」此二句化用歌意。❽長嘯　撮口發出舒長的聲音。❾解頤　開顏大笑。《漢書・匡衡傳》：「諸儒為之語曰：『無說《詩》，匡鼎來。匡說《詩》，解人頤。』」顏師古注引如淳曰：「使人笑不能止也。」❿青槐　蕭本、郭本、王本皆作「青橙」。⓫白　宋本在此字下夾注：「一作：碧」。⓬遊子句　遊子，李白自謂。滯，停留。安邑，指安宜縣城。⓭懷恩　懷念徐縣令的恩情。吳均〈主人池前鶴〉詩：「懷恩未忍去。」⓮緊君句　緊，語助詞。猶「惟」。《左傳》隱公元年：「爾有母遺，緊我獨無。」杜預注：「緊，語助。」樹桃李，謂嘉惠後人。《說苑・復恩》：「簡子曰：『唯賢者為能報恩，不肖者不能。夫樹桃李者，夏得休息，秋得食焉。』」⓯歲晚　喻指晚年。

【語　譯】在白田遇見楚地的老人，他們對安宜縣的徐縣令都滿口稱讚。說您精於吏治不需要選擇何地，都能將其治理得很好。您的清明之治使這方圓百里的百姓向風惠化，名聲聞於京師。

原來流亡到外地的人口紛紛歸來如雲，郊野都種滿了莊稼。麥壟青青使川原一片明亮發光，桑枝在陽光下閃耀。百姓和好相處而訟息，您只吟詩長嘯而幽閒自在，賓客來見都高興得笑逐顏開。庭院中青槐飄拂窗戶，園中池水清清地流入田地。

我這位他鄉遊子滯留在安宜縣不歸，主要是在樂土懷您之恩而捨不得離開。您如今種桃李嘉惠後人，晚年一定會得到深厚報答的。

【研　析】此詩作年不詳。首段歌頌安宜徐縣令的清明吏治，得到楚地父老的愛戴，並且名聞京師。次段描繪安宜縣境內一片祥和興旺景象：外流人口如雲歸來，莊稼長滿郊野；麥子茂盛，桑枝明亮；民和無訟官員悠閒，賓客來投開顏歡笑；槐條青青拂著窗，池水清清流入田。末段抒發自己滯留安宜的感受，並祝頌徐縣令如今樹桃李將來必得厚報。全詩歌頌德政，層次分明。

贈任城盧主簿潛❶

魯中

海鳥知天風，竄身魯門東。臨觴不能飲，矯翼思凌空。鐘鼓不為樂，煙霜誰與同❷。歸飛未忍去，流淚謝鴛鴻❸。

【注　釋】❶任城盧主簿潛　任城，唐縣名。《元和郡縣志》卷一〇河南道兗州任城縣：「東至州七十六里。本漢舊縣，屬東平國。……齊天保七年，移高平郡於此，任城縣屬焉。隋開皇三年，罷高平郡，屬兗州。」今山東濟寧。盧主簿潛，主簿盧潛。主簿，縣令之佐官，其位在縣丞之下，縣尉之上。掌管印信，付受文書，勾檢審查公文，以糾正稽誤。盧潛，事蹟不詳。❷海鳥六句　《莊子．至樂》：「昔者海鳥止於魯郊，魯侯御而觴之於廟，奏〈九韶〉以為樂，具太牢以為膳。鳥乃眩視憂悲，不敢食一臠，不敢飲一杯，三日而死。此以己養養鳥也，非以鳥養養鳥也。夫以鳥養養鳥者，宜棲之深林，遊之壇陸，浮之江湖，食之鰌鰷，隨行列而止，委蛇而處。」此六句用其意。謂己如海鳥知天風而避於魯，不願享廟堂之樂而思凌空飛翔。矯翼，振翅高飛。《文選》卷四五揚雄〈解嘲〉：「矯翼厲翮，恣意所存。」李周翰注：「矯，舉也。」鐘，宋本原作「鍾」，據王本、咸本改。❸鴛鴻　喻賢者，指盧主簿。

【語　譯】海鳥知天風而避災，於是逃到魯門東暫時棲身。面對美酒不想飲，而想要振翼上凌天空。鐘鼓之樂不能使牠高興，而一心想與煙霜為伴。牠不忍與好友離別飛辭歸去，於是含著眼淚向鴛鴻謝別。

【研　析】此詩當作於開元末年隱居東魯時期。詩人以海鳥自喻。意謂自己雖暫居於魯東門，但不甘於飲酒度日，欲振翅高飛。雖有鐘鼓亦不為樂，想在煙霜之中逍遙自在。末二句謂因盧主簿之情誼而欲飛歸又不忍，故流淚謝別。按開元末期李白寓家山東，曾與孔巢父等結為「竹溪六逸」，任城盧主簿必為禮敬詩人者，故李白特寫此詩以表示欲展鴻圖之志。

早秋贈裴十七仲堪❶

遠海動風色，吹愁❷落天涯。南星變大火❸，熱氣餘丹霞❹。光景❺不可迴，六龍轉天車❻。

荊人泣美玉❼，魯叟悲匏瓜❽。功業若夢裏❾，撫琴❿發長嗟。

裴生信⓫英邁，崛起⓬多才華。歷抵海岱豪，結交魯朱家⓭。良圖竟未展，意欲飛丹砂。破產且救人，遺身不為家⓮。復攜兩少女⓯，豔色驚荷花⓰。雙歌入青雲⓱，但惜白日斜。

窮溟出寶貝⓲，大澤饒龍蛇⓳。明主儻⓴見收，煙霄路非賒㉑。知飛萬里道，勿使歲寒嗟㉒。

【注釋】❶裴十七仲堪　姓裴，名仲堪，同祖的兄弟中排行第十七。其事蹟無考。❷愁　宋本在此字下夾注：「一作：秋」。❸南星句　大火，指二十八宿之一的心宿，有星三顆，現代天文學上屬天蠍座。每年夏曆五月黃昏時，心宿在南方中天，六月以後逐漸偏西，時暑熱開始減退。古代天文學把周天劃分為十二個等分的星次，因心宿在「大火」星次內，故以「火」或「大火」稱之。《詩經・豳風・七月》：「七月流火。」毛傳：「火，大火也。流，下也。」孔穎達疏：「於七月之中有西流者，是火之星也，知是將寒之漸。」此詩中之「變」字，即「流」之意，指心宿西下，秋天到來。❹丹霞　紅色雲霞。《文選》

卷三一江淹〈雜體詩三十首・張黃門協苦雨〉：「丹霞蔽陽景。」劉良注：「丹霞，赤雲也。」❺光景　時光。曹植〈名都篇〉：「白日西南馳，光景不可攀。」❻六龍句　古代神話傳說羲和駕六龍而馭日車，巡天而行。天車，即日車。❼荊人句　用卞和獻玉事。《韓非子・和氏》記載，楚人卞和在荊山下得玉璞，先後獻給厲王、武王，都認為是石，被刖雙足。文王即位，卞和抱璞泣於荊山之下，文王使玉工剖其璞，乃得寶玉，名之為和氏璧。參見卷一〈古風〉其三十六注。❽魯叟句　魯叟，指孔子。魯國人。匏瓜，植物名。俗稱「瓢葫蘆」。《論語・陽貨》：「子曰：『……吾豈匏瓜也者！焉能繫而不食？』」何晏注：「匏，瓠也。言瓠瓜得繫一處者，不食故也。吾自食物，當東西南北，不得如不食之物，繫滯一處。」❾裏　宋本在此字下夾注：「一作：中」。❿撫琴　王粲〈七哀詩〉：「獨夜不能寐，攝衣起撫琴。」撫，宋本在此字下夾注：「一作：推」。⓫裴生信　裴生，指裴仲堪。信，宋本在此字下夾注：「一作：實」。⓬崛起　蕭本、郭本、王本作「屈起」。意同。《文選》卷五二班彪〈王命論〉：「未見運世無本，功德不紀，而得倔起在此位者也。」李善注：「《埤蒼》曰：『崛，特起也。』倔，與崛同。」按：《漢書・班彪傳》引〈王命論〉作「屈起」。⓭歷抵二句　海岱，《尚書・禹貢》：「海岱惟青州。」孔傳：「東北據海，西南距岱。」魯朱家，《史記・游俠列傳》：「魯朱家者，與高祖同時。魯人皆以儒教，而朱家用俠聞。所藏活豪士以百數，其餘庸人不可勝言。然終不伐其能，歆其德，諸所嘗施，惟恐見之。振人不贍，先從貧賤始。家無餘財，衣不完采，食不重味，乘不過軥牛。專趨人之急，甚己之私。既陰脫季布將軍之阨，及布尊貴，終身不見也。自關以東，莫不延頸願交焉。」宋本在二句下夾注：「一作：歷遊趙魏豪，結交列如麻」。⓮良圖四句　蕭本、郭本、王本、咸本皆無此四句。⓯少女　宋本在「女」字下夾注：「一作：妾」。蕭本、郭本、王本亦作「少妾」。⓰荷花　蕭本、郭本、王本皆作「荷葩」。⓱雙歌句　指兩少女之歌聲遠聞。⓲窮溟句　窮溟，傳說中的大海。李白〈悲清秋賦〉：「臨窮溟以有羨。」宋本在「窮」字下夾注：「一作：滄」。⓳大澤句　《左傳》襄公二十一年：「深山大澤，實生龍蛇。」杜預注：「言非常之地多生非常之物。」⓴儻　宋本在此字下夾注：「一作：必」。㉑煙霄句　謂進入仕途之路並不遠。煙霄，猶青雲，喻得高官。賒，遠。㉒知飛二句　宋本在二句下夾注：「一作：時命若有會，歸應鍊丹砂」。「有」字恐誤。蕭本、郭本、胡本、王本、咸本作「時命若不會，歸應鍊丹砂」。嗟，宋本原作「差」，據王本夾注改。

【語　譯】遠海開始颳起大風，將我的愁思吹落到天涯。南天的心宿變向西斜，雖入初秋但赤雲仍發餘熱。時光一去不復返，六龍駕著日車不停地在空中運行。

荊人卞和因為美玉未被人識而哭泣，魯叟孔子因其命運不如匏瓜而哀嘆。功業如夢不能實現，只能撫琴而慨然長嘆。

裴公真正是位英邁之士，傲然特起胸中多才華。遍交海岱豪傑，結交的都是魯朱家那樣的俠士。但他的宏圖卻未伸展，只得寄意於求仙煉丹。他寧可破產也要救助他人，從不為自己個人著想。身旁還帶兩位少女，長得比荷花還要美豔。她們的嘹亮歌聲響徹雲霄，只是可惜時光就這樣地流失了。

深海纔出真正的寶貝，大澤中纔是出龍蛇的地方。如果明主一旦收攬人才，您直上雲霄之路並非十分遙遠。那時將鵬程萬里大展宏圖，莫要為今日的一時坎坷而嗟嘆。

【研　析】此詩當是開元末期在魯地之作。首段自敘飄落天涯，點明時令為初秋而有餘熱，慨嘆時光不可留。次段以卞和泣美玉、孔子悲匏瓜作比，嘆自古以來聖賢且不遇，自己的功業當然更是如夢而不能實現。第三段描寫裴仲堪的為人，既讚其有才華和豪俠之風，又惜其在聲色行樂中度日。末段以遠海出寶貝、大澤多龍蛇喻盛世多賢才，如得明主見用則可青雲直上，有相互勉勵之意。

贈范金鄉❶二首

其一

君子枉清眄❷，不知東走迷❸。離家未幾月，絡緯❹鳴中閨。桃李君不言，攀花願成蹊❺。那能吐芳信❻？惠好相招攜❼。

我有結綠❽珍，久藏濁水泥❾。時人棄此物，乃與燕珉❿齊。拂拭⓫欲贈之，申眉路無梯⑫。
遼東慚白豕⑬，楚客羞山雞⑭。徒有獻芹⑮心，終流泣玉啼⑯。祇應自索漠⑰，
留舌示山妻⑱。

【注　釋】❶范金鄉　姓范的金鄉縣令。名不詳。金鄉，縣名。唐時屬兗州，今屬山東。❷君子句　君子，指范縣令。枉，屈就；俯就。清眄，尊稱別人的顧盼。眄，蕭本、王本作「盼」。❸東走迷　《韓非子・說林》：「慧子曰：『狂者東走，逐者亦東走，其東走則同，其所以東走之為則異。故曰：同事之人，不可不審察也。』」本謂同一行為，目的不同。後以「東走迷」謂形似而實異的現象。❹絡緯　俗名紡織娘。見卷二〈長相思〉注。❺桃李二句　《史記・李將軍列傳論》：「諺曰：『桃李不言，下自成蹊。』此言雖小，可以喻大也。」司馬貞《索隱》引姚氏曰：「桃李本不能言，但以華實感物，故人不期而往，其下自成蹊徑也。」❻芳信　猶佳音。顏延年〈直東宮答鄭尚書〉詩：「君子吐芳訊。」❼惠好句　惠好，恩愛友好。《詩經・邶風・北風》：「惠而好我，攜手同行。」謝惠連〈擣衣〉詩：「端飾相招攜。」❽結綠　寶玉名。《史記・范雎蔡澤列傳》：「且臣聞周有砥砨，宋有結綠，梁有縣藜，楚有和朴。此四寶者，土之所生，良工之所失也，而為天下名器。」❾濁水泥　曹植〈七哀詩〉：「君若清路塵，妾若濁水泥。」❿燕珉　燕山所產的似玉之石。宋本在「珉」字下夾注：「一作：石」。蕭本、郭本、王本亦作「燕石」。喻不足珍貴之物。見卷一〈古風〉其五十「宋國梧臺東」注。⓫拂拭　蕭本、郭本、王本皆作「攄拭」。⓬申眉句　申眉，同「伸眉」。猶言揚眉，得意貌。應瑒〈侍五官中郎將建章臺集詩〉：「伸眉路何階？」此句用其意。⓭遼東句　《後漢書・朱浮傳》：「往時遼東有豕，生子白頭，異而獻之。行至河東，見群豕皆白，懷慚而還。」⓮楚客句　《尹文子・大道》：「楚人擔山雞者，路人問：『何鳥也？』擔雉者欺之曰：『鳳凰也。』路人曰：『我聞有鳳凰，今直見之，汝販之乎？』曰：『然。』則十金，弗與，請加倍，乃與之。將欲獻楚王，經宿而鳥死。路人不遑恤金，惟恨不得以獻楚王。國人傳之，咸以為真鳳凰，貴，欲以獻之，遂聞楚王。王感其欲獻於己，召而厚賜之，過於買鳥之金十倍。」⓯獻芹　自謙之辭，謂所獻菲薄，不足當意。⓰泣玉啼　用卞和抱璞泣玉事，見卷一〈古風〉其三十六及本卷〈早秋贈裴十七仲堪〉注。宋本在「玉」字下夾注：「一作：血」。⓱索漠　亦作「索莫」、「索寞」。孤寂消沉貌。《文心雕

龍・風骨》：「思不環周，索莫乏氣。」⓲留舌句　《史記・張儀列傳》記載，張儀遊說諸侯，曾從楚相飲，不久楚相失璧，疑為張儀所盜，掠笞數百，回到家，「其妻曰：『嘻！子毋讀書遊說，安得此辱乎？』張儀謂其妻曰：『視吾舌尚在不？』其妻笑曰：『舌在也。』儀曰：『足矣。』」山妻，士人稱己妻的謙詞。

【語譯】您對我如此俯就顧盼，我竟不知東魯之行是迷誤。我離家還沒有幾個月，紡織娘已在閨房中鳴叫了。您像桃李一樣雖然不言，可是攀花之人紛紛而至下自成路。您好意用佳信來相招提攜。我哪能不去呢？

我有結綠的寶玉，長期藏在濁水泥中。時人都不重視此物，把它看得如同石頭一樣不值一顧。我把它揩拭潔淨而想贈送給您，我想揚眉吐氣卻是上天無梯啊。

遼東人因錯將白豬視為珍異而感到慚愧，楚客因將山雞看成鳳凰而感到羞愧。我徒然有獻芹之心，卻始終像卞和一樣抱著寶玉而痛哭。只應自甘寂寞但又不甘心，就像張儀對其妻所說的只要舌在就要做一番事業。

【研析】這二詩當是開元末期遊金鄉時作。此首主要是自述。首段點明承蒙范縣令青睞相招而來，時屬初秋。次段以美玉自喻，長期無人賞識，希望范縣令能使之揚眉吐氣。末段以遼東白豕、楚客山雞為識者所識，以及卞和泣玉、張儀以留舌為幸四個典故，表達自己的矛盾心情。語意含蓄，古淡而委婉。

其二

范宰不買名，絃歌對前楹❶。為邦默自化❷，日覺冰壺清❸。百里❹雞犬靜，千廬機杼鳴❺。浮人少蕩析❻，愛客多逢迎❼。遊子❽覩嘉政，因之聽頌聲❾。

【注釋】❶范宰二句　《淮南子・俶真訓》：「絃歌鼓舞，緣飾詩書，以買名譽於天下。」這裡反用其意，謂范縣令以絃歌為治，非為買名。宰，唐詩中多稱縣令為宰。絃歌，指以禮樂教化百姓。見《論語・陽貨》。楹，廳堂前部的柱子。此處泛指廳堂。孔子弟子宓子賤為單父宰，彈琴，身不下堂而單父治。見《呂氏春秋・察賢》。第二句化用其意。❷為邦句　為邦，治理地方。默自化，潛移默化。《老子》：「我無為而民自化。」❸冰壺清　喻政治清明。鮑照〈白頭吟〉：「清如玉壺冰。」❹百里　古代一個縣的轄境約一百里。❺千廬句　千廬，猶千戶。機杼，王琦注：「織具也。機以轉軸，杼以持緯。」〈古詩十九首〉：「纖纖擢素手，札札弄機杼。」❻浮人句　浮人，流散民眾。蕩析，離散。《尚書・盤庚下》：「今我民用蕩析離居，罔有定極。」❼逢迎　迎接；接待。❽遊子　詩人自謂。❾頌聲　《公羊傳》宣公十五年：「什一行而頌聲作矣。」何休注：「頌聲者，太平歌頌之聲。」

【語　譯】范縣令在金鄉坐堂前絃歌而治，並不是為了買名。他治理地方使百姓潛移默化，使人民一天天地覺得政治清明。在百里縣境之內雞犬無聲，千家萬戶都機杼和鳴。流民得到安置不再離散，對愛慕而來的客人都熱情接待。我這位遊子親眼目睹如此美好的政績，所到之處都聽到百姓的讚頌太平之聲。

【研　析】此首歌頌范縣令無為而治的政績。首四句點明范縣令的絃歌而治並不是為了買名，而是自覺地以務實清廉教化民眾。接著四句描繪治理的實效：境內雞犬安靜，千戶織機聲聲，流民不再離散，來客得到逢迎。末二句以直敘親睹政績、親聽頌聲作結，結構完美。

贈瑕丘王少府❶

皎皎鸞鳳姿❷，飄飄神仙氣。梅生亦何事，來作南昌尉❸？清風佐鳴琴❹，寂寞道為貴❺。

一見過所聞❻，操持難與群。毫揮魯邑訟，目送瀛洲雲❼。

我隱屠釣❽下，爾當玉石分。無由接高論，空此仰清芬❾。

【注釋】❶瑕丘王少府　姓王的瑕丘縣尉，名不詳。瑕丘，唐代縣名，兗州治所。今山東兗州。少府，對縣尉的敬稱。❷鸞鳳姿　形容姿態飄逸高雅。❸梅生二句　《漢書・梅福傳》：「梅福，字子真，九江壽春人也。……為郡文學，補南昌尉。後去官歸壽春。……至元始中，王莽顓政，福一朝棄妻子，去九江，至今傳以為仙。」此處以梅福比擬王少府。❹清風句　清風，喻為官清廉。《詩經・大雅・烝民》：「穆如清風。」謂陶冶人性如清風化物。佐，輔助。縣尉是縣令的佐官。鳴琴，指無為而治的縣令。《呂氏春秋・察賢》：「宓子賤治單父，彈鳴琴，身不下堂而單父治。」❺道為貴　《莊子・刻意》：「夫恬淡寂漠，虛無無為，此天地之本，而道德之質也。」宋本在三字下夾注：「一作：為誰貴」。❻一見句　謂所見超過所聞，不是虛譽。❼毫揮二句　謂王縣尉揮筆治理縣中訴訟事，心卻想著神仙。瀛洲，神話中海上三座仙山之一。❽屠釣　姜太公呂尚曾屠牛朝歌，釣於磻溪，見前卷二〈梁甫吟〉注。❾無由二句　謂沒有機會聆聽您的高論，徒然仰慕您的高尚德行。清芬，喻高潔的德行。

【語譯】您有明亮瀟灑之姿，飄然神仙之氣。好似漢朝梅福再世一樣，為何事來做一個南昌縣尉？輔佐縣令治理政務穆如清風，道以寂寞為貴。

見面遠勝於所聞，您的操守異於常人如鶴立雞群。雖然在揮筆處理瑕丘的案件，心裡卻在想著蓬瀛的神仙之事。

我現在隱於屠夫釣徒之中，您應當要分清玉和石、賢與愚的區別。我沒有機會與您當面接談，徒然仰慕您的高風亮節而已。

【研析】此詩當作於開元末期在兗州之時。首段以梅福當南昌尉擬王縣尉，讚賞王縣尉飄然瀟灑的風姿和氣質。次段讚其操守異於常人，身在判訟而目送神仙。末段則謂自己雖隱於屠釣，然決非庸流，告誡王縣尉應識別玉石與賢愚。當是詩人未得其禮遇，故謂空仰清芬。

東魯見狄博通❶

去年別我向何處？有人傳道游江東❷。謂言挂席度滄海❸，卻來應是無長風❹。

【注釋】❶狄博通　《元和姓纂》卷一〇天水狄氏：「仁傑，納言、內史令、梁國文惠公，生光嗣、光遠、景昭。光嗣，戶部郎中。孫博通、博濟。」按：杜甫〈寄狄明府博濟〉詩：「梁公曾孫我姨弟……長兄白眉復天啟。」「長兄」當即博通，證知狄博通乃狄仁傑曾孫，戶部郎中光嗣之孫。❷江東　長江在蕪湖至南京間作西南南往東北北流向，隋唐以前是南北往來主要渡口的所在，習慣上稱此段長江南岸地為江東。三國時江東是孫吳的根據地，所以當時又稱孫吳統治下的全部地區為江東。❸謂言句　謂言，以為。挂席，揚帆。帆或以席為之，故云。度，一作「渡」。❹卻來句　卻來，唐人口語，返回；歸來。長風，大風。《宋書・宗愨傳》：「願乘長風，破萬里浪。」

【語　譯】去年您與我離別後往何處去了？有人傳說您到江東遊玩去了。以為您揚帆而去要直渡大海，如今歸來當是沒有大風一路平安。

【研　析】此詩當是開元末期在兗州作。詩中前三句寫去年別後，自己關心對方的行蹤，提出三個問題：一是別後您究竟到哪裡去了？二是曾聽說您游江東去了，是不是？三是我以為您到江東後可能會揚帆渡海去，有沒有這回事？詩中沒有回答。末句只寫今年平安歸來。所有其他情景都撇開不說，但字裡行間充溢著對友人的思念之情。

見京兆韋參軍量移東陽❶二首　吳中

其一

潮水還歸海，流人卻到吳❷。相逢問愁苦，淚盡日南珠❸。

【注釋】❶見京兆題　京兆，唐代京城所在地雍州，開元元年改為京兆府，治所在長安，今陝西西安。韋參軍，姓韋的司錄參軍，名不詳。參軍，錄事參軍的簡稱。唐朝制度，諸衛及王府皆設錄事參軍，地方州、府亦設錄事參軍或司錄參軍，掌管符印，付送文書，糾查府事等。京兆府設司錄參軍二人，正七品。量移，因罪被貶至遠方的官員遇赦酌量移到近地任職。《舊唐書・玄宗紀》：開元二十年十一月庚午，「大赦天下，左降官量移近處。」被貶官員遇赦酌量升遷亦稱「量移」。東陽，唐縣名。今浙江東陽。❷流人句　《莊子・徐无鬼》：「子不聞夫越之流人乎？」司馬彪注：「流人，有罪見流徙者也。」卻，反而。吳，地區名。泛指今江蘇南部和浙江北部一帶。❸日南珠　日南，漢郡名。北起今越南橫山，南抵大嶺地區，治所在西捲（今越南廣治省廣治河與甘露河合流處）。《別國洞冥記》卷二：「吠勒國……去長安九千里，在日南。人長七尺，被髮至踵。乘犀象之車，乘象入海底取寶，宿於鮫人之舍，得淚珠，則鮫人所泣之珠也。亦曰泣珠。」庾信〈擬連珠〉：「是以日南枯蚌，猶含明月之珠。」

【語譯】海潮之水湧入江河最後還是回歸大海，如今您負罪被貶遇赦量移卻反而仍到遠離京城的吳地。我們在東陽相逢只能慰問您的流貶之苦，而淚水卻像日南鮫人之珠一樣潸然而下。

【研析】據《舊唐書・玄宗紀》，開元年間左降官量移有兩次，一在開元二十年，一在開元二十七年。按：開元二十年李白正是初入長安時期，疑此詩作於開元二十七年（西元七三九年）。李白在東陽附近遇韋參軍從海南量移至此，作此二詩贈之。此首前二句謂海潮倒流江河終得還歸大海，京兆韋參軍量移卻只回到吳地而未能回京兆，詩人為韋參軍鳴不平之情溢於言表。後二句詩人表示在東陽相逢只能慰問愁苦，而自己已經傷心而流盡了淚珠，充分表現出友情之深摯。

其二

聞說金華❶渡，東連五百灘❷。全勝若耶❸好，莫道此行難。猿嘯千谿合，松風五月寒。他年一攜手，搖艇入新安❹。

【注釋】❶金華　唐縣名，江南道婺州治所。今浙江金華。❷五百灘　《大清一統志》浙江金華府山川：「五百灘，在金華縣西五里雙溪中，盤亙甚大，舟行牽挽須五百人，然後可渡，故名。」❸若耶　溪名。在今浙江紹興南。源出若耶山，北流入浙東運河。溪旁舊有浣紗石古蹟，相傳西施浣紗於此，故一名浣紗溪。見卷五〈子夜吳歌・夏歌〉注。❹新安　江名。源出今安徽黃山，東南流入今錢塘江。

【語　譯】聽說金華渡這個地方，東面連接著五百灘。風景比若耶溪還要好，所以您不要嫌此行艱難。猿鳴之聲在千山溪谷中回應，松風陣陣時已五月還有寒意。如果來年我們能夠攜手同遊，一定要搖著小艇到新安江去觀賞風光。

【研　析】此首前四句是勸慰語，謂東陽附近的五百灘的風景勝過著名的若耶溪，所以不必為此次量移不到京城而難過。五、六二句點明勝景：千溪萬谷中鳴響著猿聲，陣陣松風在五月裡仍覺清涼。末二句瞻望他年相攜駕舟，由東陽入新安，盡覽東南勝跡，其樂何似！意味深長。嚴羽評點曰：「不知者愛下二句，知者愛上四句。」

贈丹陽橫山周處士惟長❶

周子橫山隱，開門臨城隅。連峰入戶牖，勝概凌方壺❷。

時作白紵詞，放歌丹陽湖❸。水色傲溟渤❹，川光秀菰蒲❺。當其得意時，心與天壤俱❻。閑雲隨舒卷❼，安識身有無！

抱石恥獻玉❽，沉泉笑探珠❾。羽化如可作，相攜上清都❿。

【注　釋】❶贈丹陽題　丹陽橫山，《太平御覽》卷四六引山謙之《丹陽記》：「丹陽縣東十八里有橫山，連亙數十里。傳云『楚子重至於橫山』是也。」王琦注引《太平府志》：「橫山在當塗縣東六十里，高二百丈，周八十里，穹窿巉峻，蒼翠亙天際，四望皆橫，故名橫山。與江寧、溧水接壤。丹陽湖在其南。春秋楚子重伐吳所至之地。」按：丹陽，即今安徽當塗與南京江寧交界的丹陽鎮，俗名小丹陽。橫山在其東，江寧、溧水、當塗三區縣交界處，又名橫望山。周處士惟長，姓周，名惟長。處士，古時稱有才德而隱居不仕的人。❷勝概句　勝概，勝景；美麗的景色。淩，超過。方壺，神話傳說中海上仙山名。《列子・湯問》：「渤海之東，不知幾億萬里……其中有五山焉：一曰岱輿，二曰員嶠，三曰方壺，四曰瀛洲，五曰蓬萊。」❸時作二句　作，宋本原作「枉」，據胡本、咸本、《全唐詩》改。白紵詞，吳歌名。跳〈白紵舞〉時所唱之歌。見卷三〈白紵辭〉注。丹陽湖，《元和郡縣志》卷二八江南道宣州當塗縣：「丹陽湖，在縣東南七十九里。周迴三百餘里，與溧水分湖為界。」按：唐代丹陽湖甚大，已湮沒。今南京溧水、高淳之石臼湖、固城湖為其殘留之湖面。❹溟渤　泛指大海。❺菰蒲　菰與蒲。都是淺水生植物。菰，多年生草本，生長在池沼中，地下莖白色，地上莖直立，開紫紅色小花。基部形成肥大的嫩莖，即平時作蔬菜食用的「茭白」。果實狹圓柱形，名「菰米」，一稱「雕胡米」，可煮食作飯。蒲，水生植物，可以製席。嫩蒲可食。❻心與句　謂心胸與天地一樣寬廣。張協〈詠史〉詩：「清風激萬代，名與天壤俱。」❼舒卷　蕭本、郭本、胡本作「卷舒」。《淮南子・原道訓》：「與剛柔卷舒兮。」高誘注：「卷舒，猶屈伸也。」❽抱石句　用卞和獻璞典故，見卷一〈古風〉其三十六及本卷〈早秋贈裴十七仲堪〉詩注。❾探珠　用《莊子・列禦寇》記載的寓言：貧人之子沉於深淵，得千金之珠。其父曰：千金之珠必在驪龍頷下，其時龍睡，故能得之，如其醒，汝豈能得？乃取石錘擊之。❿羽化二句　謂成仙如可為，則相攜上天。《晉書・許邁傳》：「好道者皆謂之羽化矣。」《列子・周穆王》：「王實以為清都紫微，鈞天廣樂，帝之所居也。」宋本在「相攜」句下夾注：「一作：攜手止清都」。

【語　譯】周君隱居在橫望山，開門便對著城角。在窗戶中便可以看到連綿的山峰，美麗的風景超過方壺仙境。

您經常在丹陽湖上放歌，高唱江南民歌白紵詞。丹陽湖碧波清澈而傲於大海，水色閃著亮光而菰蒲茂盛。當您高興之時，心胸開闊可與天地一起相通。心情閒逸可隨白雲自由卷舒，此時還怎麼能知道自身之有無！隱居山中自適而以卞和獻玉為恥，以潛水探珠為可笑。如果神仙之事可求，我將與您攜手共上清都天帝所居之仙境。

【研　析】此詩作年不詳。首段四句極言周惟長居處環境之優美。次段八句描寫周君自由瀟灑的隱居生活：放歌白紵詞，欣賞丹陽湖秀色，胸次悠然與天地同廣，如閒雲自在，竟不知自身有無，又何有功名富貴之累！末段敘周君恥於獻玉自售，不屑淵客探珠，而以隱逸為高，希冀成仙登天。全詩將周君的隱士形象和心態描寫得非常充分而得體。

玉真公主別館苦雨贈衛尉張卿❶二首　長安

其一

愁坐金張館❷，繁陰❸晝不開。空煙迷❹雨色，蕭颯❺望中來。翳翳昏墊苦❻，
沉沉憂恨催。清秋何以慰❼？白酒盈吾杯。
吟詠思管樂❽，此人已成灰。獨酌聊自勉，誰貴經綸才❾？彈劍謝公子，無
魚良可哀❿。

【注　釋】❶玉真公主題　玉真公主，唐睿宗之女，玄宗之妹，詳見卷六〈玉真仙人詞〉注。別館，別墅，指本宅外另置的

園林遊息處所。亦稱「別業」。玉真公主別館在今陝西周至終南山麓，今稱樓觀臺。王維〈奉和聖製幸玉真公主山莊〉、儲光羲〈玉真公主山居〉諸詩中的「山莊」、「山居」皆指此別館。宋代蘇軾有〈壬寅二月十八日遊樓觀復過玉真公主祠堂〉詩，即寫終南山玉真公主別館遺址。元代朱象先《古樓觀紫雲衍慶集》云：「今樓觀南山之麓有玉真公主祠堂存焉。俗傳其地曰郎（一作「邸」）宮，以為主家別館之遺址也。」苦雨，《埤雅・釋天》：「雨久曰苦雨。」衛尉張卿，《舊唐書・職官志三》：「衛尉寺，卿一員（從三品），……卿之職，掌邦國器械文物之事，總武庫、武器、守宮三署之官屬。」張卿指張垍。張九齡〈故開府儀同三司行尚書左丞相燕國公贈太師張公（說）墓誌銘并序〉：「開元十有八載，龍集庚午冬十二月戊申，開府儀同三司行尚書左丞相燕國公薨於位……長子均，中書舍人；次曰垍，駙馬都尉，衛尉卿；季曰埱，符寶郎，泣血在疚。」證知開元十八年前後衛尉卿乃張垍（詳見拙著《李白叢考・李白與張垍交遊新證》）。❷愁坐句　愁，宋本原作「秋」，據胡本、繆本、咸本改。金張，《漢書・張湯傳》：「功臣之世，唯有金氏、張氏，親近寵貴，比于外戚。」按：漢宣帝時，金日磾和張安世並為顯宦，後世因以「金張」喻貴族。左思〈詠史〉詩：「朝集金張館。」此處以金張館喻玉真公主別館。❸繁陰　濃陰。❹迷　宋本原作「送」，據蕭本、郭本、王本改。❺蕭颯　同「蕭索」。蕭條寂寥。❻翳翳句　翳翳，光線暗弱貌。昏墊，《文選》卷二二謝靈運〈遊南亭〉詩：「久痗昏墊苦。」張銑注：「昏霧墊溺也，言病此霖雨之苦也。」❼慰　宋本原作「尉」，據郭本、繆本、咸本改。❽管樂　指管仲、樂毅。管仲，春秋時齊國名相。樂毅，戰國時燕國名將。《三國志・蜀書・諸葛亮傳》：「每自比於管仲、樂毅。」詩人自比管樂，可見其欲追慕諸葛亮，思立功業於當世。❾經綸才　治理國家的才能。❿彈劍二句　用馮驩在孟嘗君門下當食客的故事。《史記・孟嘗君列傳》記載：戰國時齊國孟嘗君的門客馮驩曾多次彈鋏（劍把）而歌，感嘆生活不如意：「長鋏歸來乎，食無魚！」「長鋏歸來乎，出無車！」「長鋏歸來乎，無以為家！」後因以「彈鋏」或「彈劍」喻生活困窘，求助於人。此處以馮驩自喻，以公子喻張垍。

【語　譯】我愁坐在玉真公主的別墅中，天空陰霾不見陽光。空中煙霧迷濛，細雨颯颯在眼前下個不停。昏沉多雨使人困苦不安，心情沉重而憂恨綿綿。在此清秋有什麼能慰我之心？只有這一杯滿滿的白酒吧。

我吟詠而思念古代的管仲和樂毅，但他們都早已成灰了。我獨自飲著悶酒聊以古人自勉，但有誰還重視治國的人才呢？我只能學當年馮驩彈劍而歌以謝公子，唱著「長鋏歸來乎，食無魚」的歌而心中充滿悲哀。

【研　析】此詩當是開元十九年（西元七三一年）初入長安隱居終南山時，在玉真公主別墅中酬贈衛尉卿張垍之作。從詩中可以看出，當時玉真公主不在別館。詩人獨自坐在貴族之家，秋雨連綿，憂愁滿懷，只能借酒澆愁。詩人自以為有管仲樂毅之才，到長安來就是想「曳裾王門」，尋找出路的。但「誰貴經綸才」，詩人將張垍比作當年的孟嘗君，自比馮驩，希望能得到張垍援引，全詩抒寫窮困處境與苦悶心情，風格沉鬱，與李白一貫的豪放詩風不同。

其二

苦雨思白日，浮雲何由卷❶？稷卨和天人❷，陰陽仍驕蹇❸。秋霖劇倒井❹，昏霧橫絕巘❺。欲往咫尺塗，遂成山川限。潨潨奔溜瀉❻，浩浩❼驚波轉。泥沙塞中途，牛馬不可辨❽。

飢從漂母食❾，閑綴羽陵簡❿。園家逢秋蔬，藜藿⓫不滿眼。蟏蛸⓬結思幽，蟋蟀傷褊淺⓭。廚竈無青煙，刀机⓮生綠蘚。

投筯解鷫鸘⓯，換酒醉北堂。丹徒布衣者，慷慨未可量。何時黃金盤，一斛薦檳榔⓰。功成拂衣去，搖裔滄洲旁⓱。

【注釋】❶苦雨二句　謂久雨不停而思盼陽光，怎樣可使浮雲卷而雨收。曹丕〈秋霖賦〉：「悲白日之不陽。」❷稷卨句　稷，周朝帝王的始祖。卨，同「契」。商朝君王的始祖。傳說都是舜的賢臣。此處比喻當時執政的宰相。和天人，協調天意和民意。❸陰陽句　仍，蕭本、郭本、王本皆作「乃」。驕蹇，傲慢；不順從。《漢書·劉長傳》：「驕蹇數不奉法。」❹秋霖句　《左傳》隱公九年：「凡雨，自三日以往為霖。」劇，甚於；尤甚。倒井，井水倒瀉，形容雨勢之大。傅玄〈雨詩〉：

「霖雨如倒井。」❺絕巘　極高的山峰。張協〈七命〉：「於是登絕巘，溯長風。」❻淙淙句　淙淙，水聲。鮑照〈過銅山掘黃精〉詩：「淙淙秋水積。」奔溜，猶奔流。瀉，蕭本、郭本、王本作「聞」。❼浩浩　水勢盛大貌。❽牛馬句　《莊子·秋水》：「秋水時至，百川灌河，涇流之大，兩涘渚涯之間不辯（辨）牛馬。」陸德明《釋文》：「辯，別也。言廣大故望不分別也。」❾飢從句　《史記·淮陰侯列傳》：「（韓）信釣於城下，諸母漂，有一母見信飢，飯信，竟漂數十日。信喜，謂漂母曰：『吾必有以重報母。』」❿閑綴句　綴，縫補；連合。陵，宋本作「林」，夾注：「一作：陵」。蕭本、郭本、王本、咸本皆作「陵」。是。據改。羽陵，古地名。《穆天子傳》卷五：「仲秋甲戌，天子東遊，次於雀梁，曝蠹書於羽陵。」郭璞注：「謂暴書中蠹蟲，因云蠹書也。」後以「羽陵」為貯藏古代祕籍之處。徐陵〈玉臺新詠序〉：「辟惡生香，聊防羽陵之蠹。」簡，簡冊；書籍。⓫藜藿　野菜。《文選》卷三四曹植〈七啟〉：「予甘藜藿。」劉良注：「藜藿，賤菜。」⓬蠨蛸　《詩經·豳風·東山》：「蠨蛸在戶。」毛傳：「蠨蛸，長踦也。」孔穎達疏引郭璞曰：「長踦，小蜘蛛長腳者，俗呼為喜子。」⓭蟋蟀句　此句意謂見蟋蟀入室而傷居室之狹窄淺陋。《詩經·唐風·蟋蟀》：「蟋蟀在堂，歲聿其莫（暮）。今我不樂，日月其除。」褊淺，狹小淺陋，形容困窘。⓮刀机　刀和案板。机，同「几」。用刀切肉，几以承肉。⓯投筯句　投筯，丟掉筷子，表示不食。鷫鸘，用鷫鸘鳥的羽毛織成的裘衣。《西京雜記》卷二：「司馬相如初與卓文君還成都，居貧愁懣，以所著鷫鸘裘就市人楊昌貰酒，與文君為歡。」⓰丹徒四句　《南史·劉穆之傳》：「（諸葛）長人謂所親曰：『貧賤常思富貴，富貴必踐危機，（穆之）今日思為丹徒布衣，不可得也。』……穆之少時，家貧，誕節，嗜酒食，不修拘檢。好往妻兄家乞食，多見辱，不以為恥。其妻江嗣女，甚明識，每禁不令往。江氏後有慶會，屬令勿來。穆之猶往，食畢求檳榔。江氏兄弟戲之曰：『檳榔消食，君乃常飢，何忽須此？』……及穆之為丹陽尹，將召妻兄弟，妻泣而稽顙以致謝。穆之曰：『本不匿怨，無所致憂。』及至醉飽，穆之乃令廚人以金盤貯檳榔一斛以進之。」此四句以劉穆之自喻，暗諷衛尉張卿。⓱搖裔句　搖裔，蕭本、郭本、王本、咸本皆作「搖曳」。按：此為雙聲聯綿詞，可通。放蕩；逍遙。滄洲，濱水之地。古時常用以指隱士居處。謝朓〈之宣城出新林浦向板橋〉詩：「既歡懷祿情，復協滄洲趣。」

【語　譯】久雨不停我思盼陽光，何從使浮雲卷走而雨收？古代稷和契那樣的宰相能調和天意人心，如今卻陰陽乖戾而不順。秋雨比井水倒瀉還要厲害，昏暗的雲霧迷漫在極高的山峰之上。要想走出幾尺路，就像被高山大川所阻隔。雨水淙淙地奔流傾瀉，浩浩的水勢驚波旋轉。泥沙充塞於道路，天色昏暗分辨不清對面的牛馬。

肚子飢餓只得向人求食，閒時補合所曝的蠹書。園子裡的蔬菜，只有藜藿一類稀少的野菜。室內結滿蜘蛛網使人產生幽思，聞蟋蟀鳴聲而感居室之狹窄淺陋。廚灶早已斷煙，刀几板上長滿了青苔。

丟掉筷子解下身上的裘衣，換取美酒醉倒在北堂之上。當年丹徒布衣劉穆之雖一時困窮，但其慷慨之志前途不可限量。何時我也能像他那樣發達後，用黃金盤盛一斛檳榔送上。功成之後便拂衣而去，自由自在地隱居於濱水之地。

【研析】此首與其一詩意略同。首段描繪久雨的情景，用稷和契事暗諷當時宰相未能燮理陰陽。次段描寫在客館的生活窘困。末段以劉穆之自喻，暗示自己將來有望得志，當以檳榔相報，調侃張垍。並表達了功成身退的志向。詩意蘊藉，層次分明。

贈韋祕書子春❶

谷口鄭子真，躬耕在巖石❷。高名動京師，天下皆藉藉❸。其人竟不起，雲臥❹從所適。苟無濟代心❺，獨善亦何益？

惟君家世者，偃息逢休明❻。談天信浩蕩❼，說劍紛縱橫❽。謝公不徒然，起來為蒼生❾。祕書何寂寂，無乃羈豪英❿！

且復歸碧山，安能戀金闕？舊宅樵漁池⓫，蓬蒿已應沒。卻顧女几峰⓬，胡顏⓭見雲月？徒為風塵苦，一官已白髮⓮。

氣同萬里合，訪我來瓊都⑮。披雲覩青天⑯，捫蝨話良圖⑰。留侯將綺季⑱，
出處未云殊。終與安社稷，功成去五湖⑲。

【注釋】❶韋祕書子春　祕書省著作郎韋子春。《舊唐書・玄宗紀下》：天寶八載，「夏四月，咸寧太守趙奉璋決杖而死，著作郎韋子春貶端溪尉，李林甫陷之也。」證知天寶八載前在祕書省為著作郎。《舊唐書・職官志二》祕書省著作局：「著作郎二人，從五品上。龍朔為司文郎中，咸亨復也。佐郎四人，從六品上。……著作郎、佐郎掌修撰碑誌、祝文、祭文，與佐郎分判局事也。」安史之亂時，韋子春為永王李璘謀主。《新唐書・李璘傳》：「璘生宮中，於事不通曉，見富且強，遂有闚江左意，以薛鏐、李臺卿、韋子春、劉巨鱗、蔡駉為謀主。」❷谷口二句　《漢書・王吉傳》：「谷口有鄭子真，蜀有嚴君平，皆修身自保，……成帝時，元舅大將軍王鳳以禮聘子真，子真遂不詘而終。……及（揚）雄著書言當世士，稱此二人。……谷口鄭子真不詘其志，耕於巖石之下，名震京師。」《高士傳》卷中記載略同。谷口，漢代縣名，在今陝西禮泉縣東北，當箕谷之南口，涇水出山之口，故名。❸藉藉　眾口盛說貌，形容名聲極大。蕭本、郭本、王本作「籍籍」。意同。❹雲臥　隱居。❺濟代心　即濟世之心。避唐太宗諱改「世」為「代」。❻惟君二句　謂韋子春父祖在政治清明的時代都偃然安臥。偃息，安臥。休明，政治清明。❼談天句　戰國時齊人鄒衍善於論辨宇宙之事，齊人稱其為「談天衍」。《史記・孟子荀卿列傳》：「故齊人頌曰：『談天衍……。』」裴駰《集解》引劉向《別錄》：「鄒衍之所言，五德終始，天地廣大，盡言天事，故曰談天。」❽說劍句　《莊子・說劍》：「臣有三劍，唯王所用。……有天子劍，有諸侯劍，有庶人劍。……」按其說奔放恣肆，故稱其為「紛縱橫」。❾謝公二句　《晉書・謝安傳》：「征西大將軍桓溫請為司馬，將發新亭，朝市咸送，中丞高崧戲之曰：『卿屢違朝旨，高臥東山，諸人每相與言：安石不肯出，將如蒼生何？蒼生今亦將如卿何？』」❿祕書二句　此句謂祕書省著作郎乃清閒之職，可惜韋子春這樣的英豪之士被此所羈。祕書，指韋子春。寂寂，冷落沉寂貌。無乃，表示婉惜的語氣。⓫池　蕭本、郭本、王本、咸本皆作「地」。⓬女几峰　山名。《元和郡縣志》卷五河南道福昌縣：「女几山，在縣西南三十四里。」按：在今河南宜陽西南部。⓭胡顏　何顏；有何臉面。⓮白髮　蕭本、郭本、王本、咸本皆作「白鬚」。⓯瓊都　指廬山。郭沫若《李白與杜甫》：「『瓊都』就是廬山。」⓰披雲句　謂韋子春之說使詩人恍然大悟，如廓散雲霧而見青天。《世說新語・賞譽》：「衛伯玉為尚書，見樂廣與中朝名士談論，奇之……曰：『此人，人之水鏡也，見之若披雲霧覩青天。』」⓱捫

蝨句　《晉書・王猛傳》：「桓溫入關，猛被褐而詣之，一面談當世之事，捫蝨而言，旁若無人。」⑱留侯句　《史記・留侯世家》記載，漢高祖欲廢太子劉盈，改立戚夫人之子趙王如意為太子。呂后向張良問計，張良請太子為書固請商山四皓出山輔佐太子。漢高祖見到四皓侍從太子，召戚夫人指視曰：「吾欲易之，彼四人輔之，羽翼已成，難動矣。」綺季，即綺里季，商山四皓之一。詳見卷三〈山人勸酒〉詩注。⑲功成句　用春秋時范蠡輔佐越王句踐滅吳後退隱事。《國語・越語》：「句踐滅吳，反至五湖，范蠡辭於王曰：『君王勉之，臣不復入國矣。』遂乘輕舟，以浮於五湖，莫知其所終極。」

【語　譯】漢朝谷口縣有個鄭子春，在巖石之下隱居躬耕。他的高名震動京師，天下的人都眾口盛讚。他被徵聘卻堅辭不出，高臥雲林隨心所適。現在看來如果沒有濟世救民之心，一個人獨善又有什麼好處？

您家幾代人都逢清平盛世，有高官勳爵而偃然休息。而您知識淵博善於談天說地，又有武藝縱橫恣肆談論劍術。就像東晉時謝安並不是徒然高臥東山，終於為蒼生而起來。祕書省著作郎是多麼寂寥的閒官，莫非能羈絆住像您這樣的英豪人物！

姑且再回到碧山中隱居，怎麼能留戀京師？舊宅本是漁樵之地，因長期不歸如今已被蓬蒿所淹沒。回頭看看女几山的風景，有何臉面再見故山雲月？徒然為風塵所苦，做了一次官已經熬白了頭髮。

我倆意氣相同而能萬里來會合，承蒙您特地來廬山訪我。您像當年王猛捫蝨而談論美好意圖的一番話，使我像廓散雲霧而見青天一樣恍然大悟。您我就像當年留侯張良請商山四皓出山，出處並沒有什麼不同。其終極目的都是為了使社稷安定，功成之後就歸去泛遊五湖。

【研　析】此詩當作於肅宗至德元載（西元七五六年）十二月。時韋子春為永王李璘謀士，奉命至廬山請李白入永王幕府。詩即言此事。首段以漢朝鄭子真隱谷口為喻，點出「苟無濟代心，獨善亦何益」的思想。次段寫韋子春的家世及其才能和宦歷，點出韋子春像謝安一樣不會徒然隱居，而是為蒼生而起。第三段寫韋子春不戀金闕棄官而隱居。末段點明韋子春來廬山訪問李白，說動李白出山濟世。並以留侯張良喻韋子春，以四皓之一的綺里季自喻，說明都是為了安社稷，等功成後再歸隱江湖。全詩一氣呵成，層次分明。「苟無」二句成為後世盛傳的名句。

贈韋侍御黃裳❶二首

其一

太華❷生長松，亭亭❸凌霜雪。天與百尺高❹，豈為微飆❺折！桃李賣陽豔❻，路人行且迷。春光掃地盡，碧葉成黃泥。願君學長松，慎勿作桃李。受屈不改心，然後知君子。

【注釋】❶韋侍御黃裳　監察御史韋黃裳。《元和姓纂》卷二韋氏逍遙公房：「寡尤生璋、珍。璋，湖州刺史。孫黃裳，昇州刺史兼中丞、採訪使。」《舊唐書・肅宗紀》：乾元元年十二月，「甲辰，以昇州刺史韋黃裳為蘇州刺史、浙西節度使。」《因話錄》卷五：「御史臺三院，一曰臺院，其僚曰侍御史，眾呼為端公。……二曰殿院，其僚曰殿中侍御史，眾呼為侍御。……三曰察院，其僚曰監察御史，眾呼亦曰侍御。」按：《唐御史臺精舍題名》卷三有韋黃裳，據《舊唐書・職官志三》：「監察御史十員。監察掌分察巡按郡縣、屯田、鑄錢、嶺南選補、知太府、司農出納，監決囚徒。」此詩其二有「見君乘驄馬，知上太行道」之句，知其為監察御史奉使巡按郡縣。又按：《舊唐書・王鉷傳》：「（天寶）九載五月，兼京兆尹，使並如故。鉷威權轉盛，兼二十餘使。……雖晉公（李）林甫亦畏避之。林甫子岫為將作監，供奉禁中；鉷子準衛尉少卿，亦鬪雞供奉，每謔岫，岫常下之。萬年尉韋黃裳、長安尉賈季鄰常於廳事貯錢數百緡，名倡珍饌，常有備擬，以候準所適。」由此知天寶九載時韋黃裳在萬年縣尉任，其為人奴顏媚骨，諂媚權貴。李白此詩云：「願君學長松，……然後知君子。」顯然含有規勸之意。❷太華　即西嶽華山。《元和郡縣志》卷二關內道華州華陰縣：「太華山，在縣南八里。」❸亭亭　聳立貌。《文選》卷二三劉楨〈贈從弟〉詩：「亭亭山上松。」呂向注：「亭亭，高貌。」❹百尺高　尺，宋本原作「人」，據蕭本、郭本、繆本、王本、咸本改。❺微飆　衰退的暴風。飆，通「飇」。暴風。❻桃李句　桃李，喻指小人。賣，賣弄。陽豔，明亮美麗。陽，宋本原作「搖」，據蕭本、郭本、王本改。鮑照〈學劉公幹體〉：「豔陽桃李節。」

【語　譯】華山頂上生長的青松，高聳玉立凌霜傲雪。老天賜與的百尺長松，豈能為微弱的狂風所折！而桃李卻只是賣弄豔麗的美色，使行路之人為之著迷。當春光已盡之時，它的碧葉就會化成黃泥。希望你要學長松那樣高大正直，切勿做桃李那樣賣弄豔麗的小人。受屈而忠心不改，然後才能知道是真君子。

【研　析】此詩當作於天寶九載（西元七五〇年）以後韋黃裳為監察御史之時。李白深知韋黃裳人品低賤，故作此詩規勸。前四句盛讚長松凌霜傲雪，不為狂風所折，接著四句貶斥桃李賣豔使人著迷，但春盡之時就葉落化泥。末四句明確點出希望韋黃裳學習長松的品格，做一個真正的君子，千萬不要做桃李那樣的小人。

其二

見君乘驄馬❶，知上太行道❷。此地果摧輪❸，全身❹以為寶。我如豐年玉❺，
棄置秋田草。但勗冰壺心❻，無為❼歎衰老。

【注　釋】❶乘驄馬　驄，毛色青白夾雜的馬。《後漢書・桓典傳》：「舉高第，拜侍御史。是時宦官秉權，典執政無所回避。常乘驄馬，京師畏憚，為之語曰：『行行且止，避驄馬御史。』」後世就常以「乘驄」為御史臺官員的代稱。❷太行道　行，宋本原作「山」，王琦注曰：「舊本皆作『山』，今依《文苑英華》本校作『行』。」按：據下句「此地果摧輪」，當以「太行道」為是。韋黃裳此時蓋奉使過太行山往并州按察郡縣。❸摧輪　形容道路艱險。曹操〈苦寒行〉：「北上太行山，艱哉何巍巍！羊腸阪詰屈，車輪為之摧。」❹全身　保全生命。《詩經・王風・君子陽陽序》：「君子遭亂，相招為祿仕，全身遠害而已。」❺豐年玉　比喻有治國之才能。《世說新語・賞譽》：「世稱庾文康（亮）為豐年玉。」劉孝標注：「謂亮有廊廟之器。」❻但勗句　自勉兼勉韋黃裳。勗，勉勵。冰壺心，冰清玉潔。鮑照〈白頭吟〉：「清如玉壺冰。」❼無為　毋為；不要為此。

【語　譯】見您乘著驄馬，知道您要上太行山之道。此地果然經常摧車毀輪十分艱險，千萬要注意安全以保全性命才是最寶貴的。我如豐年的美玉，被棄置在秋田的草叢之中。只要勉勵自己為官清正如玉壺之冰，就不要為衰老而嘆息。

【研　析】此首前四句寫韋黃裳過太行山之艱險行程，因為此段道路經常會摧毀車輪，所以希望他注意身體安全。後四句既嘆自己懷才不遇，又勉勵友人為官要清正。《唐宋詩醇》卷五評曰：「古道照人，得朋友交勉之誼。」

贈薛校書❶

我有吳趨曲❷，無人知此音。姑蘇成蔓草，麋鹿空悲吟❸。未誇觀濤作❹，空鬱釣鼇心❺。舉手謝東海❻，虛行❼歸故林。

【注　釋】❶薛校書　姓薛的校書郎，名字不詳。按《新唐書・百官志二》，門下省弘文館有校書郎二人，從九品上；中書省集賢殿書院有校書四人，正九品下；祕書省有校書郎十人，正九品上；著作局校書郎二人，正九品上；又四上東宮官崇文館有校書郎二人，從九品下；司經局有校書四人，正九品下。❷吳趨曲　趨，蕭本、郭本、王本、咸本皆作「越」。恐非。崔豹《古今注》卷中：「〈吳趨曲〉，吳人以歌其地也。」《文選》卷二八陸機有〈吳趨行〉：「四坐並清聽，聽我歌〈吳趨〉。」劉良注：「趨，步也。此曲吳人歌其土風也。」李白所作吳趨曲今已不存。❸姑蘇二句　伍子胥被吳王賜死時說：「吾今日死，吳宮為墟，庭生蔓草。」見《吳越春秋・夫差內傳》。又《漢書・伍被傳》：「昔子胥諫吳王，吳王不用，乃曰：『臣今見麋鹿遊姑蘇之臺也。』」顏師古注：「姑蘇臺，……《吳地記》云：因山為名，西南去國三十五里。」❹觀濤作　指枚乘〈七發〉。《文選》卷三四枚乘〈七發〉：「將以八月之望，與諸侯遠方交遊兄弟，並往觀濤乎廣陵之曲江。」李善注：「《漢書》，廣陵國，屬吳也。」❺釣鼇心　用《列子・湯問》所載神話故事，謂龍伯國大人「一釣而連六鼇」。按宋趙令時《侯鯖錄》卷六：「李白開元中謁宰相，封一板，上題曰：『海上釣鼇客李白』。」可知此處「釣鼇心」乃自喻其志之遠大。❻謝東海　辭別朝廷。此處「東海」喻指朝廷。❼虛行　虛此一行；白來一次。

【語　譯】我寫有吳趨曲，沒有人知道此曲之音。姑蘇臺已成為蔓草叢生的廢墟，麋鹿遊於臺上徒然使人悲吟。我沒有誇耀觀濤之作，空有釣鼇之心而憂鬱未遂。舉手辭別朝廷，虛此一行而回歸故林。

【研　析】此詩當是天寶三載（西元七四四年）詩人離開朝廷時贈薛校書之作。前四句謂自己曾寫有慨嘆姑蘇臺成蔓草而麋鹿遊其上的吳趨曲，無人能理解。接著二句謂自己沒有像當年枚乘那樣誇耀觀濤之作，空有大志無從實現而心情抑鬱。末二句則以「謝東海」喻告別朝廷回歸故園，認為奉詔入京供奉翰林只是徒然一行。悲慨之情溢於言表。

贈何七判官昌浩❶

有時忽惆悵❷，匡坐至夜分❸。平明空嘯咤❹，思欲解世紛。心隨長風去，吹散萬里雲。羞作濟南生，九十誦古文❺。

不然拂劍起，沙漠收奇勳。老死田陌間，何因揚清芬❻？夫子今管樂，英才冠三軍❼。終與同出處，豈將沮溺群❽？

【注　釋】❶何七判官昌浩　姓何，名昌浩，排行第七。拓本〈唐故鄧州司戶參軍何府君（昌浩）墓誌銘并序〉（貞元九年十月）：「解褐澤州參軍，……左遷光州定城縣丞，……移鄧州司戶參軍。無何，二京覆沒，遂潛跡江表，為宣歙採訪使宋若斯（思）辟署支使。天不慭遺，罔祐其善，官舍遇疾。以永泰二年薨，春秋五十二。」可知何昌浩一生僅有一次入幕，即

「為宣歙採訪使宋若斯（思）辟署支使」。其為判官即在此時。唐人常以「判官」概指節度使幕僚。宋若思為宣歙採訪使在至德二載，則何昌浩為判官亦當在此年。李白亦於此年曾入宋若思幕，當與何昌浩為同僚。後李白離開宋若思幕，可能即來涇溪。不久又逃離到宿松。李白另有〈涇溪南藍山下有落星潭可以卜築余泊舟石上寄何判官昌浩〉。可參讀。《舊唐書・職官志三》：節度使幕中有「判官」二人。按：唐代特派擔任臨時職務的大臣皆得自選官員奏請充任判官，以資佐理。❷惆悵　因失意而悲傷。《楚辭・九辯》：「惆悵兮而私自憐。」❸匡坐句　匡坐，正坐。《莊子・讓王》：「上漏下濕，匡坐而絃歌。」成玄英疏：「匡，正也。」夜分，夜半。《後漢書・劉慶傳》：「每朝謁陵廟，常夜分嚴裝衣冠待明。」李賢注：「分，半也。」❹平明句　平明，天將亮之時。凌晨四點前後。《史記・留侯世家》：「後五日平明，與我會此。」嘯咤，大聲呼叱。❺羞作二句　濟南生，指伏生。據《漢書・儒林傳》載，伏生，濟南人，曾為秦博士，精通《尚書》。漢文帝徵召通《尚書》者，時伏生年已九十餘，不能行走，於是文帝派晁錯至其家受業。古文，泛指古代文字。❻老死二句　田陌，田間小路。蕭本、郭本、王本作「阡陌」。南北為阡，東西為陌。清芬，指高潔的聲名。陸機〈文賦〉：「誦先人之清芬。」詳見本卷〈贈孟浩然〉詩注。❼夫子二句　夫子，對何昌浩的尊稱。管樂，管仲和樂毅。管仲是春秋齊桓公時賢相，曾助桓公建立霸業。樂毅為戰國燕昭王時亞卿，曾領趙、楚、韓、魏五國兵伐齊，攻下齊國七十餘城。此以管樂喻何昌浩乃當代傑出人才。冠三軍，居於三軍之首。《文選》卷四一李陵〈答蘇武書〉：「陵先將軍功略蓋天地，義勇冠三軍。」劉良注：「義勇冠出於三軍之上也。」❽終與二句　二句謂要與何昌浩共進退，有所作為，不能與長沮、桀溺為伍。朱異〈還東田宅贈朋離詩〉：「雖有遨遊美，終非沮溺群。」出，出仕。處，隱居。出處，猶進退。沮溺，即長沮、桀溺，春秋時隱士。《論語・微子》記載「長沮、桀溺耦而耕」，曾嘲諷孔子在列國間奔走的積極用世精神。

【語　譯】有時我忽然感到心情惆悵，獨自端坐直至夜半。天明時空懷壯志仰天長嘯，思量欲為世間排亂解紛以展懷抱。我的心隨著長風直上，吹散天空中的萬里浮雲。我羞作濟南伏生，九十多歲還在吟誦古文。

不如拂劍而起，到沙漠上去拚殺而建立功勳。一輩子老死在阡陌之間，怎能傳揚聲名呢？您是當今的管仲和樂毅，英才名冠三軍。我與您終會一起進退，豈能一輩子與長沮、桀溺為伍？

【研　析】此詩作於至德二載（七五七年）秋，時詩人與何昌浩同在宋若思幕中為同僚。前八句自敘志向。謂夕不眠、晝長嘯而思用世，心隨長風直上青雲，羞為章句之老儒。後段謂自己亦欲拂劍而起，赴沙場斬將搴旗建立功勳。讚揚友人英才傑出，乃當今之管仲、樂毅，希冀同與出處，不甘與長沮、桀溺為伍。周珽《唐詩選脈會通評林》評曰：「開口慷慨，便能吞吐凡俗。蓋用世之志，由夜及旦，思得同心者並驅建樹，以揚芬千古。故既羞為章句宿儒，復不甘與耕隱同類。白自負固高，其贊何亦不淺也。」

讀諸葛武侯傳❶書懷贈長安崔少府叔封昆季❷

漢道昔云季，群雄方戰爭❸。霸圖❹各未立，割據資豪英❺。
赤伏起頹運❻，臥龍❼得孔明。當其南陽時，隴畝躬自耕❽。魚水三顧合❾，
風雲四海生❿。武侯立岷蜀，壯志吞咸京⓫。何人先見許？但有崔州平⓬。
余亦草間人⓭，頗懷拯物情⓮。晚途值子玉，華髮同衰榮⓯。託意在經濟⓰，
結交為弟兄。無令管與鮑，千載獨知名⓱。

【注釋】❶諸葛武侯傳　當指《三國志・蜀書・諸葛亮傳》。諸葛亮，三國時蜀相。晚年被封為武鄉侯，簡稱武侯。❷長安崔少府叔封昆季　長安縣尉崔叔封兄弟。長安，指長安縣，今陝西西安。少府，對縣尉的尊稱。崔叔封，《新唐書・宰相世系表二下》崔氏清河大房有叔封，乃同州刺史崔子源子。李白又有〈答長安崔少府叔封遊終南翠微寺太宗皇帝金沙泉見寄〉詩。昆季，弟兄。❸漢道二句　謂時當東漢末年，群雄爭奪天下。云，語助詞。季，末年。群雄，指東漢末年袁紹、袁術、曹操、孫堅、孫權、劉備等人。楊炯〈廣溪峽〉詩：「漢氏昔云季，中原爭逐鹿。天下有英雄，襄陽有龍伏。」❹霸圖　稱霸天下的宏圖大業。❺割據句　此句謂割據一方須憑藉智謀傑出之士。資，憑藉；依靠。豪英，英雄豪傑。❻赤伏句　《後漢書・光武帝紀上》記載：光武帝劉秀原在長安時，有人獻〈赤伏符〉曰：「劉秀發兵捕不道，四夷雲集龍鬬野，四七之際火為王。」預言劉秀將做皇帝。此以西漢滅亡後由劉秀振興建立東漢王朝，喻東漢滅亡後由劉備復振劉氏衰亡的命運。頹運，

衰落的命運。❼臥龍　指諸葛亮。《三國志・蜀書・諸葛亮傳》：徐庶謂劉備云：「諸葛孔明者，臥龍也，將軍豈願見之乎？」臥，指隱居。龍，喻才能傑出。孔明，諸葛亮字。❽當其二句　諸葛亮〈出師表〉：「臣本布衣，躬耕於南陽。」按：諸葛亮隱居的南陽隆中山，在今湖北襄陽西。❾魚水句　魚水，形容劉備與諸葛亮關係親密融合。三顧合，《三國志・蜀書・諸葛亮傳》：「(徐)庶曰：『此人(諸葛亮)可就見，不可屈致也。將軍宜枉駕顧之。』由是先主(劉備)遂詣亮，凡三往乃見。……於是與亮情好日密，關羽、張飛等不悅。先主解之曰：『孤之有孔明，猶魚之有水也，願諸君勿復言。』羽、飛乃止。」❿風雲句　謂諸葛亮輔佐劉備在各地建立叱吒風雲的功業。⓫武侯二句　謂諸葛亮立足蜀中，志在吞滅關中，統一天下。武侯，指諸葛亮，封武鄉侯，卒諡忠武侯。立岷蜀，謂在蜀中建立根據地。蜀中有岷山、岷江，故稱岷蜀。咸京，指秦漢時京城咸陽、長安一帶。壯志，宋本作「壯士」，據蕭本、郭本、王本、咸本改。⓬何人二句　見許，被人讚許。但有，只有。崔州平，《三國志・蜀書・諸葛亮傳》：「躬耕隴畝，好為〈梁父吟〉。身長八尺，每自比於管仲、樂毅，時人莫之許也，惟博陵崔州平、潁川徐元直與亮友善，謂為信然。」⓭草間人　指隱於草野並未出仕者。宋本在「人」字下夾注：「一作：士」。⓮拯物情　指拯救蒼生的心願。⓯晚途二句　晚途，晚年。值，遇到。子玉，指東漢崔瑗。《後漢書・崔瑗傳》：「瑗字子玉，早孤，銳志好學，盡能傳其父業。……與扶風馬融、南陽張衡特相友好。」此以崔瑗借指崔叔封。華髮，花白頭髮。二句謂到了晚年才遇崔少府，鬢髮都已花白了。按：咸淳本注云：「一本無此二句」。是。李白寫此詩時尚未到晚年。胡震亨《李詩通》云：「既云州平，不得復云子玉，況又云管鮑乎！或謂余，子玉不如改為之子，則管、鮑亦不妨用，是則然，但青蓮政不如此拘拘耳。」⓰託意句　謂寄託志向於經世濟民。《晉書・殷浩傳》：「足下沉識淹長，思綜通練，起而明之，足以經濟。」⓱無令二句　無令，不要使。無，通「毋」，不要。蕭本、郭本作「毋」。管與鮑，春秋時政治家管仲和他的好友鮑叔牙。《史記・管晏列傳》：「管仲夷吾者，潁上人也。少時嘗與鮑叔牙游，鮑叔知其賢。管仲貧困，常欺鮑叔，鮑叔終善遇之，不以為言。已而鮑叔事齊公子小白，管仲事公子糾。及小白立為桓公，公子糾死，管仲囚焉。鮑叔遂進管仲。管仲既用，任政於齊，齊桓公以霸，九合諸侯，一匡天下，管仲之謀也。管仲曰：『……生我者父母，知我者鮑子也。』鮑叔既進管仲，以身下之。……天下不多管仲之賢，而多鮑叔能知人也。」

【語　譯】東漢末年，群雄戰爭。爭王圖霸之業未立，各自依賴英豪割據稱雄。

劉備像漢光武帝一樣力挽漢朝衰頹的命運，得到了孔明這條「臥龍」的輔佐。諸葛亮在南陽之時，親自耕種於隴畝之中。劉備三顧茅廬請出諸葛亮輔佐如魚得水，終於叱咤風雲於天下。諸葛亮在岷蜀輔佐劉備立國，其壯志則欲得到長安京城。諸葛亮未顯達時有誰對他最為讚許呢？只有博陵的崔州平。

我也是一個隱居草野的人，也胸懷拯救蒼生之情。在晚年遇到了您們像崔州平和崔瑗這樣的朋友，滿頭華髮同衰共榮。我們都寄意於經世濟民，結成兄弟般的朋友。讓我們的友誼像管仲和鮑叔一樣，在歷史上千載傳名。

【研析】此詩當是開元年間初入長安時所作。首四句寫漢末群雄戰爭，為諸葛亮所處環境作鋪墊。接著十句正面點出「讀諸葛武侯傳」，描寫諸葛亮躬耕隆中，劉備三顧茅廬，諸葛亮輔佐劉備建立蜀漢政權，志在吞併長安，統一天下。而最早賞識他的人是崔州平。末八句寫自己亦像當年諸葛亮一樣隱於草野，而志在濟世，希望能像當年鮑叔薦管仲那樣，得到友人的幫助。點出題中的贈長安崔少府叔封昆季。詩中以崔州平、鮑叔喻崔叔封昆季，隱以諸葛亮、管仲自比。冀人薦舉，成就一番事業，乃李白初入長安的主要思想，這一思想在李白初入長安及西遊邠州、坊州時的許多詩篇中均有表現。或謂此詩中有「晚途值子玉，華髮同衰榮」，未必為開元年間詩。其實，此二句當依咸本注「一本無此二句」為是。

贈郭將軍❶

將軍少年出武威❷，入掌銀臺護紫微❸。平明拂劍朝天❹去，薄暮❺垂鞭醉酒歸。愛子臨風吹玉笛，美人騰月❻舞羅衣。疇昔雄豪如夢裏，相逢且欲醉春輝❼。

【注釋】❶郭將軍　名不詳。按《舊唐書‧職官志三》，唐代武官有左右衛將軍，「掌統領宮廷警衛之法，以督其屬之隊仗，而總諸曹之職務。」又有左右驍衛將軍、左右武衛將軍、左右威衛將軍、左右領軍衛將軍、左右金吾衛將軍、左右監門衛將軍、左右千牛衛將軍、左右羽林軍將軍等等。❷將軍句　武威，即涼州，天寶元年改為武威郡，乾元元年復為涼州。屬隴右道。治所在今甘肅武威。宋本在本句下夾注：「一云：將軍豪蕩有天威」。❸入掌句　銀臺，長安宮城門名。見卷四〈相逢行〉注。紫微，王琦注：「天子所居之宮也。天有紫微宮，王者象之，故亦謂之紫微。」❹朝天　上朝去拜見天子。❺薄暮　傍晚；太陽將落沒之時。❻騰月　宋本在「騰」字下夾注：「一作：向。又作：嬌」。蕭本、郭本、王本、咸本皆作「向月」。❼疇昔二句　宋本在二句下夾注：「一云：今日相逢俱失路，何年灞上弄春輝」。疇昔，往昔；以往。疇，助詞。

【語　譯】郭將軍少年時即從軍在武威鎮守邊疆，現在又掌管銀臺門守衛皇宮。天明時佩著長劍上朝去朝見天子，到傍晚便騎馬垂鞭醉酒而歸。家中有愛子臨風吹笛，美人在月下翩舞羅衣。昔日的雄姿豪氣宛如夢中，如今相逢姑且與君在春光中醉飲。

【研　析】此詩當是天寶二年（西元七四三年）供奉翰林時的應酬之作。首四句描寫郭將軍的形象：少年從軍，如今入掌銀臺；天亮上朝，傍晚醉歸。接著二句描寫家中生活：愛子臨風吹笛，美人羅衣起舞。末二句總收，「雄豪」應前四句，「醉春暉」應五六二句。嚴羽評點曰：「如此銷如夢，氣始不颯。」

駕去溫泉宮後贈楊山人❶

少年落托楚漢間❷，風塵蕭瑟❸多苦顏。自言管葛竟誰許❹？長吁莫錯還閉關❺。

一朝君王垂拂拭❻，剖心輸丹雪胸臆❼。忽蒙白日迴景光❽，直上青雲生羽翼。幸陪鸞輦出鴻都❾，身騎飛龍天馬駒❿。王公大人借顏色⓫，金章紫綬來相趨⓬。

當時結交何紛紛，片言道合唯有君⓭。待吾盡節報明主，然後相攜臥白雲⓮。

【注　釋】❶駕去題　駕去，敦煌《唐人選唐詩》作「從駕」。溫泉宮，故址在今陝西臨潼驪山下。《新唐書・地理志一》京兆府昭應縣：「有宮在驪山下，貞觀十八年置，咸亨二年始名溫泉宮。天寶元年，更驪山曰會昌山。……六載，更溫泉曰華清宮，宮治湯井為池，環山列宮室，又築羅城，置百司及十宅。」楊山人，名未詳。山人，指隱士。李白又有〈送楊山人歸嵩山〉、〈送楊山人歸天台〉詩；高適亦有〈送楊山人歸嵩陽〉、〈別楊山人〉、〈宋中遇林慮楊十七山人因而有別〉、〈武威同諸公遇楊山人〉等詩；劉長卿亦有〈夜宴洛陽程九主簿宅送楊山人往天台尋智者禪師隱居〉詩，疑當為同一人。❷少年句　落托，疊韻聯綿詞。窮困失意。宋本「托」字左旁為「木」，誤。蕭本、郭本、王本、咸本皆作「落魄」，敦煌《唐人選唐詩》作「落泊」，通用。楚漢間，指今湖北江漢流域。❸蕭瑟　形容寂寞淒涼。❹自言句　此句謂儘管自以為有管仲、諸葛亮之才，可又有誰推許呢。管葛，宋本作「介葛」，據蕭本、郭本、王本、咸本、敦煌《唐人選唐詩》改。指春秋時齊桓公宰相管仲和三國蜀漢丞相諸葛亮。❺長吁句　莫錯，一作「錯漠」，即「錯莫」。寂寞；內心紛亂貌。閉關，閉門，指無知友往來。關，門栓。古代關門用橫木作栓。❻垂拂拭　拂去塵埃，顯示光彩。喻被賞拔。❼剖心句　意謂甘願竭誠盡力，報答皇帝的知遇之恩。❽忽蒙句　白日，指皇帝。景光，日光，此指皇帝的寵賜。鮑照〈蒜山被始興王命作〉詩：「白日迴清景。」❾幸陪句　鸞輦，皇帝的車乘。因車上有鈴似鸞鳴而名。鴻都，《後漢書・靈帝紀》：「光和元年，……始置鴻都門學生。」李賢注：「鴻都，門名也，於內置學，時其中諸生，皆敕州郡三公舉召能為尺牘詞賦及工書鳥篆者，相課試，至千人焉。」此喻指當時李白所在的翰林院。❿身騎句　飛龍，馬廄名。《新唐書・兵志》：「又以尚乘掌天子御。左右六閑……總十有二閑為二廄……其後禁中又增置飛龍廄。」天馬駒，指駿馬。《史記・大宛列傳》：漢武帝時「得烏孫馬，好，名曰天馬。及得大宛汗血馬，益壯，更名烏孫馬曰西極，名大宛馬曰天馬。」據李肇《翰林志》記載，唐代制度：翰林學士初入院，賜中廄馬一匹，謂之長借馬。其時李白供奉翰林，故得借飛龍廄馬。傅玄〈擬四愁詩四首〉之一：「寄言飛龍天馬駒。」⓫借顏色　猶賞臉、給面子。⓬金章句　金章，敦煌《唐人選唐詩》作「金印」，銅印之意。紫綬，紫色印帶。《漢書・百官公卿表上》：「相國丞相皆秦官，金印紫綬。」此以金章紫綬代指朝廷大官。相趨，奉承；討好。⓭當時二句　意謂當時結交的人極多，可是真正志同道合的只有你。⓮然後句　臥白雲，謂隱居。宋本在「然後相攜」四字下夾注：「一作：攜手滄洲」。

【語　譯】年輕時我在楚漢一帶落魄失意，流落風塵遭遇淒涼而愁眉苦臉。自以為有管仲、諸葛亮之才可是有誰推許？只能長吁短嘆而閉門謝客。

一旦天子垂顧給予拂拭之恩，我要獻出丹心竭力盡忠。忽蒙天子垂照白日之光，我如同兩脅生翅，直飛青雲之上。有幸奉陪天子鑾駕出鴻都之門，身騎飛龍廄中之天馬。這時王公大人無不給我賞臉，金章紫綬的高官也來奉承我。

當時與我結交的人何等之多，但只有您與我真正志同道合。待我盡節報效明主之後，然後我要與您一起隱居同臥白雲。

【研　析】此詩乃天寶元年（西元七四二年）奉詔入京得到君王禮遇供奉翰林、從駕溫泉宮時所作。開頭四句回顧年輕時流寓於安陸一帶，窮困淒涼，雖自以為抱負可比管仲、諸葛亮，但卻無人推許賞識，因此只能長嘆而寂寞閉門，無人往來。這與後面寫的情景形成鮮明對比。中間八句寫入京後得到君王的賞識，供奉翰林，自己甘願掏出心來竭力盡忠，報答君王之恩。又蒙君王寵召，使自己像長出翅膀直上青雲，叨陪侍從到溫泉宮，騎著飛龍廄的駿馬出翰林院，王公大臣都給我賞臉，朝廷大官也都奉承自己。這八句得志的神情溢於言表，與開頭四句的情景對比，充分顯示出世態的炎涼。最後四句抒寫自己的理想。當此之時，巴結自己的人很多，但真正志同道合的只有你楊山人。詩人表示要等自己盡忠做一番事業報答英明君王以後，然後就與楊山人攜手隱居。

全詩結構完整，層次分明。以時間為線索，過去、現在、將來，完全順敘，這在李白詩中較為少見。

溫泉侍從❶歸逢故人

漢帝長楊苑❷，誇胡羽獵歸❸。子雲叨侍從，獻賦有光輝❹。激賞搖天筆❺，承恩賜御衣❻。逢君奏明主，他日共翻飛❼。

【注釋】❶溫泉侍從　隨從皇帝到溫泉宮。溫泉，即前首的溫泉宮。侍從，隨從陪侍皇帝。班固〈兩都賦序〉：「故言語侍從之臣，若司馬相如、虞丘壽王、東方朔……之屬，朝夕論思，日月獻納。」❷長楊苑　秦漢宮名。楊，亦作「揚」。故址在今陝西周至東南。《三輔黃圖・秦宮》：「長楊宮在今盩厔縣東南三十里，本秦舊宮，至漢修飾之以備行幸。宮中有垂楊數畝，因為宮名；門曰射熊館。秦漢遊獵之所。」❸誇胡句　《漢書・揚雄傳》：「其十二月羽獵，雄從。……故聊因〈校獵賦〉以風。……明年，上（漢成帝）將大誇胡人以多禽獸，秋，命右扶風發民入南山，西自褒斜，東至弘農，南毆漢中，張羅網罝罘，捕熊羆豪豬，……載以檻車，輸長楊射熊館，……令胡人手搏之，自取其獲，上親臨觀焉。……雄從至射熊館，還，上〈長楊賦〉，聊因筆墨之成文章，故藉翰林以為主人，子墨為客卿以風。」此句即寫此事。羽獵，以羽箭射獵。❹子雲二句　子雲，揚雄之字。獻賦，即指揚雄獻〈上楊賦〉。此處以揚雄自喻，可知李白當時亦曾向皇帝獻賦。❺激賞句　激賞，極其讚賞。天筆，天子之筆。孔稚圭〈上新定法律表〉：「聖照玄覽，斷自天筆。」❻賜御衣　楊齊賢注：「太白為宮詞，明皇賞賜以宮錦袍。」按：武后遊龍門，命群臣賦詩，先成者賜以錦袍，先賜東方虬，後因宋之問詩極佳，遂又奪虬袍賜宋之問。見《唐詩紀事》。此處當因太白獻賦而賜御衣。其所獻之賦或即今存之〈大獵賦〉。❼翻飛　飛騰升官。

【語　譯】漢成帝到長楊館去打獵，向胡人誇讚禽獸之多而歸來。揚子雲有幸隨從皇上，獻〈長楊賦〉而獲得光輝。皇上搖動天筆極為讚賞，承受皇恩被賜賞御衣。這次遇到您，若有機會定當上奏明主推薦您，他日與您共同飛騰做官。

【研　析】此詩當是與前首同時之作。時詩人正供奉翰林，隨從皇帝到溫泉宮，歸來時逢舊友而贈此詩。詩中以揚雄自喻。當年揚雄隨從漢成帝遊於長楊苑，大誇胡人以多禽獸，遂獻〈羽獵賦〉和〈長楊賦〉，如今自己侍從皇帝溫泉宮，亦因獻賦而得天子激賞賜御衣。「獻賦」句語意雙關，承上啟下，既指揚雄，亦說自己。末二句點題，逢友人而願薦之於皇上，他日共同升遷飛騰直上青雲。得意之情洋溢全詩，掃盡以往詩中之愁苦。嚴羽評點曰：「太白情曠，亦復情熱如此！」

贈裴十四❶

朝見裴叔則，朗如行玉山❷。黃河落天走東海，萬里寫入胸懷間❸。身騎白黿不敢度❹，金高南山買君顧❺。徘徊六合❻無相知，飄若浮雲且西去。

【注　釋】❶裴十四　排行十四，名字不詳。唐人喜在詩文中以行第相稱，不出名字，後人難於考索。❷朝見二句　《晉書・裴楷傳》：「楷字叔則，……時人謂之『玉人』，又稱『見裴叔則如近玉山，映照人也。』」此借喻裴十四儀容美好。❸黃河二句　謂黃河之水從天上落下，直奔東海，萬里都傾瀉在胸懷間。形容其胸懷寬廣。寫，通「瀉」。傾泄。入，宋本誤作「又」，據蕭本、郭本、繆本、王本、咸本改。❹身騎句　此句謂水極深而不敢渡河。白黿，屈原〈九歌・河伯〉：「乘白黿兮逐文魚，與女遊兮河之渚。」黿，一種水生動物。亦稱「綠團魚」，俗稱「癩頭黿」。背甲暗綠色，腹面白色，前肢外緣和蹼均呈白色，生活於河中。度，通「渡」。❺金高句　金高南山，今人安旗云：蓋化用「南金」一詞。《詩經・魯頌・泮水》：「元龜象齒，大賂南金。」毛傳：「南，謂荊揚也。」鄭玄箋：「荊揚之州，貢金三品。」後用以喻南方優秀人物。《晉書・薛兼傳》：「兼清素有器宇，少與同郡紀瞻、廣陵閔鴻、吳郡顧榮、會稽賀循齊名，號為五儁。初入洛，司空張華見而奇之，曰：『皆南金也。』」此處以南金自喻。買君顧，意謂希望得到裴公的垂顧。❻六合　指天地四方。

【語　譯】見到您如見到晉人裴叔則，如行玉山朗然照人。您的胸懷闊大如黃河落天直入東海，萬里之水皆納入其中。我不敢騎白黿冒然橫渡，我是南山高金希望買裴公一顧。我徘徊於天地四方而無相知之人，只得如天上的浮雲飄然而西去。

【研　析】此詩疑是開元年間初入長安隱於終南山時所作。詩中以晉人裴楷比擬裴十四，描繪其容儀之美，又形容其胸懷浩蕩如藏萬里河水。黃河水深莫測，故騎白黿亦不敢渡，自己希望買君一顧。但徘徊於天地四方無相知之人，所以只得如天上之浮雲暫且飄然西遊。

贈崔侍御❶

黃河三尺鯉❷，本在孟津❸居。點額不成龍❹，歸來伴❺凡魚。
故人東海客❻，一見借吹噓❼。風濤儻相因❽，更欲凌崑墟❾。何當赤車使，
再往召相如❿？

【注釋】❶崔侍御　卷一六〈酬崔侍御〉詩附有〈贈李十二〉詩，署「攝監察御史崔成甫」。此崔侍御即攝監察御史崔成甫，北京國家圖書館藏拓本〈有唐通議大夫守太子賓客尚書左僕射崔孝公（沔）墓誌〉（大曆十三年四月八日重刻），後有一段文字，據筆者考證，乃成甫之弟祐甫在重刻時所寫的附記。其云：「孝公長子成甫，服闋授陝縣尉，以事貶黜，乾元初卒於江介。」又〈有唐朝散大夫守汝州長史上柱國安平縣開國公贈衛尉少卿崔公（暟）墓誌〉（大曆十三年四月八日重刻），後亦有一段文字，據筆者考證，亦為祐甫在重刻時所寫的附記，其云：「……僕射（指崔沔）之長子成甫，仕至祕書省校書郎，馮翊、陝二縣尉。」證知崔成甫乃崔沔之子，崔暟之孫。李白又有〈澤畔吟序〉云：「〈澤畔吟〉者，逐臣崔公之所作也。公代業文宗，早茂才秀，起家校書蓬山，再尉關輔，中佐於憲車，因貶湘陰。」此「逐臣崔公」即崔成甫；「起家校書蓬山」，即初仕為祕書省校書郎；「再尉關輔」，即為馮翊、陝縣尉；「中佐於憲車」，即攝監察御史；「因貶湘陰」，即以事貶黜。證知其攝監察御史在陝縣尉之後，貶湘陰之前。按：《舊唐書・韋堅傳》：「天寶元年十月，堅為陝郡太守，穿廣運潭，潭成，陝縣尉崔成甫以堅為陝郡太守，鑿成新潭，又致揚州銅器，翻出新詞，廣集兩縣官，使婦人唱之。……成甫又作歌詞十首，……於第一船作號頭唱之。」成甫當由此知名，攝監察御史。天寶五載，韋堅被李林甫陷害，被貶殺。連累者數十人，成甫當為受連累而被貶湘陰。詳見拙著〈李白詩中崔侍御考辨〉《文史哲》一九七九年第一期，收入《李白叢考》，陝西人民出版社一九八二年版，《天上謫仙人的祕密——李白考論集》，臺灣商務印書館一九九七年版）。❷三尺鯉　三，蕭本、郭本、《全

唐詩》皆作「二」。❸孟津　古黃河津渡名。在今河南孟州西南、孟津東北。《尚書・禹貢》：導河「東至於孟津」。相傳周武王伐紂，在此盟會諸侯並渡河，故一名盟津。❹點額句　《水經注・河水四》：「鱣，鮪也，出鞏穴，三月則上渡龍門，得渡為龍矣；否則點額而還。」後因以「點額」比喻應試落第或仕途失意。❺伴　宋本在「伴」字下夾注：「一作：作」。❻東海客　猶言東海釣鼇客，比喻崔成甫氣概豪放。❼借吹噓　憑藉其揄揚相助自己。《方言》第十二：「吹，扇，助也。」郭璞注：「吹噓，扇拂，相佐助也。」❽相因　蕭本、郭本、咸本作「相見」。❾崑墟　即崑崙之墟。《水經注・河水》：「崑崙墟在西北……其高萬一千里，河水出其東北陬。」❿何當二句　何當，何時。赤車使，天子使者。車，宋本誤作「草」，據咸本、繆本改。古代顯貴者所乘的紅色的車謂之赤車。召相如，《史記・司馬相如列傳》：「蜀人楊得意為狗監，侍上。上讀〈子虛賦〉而善之，曰：『朕獨不得與此人同時哉！』得意曰：『臣邑人司馬相如自言為此賦。』上驚，乃召問相如。相如曰：『有是。然此乃諸侯之事，未足觀也。請為天子游獵賦，賦成奏之。』」按：蕭本、郭本、王本、《全唐詩》皆無此二句。

【語　譯】我像黃河中的三尺鯉魚，本在孟津居住，因為沒有跳過龍門而未能成龍，只得歸來仍與凡魚為伴。老友您是東海客，一見面就能助我一臂之力。倘若有風濤之勢可乘，我想再跳一次直接超越崑崙之墟。何時能像司馬相如那樣，被皇帝派赤車再為召見呢？

【研　析】此詩當是天寶三載（西元七四四年）被賜金還山後所作。前段四句以孟津黃河之鯉自喻，以點額不成龍而歸來伴凡魚比喻供奉翰林未能入仕而被放歸。非常生動形象。後段四句寫友人崔成甫乃東海客，希望憑藉其風濤，再次薦舉，自己更想飛騰凌越崑崙之墟。末二句又以司馬相如自喻，冀君王再次派遣赤車使者召見自己。葛立方《韻語陽秋》卷六云：「觀此則白不可謂無心於仕進者。然當時慢侮力士，略不為身謀，旋致貶逐，而曾不悔。使其欲仕之心切，必不如是。先是，蘇頲為益州長史，見白異之，曰：『是子天才英特，少益以學，可比相如。』故白詩中每以相如自比。〈贈從弟之遙〉曰：『漢家天子馳駟馬，赤車蜀道迎相如。』〈自漢陽病酒歸〉曰：『聖主還聽〈子虛賦〉，相如卻欲論文章。』〈贈張鎬〉曰：『十五觀奇書，作賦凌相如。』白自比為相如，非止一詩也。」

上李邕❶

大鵬一日同風起，摶搖直上九萬里❷。假令風歇時下來，猶能簸卻滄溟水❸。世人見我恆殊調，見余大言皆冷笑❹。宣父猶能畏後生❺，丈夫❻未可輕年少！

【注　釋】❶李邕　字泰和，唐代書法家，亦善詩文，官至北海（今山東益都）太守。與李白、杜甫、高適等都有交往。兩《唐書》有傳。❷大鵬二句　此二句形容大鵬急劇盤旋，自下而上。摶搖，一作「扶搖」。《莊子・逍遙遊》：「《諧》之言曰：鵬之徙於南冥也，水擊三千里，摶扶搖而上者九萬里。」南冥，南海。成玄英疏：「扶搖，旋風也。」❸假令二句　假令，如果。簸卻，搖蕩而去之。簸，宋本原作「搊」，據蕭本、郭本、王本、咸本改。滄溟，大海。❹世人二句　世人，蕭本、郭本、王本、咸本皆作「時人」。恆殊調，經常發表與眾不同的議論。見余，郭本作「聞余」。大言，誇大的言辭。❺宣父句　宣父，指孔子。《新唐書・禮樂志五》：貞觀「十一年，詔尊孔子為宣父」。父，宋本誤作「公」，據蕭本、郭本、繆本、王本、咸本改。畏，敬畏；佩服。後生，後輩；年輕人。《論語・子罕》：「後生可畏，焉知來者之不如今也。」❻丈夫　古時對成年男子的通稱。一說猶「大丈夫」。

【語　譯】大鵬鳥一日從風而起，扶搖直上可達九萬里之高。即使因為風歇有時停下來，其力量之大尚能搖蕩滄海之水。世人見我好發與眾不同的議論，聽了我的大言都發出冷笑。孔子尚且說過後生可畏，大丈夫可不能輕視年輕人吧！

【研　析】按此詩似有殘缺。蕭士贇謂「此篇似非太白之作」。錢謙益《少陵先生年譜》於天寶四載下注云：「李邕為北海太守，陪宴（齊州）歷下亭，李白、高適俱有贈邕詩，當是同時。」今從「假令」二句看，似賜金還山後作。然李白、杜甫天寶四載在齊州與李邕會面時，李白已四十五歲，似不可謂「年少」。或謂乃開元七年拜謁渝州刺史李邕而作，似亦缺乏有力證據。詩中謂鵬起又落，似指供奉翰林又被棄，且「年少」只是泛指後輩，非必青年。故繫於天寶四載（西元七四五年）較妥。

詩中以大鵬自喻，乃貫串李白一生的自負特點。從初出蜀在江陵見司馬承禎時作〈大鵬遇稀有鳥賦〉，到此詩中「假令風歇時下來，猶能簸卻滄溟水」，到臨終時還高歌大鵬「餘風激兮萬世」，可以說大鵬是詩人一生的形象寫照。

述德兼陳情上哥舒大夫❶

天為國家孕❷英才，森森矛戟擁靈臺❸。浩蕩深謀噴江海❹，縱橫逸氣走風雷❺。丈夫立身有如此，一呼三軍皆披靡❻。衛青漫作大將軍❼，白起真成一豎子❽！

【注釋】❶哥舒大夫　御史大夫哥舒翰，天寶時名將。《舊唐書．哥舒翰傳》記載，天寶八載，加攝御史大夫。十三載，拜太子太保，又兼御史大夫。安祿山反，拜為皇太子先鋒兵馬元帥，拒賊於潼關。❷孕　孕育；培養。❸森森句　森森，繁密貌。《晉書．裴楷傳》：「楷有知人之鑒，……嘗目……鍾會如觀武庫森森，但見矛戟在前。」靈臺，指內心、胸中。《莊子．庚桑楚》：「不可內於靈臺。」郭象注：「靈臺者，心也。」此句謂胸中密藏武藝韜略。按：任華〈雜言寄李白〉詩云：「見說往年在翰林，胸中矛戟何森森！」亦即此意。❹浩蕩句　謂哥舒翰謀略深遠廣大如江海。《後漢書．馬援傳》：「援奉詔西使，鎮慰邊眾，……謀如湧泉，勢若轉規。」❺縱橫句　逸氣，超凡脫俗的氣概。《晉書．桓溫傳論》：「桓溫挺雄豪之逸氣，韞文武之奇才。」走風雷，形容威猛的力量。❻一呼句　謂一聲呼喝使敵軍紛紛逃奔。《史記．項羽本紀》：「於是項王大呼馳下，漢軍皆披靡。」披靡，隨風傾倒貌。❼衛青句　衛青，漢武帝衛皇后之弟，著名的大將軍。《史記．衛將軍驃騎列傳》：「大將軍衛青者，平陽人也。……天子使使者持大將軍印，即軍中拜車騎將軍青為大將軍，諸將皆以兵屬大將軍，大將軍立號而歸。」漫，枉然；徒然。❽白起句　白起，戰國秦昭王時著名將軍。《史記・平原君虞卿列傳》：「毛遂按劍而前曰……白起，小豎子耳，率數萬之眾，興師以與楚戰，一戰而舉鄢郢，再戰而燒夷陵，三戰而辱王之先人。」豎子，罵人語。猶言小子。鄙賤的稱謂。

【語譯】老天為國家培育出英豪奇才，胸中韜略如武庫中矛戟森森。智謀深如浩蕩江海，逸氣縱橫威猛如風雷奔走。大丈夫立身有如此才略，向空一呼就使三軍如隨風傾倒。漢朝的衛青比起您來真是枉做了大將軍，而戰國時的秦國名將白起比起您來真是一個無能小子！

【研析】此詩當是天寶十四載（西元七五五年）冬末或十五載初春詩人逃亡至潼關時投贈哥舒翰之作。哥舒翰於天寶十四載十二月十七日以皇太子先鋒兵馬元帥鎮守潼關，見《資治通鑑》天寶十四載考異引《實錄》。其時李白好友高適正在哥舒翰部下，李白逃亡至潼關時完全有可能通過他向哥舒獻上此詩。本來李白對此人沒有好感，天寶八載寫的〈答王十二寒夜獨酌有懷〉一詩中說過：「君不能學哥舒橫行青海夜帶刀，西屠石堡取紫袍。」但如今山河破碎，國家處於危亡關頭，正如後來在〈經亂離後天恩流夜郎憶舊遊書懷贈江夏韋太守良宰〉詩中所說，此時是「國命懸哥舒」，國家命運就靠他來維持，李白寫此詩歌頌他，完全可以理解。據《通鑑》記載，哥舒翰至潼關後，次年正月「乙丑，安祿山遣其子慶緒寇潼關，哥舒翰擊卻之」，可知其當時是堅決抗敵的。此詩前六句的歌頌基本上是符合實際的。末二句以貶低衛青、白起來抬高哥舒翰，則有阿諛之嫌。但這也符合李白的性格。為了強調某人的英勇，常用貶低著名英雄的手法作襯托，是李白慣用的筆法。前人因對安史之亂初期李白行蹤缺乏瞭解，或疑為偽作，非是。至於是否有闕文，可存疑。詳見拙作〈安史之亂初期李白行蹤新探索〉（《文史》二〇〇一年第二輯，總第五十五輯）。

雪讒詩贈友人　四言

嗟余沉迷，猖蹶已久❶。五十知非❷，古人常有。立言補過，庶存不朽❸，苞荒匿瑕，蓄此頑醜❹。〈月出〉致譏❺，貽愧皓首。感悟遂晚，事往日遷。白壁何辜？青蠅屢前❻。群輕折軸，下沉黃泉。眾毛飛骨，上陵青天❼。萋菲暗成，貝錦粲然❽。泥沙聚埃，珠玉不鮮❾。洪焱爍山，發自纖煙❿。滄波蕩日，起乎微涓⓫。交亂四國，播于八埏⓬。拾塵掇蜂，疑聖猜賢⓭。哀哉悲夫，誰察余之貞堅！

彼婦人之猖狂，不如鵲之彊彊；彼婦人之淫昏，不如鶉之奔奔⓮。坦蕩君子，無悅簧言⓯。擢髮續罪，罪乃孔多⓰。傾海流惡，惡無以過⓱。人生實難，逢此織羅⓲。積毀銷金⓳，沉憂作歌。天未喪文，其如余何⓴？

妲己㉑滅紂，褒女㉒惑周。天維蕩覆，職此之由㉓。漢祖呂氏，食其在傍㉔；秦皇太后，毐亦淫荒㉕。螮蝀㉖作昏，遂掩太陽。萬乘㉗尚爾，匹夫何傷！辭殫㉘意窮，心切理直。如或妄談，昊天是殛㉙。子野㉚善聽，離婁㉛至明。神靡遁響，鬼無逃形。不我遐棄㉜，庶昭忠誠。

【注釋】❶嗟予二句　謂自己沉溺迷惑、狂放無忌已久。《文選》卷四三丘遲〈與陳伯之書〉：「直以不能內審諸己，外受流言，沉迷猖蹶，以至於此。」李周翰注：「沉溺迷惑，倡狂蹶僵也，言惑亂佞行至於此也。」猖蹶，狂放無忌。蕭本、郭本、王本作「猖獗」。❷五十句　《淮南子・原道訓》：「蘧伯玉年五十而知四十九年非。」此用其意。❸立言二句　立言，謂著書立說。《左傳》襄公二十四年：「太上有立德，其次有立功，其次有立言，雖久不廢，此之謂不朽。」孔穎達疏：「立言，謂言得其要，理足可傳。」又昭公七年：「仲尼曰：能補過者，君子也。」❹苞荒二句　苞荒，蕭本、郭本、王本作「包荒」。謂度量寬宏，對於荒穢遐遠的都能容受。匿瑕，《左傳》宣公十五年：「瑾瑜匿瑕。」杜預注：「匿，亦藏也。」雖美玉之質，亦或居藏瑕穢。」瑕，玉上的疵病。蓄，賤養。頑醜，頑固醜陋之賤人。頑，蕭本、郭本、王本作「煩」。❺月出句　《詩經・陳風・月出・序》：「〈月出〉，刺好色也。在位不好德而悅美色焉。」❻白璧二句　比喻小人讒害賢能之人。《詩經・小雅・青蠅》：「營營青蠅，止於樊。豈弟君子，無信讒言。」鄭玄箋：「蠅之為蟲，汙白使黑，汙黑使白，喻佞人變亂善惡也。」❼群輕四句　謂累積輕物，可致車軸毀折而下沉黃泉，羽毛眾多可使鳥骨飛上青天。《史記・張儀列傳》：「臣聞之，積羽沉舟，群輕折軸，眾口鑠金，積毀銷骨。」❽萋菲二句　比喻小人編造讒言之工巧。《詩經・小雅・巷伯》：「萋兮斐兮，成是貝錦。彼譖人者，亦已太甚！」毛傳：「萋斐，文章相錯也。貝錦，錦文也。」鄭玄箋：「喻讒人集作己過以成於罪，猶女工之集采色以成錦文。」❾泥沙二句　謂讒言之多如泥沙聚集，使珠玉不能顯示鮮明光彩。❿洪焱二句　謂大火燒山，起於細小的青煙。焱，宋本原作「炎」，據蕭本、郭本、王本、咸本改。⓫滄波二句　謂大海搖盪太陽的波濤，起於微小的細流。滄波，蕭本、郭本、《全唐詩》作「蒼波」。⓬交亂二句　謂讒言傳播得很廣，已混淆是非。《詩經・小雅・青蠅》：「讒人罔極，交亂四國。」四國，猶四方。八埏，猶八方。⓭拾塵二句　拾塵，撿吃飯中灰塵。用顏回故事。《孔子家語》卷五記載，孔子厄於陳蔡，從者七日不食。子貢設法得米一石，顏回、子路炊於屋簷下，有灰塵落入飯中，顏回覺得置之不潔，棄之可惜，故取而食之。被子貢看見，以為顏回竊食，告於孔子。孔子質問顏回，顏回如實回答，誤會始解。掇蜂，用尹伯奇事。劉向《列女傳》：「尹吉甫子伯奇至孝事後母。母取蜂去毒，繫於衣上，伯奇前欲去之，母便大呼曰：『伯奇牽我。』吉甫見，疑之，伯奇自死。」（《太平御覽》卷九五〇引）後因以「掇蜂」為離間骨肉之典。《文選》卷二八陸機〈君子行〉：「掇蜂滅天道，拾塵惑孔顏。」⓮彼婦人四句　謂那婦女連禽鳥都不如。彼婦人，蕭本、郭本作「彼人」。《詩經・鄘風・鶉之奔奔》：「鶉之奔奔，鵲之彊彊。人之無良，我以為兄。」小序：「鶉之奔奔，刺衛宣姜也。衛人以為宣姜鶉鵲之不若也。」鄭玄箋：「奔奔彊彊，言其居有常匹，飛則相隨之貌。刺宣姜與公子頑非匹偶。」⓯坦蕩二句　坦蕩，泰然自若貌。語出《論語・述而》：「君子坦蕩蕩。」《後漢書・明帝紀》引此句李賢注：「坦蕩，明達之貌。」簧言，簧片振動的樂聲，比喻動聽的謊言。《詩經・小雅・巧言》：「巧言如簧。」孔穎達疏：「巧為言語，結構虛辭，速相待合，如笙中之簧，聲相應和。」宋本在「坦蕩」二字下夾注：「一作：皎皎」。⓰擢髮二句　續，宋本原作「贖」，據蕭本、郭本、王本改。擢髮續罪，拔著頭髮計數罪行。《史記・范雎蔡澤列傳》：「范雎曰：『汝罪有幾？』（須賈）曰：『擢賈之髮，以續賈之罪，尚不足。』」後因以「擢髮難數」比喻罪行多到無法計算。孔，甚。⑰傾海二句　形容其惡之多傾東海之水也難洗盡。祖君彥〈為李密檄洛州文〉：「罄南山之竹，書罪無窮；決東海之波，流惡難盡。」⑱人生二句　《左傳》成公二年：「人生實難，其有不獲死乎！」織羅，同「羅織」。虛構罪名，陷害無辜。⑲積毀銷金　謂不斷的毀謗，久之足以致人於毀滅之地。《史記・張儀列傳》：「眾口鑠金，積毀銷骨。」⑳天未二句　用《論語・子罕》中孔子語：「…天之未喪斯文也。匡人其如予何？」何晏《集解》引馬曰：「其『如予何』者，猶言奈我何也。天之未喪此文，則我當傳之，匡人欲奈我何？言其不能違天以害己也。」㉑妲己　殷紂王之寵妃。《史記・殷本紀》：「帝紂……好酒淫樂，嬖於婦人。愛妲己，妲己之言是從。……周武王遂斬紂頭，縣之白旗。殺妲己。」㉒褒女　周幽王之寵妃褒姒。《史記・周本紀》：「幽王嬖愛褒姒。……褒姒不好笑，幽王欲其笑萬方，故不笑。幽王為烽燧大鼓，有寇至則舉烽火。諸侯悉至，至而無寇，褒姒乃大笑。幽王說之，為數舉燧火。其後不信，諸侯益亦不至。……又廢申后，去太子也，申侯怒，與繒、西夷犬戎攻幽王。幽王舉烽火徵兵，兵莫至，遂殺幽王驪山下，虜褒姒，盡取周賂而去。」西周遂亡。㉓天維二句　謂殷、周兩朝的覆亡，主要是由於這個原因。天維，天綱。職，主。㉔漢祖二句　呂氏，指漢高祖的皇后呂雉。食其，指呂雉掌權時的左丞相審食其。相傳呂雉與其私通。《史記・呂太后本紀》：「以辟陽侯審食其為左丞相。左丞相不治事，令監宮中，如郎中令。食其故得幸太后，常用事，公卿皆因而決事。」㉕秦皇二句　謂秦始皇之母與嫪毐私通。《史記・呂不韋列傳》：「呂不韋乃進嫪毐，……遂得侍太后，太后私與通，絕愛之，有身，太后恐人知之，詐卜當避時，徙宮居雍。嫪毐常從，賞賜甚厚，事皆決於嫪毐。……始皇九年，有告嫪毐實非宦者，常與太后私亂，生子二人，皆匿之。與太后謀曰：『王即薨，以子為後。』於是秦王下吏治，且得情實，事連相國呂不韋。九月，夷嫪毐三族。殺太后所生兩子，而遂遷太后於雍。」按：毐，蕭本、咸本誤作「毒」，郭本誤作「每」。㉖螮蝀　亦作「蝃蝀」，虹的別稱。《詩經・鄘風・蝃蝀》：「蝃蝀在東，莫之敢指。」毛傳：「蝃蝀，虹也。」古時認為虹出日旁，象徵后妃以陰脅主。㉗萬乘　周制，王畿方千里，能出兵車萬乘，後因以「萬乘」指君王。㉘辭殫　言辭已盡。殫，竭盡。㉙昊天句　昊天，蒼天。是，助詞，用以確指行為對象。殛，殺；懲罰。是殛，即「殛之」。㉚子野　春秋時晉國樂師師曠之字。《文選》卷一八潘岳〈笙賦〉：「晉野悚而投琴。」李善注：「子野，師曠字，晉人，故曰晉野。」《孟子・離婁上》：「師曠之聰。」趙岐注：「師曠，晉平公之樂太師也，其聽至聰。」㉛離婁　又稱「離朱」，古之明目者。《孟子・離婁上》：「離婁之明。」趙岐注：「離婁者，古之明目者，蓋以為黃帝之時人也。黃帝亡其玄珠，使離朱索之。離朱，即離婁也，能視於百步之外，見秋毫之末。」㉜遐棄　遠棄。《詩經・周南・汝墳》：「既見君子，不我遐棄。」毛傳：「遐，遠也。」

【語　譯】可嘆我沉迷醉酒，狂傲疏放已久。五十歲而知非，古人常有。著書立言以補過，希望永存不朽。包容缺點和瑕疵，蓄養了這樣的頑醜賤人。《詩經》中〈月出〉一詩已有好色之譏，使陳國之君抱愧慚羞終生。我明白感悟為時已晚，事情已隨時日遷延而過去。白璧竟有何罪？青蠅屢次在上面點汙。輕的東西積多了，也會將車軸壓斷而下沉黃泉。眾多的羽毛，能將鳥的身骨抬上青天。讒言就像是貝錦的花紋一樣，編織得粲然成章。讒言之多如聚集的泥沙，使珠玉不能顯示光輝。大火燒山，來自一縷青煙。滄海狂濤蕩日，起於微小的細流。讒言傳播到四面八方，可以混淆是非。顏回拾塵，使孔聖人懷疑其竊食；伯奇掇蜂，使賢大夫尹吉甫猜忌其與後母淫亂。真是可悲可哀啊，有誰能明察我的堅貞呢！

那個婦人的倡狂，還不如《詩經》中所說的「鶉之彊彊」；那個婦人的淫昏，還不如《詩經》中所說的「鶉之奔奔」。坦蕩的君子，不要被那些花言巧語迷惑啊。那個婦人就是拔髮數其罪，其罪還要多。就是傾海流其惡，其惡也難盡。人生實難啊，我遭此羅織的災禍。毀謗積得多了，即使是黃金也會被銷蝕。深深的憂患，使我悲歌長嘆。但是天既未喪斯文，他們又能將我怎樣？

妲己毀掉了殷紂王，褒姒使周幽王迷惑喪亂。他們的天下之所以喪失，都是由於她們之故。漢高祖的呂后，與其臣下審食其私通；秦始皇的母后，也與嫪毐淫亂。虹霓所發出的陰昏之氣，遮掩了太陽之光。萬乘之君王尚且如此不能免，何況是平民匹夫有什麼可傷的呢！我已辭盡意窮，但卻心切理直。如有虛妄不實之辭，我願受蒼天的懲罰。師曠耳聰善於聽音，離婁目光最為明亮。任何聲響和形影都逃不過神的耳朵和眼睛，鬼蜮之輩是無法逃遁的。蒼天如不棄我，請昭示我的一片忠誠吧。

【研　析】前人對此詩意旨眾說紛紜，洪邁《容齋隨筆》卷三：「大率言婦人淫亂敗國。」劉克莊《後村詩話・新集》卷一則認為是諷刺楊貴妃以祿山為兒之事。非。郭沫若《李白與杜甫》：「魏顥〈李翰林集序〉：『……又合於劉，劉訣。』……這個劉氏是不安於室的，李白有〈雪讒詩贈友人〉一首可證。詩中也有大罵婦人：

「彼婦人之倡狂……。」前人以為罵的是楊貴妃，顯然是臆解，詩中雖然提到妲己、褒姒、呂后、秦始皇的母親，但轉語是『萬乘尚爾，匹夫何傷』，是側重在「匹夫」，而非側重在皇室。可以推想到那位劉氏與李白離異後，曾向李白的「友人」播弄是非，故李白乃「雪讒」自辯。事情是明白如火的。」按：郭說是。則此詩當作於開元末或天寶初。

贈參寥子❶

白鶴飛天書❷，南荊訪高士❸。五雲在峴山❹，果得參寥子。
骯髒❺辭故園，昂藏❻入君門。天子分玉帛❼，百官接話言❽。毫墨時灑落❾，
探玄❿有奇作。著論窮天人⓫，千春祕麟閣⓬。
長揖不受官，拂衣歸林巒。余亦去金馬⓭，藤蘿同所歡⓮。相思在何處？桂
樹青雲端⓯。

【注釋】❶參寥子　當時一位隱士的號。《莊子・大宗師》：「玄冥聞之參寥，參寥聞之疑始。」參寥、玄冥，都是莊周虛擬的含有寓意的人名。參寥，本形容虛空高遠，故逸士取以為號。按：孟浩然有〈贈道士參寥〉詩，當與此詩之「參寥子」為同一人。❷白鶴句　古代稱徵辟賢士的詔書為鶴書，又名鶴頭書。❸南荊句　南荊，猶南楚，指今湖北襄陽一帶，唐代荊州採訪使駐此。高士，志行高尚之士，指隱士。❹五雲句　五雲，五彩祥瑞之雲。《太平御覽》卷八引京房《易經・飛候》：「視四方常有大雲五色，其下賢人隱也。」峴山，見卷五〈襄陽歌〉注。❺骯髒　同「抗髒」。剛直不屈貌。趙壹〈刺世疾邪賦〉：「伊優北堂上，抗髒倚門邊。」❻昂藏　形容氣宇軒昂、氣概不凡。❼玉帛　玉器和束帛。❽話言　《詩經・大雅・

抑》：「告之話言。」毛傳：「話言，古之善言也。」❾毫墨句　用鮑照〈蜀四賢詠〉成句。❿探玄　研究探索道家深奧妙理。玄，宋本作「元」，乃避諱改字。今據蕭本、郭本、王本改。⓫窮天人　指能通曉天和人、天道和人道或自然和人為的關係。⓬千春句　謂所著之書將祕藏於麟閣而傳之千秋。麟閣，即麒麟閣，漢代閣名。在未央宮中。《三輔黃圖．閣》：「麒麟閣，蕭何造，以藏祕書，處賢才也。」祕麟閣，即麒麟閣，見卷四〈塞下曲六首〉其三注。⓭金馬　即金馬門。漢代宮門名。《史記．滑稽列傳》：「金馬門者，宦署門也。門傍有銅馬，故謂之曰金馬門。」漢代徵召來的賢人，都待詔公車（官署名），其中才能優異的令待詔金馬門。此處代指唐代翰林院。⓮歎　蕭本、郭本、王本、咸本皆作「攀」。⓯桂樹句　此句謂將過隱居生活。《楚辭．招隱士》：「桂樹叢生兮山之幽。」此指隱居之地。吳均〈山中雜詩〉：「桂樹籠青雲。」

【語譯】皇帝特下詔書，在襄陽地區尋訪高士。五彩祥雲籠罩在峴山，果然得到您參寥子。

您剛直地辭別故鄉，意氣昂揚地走進皇宮。天子親賜玉帛，百官爭相與言。您當場揮毫，寫下玄妙的奇文。您的論文窮究天人之際，可以祕藏麟閣傳之千秋。

您長揖辭闕不願做官，拂衣而返歸隱林泉。我也將離開翰林院，和你一起歸隱同攀藤蘿。我們的相思在何處？就在那桂樹青雲之端。

【研析】按詩云：「白鶴飛天書，南荊訪高士。五雲在峴山，果得參寥子。」知參寥子原為襄陽隱士。又云「余亦去金馬」，則此詩當是天寶三載（西元七四四年）春李白被「賜金還山」時所作。首段寫天子下詔請高士參寥子從襄陽峴山入京。次段描寫參寥子入京後的情景，天子賜玉帛，百官接話言，揮灑筆墨寫出奇文，窮究天人之際，可藏祕閣傳之千秋。末段寫參寥子的品格，雖奉詔入京，但「不受官」而辭京歸林。而詩人亦正當將離別翰林院而還山歸隱。雖隱居之地不同而相思，但志趣相同都嚮往桂樹青雲。嚴羽評點此詩曰：「格如鎖骨，音斷意連，惟五言短韻，故不多得。」按：參寥子當是孟浩然知音，從孟浩然〈贈道士參寥〉詩可知。且同隱於襄陽峴山。然李白寫此詩時，亦即參寥辭京歸隱之時，孟浩然已前卒。從詩中意境看，似李白早在入京供奉翰林前已結識參寥。疑其結識當在襄陽與孟浩然過從之時。

贈饒陽張司戶璲❶

燕魏太原

朝飲蒼梧泉，夕棲碧海煙。寧知鸞鳳意，遠託椅桐前❷。
慕藺❸豈曩古，攀嵇❹是當年。愧非黃石老，安識子房賢❺？
功業嗟落日❻，容華棄徂川❼。一語已道意，三山期著鞭❽。蹉跎人間世，寥
落壺中天❾。獨見遊物祖❿，探玄窮化先⓫。何當共⓬攜手，相與排冥筌⓭？

【注　釋】❶饒陽張司戶璲　饒陽郡司戶參軍張璲。《舊唐書・地理志二》河北道深州：「天寶元年，改深州為饒陽郡。乾元元年，復為深州。」今河北深州。又〈職官志三〉州縣官員：上州僚佐有「司功、司倉、司戶、司兵、司法、司士六曹參軍事各一人，並從七品下。」璲，蕭本、郭本、胡本、王本皆作「燧」。生平不詳。❷朝飲四句　蒼梧，山名，即九疑山。此處泛指南方。碧海，指北海，此處泛指北方。椅桐，梧桐。《詩經・鄘風・定之方中》：「樹之榛栗，椅桐梓漆。」《初學記》卷二八「桐」：「《詩經義疏》曰：梓實桐皮曰椅。今人云梧桐也。」《莊子・秋水》：「夫鵷鶵發於南海而飛於北海，非梧桐不止，非練實不食，非醴泉不飲。」成玄英疏：「鵷鶵，鸞鳳之屬，亦言鳳子也。」❸慕藺　仰慕藺相如。《史記・司馬相如列傳》：「少時好讀書，學擊劍，故其親名之曰犬子。相如既學，慕藺相如之為人，更名相如。」❹攀嵇　攀附嵇康。顏延年〈五君詠・向常侍〉：「交呂既鴻軒，攀嵇亦鳳舉。」嵇，指晉代詩人嵇康。❺愧非二句　《史記・留侯世家》記載，張良遊下邳圯上，遇一老父授其《太公兵法》，曰：「讀此則為王者師矣。後十年興。十三年孺子見我濟北，穀城山下黃石即我矣。」後張良從漢高祖過濟北，果得黃石。參見卷五〈猛虎行〉及〈扶風豪士歌〉注。❻功業句　謂己遲暮而未建功業。《文選》卷二五劉琨〈重贈盧諶〉：「功業未及建，夕陽忽西流。」李周翰注：「夕陽，謂晚景，喻己之老也。」❼徂川　猶逝川，流水，比喻流逝的歲月。❽三山句　三山，指神話中的三神山蓬萊、方壺、瀛洲。著鞭，揮鞭策馬，謂快速努力。

❾壺中天　指神仙世界。《後漢書・費長房傳》：「費長房者，汝南人也。曾為市掾。市中有老翁賣藥，懸一壺於肆頭，及市罷，輒跳入壺中。市人莫之見，唯長房於樓上覩之，異焉，因往再拜奉酒脯。翁知長房之意其神也，謂之曰：『子明日可更來。』長房旦日復詣翁，翁乃與俱入壺中。唯見玉堂嚴麗，旨酒甘肴盈衍其中，共飲畢而出。翁約不聽與人言之。後乃就樓上候長房曰：『我神仙之人，以過見責，今事畢當去。』」❿物祖　萬物之始。《莊子・山木》：「浮游乎萬物之祖，物物而不物於物。」《文子》卷一：「虛無恬愉者，萬物之祖也。」⓫探玄句　探玄，宋本作「撥元」，據王本改。陳子昂〈感遇詩〉其三十六：「探玄觀群化。」化先，萬物生成之先。⓬共　宋本原作「其」，據蕭本、郭本、繆本、王本、咸本改。⓭排冥筌　排去束縛之器而超脫塵世。《文選》卷三一江淹〈雜體詩三十首・許徵君詢自序〉：「一時排冥筌，泠然空中賞。」李善注：「筌，捕魚之器。言魚之在筌，猶人之處塵俗，今既排而去之，超在埃塵之外，故泠然涉空得中而留也。」宋本在「冥」字下夾注：「一作：罝」。

【語　譯】早上飲了蒼梧山的泉水，晚上飛到北方的碧海棲宿。哪知鸞鳳遠飛之意，是為了託身於梧桐之上。

傾慕藺相如豈只古代有，高攀嵇康也不限於當年。我自愧不是黃石老人，怎能賞識張子房這樣的大賢？

可嘆功業未建而老之將至，容華隨流水一去不返。君之一言已道破心意，想赴三山求仙期望快馬加鞭。在人世間蹉跎光陰，不如到冷落的壺中仙境反而逍遙自在。您鑽研道經已能遊於萬物之祖，探玄索奧直至宇宙生成之先。何時我們能共同攜手而去，互相超脫凡塵而遠離人世？

【研　析】此詩當是天寶十一載（西元七五二年）北上幽州後南歸時途經深州之作。首段四句以鸞鳳自喻，謂自己從南遊北，託身於張司戶之處。次段四句謂自己仰慕張司戶猶如古人之嚮慕藺相如和攀附嵇康，又以張良喻張司戶，然子房之賢，唯黃石公知之，自己慚愧不是黃石公，故未能早識張司戶之賢。第三段謂自己早年有功業之志，然遲暮而未成，容顏如逝川一去不返。張司戶則一語已默契，期待著鞭遊仙。與其蹉跎人世，不如暢遊壺中天。讚賞張司戶能窮萬物之始，探化機之玄。末二句希望兩人共同攜手，脫離塵俗束縛而成仙。

贈清漳明府姪❶

我李百萬葉❷，柯條布中州❸。天開青雲器❹，日為蒼生憂。小邑且割雞，大刀佇烹牛❺。雷聲動四境❻，惠與清漳流❼。

絃歌詠唐堯❽，脫落隱簪組❾。心和得天真，風俗猶太古❿。牛羊散阡陌⓫，夜寢不扃戶⓬。問此何以然，賢人宰⓭吾土。

舉邑樹桃李⓮，垂陰亦流芬⓯。河堤繞渌水，桑柘連青雲⓰。趙女不冶容⓱，提籠畫成群⓲。繰絲鳴機杼⓳，百里聲相聞。

訟息鳥下階⓴，高臥披道帙㉑。蒲鞭挂簷枝，示恥無撲抶㉒。琴清月當戶，人寂風入室。長嘯無一言，陶然上皇逸㉓。

白玉壺冰水，壺中見底清。清光洞毫髮，皎潔照群情㉔。趙北美佳政，燕南播高名㉕。過客覽行謠，因之頌德聲㉖。

【注釋】❶清漳明府姪　清漳，唐代縣名，屬洺州（廣平郡），縣治在今河北廣平東北。明府，唐代對縣令的敬稱。蕭本、郭本、胡本、王本、咸本「姪」字下皆有「聿」字，可知此縣令名聿。李白稱其為姪，說明也姓李。《全唐文》卷四三五收李聿〈茗侶偈〉一首。小傳稱：「玄宗朝官清漳令，遷尚書郎。」❷我李句　唐朝皇帝姓李，自稱是老子李耳的後代。傳說李耳出生時其父指李樹以為姓。詩人和李聿都姓李，故用李樹故事，稱「我李」。葉，世。此句謂李氏家族已傳了百萬代。❸柯條句　柯條，枝條。比喻宗族支脈。布，分佈。中州，指全國。❹青雲器　有高才美德的人。《文選》卷二一顏延年〈五君詠・阮始平〉：「仲容青雲器。」李善注：「青雲，言高遠也。」❺小邑二句　《論語・陽貨》：「子之武城，聞絃歌之聲，夫子莞爾而笑曰：『割雞焉用牛刀？』」何晏《集解》：「孔曰：言治小何須用大道？」佇，等待。此謂李聿現在做縣令是大才小用，猶如用牛刀割雞；將來定會大用，猶如大刀等待宰牛。❻雷聲句　謂李聿的政績如雷聲一般震動了整個縣境。❼惠與句　此句謂李聿政績給人民的好處猶如漳水一般流貫清漳地區。惠，恩惠；給人以好處。清漳，水名。源出山西平定大黽谷，在河北、河南、山西三省邊境與濁漳水匯合後稱漳河。❽絃歌句　絃歌，彈琴唱歌。暗用孔子學生子游絃歌而治武城之典。唐堯，琴曲名。《文選》卷一八嵇康〈琴賦〉：「雅昶〈唐堯〉，終詠〈微子〉。」呂向注：「〈唐堯〉、〈微子〉，操名也。」❾脫落句　脫落，猶脫略、脫易，不受拘束。簪組，猶簪纓，簪和帶子，古代官員的冠飾，用以固冠。蕭士贇注：「隱於簪纓之間，乃大隱居廛及吏隱之意，猶東方朔所言避世於朝廷者是也。」❿心和二句　謂心地和善保持著天真的性情，境內風俗仍保持著遠古時的淳樸。天真，指未受禮俗影響的天性。《莊子・漁父》：「禮者，世俗之所為也。真者，所以受於天也，自然不可易也。故聖人法天貴真，不拘於俗。」猶，宋本作「由」，夾注：「一作：獨」。蕭本、郭本、王本、咸本皆作「猶」。是。據改。太古，遠古。《禮記・郊特牲》：「太古冠布。」鄭玄注：「唐虞以上曰太古也。」⓫阡陌　田間小路。⓬扃戶　插門栓。⓭宰　主宰；治理。⓮舉邑句　舉邑，全縣。樹桃李，劉向《說苑》卷六：「樹桃李者，夏得休息，秋得其實焉。」⓯垂陰句　言造福於民，留惠桑梓。⓰桑柘句　柘，亦名黃桑，葉亦可飼蠶。連青雲，形容桑柘高大茂盛。⓱趙女句　此謂由於李聿的教化，趙地美女都不追求裝飾打扮。清漳縣戰國時屬趙國。古代趙地出美女。冶容，裝飾。⓲提籠句　此句謂婦女白天成群結隊地提著竹籃去採桑。籠，竹籃。⓳繰絲句　繰絲，抽理蠶絲。機杼，絲織機。⓴訟息句　訟息，指民事爭訟不再發生。《文選》卷三〇謝靈運〈齋中讀書詩〉：「虛館絕諍訟，空庭來鳥雀。」李周翰注：「無俗理喧諍訟言之事，但見鳥雀來遊。」㉑披道帙　翻閱道教書籍。帙，書套，用布帛製成，後因稱一套書為一帙。㉒蒲鞭二句　此謂李聿把蒲鞭掛在簷下樹上，只讓有錯誤的官吏知恥，而不用以笞打。《後漢書・劉寬傳》：「典歷三郡，溫仁多恕，雖在倉卒，未嘗有疾言遽色。嘗以為『齊之以刑，民免而無恥』。吏人有過，但用蒲鞭罰之，示辱而已，終不加苦。」撲抶，笞打。㉓陶然句　陶然，和樂貌。上皇，即羲皇上人，指伏羲氏。鄭玄〈詩經譜序〉：「詩之興也，諒不於上皇之世。」孔穎達疏：「上皇，謂伏羲，三皇之最先者，故謂之上皇。」古人想像伏羲氏時代的人無憂無慮，生活閒適，故云「上皇逸」。《晉書・陶潛傳》：「嘗言夏月虛閑，高臥北窗之下，清風颯至，自謂羲皇上人。」此用以比擬李聿治理下清漳人民的生活。㉔白玉四句　以白玉壺中水清澈見底喻李聿治政清明，洞察一切。鮑照〈白頭吟〉：「清如玉壺冰。」㉕趙北二句　謂南北都在傳播李聿的美政和高名。清漳在趙之北，燕之南。㉖過客二句　意謂自己聽到讚頌縣令的民謠，於是寫下了這首頌德之詩。過客，詩人自謂。頌德聲，宋本夾注：「一作：得頌聲」。

【語　譯】我們李家是一株傳了百萬代的大李樹，枝條血脈遍佈中國。您是天生的志向高遠的人才，天天為百姓操心。暫且大材小用治理小縣如同「割雞」，等待將來還會如大刀宰牛般的大用。您的政績如雷貫耳震動四境，您給人民的恩惠如清漳長流。

您無為而治使縣境內一片太平，瀟灑脫俗隱於簪纓官場之上。心平氣和保持天真的赤子之心，風俗猶如太古一樣地純樸。牛羊散於田野之中，百姓家家夜不閉戶。若問為什麼能這樣，回答是賢明縣令治理我們這片地方。

縣中遍植桃李樹，枝葉垂陰還散發出花的芳香。河堤圍繞著清清的河水，兩岸桑柘茂密如雲。趙地美女也不愛化裝打扮，白天在田野裡提籃採桑。家家忙著繅絲和紡織，百里之間機杼之聲相聞。

無人訴訟而縣衙前門可羅雀，縣令高臥披覽道書。簷前樹枝上掛著蒲鞭，對有過失的吏民只是讓他知耶而不用鞭打。明月當戶時琴聲清越，庭中寂靜而清風入室。您只長嘯而無言，陶然和樂如上古之羲皇逸人。

您治政清明如白玉壺之冰水，壺中透明見底。清光可鑒毫髮，光潔可映照百姓們的心情。清漳縣令的大名和佳政，在趙北燕南一帶到處傳頌。我這位過客聽了百姓們讚頌縣令美政的民謠，因此寫出這篇頌德的詩篇。

【研　析】此詩當是天寶十一載（西元七五二年）北上幽州途經清漳縣時所作。首段從李姓宗脈說起，點明叔姪關係。讚頌李聿為天生的青雲之器，一心為民眾憂慮，今雖宰小邑，將來終當大用。眼下已化行四境如雷動，惠及黎民與清漳同流。次段讚頌李聿的無為而治，使民俗淳樸，畜牧蕃而盜賊息。第三段稱揚治下民眾勤勞，舉邑樹桃李，桑柘連青雲。美女沾化而變舊習，躬蠶桑繅絲之務，機杼之聲百里相聞。第四段讚揚境內安定無訟，清靜覽道書，為政只掛蒲鞭以示辱而可不施刑，彈琴賞月，陶然如羲皇上人般出塵脫俗。以上皆言治政之功，末段則讚為人之美與贈詩之意。治政所以有功效，由於治政之人有玉壺冰般清澈見底、洞察群情毫髮之清德。是故趙北、燕南一致歌頌佳政高名，詩人作為過客，聞覽民謠而作此頌德之詩。

詩中所寫李聿無為而治，政簡訟息，民風淳樸，樂於耕織的情景，其中不乏誇飾之詞，實際上反映了詩人的理想政治。

贈臨洺❶縣令皓弟　時被訟停官

陶令去彭澤❷，茫然元古❸心。大音自成曲，但奏無弦琴❹。釣水路非遠，連鼇意何深。終期龍伯國，與爾相招尋❺。

【注　釋】❶臨洺　唐代縣名，屬河北道洺州。今河北永年。蕭本、郭本、咸本作「臨洛」，誤。❷陶令句　《晉書・陶潛傳》：「為彭澤令。……素簡貴，不私事上官。郡遣督郵至縣，吏白應束帶見之，潛嘆曰：『吾豈能為五斗米折腰，拳拳事鄉里小人邪！』義熙二年，解印去縣，乃賦〈歸去來〉。」彭澤，唐代縣名，屬江南西道江州。今江西彭澤。❸元古　蕭本、郭本、王本、咸本皆作「太古」。意同。遠古；上古時代。❹大音二句　《老子》：「大音希聲。」《晉書・陶潛傳》：「嘗言夏月虛閑，高臥北窗之下，清風颯至，自謂羲皇上人。性不解音，而畜琴一張，絃徽不具，每朋酒之會，則撫而和之，曰：『但識琴中趣，何勞絃上聲？』」❺釣水四句　《列子・湯問》：「龍伯之國，有大人，舉足不盈數步而暨五山之所，一釣而連六鼇，合負而趣，歸其國，灼其骨以數焉。」爾，宋本作「余」，據蕭本、郭本、王本、咸本改。與爾，與你。

【語　譯】陶淵明辭去了彭澤縣令，其心茫然如同太古時之人。天地之音自成曲調，他只奏無絃之琴。隱居垂釣道路不遠，連釣六鼇是何等快意。我與你相期像龍伯國的大人一樣，將來一起招尋到東海去釣鼇。

【研　析】此詩當是天寶十一載（西元七五二年）李白北上幽州途經臨洺縣時所作。題下原注曰：「時被訟停官。」說明當時李皓由於被人訴訟而已暫停縣令的官職。故前四句用陶淵明棄官悠閒奏無絃琴的典故，意謂有太古之心非爵祿所能羈，李皓之停官與陶淵明棄官之心相同。後四句用龍伯國大人連釣六鼇的典故，意謂李皓與詩人自己一樣素有釣鼇之志，謂釣水隱居之路不遠，兩人相期終有一天招尋於東海之濱，如龍伯國大人一樣釣鼇。

贈郭季鷹❶

河東郭有道❷，於世若浮雲。盛德無我位❸，清光❹獨映君。恥將雞並食❺，長與鳳為群。一擊九千仞，相期凌紫氛❻。

【注釋】❶郭季鷹　事蹟不詳。❷河東句　河東，唐代道名。河東道首府為太原，故唐人常以河東指太原。郭有道，指東漢時太原人郭泰。《後漢書・郭太傳》：「郭太，字林宗，太原界休人也。……司徒黃瓊辟太常，趙典舉有道，……並不應。……卒於家，時年四十二。四方之士千餘人，皆來會葬。同志者乃共刻石立碑，蔡邕為其文，既而謂涿郡盧植曰：『吾為碑銘多矣，皆有慚德，唯郭有道無愧色耳。』」按：郭太即郭泰，《後漢書》作者范曄避家諱改。此處以郭泰比擬郭季鷹。❸盛德句　謂其有盛德而無祿位。《史記・老子韓非列傳》：「君子盛德，容貌若愚。」❹清光　清美的光彩。《漢書・鼂錯傳》：「今執事之臣皆天下之選已，然莫能望陛下清光。」❺恥將句　《楚辭・卜居》：「將與雞鶩爭食乎？」將，與。❻一擊二句　宋玉〈對楚王問〉：「鳳皇上擊九千里，絕雲霓，負蒼天，翱翔乎杳冥之上。」劉楨〈贈從弟三首〉其三：「鳳凰集南岳，徘徊孤竹根。於心有不厭，奮翅凌紫氛。豈不常勤苦，羞與黃雀群。」紫氛，天空。

【語譯】您像東漢時的河東郭有道，將人世看得如同變幻的浮雲。您有盛德而無祿位，清美的光彩獨照映於您身。我恥與群雞為伍，長願與鳳凰為鄰。鳳凰一飛上擊九千仞，我與您相期像鳳凰一樣淩空翱翔。

【研析】此詩當是開元二十三年（西元七三五年）遊太原時所作，故首句以河東人郭泰比擬郭季鷹。詩中盛讚郭季鷹的高尚品德而無爵祿，同時詩人表示願與鳳凰為群，相期一起展翅高飛。

鄴中贈王大❶勸入高鳳石門山❷幽居

一身竟無託，遠與孤蓬征❸。千里失所依，復將落葉并❹。中途偶❺良朋，問我將何行。欲獻濟時策❻，此心誰見明？

君王制六合❼，海塞無交兵❽。壯士伏草間，沉憂亂縱橫❾。飄飄不得意，昨發南都城❿。紫燕⓫櫪上嘶，青萍⓬匣中鳴。

投軀⓭寄天下，長嘯尋豪英。恥學琅邪人，龍蟠事躬耕⓮。富貴吾自取，建功及春榮⓯。

我願執爾⓰手，爾方達我情。相知同一己，豈唯弟與兄！抱子⓱弄白雲，琴歌發清聲。臨別意難盡，各希存令名⓲。

【注釋】❶鄴中贈王大　鄴中，指鄴郡。唐代相州，天寶元年改為鄴郡，乾元元年復改為相州。屬河北道，治所在安陽（今河南安陽）。贈，蕭本、郭本、咸本無「贈」字，但編入贈詩類。王大，姓王，排行第一，時賢多謂即詩人王昌齡。❷高鳳石門山　《後漢書・高鳳傳》：「高鳳，字文通，南陽葉人也。少為書生，家以農畝為業，而專精誦讀，晝夜不息。其後遂為名儒，乃教授業於西唐山中。」李賢注：「山在今唐州湖陽縣西北，酈道元注《水經》云：即高鳳所隱之西唐山也。」按：唐代的唐州湖陽縣在今河南唐河南的湖陽鎮，而《水經注・汝水》稱：「醴水東流歷西唐山下，即高鳳所隱之山也。」則西唐山當在今河南葉縣西南部，疑李賢注有誤。石門，當即高鳳西唐山隱居之地。❸遠與句　與，如。《文選》卷七司馬相如〈子虛賦〉：「楚王之獵孰與寡人乎？」李善注引郭璞曰：「與，猶如也。」孤蓬，《文選》卷一一鮑照〈蕪城賦〉：「孤蓬自振。」呂向注：「孤蓬，草也。無根而隨風飄轉者。」征，行。❹復將句　將，與。并，同。❺偶　遇。綦毋潛〈春泛若耶溪〉詩：「此去隨所偶。」❻濟時策　救世濟民之策。《國語・周語中》：「寬，所以保本也；肅，所以濟時也。」❼制六合　控制天下。賈誼〈過秦論〉：「履至尊而制六合。」六合，天、地、四方。❽海塞句　海塞，海疆邊塞地區。無交兵，沒有戰爭。曹植〈贈丁儀王粲〉詩：「四海無交兵。」❾沉憂句　《文選》卷三〇陸機〈擬古詩・擬行行重行行〉：「沉憂萃我心。」張銑注：「沉，深也。」縱橫，雜亂貌。❿南都城　指今河南南陽。東漢時因光武帝生於南陽，在京城洛陽之南，故稱之為南都。唐時為鄧州南陽郡，此處沿用舊稱。⓫紫燕　駿馬名。《西京雜記》卷二：「文帝自代還，有良馬九匹，皆天下之駿馬也。……一名紫燕騮。」《文選》卷一四顏延之〈赭白馬賦〉：「將使紫燕駢衡。」呂向注：「紫燕……皆駿馬名也。」⓬青萍　古代名劍。《抱朴子・博喻》：「青萍、豪曹，劍鋒之清絕也。」⓭投軀　寄身。⓮恥學二句　琅邪人，指諸葛亮。《三國志・蜀書・諸葛亮傳》稱其為「瑯琊陽都人」，琅邪為秦漢時郡國名，在今山東諸城一帶。此當是諸葛亮祖籍。後來諸葛亮隨其叔父至南陽，躬耕隴畝。詳見本卷〈讀諸葛武侯傳書懷贈長安崔少府叔封昆季〉詩注。龍蟠，王琦注：「習鑿齒〈通諸葛論〉：『諸葛武侯，龍蟠江南，託好管、樂，有匡漢之望。』」⓯春榮　春天開花，喻青春年華。《文選》卷二〇潘岳〈金谷集作詩〉：「春榮誰不慕，歲寒良獨希。」李善注：「春榮，喻少，歲寒，喻老。」⓰爾　宋本闕「爾」字，據蕭本、郭本、王本、咸本補。⓱抱子　猶攜子。子，用作表敬的第二人稱代詞，您。⓲令名　美名；好名聲。《左傳》閔公元年：「為吳太伯，不亦可乎？猶有令名，與其及（禍）也。」

【語　譯】我的一身無所依託，像蓬草一樣隨風遠行。離家千里失去依靠，又將與落葉一同飄零。半路上我遇到您這位好友，問我將去何方。我想要進獻救世濟時之策，可此心誰能為我明達於朝廷？

如今君王統治天下，邊境上沒有戰爭。壯士只能伏於草萊而無表現才能的機會，胸懷深憂心情煩亂。我飄然四方不能如意，昨日從南陽出發再去尋找出路。駿馬在櫪中嘶叫，寶劍在匣中鳴躍。

我不滯一隅而委身於天下，經常長嘯尋找英雄豪傑。恥於學琅邪人諸葛亮，龍蟠隆中隱居躬耕。富貴要自己去爭取，建功立業要趁青春年華。

我願執著您的手，您亦明白我的心。我們二人相知相愛得如同一個人，豈止是親弟兄！與您相攜一起賞弄白雲，彈著素琴高聲歌唱。臨分別時情意難盡，只能希望各自珍重保持美名。

【研 析】此詩約開元二十八年（西元七四〇年）作。時王昌齡從襄陽經南陽北上途中又遇李白，勸李白入高鳳石門山隱居。李白贈以此詩婉言相拒。首段言自己身世如飄蓬落葉無所依靠，欲用世而無路。次段謂方今天子治理天下，邊患平定，壯士沒有用武之地，但心懷深憂，駿馬嘶櫪，寶劍鳴匣。第三段謂自己遨遊天下尋找英豪，不甘於一生龍蟠躬耕，欲及早建立功業。末段則敘兩人交情之密，以及贈言相勉。

贈華州王司士❶ 陝西

淮水不絕波瀾高❷，盛德未泯生英髦❸。知君先負廟堂器❹，今日還須贈寶刀❺。

【注 釋】❶華州王司士 姓王的華州司士參軍。名字及事蹟不詳。華州，唐代州名。屬京畿道。天寶元年改為華陰郡，肅宗乾元元年復改為華州。今陝西華縣。司士，即司士參軍事，州的佐官。掌工役之事。《舊唐書・職官志三》州縣官屬：上州有「司功、司倉、司戶、司兵、司法、司士六曹參軍事各一人，並從七品下。」❷淮水句 用王導典故。《晉書・王導傳》：「初，導渡淮，使郭璞筮之。卦成，璞曰：『吉，無不利。淮水絕，王氏滅。』其後子孫繁衍，竟如璞言。」淮水，即淮河。源出河南桐柏山，東流經河南、安徽等省到江蘇入洪澤湖。波瀾高，喻王氏後裔興旺，此指王司士能繼祖業。瀾，蕭本、郭本、胡本、咸本皆作「濤」。❸盛德句 美盛的品德不滅而又生出才智傑出的英才。泯，滅。英髦，指才智傑出的人。❹廟堂器 廟堂中陳設之器。喻稱才器可任朝廷要職的人。《三國志・蜀書・許靖傳論》：「許靖夙有名譽，……蔣濟以為『大較廊廟器』也。」❺贈寶刀 《晉書・王覽傳》：「呂虔有佩刀，工相之，以為必登三公，可服此刀。虔謂祥曰：『苟非其人，刀或為害，卿有公輔之量，故以相與。』祥固辭，強之乃受。祥臨薨，以刀授覽，曰：『汝後必興，足稱此刀。』覽後奕世多賢才，興於江左矣。」

【語譯】淮水長流不絕波瀾高湧，王氏的盛德未滅而生出像您這樣的英豪。知您有大才當為廊廟之器，今日還當贈您寶刀望您像當年王祥、王覽奕世登高位。

【研析】此詩疑是開元年間初入長安時遊華州之作。前二句謂王司士出於王導之後，盛德相繼，當與淮水一樣長流。後二句又讚其有廟堂之器，有三公之望，與先世王祥相類，應有寶刀之贈，以寓期待之情。全詩都用王姓典故，非常得體。

贈盧徵君昆弟❶

明主訪賢逸，雲泉今已空❷。二盧竟不起❸，萬乘高其風。
河上喜相得❹，壺中趣❺每同。滄洲❻即此地，觀化遊無窮❼。木落海水清❽，
鼇背覩方蓬❾。與君弄倒影❿，攜手凌星虹⓫。

【注釋】❶盧徵君昆弟　蕭士贇注：「按盧徵君名鴻，字顥然，《唐書》有傳云云。」王琦注：「考《唐書》及他書所載鴻事，都不言其有弟同隱，恐此盧又是一人。」按：王說是。徵君，漢以後稱朝廷徵聘而不肯受職的隱士為「徵君」。又稱「徵士」。昆弟，即兄和弟，也包括近房和遠房的弟兄。❷明主二句　謂明主已將賢才全部搜羅，草野之地已無隱士，與王維〈送別〉詩「聖代無隱者，英靈盡來歸」意同。雲泉，指隱士居處。❸不起　不出任官職。《後漢書．庾乘傳》：「後徵辟並不起，號曰『徵君』。」❹河上句　用河上公事。《太平廣記》卷一〇引《神仙傳》：「河上公者，莫知其姓字。漢文帝時，公結草為庵於河之濱。帝讀《老子經》，頗好之。……有所不解數事，時人莫能道之。聞時皆稱河上公解《老子經》義旨，乃使齎所不決之事以問。公曰：『道尊德貴，非可遙問也。』帝即幸其庵躬問之。……公乃授素書二卷與帝，曰：『熟研之，此經所疑皆了，不事多言也。余注此經以來，一千七百餘年，凡傳三人，連子四矣。勿以示未非其人。』言畢，失去所在。」❺壺

中趣　用費長房典故。見本卷〈贈饒陽張司戶璲〉詩注。❻滄洲　古代稱隱居之地。謝朓〈之宣城出新林浦向板橋〉詩：「既歡懷祿情，復協滄州趣。」❼觀化句　觀化，觀察變化。無窮之門，古代道家稱通往至道境界的門徑。❽木落句　蕭本、郭本、胡本、咸本皆作「水落海上清」。❾鼇背句　背，宋本原作「因」，據蕭本、郭本、繆本、王本、咸本改。《列子・湯問》記載：東海中有五神山，由十五巨鼇舉首戴著。而龍伯國大人一釣而連六鼇，於是岱輿、員嶠二山沉入大海，只剩下蓬萊、方壺、瀛洲三座神山。方蓬，即指方壺、蓬萊。❿與君句　宋本原缺「與」字，據蕭本、郭本、繆本、王本、咸本補。弄倒影，謂昇天而從天下看人間景物都是倒影。影，蕭本、郭本、咸本作「景」。同。《漢書・郊祀志下》：「登遐倒景（影）。」顏師古注引如淳曰：「在日月之上，反從下照，故其景倒。」⓫星虹　星群和虹霓。

【語譯】明主下詔遍訪隱逸的賢士，隱士居住的雲泉之地如今已經空了。唯有兩位盧姓隱士竟然屢徵而不出山，皇上對他們的高風亮節極為尊重。

遇見兩位如同遇見了精通道家經典的河上公一般非常高興，我們求仙學道的志趣每每相同。此地即是修道之所，在這裡可以觀物變化而通往至道之門。樹木落葉而海水清澈，可以遠觀東海上巨鼇背上的蓬萊、方壺、瀛洲三座仙山。我要與您們一起攜手昇天，同凌星虹。

【研析】此詩作年不詳，或謂天寶初供奉翰林時作。首四句謂明主遍訪逸士，已經野無遺賢。唯有盧氏兄弟兩人卻堅臥不出，其清風高節，亦為天子所敬重。後八句言盧氏兄弟好道，如河上公相見亦喜於相得，費長房的壺中趣亦當相同，隱居之地即神仙之境，觀察物化遊於至道之門。落木水清時看鼇背之仙山，我當與兩位攜手昇天。詩中洋溢著企羨隱士，嚮往遊仙之情。

贈新平❶少年

韓信在淮陰，少年相欺凌❷。屈體若無骨，壯心有所憑❸。一遭龍顏君❹，嘯吒從此興❺。千金答漂母❻，萬古共嗟稱。

而我竟胡❼為？寒苦坐相仍❽。長風入短袂❾，內手如懷冰❿。故友不相恤⓫，

新交寧見矜⓬！摧殘檻中虎，羈紲鞲上鷹⓭。何時騰風雲，搏擊申所能⓮？

【注釋】❶新平　唐代縣名。今陝西彬縣。《元和郡縣志》卷三關內道邠州：「隋大業二年省入寧州，義寧二年復為新平郡，武德元年復為豳州。開元十三年，以『豳』與『幽』字相涉，……改為『邠』字。天寶元年改為新平郡，乾元元年復為邠州。……管縣四：新平，三水，永壽，宜祿。」可知新平既是縣名，又是郡名。宋本在「平」字下夾注：「一作：豐」。❷韓信二句　《史記・淮陰侯列傳》：「淮陰屠中少年有侮信者，曰：『若雖長大，好帶刀劍，中情怯耳。』眾辱之曰：『信能死，刺我；不能死，出我袴下。』於是信孰視之，俛出袴下，蒲伏。一市人皆笑信，以為怯。……信至國，……召辱己之少年令出胯下者以為楚中尉。告諸將相曰：『此壯士也。方辱我時，我寧不能殺之邪？殺之無名，故忍而就於此。』」淮陰，今江蘇淮安。❸屈體二句　潘岳〈西征賦〉：「入屈節於廉公，若四體之無骨。」按：此處指韓信為淮陰少年所辱，從胯下匍匐而過之事。意謂當年韓信甘心受辱並非沒有志氣，而是為了使自己的雄心壯志將來有所施展。❹龍顏君　指漢高祖劉邦。《史記・高祖本紀》：「高祖為人隆準而龍顏。」按：隆準，謂高鼻；龍顏，謂額角中間突出。❺嘯吒句　蕭本、郭本、王本作「嘯咤」。同。形容令人敬畏的聲威。興，一作「升」。❻千金句　《史記・淮陰侯列傳》：「信釣於城下，諸母漂，有一母見信飢，飯信，竟漂數十日。信謂漂母曰：『吾必有以重報母。』……漢五年，徙齊王信為楚王，都下邳。信至國，召所從食漂母，賜千金。」❼胡　宋本在此字下夾注：「一作：何」。❽坐相仍　鮑照〈白頭吟〉：「猜恨坐相仍。」坐，正；恰恰。仍，頻繁；重複。❾袂　袖口。❿內手句　漢樂府〈善哉行〉：「自惜袖短，內手知寒。」內，通「納」。宋本在此字下夾注：「一作：兩」。蕭本、郭本、咸本作「兩」。納手，袖手。張華〈雜詩三首〉：「挾纊如懷冰。」⓫恤　體恤；周濟。⓬寧見矜　哪裡會憐憫我。矜，通「憐」。憐憫；同情。《書經・泰誓》：「天矜於民。」孔傳：「矜，憐也。」⓭摧殘二句　以虎被摧殘、鷹受束縛喻己有才不能施展。檻中虎，《漢書・司馬遷傳》：「猛虎處深山，百獸震恐；及其在穽檻之中，搖尾而求食，積威約之漸也。」檻，關野獸的籠子。羈紲，束縛；用繩子拴住。羈，馬絡頭。紲，牽牲畜的繩子。《文選》卷二八

鮑照〈東武吟〉：「昔如鞲上鷹。」劉良注：「鞲，以皮蔽手而臂鷹也。」鞲，臂套。⓮搏擊句　搏擊，奮鬥。申，通「伸」。施展。

【語譯】韓信在淮陰的時候，市井少年欺凌他，他屈體俯伏胯下爬過去好像無骨，實際上其胸中懷有雄心壯志為了將來有所發展。他一遇到漢高祖這樣的真龍天子後，從此就叱吒風雲。後來回到淮陰對接濟過他的漂母以千金報答，贏得千古被人稱讚的美名。

而我今天究竟做了什麼？苦寒正相頻繁侵襲，長風帶著寒氣吹入短袖，袖手取暖卻手冷如冰。故友不相體恤幫助，新交亦怎肯憐憫同情！就像老虎囚在籠子裡被摧殘，雄鷹被束縛在臂套上。何時能騰飛入雲，長天搏擊施展所能呢？

【研析】此詩當是開元年間初入長安西遊邠州時所作。前段描寫韓信少年時忍辱實懷壯志，遇漢高祖而叱吒風雲，拜將封侯，佐成王業。以千金酬謝漂母，不忘舊恩，萬古被人讚賞。可知詩人當時亦困頓受辱，卻無機會遇見「龍顏君」。後段則描寫自己的寒苦情景，無人憐恤，猶如籠中虎、套中鷹。末二句渴望發揮自己才能做一番事業。前後兩段對比鮮明，詩人當時的困頓並遭辱可以概見。

贈崔侍御❶

長劍一杯酒，男兒方寸心。洛陽因劇孟❷，託❸宿話胸襟。但仰山嶽秀，不知江海深❹。長安復攜手，再顧重千金❺。

君乃輶軒佐❻，余叨翰墨林❼。高風摧秀木❽，虛彈落驚禽❾。

不取回舟興❿，而來命駕⓫尋。扶搖應借便⓬，桃李願成陰⓭。

笑吐張儀舌⑭，愁為莊舄吟⑮。誰憐明月夜，腸斷聽秋砧⑯！

【注　釋】❶崔侍御　即攝監察御史崔成甫。詳見本卷前一首〈贈崔侍御〉詩注。❷劇孟　《漢書・游俠傳》：「劇孟者，洛陽人也。周人以商賈為資，劇孟以俠顯。」❸託　宋本在此字下夾注：「一作：訪」。❹但仰二句　山嶽秀，形容崔成甫風姿優美。江海深，形容崔成甫識見高深。❺再顧句　《文選》卷三〇謝朓〈和王主簿怨情〉：「生平一顧重，宿昔千金賤。」李善注：「曹植詩曰：『一顧千金重，何必珠玉錢。』」此處用其意。❻輶軒佐　即〈澤畔吟序〉中的「佐於憲車」，攝監察御史之意。輶軒，古代使臣所乘的輕車，後因稱經常出使的御史臺官員為「輶軒」或「輶軒使」，稱御史臺長官為「憲車」。蕭本、郭本作「軒轅」。大誤。❼翰墨林　《文選》卷二九張協〈雜詩十首〉：「寄辭翰墨林。」張銑注：「翰，筆。謂寄文辭於筆墨之林。言林者，謂多也。」❽高風句　《文選》卷五三李康〈運命論〉：「故木秀於林，風必摧之。」劉良注：「木高出於林上者，故風吹而先折也。」❾虛彈句　宋本原作「驚彈落虛禽」，據蕭本、郭本、王本改。此乃用隋朝袁朗〈秋夜獨坐〉詩成句。《戰國策・楚策四》：「更羸謂魏王曰：『臣為王引弓虛發而下鳥。』……有間，雁從東方來，更羸以虛發而下之。』魏王曰：『然則射之精乃至於此乎？』更羸……對曰：『其飛徐，其鳴悲。飛徐者，故瘡痛也；鳴悲者，久失群也。故瘡未息，驚心未去，聞絃音引而高飛，故瘡裂而隕也。』」❿回舟興　用王子猷雪夜訪戴逵造門不前而回舟的典故，詳見本卷〈淮海對雪贈傅靄〉詩注。⓫命駕　命人駕車，即動身前往之意。《左傳》哀公十一年：「命駕而行。」⓬扶搖句　謂大鵬扶搖而上九萬里需借風力。《莊子・逍遙遊》：「鵬之徙於南冥也。水擊三千里，摶扶搖而上者九萬里，……風之積也不厚，則其負大翼也無力。」扶搖，急劇盤旋而上的暴風。宋本在「便」字下夾注：「一作：力」。蕭本、郭本、王本亦作「力」。⓭桃李句　《史記・李將軍列傳》：「桃李不言，下自成蹊。」《說苑》卷六：「夫樹桃李者，夏得休息。」⓮笑吐句　見本卷〈贈范金鄉二首〉注。⓯莊舄吟　《史記・張儀列傳》記載：越人莊舄仕楚執珪，病時仍歌越聲，後因以「越吟」比喻思鄉之歌。王粲〈登樓賦〉：「莊舄顯而越吟。」⓰砧　擣衣石。

【語　譯】倚劍痛飲一杯酒，坦露男兒胸中的一顆心。在洛陽由於劇孟那樣的任俠仗義我認識了您，於是借館託宿與您徹夜傾談一吐胸襟。但當時只景仰您的優美風姿，沒有想到您的胸懷像江海一樣深。在長安我們又見面，再次相見我們的友誼就重於千金。

您為御史臺攝監察御史，我此時也忝為翰林供奉。樹木高出於林表必被風摧折，受傷的鳥聽見虛弓聲也會嚇得掉下來。

我不學王子猷雪夜訪戴逵興盡而返，而是專程前來拜訪您。大鵬扶搖上九霄需借風力，樹桃李願成蹊蔭。您談笑之美似張儀吐舌，我有思歸之愁常作莊舄之吟。在這明月當頭的夜晚，有誰憐我聽著秋砧之聲而腸斷！

【研　析】此詩與本卷前一首〈贈崔侍御〉當是同為天寶三載（西元七四四年）被賜金還山時之作。此詩首段敘與崔侍御結識經過，說明初次相見在洛陽。成甫之父崔沔開元年間為東都副留守，家在洛陽，成甫未出仕前及其父卒後守喪期間都應在洛陽。初次相識應在此期間。「長安」二句說明天寶初李白奉詔入京與他第二次相見。次段敘成甫攝監察御史時，李白正供奉翰林。但不久李白便遭讒被逐。第三段敘專程相訪，希冀相助，「扶搖應借便」即前詩之「風濤儻相因，更欲凌崑墟。何當赤車使，再往召相如」。末段寫成甫善談，自己思鄉，並抒失意腸斷之情。詳見拙作〈李白詩中崔侍御考辨〉（收入《天上謫仙人的秘密——李白考論集》）。

走筆❶贈獨孤駙馬❷

都尉❸朝天躍馬歸，香風吹人花亂飛。銀鞍紫鞚❹照雲日，左顧右眄❺生光輝。
是時僕在金門❻裏，待詔公車❼謁天子。長揖蒙垂國士❽恩，壯心剖出酬知己。
一別蹉跎朝市間，青雲之交❾不可攀。儻其公子重迴顧，何必侯嬴長抱關❿。

【注　釋】❶走筆　運筆疾書。❷獨孤駙馬　指獨孤明。《新唐書·宰相世系表五下》獨孤氏：「明，駙馬都尉。」乃唐初杭州刺史義順四代孫。據《新唐書·諸帝公主傳》，玄宗女信成公主下嫁獨孤明。又〈后妃傳上〉：「建平、信成二公主以與妃（楊貴妃）家忤，至追內封物，駙馬都尉獨孤明失官。」駙馬，官名，駙馬都尉的簡稱。三國時（魏）何晏以公主之夫拜駙馬都尉，其後，杜預尚晉宣帝女高隆公主，拜駙馬都尉，王濟尚晉文帝女常山公主，拜駙馬都尉，後代遂每尚公主，皆拜駙馬都尉。於是俗稱主婿為駙馬。唐代以駙馬都尉為散官，從五品，皆尚主者為之。「開元三年八月敕：駙馬都尉，從五品階，宜依令式，仍借紫金魚袋。天寶以前，悉以儀容美麗者充選。」（《通典》卷二九）❸都尉　即駙馬都尉。❹紫鞚　以紫絲為絡的馬勒。吳均〈贈周散騎興嗣詩二首〉：「朱輪玳瑁牛，紫鞚連錢馬。」❺左顧右眄　形容得意的神態。眄，蕭本、郭本、咸本作「盻」，王本作「盼」。曹植〈與吳季重書〉：「左顧右眄，謂若無人。」❻金門　即金馬門。漢代宮門名。《三輔黃圖》：「金馬門，宦者署。武帝得大宛馬，以銅鑄像，立於署門，因以為名。東方朔、主父偃、嚴安、徐樂，皆待詔金馬門，即此。」❼待詔公車　《漢書・東方朔傳》：「朔文辭不遜，高自稱譽，上偉之，令待詔公車。」顏師古注：「公車令屬衛尉，上書者所詣也。」按：漢代以材技徵召，未有正官者皆待詔公車（漢代官署名），其特異者待詔金馬門。此處借指唐代翰林院。《舊唐書・職官志二》：「翰林院：天子在大明宮，其院在右銀臺門內。在興慶宮，院在金明門內。若在西內，院在顯福門。若在東都、華清宮，皆有待詔之所。」❽國士　國中傑出的人物。《戰國策・趙策一》：「知伯以國士遇臣，臣故國士報之。」❾青雲之交　喻指以前交往的高官顯貴之人。❿何必句　侯嬴，戰國時魏國的隱士，年七十，為大梁（今河南開封）夷門的守門人。被魏公子信陵君延請為上客。後來為信陵君設計奪得兵權救趙擊退秦軍。事見《史記・魏公子列傳》。抱關，守門。

【語　譯】駙馬都尉上朝後騎馬歸來，香風撲人而鮮花亂飛。銀鞍紫勒光照雲日，左顧右盼光彩照人。
當時我在翰林院，在天子身邊做翰林供奉。相逢長揖承蒙您垂我國士之恩禮，我也剖心瀝膽以酬知己。
自從分別以來我蹉跎歲月在都市中，以前交往的那些青雲之士就高不可攀了。如果公子能對我重新垂顧，我何必像侯嬴那樣長期做一個守門隱士呢。

【研　析】此詩當是天寶三載（西元七四四年）賜金還山後所作。首四句描寫駙馬都尉獨孤明上朝歸來的得意神態，形象鮮明生動。中四句敘自己供奉翰林時與獨孤明的交情，友誼深厚。末四句寫自己被讒去朝後與高官顯宦不可攀，顯示社會的勢利，但又寄希望於駙馬能再垂顧，使自己避免長期失意。詩中反映出詩人對供奉翰林的一段生活非常眷戀。

古籍今注新譯叢書

【哲學類】

新譯四書讀本　謝冰瑩等編譯
新譯學庸讀本　王澤應注譯
新譯論語新編解義　胡楚生編著
新譯孝經讀本　賴炎元等注譯
新譯易經讀本　郭建勳注譯
新譯周易六十四卦經傳通釋　黃慶萱注譯
新譯乾坤經傳通釋　黃慶萱注譯
新譯易經繫辭傳解義　吳　怡著
新譯禮記讀本　姜義華注譯
新譯儀禮讀本　顧寶田等注譯
新譯孔子家語　羊春秋注譯
新譯老子讀本　余培林注譯
新譯帛書老子　趙　鋒注譯
新譯老子解義　吳　怡著
新譯莊子讀本　黃錦鋐注譯
新譯莊子讀本　張松輝注譯
新譯莊子本義　水渭松注譯
新譯莊子內篇解義　吳　怡著
新譯列子讀本　莊萬壽注譯
新譯管子讀本　湯孝純注譯
新譯墨子讀本　李生龍注譯
新譯公孫龍子　丁成泉注譯
新譯晏子春秋　陶梅生注譯
新譯鄧析子　徐忠良注譯
新譯荀子讀本　王忠林注譯
新譯尹文子　徐忠良注譯
新譯尸子讀本　水渭松注譯
新譯鶡冠子　趙鵬團注譯
新譯鬼谷子　王德華等注譯
新譯韓非子　傅武光等注譯
新譯呂氏春秋　朱永嘉等注譯
新譯韓詩外傳　孫立堯注譯
新譯淮南子　熊禮匯注譯
新譯春秋繁露　朱永嘉等注譯
新譯新書讀本　饒東原注譯
新譯新語讀本　王　毅注譯
新譯潛夫論　彭丙成注譯
新譯論衡讀本　蔡鎮楚注譯
新譯申鑒讀本　林家驪等注譯
新譯人物志　吳家駒注譯
新譯張載文選　張金泉注譯
新譯近思錄　張京華注譯
新譯傳習錄　李生龍注譯
新譯呻吟語摘　鄧子勉注譯
新譯明夷待訪錄　李廣柏注譯

【文學類】

新譯詩經讀本　滕志賢注譯
新譯楚辭讀本　林家驪注譯
新譯楚辭讀本　傅錫壬注譯
新譯文心雕龍　羅立乾注譯
新譯六朝文絜　蔣遠橋注譯
新譯世說新語　劉正浩等注譯
新譯昭明文選　周啟成等注譯
新譯古文觀止　謝冰瑩等注譯
新譯古文辭類纂　黃　鈞等注譯
新譯樂府詩選　溫洪隆注譯
新譯古詩源　馮保善注譯
新譯千家詩　邱燮友等注譯
新譯詩品讀本　成　林等注譯
新譯花間集　朱恒夫注譯
新譯南唐詞　劉慶雲注譯
新譯絕妙好詞　聶安福注譯
新譯唐詩三百首　邱燮友注譯
新譯宋詩三百首　陶文鵬注譯
新譯宋詞三百首　汪　中注譯
新譯元曲三百首　賴橋本等注譯
新譯明詩三百首　趙伯陶注譯
新譯清詩三百首　王英志注譯
新譯清詞三百首　陳水雲等注譯
新譯唐人絕句選　卞孝萱等注譯
新譯唐才子傳　戴揚本注譯
新譯拾遺記　石　磊注譯
新譯搜神記　黃　鈞注譯
新譯唐傳奇選　束　忱等注譯
新譯宋傳奇小說選　束　忱注譯
新譯明傳奇小說選　陳美林等注譯

新譯容齋隨筆選　朱永嘉等注譯
新譯明散文選　周明初注譯
新譯明清小品文選　鄭　婷注譯
新譯人間詞話　馬自毅注譯
新譯白香詞譜　劉慶雲注譯
新譯幽夢影　馮保善注譯
新譯菜根譚　吳家駒注譯
新譯小窗幽記　馬美信注譯
新譯圍爐夜話　馬美信注譯
新譯郁離子　吳家駒注譯
新譯歷代寓言選　黃瑞雲注譯
新譯賈長沙集　林家驪注譯
新譯揚子雲集　葉幼明注譯
新譯曹子建集　曹海東注譯
新譯建安七子詩文集　韓格平注譯
新譯阮籍詩文集　林家驪注譯
新譯嵇中散集　崔富章注譯
新譯陸機詩文集　王德華注譯
新譯陶淵明集　溫洪隆注譯
新譯江淹集　羅立乾等注譯
新譯庾信詩文選　歸　青注譯
新譯初唐四傑詩集　李福標注譯
新譯駱賓王文集　黃清泉注譯
新譯王維詩文集　陳鐵民注譯
新譯孟浩然詩集　楊　軍注譯
新譯李白詩全集　郁賢皓注譯
新譯李白文集　郁賢皓注譯
新譯杜甫詩選　張忠綱等注譯

新譯杜詩菁華　林繼中注譯
新譯高適岑參詩選　孫欽善等注譯
新譯昌黎先生文集　周啟成等注譯
新譯劉禹錫詩文選　閻　琦注譯
新譯柳宗元文選　卞孝萱等注譯
新譯白居易詩文選　陶　敏等注譯
新譯元稹詩文選　郭自虎注譯
新譯李賀詩集　彭國忠注譯
新譯杜牧詩文集　張松輝注譯
新譯李商隱詩選　朱恒夫等注譯
新譯范文正公選集　王興華等注譯
新譯蘇洵文選　羅立剛注譯
新譯蘇軾文選　滕志賢注譯
新譯蘇軾詞選　鄧子勉注譯
新譯蘇轍文選　朱　剛注譯
新譯曾鞏文選　高克勤注譯
新譯王安石文選　沈松勤注譯
新譯唐宋八大家文選　鄧子勉注譯
新譯柳永詞集　侯孝瓊注譯
新譯李清照集　姜漢椿等注譯
新譯陸游詩文選　韓立平注譯
新譯辛棄疾詞選　聶安福注譯
新譯歸有光文選　鄔國平注譯
新譯唐順之詩文選　馬美信注譯
新譯徐渭詩文選　周　群等注譯
新譯薑齋文集　平慧善注譯
新譯顧亭林文集　劉九洲注譯
新譯納蘭性德詞　馮　乾注譯

新譯方苞文選　鄔國平等注譯
新譯鄭板橋集　朱崇才注譯
新譯袁枚詩文選　王英志注譯
新譯李慈銘詩文選　潘靜如注譯
新譯聊齋誌異選　任篤行等注譯
新譯閱微草堂筆記　嚴文儒注譯
新譯浮生六記　馬美信注譯
新譯弘一大師詩詞全編　徐正綸編著

歷史類

新譯史記　韓兆琦注譯
新譯漢書　吳榮曾等注譯
新譯後漢書　魏連科等注譯
新譯三國志　吳樹平等注譯
新譯資治通鑑　韓兆琦等注譯
新譯史記—名篇精選　韓兆琦注譯
新譯尚書讀本　吳　璵注譯
新譯尚書讀本　郭建勳注譯
新譯周禮讀本　賀友齡注譯
新譯逸周書　牛鴻恩注譯
新譯左傳讀本　郁賢皓等注譯
新譯公羊傳　雪　克注譯
新譯穀梁傳　顧寶田注譯
新譯春秋穀梁傳　周　何注譯
新譯戰國策　溫洪隆注譯
新譯國語讀本　易中天注譯
新譯說苑讀本　左松超注譯
新譯說苑讀本　羅少卿注譯

新譯新序讀本　葉幼明注譯
新譯吳越春秋　黃仁生注譯
新譯西京雜記　曹海東注譯
新譯列女傳　黃清泉注譯
新譯越絕書　劉建國注譯
新譯燕丹子　曹海東注譯
新譯東萊博議　李振興等注譯
新譯唐六典　朱永嘉等注譯
新譯唐摭言　姜漢椿注譯

【宗教類】

新譯金剛經　徐興無注譯
新譯高僧傳　朱恒夫等注譯
新譯碧巖集　吳　平注譯
新譯百喻經　顧寶田注譯
新譯楞嚴經　賴永海等注譯
新譯梵網經　王建光注譯
新譯圓覺經　商海鋒注譯
新譯法句經　劉學軍注譯
新譯六祖壇經　李中華注譯
新譯禪林寶訓　李中華注譯
新譯維摩詰經　陳引馳等注譯
新譯經律異相　顏洽茂注譯
新譯阿彌陀經　蘇樹華注譯
新譯無量壽經　邱高興注譯
新譯無量壽經　蘇樹華注譯
新譯妙法蓮華經　張松輝注譯
新譯景德傳燈錄　顧宏義注譯
新譯大乘起信論　韓廷傑注譯
新譯釋禪波羅蜜　蘇樹華注譯
新譯八識規矩頌　倪梁康注譯
新譯永嘉大師證道歌　蔣九愚注譯
新譯華嚴經入法界品　楊維中注譯
新譯地藏菩薩本願經　李承貴注譯
新譯悟真篇　劉國樑等注譯
新譯无能子　張松輝注譯
新譯坐忘論　張松輝注譯
新譯列仙傳　張金嶺注譯
新譯抱朴子　李中華注譯
新譯神仙傳　周啟成注譯
新譯性命圭旨　傅鳳英注譯
新譯老子想爾注　顧寶田等注譯
新譯周易參同契　劉國樑注譯
新譯道門觀心經　王　卡注譯
新譯養性延命錄　曾召南注譯
新譯樂育堂語錄　戈國龍注譯
新譯冲虛至德真經　張松輝注譯
新譯長春真人西遊記　顧寶田等注譯
新譯黃庭經・陰符經　劉連朋等注譯

【軍事類】

新譯司馬法　王雲路注譯
新譯尉繚子　張金泉注譯
新譯三略讀本　傅　傑注譯
新譯六韜讀本　鄔錫非注譯
新譯吳子讀本　王雲路注譯
新譯孫子讀本　吳仁傑注譯
新譯李衛公問對　鄔錫非注譯

【教育類】

新譯爾雅讀本　陳建初等注譯
新譯顏氏家訓　李振興等注譯
新譯聰訓齋語　馮保善注譯
新譯曾文正公家書　湯孝純注譯
新譯三字經　黃沛榮注譯
新譯百家姓　馬自毅等注譯
新譯幼學瓊林　馬自毅注譯
新譯增廣賢文・千字文　馬自毅注譯
新譯格言聯璧　馬自毅注譯

【政事類】

新譯商君書　貝遠辰注譯
新譯鹽鐵論　盧烈紅注譯
新譯貞觀政要　許道勳注譯

【地志類】

新譯山海經　楊錫彭注譯
新譯水經注　陳橋驛等注譯
新譯佛國記　楊維中注譯
新譯大唐西域記　陳　飛等注譯
新譯洛陽伽藍記　劉九洲注譯
新譯徐霞客遊記　黃　珅注譯
新譯東京夢華錄　嚴文儒注譯

◎新譯唐人絕句選

卞孝萱、朱崇才／注譯

齊益壽／校閱

在唐代，至少是在中上層社會，詩歌就如同日常生活中的柴米油鹽，是日常生活的組成部分。我們今天閱讀欣賞唐詩，不但可以從中得到美的享受，而且還可以藉以了解古人的生活和心靈。而唐人絕句，以其輕薄短小而精鍊的特色，更是進入唐詩世界的捷徑。本書選譯四五三首唐人絕句，所選不拘一派一家，能反映唐人絕句的全貌和具體成就。注譯簡明通俗，賞析精到，是您涵詠唐人絕句的不二之選。

三民網路書店

百萬種中文書、原文書、簡體書
任您悠游書海

領 200元折價券

打開一本書
看見全世界

sanmin.com.tw